写作

学习

娱乐

旅途一

旅途二

在小动物救助基地做义工

亲历被抽取胆汁致癌的黑熊安乐死

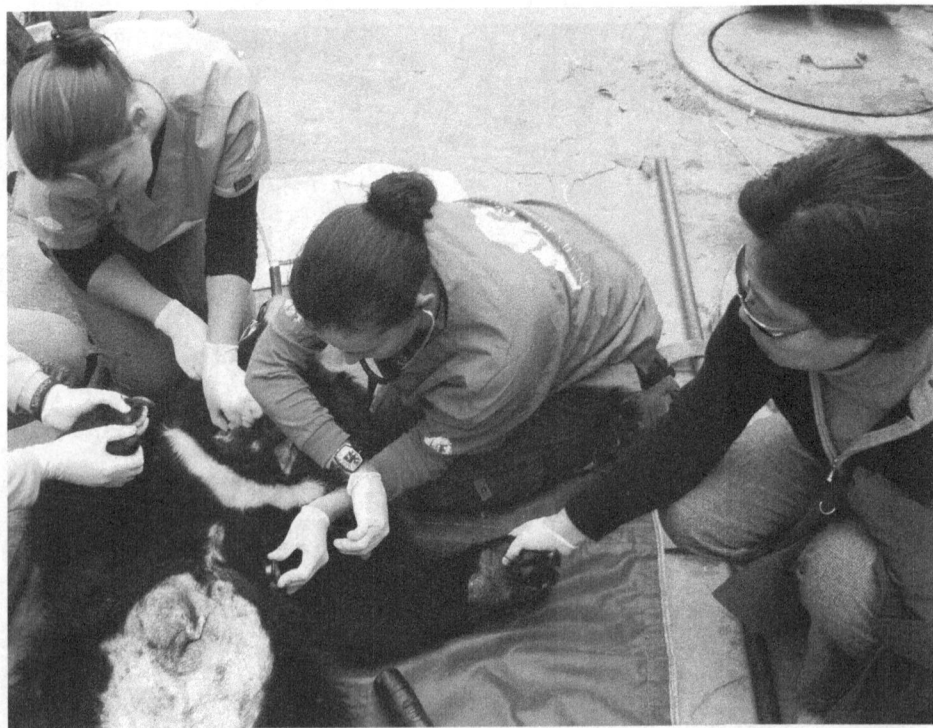

蒋子丹自选集

蒋子丹◎著

天地出版社｜TIANDI PRESS

图书在版编目（CIP）数据

蒋子丹自选集 / 蒋子丹著 . 一成都：天地出版社，2017.10（2021.9重印）
（路标石丛书）
ISBN 978-7-5455-3196-1

Ⅰ．①蒋… Ⅱ．①蒋… Ⅲ．① 中国文学—当代文学—
作品综合集 Ⅳ．①I217.2

中国版本图书馆 CIP 数据核字（2017）第239538号

蒋子丹自选集

出品人	杨 政
著 者	蒋子丹
责任编辑	杨永龙　欧阳秀娟
封面设计	今亮后声
电脑制作	九章文化
责任印制	葛红梅

出版发行	天地出版社
	（成都市槐树街2号　邮政编码：610014）
网 址	http://www.tiandiph.com
	http://www. 天地出版社 .com
电子邮箱	tiandicbs@vip.163.com
经 销	新华文轩出版传媒股份有限公司

印 刷	廊坊市印艺阁数字科技有限公司
版 次	2018 年 1 月第 1 版
印 次	2021 年 9 月第 2 次印刷
成品尺寸	160mm×238mm　1/16
印 张	40
字 数	655千
定 价	98.00 元
书 号	ISBN 978-7-5455-3196-1

序言

王蒙

新华文轩集团在做一套当代作家的自选集，第一批将出版陈忠实、史铁生、张炜、韩少功、王蒙的自选作品，目前签约的则还有熊召政、王安忆、赵玫、方方、池莉、苏童等同行文友，今后还将考虑出版港澳台及海外华语作家的自选作品。好事，盛事！

现在的文学创作并没有太大的声势，人们的注意力正在被更实惠、更便捷、更快餐、更市场、更消费也更不需要智商的东西所吸引。老龄化也不利于文学作品的阅读与推广，因为老人们坚信他们二十岁前读过的作品才是最好的，坚信他们在无书可读的时期碰到的书才是最好的，就与相信他们第一次委身的情人才是最美丽的一样。新媒体则常常以趣味与海量抹平受众大脑的皱折，培养人云亦云的自以为聪明的白痴，他们的特点是对一切文学经典吐槽，他们喜欢接受的是低俗擦边段子。

孟子早就指出来了，"耳目之官不思，而蔽于物。物交物，则引之而已矣。心之官则思，思则得之，不思则不得也。"他强调的是心（现在说应该是"脑"）的思维与辨析能力，而认为仅仅靠视听感官，会丧失人的主体性，丧失精神的获得。因为一切的精神辨析与收获，离不开人的思考。

当然，耳目也会激发驱动思维，但是思维离不开语言的符号，而文学是语言的艺术，是思维的艺术，是头脑与心灵而不仅仅是感觉的艺术。文艺文艺，不论视听艺术能赢得多多少倍的受众，文学仍然是地基又是高峰，是根本又是渊薮。文学的重要性是永远不会过时与淡化的。

当代文学云云，还有一个问题，"时文"难获定论，时文受"时"的影响太大。学问家做学问的时候也是希罕古、外、远、历史文物加绝门暗器，不喜欢顺手可触、汗牛充栋的时文。

但读者毕竟读得最多最动心动情最受影响的是时文。时文而晒一晒，静一静，冷一冷，筛一筛，莫佳于出版自选集。此次编选，除王蒙一人而外都是文革后"新时期"涌现的作家，基本上是知青作家。知青作家也都有了三十年上下的创作历程与近千万字的创作成果。几十年后反观，上千万字中挑选，已经甩掉了不少暂时的泡沫，已经经受了飞速变化与不无纷纭的潮汐的考验，能选出未被淘汰的东西来，是对出版更是对读者的一个贡献。以第一批作者为例，陈忠实的作品扎根家乡土地，直面历史现实，古朴淳厚，力透纸背。史铁生身体的不幸造就了他的悲天悯人，深邃追问，碧落黄泉，振撼通透，沉潜静谧。张炜对于长篇小说的投入与追求，难与伦比，乡土风俗，哲思掂量，人性解剖，一以贯之，未曾稍懈。韩少功更是富有思辨能力的好手，亦叙亦思，有描绘有分解，他的精神空间与文学空间纵横古今天地，耐得咀嚼，值得回味。我的自选也忝列各位老弟之间，偷闲学学少年，云淡风清，傍花随柳，作犹未衰老状，其乐何如？

我从六十余年前提笔开写时就陶醉于普希金的诗：

> 我为自己建立了一座非人工的纪念碑，
> ……所以永远能和人民亲近，
> 我曾用诗歌，唤起人们善良的感情，
> 在残酷的时代歌颂过自由，
> 为倒下去的人们，祈求宽恕同情。
> ……不畏惧侮辱，也不希求桂冠，
> 赞美和诽谤，都心平静气地容忍。

看到文友们的自选集的时候，我想起了普希金的诗篇《纪念碑》。每一个虔诚的写者，都是怀着神圣的庄严，拿起自己的笔的。都是寄希望于为时代为人民修建一尊尊值得回望的纪念碑来的。当然，还不敢妄称这批自选集就已经是普希金式的纪念碑，那么，叫路标石就好。几十年光阴荏苒，总算有那么几块石头戳在那里，记录着时光和里程，记忆着希冀和奋斗，还有无限的对于生活、对于文学的爱惜与珍重。它们延长了记忆，扩展了心胸，深沉了关切与祝福，也提供给所有的朋友与非朋友，唤起各自的人生百味。

目 录

附　录

长篇小说

囚界无边（选章）

女监故事

　　新狱医叫沈白尘，医科大学刚毕业自愿到看守所来当差，受到副所长修丽的热烈欢迎。

　　修丽语重心长地对小沈说，既然来了就要塌下心来，做好本职工作，别像前任小戴一样，从来到走没有一天消停过。沈白尘则表态说，一定不辜负领导希望，脚踏实地做一个好狱医。

　　眼看没了下文，告退又嫌太早，沈白尘正发愁不知说什么，一个女看守门也没敲就闯了进来，大呼：修所，不好了，女监二号仓陈山妹吞钉子自杀了。

　　修丽闻之一惊，立刻站起来，拔腿就走，但很快又调整了节奏，回身拿起帽子戴上，说：走，去看看。

　　沈白尘紧张得不行，跟着她就跑，修丽反身道：慌什么？多待上几天你就知道，这不过是嫌犯们的老套路。

　　沈白尘跟着修丽，一路小跑进了女监区二号仓，发现里边的气氛十分紧张。

　　二号仓十来个女犯，围着一个满地打滚、大声呻吟的中年妇女，个个仓皇失色不知所措。看见管教来了，齐刷刷让开一条路，脸上的表情分明像看见了救星，顿时松快了不少。

　　修丽边走边对沈白尘说：她叫陈山妹，用柴刀砍死了丈夫，案子目前还没发审。

　　沈白尘只在电视剧里看到过自杀现场，见过谋害亲夫的女人，没想到上班第一天，就让他亲眼看到了。初出茅庐的小伙子，心情顿时紧张起来。

陈山妹满头大汗，面色青黄，破着嗓子以凄厉的声音喊道：我的孩子，我的孩子，见不着他们，我还活个什么劲呀……我的孩子……

修丽面容严峻，口气咄咄逼人，冲众女犯喊道：哪来的钉子？她怎么会有钉子？！

女犯们互相推推搡搡，谁也不敢出头答话。

修丽回过头，又冲着身边的看守，用同样咄咄逼人的口气问：是谁值班？谁？！

一个女看守走上前去，敬了个礼回答：报告副所长，是我值班。

修丽干脆利落道：说说情况。

女看守说：女二放风时间，我看见院子里有点脏，让她们顺便扫扫，回仓不到十分钟，就出了这件事……我认为……

修丽显然不想听分析，只想问情况：扫地的时候有谁跟她在一块儿？

一个皮肤白皙身材高挑的青年女子，被别人推到修丽跟前。作为知情人，她反倒显出一种事不关己的淡然。

修丽看了一眼她的号牌，说：92号，你就是那个刚回国的海归朱颜？

对方点头称是。

修丽的态度稍许温和了一点，说：朱颜，你是知情人，知情就得说，别吞吞吐吐的。

朱颜一点也不吞吞吐吐，口齿清晰简明扼要地说：我被分配跟她一块儿扫地，她说扫把坏了，叫我去找看守。我刚来没几天，凡事都得听别人吩咐，当然得去找人。我推测可能我一转身，她就把扫帚上的钉子拆下来，藏在兜里了。

沈白尘一听，就知道这个叫朱颜的女子不光有文化，还很有法律经验。一通简单的陈述，把事情经过说得清清楚楚，也把自己择得干干净净。被分配、叫我去、刚来、听吩咐、推测、转身……一个个关键词之间的联系，逻辑性够强，倾向也够清晰，简直到了无懈可击的地步。

修丽显然也听出了这里面的道道儿，对朱颜说：不愧是律师出身，好口才。

朱颜受到表扬，仍然淡然处之，不为所动。

倒是沈白尘听了很是惊诧，这个刚回国的海归，还是个律师，怎么落到这步田地？

没等他再往深里想，人堆里有个穿号服的女人，顶着一颗彩色的头钻了出来。那女人文着黑眉毛、蓝眼线、大红嘴唇，头发也是最流行的挑染，黑黄栗桔四种颜色掺杂，一绺深一绺浅，乱糟糟的看着闹心，再加上穿着件蔚蓝色马甲号衣，猛看上去，整个一只山寨版大鹦鹉。

只见那鹦鹉不问自答道：报告政府，本来应该我跟陈山妹一块儿去扫地，不巧今天老朋友来了。我打小就有痛经的毛病，每个月到了日子，痛起来能要命，好几次差点晕过去，医生说我是巧克力囊肿，卵巢的问题。您说说，一个痛死人的病，怎么还给起了巧克力这么个好听的名字？简直莫名其妙……

修丽见她二百五分分，说话不搭调，就呲她道：我看你才莫名其妙呢。你到底想说什么呀？

鹦鹉听出修丽不待见她，忙说：我是想报告政府，不是我偷懒，实在是有特殊情况。要是我跟她一块儿扫地，准定不能让她吃了钉子，给政府添这么大麻烦。对付这些事，我比朱颜有经验。人家朱颜是高贵圈里人，懂得自我珍惜，哪能知道劳动人民命贱，不把命当回事，人穷，活着也没多大乐子，一想不通就喝农药、抹脖子、投河、上吊，没个准儿……

修丽说：哟，看样子你倒想当劳动人民代言人了？你是劳动人民吗？

鹦鹉并不恼，死皮赖脸说：说是也是，说不是也不是，反正干我们这行也是自食其力，不靠政府靠自己。

修丽见她越说越离谱，打断她说：安莺燕，行了行了，给我闭上你那窟窿。下次记住了，没问到你，就别插嘴。你都二进宫了，又不是不知道规矩，再乱插嘴，还这么胡说八道，看我怎么罚你！

鹦鹉假装害怕的样子，说：报告政府，安莺燕牢记您的教导，下次不敢了。

对鹦鹉的表演，大部分女犯都像看把戏似的，看得津津有味，唯独朱颜斜着眼睛看她，脸上满是嫌恶的表情。

修丽不再跟鹦鹉纠缠，吩咐女看守道：快！到后边菜地里拔些韭菜，烫软了来喂。

女看守应声而去。

修丽俯下身子，面对满地打滚的女犯人，口气温和地说：陈山妹呀陈山妹，你叫我说你什么好？要是你真心疼你的孩子，就得活着出去呀！一审都没开庭呢，你自己先死了，你的孩子还指望谁呐！

陈山妹听言，停住片刻，接着更加伤心大气地哭嚎起来：活不了了，活不了了，自古杀人就得抵命，我怎么还出得去哟……我的儿，我的肉，你妈前世作了什么孽，这一世命咋这么苦呀！

修丽站起身命令小沈，去医务室叫将要调离的狱医戴汝姐准备灌肠的东西，再回来帮她。

沈白尘得令拔腿就跑，一是因为情况紧急，二是修丽果断干练的劲儿，叫他不敢怠慢。

修丽的临场表现，比起办公室里那个显得无知和固执、让他轻视的妇女，几乎判若两人。

沈白尘再度回到现场，手里七七八八拿着听诊器、血压计、体温表，还有一个用来写医嘱的夹子，都是他从自己的箱子里翻出来的。他一边急慌慌跑，一边在心里告诫自己：别毛毛躁躁，像个没见过场面的娃娃鱼，得沉住气，一切严格按程序走。

抢救已经开始。两个女看守一头一尾，按住陈山妹的头和小腿，让她不能动弹，修丽用筷子夹住一大撮绿油油的熟韭菜，死命往陈山妹嘴里塞。

陈山妹看来是真不想活了，拼命对抗看守们的抢救行动，大嚎大叫奋力挣扎。

她一个劳动妇女，正当身足力健的年纪，连牛高马大的丈夫都杀得死，要整住她谈何容易。修丽的韭菜一挨到她嘴边，就被她连咬带吐地弄到了地上。

修丽屡败屡战，一边喂一边骂：你也真不把自己的命当命，要不是看着你冤深似海，我才不管你这不知好歹的短命鬼呢。

陈山妹置若罔闻，继续拼命抵抗，一个大力挣扎，挣脱了被摁住的腿，猛地往上一抬，不光踢翻了修丽手上的韭菜，还碰到了她的鼻子。一股深红的鼻血，滴滴泣泣洒了下来，一会儿就把修丽的警服染得斑斑驳驳。

两个女看守不敢放手，其余的女犯人不敢上手。修丽只得叫了暂停，找来纸巾，搓个条条把鼻孔堵住，然后将袖子往上捋捋，准备重整旗鼓。看到沈白尘过来，修丽如同看到了救兵驰援，再看这位救兵，手里丁零当啷拿着一大嘟噜没用的东西，又好气又好笑，冲他直嚷：又不是在医院看门诊，量血压、测体温、写医嘱，全都多余。现在的问题是怎么把韭菜喂到她肚子里，裹住钉子头防止刮破肠胃。

沈白尘对她的说法，显然疑大于信，看着她迟迟不知动手。

修丽不想再多解释，只说：你尽管上手来帮我喂，行不行等会儿再看效果。

沈白尘哪见过这阵势，心里着实乱了方寸。可是眼下作为女人堆里唯一男子汉，他也不能让人淡看喽。为了显示处变不惊的大将风度，沈白尘有意放慢节奏，仔而又细地挽着袖子，借此镇定自己的情绪。

修丽等得不耐烦，大声催促道：救命如救火，你磨磨蹭蹭干吗呢？一个小伙子，利索点，别跟个老娘儿们似的。

沈白尘用眼角的余光一瞟，发现围观的女犯，听了这话一齐窃笑，只不过碍于身份，努力掩饰而已。这不是让他当众出丑嘛。沈白尘满腔的怨气没法发泄，把脸冲得又红又热，刚刚对修丽有所改善的印象，又归了原，甚至比原先还要坏几分。作为领导，这个女人不光无知，不光固执，还这么没教养，这么粗鲁。沈白尘私心里用这样的言语评价修丽，强忍住心中的不快，远远伸出手，代替修丽去喂韭菜。

不料就在此时，陈山妹忽然发力，大嚎大恸，将塞进她嘴里的韭菜，和着口水吐了沈白尘满身满脸。沈白尘本能躲闪，却撞到了修丽受伤的鼻子，刚刚止住的血，又哗哗淌下来，比刚才还要汹涌。沈白尘那个狼狈劲儿，可想而知。

修丽看在眼里，情知不能靠他，叹口气说：你要这么爱干净，又怎么干得了这一行？

说罢，修丽干脆把鼻子里的纸巾给揪了出来，抡起膀子将衣袖在脸上一胡噜，血迹没擦掉，反而把自己弄成了血呼滋拉的大花脸儿。只听她发了狠地命令两个女部下：灌！你们给我摁住喽！今天不是她活，就是我死。

修丽下了蛮力，用手肘死死顶住陈山妹的前胸，任凭她如何挣扎，就是不放手。陈山妹也拿出了鱼死网破的决心，紧咬牙关，嘴唇都被咬破了，就是不松口。最后修丽狠狠在她脸上掐了一把，趁她开口喊叫的当儿，将两根筷子横卡在她的嘴里，然后不管三七二十一，从地上抓起韭菜，连土带泥，一股脑儿填进她的喉咙。

一场抢救与反抢救的恶斗，终于在沈白尘的眼皮子底下结束了，他忙不迭清理擦拭身上脸上的残渣，脑子里乱哄哄的。

修丽接过部下递过来的凉毛巾，满不在乎地擦着脸上带血的汗水，把每一寸白色都染成了红色。

沈白尘以为接下去修丽就该训斥陈山妹了，没想反听她很细心地吩咐看守道：等会给她灌过肠，排下便来，要认真查找排出来的钉子，看看是不是完整，然后用标本袋封起来备案……哎，先洗干净再封呵……这一两天还得特别注意她大便的颜色，如果颜色发黑那就是肠胃有出血点，要立即报告。

全都安排好了之后，她又转过头，对瘫软在地的陈山妹说：你呀，就歇菜吧！没到时辰你想死也死不了，阎王老子不收你。

沈白尘在一旁看得清，听得真，内心又开始矛盾起来，不知道到底要如何评价自己这位领导。

正在打扫战场，戴汝姐举着一桶调好的灌肠液亭亭袅袅走过来。修丽见此很不对心思，黑着脸说她：哎呀我的大小姐，现在是什么时候？救命呢，你还在这儿走台步！

小戴显然不怕她损，莞尔一笑说：你不是刚把韭菜喂进去吗？哪儿那么快就能拉出来？再说这满满一桶水，走快了怕洒出来。

修丽拿她没办法，挥挥手叫她快过来。

小戴走到修丽跟前，压低声音，口气带些惊慌，抑或是故作惊慌说：张所回来了。

修丽听了，似乎心里有点发虚，嘴上还要硬撑着：他回来又怎么样？又没人虐待她，是她自己活腻了。

人跟人见面的感觉，要多奇怪有多奇怪。有的似曾相识，有的一见如故，甚至一见钟情，还有的见而生厌，抑或见而生疑。总之，因人而异各个不同。现在设想一下，要是两个美女相见，会有什么样的结果，特别是两个美貌相当，身份悬殊的美女相见，那结果会不会格外不同。

有人说，美女跟美女交往，要么是铁姐闺密，要么是冤家对头，在交往中假如发生变化，一定是脱胎换骨地本质变化，要么从冤家对头变成了铁姐闺密，要么从铁姐闺密变成了冤家对头。说来说去，反正美女跟美女的交往，其关系总是非此即彼，非亲即仇，非白即墨，没有中间地带和过渡颜色。举个大家正在关注的例子，影星章子怡和美国女富豪邓文迪、京城名媛赵欣瑜之间，就是从铁姐闺密变成冤家对头的典型。据观察，这个规律适用于一切美女，名流与非名流概莫能外。

看守所的狱医戴汝妲算得上一个美女，而且在这个灰色地带是一抹靓丽风景，备受老少爷们儿呵护。一般而言，美女都有美女脾气，受呵护的美女脾气更加任性，这是不争的事实。

话说戴汝妲举着一桶灌肠液到了女监二号仓，因为步态过于婀娜多姿，被顶头上司修丽给修理了一番，本来阴晴不定的心境，又被一片飘来的乌云笼罩，堪比山雨欲来的旷野，又幽暗又空旷，最难将息。

虽说当着修丽的面儿，戴汝妲莞尔一笑，摆出并不在乎的样子，其实边笑边在心里开了骂腔：装什么大姐大？耍什么威风？就算你喂韭菜喂得再好，也不能把陈山妹的肠子缩短呀，吃进去的东西，没有三两个小时哪里拉得出来？我到底耽误了哪门子抢救，这不是没碴找碴吗？

人受了闲气，肯定得找地方发泄，美女受了闲气更是如此。以戴汝妲的身份，想找个适合的男友难上难，想找个出气筒那可是唾手可得。只见她用眼睛在那些蓝马甲中间一扫，马上就发现了一个目标。

此人就是朱颜。

实话说，论长相朱颜还比不上戴汝妲精致，可是人的气质好，准定能给美貌加分。

这朱颜出身大牌教授家庭，本科还没读完，就去到美国留学，拿了法学硕士学位之后，被人拉回国内来当律师事务所合伙人，本想工作两年再接着攻读博士学位，谁知道回国没多久，被一笔不大不小的银钱往来所累，让曾经最铁的闺密、现在最恨的仇人告了官，以至于锒铛入狱。

要说这朱颜的个性也不知道有多强。为了捞她，朋友们上下跑动，花了银子，通了路子，给她办了取保候审，她却执意不受，非说那笔钱本来就是自己的，这一点原告心知肚明，只不过钻了她索取方法不当的空子，让案由得以成立。倘若跟原告私了，好像她朱颜真的理亏，那个见财起心，不顾二十年亲如手足的情谊，置她于死地的小人，反而得了便宜卖乖，两头沾光。这是她无论如何不能接受的事情。

于是，朱颜坚持要在牢里待着，等待开庭审判，以便得到一个机会，与那个无情无义的无耻小人贴身肉搏，在大庭广众之下，撕破她的画皮，澄清事实真相，哪怕玉石俱焚，在所不惜。用朱颜自己的话说，她要把看守所当成职业强化训练基地，不夺得一个 A+ 的好成绩，绝不罢休。她不能容忍自己靠蝇营狗苟的手段混出这个门去，一定要正大光明地获取无罪释放的判决，让那个小人最终受到良心谴责，一辈子不得安宁。

但凡狱中之人，多少有点形容猥琐，哪怕在外边曾经呼风唤雨，进得这二尺宽的铁窗，也得容颜失色，威风大减。唯有这朱颜，心知自己的案子谈不上重大，甚至谈不上犯罪，在里边待着，与其说是接受惩罚，不如说为惩罚他人创造条件。成竹在胸，精神面貌当然差不到哪儿去，再兼有多年的良好教养垫底，想不在这群女犯中脱颖而出都难。

果然戴汝妲目光一扫，就锁定了留着清汤挂面发型，皮肤白皙吹弹得破的92号。

只听这位医官一边准备灌肠器械，一边用命令的口吻对朱颜说：92号，听清楚了，等下56号灌过肠，马上会有大便，由你负责扶她去厕所，大便下来用盆接住，仔细查找中间的异物。

朱颜听得点名，直眼看着女狱医半天没有反应，就像完全与她无关。

戴汝妲知道新来的囚犯一般不适应自己的新身份，对用号码点名反应都很迟钝，就用眼睛接住对方的目光，问：喂，说你呐，知道吗？

朱颜淡然回道：知道。

戴汝妲有些恼，训斥道：知道为什么不回答？

朱颜更把声音从淡调整为冷，问：我想知道，为什么指定我来完成这件事。

戴汝妲大为意外。因为在这个地方，她还未碰到过有人敢用这种口气跟她说话，声音出来更是冷若冰霜：为什么？什么也不为。真要问，还得问你自己为什么犯法！

朱颜也不示弱：我的案子还没开审，你能判定我犯了法？

戴汝妲知道自己碰上了厉害角色，只能以势压人说：没犯法？没犯法到这儿来干吗？

这下子让朱颜揪住了破绽，马上换了律师出庭呈辩的口吻反攻倒算：管教女士，提请你注意你的言论。这儿是看守所，不是监狱，我的身份是犯罪嫌疑人，不是罪犯。所谓嫌疑人，就是有需要审查、等待结论的案情在身的人。既然案情待查未下结论，我的身份就待定，结果是有罪还是无罪，从理论上说各占百分之五十。你凭什么说我一定犯了法？

朱颜不动声色，步步为营，几句话就把戴汝妲逼得没了招架之功，只有耍赖的份儿：结果我不管，你既然在号子里坐着，就得归我管。

朱颜紧紧咬住不放：我怎么就得归你管？你是医生，只能管病人。不，只能管要求你看病的病人。我现在不是病人，也没要求你给我看病，我为什么归你管？我住在二号仓，编号92号，门上钉得有值勤的木牌，白底黑字写着，本仓值勤管教李玫，而不是你。我为什么要归你管？

戴汝妲被她问得方寸大乱，不得不向值勤的同事求援：李玫，你来替我布置任务，56号拉大便的事，必须由92号一应负责独立完成。

李玫是个相貌平平、身材矮小的女看守，平时在所里根本不占地方，哪里比得美女医官小戴的地位？正在一边看热闹，听得戴医官发话求助，还颇有点受宠若惊的意外，忙不迭伸出援手助一臂之力：92号，注意态度，不准顶撞戴管教。我现在命令你，按戴管教的吩咐，配合她对56号实施救治！

事情至此，朱颜已经达到了目的，也不再恋战，为了表示她对两位管教态度截然不同，故意大声答道：报告李管教，92号明白，坚决照办！

戴汝妲吃了一暗亏，拿她"蒸不熟煮不烂"，完全无计可施，只能在肚子里生闷气：好你个92号，除非你在里边永远不生病，别犯在我手上。转念一想，自己调走已是分分钟要兑现的事情，只怕等不到92号生病，早就走了人。蕴在心中那团无名烦恼，本来只是余烬阴烧，这下又呼地一下被风吹得起了明火。

这两人一味较劲，你来我往，站在一边观战的安莺燕看在眼里乐在心头。作为一个被人轻视、蔑视、鄙视，特别是在女人眼中，有如污泥浊水的风尘女子，安莺燕最大的心愿，是所有不用正眼儿瞧她的人，都别过得太顺，关系都别太好。尤其当她的万种风情、千娇百媚再无用武之地的时候，她会闷得慌，希望身边多发生一些不寻常的事。

副所长修丽曾一点也不留情地评论她：你就是那种搅屎棍式的人物，白天巴望牛斗架，晚上唯愿火烧天。

安莺燕回复说：报告政府，您说得对，可是还不全面，我还有一个更明显的特点，不怕自己家的猪发瘟，就怕别人家的猪不瘟。

眼下的情形让安莺燕真是太开心了。一个嫌犯与一个管教干仗，本身就是件不寻常的事，何况这两位都属于轻视、蔑视、鄙视她的人，这场角力无论鹿死谁手，对她来说都是大快人心事，爱谁谁，她哪边都不向着，一碗水端平。

眼见得朱颜占了上风，安莺燕这一碗水却端不平了，有点要向戴管教倾斜的意思。

虽说她几次去医务室看病，都被这位戴医官教训，说她只管赚那些脏钱，得了脏病，还得让纳税人开销买单，话说得尖酸刻薄至极。可毕竟人家是警察，有资格说这些话。相比之下，那个自命不凡的朱颜更让她难受。明明都是犯了法才从不同的行当走到一起来的囚徒，朱颜凭什么总把自己放在高人一等的位置上？来了这些天，从不跟她安莺燕说一句话，行走坐卧也都远远躲开，好像跟她一照面，哪怕视线在空气中相交，都会被传染性病艾滋病。

女监二号仓，没人能入朱颜的法眼，这下好，连心高气傲的警花都成了她手下败将，以后在这仓里，还不得更加骄横无度？安莺燕觉得不能让这姓戴的霸王花，就这么被一阵小雨给浇蔫儿了，打算给她的火上浇点油。

安莺燕故伎重演搏出位，把彩色的鹦鹉头伸到戴汝姐跟前，说：哎哟，还是让我斗胆插句话，不就是一泡屎的事儿吗，政府妹妹何至于动这么大肝火呢？您差我去不就完了，别杀鸡用牛刀，动用海归美女大律师。人家从小娇生惯养，哪里做得了这种老妈子的粗使活儿……

不出所料，戴汝姐一听这话，立马柳眉倒竖杏眼圆睁，盯住朱颜，恨不能把她的脸看出坑来。却原来这桀骜不驯的小妮子，就是被老纪惦记，多次惋惜慨叹的海归美女呀。今天要是不把她的威风灭了，自己还有何颜面见江东父老。

小戴主意已定，要把猫捉老鼠的游戏进行到底。

先喝退了煽风点火的安莺燕，再来对付朱颜，戴汝姐口气辛辣无比：哟，我说这位怎么看着这么眼生，做派怎么这么洋气呢？原来是远道而来的贵宾！只可惜咱们这个地方，没有高低贵贱之分，就算你坐着空军一号进来，也还是罪犯一个。

朱颜本来已经偃旗息鼓，被对方叫了阵，复又上马来迎：我抗议！我再说一遍，我现在的身份是嫌疑人，不是罪犯。

戴汝姐被逼到死角，只能耍横说：抗议无效！再说几遍都无效！别想找机会发挥你的一技之长，玩文字游戏！我知道你的案情，不光犯了法，还属于知法犯法，罪加一等。

知法犯法这个词一出口，好像真的击中了朱颜的软肋，她被噎得半天没有吭声。

说是软肋，一点儿都不过分，朱颜自知作为法律界人士，落到今天这地步，实在有失专业水准。过分信任自己的前闺密，将在美国转让二手车的款子经她的账户转交，却没留任何文字根据，此其一；发现了对方收到款子谎称未收的证据，不通过法律途径追讨，而是采取暗中索回的方式了结，此其二；为了惩罚对方，还用对方的信用卡恶意透支，此其三……

人在对抗中最怕的就是软肋被击中，你一愣神，不能接招，马上局势大变，失去了战机。戴汝妲利用朱颜的停顿，顺势而为，挽回了颓势，又开始颐指气使，吩咐仓里的嫌犯们：都给我听着。今天陈山妹这泡大便，必须由92号来处理，谁也不许插手帮忙，谁敢帮忙我就处罚谁。

说完又专门对安莺燕说：47号，你给我监督着这件事儿，凡有不听招呼的，马上报告我！

安莺燕巴不得掺和进来，接了令箭乐得屁颠屁颠，大声说：感谢政府栽培，47号决不辜负您的希望，坚决完成任务！

小戴把她轰到一边，三下五除二，动作熟练地给陈山妹灌了肠，脱下手套往地上一摔，昂起小脸儿扬长而去。

一番挣扎，已经让陈山妹耗尽了体力。灌了肠之后，肚子里更是翻江倒海，好像有七十二个孙悟空在里边打滚儿。随着一大盆污秽的稀浆飞流直下，她的身体似乎连血带肉一起被掏空了，只剩下一层皮囊贴在床上，轻飘飘的，随时可以让一阵风给吹起来，飞扬而去。然而，她的心仍然沉甸甸的，宛如塞满了带棱带角的石头，那么结实，一阵阵硌得人钝痛。以她的感觉，这些石头今生今世再也不可能从她心里搬走了，这种结实的痛楚也将伴随她走完不会太长的余生。

朱颜和安莺燕不知道为了什么事，又开始拌嘴。她们俩一天不干仗，女监二号仓就像缺了一块儿似的，让人觉得不太正常。陈山妹不知道这两个妹子，怎么会见面第一天起，就成了冤家对头。

自打朱颜来到女监二号仓，和安莺燕就王八看绿豆——对上眼了。开始是安莺燕撩拨朱颜，朱颜不理不睬。后来朱颜开始接招，也是安莺燕说十句她才回一句，但每句话出口，都夹枪带棒，枪棒上还沾着毒药和盐水，让人碰着就得软了手脚，再痛上半天。

陈山妹不会说那些有缘无缘的话，不会在意谁有地位谁有钱，但她看人也有自己的标准，那就是顺眼不顺眼，为人良心好不好。顺眼的可交，心好的可靠。可是在安莺燕和朱颜这儿，她的标准不够用了。

陈山妹刚进仓的时候，安莺燕最早过来关照过她，而且不知从什么渠道很快打听到陈山妹的案情，就此大发议论。安莺燕点着彩色的头，对陈山妹杀死企图乱伦的后夫，表示热烈地赞同，说：这种畜生都不如的男人，不杀不足以平民愤！你这是为民除害，政府肯定不会枪毙你。你甭太担心了，见义勇为犯了哪门子罪了？说不定法院会酌情处理，给你一个从轻发落。

自扔下手中带血的柴刀那一刻起，陈山妹就抱定了赴死的决心。杀人定要偿命，是她脑子里最简单也最明确的天规地矩，杀了人还会有什么酌情处理从轻发落，她从来不知道，也从来没想过。

警察到家里来抓她的时候，陈山妹还在那儿照常做午饭。

她把家里最后一只下蛋的鸡杀了，放在锅里焖着，又从炉灶高处的房梁上，取下过年留的老腊肉，薄薄地切了片。然后跑到屋后的菜地里，摘了几个红彤彤的尖辣椒，一把绿茵茵的大蒜苗，还有两个紫色的长茄子。她明白这是自己最后一次给两个孩子做饭了，要好好地多多地做几个菜，让他们吃剩的也能多吃上两餐。

十四岁的儿子大浩，九岁的女儿缨络，被刚才发生在眼前的一切吓着了，虽说守在她身边，一个帮着添柴火，一个帮着拉风箱，可是谁也不敢说话，连哭声都不敢出，只管哆哆嗦嗦地干活儿。陈山妹知道，孩子们都吓破了胆，她心里那个痛哟。可事到如今，人都杀了，还能有什么话可说，还能有什么办法可想？

鸡还没焖烂，陈山妹就忙着叫孩子们快摆桌子。右边的眼皮突突突跳得越来越厉害，她知道跟孩子们生离死别的时辰离他们越来越近了。

果然，当她刚把几片腊肉夹起来，分别放进大浩和缨络的碗，孩子们还没来得及吃到嘴里，警察就来了。陈山妹摘下身上的围裙，到屋子里照着镜子梳了梳头发。衣服早就换过，不是为了迎接警察，而是因为上边的血迹又浓又腥，无法再穿了。

从早晨发生了那件血案开始，陈山妹就没有再说过一句话，现在依旧一言不发。她安安静静地让警察给自己戴上手铐，安安静静跟在警察后面，径直朝囚车走去。经过孩子们身边的时候，她甚至没有停留一下，摸一摸他们的头发，跟他们说一声再见。

她不敢。她害怕。

陈山妹怕瞅见孩子们的眼睛，她的腿会软成两条绳索，再也直不起来；怕触摸到孩子温热的额头，她的心就会被凿出千百个窟窿，变成一张筛子，把孩子们的模样漏出去，等她想念他们的时候，再也记不起来。她更怕孩子们抱住她的腰，哭喊着叫妈妈别走，他们的身子会嵌进她的肚子，重新变成她的一部分，像当年十月怀胎那样。她不能让他们跟着自己，到那样的地方去。她知道自己要去的地方，不是好人该去的地方。她只是不知道怎么自己一夜之间，就从好人变成了罪人。

在这个太阳光又明又亮的正午，三十五岁的农妇陈山妹，最后一次走过自家飘着鸡汤香气的堂屋，穿过田野里葱茏碧绿的庄稼，走向了警笛鸣叫的囚车，一句话也没有。她的两个孩子，一向懂事听话，看见妈妈一声不吭，也都紧抿着嘴巴，不哭不喊。

静默之中，大浩把缨络梳着黄毛小辫的头，死死抱在胸前，用自己并不粗壮的臂膀护住妹妹，仿佛要用他的姿势向妈妈传递一个信号，他会好好照顾妹妹。

一个犯了死罪的母亲，用这样的方式跟孩子们告别，见多识广的警察们也料想不到。他们觉得无论如何，陈山妹应该跟两个孩子说点什么。当囚车已经发动，车子开始滑行时，为首的警察用很温和的声音问陈山妹：你还有什么话要说，有什么事情要交代吗？

陈山妹感激地看了看他，又努力地想了想，透过装了铁栅栏的车窗，对两个紧紧依偎的孩子，用沙哑的声音说了两句话：

妈妈对不起你们。

回去把灶火熄掉，别让鸡肉煳了。

然后她将脸转向前方，看着那条曾经把她引向苦难的深渊，而今又要把她引向死亡的小路，表示话已经说完，事情也已经交代过了，可以走了。司机还有点迟疑，轰着空油门等待发话，为首的警察见状，似乎下了个决心，才挥手示意开车。

囚车向前一冲，路上的扬尘马上遮断了车上的视线，只听得尘埃雾霭里，传来孩子们凄厉哀伤的叫声：妈——

那一声喊叫，把陈山妹的心喊碎了，再也拼不起来了。她觉得等待自己的，只可能是某一天，脑后嘣的一声枪响。

可是安莺燕的几句话，说得如此轻松，什么见义勇为、酌情处理、从轻发落，陈山妹虽说半懂不懂，总还知道她的意思是说，杀了人也有不用抵命的，人民政府会区别对待。于是又惊又喜热泪盈眶，慌忙问道：这是真的？会有这事？

安莺燕点点头，很内行地说：你得花钱请个律师，让他把你为什么杀人的原因搞清楚，然后到法院去替你辩护……

陈山妹一听就急了：要钱！我哪里有钱？

安莺燕又说：没有钱也没关系，法院会给你派一个不要钱的……当然还是要钱的能力强，比那些不要钱的，辩得赢些。你看看，钱还是蛮重要吧。人活一世，有什么别有病，没什么别没钱，谁不想赚钱。怕只怕，钱在你手边，别人就是不叫你赚。像我这种人，要文化没上过学，要力气没干过工，想穿几件漂亮衣衫，过几天快活日子，就得自食其力多赚钱。结果呢，三天两头喊打喊抓的。我又没偷，又没抢，也没杀人放火，说得难听点，就是一个公共男厕所。人吃五谷杂食，还能上不了厕所？像你那死鬼男人，就是没钱上公共厕所，要是来上一趟泄泄火，也不至于打自己女儿的主意，把你害到这里边来……

陈山妹一开始认认真真听，生怕错过了一个字。听着听着，先是一头雾水，不知道她在说些啥，后来看见旁边的女犯都在挤眉弄眼，偷偷发笑，也就猜到里面的蹊跷。等到完全听懂了，陈山妹的一张脸，已经臊得红布一般。原先只听见村里打工回来的人说，城里有一些年轻女人，穿得光鲜，吃得香甜，一天啥也不用干，只要陪男人睡觉就行了，陈山妹不信。现在亲眼见识了，不光有，还这么不要脸。

陈山妹不想再理她，也不再相信她的话，刚刚在心里燃起的希望，也随之熄灭了。

安莺燕倒是完全不在乎陈山妹的态度，一如既往地热忱相待。看见她想孩子想得吃不下牢饭，就把自己的方便面泡给她，听见她整夜整夜哭，还贴到她耳边来哼歌。安莺燕的嗓子好，歌也哼得好，哼着哼着，就让陈山妹忘记了身在何处，慢慢睡着了。诸如此类的事情，安莺燕天天做，时时做，从来不计结果，也不要求回报。

陈山妹是个本分人，受不得别人一点好。被安莺燕这么不明不白地关照，心下过意不去，嘴上也渐渐亲近了些。有一天，她终于忍不住发问道：安妹子，这仓里住着十几个人，数我罪行重，也数我最穷，你怎么独独照看我？

安莺燕露出惨淡的笑容，第一次关闭了嗓子的高音，悄悄对她说：因为我佩服你，你敢为了保护女儿，杀了那老畜生。要是当年我妈有你这样的胆量，我也不会变成今天这副死相，猪不亲狗不理，姥姥不疼，舅舅不爱。

原来这看似没心没肺，同时还没脸没皮的安莺燕，肚子里埋藏着一个深深的秘密。

安莺燕七岁时跟着改嫁的母亲，到了继父家，十二岁就被那个禽兽给糟蹋了。胆小懦弱的母亲忍气吞声，怕声张出去不光坏了女儿的名声，还得把丈夫送进监牢。乱伦的日子，就这么一年年过下来，到了十七岁那年，安莺燕已经为继父做了三次人工流产。直到她只身出逃，继父还遍访亲友四处追查，扬言要把她绑回家去沉了潭。没有亲可投，没有家可归，为了活下去，安莺燕蹚了歌舞厅的浑水，做起皮肉生意，好像也没有什么障碍。在她眼里，无论那些嫖客如何粗鲁，如何肮脏，都要比她千刀万剐的继父好得多。

陈山妹听着听着，不禁涕泗横流，轻轻把安莺燕的手拉过来，放在掌心摩挲了半晌，仿佛要用自己粗大的手，曾经杀死过一个男人的手，向她的身体里传递某种力量。

从那天开始，陈山妹和安莺燕成了一对奇怪的朋友。同仓的女犯没有谁想得通，这两个品行和经历完全不同的女人，怎么会在一夜之间，变得如此亲密。

过了些日子，朱颜进来了。

说实话，第一次见到朱颜，陈山妹就觉得她特别顺眼。清清凛凛的眼眸，干干净净的表情，让陈山妹一次次产生错觉，长大成人的缨络，正站在自己面前。朱颜的出现，让陈山妹空空落落的心，突然找到了一个可以安放的地方。特别是当她得知朱颜的职业是律师，还是漂洋过海到美国的大学里学来的本事，更不知如何对待她才够好。

安莺燕说过，当律师的人就是能把人犯罪的原因理清楚，去说给政府的人听，政府再做出判决，看这个人该不该杀，那个人要坐多少年牢。陈山妹因此对朱颜肃然起敬。你想想，一个这样漂亮的女孩子，能给政府出主意，掌握与别人的性命相关的大事，多了不起。有时，陈山妹还会忽发奇想，要是缨络长大了，也跟朱颜一样，漂洋过海去学本领，回来当律师，专为受冤屈的人伸冤，那该多好。至于朱颜自己怎么没能掌握住自己的命运，也被关到这个屋子里来了，陈山妹没有去想，也不愿意多想。

听说她是被好朋友陷害被冤枉了，安莺燕不但不相信反而说：像她这种有文化的小妞最会装 B。怕陈山妹不懂，又解释道：装 B 就是装假的统称。装弱，装强，装嗲，装凶，装穷，装病，装纯洁，装豪爽，装害羞，装有钱，装无辜，装冤枉，还有装反革命的，统统都叫装 B。

她这一解释，陈山妹反而更糊涂了。装有钱，那没错，她们村里就有这样的人。早年村里人特别穷的时候，有的人出去打工，回来牛皮鞋一穿，呢子帽一戴，开口闭口就说要投资盖工厂，花几千万都不带眨眼，日里走四方，到处混吃混喝，晚上回家脱了罩裤，还得让老婆连夜给他补裤裆。要说还有装穷、装弱、装反革命的，她可真是想不通了，人肯定都是装好呀，还有装歹的？

安莺燕摆出一副老于世故的样子，教导她说：你这人半辈子围着锅台转，人也太老实了。这年头，人复杂得很，装什么的都有，只要能帮助他们达到目的。装好还是装歹，要看具体情况，到了关键时刻，装疯、装死都得装呀！

平时遇到什么事，陈山妹都挺服安莺燕，唯独在朱颜的问题上，她总跟安莺燕说不到一块儿去。陈山妹坚信，朱颜一定是被冤枉的，从她的眼眸和表情可以看得出，她绝不会是那种装……装 B 的人。

就这么着，陈山妹按照自己的方式，一门心思照顾朱颜，可是每每有所表示，都被人家给不冷不热，不，应该说冷冰冰地碰回来。

陈山妹怕她到了这个闷死人的地方，太寂寞，就想跟她说说话，安慰安慰她。上去搭腔之前，陈山妹总要左思右想，紧张得手心里汗津津的，也想不出多少能说的事儿。说来说去，几句车轱辘话，还是从安莺燕劝自己的话里贩来的：妹子呀，想开点，有多大的事儿呢，是白的黑不了，是黑的白不了，总有一天会有人给你伸冤的。

朱颜任凭她说，多半不回话，一旦回话，就不怎么中听：是呀，我的事我自己知道，哪有你的事儿大？还是你自己先想开点吧。

陈山妹闻说，也不生气，想想自己杀了人，当然是天大的事儿，人家这么说也没错，还想现身说法宽慰她：对呀对呀，我这么大的事儿都能想开，你更能想开了……

朱颜脸上现出一丝讥讽的笑，回道：你都想开了，天底下就没有想不开的人了。

陈山妹这才知道，人家是在挖苦自己，也就不再吱声了。

令人奇怪的是，朱颜的冷淡和挖苦，并不能消退陈山妹接近她的念头。对方一次比一次冷淡的对应，一句比一句更刁钻的回话，反而使陈山妹更迫切地想跟她交谈。陈山妹以为一定是朱颜不知道她为何要杀死丈夫，要是知道了事情的原委，也就不会这么冷落自己了。

渐渐地陈山妹发现朱颜在仓里不只是冷落自己一个，而是跟所有的人都不来往，遇到有事情实在回避不了，才强打精神应付一下。陈山妹慢慢从她身上，嗅出一种从来也没有接触过的气息，然而也分明读出了那清清凛凛的眼眸中，拒人于千里之外的傲气，以及干干净净的脸上，冷峭寡淡的漠然。

自从朱颜被自己情同姐妹的闺密所伤，她发誓不再相信任何人。连吃过同一块儿雪糕，骑着同一辆自行车长大的密友，都骗你坑你，到了还要陷害你，这世界上还有什么人可以信任？更何况这仓中，除了妓女、惯偷、人贩子、杀人犯，就是为了几个钱，不惜冒着生命危险用身体藏毒的傻大姐，比起那个欺骗了她的友情，还要欺骗她钱财的前闺密，她们难道更值得自己信任吗？

朱颜常常整天枯坐在那儿，想着心事，百思不得其解。一个接受过她那么多帮助，那么多礼物，跟她共享和分担过所有成长的快乐与烦恼，铁瓷铁瓷又那么和顺的好朋友，为什么因了区区几千美元，对自己大打出手。假如自己的牢狱之灾，可以换得全部的事情真相，以及那个人的忏悔，她愿意把这牢底坐穿。

朱颜的冥思苦想，让陈山妹看着总有些心痛，以她最贴切也最直接的体会，这个女孩一定是在想家了。家乡的老人们常说，不能让女孩子太过执着地想一件事，想得长久了，魂魄就要出窍，人就要疯癫了。所以只要看见朱颜呆坐，陈山妹便有意要去搅扰她，反复说：妹子，别太想家了，想过了头累心，心累了，人就老了。

朱颜被这个与自己毫不相干的女人，一次又一次打扰，实在是不胜其烦。而对方的身份，又无形中给了她压力，告诫自己不要与杀人犯冲突。终于有一天，朱颜忍无可忍，冲着陈山妹大声吼叫道：你到底要干吗？要是你以为用你这种无聊的絮叨，就可以跟我套近乎做朋友，指望我替你支招减刑，门儿也没有。我朱颜这辈子再也不会被人利用，我还没有傻到老被同一块儿石头绊倒。

朱颜的怒不可遏让陈山妹大惊失色，搓着两只手，喃喃地说：我……我从来没想过……要利用你……

朱颜刹不住车，更加尖刻地说：没想过？骗鬼去！我相信世界上没有无缘无故的爱，只有无缘无故的恨！

陈山妹听不出她的格言矛头指向哪里，更不知这里边含的什么弦外之音，只管傻傻地站在那儿，不知所措。

安莺燕看不过去，跳出来为陈山妹两肋插刀。只见她指着朱颜的鼻子，破口大骂：姓朱的，你他妈的吃错药了！狗咬吕洞宾，不识好人心。你以为你是谁呀？可以随便欺侮人。指望你替她支招，呸，除非她瞎了眼！像你这样只喝了一肚子洋墨水，连个人情世故都没弄通，好人坏人都认不清楚的糊涂玩意儿，要是能做得了一个好律师，我立马换了祖宗跟你姓！

朱颜被骂得急了眼，也顾不得平时的斯文，回嘴道：你跟我姓，我还不要呢，我嫌脏！

两个人的声音，一个热辣辣溅着火焰，一个冷飕飕闪着寒光，火起风吹，风助火势，你来我往，不可开交，谁也灭不了谁。要不是陈山妹强拉硬挡，安莺燕准得冲上去跟朱颜撕扯起来。

打那儿开始，陈山妹再也不敢跟朱颜讲话，然而她对朱颜的关怀一刻也不能停止。只不过每次的关怀，换来的都是事与愿违的结果。

陈山妹彻夜不眠，两只眼睛盯住对面的墙，眨都不眨。往事像流水一样，从黑夜的银幕上淌过，一切都像正在发生着，让她身在其中。

矿难发生的时候，陈山妹正在村办的灯笼厂里做工。

扎灯笼是小尾巴村人祖祖辈辈相传的手艺，据说有皇上的年月，村里人扎的灯笼，进贡到内宫的后花园里去了。跟老祖宗比，现在小尾巴村的灯笼也不逊色，出口欧洲和美国，听说也进了总统住的宫里府里，专司喜庆的事情。

当初陈山妹挑了这个工来做，图的就是喜庆。丈夫柱子在井底下挖煤，钱赚得不少，可心里不踏实，每天每夜只要柱子当班，她的心里就有十五个吊桶打水七上八下。陈山妹在厂里负责质检工序，每个灯笼出厂，都要被她装上灯泡照一照，看看有没有破绽和瑕疵。她的敬业在工友们中间可以说有口皆碑，但工友们谁都不知道，陈山妹内心有个不向人言的愿望，就是用灯笼红色的光芒，照耀巷道里漆黑的路，让丈夫不至于在八百多米的地底下，迷失了回家的方向。她点亮每一盏灯笼，都是给柱子照路用的，所以总有使不完的劲儿。

然而陈山妹的灯笼终于在这一天失去了功效。当她得知矿井发生了瓦斯爆炸的时候，不祥之兆如闪电霹雳而下，把她手中的红彤彤的灯笼映得惨淡无光。她扔下工具疯了似的奔往矿区，已经有许多妇人在井巷口焦急等待消息。

不知等了多久，陈山妹与另外三个妇人被点了名，领进办公室。一个又黑又胖的大个子男人接待了她们，陈山妹认得那是村长万爷的亲信，人称黑七。

黑七二话没有，上来先跟她们核对每个人丈夫的姓名和年龄，然后对她们说：可以证实你们的丈夫遇难，尸首已经被挖出来了。

连哭的时间都没给她们留下，黑七紧接着又说：矿上决定给每个死人赔付二十万元，条件是尸体归矿上处理，全家人搬离矿区，搬迁安置费用由矿上另外开支。你们要是同意，就在这个协议上摁个手印，马上去财务室领钱。

四个哭成泪人的妇女，有两个抹着眼泪，当场摁了手印，跟着马仔领钱去了。另一个执意要领回丈夫尸身，在房子当间满地打滚，大哭大恸。黑七用脚踢她的屁股，狠狠往她身上吐痰，骂她臭不懂事，不知好歹。然后把她撂在一边，任其号啕，回头来问陈山妹。

陈山妹觉得自己眼前一阵阵发黑，耳朵嗡嗡作响，她不知道要如何回答黑七的问题，却知道这么大的事情，她是不能做主的，必须要问婆婆。

于是，黑七立马带着陈山妹回家，去见她的婆婆。

山妹的婆婆，打从二十多岁起就守寡，独自一人拉扯着三个孩子，中途有两个夭折了，只剩下柱子这一根苗。艰难困苦把她熬成了一把骨头，六十多岁的年纪，已经弯腰驼背，瘦骨嶙峋，看上去倒像八十岁的老妪。

婆婆听说儿子殁了，当即哭得昏死过去，被山妹掐住人中唤醒之后，开口就骂：黑七，你个丧尽天良的东西，怎么想得出这样黑心的主意，叫我家柱子死了连尸身也留不下呀！

黑七阴阴地笑道：四婆婆，你这是何苦，他媳妇都认了，你还这么难说话。

婆婆一听，立马目光如炬逼视山妹：什么，你同意了？！同意把柱子的尸身卖给矿上了？

山妹被婆婆看得浑身哆嗦：没……没有……我是说我不能做主，要问你
老……

婆婆大哭，又骂：幸好，幸好你不能做主，要是能，肯定卖了。我早就
说过你是个贱货，柱子还不信。

山妹被婆婆骂得抬不起头来，只是嘤嘤哭泣并不还嘴。

黑七又十分阴险地劝说道：四婆婆，你也别怪她动心。在全中国你打听
打听，有哪个煤矿死了工人赔这么多钱的。也就是碰到万老板这样的大善人，
你们才占着了这么大的便宜。

婆婆怒目而视道：黑七，你这样说话就不怕天老爷下大雷劈死你？我儿
子从背得动小煤车就给万家帮工，一个班下到井里得干十几个小时，回到家
就像被抽了筋似的，连拿筷子夹面条的劲儿都没有了，数九寒天里浑身上下
也剩不下一根干纱，脸黑手黑就不用说了，咳嗽一声吐出来的痰都是黑的。
活了四十多岁，给万家当了二十多年牛马，到了死在那吃人不吐骨头的黑洞
子里，你还说我们占了便宜！

黑七并不怕她数落，继续说：那可不是吗？你去问问那几个河南、四川
来的娘们儿，她们死了丈夫一个人才拿了多少？五万！就这，她们拿了还直
朝我磕头作揖，叫我千万给大善人万老板带话，感谢他的大恩大德呢。你呢，
二十万，你还不干，不是占了便宜还想占大便宜又是什么？

婆婆更加怒不可遏道：黑七，你的心真的比地下的煤都黑！你从小没娘，
是村儿里的大妈大婶东一口西一口把你喂大的。可我们白花花的奶水喂到你
嘴里，咋就养出了你这一肚子黑肝黑肠呢？骗那些寡妇五万块钱就卖了丈夫，
还得给你们磕头下跪，这是作的哪辈子的孽哟。我家柱子总说，矿里对外边
来的兄弟太狠了，他们做一样的工，拿的工钱差远了去了。每次领钱，柱子
看见离乡背井来这儿卖命的兄弟，拿上那一点点命换的钱，乐呵呵往邮局赶，
寄回老家去，就跟自己做了亏心事似的，不敢正眼看人家。咱村儿里的医院、
学校、养老院，任什么好事儿都跟他们没关系。柱子他们班上一个四川人，
得了急性盲肠炎没钱交押金，愣在咱村的福利医院给耽误死了。小尾巴村哪
一处没掺着外来工的血汗，可就没有人家的份儿。你口口声声说，万老板是
个活菩萨，他要真是活菩萨心肠，远乡近邻在他心里还不都是一个样儿，不
会有厚有薄差这么多吧？菩萨在路上见了快死的病狗，还把自己腿上的肉割

下来喂，哪能看见人要死都不救的？

黑七也开始翻脸了：好你个刁老婆子。都说你打年轻守寡起，就是全村儿有名的泼妇，今天才叫我真的领教了。你别给脸不要脸，占了便宜还卖乖。这些年，你们吃万老板的饭，读万老板的书，现在万老板花天价买你家死鬼的尸，你不肯还要说东说西，败坏万老板的名声。行，钱你不要，算你狠，从今往后别想再让万老板罩着你们，村里的学校、幼儿园、医院、敬老院，还有这上下两层的小砖楼，任什么福利你们家都不能享受了，到时候你吃了亏可别后悔！

婆婆晃晃悠悠站起来，举着拐杖扑赶黑七，继续骂：你别在我跟前抬着万金贵的灵牌子吓唬人，我那死鬼男人从小跟他一块尿尿和泥玩大的，以前都是一样的穷光蛋，谁还不知道谁的底儿？他咋发的家，咱不说就罢了，说出来，他那活菩萨面子上的金皮皮儿一剥，里边糊的是啥就难说了。

婆婆一边哭，一边说，陈山妹听着脸都吓青了，一个劲儿劝：娘，别说了，快别说了，传到万爷耳朵里，咱们就没活路了。

婆婆甩开她的手，吼道：我怕什么，大不了是一个死呗。我一辈子守寡拉扯大的儿，命都卖给他万金贵了，他还能把我怎么着呀。他要是为这几句话，就逼得我没了活路，他那个活菩萨的庙里，还不得断了烟火？

陈山妹又忙给黑七赔不是，说：七叔，柱子一死，也把我娘给急糊涂了，你千万别往心里头去。

黑七气哼哼说：她糊涂？我看她正好是清楚得过头了。我把话撂在这儿，她别仗着她男人跟万老板是发小，就信口胡说八道。二十万她不要，由了她，把柱子抬回来还给你们，矿上就跟你们两清了。要是这老太婆管不住她自己那张破嘴，惹得万老板发了火，别说我黑七不给她留后路。

婆婆愈发大哭：后路！后路！黄土都埋到我脖子根儿了，只等着儿子来加这一铲子土，儿子他还先殁了。我这苦命的老婆子还有什么后路可留的！

陈山妹拉住她，哭道：娘，你这话说得，柱子没了，你还有孙子孙女呀。你别光顾着跟七叔置气，还得为他们想呀！

婆婆听了这话，愣了一刻，想了想，然后又壮着胆子说：他万金贵不是大圣人活菩萨吗？我倒要看看为了我这几句话，他要把自己这发小的后人怎么处置！

黑七不想再跟她说什么，留下一句话走了：四婆婆，我知道你这辈子是个能扛事的，什么时候也不能认了输。那咱们就骑驴看唱本，走着瞧吧。

……

柱子终于回到了自己的家，伴着响器吹打的哀乐，跟亲人最后一次相聚。

陈山妹仔细地给丈夫洗脸洗手，一点点搓着他被煤尘染黑的皮肤。泪水好像已经流干了，只剩下阵阵抽泣。

婆婆在一旁，抚尸哭诉道：柱子，你倒是醒醒呀，醒醒呀。你眼睛一闭撇下可怜的娘，娘这白发人送黑发人，还差一点送不成。你那没良心的婆娘，见钱眼开，险些把你的尸身都卖给人啦。

这些话，深深刺激了陈山妹，她哭着求婆婆说：娘，都是我的错，我的错。别这么说给柱子听，他听了会难受，舍不得安心上路呀……

婆婆忽然伸出干瘦如柴的手，连连猛扇儿子的耳光，边扇边哭：儿呀，你真的安心呀，撇下你老不死的妈，一句话没有就走了。我叫你安心走，安心走……

陈山妹大恸，一下子跪在地上抱住婆婆：娘，你这是怎么啦？柱子从小到大你都没动过他一根毫毛，现在他死得这样惨，你怎么还忍心下手打他。你别打他，他会痛，他会痛呀。当着柱子的面儿，我给你发个誓，从今天起，婆婆你就是我的亲娘，我陈山妹生是吴家人死是吴家鬼。你就放过柱子，让他安安心心去上奈何桥吧！

婆媳二人抱头痛哭，两个披麻戴孝的孩子也跟着哭，在场的人无不泪下。

两行泪水从似乎早已干涸的眼睛流出，顺着陈山妹的脸庞滑落，又把她带回到现实的黑暗里。她听到左边的铺上，转来一声重重的叹息，知道安莺燕也没有入睡。顾不得想自己的心事，她擦了擦脸上的泪，将头靠近安莺燕的枕头，轻声问：燕子，肚子又痛了？

安莺燕嗯了声，把手伸过来，摸索着抓住陈山妹的臂膀说：这回痛得邪乎，姑奶奶连气都喘不上来了。

陈山妹感觉到安莺燕干燥的手掌，贴在手臂上像过了火的铁刷子，热辣辣的。

最近安莺燕经常嚷着小腹痛，倒也是一阵子过去，啥事没有，除了时不时找碴跟朱颜吵点小架，其余时间照样打闹说笑没个正形。今晚上的情形有些不同，她痛得这么凶，还开始发烧了。

陈山妹把手掌贴到安莺燕的额头上，温度更是高得如烧过的木炭一般。这样的高烧几年前缨络得脑炎的时候，陈山妹见识过，凭着很简单的生活经验，她判断安莺燕可能要生大病了。陈山妹心里有些慌，忙对准安莺燕的耳朵说：燕子，我看你这一次的病不简单，还是报告政府，去医院看看……

安莺燕痛得直吸气，还用满不在乎的口气说：有啥大不了的，我知道，是妇科炎症。我这底下宫颈炎、附件炎、阴道炎、盆腔炎……凡是能发的炎，我什么没得过？我不是跟你说过吗，我就是一公共男厕所，厕所，还是公共的，你说它年久失修还能不出毛病？

陈山妹拍拍她的嘴，说：你都发高烧了，还在这儿胡说八说的。这跟上次缨络得脑炎差不多。那次她烧得这么高，医生一量都超过 40 度了，差点把小命儿送在医院里。

安莺燕听了，努力笑了一声：嗨，哪儿跟哪儿呀，人家得的是脑炎，那种病咱想得也得不上，都说干我们这行的全都大波无脑，没脑子的人想得脑炎，门儿也没有。得病也分人，像我这样儿的，得个病都是这种说不出口，见不得人的。

陈山妹有些急，声音也大了些：都什么时候了，你还没个正经，天一亮你赶快报告，就算去不了医院，让那个给我灌肠的戴医官给你看看也好。

安莺燕冷笑道：找她，那还不是送给她去骂。肯定又得说上一大通，什么早知今日何必当初呀，什么一失足成千古恨呀。她一个医生，看病就看病吧，也不知道从哪儿搬来那么些个陈词滥调，嘀嘀嘟嘟没个完……

陈山妹还想说什么，右边的暗影里突然传出朱颜冷若冰霜的声音：哪来那么多知心话，说起来没完没了？你们要再影响大家睡觉，我可要报告值班管教了！

安莺燕动了一下身子，好像打算坐起来的样子，陈山妹忙摁住她，用一只手捂住她的嘴，示意她不要吭声，转向右边解释说：她生病了……

朱颜的声音依然如故地冷漠：生病了，明天去找医生！要是急诊，现在就去摁铃叫人来抢救呀！你们两个嘀嘀咕咕就能把她的病治好？

陈山妹像寒冬腊月被人浇了一盆冷水样的，透心彻骨凉，她真不明白朱颜这么个让人看着顺眼的女孩儿，怎么说起话来总显得心那么狠。陈山妹由此联想起自己吞钉子的前因后果，悔不该将这个冷面冷心的朱颜太当回事。

昨天早晨陈山妹醒得特别早，去风仓洗脸，看见朱颜头天换下的内衣内裤，还撂在那儿没洗，就顺手洗出来，挂在铁丝上，正好跟安莺燕的衣服挨在一处。朱颜看见之后立马大发雷霆，可着嗓子嚷嚷，谁把我的衣服晾在这么肮脏的地方。安莺燕听了，要上去跟她抬杠，被陈山妹死死拖住，忙说：跟燕子没有关系，是我洗的，我挂的。

没想到，朱颜并不因此而放过这事，猛地把那两件又软又滑溜的衣裤拽下来，扔在地上使劲儿用脚踩踏，嘴里还在说：你洗的，你挂的，能说明什么问题？你以为你的手干净？那上面是沾了人血的！

陈山妹当即感到天旋地转。她一直把朱颜当作长大成人的缨络看待，所以不管她如何嫌弃如何冷漠，都情不自禁要像照顾亲人般照顾她。此时此刻，她明明看见长大的缨络对她说：你以为你的手干净？那上面是沾了人血的！

这些针尖般锐利的话，把陈山妹心中深藏的，连她自己都不曾意识到的血泡刺破了，里边的血淋漓尽致地迸发出来，带着一个强烈的信号，缨络长大以后不会再认她这个妈妈了，因为她的手上沾了人血！

假如安莺燕的话当真，自己能侥幸活着出去，孩子们觉得他们的妈妈手上沾了血，远远躲开去，那活着还有什么意思？假如安莺燕的话不真，自己反正是要被政府枪毙的，那又何必在这个牢笼里受活罪，被人家随意辱骂和指责？无论是长大成人的缨络将她唾弃，还是警察在她脑后举枪射击，这两个结果都是她陈山妹不想要的。于是她趁扫地的机会拔下扫帚上的铁钉，毫不犹豫地吞进肚子。

安莺燕对陈山妹自杀的原因，其实是看出了一些端倪的，她不止一次对山妹说：你去警告那个二洋鬼子小妞，别动不动说话伤人，她对你自杀还负着责任呢。甭以为她在修管教跟前，凭着三寸不烂之舌，左一绕右一绕，就把自己择出去了。她呀，脱不了的干系！你如实报告政府，她就得跟着你减分记过。你要不说，早晚本姑娘也得去说。

陈山妹强压着安莺燕的火儿，说：寻死觅活那是我自己的事，跟人家扯不上，报告了政府，她受处分，你又沾了什么便宜？到了这个屋顶下边，哪个不是可怜人，还互相你害我他害你，那可真的活不下去了。

可是眼下，面对发着高烧的安莺燕，朱颜还这么冷言冷语，真让陈山妹从里到外凉得透透的。心里一凉，捂在安莺燕嘴上的手，也不知不觉松开来。

安莺燕似乎跟她有着一种默契，也不管谁睡觉不睡觉了，大声说：姓朱的，你要报告值班管教，我还要报告呢。陈山妹为什么要吞钉子，还不都是你鼓捣的？

朱颜的声音有点发虚，口气还是铁硬：怎么是我鼓捣的？你说话得有证据，要是拿不出证据，当心我告你诬陷！

安莺燕也不示弱说：证据，我有。你当众辱骂陈山妹不干净，手上有人血，全仓的人都是人证。你还把自己的高档内衣，踩在污水里，扔进垃圾桶，那就是你的物证，姑奶奶我全都留下了。你以为就你懂法律，这种照葫芦画瓢的事儿，谁不会干呀？陈山妹天天按亲人的规格照顾你，你还要说狠话把她往死里逼，你他妈的还是人养的吗？用刀子捅死人犯法，用舌头逼死人犯规，在这里边，从来是无事生小事，小事成大事，我要是告你用舌头杀人，政府也不能不管。陈山妹她是没死，要是真死了，修管教也得跟着倒大霉呢，她要不把你修理一番才怪呢。

安莺燕越说越顺溜，越说越激动，声音传到走廊里，引来了值班的女看守。她把屋顶上的大灯一开，隔着小窗户往里看，呵斥道：谁！谁敢这么大声说话？

安莺燕一轱辘坐起来，说：报告政府，47号安莺燕正在说梦话，一不小心打搅了大家，不好意思呵……

女看守不信：说梦话？这么大声音？

安莺燕一本正经说：报告，本姑娘从小就有说梦话的毛病，一受刺激就要发作，要是刺激再强一点，还有可能梦游，那一游起来，杀人放火的事没准儿都敢干呢。

女看守见她油腔滑调，平时也知道这是个难缠的主儿，看看没有别的犯人出来说话，就啪地关了灯说：深更半夜的，谁又刺激你了？睡觉！

等女看守转身走远，安莺燕在黑地里又说：听着，谁也别刺激姑奶奶我，万一把我的梦游给激发了，那可没有好果子给你吃。

说也奇怪，平时总跟她针尖对麦芒、从不相让的朱颜，声也不吭，嘴也不还，管教来了也不报告了。这一役，安莺燕大获全胜，把几天来窝在心头的鸟气宣泄一空，心里舒坦了，倒头睡下，竟然不大会儿就发出均匀的小鼾声。朱颜伤了元气，在被窝里翻来覆去叹气，真被搅和了睡眠。陈山妹呢，躺在她们中间，听着安莺燕的小鼾，听着朱颜的叹气，心下一片悲凉。

右眼皮又突突跳起来，跳得陈山妹心惊胆战，她觉得这肯定跟安莺燕的病有关。望着渐渐亮起来的窗口，她一遍遍想着：这妹子真要大病临头了。

修丽到女监二号仓来看陈山妹的时候，手里拎着一包食品，里边有几袋方便面，两包火腿肠，还有一些苹果。

自从听安莺燕说，凡是企图自杀的人都会受到处分，因为万一真死了人，首先要连累主管的管教，陈山妹一直提心吊胆，怕那个给她喂韭菜的女官来找麻烦。那天她猛然抵抗，不光弄得那个女官满身污秽，还把人家的鼻子给踢得流了不少血，这个账迟早是要算的。

修丽高亢的声音刚从走廊里传进来，陈山妹先就六神无主了，听见修丽在门口询问她的情况，更是吓得脸色发白。等修丽进得门来，把手里的食品放在铺上，说这是专门给她带的，陈山妹立时浑身筛糠，扑通一声就给修丽跪下了。

修丽吓了一跳，忙扶住她问：怎么回事？怎么回事？

陈山妹慌里慌张，说也说不清楚：我知道杀人是死罪，可听说死罪政府也会派人来问情况，到法院见过法官才决定毙还是不毙。你可别因为我一时想不通，吃了钉子，就提前送我去枪毙，我那是想孩子想昏了头……不是有意要给你找麻烦……要是非枪毙不可，我也得先见见我的孩子，告诉他们妈妈不是坏人……妈妈到了阴曹地府还是他们最亲的妈……

话没说完，人已经哭得抬不起头。

修丽被这一席话说得糊里糊涂，把她拉起来问了半天，才弄明白。原来陈山妹听说，凡是判了死刑的人，枪毙之前，都会被政府特殊照顾一顿上路饭，还可以抽烟喝酒。自从进了看守所，陈山妹是为数不多的几个从来没有家人关照，没有朋友送钱送物的嫌犯之一，她吃过的方便面、火腿肠，还有牛奶麦片之类，都是安莺燕匀给她的。她看见被自己踢伤的管教，提着这么一堆食物来，还点名点姓送给她，便以为是政府送她的上路饭，吃完了立马就要押赴刑场呢。

修丽听了，觉得陈山妹很是可怜，用缓和些的口气说：你看你，胡思乱想把自己给吓的。吃钉子的时候，你怎么不想着还有孩子要见呐？现在反而贪生怕死了。眼下除了你自己，谁能把你立即执行？

陈山妹看见修丽虽然态度严肃，话说得挺诚恳，不会是在骗她，也就把高高悬起的心放了下来。低着头，像个做错了事儿，又不知道要如何弥补的孩子，等着大人发落。

修丽问：你觉得身体怎么样了？好点没有？

陈山妹忙说：好了，我全好了。我人穷命贱，从来不生病……安妹子……47 号，是她病了，发烧了。

修丽看了一眼蒙头躺在被窝里的安莺燕，没有表态。然后接着问：你知道你的孩子如今在哪儿吗？

这一问，陈山妹刚刚止住的眼泪又哗哗淌了下来：我哪能知道？……他们的亲爹挖煤砸死了，后爹叫我给杀了……

修丽打断她的话问：那你们就没别的亲戚了？

陈山妹栖栖惶惶说：有倒是有一个奶奶……可已经不认我们了……

修丽觉得不可思议：你改嫁了，婆婆不认你了，说得过去。可是孩子是她自己家的香火，那老太太怎么可能不认他们呢？

陈山妹停下想了想，不知该怎么说：这事儿都怨我，没有跟婆婆掰扯清楚……今天落到这一步，都是我自作自受……只可怜我那两个孩子，也跟着一块儿受苦受罪……

修丽说：农村老太太不认自家的孙子，我长这么大还没听说过。你现在就跟我说说清楚，这到底是咋回事？

这一切对于陈山妹，显然都在不堪回首之列，因为修丽刨根问底，她不得不把结了痂的伤痕重新揭开，去回忆那些不堪的往事。

柱子的丧事刚刚办完，头七都没有过去，胖头就带着村里保安队的人上了门，说是按照黑七叔的吩咐，来帮陈山妹搬家。

按照小尾巴村的章程，村民凡本村户籍，一律可按家庭成员人数，享受大中小三种不同规格的福利房一栋，全是装修好的两层小砖楼，室内一应用具——冰箱、彩电、洗衣机三大件，包括厨房里的沼气灶、微波炉、电饭煲、炒菜锅——全都由村里统一配给，村民只要带着自己的铺盖卷和换洗衣裳，再加几双筷子、几只碗，进去住就全齐了。所以说是搬家，把村里配给的留下，也就没什么可搬的了。保安队来了几个大汉，不过是防着要搬的人家闹事而已。

婆婆知道彻底得罪黑七，其实是彻底得罪了万爷，早早就开始收拾东西，等着哪天这房子住不成立马走人。婆婆是个刚烈的女人，一辈子宁折不弯，陈山妹曾经想劝她去给万爷赔个不是，看看能不能保住家里的住房。婆婆说什么也不干，说：我说的那些话，等于在金銮殿外边跳起脚来骂皇上，在小尾巴村，从来没有人得罪了万金贵，还能找巴回来的。他那个人的心眼比针鼻儿还要小，整人又不知道有多狠。话说出去，就别指望有啥变动，准备接他的板子和棍子吧。

有备在先，没费什么周折，一家人就出发了，目标是村外山梁半腰，柱子家祖传的小土房子。那房子本来又黑又矮，又空下好几年没人住，也不知道都破败成什么样子了。可怜现在的吴家，顶梁的柱子倒了，大半边天就塌了，孤儿寡母的，不往回搬又能到哪儿去呢？

大浩、缨络背着各自的书包，抬着竹编的鸡埘，里边装着四五只下蛋的母鸡。陈山妹用扁担箩筐，挑着全家人的被褥勺盆，还有所剩不多的米和油。

婆婆呢，右手拄着拐杖，左手拎着一只生锈的旧铁锅。这口锅是前几年搬进新房时，婆婆非要留下的。当时她说，村里供应再齐全，自家也不能锅都没有，到时候要是人家撵你出来，不是连饭也吃不上了？山妹笑说：万爷宣布小尾巴村儿提前进入共产主义了，人人都有衣穿、有饭吃、有房住，他还能让咱们走回头路，吃二茬苦？婆婆说：什么都是他给的，连咱们的命也都成了他的，哪天他跟你一翻脸，他叫你死，你就活不了。柱子说：人家跟咱好好的，咱们翻的哪门子脸呐？婆婆冷笑一声：脸要翻当然是人家翻，轮不上咱们。就为这，咱们走到哪儿，都得带上自家的锅，省得心里慌。柱子对山妹说：老辈子人，锅就是一家人的衣食靠山，依了她吧。

那只锅进了新房，被挂在储藏室的墙上，挂了蜘蛛网，长了黄锈斑，从来没派过用场。谁想得到，最后还是被婆婆一句话言中，成了一家人最要紧的财产。

搬到山上第二天，屋场还没收拾好，两个孩子背着书包去上学，还没进教室就打道回家了。大浩告诉奶奶：老师说，以后我们不能上学了，矿上的希望小学只收矿工子弟。

婆婆有些急眼：你们怎么不是矿工子弟？你爹把命都送给矿上了。

缨络答道：他们说，原来算现在不算了，因为你不听万老板的话。

婆婆听到此话愣住了，一时语塞。冲孩子下手，这手显然超出了她最坏的打算。

陈山妹看见婆婆难受的样子，强忍住心中的悲伤去安慰她。婆婆一改往日威严，试探地问：我为柱子下辈子讨个好出身，留了他的尸，二十万打了水漂漂，孩子们书也读不上了，你不会怨我吧。

陈山妹嫁到吴家十多年，还是第一次接受婆婆的歉意。柱子在世的时候，最盼望她们婆媳之间和睦相处，自己也为了柱子这个心愿，拼命讨好婆婆，细心伺候婆婆，却从来没有得到过对方的回应，一场天灾人祸，反而让她们成了相依为命的亲人。想到这些，一种真正的亲情从山妹的心底里升上来，又一次带来了长流的热泪。

陈山妹哭着对婆婆说：娘，山妹不但不怨你，还得感谢你。柱子这辈子受苦受罪，还能让他尸身都落不下一个，下辈子再受苦？咱们再苦再难，只要能让孩子们读上书就行。村里学校不收，咱们就乡上去读。

婆婆说：乡上的学校对小尾巴村儿的孩子都要加倍收钱，人家看着咱们眼红。

陈山妹擦掉泪水，很坚决地说：咱们攒，我跟厂子里说，每天做两个班，能多挣一份钱。

按照小尾巴村一带的乡俗，家有新丧的人，得过了七七四十九天，才能出门揽工做活儿。陈山妹过了柱子的七七，第二天一大早赶去灯笼厂上班，厂长告诉她她的工已经有人顶了，要她去财务室领了上半个月的工资回家。陈山妹拿着那薄薄的一沓钞票，在山路上跌跌撞撞地走，她不知道该怎么面对婆婆充满期待的眼睛，也不知道该怎么跟孩子们说，全家已经被逼到无路可走的绝境。

远远看见自家的土墙小院，孤零零地站在山梁上，土屋的房顶上正飘出一缕缕青色的炊烟。山妹知道是婆婆正拖着病病歪歪的身子，给全家人做午饭，心里更加难过起来。脚下一软，一屁股坐在山崖的边边上，面对脚下看不见底的百丈深渊，她真想闭着眼睛往下一出溜，跳下去跟柱子相会去。陈山妹冲着阒无人迹的山谷，凄惨地叫道：柱子，柱子，你说我该怎么办呀？

听不见柱子的回答，但听得一阵响亮的鸟鸣。山妹透过蒙眬的泪眼，看见树枝上原来有个编织得很精巧的鸟巢，雌鸟正在窝边守着它的三只小鸟，等着雄鸟叼来小虫喂它们。大鸟小鸟一唱一和，把陈山妹从向死的绝望中唤醒了，她想起两个可怜的孩子，同时想起自己的责任。陈山妹为自己刚才的念头感到惭愧，一轱辘爬起来，直奔自己家的小土屋而去。

从那天起，这个走入了绝境的家，开始了更加艰难困苦的日子。婆婆箪食瓢饮，山妹淘洗耕锄，此外再去矿区揽些拆拆缝缝的活计来做。两个年幼的孩子，也加入了奶奶和妈妈的劳作。每天从乡上的学校回来，兄妹两个都要沿路捡些柴火，给奶奶烧饭用。缨络只要一听见母鸡咯咯叫，马上跑去鸡窝里捡蛋，再小心翼翼捧到筐子里放好。大浩呢，常在晚上点个火把到山涧的溪水里去捞小鱼小虾，冻得浑身发抖也从不停止。他们的饭桌上，永远只有自家种的两样素菜，鸡蛋和小鱼干都由山妹拿到镇上的农贸市场去卖钱了。

每天晚上睡觉之前，婆婆总要在昏暗的油灯下，把她的手巾包打开，将那些其实早已数过多遍的小钞票一数再数，结果总是失望地摇着头，叹上一大口气，把摇曳不定的煤油灯吹灭。

两年时间就这么过去了，虽然全家人都分外努力，日子还是愈来愈贫穷。

有一天陈山妹在对面坡上搂柴火，远远看见一个肥胖的女人，扭扭搭搭进了自家的院子。她心里好生奇怪，自从被赶出村里的福利房，她家就与小尾巴村断了往来，无论过年过节，从来没有人到家里来过。陈山妹怀着有些激动的心情，快快扎好了柴捆子，想要回家看个究竟。

走到院门口，正好和来人撞了个满怀，山妹认得那是邻近大膀子村儿的媒婆，人称快嘴小喇叭。只见小喇叭灰头土脸，一边拍打着身上的尘土，一边骂骂咧咧说：四婆婆，你这个老绝户，现在是什么社会了，你还想限制你儿媳妇的婚姻自由？你犯法了，知不知道？

婆婆跟在她身后追，又要举起拐杖打，看见陈山妹回来，马上改口说：小喇叭，你有闲工夫，管着你们大膀子村儿的事就够了，我们小尾巴村儿的人不用你操心。

小喇叭吃了亏，找个机会报复：你们还是小尾巴村的人吗？小尾巴人家家住小楼坐汽车，哪有你们这么穷的叫花子？

婆婆当着媳妇的面，显然不想跟她多说，只好妥协：行了，行了，我们穷，跟叫花子一样穷，那就不劳您大驾光临了。

小喇叭走了之后，婆婆气得话也不说，饭也不吃，除了叹气还是叹气。陈山妹看光景已经猜出了事情的原委，心里突突乱跳，嘴上也不敢多问。

从那天起，陈山妹不管是去集上卖鸡蛋，还是到山上去搂柴，总能时不时碰到小喇叭。只要见着面，小喇叭就热情得让人受不了，一个劲儿夸她又能干又贤惠，哪个男人能娶上这样的老婆，那就是前世修来的福。

陈山妹惶惶然，不知如何应对，小喇叭追着她说：别听你家那个刁老婆子的，她还不是死了儿子，怕自己没人养老送终，要拉着你来垫底呗。你呢，不为自己想，也得为孩子想，给他们找个爹，有人替柱子供他们读书，上大学，你才有奔头呀！守着这个老婆子，你能有什么好下场，孩子们有什么好前途？

陈山妹被她说得脸红心跳，夺路而逃。可每次回到家里，她看见的都是婆婆怀疑而严厉的目光，直盯得她头也不敢抬。

那些日子，小喇叭像陈山妹的影子似的尾随她，劝嫁，劝嫁，还是劝嫁，大有不达目的不罢休的意思。陈山妹见着她就躲，躲不开就跑，回家仍要被婆婆的目光逼视，搞得她里外不是人。

事情在不久之后有了变化。儿子大浩看见妈妈为买种子的钱发愁，瞒着山妹到后山的深潭里去捉鱼，碰到条大鱼触了网。大浩高兴得不行，死死抓紧渔网的纲绳不放，被那大鱼拖进潭里。要不是同去的小伙伴叫来看山的老头儿搭救，差一点把命送在那儿。

这件事促使陈山妹不得不认真对待小喇叭。当她再次碰到小喇叭时，答应考虑考虑这门亲事。小喇叭听了，很称心地说：这就对了，别为了你自己的一个严守妇道的虚名，把孩子搭上。然后又把男方的情况再一次细细说了，按她的话，那人差不多就是大膀子村儿头一名能人，见过世面，又大方又和气。

陈山妹下了一万次决心，才在一个太阳暖暖的中午，鼓足勇气跟婆婆说出了自己的打算。她希望婆婆能站在一个母亲的角度，理解她的无奈和苦心。

然而后果比她想象的要坏一百倍。陈山妹还没把话说出口，婆婆已大怒而骂，抄杖痛打：你闭上那张臭嘴！你不用张口，我就知道你想屙几节什么屎了。跟小喇叭串通好了，要去嫁给野男人了吧？

陈山妹跪在地上，任婆婆的拐杖劈头盖脑而下。婆婆边打边骂：柱子死的时候，你是对老天爷发过毒誓的，生是吴家人死是吴家鬼。现在倒好，才两三年你就熬不住了，要去找野男人睡了。你也不怕天王老子现在就劈了你。

陈山妹哭着说：娘，你老也不是不知道大浩的事情，万一有一天他真出了事，我怎么面对他爹的坟？

婆婆大哭道：亏你还想得到柱子有个坟，坟土还没干，你就要嫁人。快去借把扇子来，扇干了坟头你再嫁。要是你黑心真要走，拖着缨络这个油瓶子去，大浩是我们吴家的根儿，你休想带他走。

缨络见了，吓得抱住妈妈一个劲发抖。

婆婆说到做到，一边赶山妹母女出门，一边来扯大浩进屋。

大浩挣不开奶奶的手，心里一急，张口咬伤了她的指头，冲出门外，跟妈妈妹妹抱头痛哭，说：我不离开妈妈妹妹，就是死也要死在一起。

这句话对奶奶的打击如此之大，只听婆婆呼天抢地道：老天爷，你睁睁眼，睁睁眼吧。我前世作了什么孽，你老人家要绝我的后哟？！

陈山妹进得仓来，头一次说出了自己的身世。讲到此处，已经泣不成声，周围一干女犯也听得呆鹅一般。安莺燕用被子蒙了头，在里边一耸一耸的，朱颜径自走到风仓里，进了厕所好一会儿不见出来。

仓里静得旷野一般，每个人的耳膜都被安静鼓动得嗡嗡作响。所有人都在等着修丽发话，可她站在那儿，把脸冲着后墙，半晌没有声音。

过了好一会儿，才听修丽说道：陈山妹，等会儿你请人把你家的详细地址，两个孩子的详细情况，你前夫家的地址，还有你婆婆的姓名，都写清楚了，让值班管教交给我。

边说边走，修丽到了门口，等着开门的时候，她忽然对蒙在被子里的安莺燕说：47号，生病发高烧为什么不报告？赶紧起来到医务室去看病。

说完，修丽两步跨出仓门，头也不回地走了。

修丽为陈山妹吞钉子的事故挨了批评，当着部下们的面下不来台，赌气给自己放了年假，也不等所长张不鸣批准，就冲出会议室，回宿舍整理行装走人。

本来这修丽是个性情中人，感情大起大落，而且胸无城府，喜怒哀乐全都写在脸上。虽然当了二十多年警察，已经历练得有了些职业化的理智，一旦遇到能让她动感情的事，仍然会将性情中冲动的端倪露将出来。行前去女监看陈山妹，听到了这个女人苦难经历的一番自述，并知道她两个年幼的孩子，如今下落不明，修丽突然决定改变自己的行程，不回城区与家人团聚，先去山里寻找孩子。

从女监出来，修丽给丈夫打了个电话，说自己要因公出差三五天，然后又把身边所有的钞票一百几十地归到一起，好歹凑了千把块，换上便装就出发了。修丽在街边给孩子买了些吃的用的，心中直担忧进了山是不是能顺利找到他们。

坐着汽车颠簸一路，总算到了陈山妹说的红泥乡。拖拉机司机告诉她，因为前些日子发洪水，把河上的小桥冲断了，乡里通向大膀子村的公路不通，还要下车蹚水过河，再步行五六里路才行。修丽谢过他，挽起裤脚，在初夏山谷尚有些寒意的水中，蹚过河沟，一路打听，很快找到了陈山妹被捕前的住所。

村民看见修丽一副公家人装束，来找陈山妹的孩子，都好奇地围上来，七嘴八舌介绍陈家情况。这个说陈山妹老实本分，那个说陈家母子可怜，问及被山妹杀死的男人，反倒个个摇头摆手，说他不是东西，该杀该剐。修丽一听，知道陈山妹自己的说法基本真实可信。

修丽在村民的簇拥之下，由一个村干部带领，走进陈山妹家的院落。

修丽看到无人打理的院子一片狼藉，墙边的杂草枝枝蔓蔓长到了院子当间。倒塌了半边的灶屋里，陈山妹十三四岁的儿子大浩正在做饭，用一根竹筒使劲吹火，熏得满脸黑乎乎的，八九岁的女儿缨络乖乖蹲旁边，眼巴巴盯着土灶上的锅，看样子已经饿得不行了。

领路的村干部告诉修丽，自从陈山妹被捕之后，两个孩子就在这儿独立生活，靠乡亲们的施舍过日子，肚子勉强混得半饱，学可就没得上了。

修丽看着听着，心里直发酸，二话没有，扎胳膊挽腿儿，就要动手打扫卫生。村干部见状忙招呼看热闹的几个妇女，一齐动手把陈山妹的家收拾出来。等修丽给两个孩子洗了脸和手，梳理好乱糟糟的头发，土灶上煮的玉米也熟了。修丽谢绝了村干部的邀请，留下与两个孩子一块儿吃饭。

修丽把玉米棒子捞在碗里晾着，打开橱柜看看，除了几个干干的红辣椒之外，还有一小罐盐，见不着任何称得上菜的食物。没有旁人在场，修丽忍了半天的眼泪，这会儿终于有机会奔流，一泻而下不可收拾。

大浩和缨络呆呆地看着这个陌生女人，神情中显示着不解与惊讶。也许在他们的记忆里，除了妈妈，大约还从来没有谁为他们的困境大动感情。

修丽打开旅行包，拿出火腿肠和卤蛋，想让孩子们就着玉米吃顿饱饭。缨络年纪小，看见连过年的时候都难得一尝的好东西，伸出手就想抓，可是一瞅见哥哥制止的眼神，又赶紧把手缩了回去。

知道大浩对自己还很戒备，修丽从随身携带的小本子里，拿出一张陈山妹的照片，那是看守所收监时，每个嫌犯都必须拍摄的档案照。修丽出发的时候，设想过陈山妹的孩子们从没见过自己，到时沟通可能会有困难，特地用办公室的打印机打印了带上的。为避免刺激孩子们，修丽只取了陈山妹的头像，而把戴着手铐拿着号牌的部分裁去了。

照片上的陈山妹穿着看守所的蓝马甲，神态凄楚目光呆滞，秀气的脸庞因为浮肿而有些变形。但孩子们还是一眼认出，照片上就是自己的母亲，异口同声地叫道：妈妈！

大浩的反应比妹妹更加激烈，一把从修丽手中夺过照片，捧在手上仔仔细细端详，半天不肯松开。泪水沿着这个半大男孩儿瘦削的面颊无声滴落，主客三个难免又是一阵伤感。

一张小小的照片，即刻使修丽成了兄妹俩的亲人，他们甚至忘了问及照片从何而来，也忘了问这位素未谋面的阿姨，跟母亲是什么交情，就把满是汗水和污垢的头，拱到了修丽的怀里。

修丽紧紧抱住两个孩子，不断抚摸着他们的肩背，等他们感情平复些之后，才再次安排开饭。这一回兄妹两个无遮无拦，转眼工夫就把修丽拿出来的吃食一扫而光。

看见他们已经填饱了肚子，修丽问起孩子今后打算怎么办。

大浩想了想说：就在这儿等妈妈。

缨络也学舌说：等妈妈回来。

修丽听了苦笑，告诉他们：你们的妈妈也许三年五载都回不来，她毕竟杀了一个人。

大浩听了很激愤，说：我妈妈是为了保护我和妹妹才杀了那个坏人，村里人都说，这是正当防卫。

修丽知道与孩子讨论这样的话题徒劳无益，就退一步说：案子的审理要好长时间，你们自个在这儿也不是个事儿，最好还是去投靠亲戚。

大浩表情茫然地说：爸爸死了，妈妈走了，我们没有亲戚。

修丽试探说：听说你们还有一个奶奶。

大浩停顿了一下，脸上的茫然又变成了激愤：她已经不是我们的奶奶了，她打我妈，跟我妈抢我，还想把我关起来。她是个恶老婆子。

接着，大浩向修丽讲起了父亲死后，他们一家人的经历。随着孩子的叙述，修丽眼前出现的每一幅画面，都是那么悲惨。

陈山妹跪在地上哭诉道：我是为了两个孩子上学成才，没办法才走这一步。

老太太听了，狠狠地说：你非要嫁人，我也拦不住你，带上你赔钱的妹仔走你的路，男伢子是我们吴家的根儿，你休想带他走。

大浩听了，抱住妈妈的腰身不放，母子三个哭作一团。老太太颤颤巍巍，拄着拐杖过来，想要扯住大浩进屋。孩子大力挣扎，奶奶死不放手，大浩情急之下张口咬伤奶奶的手指，冲向门外。

陈山妹见状，在地上跪行了几米，扑过去拉着婆婆的手，想要看看她的伤情，不料盛怒之下的婆婆，反而抢起拐杖更猛烈地将她痛打，口中骂道：看看你养的不孝逆子，遭天杀的东西！

大浩听见母亲惨叫，又回头冲进门来想要相救，陈山妹一边听任婆婆的拐杖雨点般落在自己背上，一边大声喊道：大浩，快跑……

等到遍体鳞伤的陈山妹，拖着小女儿跌跌撞撞走上山路，等在半道上的大浩，才从藏身的树丛里跑出来，从母亲手中接过沉重的包袱。母子相拥痛哭之时，天空恰有电闪雷鸣，将他们的泪水化作倾盆大雨。

母子三个在泥泞中相扶相拥，浑身透湿地由媒婆带领，走进大膀子村陈家小院。一个面色阴沉的男人应声而出，听媒婆喜鹊般叽叽喳喳报了信，才露出些说不上是阴是阳的笑容，邪狎地上下打量陈山妹。等他看到两个孩子，脸色忽然阴沉下来，问道：怎么拖了两个油瓶子来，不是说只带一个吗？

媒婆有些为难地看看山妹，意思是让她自己说明。

陈山妹怯怯地回答，声音有些发抖：奶奶老了，没法照顾孩子，你要是能把他们一起收养，我做牛做马也要还这个情的。

男人像在集贸市场看牲口那样，围着母子三人转来转去地看。

大浩赶忙表示：叔叔，我已经长大了，什么活儿都能干。

缨络也紧紧抱住哥哥，央求道：我一定乖乖听话，只要哥哥留下来。

男人磨蹭了一会儿，态度终于有所改变，对大浩说：那以后家里的牛羊就归你来放，丢了要你的小命儿。

天晴天雨，早晨傍晚，山妹家里田里努力干活，孩子也都努力相帮。

山妹赔着笑脸，一次又一次向男人请求，最终让儿子上了学。

大浩背上书包，缨络跟随其后，赶着一头牛三只羊走上山坡。兄妹俩在山坡上分手，哥哥不舍地向妹妹挥手，妹妹手持小细鞭子，站在高处羡慕地看着哥哥远去。

日子一天天过去。

喜怒无常的男人，常常在外边喝得酩酊大醉。只要远远听见继父借着酒劲，乱吼着山歌往家里走来，山妹和两个孩子就好比听到了警报，个个惊慌失措。男人醉酒归家，不是殴打山妹，就是脚踹大浩，连小缨络也不放过，一揪住她粉嘟嘟的小脸蛋，就半天不放开，痛得小姑娘哇哇大叫。

少年大浩的目光里，仇恨在日积月累，使他不再像开初那样惧怕继父，反而在继父殴打母亲的时候挺身相护。当然，这会给他自己招来更加疯狂的毒打。

出事的那天早晨，大浩正要去上学，被继父拦住了。那个男人对山妹说：从今天起，这小兔崽子不要再去上学了，我不打算再花一分钱来供养这个白眼儿狼。

山妹听了，脑子一蒙，想说什么还没说出来，手里端给丈夫的一盆洗脸水，连水带盆都掉在了地上。男人见了不容分说，揪住山妹的头发，摁在地上，劈头盖脸就打，嘴中骂道：你这个没人要的贱骨头，你还脾气见长啦，敢跟我犯蹶子？

山妹护住自己的头，不顾嘴里的鲜血滴滴答答往下淌，还在为孩子争取读书的机会：他叔，求求你，无论如何让大浩读完中学，等他能出去打工了，定准赚钱孝敬你……

男人不等她说完，又是一阵暴打，边打边吼：少来这套！你以为我是傻子，看不出这小白眼儿狼心里有多恨我。等他长大来孝敬我？不孝敬我一顿棍子两把刀子才怪了呢。我真悔不该听媒婆忽悠，娶了你这个丧门星进屋。你已经克了吴家柱子的命，还想来破我家的财？！

大浩见妈妈被这个男人骑在身上，没头没脑往死揍，再也忍不住了，疯了一样地扑上去，用还不够有力的拳头，在男人背上猛捶，扯着喉咙喊道：妈妈，别求他，他不会把咱们当人看的……

男人生得牛高马大，又在暴怒的当口，被大浩从身后袭击，猛力一反身，胳膊一甩就把孩子掀了几丈远。大浩的头磕到门柱上，血一下子冒出来，染红了他的半边脸。

山妹吓蒙了，突然变得力大无穷，一把推开骑在身上的男人，扑过去抱起孩子。母子两个搂在一起，你的血我的血流在一处，成了血糊糊的活动雕塑。

就在大浩与母亲互相擦拭伤口的时候，忽然听见缨络在屋里大叫救命。

陈山妹听了，知道大事不好，把大浩往地上一撂，一阵风似的冲进屋。

那男人也是豁出来了，不光不打算罢手，还将山妹用劲儿推出门外，又从里边把门拴上。

山妹急疯了，在院子里团团乱转。小女儿缨络在屋里继续惊叫：妈妈救我！妈妈救我！

情急之下，陈山妹不管不顾拿起一把砍柴的刀，一脚踢开门冲进去。

男人惊恐的声音随之传出。

大浩怕妈妈打不过他，急忙跑出去向邻居求助。等他带着村人返回，只见陈山妹满身血污，领着女儿走出屋来。

后来，警车来了。

……

大浩的话说完，修丽已经涕泗横流，同时也下了决心，一定帮两个不幸的孩子渡过难关。

修丽问大浩：要是我出面去求奶奶收留你们，由我来供给你们生活费和学费，她会答应吗？

大浩想都没想，就回答说：不会，那个恶老婆子不会答应你。

修丽不相信。以她的经验，在农村老太太眼里，一个能给家里传宗接代的男孙，是比什么都要紧的。老太太有再大的怨恨，总不能视他的生存于不顾吧？

于是，她把小兄妹安抚好，雇了一部摩托，去大浩的奶奶处求援。

事实证明大浩的判断准确无误。当修丽走进陈山妹过去的家，带路的村民指着一个容颜苍老的老太婆对修丽说：这就是陈山妹的婆婆。

老太婆本来见得有人进院，正以笑脸相迎，这句话使她脸上神情大变，脱口大叫：那个不要脸的骚货，哪个是她婆婆？！

修丽将自己的身份告诉老太太，又说明陈山妹和大浩兄妹的近况，以为她会动些恻隐之心。不料，老太太听完忽然哈哈大笑，用一种凄厉得有些瘆人的声音说：老天爷有眼，她这是前世的报应，前世的报应哟……接着又号啕大哭：我那可怜的儿哟，你听见了吗，那个不要脸的，她本领大得很，人都敢杀哩！

修丽注意地听着，也不插嘴，直到老太太发泄完毕，才小心说明此来的用意，是想把山妹的两个孩子送回来，费用由她自己资助，生活由奶奶照顾。

老太太一丝的迟疑都没有，就坚决地表示了拒绝，把脑袋摆得像拨浪鼓一样。

修丽问道：你连孙子也不要了？

老太太恨声说：他哪里把我当奶奶？当年我强留都留他不住，还把我狠狠咬了一大口。说着老太太伸出手掌，向修丽亮出手指上的一串伤疤，接着说：这就是我那好孙子留给我的，一辈子也消不了了。

修丽知道再劝下去实在没有意义，又寒暄了几句，给老太太留了两百块油盐钱，告辞而去。

修丽坐上摩托车原路返回的时候，天已经黑了。从山顶的高处往下看，山梁的左边是小尾巴村儿灯火辉煌的街道，右边是大膀子村儿若隐若现的轮廓，星星点点的灯光，显得十分暗淡和稀疏。修丽重重地叹了口气，心下已经有了一个新的打算：收养这一对可怜的孩子，带他们到城里去读书。

安莺燕发了几天烧，在医务室吊了几瓶水，症状基本下去了。狱医沈白尘给她开了三天的病号饭，以及增加单独放风时间30分钟的条子，这让她大为开心。

这两天，安莺燕天天在仓里表扬沈白尘，说：这个新来的小医生真不错，人长得文质彬彬，还特有同情心，比原先那个姓戴的小妞好多了。

同仓的女犯笑她说：反正在你眼里，公的都比母的强。

安莺燕听惯了这样的评语，也不恼，笑嘻嘻说：你们不要人不正邪着想，这跟公的母的没关系。再说了，本姑娘出道多年，什么样的人物没见过，再怎么着，也不会在这样的小白脸童子鸡跟前发骚。实不相瞒，要是论男人，姑娘我还是喜欢那种有点年岁，强壮彪悍型的……

众女犯人又笑：那当然啦，那样的才猛呀。要不然，怎么把你弄出一身病来？

说起自己的病，安莺燕的眼睛里似乎有一丝愁云飘过，叹口气说：人生来就有定数，你是条什么虫，只能吃什么菜。这病那病，早死晚死，都是老天安排。就说姑娘我，前几年也是这城里首屈一指的头牌，就算在他娘的正经人眼中名声不好，可也花天酒地，穿金戴银，靓仔猛男朝来夕去，咱想抬举谁想怠慢谁，全都由着性子来，日子过得那叫一个爽。别说现在落下点小灾小病，就是嘎巴一声叫我立马死了，我也值呀！

有个女犯扁着嘴说：你就吹吧！

安莺燕乘兴说道：你还不信？就冲你，把白粉成包成包吃进肚子，帮毒贩子运毒，豁出命，一趟才赚两千块，抓着了还不知道要不要吃枪子。还有她，给人家当下人，又眼馋人家的钱财，小打小闹偷了几个戒指，真的假的都没分清，就给捉到这里边来了。再说她，拐卖好人家的孩子，弄得丢孩子的买孩子的，家家都一辈子不得安宁，丧了天良不是，判大刑是指定的。你们吃苦受累担惊受怕，难不成名声比我好到哪里去了？说破天，我还是凭自己的身子干活儿，不像你们那样损人利己吧？

在说糙话方面，安莺燕堪称女监冠军，不管什么下流话，只要她来了情绪想说，绝对是张口就来，不带半点磕巴。常常是她的糙话一出口，陈山妹跟着先红了脸，朱颜呢，准定满脸鄙夷之色，把头一偏，或者干脆走开去。你红你的脸，她走她的，安莺燕只管说自己的。女二仓的老犯们，都爱以逗她来解闷儿。

今天上午，到了最后一次病号放风时间，主管看守李玫开门叫了安莺燕的号，好一阵她才磨磨蹭蹭走到门边，脸上皱皱巴巴的不开心。

李玫问她：怎么啦。放风放烦啦？不想出来啦？

安莺燕说：哪能呀？让我饿饭来换放风，我都愿意。

李玫又问：那怎么还愁眉苦脸的？

安莺燕神神秘秘凑近李玫说：我这不是为陈山妹担心吗？今天一早，修副所长把她叫走了，也不知道是不是要开庭，然后判她杀人罪。

李玫往后闪闪身子，显然不愿意跟她靠得太近，说：瞎操什么心呀，人家接见去了。

安莺燕眼睛一亮：接见？谁来看她？后老公被她杀了，前婆婆恨不得她死，律师她请不起，两个小屁孩儿下落不明……有谁来看她？

李玫不打算多说，哗哗抖动着钥匙串，说：47号，你咸婆婆操淡心，话也太多了吧？要是不想出来，我锁门啦！

安莺燕口说别，别，别。一步跨到了门外边。

安莺燕在女监的空地上溜达，忽然听见南边墙上的窗户，有男人的声音传出来：喂，放风的靓妹妹，你叫什么名字？

安莺燕朝上边看去，窗户太小，外边的光线又太强，只能模模糊糊看见一个圆圆的光头。

老于此道的安莺燕好久不曾招蜂惹蝶，这下子立马来了精神：上头那位帅哥哥，你问我吗？

那个声音说：满院子就你一个，不是问你，还是问鬼呀？

安莺燕觉得那个声音挺浑厚，是她喜欢的那种，就有心撩拨一二，嗲兮兮做出伤感状，说：进来以后，人人个个都编了号，我只知道自己是 47 号，哪里还记得姓甚名谁。

那声音也是个老江湖，听见她发嗲，知道有戏，话也多起来：这怎么行？人生一世，怎么能把自己的姓名都忘了？告诉你，老子从进来的那天起，每天起码得自报家门几十次，省得到时候出去了，连自己是谁都不记得了。

安莺燕作姿作态道：那你先告诉我，你叫什么？

那声音愈发浑厚，还弄出些个喉音来：老子姓龙，名叫强彪，强硬的强，彪悍的彪。人称彪哥。

安莺燕听了，咯咯地笑起来。

那声音不解地问：你笑什么喽？未必老子的名字蛮糟糕呀？

安莺燕邪里邪气说：帅哥哥想到哪里去了。我笑是笑，本姑娘昨天还在号子里说，喜欢强壮彪悍的男人，今天就碰上了你，又强又彪，那还不是缘分呵……好名字，硬邦邦的，有男人味儿，本姑娘早先最不待见的就是棉花条式的男人，又不行，还想找乐。

那声音没想到她这么敢说，估计已经被这几句话撩拨得有感觉了：那你算是找对人了！等老子以后出去了，第一时间去找你，让你乐个够。不过，你还没告诉我，你叫什么名字，安营扎寨在哪里？

安莺燕听出他确有结识自己的意思，愈发咯咯笑得欢了，逗乐说：本姑娘名叫见男春，家住柳浪路 120 号。

那声音说：你是逗老子玩吧，剑南春不是白酒吗，一个女人怎么可能叫这样的名字？

安莺燕更夸张地笑道：我跟白酒同音，但有两个字不同。我是看见的见，男人的男，春天的春。见男春！

那声音听了开怀大笑，说：好你个小妖精，这么骚，把老子都撩发了。要不是这个鬼窗户这么小，你早就看见老子下边都支了帐篷了。

安莺燕大作惊讶道：耶，这么快，莫非你抹了印度神油呀？

那声音眼看着真焦躁起来了，说：骚妖精，你别再撩老子了，你又不是不知道，像我们这号身强力壮的汉子，在这里有多难熬。

安莺燕更加媚眼迷蒙，声音愈发柔软起来：你以为只有你们汉子难熬，姑娘们就不难熬呀。老辈子不是说，做女人一辈子有两桩东西是少不得的，锅里有煮的，胯里有杵的。到了这里边，大锅饭倒是有得吃，胯底下天天虚位而待，也不好过哩。

那声音被她撩得认了真地激动：你真正骚得可以，讲定了老子出去以后，头一天就要去找你。把你的真名实姓电话号码报给我，哥哥我保证不会亏待你。

安莺燕乐开了怀：哟，你在牢里坐着，还紧跟时尚步伐呢。现而今买手机买车票都得实名制，你也想跟我搞个实名制吧？

那声音刚要答话，远远传来李玫的声音：47号，干什么呢？时间到了。

安莺燕忙冲窗口摆摆手，换了一种故作正经的声音，大声说：报告政府，这边草太高了，长蚊子，正在拔草呢。

然后她一边朝女监仓房那边走，一边回头看看，说：有机会本姑娘叫劳动仔带条子给你，难得帅哥哥你中意我。

窗户里的那个板寸头，晃了两晃，跟木偶戏里的木偶退场一样，忽地就不见了。安莺燕猜想，那家伙肯定是站别人的肩膀上，才够得着后墙上的小窗子，这会儿调情调得找不着北，动作一大就跌下去了。想象那个男人重重摔下去的笨熊样儿，安莺燕简直太开心了。

安莺燕高高兴兴回到仓中，拐到风仓里去洗手，却撞见了一个让她心情大坏的场景。

陈山妹正跪在地上，抱住朱颜的一条腿，口中央求道：求你帮我做辩护吧！为了我的孩子，我得早早活着出去。求求你，看在我两个可怜的孩子分上……

再看朱颜，手里正捧着她的"盆景"，在笼头上用细细的水流滴灌。

其实所谓的盆景，只不过是一束大蒜苗。前几天仓里有几个女犯同时腹泻，被怀疑吃坏了东西，看守就给每人发了两球大蒜，让她们吃了预防。朱颜嫌吃了蒜嘴里有味儿，宁愿拉肚子也不愿意吃，就把它搁在碗里。不料那蒜球沾了水，两天就发出绿芽来。朱颜见了十分欢喜，干脆用个小杯子把它养起来，每天精心浇水，晒太阳，无意中培植出一个"盆景"来。

朱颜的小资情调找到了寄托，有事没事，就看着那丛小小的绿色发呆，烦闷的时候还要跟它说话。为了不让同仓的犯人知道自己在说什么，朱颜跟蒜苗说的都是英语。

对这点安莺燕很看不惯，挤兑朱颜说：这头蒜又不是美国运来的，你跟它说洋话它也听不懂呀！

朱颜被她扫了兴，横眼儿瞅她一眼，头发一甩就走开了。安莺燕讨了没趣，就冲着朱颜的背影做鬼脸儿，小声威胁道：小心哪天本姑娘一生气，把它揪来当小菜。

几经交手之后，朱颜已经很少接安莺燕的话头，这回却毫不含糊地回击道：你敢！

打这儿起，安莺燕不仅恨透了朱颜，连大蒜也一并恨了起来。因为她觉得自己在朱颜眼里的分量，还不如一颗大蒜来得重。

今天也是合当有事。安莺燕跟彪哥一番调情得心应手，情绪高涨地回到仓里，正碰上接见回来的陈山妹，跪地求朱颜帮忙辩护。这陈山妹刚被修丽领去见过孩子，心中悲喜交集无可言说，千言万语全都在心中汇成一句话：为了我的孩子，我得早早活着出去。

陈山妹回仓，第一件事就是找朱颜。虽说她知道朱颜不待见自己，在过去的日子里，她也从心底对这个冷漠的女孩生了芥蒂，决心再也不向她示好。可是等她见完了孩子，心心念念都是怎么早些出去，跟孩子们团聚，也就顾不得面子和自尊心，进门就抱住朱颜的腿，跪在地上求她帮忙。

而朱颜呢，正在给她的盆景浇水，嘴里还嘟嘟噜噜跟它说着洋话，不经意间被山妹抱住，吓了一大跳。还没等她弄清楚山妹的意图，做出适当的反应，安莺燕跟着就进来了。

事情要多巧有多巧，安莺燕一看这两个人的架势，不知前不知后，就认定朱颜又在欺侮陈山妹。上来二话不说，一把夺过朱颜手里的小杯子，啪地摔到地上，双脚只管朝那丛小蒜苗狠狠地踩去。这还不解恨，踩完了还要踏，踏完了还要搓，眨眼的工夫，朱颜的宝贝盆景，已经变成了一摊绿色的浆汁。

朱颜这下子可不干了，只听她撕裂喉咙喊了声：你这个女流氓，到底想干吗呀？就一头撞到了安莺燕的后背上。

陈山妹看着不妙，爬起来去拦，已经晚了。安莺燕本来病得身子轻飘飘地没劲儿，又不曾料想平时斯斯文文的朱颜，会使这样的猛力，往前一个趔趄，小肚子撞在洗手台的尖角上，当时就一声惨叫，瘫软下去。立刻有一股鲜血从大腿根部涌出，在水泥地上洇出了一大摊印渍。

陈山妹慌了神，扑到铁门的窗口上，大呼救命。

女看守听到声音跑来查看，又急忙用手机招呼沈白尘，快找担架来抬伤员。

陈山妹抱住安莺燕的头，一个劲叫道：燕子，燕子，你可得挺住了，沈医生马上就来了……

安莺燕脸色青灰，眼睛微微张开，一副很吓人的样子。听见陈山妹叫她，努力咧了咧嘴唇，想笑一下可是笑不出来：没事的。生个孩子出的血肯定比这多得多，你不是还生了俩吗？我这辈子没有生孩子的命，该出血的时候还得出一点儿。

陈山妹说不出话，抱住她只顾哭。

不一会儿，沈白尘带着人和担架跑来了，马不停蹄把安莺燕放到上边，抬起来就走。

女二仓大乱一阵，很快恢复了安静。那是比平常更加安静的一种安静。

陈山妹看着安莺燕的空铺，伸手把她的枕头抓起来蒙在脸上，心里万分自责。要不是自己做那么过分的动作去求朱颜，也不会引得安莺燕发火，弄出这么场祸来。再回神一想，两个形同孤儿的孩子，虽说有修管教许诺供养他们，毕竟人家是警察自己是犯人，能不能兑现还不好说。就算他们运气好，真的碰上了好警察，人家还能替你养他们一辈子？

陈山妹左思右想，悲从中来，泪水又一次开了闸，将安莺燕的枕头洇湿了半边。

就在陈山妹为自己，为孩子，为安莺燕哭得上气不接下气之际，有一个人走过来，把臂膀搭在了她的肩上，搂住她轻轻抚摸着。

陈山妹抬头，透过婆娑的泪眼看去，吃惊地发现，搂着她的不是别人，正是朱颜。

朱颜鼓足了勇气，才将臂膀搭在了陈山妹的肩上。这让朱颜第一次知道，自己的精神原来并不如想象中那样强大，也需要别人来扶助和支撑。而她伸手去求助的对象，却是一个她曾经如此轻视，甚至一再对其关怀表示厌烦与拒绝的农妇。这在她来说，多少有些不可思议。

安莺燕的意外受伤，使朱颜惊恐万状，同时也委屈万分。

一开始她被安莺燕的突然袭击弄蒙了。看见无辜的小蒜苗，在那个女人的脚下遭受疯狂蹂躏，朱颜觉得她的尊严，也被践踏得如泥委地。这是她根本不能忍受的。事后朱颜也说不清楚，自己怎么会有那样大的爆发力，而看上去霸气十足的安莺燕，又怎么会轻得像纸人一样，一碰就飘走了。平心而论，她绝对没有置安莺燕于死地的故意，可是安莺燕也的确是被她的一撞，撞得血流满地。

忽然间，朱颜对曾经烂熟于心，却根本没有体会的法律词组——激情犯罪，有了入骨的理解：一切都发生在瞬间，眨眼工夫一切都变得无可挽回。

这是朱颜最为委屈的所在。

陈山妹抱着她的腿来央求的时候，她实在是毫无准备，也来不及表示接受与拒绝，斜刺里就杀出了不问青红皂白的安莺燕。这情况，天知、地知、己知，还有陈山妹知，安莺燕看来伤得不轻，万一真有个三长两短，自己所要负的法律责任明摆在那里。作为律师，朱颜很清楚，在押嫌犯误伤人命，其罪责比普通人重得多。如果需要诉诸法律，陈山妹的证词至关重要，甚至可以说与自己性命攸关。可是，以往日跟陈山妹的关系，人家能不能提供有利于自己的证词，朱颜毫无把握。

在朱颜的印象中，农村人特别是农村妇女，多半都见识浅、目光短、心眼儿小，记恩与记仇同样不含糊。朱颜心里悔意顿生，到哪个山唱哪个歌，中国的民间生存智慧早有明示，伤害自己的是那个挨千刀的周小乔，又何必跟这些不相干的人呛着来呢。这真应了那句老话：多一个朋友多一条路，多一个仇人多一堵墙。就算陈山妹没把自己当仇人，以往的那些伤害，也足够让她采取含糊其辞的态度，推说什么也不知道就算客气了。

想到这儿，朱颜禁不住浑身发抖。现在她太需要找一个温暖的肩膀来依靠了。

然而，环视这间可以说得上熟悉的仓室，朱颜的目光像只无头苍蝇到处乱飞，找不到任何落脚的地方。本来在她眼中，女犯们形同污泥浊水，她一直以众人皆浊我独清的优越感置身其中。朱颜跟这些人相处的原则，是能不说话尽可能不说话，说一个字能解决问题，决不多说第二个字。一想到自己周围都是毒贩子、人贩子、杀人犯、盗窃犯、妓院的妈咪或小姐，她就会出现生理反应，坐到哪儿嫌哪儿脏，躺在大通铺上，也是这儿痒那儿痒，总之是怎么着都不自在。进来这些天，朱颜的目光，从未在那一张张看一眼都嫌多的脸上停留过，此刻挨个扫过去，不仅张张脸都陌生得令她吃惊，那陌生中还饱含着某种幸灾乐祸的敌意。

朱颜又一次感到了绝望。这种绝望除了在跟恋人分手时尝到过，只有被闺密周小乔伤害，以致银铛入狱之际，有过相似的感觉。

一想起周小乔这个名字，朱颜的血液就像凝结了一样，浑身上下打寒噤。她不止一次地咬着牙根儿想，要是能重活一百次，定要一百次把周小乔从自己人生的记录中删掉。

回国第五天，那个灯影璀璨的夜晚，是朱颜此生再也不能忘记的噩梦。朱颜在看守所灰暗的屋顶下，无数遍回顾过那个夜晚，每一个细节都叫她历历在目。朱颜觉得其实只要稍稍留意，并不难发现周小乔的举止失常，从而窥见命运向自己昭示的不祥之兆，也就不会放任这场悲剧的发生了。然而，一切凶险的苗头，都被她们之间友情的惯性冲淡了，使她的直觉变得迟钝，智商随之降低。

朱颜忆起，下午打电话约周小乔吃晚饭，小乔的声音就有些心不在焉，特别是当问起卖车的八千美元是否到账时，甚至能听出她的回答明显带有敷衍的痕迹，只不过朱颜很快替她圆了场。一直以来周小乔对她总有些畏怯，碰到什么事情要做又没做好时，常会用缓兵之计来应付，然后再图弥补。朱颜早已习惯了这种敷衍，并时不时在这种敷衍中享受着被人敬畏的自得。

菜是朱颜点的，下手可谓不轻。从美国枯燥单调的垃圾饮食，回到故乡的美食大宴，她看见菜牌上每张图片，都有垂涎三尺的饥饿感。除此之外，还有个更重要的原因，朱颜要捉弄小乔，看她到底心不心疼。小乔不是承诺从此她俩吃饭，费用由她全包吗，那就让她出点血，尝点苦头呗，大不了等她和魏宣结婚的时候，送个大大的红包补偿一下。

以前周小乔戏称朱颜为"买单爱好者"。因为朱颜不仅在她们两个的小范围里，共同消费全单照买，同学们的大范围聚会，她也经常大包大揽，能买则买。朱颜对这个带点挖苦意味的称号并不反感，承认说：我确实喜欢买单的感觉，豪爽、大方、一掷千金……

周小乔当时就给她补充了一条：还有个关键词你没说——居高临下。

这次朱颜回国，乾坤颠倒了，从来只吃不买单的周小乔，居然要包买饭局。是不是她也想体验一下那个关键词的感觉？抑或是要张扬名花有主找到了靠山的自豪？那就成全她，让她买！

朱颜点菜的时候，多少有点恶作剧的念头。这餐两个人的晚饭，被她点得足够七八个人吃饱喝足。眼看坐在对面的周小乔，渐渐皱起了眉头，朱颜心里偷着乐：咱们俩谁不知道谁？你跟我装个啥？

吃饭的过程因此而变得漫长。

常识告诉人们，如果你跟谁待在一起，觉得时间过得太慢，说明你们之间出问题了。朱颜借此发现，她和周小乔正处于这样一种状态。双方都没话找话，说话又很难投机，不投机就得换个话题，换完话题仍旧是不投机。平常一提起魏宣，周小乔就情不自禁地眉飞色舞，说起他的大事小情滔滔不绝，想让她打住你都办不到。眼下呢，对这个最佳话题，她也是要么三言两语打发过去，要么特别高调炫耀一番。于是，一个说的，一个听的，都觉得话出口句句话多余。

如此周而复始恶性循环，你说这饭还怎么能吃得开心？

为了掩饰话题的匮乏，朱颜又问起那笔美元的事情。周小乔见问，停顿了一下，然后才很不愉快地回答：我今天又问了，还没有到呢！

朱颜注意到这次的问与答之间，出现的那个微妙的停顿。这个停顿让她心里咯噔一声，基本肯定了那笔钱已经到账，是小乔出于不快，赌气故意不告诉她。女人的直觉常常来得莫名其妙，这使得朱颜更增加了要与之较劲的兴趣，心里想，我才不会拆穿你呢！你今天不说，明天还可以不说，看你要等到哪天才说。

正在此时，周小乔的手机响了。小乔按了接听，同时起身，一边说你好你好，一边朝门边挪了过去。临出门，她指指座位上的挎包对朱颜说：我去接个电话，你帮我刷卡吧，密码照旧。

朱颜知道小乔这是在告诉她，晚餐到此结束。看她慌慌张张的神情，朱颜甚至对那个电话产生了怀疑：有什么事不能当着我的面讲？朱颜不由得联想起魏宣的缺席。难道他们之间的感情有变？

朱颜一边乱猜，一边打开周小乔的皮夹子，里边一排七七八八的卡刺激了她的眼睛。美容的、健身的、保健的、SPA 水疗贵宾卡、网球俱乐部会员卡、高档商场白金积分卡、品牌服装 VIP 卡……甚至还有护手美甲专用卡，看起来她的闺密生活得真是不错。

朱颜感到了一种强烈的失落感，这里边有多少都是她在美国奋斗多年而不可得的，周小乔却在中国轻而易举享受到了。也就是在这个当口，她看到那张中国银行信用金卡，十来天以前，朱颜把这个卡号抄给了买车的朋友，嘱他把八千美元打入这个账号。或许是前先的怀疑与失落交织在一起，使她的神经变得格外敏感，朱颜的心里又莫名其妙地动了一下，分明觉得自己的那笔钱就在里边。

看看小乔还没有回来，朱颜先把账单交给服务生算账，然后假装要去洗手间，快步走到酒店大堂那一溜柜员机旁边。

密码照旧。朱颜和周小乔从大学时候起，用两个人相同的生日数字，建立了一个共用密码，以后不管是在银行，在网络，还有炒股票等等，一应需要密码的地方，她们都一直使用这个不变的密码。这么做，除了带有浓厚的怀旧色彩，更意味着相互间的特殊信任。然而现在，这个象征着最大信任的号码，却被一方用于对另一方的侦查。

朱颜轻轻在键盘摁下那几个熟悉的号码时，还怀着一丝对小乔的歉疚。她想好了，要是卡上显示的清单，的确没有那一笔，她就要找个合适的机会，就今天的事情向小乔郑重道歉。可惜事与意违，查询清单一经显示，美元的那一项里，正好有一笔汇入款，数字不多不少正好八千！

朱颜的头皮一阵发麻，几天来周小乔所有的表情，过电影一样在她脑子里飞快闪过，每一个都显得那么虚假和可疑。朱颜认定，她的闺密一定有什么不可告人的勾当正在进行中。而且她同时认定，这个勾当一定跟魏宣有关。

朱颜在那儿呆站了一会儿，走进了洗手间，用冰凉的水，洗了洗因为震惊而发红发烫的脸。接着她想好了一个对策，要不动声色地等待，看周小乔到底想把这笔钱怎么样。

等朱颜装得若无其事走回座位，发现周小乔还没有回来，她装出来的镇定根本没有观众，心里又添了一堵，同时催生出一种强烈的报复欲。刷卡付费之后，朱颜没有把这张卡放回原处，而是把它插进了自己的皮夹。

等到周小乔回来，朱颜已经让服务生把菜全都撤掉，换上了茶水慢慢品着。一个针对周小乔的恶毒报复方案，已然在她心里成熟。

周小乔看看光秃秃的桌子，知道自己电话打得太久，让朱颜不快，赶忙抱歉地笑笑，解释说因为公司业务出了点问题，不得不在电话里交涉清楚。朱颜明显感到她的笑容完全是装出来的，甚至看得出她刚刚流过眼泪，把精心化好的妆都给弄花了。

你装，我也装，朱颜暗自想，口是心非地回答道：是吗？这么忙！……饭都没吃好吧？可我已经让他们全都撤了。

周小乔见状连连说：没事没事，打了包回去吃也一样。

朱颜假模假式装得很后悔，说：糟了糟了，我没让他们打包，全都没要！

周小乔愣了一下，已经知道自己非挨整不可，但也不甘心啥都不表示，更加不自然地笑道：记得打包这课还你传授的呢。你说在美国连汤都得打回去，只有中国人好虚荣撑面子，暴殄天物。今天这么大一桌子菜，你怎么说不要就不要了？

朱颜不接这个话，沉了脸说：还有多少比菜更珍贵的东西，有的人说不要就不要了哪！

周小乔不明就里，也不敢再多说什么，两个人沉默地坐了一会儿，不欢而散。

第二天傍晚，朱颜在家吃过晚饭，就径直朝本市最高档的商店去了。在那儿，她用周小乔的卡大刷特刷，买了珍珠项链、耳环，又买了一个白玉手镯，然后挑了连衣裙、T恤衫、睡袍、内衣等等，紧着高档的买，拎在手上有了一大包。临上电梯，朱颜想想，又转了回去，跑到卖玉的柜台，按刚才的样式又买了一支，打算送给小乔，再作弄她一把。这一圈到底花了多少钱，朱颜也没细算，拢共有个五六万吧。朱颜想，要是跟小乔因此闹掰，大不了把那笔美金抵给她，一了百了。

一切完成之后，朱颜就再也没跟周小乔联系。她估计，周小乔不可能马上从一大排卡中间，发现丢了哪张。还得过些日子，这个恶作剧才能出效果。

让朱颜没有想到的是，不过是两天之后，就有一辆警车开到了她家楼下，用手铐把她铐走了。朱颜惊慌地问道：我到底犯了什么法？

一个警察告诉她：你涉嫌使用他人的银行卡实施盗窃，数额巨大。

朱颜的脑袋轰的一炸：周小乔把我给告了！

假如不是自己的确身陷囹圄，每天穿着蓝马甲在犯人堆里混，打死朱颜她也不会相信周小乔会如此狠心。让朱颜百思不得其解的问题太多了，周小乔为什么收到款子隐瞒不报？她要是有事缺钱，为什么不说明了拿钱去花？既然知道是自己刷了她的卡，为什么招呼都没有就去报警？难道说，她们十多年不分彼此的友情，完全是一个大大的错觉，甚至一个大大的骗局？

这些天来，朱颜最想知道的事情，是周小乔在想什么。她希望小乔出于强烈的自责，主动承认是自己先隐瞒了朋友的钱，才导致朋友用不正当的手段来索回这笔钱，然后认错撤诉。所以当朱颜的律师朋友，打算通过关系准许她取保候审的时候，朱颜拒绝了，她要等待周小乔的态度，看看自己这辈子结交的唯一闺密，到底是人不是人。

朱颜没有预见到，这口气赌下来，成了度日如年的监仓生活。周小乔那边一点动静都没有，而监仓的每一天每一小时每一分钟，都这么难熬。让她更加不曾预见的是，她在监仓里又一次涉嫌犯罪，而且这个罪名一旦成立，她朱颜可能真要在这灰墙里，待上十年八年甚至更久了。

这个设想让朱颜不由得惊恐万状，感到命运完全掌握在了别人手里。罪是犯下了，是轻是重，要看安莺燕到了医院保不保得住命；再有就得看看，陈山妹在做证的时候，是不是能将当时的情况如实陈述，不打一点埋伏。

从来趾高气扬的朱颜，终于在陈山妹跟前放低了身段，伸手搂着了那个结实的肩膀。是出于无奈还是出于歉疚，抑或二者兼而有之，一时间连她自己也很难分辨。

正在朱颜担心对方会出于记恨拒绝自己的时候，陈山妹用敦厚而粗糙的手掌，回应了她，并且说出了一句令她根本无法想象的话：妹子，今天的事情都是我惹出来的。自己做事自己担，要是燕子真的有个闪失，我会如实报告政府。犯了杀人罪，一个两个都是我这一条命来抵，不会连累你的。

当下朱颜真是万分感动，同时愧疚难当。她忽然觉得有许许多多的话，哽在嗓子眼儿里，要对这个纯朴善良得无以复加的女人述说。可嗓子刚刚在与安莺燕交手时，一下子喊劈了，坏到了几乎失声的地步。

于是，朱颜努力用嘶哑的气声对山妹说：那天听你跟修管教讲述案情，我就知道你的案子完全可以按正当防卫来辩护。没跟你说，是因为我自己还陷在这里边，就算想替你辩护也不一定有机会。如果你信得过我，我可以帮你写申诉书，等开庭的时候你就递上去，一定会得到法庭采信的。

陈山妹听了朱颜的话，双腿一并又要下跪给她道谢。

朱颜一把抱住她，连声说：不用谢，不用谢。

说话之间，朱颜觉得她触摸到的那个因为常年劳作，显得很结实很强壮的肩头，正有一种无比温暖的能量，汩汩传遍了全身，直向她的心底里奔涌，把其中那团冷漠孤傲的坚冰，慢慢地融化了。

自从踩着被窝垛子扒窗户，看见了那个自称"见男春"的女人之后，彪哥心旌飘摇不得安生。每天睁开眼就惦记着再续楼台会，赶着喽喽们把被窝垛子码实在了，还时刻竖着耳朵探听窗外的动静，一有女犯的声音，灵猴上树一样，噌地就蹦到垛子上去了。

可惜每回都是无功而返，那个见男春再也没见出现过，像故事里的女鬼，把男人弄得神魂颠倒之后，就人间蒸发了。彪哥有心要打听她，给她传个条子什么的，又怎么都想不起她的编号来了，要是直接写见男春的名号，只怕不光条子传不到她手上，还会把雷子惹来兴师问罪。

想来想去，彪哥忽然想了个主意，他要唱歌，用歌声把见男春找出来。于是指定仓里的白领帅哥魏宣教他唱歌。

当下魏宣认真地问：你想学一支什么歌呢？

彪哥想了想，答不出个所以然：好听的，让女人一听就知道有人想她的。

魏宣更加认真地说：那是情歌。可是情歌也有不同类型，怀旧的，时尚的，土气的，洋气的，抒情的，活泼的……

彪哥不等他说完，就选定了标准：当然是时尚的，洋气的。现在都什么年月了，谁还喜欢听旧的土的，肯定得是洋的新的。在这鬼地方人的心肠都闷得发黑了，再一抒情更霉得没有底了，还是活泼的提精神。

魏宣不敢怠慢，把自己会唱的情歌，一支支唱给他听。彪哥听来听去，这也摇头那也摇头，魏宣搜肠刮肚差点没存货了。

魏宣搔着头皮，发愁地说：船长，你审查节目比上春晚还要难呀。这首再不行，我也没办法了。

最后一首歌是《对面的女孩看过来》，本来魏宣是唱出来蒙事儿的，五大三粗的彪哥，偏就选中了这首小男孩的歌儿，把魏宣都乐死了。

彪哥让他一连唱了三遍，然后把大腿一拍：就是它了！这歌听着就是专门为我写的嘛！

看见大伙哄堂大笑，彪哥说：你们不信？听这歌词，句句都是我要对见男春说的。我说给你听呵。对面的女孩看过来，看过来看过来，这里的表演很精彩，请不要假装不理不睬……这不用解释了吧，我叫她过来看我……不要被我的样子吓坏，其实我很可爱……这也不用说，她过来一看，就知道我并不是一个可怕的人……这一句，寂寞的男孩情窦初开，需要你给我一点爱……管它什么初开，我知道就是第一次动心的意思，第一次动了心，需要她给点爱嘛……我左看右看上看下看，原来这个女孩不简单……不能按原来的词唱成每个，我只要她这一个，多了就忙不过来了……我想了又想猜了又猜，女孩子的心事真奇怪……你说她奇不奇怪呀,跑到这边来撩了一把,就再也不见了,是很奇怪呀。你说这首歌怎么不是为我写的呢?

此时的彪哥一脸的憨笑,像一个天真的大儿童。魏宣完全想象不出,这个江湖著名打手,下手把人的眼珠子拍出来的时候,是一副怎样狰狞的面目。

既然定下来要学,魏宣只好一句一句教彪哥唱。这首歌本来旋律不太强,要是找不着调,就跟念经差不多。到了这时候,彪哥倒是虚心好学,一遍遍翻来覆去唱个不停,他也不厌烦。他不烦,别人就得烦了,特别是他的教练魏宣,更是烦得受不了,还得忍着。

好不容易学得差不多,彪哥觉得可以放单飞了,正好碰上女监集体大放风。彪哥信心十足地跳上了被窝垛子,对着小窗户外边就嚎上了:对面的女孩看过来,看过来看过来……

应当说,这边彪哥唱得声情并茂,音也比往日练习的时候准多了,那边引来的却是女犯们的一阵哄笑,接着是女看守严厉的质问声:谁?谁在那上边号丧哪?破坏监规小心挨罚呵。

彪哥的歌声被镇压下去,人轱辘一下从被窝垛子上边滚下来,嘴里就换上了不干不净的词:他奶奶的,也不知道那个见男春听懂没有,老子冒着生命危险上去喊她,她要是再听不懂,那可真叫大波无脑了。

整个白天,彪哥像霜打的茄子似的,蔫头蔫脑闷闷不乐。到了夜里,反而在地铺上翻来覆去睡不着,爬起来走到魏宣铺位前,把他给摇醒。

魏宣睡得迷迷糊糊,睁眼一看是彪哥,心里烦,嘴上也不敢说什么,只好问道:船长,你还要学歌呀?还是等明天天亮再说吧。

彪哥摇头说:老子这回不唱了,老子要写。

魏宣好奇地问:写什么?写家书?这就怪了,每次看守让大伙儿写家书,你都说没什么可写的,现在深更半夜的怎么又想起……

彪哥往他跟前一坐道:谁说老子要写家书了?老子没家,写什么家书?

魏宣说:我知道你还没成家,写给爹妈也行呀。

彪哥叹口气说:老子不是连爹妈也没有嘛。说起来都惨,老子才七八岁,娘得了急病,扑通就死了,不到半年,我爹就给我找了个后妈,一个母夜叉。以前我娘在的时候,我爹下了工就在外头赌钱,不到半夜不归家,要是输了钱,还得找我娘的皮肉出气,要不就痛打落水狗一样打老子。嘿,那婆娘不知道施了什么法，来了没两天，就把我爹从野狗变成了家狗，不光每天按时回家，工资奖金一分不少都上交，还低三下四给那娘们打洗脸水倒尿盆呢。这么一来，他对老子，他亲生的儿子也差得多了，连平日里赢了钱，赏的那仨瓜俩枣都断了奶。老子一气之下，就给他逃学，可逃到外边，兜里没有一分钱也太没劲了。那天老子趁我后妈不注意，拧开了她柜子上的锁，从里边抽了那么两打子。当天晚上，老子吃饱喝足了回去，我爹和那个老娘们还跟没事人儿似的，给我开了门，让我回屋去睡觉。可是等到半夜，老子吃多了涮羊肉口渴，想要起来喝口水，身子怎么也动不了，睁眼一看，原来早被那两个狗男女用绳子五花大绑了。我爹盯着我，两眼冒火，大声骂我。骂我也就罢了，他还骂老子的亲妈，口口声声要操死我妈妈。老子回嘴说，我妈早就死了，我一直以为她是病死的，今天才听你亲口说出来，是你操死的。我这一顶嘴，我爹的野狗脾气也上来了，拿起一根大棒子稀里哗啦，把我打得鼻子不是鼻子脸不是脸。那老娘们在旁边直劝他，可她不劝还好，一劝我就更把她恨出个窟窿来。你猜她怎么劝我爹的，她叫我爹轻一点，万一把我打死了，偷出去的钱就找不回来了。我那狗娘养的爹，他就生的那么贱，他老婆说什么，都当皇母娘娘的圣旨听，跑过来逼问我，把家里的钱弄到哪儿去了。我说，涮火锅了。他们俩同时气得嗷嗷叫，说，那么多钱，涮一百次火锅也涮不完。说实在的，当时我也搞不清楚，我到底偷了多少钱，反正我一出门就碰上了飞哥，数都没数一股脑就全交给他了。

关于飞哥的事迹，彪哥一直挂在嘴上，说得这一号仓的老犯们，早都耳熟能详了。魏宣刚来没几天，不知道飞哥是谁，就随口问了一句：谁是飞哥呀？

这本来正常不过，可在彪哥看来，要是有谁不知道飞哥，那还了得？当时他就恼火透了，说：你敢不知道飞哥是谁？飞哥可不是一般人物，是老子的偶像，人家长得帅，有功夫不说，还特别仗义。在江湖上仗义这两个字，千金难买呀，就好比你们读书人，从小到大辛辛苦苦，就为弄个文凭，有了文凭才能到外边去混饭吃。在我们江湖上，仗义就是文凭，一个人有了仗义的名声，用不着什么证件来证明，用不着什么单位盖章，就通吃天下了。

魏宣头一回听见这么新鲜的类比，不由得笑出声来。

彪哥接着说：你小子笑什么？有什么不对的？跟你们小学读完读中学，中学读完读大学，大学读完再读这士那士一样，仗义的名声也是一天天攒起来的。就拿飞哥来说吧，他要是认了谁，就大小事罩着你，豁出命都护着你。当然除了真心还得狠，该出手时敢出手。像飞哥刚出道的时候，有个老恶霸相中了他哥们的女人，当街拦住用咸猪手抓人家的胸脯，他哥们跟那个老家伙干了一仗，受了重伤败下阵来。飞哥不干了，单枪匹马打上门去，硬是把那老东西的一只咸猪手卸下来，送到医院去慰问他哥们。为这事儿，飞哥在劳改队搬了八年砖，可他在我们心中的地位，哗哗地涨停板，比他没当劳改犯的时候，上升了不知有多少倍。从牢里一出来，他的队伍天天发展壮大，按有福同享有难同当的规矩，正缺钱花。老子偷的钱一交上去，正好填了飞哥花钱的坑，自然成了飞哥的亲信。那两年，老子跟着飞哥混，那叫一个爽。

彪哥说到得意处，就有点管不住自己，站起来走了几步，准备大说特说。被魏宣拽了一下裤脚，才想起这是半夜，又坐了下来，说：老子这个人就这样，谁要是让我服，别说钱了，命交给他老子都认。可惜好景不长，飞哥得罪的那个老东西，记了他的仇，摺在心里好几年没出声，直到等他放松了警惕，花钱买凶咔嚓就把他给做了。这我们哥们能答应吗？当天老子就代表大伙跟那帮狗日的叫了阵，约好晚上到彩虹桥下边去决斗。我们这伙二三十个人，全都穿着黑衣服，额头上勒着白布，给飞哥戴着孝，刀枪棍棒都带着，骑着摩托车就去了。那会儿我们的心情，真的是，就跟电视剧里说的那样，壮士一去，一去什么来的，不复还，说白了是去了就不想回来了。没想到那帮怂人，没胆量跟我们拼，就恶人先告状，把消息透给雷子了。到了决斗的场地儿，老子不知道已经中了他娘的奸计，正在那儿排兵布阵呢，就被埋伏的雷子给逮个正着。本来老子要是不反抗，大不了也就进进派出所，弄个聚众群殴未遂的名儿，罚点款就出来了。结果老子玩命反抗，一不留神把一个雷子的头给开了瓢儿，幸好他还没死，只是伤着了，不然老子要是在这儿跟你说话，准定也是死鬼托梦了。

魏宣道：你也是，人家警察都打了埋伏了，你干吗还要反抗？

彪哥冲他瞪一瞪眼睛，眼珠子在昏暗的灯光下，显出一种亢奋的亮来，压着嗓子说：你以为老子傻呀，不知道胳膊拧不过大腿？我是为了吸引雷子的注意力，掩护我那些哥们逃命。他们是我叫来的，老子得罩着他们。这种时候要是飞哥在，他肯定二话没有也得这么干。老子半辈子崇拜飞哥，事事都想学他的样儿，大难临头不能自己先尿了裤子。

魏宣又问：你不是为拍出了老千客的眼珠子犯的罪吗？怎么又成了打群

架了？

彪哥正说到兴奋处，已经口无遮拦不知进退：老子这回是二进宫。二进宫的都得罪加一等，估计不会有好果子吃的。好汉做事好汉当，对这个老子有准备，老子不服的是，飞哥的仇人，那个不要脸的老东西，因为报信立了功，不光把买凶杀人的案子给遮掩过去，反倒成良民百姓了。老子这一世人，最看不起靠告密借刀杀人的王八蛋，有本能要杀要砍就正面来呀，跟老子玩阴的！飞哥这个人也跟我一样，玩命不怕，就怕对手玩阴的，一玩阴的就栽了。事到如今，判什么刑老子都不怕，就怕在里边待久了，出去找到那个老东西他早死了。栽在这种怂人手里，老子死都咽不下这口窝脖气。说不定老子哪天来一个飞身越狱，找他狗娘养的老东西拼命去。

魏宣听他越说越没谱，赶快打断他的话：嘘……这种话你可别瞎说呵，别把你心里的秘密告诉我，我害怕。

彪哥停了停，歪着头说：是呵，老子一边说也一边觉得奇怪了，这些心里话跟你小子说得上吗？而且还说起来就刹不住车，把老子想越狱的想法都告诉你了。小子，你给我听仔细了，要是你想拿这些事情到雷子那儿去爆料，当心老子废了你的武功。信不信？到时候别说老子事先没打招呼。

魏宣赶紧顺势表态说：信，当然信。彪哥你跟我说心里话，是信任我，我哪能到政府那儿去爆料呀。

彪哥想必是听这种表忠心的话听腻了不领情，反而说：信任你？算了吧，老子凭什么信任你这个小白脸儿？只不过今晚睡不着胡思乱想，突然想到人活一世，你再英雄再仗义，有谁知道你？不把它写在纸上，等你这口气咽，还不跟灭了一盏灯似的，影子都没留下？所以我想把自己的经历跟你念叨念叨，你可别拿了棒槌当针（真），以为你掐了老子什么短儿。

魏宣这才明白过来，这位草莽原来是想让人给他写传呢，心里觉得很滑稽，不想跟他搅和得太近，也不想揽这个活儿，就敷衍说：彪哥，你放一百二十个心，除非你不在人世了，我以后当故事讲给我的儿孙听，否则你今晚说的这些话，只有天知地知你知我知。

彪哥笑道：小子，你这不是咒老子死吗？再说了，你一个雏儿，开口就说什么儿子孙子的，谁知道你这辈子还有没有机会踩蛋呢。就说老子吧，英雄一世人，到现在也没正式播下自己的种，万一哪天真的死翘翘了，还不是个绝户？所以老子这几天特别想搞女人。

魏宣趁机继续转移写传的话题，在里边待了没几天，他已入境随俗，说出的话明显带上了牢犯的味道：那个女犯肯定长得不错，把你搞得觉都睡不着。

　　彪哥赖了吧唧地说：长得怎么样我都记不得了，只记得她两只眼睛嗖嗖放电，两个大波在衣服下边兔子似的一跳一跳。像我们这号被迫当和尚的男人，有日子没见过女人，早就分不清哪个丑哪个美了，说不定见了猪婆都觉得眉清目秀。老子标准不高，一是女的，二是活的，只要骚得可以，关了灯都一样。我跟她约定只要老子一出去，第一件事情就是去找她，从那天起她已经是老子的人了，也不知道她当没当真。

　　魏宣说：说是这么说，你连她叫什么都不知道。

　　彪哥说：她叫见男春！意思是见了男人就要发春。

　　魏宣扑哧一笑：这叫什么名字呀？

　　彪哥大大咧咧满不在乎：你管她呢。是她自己说的。要叫我看，她这么个女人，叫这种名字也坦白得好，说明她只想当婊子不想立牌坊，这倒合了老子的意。你想想，像老子这样的混世魔王，哪个良家淑女敢近你的身？在外边，只要有钱，找个婊子消消火，那是分分钟的事情，到了这个背时地方，也只能在嘴上讲讲心里想想，过过干瘾。再说老子从来不喜欢搞美女，太美了，你就不敢下重手了，要是一个良家淑女，那就更麻烦，她一时要跟你念诗，二时要约你去水边看月亮，噜七八嗦，玩起来一点儿也不爽。

　　魏宣觉得这个家伙挺有意思，笑着说：没想到彪哥你还有惜香怜玉的心。

　　彪哥也跟着笑，笑声太大，把一个犯人给吵醒了，远远地抗议说：谁这么吵呀？不让别人睡觉啦！

　　彪哥横不讲理地回答：是老子在吵，怎么啦？想清静睡到殡仪馆去，那儿最清静！

　　安莺燕被押送回来的时候，居然没有戴手铐。她用右手捂着肚子，左手提着一个编织袋，每一步都迈得很小，也很慢，行动看上去挺不利落。

　　看守李玫打开门之后，喊了一声：56号，过来帮她。

　　陈山妹闻听，看见日夜惦念的安莺燕，在毫无预感的情况下出现在门口，竟然高兴得动弹不得。等她醒醒神跑向门边，去接安莺燕手中的行李，却见朱颜先她一步过去，伸手拉住了袋子的提手。

自从安莺燕受伤住院，朱颜每天提心吊胆，每次跟看守打听她的伤情，都不得要领，还再次被监规教育训得抬不起头来。几次三番之后，也就死了心，只能忐忑不安地坐等消息，看看自己这一推，到底要招来什么样的处罚。今天冷不丁看见安莺燕回到监仓，她的惊喜绝不在陈山妹之下。安莺燕好好地活着回来，朱颜心里的一块大石头算是落了地，至于今后会不会被告上法庭要求民事赔偿，怎么说也是钱能解决的问题。有人说过，凡是钱能解决的问题，都不是大问题。朱颜觉得在眼下看来，这句话简直就是真理。

朱颜知道自己跟安莺燕结怨颇深，以安莺燕暴烈的个性，她肯定不像贤良宽容的陈山妹那样好对付，要化解与她深深的芥蒂，没有时间和耐心很难做到。

果然不出朱颜所料，当她伸手去接安莺燕的袋子，对方第一个反应就是毫不犹豫地拒绝。安莺燕非但不肯放开拎包的左手，反而迅速抬起捂住小腹的右手，将朱颜一把推开。用力之大之猛，使得朱颜和她自己同时朝两个方向倒退了几步。朱颜趔趄了两下，很快站稳了，可安莺燕因为伤后体弱，被惯性重重地撞在了墙上，然后整个人跟着蜷缩成一团，蹲在地上起不来了。

朱颜出于本能跨上一步想去搀扶她，却被安莺燕的目光给定在了原地。那目光里充满着仇恨和厌恶，看得朱颜不由得浑身直哆嗦。

所有的动作都一气呵成瞬间完成，等陈山妹跑过去，只见安莺燕双手捂着肚子蹲在墙根儿，眼睛还气势汹汹地瞪着朱颜，不依不饶。而朱颜呢，往日的清高和傲慢早已荡然无存，脸上只剩下可怜巴巴求助的表情。

陈山妹心里软得化成了水，对这两个年轻女孩的同情，一时间将自己满怀的愁绪，都淹没得无影无踪。

陈山妹跟朱颜一样，也每天为安莺燕揪心揪肺，不得安宁。

安莺燕走后，陈山妹突然觉得，自己跟这个看上去没有正形，甚至于有些下流的女子，其实是那样亲近。安莺燕曾经向她讲述的身世，全都活灵活现在眼前重演，而且那个被继父强暴，长时间被迫过着乱伦生活的小女孩儿，跟自己的女儿缨络又有什么两样？杀了丈夫，被当作杀人犯押进了看守所，陈山妹心里一时怕二时悔，是安莺燕的一句话让她彻底地平静下来：我佩服你，为了保护女儿，敢杀了那老畜生，要是当年我妈有你这样的胆量，我也不会变成今天这副样子。就是这句话，让陈山妹为自己的行为自豪了，她甚至想，就算是法律不问根由，凡杀人者定要偿命，她也没有什么可后悔的。

因为如果现在她不出手，安莺燕的今天，很可能就是缨络的明天。能用自己的命，换得缨络一生的安宁和清白，还不值吗？

当安莺燕躺在地上，双腿间流淌出大股大股的鲜血时，陈山妹的心跟着感觉到了同步的创痛。这些天身边的铺位空着，夜里没有了安莺燕在枕边絮叨，白天没有了她高亢的嗓音在仓中回响，陈山妹总有些六神无主的感觉。她害怕这个铺位从此空在这里，或者有一天被一个陌生女人占用。安莺燕在医院里遭遇了什么，是她每时每刻都希望知道的事情，其强烈和迫切的程度，完全不亚于她在等待缨络的消息。现在安莺燕完完整整地来到了眼前，陈山妹还能不高兴得忘乎所以？

陈山妹满心欢喜扶起安莺燕，心里却暗暗吃了一惊，不过分别了十来天，安莺燕的手臂突然间细了一圈，用手摸上去软塌塌的没有弹性，稍稍用力就触到了骨头。再细看她的模样，也像变了一个人似的。面颊明显地瘦了，由标准的鸭蛋形变成瓜子脸，脸色显出一种病态的苍白，隐隐地一圈黛青色的眼晕，把一双又大又黑的眼睛衬托得满是忧愁。

很快陈山妹就发现，比起外表来，安莺燕性格的变化有过之而无不及，从前那个开朗泼辣，时时爱搞点小名堂，常常嬉皮笑脸的坏女孩，忽然变成沉默寡言的淑女。以前除了与朱颜关系疏远，她跟仓里其他人总是有说有笑；现在呢，谁跟她说话她都懒懒的，爱理不搭，对自己的病情尤其守口如瓶。陈山妹几次追问，她都只是说，做了一个小手术，伤口已经拆了线，只是皮肉还有点疼，碍不了什么大事。

陈山妹有些疑心她的说法，又不好多问，就背着她去跟朱颜商量。

经历了安莺燕受伤事件，陈山妹与朱颜的关系简直是乾坤颠倒。要说改变，其实也只在朱颜，陈山妹倒是不计前嫌，一如既往地善待她。朱颜呢，自从被陈山妹的善良给结结实实感动了一把，真的在心底里对自己的功利和实用有了些反省，也开始以实际行动回报对方。除了花费很多时间替她代写上诉书，还时不时给她讲解一些法律常识，好让她学会当堂呈供时说话得体，不至于搞出什么偏差来。

如此一来二往，两个人从里到外前嫌尽释，相互之间的信任度与日俱增。听朱颜说到担心安莺燕记仇记恨，找她的碴儿，陈山妹还蛮有把握地向她保证，这事等燕子回来慢慢劝说，一定能够解决，一切都包在自己身上。等安莺燕真的回来之后，计划中的劝说任务并不那么好完成，安莺燕不同寻常的冷漠，阻止了所有人的关切和问候，包括与她过从甚密的陈山妹在内。尤其等她敏感地觉察到，在她缺席的日子里，陈山妹和朱颜的关系已经变得很亲密，更是连陈山妹都疏远了。这让陈山妹很伤感，却猜不出安莺燕到底怎么了。

朱颜听了陈山妹的话，皱着眉头想了好一阵，最后得出结论：安莺燕的身体一定出了大问题，否则她不会住了十天医院出来，整个变得判若两人。

朱颜的话，也印证了陈山妹的直觉，她心里一着急，就低声地哭起来说：燕子的命怎么这么苦？有谁能救得了她？

朱颜不吭声，也无话可说。

从安莺燕回仓的第一分钟起，她为和解所做出的每一次努力，都无一例外地失败了。用新毛巾浸了温水，拧得不干不湿，递过去想让安莺燕擦把脸，人家不接。再放得近一点，就被她挥手毫不留情地打飞了。朋友送进来的进口奶茶，自己平时也舍不得多喝，又香又浓地冲上一杯，小心搁在她床头，放凉了人家也不正眼瞧瞧，为了不至于招来苍蝇，只好灰溜溜端走自己享用。

朱颜又将一大包进口卫生巾放在她枕边。记得刚刚进来的时候，安莺燕曾经借用过一次，用完之后大加赞叹，同时也不忘大肆嘲讽，话说那叫难听：人和人就是不一样，高级屁股就得高级卫生巾伺候，又软和又不漏，这一天下来，怎么也得把几十块钱扔进厕所里吧。朱颜被搞得非常狼狈，觉得这个女人身子不正心眼儿也邪，跟人打交道除去挑刺儿，没有别的乐趣，当时就为这个跟她大吵一架。此时朱颜送去这一整包卫生巾，无非是想表达自己的多重歉意，既为她受伤流血，又为那次的争吵。

谁料想这一招更是事与愿违。安莺燕看见那包卫生巾，突然间情绪失控，不光发疯般撕开了漂亮的包装，把里边的东西抛得满地都是，还破口大骂道：姓朱的，少拿你这些肮脏的破玩意来献宝，从今往后你走你的阳关道，我过我的独木桥，你要是再来骚扰我，老娘揍你没商量。

以往只要安莺燕跟朱颜发生冲突，陈山妹嘴上不说，心里总是向着她。可是这几个回合下来，不光陈山妹，别的女犯也都觉得安莺燕做得过了头。只听得有人在旁边议论说：杀人不过头点地，赔礼不收，道歉不受，你到底叫人家怎么着嘛？

安莺燕听了这话，更加火冒三丈：叫她怎么着？老娘就想让她离我远点，别老在这儿晃来晃去叫我恶心，要是知趣，最好马上从这个仓里消失！

说完，安莺燕倒头往铺上一躺，用被子蒙了头，看上去真的不愿意再跟朱颜照面了。陈山妹看到，她的肩头在被子里一耸一耸的，其实又在那儿伤心落泪呢。

　　安莺燕到底得了什么病，朱颜觉得只能由陈山妹从她本人口里得知实情。可是安莺燕已经不像以前那样，什么话都跟陈山妹说了。比如她每天上午去医务室，陈山妹问她去干啥，她都只是简单答道：换药。连傻子都知道，换药怎么也用不了几个小时呀。直到有一次李玫来开门喊她：47 号，去医务室吊瓶子吧。大伙儿才知道她仍在接受治疗。等安莺燕回来，陈山妹就此再一次探问，她还是淡淡地说了声：没事儿，打针消炎，防止伤口感染呗。陈山妹想再问问，安莺燕就把脸转向了别处，不再给她发问的机会了。

　　于是，安莺燕的病情成了女监二号仓里的一个谜。

　　是谜就有谜底，有谜底就有被揭开的时候。只不过没有谁能想得到，揭开谜底的人，竟然是劳动仔小剃头，是他趁着送饭夹带进来的一张纸条，让真相大白于女监二号仓。

　　这一天，小剃头推着车到女监来送饭。两个木桶，照例一个装着半冷不热的陈米饭，一个连汤带水盛着小半桶炖菜。

　　所谓炖菜，不过是些黄黄绿绿的菜叶子，再加点萝卜、南瓜、土豆一类的块块，飘着几颗油星就算客气。只有等到每周规定的加菜日，才能在里边看见几个剁得七零八落的肥肉块儿，还得看送饭的劳动仔跟谁好，才可能给谁捞上两块。在犯人食堂里掌勺的也是犯人，走了路子托了人，才拿到了这样的差事，本来自己就不把自己当人，那些关在号子里的食客自然更不是人。曾经有一次，炖菜的大木桶里，居然捞出了成捆的菜把子，菜已经煮得烂熟，系菜的草绳还捆在上边。为了这事，男监那边有人领头绝食抗议，直到所方撤换了掌勺的劳动仔，连着两天加了菜，才算把风波平息下去。

　　话说小剃头送饭到了二号仓，一边拿勺子搅拌着炖菜里的汤水，一边探头探脑，分饭分菜的时候，也是心不在焉的。眼看门里边只剩下陈山妹一个人，手里拿着两只碗。

　　小剃头看看她马甲上的编号，悄声问道：你们仓里有没有 47 号？

　　陈山妹说：有呵，我就是帮 47 号打饭，她去医务室打针还没回来。

　　小剃头听了特别高兴，说：哎呀，我的姑奶奶，终于把她找到了。我送了这一路，看了这一路，哪有编号47的美女呀。这下回去可以向彪哥交差了。

陈山妹不知道这里边的道道，愣头愣脑地问：谁是彪哥，他找燕子干吗？

小剃头大为不满地嘘了一声，叫她别嚷嚷，接着又小声说：你帮47号打饭，肯定跟她关系好。我这儿有封信，是别人带给她的，你拿去藏好了，47号回来交给她。千万别让看守发现了，要是发现了，你我跟彪哥和47号，四个人都得受处罚。

陈山妹听了，哪里还敢说什么，匆匆忙忙接过了饭碗以及碗下边贴着的纸条，直往风仓里去了。

背过人，陈山妹把叠成了小方块的信，一点点展开来看。说是信，其实也没有几个字，凭着她高小毕业的文化程度，倒也能看懂七八成。写信的人意思是说，自从见过面后一直不能忘记，找了她好多天，才打听到她的编号。现在递信过来是让她记住那天的约定，从此她就是有主儿的女人了，按说好的，一出去就结婚过日子，还等着她给自己生个胖小子呢。下边署名看样子是真名实姓：龙强彪。

陈山妹没干过这样的活儿，吓得赶紧把小纸条掖进了裤头里，假装低头吃饭。不知是因为陈山妹等人等得急，还是安莺燕那天吊针吊得特别久，好不容易等她回了仓，陈山妹趁她去风仓洗手，迫不及待就将纸条给了她。按山妹的想法，这样的条子对安莺燕总归是个好消息，这下知道有个男人想着她，出去就要跟她结婚生子，在病中也会有个念想，肯定不会像现在这样灰心丧气了。

事情的结果正好相反，安莺燕接过纸条一看，脸色唰地一下就变了，变得跟死人一样灰白，眼睛立时失了神，人摇晃着站不稳脚跟儿，直往陈山妹肩头靠过去。陈山妹一看大事不好，也顾不上将她的条子收起来，架住她就往地铺上送。

安莺燕的身体刚一挨到铺板，哭声突然像被拉响的警报一样，高亢而尖厉地从她嗓子里发出来。只见她手里举着那张纸条，哭得声嘶力竭肆无忌惮，一边哭还一边直着嗓子喊道：彪哥，彪哥，你就死了这份心吧。告诉你，我连子宫都给切除了，这辈子再也生不了孩子啦……

安莺燕这一哭一诉，陈山妹和朱颜算是明白了她的病情，可也把她们都哭得傻了眼。大家呆若木鸡地站在那儿，不知道要怎么安慰她。正在这时候，铁门上有开锁的声音传来，李玫一边转动钥匙一边大声问：47号，怎么回事，又出了什么状况了？

　　眼看李管教就要进来探查，安莺燕手里的纸条还无遮无拦地举着，陈山妹急得满脸彤红浑身冒汗，心想按小剃头的警告，这一劫怕是逃不过去了。

　　说时迟，那时快，让她完全无法想象的一幕，奇迹般发生了，只见朱颜一个箭步冲过去，扶住安莺燕的肩膀，做出抚慰她的姿势，在李玫走近之前，已经把安莺燕手中的纸条夺下来，一把塞进嘴里，嚼了两嚼，吞了进去。

　　给犯人们理发的任务，小剃头已经完成得差不多了，最后只剩下女监。

　　说实在的，小剃头有点怕去女监。在他眼中女监那个地界像是有一种传染病，能把各式各样的女人，都变成没脸没皮的泼妇。女犯们看见男人就故意互相打闹，怪声怪气地笑着尖叫，有的干脆把白花花的膀子从小窗户眼里伸出来，一不留神离得近了点，就会被她抓上一把。看样子，要是让她们占山为王，非得逮几个男人到上边去压寨不可。

　　一号仓的男犯，常常戏谑小剃头，说他自从到女监送了饭回来，撒尿的声音都比原先大得多，胡子也长得快了，说起话来中气足足的，肯定是采阴补阳见了成效。小剃头只有苦笑的份儿，他们哪里知道，跟这样的女人打多了交道，不阳痿就是好的。每次去送饭，小剃头总是低着头垂着眼皮子，伸过来一只碗，就往里边舀一勺饭一勺菜，基本上不抬头，有人主动搭腔也不抬头。这些女人还是不看为好，小剃头一看她们就难受，他会想起自己的老婆，庆幸来坐牢的是自己而不是她。

　　要让小剃头看，坐牢这种事情，良民百姓千万沾不得，沾了总没个好。就拿自己来说，本来除了剃头，只守着一个老婆过日子，心里干干净净，没有什么见不得人的想法。现在因为老婆偷人铲了她一铲子，关到这里跟一帮七七八八的人混在一起，也知道了怎么骗人、怎么嫖娼、怎么耍横、怎么贩毒，总之是怎么害别人，最后也害自己的所有事情。他惊异原来世界上的人，日子过得五花八门，不像他只有剃头和老婆。在不知老婆是死是活，也不知道自己会死会活的日子里，小剃头也曾想过，要是以前像这些人一样，吃喝嫖赌想干什么就干什么，该怎么就怎么也值了。可是眼下不一样了，老婆要撤诉，说明她心疼自己，不想看着老公受罪送死，把她的脑壳铲开了，她还能这么开通，不容易，一想到这里，小剃头心头就暖暖的。

　　小剃头在女监的空地上支起了摊子，怀里像揣着只兔子慌得不行，因为彪哥早就发了一封信在他手上，叫他务必送到 47 号手上。事有凑巧，轮到二号仓，第一个出来的就是 47 号安莺燕。

小剃头一眼瞅见她的胸牌，心里喜得一跳，他摸了一下左边的耳朵，心想这下彪哥的条子可以递得出去了。再细看这个女人，觉得彪哥眼力真的不错，黄蜂背，水蛇腰，鸭蛋脸，大眼睛，高鼻梁，眉毛和嘴唇都纹过了，该黑的黑，该红的红，除了脸色太过苍白没有血色，满头染过烫过的卷发也有些枯燥和蓬乱，几乎可以称得上标准时尚美女，难怪彪哥这么放不下她。小剃头甚至私下里拿 47 号跟自己的老婆比了比，觉得她比老婆还漂亮，比完了还在心里呸了自己一口，你好无聊哟。

小剃头给她围上毛巾，把长长的卷发握在手里，问道：剪多长？

安莺燕说的话把小剃头惊着了：剃光！

小剃头以为自己没听清楚，一下没有接上话。

安莺燕似乎情绪很不好，沙哑着喉咙问：叫你剃光，你没听见吗？

小剃头不想惹她，小声说：你要是个男人，剃光就剃光，可……

安莺燕截住他的话冷笑道：你以为我是女人吗？我其实是个男人。

小剃头不信，顺口说道：你这不是讲笑吗？明摆是一个美女，非要说……

安莺燕又一次截住他的话：谁跟你讲笑？叫你剃你就剃，哪来的那么多废话？

小剃头一看对方不像开玩笑，急得拿眼睛四下瞄，想找女监的看守先报告一声。可偏偏那个女警察怕晒太阳，远远地站在房檐底下发呆，根本没往这边看。

安莺燕见他迟迟不动手，伸手抓过剪子，咔嚓就把前额的一绺头发贴着头皮给剪了，等小剃头反应过来，夺过剪子，她的脑门上已经露出了青青的一块头发楂子。

小剃头这才想起 47 号是个有病的女人，莫非她精神也不正常了？如果真那样彪哥还惦着她，岂不是太惨？小剃头觉得应该先试探试探她，确定她精神正常，才能把彪哥的条子交给她。

小剃头一边替她梳头发，一边说：你一个姑娘家怎么这么性急？比彪哥还要性急。

彪哥的名号，让安莺燕浑身哆嗦了一下，马上放低了声音问：你认识彪哥？

小剃头自豪地说：当然认识，不光认识，我还是彪哥的死党，他要办什么事总是交给我，连给女监写情书都是我来送呢。

安莺燕一听，马上十分警觉地问道：送情书？有几封？送给谁了？

小剃头假装糊涂地说：一共两封，送给二号仓47号。

安莺燕猛地扭过头，目光犀利地看着小剃头：胡说，我就是47号，可我只收到一封。

小剃头见她句句话都跟得紧，答得快，说明精神没有毛病，就从耳朵眼里掏出小纸条，塞到她手里，说：还有一封在这里。

小剃头的耳朵长得很特别，耳廓小耳朵眼却特别大，以前在镇子上剃头，他每天用张小纸条记账，记完就把圆珠笔别在耳廓上，把纸条塞进耳朵眼。回到家，老婆常常一句话不说，一只手把耳朵眼儿里的账掏出来看，另一只手伸出来问他要钱。这回彪哥的条子，在耳朵眼儿放了好几天，被汗和油浸透，字迹已经有些模糊。

没想到，安莺燕看了那纸上的几个字"好好养病，哥不嫌你"忽然泪如雨下。这个彪哥也太神通了吧，听这条子的口气，不光知道她得了病，而且知道她得了妇科病。

女人一哭，心就要变软，说话也会变软，只听安莺燕可怜兮兮地说：剃头的，你回去告诉彪哥，他的心我收下了，可是我没本钱还他的情。我已经不再是女人了，也不知道还能活几天，不值得他这么挂记。

小剃头被她吓得忙问：怎么回事？你乱七八糟说些啥嘛？

安莺燕反而放平了声音道：告诉你你也不懂，你不懂还是得告诉你。我刚住院切了子宫回来，因为里边长了东西，现在正等着医院切片的结果。那东西长在我身上，不用看结果，我也知道肯定是癌症，万一已经扩散了，我就没有几个月可活了。所以请你告诉彪哥，他甭指望我了，别说我再也不能生孩子，等他出去的时候，我可能早就化成灰了。

小剃头听着愣了一下，想说点什么安慰她，屋檐下边发呆的女看守正好发问了：47号，你的头发怎么要剪这么久？

安莺燕号马上换了一种不正经的声音，答道：这你要问剃头师傅，是不是看本姑娘长得俏，舍不得让我走。

女看守走过来，看到安莺燕前额那一块凹下去的头发，马上信以为真，厉声责斥小剃头道：93号！你搞什么鬼？到了这个地方，你还敢动坏心思，小心我报告所里，让你的劳动仔当不成。快点理！

小剃头背了黑锅，也不敢分辩，只好对安莺燕说：那我就按这个长短给你剃啦。

安莺燕没事儿人一般，笑着说：剃吧剃吧，有什么可惜的，到时候一做化疗，还不得变成秃瓢。

女看守听见了这句话，不知作何感想，忽然转过身背着手走开了，好像要对安莺燕网开一面。

小剃头叹口气，几下把她满头弯弯曲曲的彩色卷发，全都剪掉了，尽了自己最大努力，好不容易把安莺燕的头发修圆了，其实跟尼姑的光头也差不了多少。给她掸去碎发的时候，小剃头认真看了一下47号，觉得她留了短发以后，似乎眼睛更大，鼻梁更高，眉毛更黑，嘴唇更红了。小剃头心里很是为她和彪哥惋惜，这么漂亮的一个女人，说死就要死了，人活一天算一天，真是算不准呀。

告别的时候，安莺燕对小剃头说：我每天下午在医务室打针，有事儿到那儿来找我。

小剃头忙看看周围，生怕她的话被看守听见。安莺燕见状奚落道：瞧你那怂样，我真不敢信你是彪哥的死党。

安莺燕从小剃头手上接过彪哥的条子时，正值心绪最为低迷状态。

每天要打五瓶点滴，今天已经打了四瓶。输液管将药水一滴一滴慢慢浸入她的身体，并不曾如她所期待的那样带来新的能量，相反还像漏斗似的，把她的活力丝丝缕缕漏将出去，让她整个变成了一具空壳般的皮囊。她摸摸自己被药液灌注得有些浮肿的手背，还有连续的进行性消瘦之后，又细又软苍白干燥的手臂，自哀自怜的阴影又笼罩了她的心。

那天被朱颜失手推倒，小腹撞在洗手池的尖角上，导致她下体大量出血，送到医院去抢救，命是暂时保住了，子宫却被切除了。拆线出院的时候，有个医生跟她简单谈了病情，大意是她的子宫颈长了一个不大不小的肿瘤，从形态看很有恶性病变的嫌疑，需要做出病理切片才能确诊。回到看守所，副所长修丽也跟她谈话，告诉她在等待诊断结果这段日子里，由医务所给予她一般性治疗，生活上享受重病号待遇，可以吃病号餐，每天增加一次单独放风时间，等结果出来以后再说别的事情。

应该说，安莺燕受到了在这个环境里最好的照顾。

朱颜在看守眼皮子底下，夺过彪哥递给安莺燕的条子往嘴里一塞，彻底改变了她俩之间水火不容的关系，再加上陈山妹，三个人成了女监二号仓里的铁三角。

陈山妹包揽了所有生活起居事宜，帮她打饭打水洗衣服。朱颜负责她的营养补给，托家人送来警方准入的各种食品，还经常花钱加菜，千方百计让她败坏的胃口有所恢复。这两个人对安莺燕的呵护虽然事出有因，却属殊途同归。陈山妹牢记着她曾经的关照，为了表达谢意；朱颜反省了给她造成的伤害，为了表达歉意。反正不管她们各自怀有什么样的初衷，对她的照顾都不遗余力，让安莺燕不得不接受，也不能不感动。然而，安莺燕心里明白，这迟来的温馨将是短暂的，随时可能因为自己身体的崩溃而告结束。

随着时间的推移，安莺燕已经不像以前那样盼着出去了。她知道自己的案子比一般的淫秽色情案复杂多了，她打理的夜总会曾经往来皆高官出入尽富豪，有多少举足重轻的人物在这里罗织着他们的关系网，又有多少权钱交易在她眼皮子下边顺利成交，她心中一本账，门儿清。也许她的存在让好多人如鲠在喉，不除不快，而雷子们也希望她在最后的关键环节爆出猛料。夜复一夜的失眠，让她有很多时间去回想过去那些纸醉金迷的日子，每次回忆给她带来的，除了失落还是失落，除了绝望还是绝望。

于是她想到了死。

无论从警方的态度，还是凭自我感觉，安莺燕已能判断出自己绝症在身。既然早晚都是一死，与其拖得不人不鬼再咽气，不如来个红颜暴死，说不定还能在老相好那儿赚得几声叹息。安莺燕一直以自己的美貌为荣，死到临头还得保全了它。

出于这个打算，每天晚上看守把医生开的安眠药发到她手里，看着她用温水吞咽的时候，安莺燕会迅速用事先握在手心中的一片维生素C，将药片替换下来，攒在一个小瓶子里，随身携带，准备等攒够了量，找个合适的机会一饮而尽。有了这个打算，安莺燕心里也有数了，不再盼望有谁来捞她出去，也不再理会案子有什么进展，她选定了看守所作为最后的归宿。

每天漫长的输液时间最是难熬，要不是有那只名叫黑狼的老狗，隔上天把就要来吊两瓶营养液，她更不知道要怎么打发这段光阴了。

刚开始跟一条大狗近距离接触，安莺燕浑身上下不自在，后来听说了黑狼的经历，竟然对它产生了某种同病相怜的感情。一个是曾经威风凛凛功勋卓著的警务犬，忍受骨瘤的折磨，惨度风烛残年；一个是曾经千姿百态受人追捧的交际花，怀揣向死的决心，流连最后时日。人犬之间经历与处境何其相似，以致跟黑狼面对面输了两次液之后，安莺燕再也不把它当成一只狗，而是一个比自己幸运一百倍的人。

每次黑狼来输液，老于夫妇总是一左一右跟着。老于得亲眼看着狱医小沈用指定的各种成分，配出当天的药水，看着把针头扎进黑狼颈部的血管，帮忙用胶布固定好，还要抚摸着黑狼的头跟它说几句话，才能放心去上班。于婶呢，会留下来一直守在黑狼身边，隔不了多一会儿，就对着墙上的挂钟，严格按照一分钟八滴的速度核对次数，但凡有一点儿不对，马上就要叫来沈医生调整，那个一丝不苟的认真劲儿，让那个小沈苦笑之后，只能照办。点滴速度慢时间长，于婶闲不住，时不时替黑狼擦拭口水，改变姿势，还替它按摩肿胀的前肢，活活就是一个慈祥的母亲，在服侍得了重病的儿子，脸上写满了白发人送黑发人的哀愁。

黑狼在他们的悉心呵护之下，状态比刚来的时候好多了，已经可以自己一瘸一拐走路了。有一次，安莺燕听见小沈对老于说：黑狼的好转是一种假象，全靠这点能量合剂撑着，只要药水一停，它就又不行了，可药这么贵，也不能总这么打下去呀。老于有点生气地回答说：只要药水还能输得进，我就要给它一直打下去。药费你放心，我们家砸锅卖铁也不会欠公家一分钱。当时就把安莺燕给听哭了。

正在安莺燕凄凄惨惨戚戚，心情坏得不能再坏的时候，小剃头借口清理空瓶子纸盒子，混进医务室，送来了彪哥的纸条。安莺燕看着那些歪七扭八的字，禁不住苦笑起来：这哥们倒真是痴心不改，写的字也跟我般配，可就是没有结缘的命呀。

为了感谢彪哥的深情厚爱，安莺燕把剪下来的头发交给小剃头，让他作为回信带给彪哥。

小剃头回答说：我办事，彪哥最放心，见姐你也放心吧。不过这可能是我最后一次替你们办事了，我的案子已经撤诉，说声放我就出去了。

安莺燕听了，很羡慕地看着他说：能出去比什么都好。祝你交上好运，回去好好过太平日子。

小剃头高兴了，天真地说：等你和彪哥出去我们再见面，我请你们去吃二婆婆家的火锅，好吃得不得了。

安莺燕凄然一笑道：那我就先谢过你了。假如我还能出去……再见。

看着小剃头乐得屁颠颠的背影，安莺燕分明听到有一个声音在说：永别了。

地震发生以后，朱颜因为受过急救训练，刚被挑出来参加犯人自管小组，并被指定作为沈白尘的助手参与救护。朱颜怎么也没想到，他们抢救的第一个伤员，竟然是警花戴汝姐。

对小戴的营救特别不顺利。

纪石凉和沈白尘用尽了力气，想尽了办法，也不能把她从地洞里救出来。老纪的情绪因此急躁起来，他知道监舍塌了嫌犯肯定得转移，准备工作一就绪，队伍说走就要走。果然，沈白尘刚刚设法给小戴伸到洞口的手背输上液，张不鸣就派人过来催促，告诉他们队伍马上要开拔。

小戴在下边听见说话，把放在洞口的手使劲招，意思是让老纪把头尽可能探低些，有话跟他说。老纪猜得出她要说什么，假装看不懂小戴的手势，只管一个劲儿吆喝小沈和朱颜，必须想尽一切办法把她救上来。

小戴在底下发了急，扯着嗓子喊：老纪，你别忙乎了，我刚才仔细查看了，我的左腿整个压在水泥梁下边，除非开起重机来把房梁吊开，你们赤手空拳怎么救得了我？还是赶紧跟回监区帮着张所转移犯人去吧。

老纪听了这话心如刀绞，说道：旦儿，你说这样的话，是要把我老纪陷于不仁不义之地呀！你冲着我过生日才跑回这儿来，我要是放下你不管，还是男人吗？

小戴听了，突然哭起来：你是不是男人得听我说。今天咱们生离死别，我一肚子话得跟你说开了。我到现在还不嫁人，就是放不下你这个叫我心动的男人，纯爷们。这世道，男女之间蝇营狗苟的事情见得多了，哪儿还会有像咱俩这样心里恩爱，身体清白的异性朋友？要不是可怜你那个疯子老婆，还有从小爹不教妈不管的浑小子，咱们你情我愿还不能重打锣鼓另开张？可是咱们呢，除了在嘴皮上下点功夫，什么时候做过损人利己的勾当？老纪，你的心思我明白，你的忍耐我佩服，你不就是一直想听我正正规规说一声我爱你？现在我要说了，你听着：石凉，我爱你，爱你，爱你！……听够了没有？听够了，再按我说的话做，给我再挂上一瓶水，让它按每分钟十滴的速度滴，然后带上你的人归队去。你要救我的心我领了，但我也没忘了你是一个警察，特殊时期身不由己。假如水没滴完，救援队来了，那是我命不该绝，假如熬到油干灯尽，还没人来救，那咱们就此别过，来世再见。下辈子，你可别那么早就娶了媳妇，等认准了是我再动心……

小戴说得泣不成声，老纪听得泪如雨下，真正号啕大哭的一个人，却是站在沈白尘身边的朱颜。

朱颜是个心高气傲的女孩，从小到大，无论与谁交往，必要搏得居高临下的位置方能相安。在看守所里，戴汝妲身为管教，强势几乎是天经地义的，作为犯罪嫌疑人，与之交手劣势显然，她朱颜纵有翻云覆雨的本领，也别想撼动对方。小戴调离之后，朱颜再也没见过她，但只要想起她，心中仍是愤愤不已。

然而一场大难让这个对手不光强势尽失，还处在命悬一线的险境。戴汝妲一番儿女情长的私房话，将这个女管教强硬蛮横的外壳一卸而光，坦然呈现出小女子纯情似水的真面，着实打动了朱颜。经历过几场无果而终的恋爱，几任东西中外的男友，朱颜早已把爱情的神话解构得七零八落，再也不相信世上真有所谓心心相印的情侣。她万万不曾料到，如此感天动地的爱情大戏，恰恰在监狱这样阴沉压抑的舞台上，由两个让她从来憎恨与轻视的警察出演。一时间，朱颜心中五味杂陈，以自己的身份，又完全没有表达的可能，只能用大声号啕来宣而泄之。

纪石凉的悲伤当然不在朱颜之下，可他不能像个女人似的哭天抢地，得拿出男子汉的担当和力量。面对戴汝妲情真意切的表白，他有千言万语要说，却一句也没说出来，只是用更大更快的动作刨土清障，在无言中表示不把小戴救出来决不罢休的决心。

眼看时间一分一秒过去，老纪急得满脸紫胀，扳住一块水泥板，憋足了劲儿猛掀，喉咙里发出如狼嗥般粗重的喘气声。无论他怎么用力，水泥板都纹丝不动，好像要告诫他，放弃小戴是唯一的选择。

纪石凉的理智终于崩溃，再也控制不住自己，一屁股坐在地上，如同一个没长大的孩子，面对家长不容分说的棍棒，无奈地将双脚在地上来回蹬踹，跟朱颜一起大放悲声，边嚎边说：妲儿，妲儿，老纪我无能，救不出你……你知道，我曾经想过，这辈子注定做不成夫妻，到我死的时候，怎么着也得把你叫到跟前，亲一亲你的脸……哪怕咱们七老八十岁，你的脸皮打皱了，不美了……老天爷，老天爷，你怎么这么狠心，连这一线机会也不给我留下……

此情此景让沈白尘大跌眼镜，却原来老纪这个浑身匪气十分霸道的粗人，内心深处还有着这么温情湿润的所在！小沈由此想到了自己的女友鄢嫣，自从通讯中断，她就了无消息，也不知如今是死是活。本来他走过去，拍着老纪的肩膀想要安慰几句，一句话没说出来，眼泪反而止不住先滴下来。

正在哭声此起彼伏不可开交之际，只听得小戴在洞里大声召唤小沈。小沈忙俯身相问，听见小戴要求把剪子和刀子从上边递下去，吓得赶快说：不行，不行，我给你挂上两瓶水，你再坚持坚持，一定会有人来救你。

老纪听了他的话，更吓得脸色煞白，连滚带爬到了洞口，惨声叫道：旦儿，你千万不要丧失信心，天塌地陷，政府还在，军队还在，总会有人来救你，你可不能糊里糊涂自行了断呀！

作为对小沈和老纪的回应，戴汝妲镇静的声音，从洞口清晰地传了上来，像从前一样爽朗动听：瞧瞧你们，想哪儿去了，谁说我想自杀？我刚才仔细摸过了，左腿齐膝盖处骨头全砸断了，只连着韧带和肌肉。我琢磨要是用剪子和刀把它们给弄断，你们完全可以把我拉出来了……

上边的人听了如此大胆的设想，全都惊得面面相觑，这现代版的刮骨疗毒壮举，怎么说也不该一个年轻貌美的女孩子来实践呀！

小沈到底是专业医生，很快缓过神来开始考虑可行性。他试探地说：戴姐，我手头没有麻醉剂，也不能到下边去操作，你自己能不能做得了？

小戴的回答冷静而自信：做得了。我的腿已经麻痹了，马上动手，抢在神经反应还没有恢复之前，反而不会痛得受不了。

小沈又说：现在有重物压在你腿上，万一松开可能会出现血流喷涌的现象，这么做是不是太冒险了？因为我们根本没有条件给你输血。

这个提醒似乎让戴汝妲打了一个磕巴，但马上她又回应了：那就看我的运气了。至少我可以从里边出来，跟你们告个别，也给纪哥留个机会，让他抱住我亲一亲……

纪石凉听了这话，越发万箭穿心般难受，已经完全没了主意，只管用孤助无援的眼神盯住小沈，想从他这儿得到帮助。

这让小沈顿时觉得自己的表态，很可能决定着戴汝妲的生死存亡，举手

长篇小说

投足都负有重大责任。这个感觉让他的精神陡然高昂起来，天欲降大任于斯人，必将让其经受严峻的考验，眼下考验人的时候就要到了。如果是青年毛泽东，他会退缩吗？肯定不会！他会有明确的态度，而这种表态定然出自周密的思考。

想到这儿，沈白尘的心情忽然沉静下来，他用最快的速度把自己掌握的所有止血的知识复习了一遍，又从随身携带的急救包里，找出了两根止血胶管，抓在手里反复测试了它们的强度，感到很是满意。然后，他拿起了一把医用剪和一把手术刀，对眼巴巴瞅着他的老纪说：既然戴姐自己有这个决心，咱们应该全力配合她。假如她能把连接部分割断，咱们在第一时间把她拉上来，马上用止血带绑住她的残肢。只要不出现喷血的情况，奇迹就可能发生。

沈白尘说这些话的时候，觉得自己忽然间长大了，而此刻在纪石凉眼中，这个从来让他不屑一顾的大男孩儿，活活就是老天爷派来救苦救难的天兵天将。

小沈把手术器械递进洞里，老纪跟着趴在洞口，婆婆妈妈地一再嘱咐：旦儿，你可得摸着石头过河，试着来，不行就还是挂水等救援，千万别逞强呀……

小戴接过器械，把头埋了下去，洞口一时看不到她的影子，也听不见任何声音了。上边的人全都屏住呼吸，老纪更加紧张得牙关紧咬。时间一秒一秒地被感受着，两三分钟也成了日久经年。

谢天谢地，经过了似乎无比漫长的等待之后，他们终于听见小戴轻轻地叫了一句：行了，拉我……

老纪和小沈同时扑上，抓住小戴极力伸出的手掌，连拉带拽把她从洞里拔了出来。

纪石凉见到失而复得的小戴，不管不顾一把抱住她的身体，照直将自己黑粗的脸，贴到她由于失血显得苍白的嘴唇上去，口中喃喃念道：没想到，没想到，这辈子，这辈子还能……

说着，整个人像梦游一样，闭住眼睛将自己厚厚的嘴唇，慢慢地移将过去。

老纪这一系列激情的举动虽是人之常情，让专业狱医沈白尘来评判纯属非理性行为。因为就在老纪忙不迭亲吻心上人的时候，小戴被截断的左腿，已是血如泉涌，沈白尘所预言的最坏情况出现了。小沈顾不上礼貌，大声招呼老纪快来帮忙，才把沉浸在重逢感伤中的纪石凉唤醒，调过头来跟他一块儿扎紧止血胶带。

三个人竭尽全力，弄得手上身上都糊满了泥和血，总算把小戴左腿创面上的血流给止住了，小戴则因为大量失血几乎昏迷。

一阵亢奋的激动过去，老纪终于清醒过来，看着迷迷瞪瞪好像就要睡过去的戴汝姐，知道情况非常危急。他再一次把无助的目光转向沈白尘，等着他再一次拿出好主张。小沈没吭声，只是抱歉地冲他摇摇头说：她现在处在休克边缘，要马上输血才行，不然……

纪石凉急吼吼地说：要输血就马上输呀！来，抽我的，要多少，管够，我是O型，万能输血者！

他的嗓门够大，连昏沉的小戴都听见了。只见她微微睁开眼睛，朝老纪摇摇头，努力地说道：你的心意我领了，你的血我用不上……我的血型是AB型RH阴性，在"熊猫血"里也是稀有品种……

纪石凉听不懂她在说什么，只管把她抱在怀里摇着，喊道：且儿，你是不是迷糊了？说的什么乱七八糟呀，你又不是熊猫，怎么会是熊猫血？

沈白尘听得很明白，上前制止了老纪过大的动作，说：戴姐一点没糊涂，她的血型在黄种人里特别罕见，俗称"熊猫血"。这种血型的血浆，在大城市里都难保证，眼下在我们这儿，几乎没有可能找到。

纪石凉这下懂了，彻底懂了，兵荒马乱荒郊野地，到哪儿去找那么特殊的血浆，小戴活不了了！此念一生，老纪又觉到了心如刀绞般的痛楚，更紧地抱住小戴，绝望地大哭：且儿，且儿，你遭了这么大罪还是留不下，叫我怎么想得过去……

戴汝姐复又将眼睛闭了，两行泪水缓缓淌过她的面颊，只听她轻轻说：这个结果我早预料到了……可我觉得这罪值得受，你不是终于亲到我了吗？现在我死而无憾了。

这样生生死死的诀别，叫沈白尘体味了什么叫女人侠骨柔情最动人，什么叫男儿有泪不轻弹。正在为之黯然神伤，忽然有人在拽他的衣袖，回头看时竟是朱颜。只见她泪流满面地说道：我可以给她输血，我也是AB型RH阴性。

沈白尘简直不相信自己的耳朵，世界上哪儿有这么巧的事情？AB型RH阴性血型在汉族人群中，一万人里只有两三个，在场的四个人就占了俩？

于是他非常强调地追问道：你没搞错吧，RH阴性，还是AB型，世界上最稀有的血型，输错了会要命的！

朱颜万分急切地补充道：相信我，不会有错。我在美国参加战地急救训练营时，做过非常精细的检验。

绝处逢生的惊喜，叫沈白尘也失了常态，他跳起来啪啪地拍着老纪的肩膀，大声叫道：戴姐有救了！

队伍需要马上转移，所长张不鸣看着担架上躺着的戴汝姐，不得不问纪石凉说：小戴是跟重伤的犯人一块留下，还是随大队伍一块转移？

纪石凉用反问的方式重复了他的问题：小戴是留下还是转移？你说呢？

见张不鸣耷拉着脸不说话，老纪提高了声音，又问：你说她是该留下，还是该转移？你说！她伤成这副样子，你说我能不能留下她不管？我们是警察，警察也是人呐！我们的亲人也是人呐！

老纪把每一个"我"字都发成重音，强调自己对小戴的去留最有发言权。而且最后那一句话，其分量之重，谁都能感受得到。

张不鸣知难而退，深知这件事情处理不好，老纪会过不去这个坎，作为这次行动的主力，他的情绪对整个队伍会有至关重要的影响。时间紧迫也没空继续说服他，张不鸣转而向沈白尘征求意见，让他从医疗救护的专业角度，判断一下小戴的情况是否适合长途跋涉。万一小沈能够说出些道理，证明小戴留下更安全，说不定老纪会重新考虑。

小沈此时的心境已经非常明朗。经历了跟于婶的死别，也目睹了老纪和小戴难得的重逢，他忽然觉得自己跟他们从来没有这么亲近，分明就是至爱的亲人。他知道自己该怎么表态。

沈白尘简要叙述了救援小戴的经过，也解释了她的稀有血型是怎么回事。他和朱颜已经商量好，在转移途中，朱颜尽可能不要跟她分开，没有输血条件，就用大号针筒随抽随推，维持她在路途中的需血量。如此而言，小戴随队同行固然有危险，假如留在原地，几乎没有活下去的可能。

听说小戴自己割断了腿才被救上来，张不鸣惊得半天说不出话，修丽哑着舌头，眼泪跟着淌下来。最后张不鸣对纪石凉说：小戴可以随队，但你和小沈都不能再抬担架，你们还有更重要的任务。

纪石凉马上很配合地说：这个我知道。我不抬，有人抬。

张不鸣追问：谁？

纪石凉还没来得及回答，朱颜就上前一步说：我！

张不鸣抬眼看时，认得是海归女嫌犯朱颜，只见她身着血迹斑斑的号衣，头发也蓬乱一把，脸上的表情却很是刚毅坦诚，不同于平日惯见的犯人气质。

朱颜一直跟着担架。今天她所亲历的一切事情，真如醍醐灌顶一般，冲毁了她胸中曾经建构得坚固无比的自恋块垒，也使她庆幸在这大灾大难的时刻，获得给这个特殊伤员输血的机会。刚才，当这一男一女两个警察，绝望于熊猫血源抱头痛哭，她挺身出来献血的当儿，差不多是怀着一种感恩的心情，去争取这个机会。要感谢谁，她不知道，甚至不知道用这样的词语来表达心情是否合适。她只是无比清晰地体验到了强烈的幸福感，活着真好！而一个得到了幸福的人，是需要感恩的。紧接着，她想起了闺密周小乔，开始担心周小乔的处境和命运，曾经拥塞在心头的千仇万恨，似乎正在随着时起起伏的余震悄悄化开，渐渐淡去。

张不鸣打量着朱颜，缓声问：你，抬得动吗？

朱颜爽然答道：没问题，我在大学是长跑运动健将，留学时还练过铁人三项。另一头可以叫陈山妹来抬，她天天劳动，体力好，人也可靠。

山妹应声站了出来，张不鸣一看她腕上戴着手铐，知道是重案嫌犯，显出些犹豫的神情。修丽看见，走过去跟他小声嘀咕了几句。张不鸣点头之后，修丽拿钥匙把手铐解了下来。陈山妹什么话也没有，朝着张不鸣和修丽连鞠三躬，转身跑到小戴的担架旁边，占了重的一头，只等奉命出发。

前去探路的纪石凉，没过多久就回来报告张不鸣，卷浪河左岸的山体滑坡之后，在前边的山谷里形成一处峭壁，正好挡住队伍的必经之路，如果要按既定的方案沿卷浪河向下游走，必须将队伍带到河右岸去。这条河虽不宽，水也不太深，但水流湍急，要保证安全，需要在队伍蹚水的地方，牵一条绳索到对岸，而这条绳子需要有人从峭壁上狭窄缝隙钻过去，系在一棵大树上。他在那儿试了几次，断定以这缝隙的宽度，男人过不去，女人个子大的也不行，只能找个身材最瘦小的去试试。这个女人个子小胆子不能小，钻过去之后，绳子系不系得上，系上了自己回不回得来，谁也说不好。说白了，要有点舍己为人的自我牺牲精神。

张不鸣问修丽，是否有可能在女犯中找到合适的人选，修丽回答说：个子小胆子大，这两个条件还好说，可这舍己为人自我牺牲的精神，别说要求犯人，就是要求警察也算得上一个极高的指标。

张不鸣同意她的说法，嘱咐说：动员的时候，要把任务的危险性交代清楚，一定得本人自愿，不能强制命令。

纪石凉对此毫无信心：你也不看看都是些什么人？让她们自愿冒险，门儿也没有，只能看谁合适就命令谁去。

张不鸣摇头道：她们是嫌犯，又不是战场上的士兵，没有献身的义务。如果不是人手太少，理当派我们自己的人去。

在这样的问题上，纪石凉总是不太想得通，现在还是一样：行了，行了，人道执法文明执法讲座又要开讲了。要是那个缝够宽，我自己早钻了，可要是说我们钻就理所当然，她们钻就有悖常情，我怎么也想不明白。

张不鸣拍拍他的肩，应付说：想不通慢慢想去。现在先让修丽去请神。

纪石凉被他一拍，整个人都抽搐起来，张不鸣打趣道：你这抗击打能力怎么退步成这水平啦？

纪石凉其实被自己的表现吓了一跳，为了逞强跟着打趣说：装的。怕你派我去舍己救人。

修丽在这样一种情境下，去向女犯们通报情况，心里的确如她自己所说，没有把握。

通报的结果实在令人意外。修丽的话音刚落，就听见下边有个人接话道：报告政府，看看本姑娘这苗条身材合不合适。

抬头看去，不是别人，正是一路上被重点关照的重病号安莺燕。

一路走来，安莺燕原本虚弱的身体，更虚得像张纸一般轻了，常常被人架着走，才勉强跟得上缓慢前进的队伍。架着她走路的人，有时候是身前身后的女犯，有时候是管教李玫，甚至是副所长修丽，而紧跟在她身后的，是陈山妹她们抬着的担架，上边躺着失去了一条腿的女狱医，被朱颜用血养活着的女警察。

这是一种让安莺燕难以置信的组合，地震能改变山，改变水，改变人的命运，还能把人与人之间不可逾越的沟壑填平，假如不是亲历亲见，她是绝不可能相信的。跟警察们一起逃难的感觉很好，安莺燕忽然觉得自己又活得像个人了。这种感觉催生了她的一个愿望，不能光作为别人的累赘接受照顾，还要设法为别人做点事情，像陈山妹抬担架、朱颜献血那样，做点让人高看一眼的事情。摸摸瘦骨嶙峋的身腰，细得如竹竿一样的手臂，安莺燕不知自己还有什么事情可干，心情难免郁闷。修丽过来通报情况的时候，安莺燕正在为效力无门而纠结，修丽带来的消息叫她的心情为之一振，站起身就报名。

可是修丽想都没想就回绝了她：安莺燕，开玩笑也得看场合，眼下灾情严峻，你可别在这儿搅局呀。

安莺燕闻说不高兴了，直着脖子喊：谁开玩笑了，我又不傻，找这种时候搅局不是脑子进水了嘛。你说要找个瘦的，我最瘦，你说要胆儿大的，我的胆儿不小，你说要不怕死的，我最不怕死。我现在只比死人多一口气儿，一个说死就要死的人，说白了就是一喘气的死人，死人还怕个什么死呢？

修丽听了这话，知道她是认真的，抱歉地笑笑说：你要真这么想，咱们就到所长那儿去领任务。不过我还是提醒你，这个任务真的很危险。

安莺燕很放松地说：修所长，咱们也不是第一次打交道了，你向来是个雷厉风行的人，地震怎么把你变得婆婆妈妈了？

修丽对她过度的放松显然不悦，正色说：你怎么说话呢？领任务归领任务，说话还得按规矩……

安莺燕马上接过话，更有些油腔滑调地说：报告政府，我知道，不能没上没下。可这地震要起命来一点儿不分上下，都是哐哐哐……啐，不分贫富贵贱，一律签单照收。

修丽不想纠缠，忙说：你真想好啦？想好了咱们就走。

安莺燕站起来就走，没有一丝犹豫。陈山妹站起来拦住她，说：要去我去，她有病。

安莺燕推开山妹说：没听说要找小个子吗？你这身板儿，都赶得上男人了，肯定过不去。再说你还有俩孩子，万一钻过去回不来，他们不就惨了？

这后边的一句话，显然触动了山妹敏感的神经。山妹像被点了穴似的，愣在那儿不再说什么。

陈山妹愣神的工夫，朱颜又站了出来说：那就我去吧。我瘦，还受过攀岩训练。

安莺燕好像有些生气了，冲着朱颜说：哎呀我的大律师，我知道你什么都比俺强，连血型都是稀有的。可你也好歹给俺这没用的人留个机会表现表现呀。我现在除了瘦，什么都不能跟你比，你就别连这点风头还要抢在俺头里啦！

修丽最终挑选了安莺燕。不是因为陈山妹长得比较粗壮，也不是因为朱颜还要给小戴输血，而是因为安莺燕那一句看似潇洒，实则非常严肃的话，一个将死的人或者是最不怕死的。只有真正心无畏惧的人，才是最合适的人选。

人们站在河岸上，目送纪石凉带着安莺燕走向峭壁。

安莺燕瘦小的身子牵引着一条长长的绳索，灵猴般攀缘向上，一会儿就爬到了窄缝跟前，很快钻过了滑坡体与山崖之间的窄缝，一切顺利。在这个过程中，安莺燕完全不像一个病入膏肓的癌症患者，分明就是处在竞赛兴奋巅峰的攀岩好手。都说人的精神有着匪夷所思的力量，难道连死神也会为之退却不成？

安莺燕钻过了那条窄窄的裂缝，并且在纪石凉的指导下，将绳索的一头拴在一根倒覆在巨石当间，又被牢牢卡死的大树上。然后她选了一个比较平坦的地方坐下来，等着纪石凉牵着绳索的另一头，涉水到对岸去。

等纪石凉拼尽全力跌跌撞撞蹚过了河，在预测的位置将绳索固定，隔着河喊她赶紧归队的时候，安莺燕没有照办。她用响亮的声音回答老纪说，还是让队伍先过河再说，万一绳子脱落还可以补救。得到老纪的赞同之后，安莺燕嫣然一笑，然后摘下头上的丝巾，露出一颗尼姑头，轻轻地擦拭着上边的汗水，一派卸下重担的轻松。

全部人员拉着由纪石凉和安莺燕拉起的缆索，很快顺利涉过了卷浪河，其中有几个碰到急流的人，亏得有这条绳索的保护，免于被水流冲走。等到最后一名殿后的看守双脚踏上了河岸，老纪用手掌做个喇叭，打算喊安莺燕回撤的时候，忽然发现那个女人不见了，她坐过的石头边，斜刺里伸出的小树枝上，正有一条金黄色的小丝巾在随风飘荡。

安莺燕在悬崖前边挥手的一瞬，最终成为修丽无法磨灭的记忆。那个即将消失的生命，在最后的时光所绽放的惊艳，让修丽感慨万千。在那个画面里，安莺燕的脸褪去了久病不愈的苍白，委顿不振的神情忽然间灵动飞扬，整个人随之魅力四射，她的表情在那一瞬变得如少女般圣洁，足以把曾经留给人们的所有龌龊与油滑的印象荡涤殆尽。

在以后的路途上，修丽一直在痛心疾首地回想，安莺燕到底是在什么时候起身跳进了河水。因为从队伍开始渡河起，她的目光几乎没有离开过悬崖边上那个孤独的身影。然而，没有答案。

修丽回想起一些细节。当时安莺燕系好了绳子，高高举起右手，向下边的人缓缓地挥动，嘴巴随之一张一合，修丽觉得她好像在说：再见了，再见了。曾经有一丝不祥的预感从修丽心头飘过：难道她打算一去不回头了？

修丽突然扪心自问：你为什么选择她去完成任务？在你内心深处，是不是隐藏着一种可怕而残忍的动机，既然接受任务的人很可能有去无回，让安莺燕拿半条命去搏成本更低？明知她已经有了厌世的端倪，还要给她创造这样的机会，是否等于放任她舍弃生命？

修丽边走边扭头，不断回望对岸悬崖上的小树，安莺燕留在上边的金黄色纱巾，一直在微风中轻轻飞扬，好像一只挥动的手，在跟她们道别。

安莺燕不辞而别的举动，给整个队伍的行进增添了悲壮的色彩，所有的人都闷不吭声地迈着步子，每逢沟沟坎坎或者路况险峻的时候，无须谁来引导，人人都会主动伸出手来互相搀扶。

陈山妹的反应显然更强烈一些。打从过河之后，她就成了一个不知疲倦也没有言语的机器人，只顾抬着戴汝姐的担架，低着头一个劲儿地走，走，走。遇有障碍或者中途休息，担架需要停下来的时候，她就蹲在自己原有的位置上，低头掩面，不言不语。没有人能把她换下来歇一歇，也没有人能让她把头抬起来说句话。修丽选出两个男犯人，来替换她和朱颜，也被她倔强的沉默给挡了回来，劝说和命令都无效。

朱颜心疼地看着山妹，担心这种自虐式的默哀最终会击垮她，就跟在她身边不停地讲话，告诉她，如果心里太难受，一定要哭出来，讲出来，叫出来，不然会出大问题。然而，效果跟修丽的劝说一模一样，如同面对着一堵回音壁，所有的声音发出去，弹回来，还是你自己的。几次三番之后，朱颜也沉默了。

逃生的路在这样一种无言的悲伤中，向前延伸，而前方似乎还有更多的艰险在等着他们。

谁也没有想到，队伍再次休整之后，准备重新开拨的时候，陈山妹不见了。这叫修丽恼火至极。她的重点关怀对象，她以为最值得同情，最有可能的轻判，最有把握掌控的陈山妹，居然在眼皮子底下逃跑了，说得严重点是越狱了。这还了得？

向朱颜等女犯了解了情况，分析了各种可能性，修丽判断陈山妹一定是奔学校找孩子去了，于是马上向张不鸣请命，要去追寻陈山妹。

　　张不鸣回头望了望来路，有些犹豫地说：这么难走的路，你一个人再走一遍，能行吗？

　　修丽很坚决地说：不行也得行。无论如何要让她在全体到达指定地点之前归队，否则作为一个在押嫌犯，任何原因的脱逃都会带来严重后果。到了地州看守所，别说她浑身长嘴说不清，就连你我恐怕也难替她说话通融了。

　　张不鸣皱着眉头，看着自己神形疲惫的副手，说：要不然派个男同志去找？

　　修丽一摆手说：你手下还有几个人可派？再说他们连陈山妹长什么样儿都不知道。只要她把号衣一脱，混在灾民里，他们谁发现得了？

　　张不鸣被修丽的善心诚意打动，同意了她的请求，很动感情地说：修丽，你真是个好人。此去山恶水险，你一个人要多加小心哪。

　　修丽的眼圈也有点潮，为了掩饰这点，故作潇洒挥了挥手，开个玩笑说：嗨，大所长，你怎么老娘们兮兮的，好像我一去不复返似的……

　　就这么着，修丽在同事们依依惜别的目光注视下，独自走上了回头路，去寻找陈山妹。"寻找"这个词儿，是修丽给自己此行定的调，她不愿意把"追捕"或"捉拿"这样的字眼用在陈山妹身上。

　　一路的辛苦自不必说。

　　等修丽历尽千辛万苦，在乱哄哄的校园里找到了大浩的班主任，却被那个带着破碎的眼镜、披头散发的女教师告知，大浩的妈妈来过了，领走了他的遗体。妹妹缨络没什么事儿，跟着妈妈走了。

　　修丽当时愣在那儿，忍不住满心的哀伤，涕泗横流。苦命的陈山妹，她的九九八十一难什么时候才能有个了结呀？修丽不能设想，这个身负命案在逃、早已无家可归的女人，背着死去的儿子，领着年幼的女儿，能到哪里去呢？

　　一个警察为犯人的孩子大伤其感，让班主任大为感动，拉着修丽的手安慰她说：要我说，大浩被埋，这么快就给找到了，也算是不幸中之一幸。至少他妈妈找到了他，有机会让他入土为安。我们学校还有几十上百人下落不明呢。

　　"入土为安"这四个字，一下子点醒了修丽。除了她前夫的家，陈山妹还能背着死孩子到哪儿去？大浩要入土，山妹一定会选择把他跟父亲柱子埋在一起。修丽这么一琢磨，连口气儿也没喘，转身上了通往小尾巴村儿的路。她估计背着死孩子的陈山妹，不可能走得那么快。修丽打算等追上她，先帮她把孩子安置好，再带她去找大队伍。此时，连修丽自己也不能断定，这样急切地追赶陈山妹，到底是为了去抓她，还是为了去帮她。

沿着大路走了几公里，修丽果然远远地看见了背着死儿子还乡的陈山妹，高举着一把破伞、为妈妈和哥哥遮雨的缨络。修丽没有上前招呼，而是不远不近地尾随其后，希望母子三人生离死别的团聚尽可能长久些，不要被自己的出现打搅。

天色阴沉，雨水像要为大地上无处不在的哀伤营造气氛似的倾盆而下，也让原本已经乱石密布沟沟坎坎的路，变得更加难行。

大浩已经十四五岁了。十四五岁的男孩儿，身高体重早就超过了母亲，他的上半身被一条棉毯严严实实裹住，胳膊软软地耷拉在母亲身肩上，毫无知觉地晃荡，而长长的双腿几乎拖到了地面，不时跟路上的石块和土疙瘩碰撞，前后摆动。这些动作常常干扰着陈山妹的脚步，让她不得不停下来，耸一耸身子，看样子是想让儿子趴得更舒服些。刚刚失去了哥哥的小姑娘缨络，一直跟在妈妈身后边走边哭，怕哥哥的脚被路上的东西刮到，又想替妈妈减轻点重量，时不时弯腰去抬哥哥的腿，也干扰了他们行进的速度。

修丽看见陈山妹把每一个动作都做得尽可能轻柔，似乎确信儿子还活着，还在呼吸。耸动身子的时候，她还要跟儿子打个招呼：大浩乖儿子，妈不累，你好好趴着就行了，妈驮得动你。有时候，缨络的哭声大了，陈山妹便制止小女儿说：缨络，哭得仔细些，你哥睡着了，别吵醒他。

修丽的出现，让陈山妹吓得双腿发软，背着儿子就要下跪，嘴中连连说道：修管教，求求你，求你让我把大浩送到家……我不是想逃跑，真的不是……

修丽一把搀住她，把大浩的胳膊搭在自己肩上，满含泪水说了一句：我先帮你背大浩一程……孩子管我叫干妈，我也得尽尽当妈的心呐……

陈山妹惊得目瞪口呆，眼看着修丽背起儿子开始往前走，才如梦初醒拉着缨络快步赶上去。

从小尾巴村经过的时候，修丽和陈山妹着实被村里的灾情吓住了。往日万金贵经营得繁华昌盛，堪与都市媲美的村街，眼下房倒屋塌，已是一片断壁残垣。陈山妹满脸都是绝望地对修丽说：这下完了，大浩的奶奶家怕是毁了，奶奶可能也不在了。

修丽心下着慌，嘴上却安抚她说：天无绝人之路，总会有办法的。

陈山妹的泪水伴着雨水淌下来，悲悲切切地说：修管教，你都看见了，老天爷给我们家留了一点活路吗？

对陈山妹的说法，修丽不同意都难。她之所以推迟拘押陈山妹的时间，就是打算先帮着她把孩子送到奶奶家，让活着的死了的都有个安置。只有安顿好孩子们，再把陈山妹带走，才让人觉得心安理得。路上修丽一直在考虑，万一那个老婆子还跟上回一样，死活不认陈山妹，该怎么说服她。小尾巴村的惨状让修丽觉得，可能她准备的所有理由，都已经找不到劝说的对象，纯属多余了。

然而，奇迹总在人们最绝望的时刻出现。当她们转过一座毁坏变形的山头，两个人同时眼睛一亮。

前方一大片滑坡体的泥浆碎石中间，陈山妹婆婆家的小屋子，如耸立在河流中的灯塔，孤零零地站立着。仔细看时，原来她家的屋后有一块巨石挡住了滑坡的冲击，如母亲用怀抱庇护着婴儿，把那矮小破旧的屋子庇护下来。汹涌而下的泥石流，分成两股绕过巨石，又在它的下方重新合流，造成了一个奇观：巨石像河中的岛屿，山妹婆婆的家像岛上的人家，不光房子丝毫无损，连房前的菜地，屋后的果树都原封未动。

修丽禁不住心头的激动，对陈山妹说：老天爷长着眼呢！

陈山妹听了，双膝下跪朝着家门的方向纳头便拜，口中喃喃念道：老天爷开眼，可怜可怜我们孤儿寡母，您的恩德我这辈子还不了，下辈子还。

修丽知道，此时陈山妹的心里还存着对婆婆强烈的恐惧，与其说是在祈求老天爷开眼，不如说是在祈求婆婆转意。以她现时的处境，万一婆婆还像从前一样仇视她，缨络就再也无地方可去了。这一点连修丽都替她悬着心。

忐忑之间，一行人走进吴婆婆的院子。大浩的奶奶正在台阶上枯坐，听见有人来了，摸索着柱上拐杖走下来，警惕地问道：哪个？

陈山妹忙上前扶住她，叫道：娘，是我，是你那多灾多难的媳妇山妹呀！

老太太愣了一下，撒手扔了拐棍，一头扑到山妹怀里，说：山妹，你还活着，我的孙男孙女呢？奶奶想他们眼睛都哭瞎了。

陈山妹又一次双膝下跪，凄声道：娘，我把他们给你送回来了……

老太太急切地伸出手，先摸到了孙女的脸，又摸到了孙子的手。山妹一边哭，一边央求道：娘，我找到大浩的时候，他已经咽气了……我活蹦乱跳带走他，给你送回来一个尸身。你可别恨我，别恨我呀。

老太太干瘪的眼窝里，涌出两行浊泪，循着声音把山妹的头搂在怀里叹口长气说：娘还有什么脸来恨你。要是前年我心眼子大一点，不跟那个姓万的老鬼扯皮，咱们家哪里会是这副样子……古话说，人在屋檐下哪能不低头？娘这一辈子该低头时不低头，自己吃亏就不说了，不该牵连你们哪！这两年，娘后悔，肠子都悔青了，只要你不记恨娘，娘还有什么脸来恨你哟……

陈山妹带着孩子来这里，只想求婆婆开恩，让大浩埋在他爹身边，再把缨络寄养在这儿。婆婆一番话，实在出乎她的意料，也引得她伤心大恸。一时间，婆媳二人大放悲声，小姑娘缨络也跟着大哭。

那天晚上，月亮特别亮。大浩躺在奶奶的棺材里，度过了他少年人生的最后一夜。在故乡的月光下，静静地长眠。

棺材还是柱子活着的时候，下了血本孝敬老娘的，板子好，做工也好，里里外外厚厚地漆了七八层红漆黑漆，老太太看得不知有多重。可是今天，不管山妹怎么劝，老太太非得让大浩享用，还说要是不依她，她就一头在棺材上撞死，随孙儿去了。

明晃晃的月光照在大浩的脸上，那张脸被妈妈仔细地擦洗过，显得干净而安详。他的手里一左一右拿着两件东西，一边是妈妈给他的钢笔，一边是奶奶给他的樱桃。

妈妈对他说：不管在阴间还是阳世，识文断字都是好事情，你在那边也不能放松学习。

奶奶对他说：你在家的时候喜欢吃樱桃，奶奶总想拿出去换油盐，现在给你带些走，你再别生奶奶的气呵。

妹妹缨络哭得昏天黑地，已经在妈妈怀里睡着了，梦里时不时发出惊叫，一声声叫的都是哥哥的名字。

修丽坐在一旁的木凳上，看着这祖辈三代人最后的团聚，心中感慨万千，连私下放了陈山妹的心都有。

送走了大浩，修丽带着陈山妹重返归途。

寂静的晨曦中，陈山妹一步三回头，哭成了泪人。缨络和她的瞎子奶奶站立在家门口，久久地向她们挥着手，与其说是告别，不如说是召唤。转过一个山头，祖孙俩的身影被遮挡得看不见的时候，陈山妹的脚步像被绊住了一样，再也迈不动了。要不是修丽紧紧拉住了她的臂膀，她一定会忍不住往回跑的。

修丽从腰里取下一副手铐。按照常规，这副手铐在发现逃犯陈山妹的第一时间，就应该派上用场。可昨天悲惨的场景，叫修丽不忍心当着屡受伤害的小姑娘缨络，拿出这个象征着丧失自由的物件，往业已处在崩溃边缘的陈山妹手上套。现在是时候了，她要开始严格履行警察的职责了。此去关山重重，修丽觉得自己的心智和体力，已经严重透支，没有把握在陈山妹情绪波动的时候，完全掌握住局面。

修丽用手铐的一只环套住了陈山妹，另一只铐在自己手腕上，故意开着玩笑说：从现在开始，咱们俩就成了连体婴儿，谁也离不开谁了。你知道连体婴儿吗？就是在娘胎里没长好，生下来连着肝共着肺的双胞胎。这种孩子，要活就全都活着，假如死了一个，另一个指定也活不成了。

陈山妹听懂了这话的分量，知道修管教的意思，是要跟自己同生共死。想她五十来岁的一个女人，脱离了队伍辛苦万分来追自己，现在又要万分辛苦地赶回来，陈山妹乱纷纷的心忽然变得有些通透了。抓住了修丽与自己连在一块的手，陈山妹认认真真地说：修姐，你放一百个心，这一路上我陈山妹要是再起心逃跑，就让天上打雷劈死我，山中着火烧死我，河里涨水淹死我……

修丽很诧异地听见，陈山妹没有按惯例说报告政府，甚至没有按非正规方式称呼修管教，而是前所未有地用了"修姐"这样私密的称谓。如此看来，陈山妹并非平时表现的那么懵懂和无知，分寸她是有的。亲密的称谓加上赌毒咒发毒誓，就是最高级别的保证，修丽没有理由不信任她，但最大限度地保持对她的控制，无论对谁都只有好处没有坏处。对自己而言，可以更加放心地走路，对陈山妹而言，可以减少因为心理波动而产生的彷徨。

修丽明白，对这个命运多舛的女人，不能再有一丝一毫人为的伤害，于是继续开着玩笑说：既然你管我叫姐，我先应了你。啥时候姐姐不是保护妹妹的，你还怕跟姐连在一块儿？再说，姐还怕天上打雷，山中着火，河里涨水的当口，你撇下姐姐自己逃命呢。

陈山妹被这话感动得不知所措，又扑通一声跪在了地上，口中念道：天公在上地母有眼，给小尾巴村人陈氏山妹作证，从今日今时今刻起，拜看守所管教修丽为情同血亲的好姐姐，山崩地裂永不分开。如有任何违叛修姐的行为，甘愿受天条地策严惩，变牛变马永世不得为人……

修丽再也说不出来任何话来，只是默默地将她扶起，开始了她们回归的路程。

如果没有那场意外，修丽和陈山妹在若干小时之后，就可以走到看守所的大队人马曾经走过的山谷了。然而，她们离开小尾巴村没多久，拐上了陈山妹曾经非常熟悉的一条小路。根据山妹的记忆，从这儿走比照原路返回要近得多。这当然也很符合修丽的愿望，一来放心不下张不鸣他们，二来陈山妹是否能赶在上级看守所收容之前返回队伍，对她来说至关重要。

于是这对特殊的姐妹走入了可怖的险境，她们完全不知道，这条路此刻正蜿蜒在一个巨大的堰塞湖下边，沿途的老乡早被政府疏散，所有的村庄已空无一人。

修丽带着陈山妹走进一家农舍。房屋虽然有轻微的损害，但仍然齐整。门墙上挂着红辣椒，地里长着绿油油的蔬菜，有一些野蜂嗡嗡飞舞，好像在欢迎她们的到来。这一切，给了她们一种久违的亲切和谐，还有超强的安全感。修丽有些高兴地对陈山妹说：我们先在这儿买顿饭吃，磨刀不误砍柴工，吃饱了再走，走得更快。

修丽对着屋里大声喊道：老乡，老乡，有人吗？

没人回答。野蜂飞舞的声音，突然像被什么东西屏蔽了，变得那么遥远和不真实。山谷中的寂静由此被夸张地放大，静得让人心生恐惧。修丽显然已经意识到了某种危险正在临近，急忙说道：山妹，快走，我们还是应该从大路走。

修丽的话音刚落，就有一个奇怪的声音从山那边轰轰烈烈传了过来。陈山妹的脸豁然变色，声音发抖地说：修姐，不好，可能是山洪下来了。

不等修丽接话，她们看到一条瀑布从山顶上悬空而下，如同巨型蟒蛇，张开大口吞噬着所到之处的一切。转眼之间，她们俩已经被浊浪席卷，顺着山势向下滚落。

就在浪头抵达前的一瞬，修丽打开了手铐，急切地对陈山妹说：假如我们被冲散了，你要想办法尽快回到看守所的队伍里去，我在那儿等你。记住，你的案子还有得一辩，你下半辈子要过正常人的生活，必须回去等待判决，千万不能当逃犯。记住了没有？

陈山妹那一句"记住了，姐"，还没来得及说出口，人已经被冲进了水里。等到她被水流边缘一棵倒覆的大树挂住，脱离了险境之后，修丽已经不见了。

长大不容易（选章）

秋实路六号院

秋实路六号院不是一个普通的院子。

倒回去三十年，本城居民可以说没人不知道秋实路六号院。倘若这个院子不曾如此著名，也就不会有这样一些在漫长的岁月中飘零闪烁的故事了。

当然，这也许只是一个合乎逻辑的推论，而不是事实。

首先需要确知，这座城市是一个历来以崇尚知识与才学为传统的城市，本城西部一座历史悠久的书院里，挂着的一副千年流传而今依然著名的对联：唯楚有材，于斯为盛。就是对本城这种传统的最好解释。本城不辱传统，它的每一家店铺门口，都有写得非常讲究并且草行楷隶类属清楚决不混淆的招牌。就算一家只卖早点的小吃店，它的食谱也必然将油条、猪血、米粉、白粒丸一个个字写得笔正框方。在它的中药店里，算价永远只用算盘而不是电子计算器，标价一律只用毛笔而不用钢笔，称药准是十六两进制的小铜秤，装药的罐子底部很容易找到乾隆年造、光绪年造的字样。还有它的一些地名，一听就让人浮想联翩，比如化龙池、倒脱靴、平地一声雷什么的，跟《甘露寺》《钗头凤》《游园惊梦》这些著名剧目编排在一处，也很难分出彼此。

坐落于三十年前秋实路上的六号院，简直就是这座城市深远文化历史的现实化身。有一种说法认为，就算把西边山脚下那座古书院里的对联移过来挂在六号院大门口也名副其实。这里边住着三个让旁人看来莫测高深的人物，他们写的小说陈列在全国乃至外国的各大图书馆里，收进国家统编的中小学语文教材，其经历被各种版本的现代文学史记载，并且有专门的学者研究他们的作品，写出专著和评论。据说他们本来都在北京上海的文化机关担任领导职务，后来为响应周恩来总理关于文艺工作者体验基层生活的号召，才不约而同回到他们的故乡来了。当时的省委，对这样几位德高望重的文化人荣归故里的事情相当重视，拨巨额专款修筑了这座作家大院，选址在城市边缘树很多人很少、交通相对方便的秋实路。

从此这个西江边的中等城市里，有了家喻户晓的六号院。

秋实路六号院一个叫辫子的女孩，成年以后移居到南方的某个新兴的城市。辫子看到尽管四下高楼竞起，街上到处是豪华的酒店和歌舞厅，却很少找得出几块书写像样的招牌，地名也无外白坡、红坎之类，永不可能从其中嗅到历史的气息。而且还发生过这样成为了笑谈的事情，一个在全国颇有些名气的作家，在宴席上被人们恭敬地称为 × 总，然后被问及在哪个公司工作。作家回答说，不在公司在作协。人们颇为不解又问，做鞋？做皮鞋还是布鞋？

辫子认为她终于知道了，什么才是一个城市可宝贵但不可以复制的人文传统氛围。

辫子从秋实路六号院搬出的那一年，已经三十四岁了。屈指一算，她在六号院里一直住了二十五年。

辫子翻山过海搬到了千里之外的一个海岛上，这个岛在伟大祖国的最南端，通行的是一种与闽南话、越南话甚至马来话都很近似，却与普通话相去甚远的方言。辫子在这个岛上工作了五六年之后，居然到菜市场买菜还听不懂人们说这是几斤几两几角几分。于是非常自然地，这个叫辫子的前女孩现女人就十分想念她的故乡，想念她在六号院里种的一棵泡桐树。每当刮台风停电停水的夜晚，或者太阳特别暴烈灼痛她的皮肤的正午，她就把六号院的每一天像弹棉花似的撕碎撕碎再摊平摊平，让往事柔软的绒絮将自己掩埋其中。

辫子

辫子在六号院的故事中并不是一个主角，但她在这些故事里几乎贯穿始终。她的父亲并不在以上所说的三位著名人物之列，也没有半点儿其他瓜葛。她的父亲只是一个行政管理人员，他的职责是监督工程队按时按质将这个院子建好，然后再把院子里的一切事务性工作管理好。辫子的父亲为此得到了有关领导的一个承诺，他的身为家庭妇女的妻子可以来这里做门房。为了表示内心的感激，辫子的父亲决定带着妻子和女儿提前搬入六号院，以期更加有效地监督正在进行的工程。

辫子一家是最早搬到六号院里来的。

搬家那天，辫子老态龙钟的爷爷听说儿子一家要搬到小朱门外的什么地方去，二话不说就用条凳挡住了出门的路。老人坐在条凳上用拐棍戳着地面对儿子说，你也不打听打听那是什么地方？埋死人的坟场！在那地方盖的屋，细伢子莫想养得大！

爷爷花白的胡子在早晨的太阳里抖动得不容置疑，最终把辫子爸爸大张旗鼓的搬家活动肢解成了暗度陈仓的伎俩，因为六号院的行政管理员无法否认，他们现时要进驻的地方，的确还是一片风吹草低见坟头的荒地，不过多出了几个工棚、脚手架而已。

辫子在荒凉的六号院里度过的第一个夏天，给她的印象似乎是不可磨灭的。

辫子是一个在市中心的小巷子里长大的孩子。那条名叫司马里的胡同又长又窄，构成了辫子童年狭长的想象空间。辫子一天天在窄长的胡同里出入，路两边有院墙或没有院墙的矮屋子一座挨着一座，把上方的天空与下方的路面绞得参差错落。司马里好比一条豁了口的隧道，在城市的腹地蜿蜒了几百上千年，几乎在它街边每座房屋的墙脚，都可以找到刻有光绪三年司马里李氏奠基或民国十五年建造等等字样的基石。春天里，辫子在潮湿的墙上捕捉蜗牛的时候，得用小树棍拨开厚厚的青苔，才能阅读那些模糊的字迹。可是到夏天，司马里如历史般漫长的隧道里，从早到晚盛开着由豁口中注入的炎热阳光，路面上铺着的青石板，像一排赤身裸体的出血热病人，在鞋底和车轮的碾压之下，哐哐地响着，蒸发出炙人的热力，把墙基上的青苔也烘烤得一天天薄下去，基石上的字刻，就闪着古老而耀眼的光芒变得清晰了。

属于辫子的狭长而炎热的夏天，在这一年突然变得开阔和清凉起来。未来的六号院在辫子眼中简直大得有些出奇，而且遍地都是无名的野花和野草。院子西北角上还有一口小水塘，水面上长满浮萍和水葫芦，一些圆圆滚滚被母亲称作游鱼子的小鱼游弋其中。塘边斜刺里长出一株株无主的桑树，绿油油的齿边叶子中点缀着紫红色的桑葚。辫子一边动感情地想着司马里因为缺少桑叶饿死的蚕宝宝，一边吃桑葚直到把嘴唇和牙齿都染得彤红。

有一天，辫子在桑树的枝子上发现一队七星瓢虫，这些俗名为"花大姐"

的美丽虫子,有着光亮鲜红的半圆形外壳,上边不多不少长着七个黑色圆点。它们排成一队慢慢爬行,一会儿就把棕色的树枝装点成了红黑相间的粗棍。然后它们开始啃食桑树的叶子,很快把叶子吃出一个个窟窿,吃得只剩下一根根叶脉。辫子从来没见过这么多的花大姐,她的欣喜渐渐演变成了恐惧。不知怎么一来,她就感到这些花大姐其实跟春天里饿死的蚕宝宝有某种关联。

晚上吃饭的时候,辫子对她的妈妈说:我的那些饿死的蚕宝宝说不定全变成花大姐了。辫子的母亲用筷子根敲一敲女儿的头说:又瞎说了。辫子闪过身,非常认真地说:真的,要不然花大姐肯定是不爱吃桑叶的。

第二天早晨,辫子起床,脸也没洗就跑去看花大姐。只见那棵昨天还绿叶婆娑的桑树,已经被吃成了一树枯枝,而那些奇怪的七星瓢虫也消失得无影无踪。辫子跑回家拉母亲来看,母亲看过树上的茬口之后,对辫子说:这棵树死了不知多久了,哪里是昨天啃死的呢?你看花眼了。说着妈妈一使劲儿,小树齐根折断在她手里。妈妈说:瞧,早晒干了,不如拖回去当柴烧。

整个夏天,辫子一直在这个令她着迷的大院子里游荡,她看见了蚂蚱、螳螂、知了、天牛、地蚕、蝴蝶、蜜蜂和数不清的其他昆虫,但再也没见过一只七星瓢虫。

在这个夏天里,辫子还看见了许多墓碑,它们被筑房的工人们从地里撬出来,乱七八糟地堆在一起。这些刻了字的石头,让辫子想起司马里墙脚的基石,看昆虫看得厌烦了的时候,她就坐到那堆石头中间去看碑文。正是在这堆大石头中间,辫子看到一块极大的墓碑上,刻着"司马里李氏先祖举人李公敏学之墓"的字样。辫子像发现了一个重大的秘密似的,心突突地跳起来。司马里李氏,那一定就是巷头五号胖子男孩李元楷家,辫子在他家的房基脚,看见过光绪三年司马里李氏奠基的基石。早就听说他家是本城望族,祖上当官的为商的全都显赫一方,他的曾祖父还被湘军统帅曾国藩看重,攻下太平天国国都天京之后,赏赐过一位秦淮名妓予之做妾。不想李氏先祖的墓碑成了这般模样。

过了几天,辫子回城里去看爷爷,去了一趟司马里,特地把墓碑的事儿告诉李元楷,邀他一块到秋实路去看看。那小男孩听了以后,满不在乎说:一块大石头有什么好看的?又不是没见过。辫子说:那可是你家老祖宗的墓碑!李元楷说:我家老祖宗又怎么啦,谁知道他是胖是瘦?辫子看一看李元楷胖乎乎的脏脸,说:肯定没有你胖。

辫子走出李元楷家的大门时，看见门口有一个脏兮兮的老头子，正坐在台阶上吃稀饭。台阶上又湿又脏，稀饭淌在地上，逗来一群鸡围着老头争食。辫子认得那是李元楷的爷爷。辫子想，他家对活着的祖宗都不当回事，还能管死了的？

这天晚上辫子躺在床上，听妈妈在外边吭哧吭哧洗衣服，心里忽然别有一番滋味。李元楷他爷爷坐在湿冷的台阶上吃稀饭的影子总是在眼前晃来晃去。辫子爬起来跑到妈妈身边去，没头没脑说：妈，我长大了一定会好好孝敬你。母亲用清凉凉的手背蹭蹭辫子的额头说：大晚上的，怎么啦？该不是说梦话吧。辫子说不出所以然，又快快回到床上去。

辫子躺在枕头上，正好可以透过敞开的窗子看见外边的天空。天空被月光照着，像草原一样辽阔，一片片又白又厚的云彩反射着月光，完全像一群群洗得很干净也长得很胖硕的绵羊，在草原上漫无目的地游荡。辫子想，李元楷的爷爷小时候，或者他的先祖李敏学活着的时候，月亮也是这么亮，云彩也是这么飘来飘去漫无目吗？辫子这么胡思乱想着睡过去。

辫子被母亲的哭声唤醒的时候，不是躺在床上而是躺在水塘旁边的泥地上。她对自己怎么到这儿来的完全一无所知。

管理员夫妇在水塘边找到了仰面朝天在浅浅的水面上熟睡的辫子。水塘里密密麻麻的水葫芦托住她小小的身体，使她不至于沉到水底下去。管理员夫妇呼天抢地跑过去抱起女儿。辫子醒过来并无异样，睁开眼就对母亲说：给我做一只纱布口袋吧，我要去捉萤火虫。

这一晚，管理员夫妇商量了半宿，越商量越觉得六神无主。

妻子说：还是爷爷说对了，这地方阴气大，盖不得房子住不得人，小孩子尤其难招呼。辫子今晚上肯定是碰了鬼。

丈夫心下将信将疑，又不甘与妇道人一般见识，就说：在哪里建房子也不是你我说了能作数的。我是党员，不可能跟着你们信迷信。

妻子说：你信不信我不管。要是辫子出了事，我可跟你没个完。

丈夫说：那就先把孩子送回城里去，等来年院子建好了搬进人家就好了。要搬进来的都是些福大命大造化大的人物，阳气旺镇得住。

妻子没有别的法儿，只好依了。

开学的日子一到，辫子仍然回到司马里去读书，跟爷爷和姑姑住在一起。等她第二年秋季转学回到父母身边的时候，六号院早已建成并且已经住进了许多户人家。辫子看到热闹起来的院子，若有所失地想到，这里永远不会再有荒凉的夏天了。

孩子们

辫子爷爷说，六号院的小孩子难得长成器。直到临死闭眼，爷爷还是这句话。

六号院用红砖垒成的镂花矮墙围住，里边有三幢西洋式别墅和一栋三层楼房。别墅里当然住着那三位大作家和他们的家眷，楼房里住的是机关的普通工作人员及其家属。柳柳、杨杨兄妹，还有小东、小西、小南三兄弟的家都在大楼里；住小楼的孩子，有沙枣，有汪茜茜和她的哥哥汪洋、弟弟汪海，还有狸猫许久和他哥哥许多、姐姐许诺与许可。辫子呢，既不住在大楼里，也不住在小楼里，她家住在传达室，她的母亲果然如愿以偿当上了门房。当然，在天下太平的日子里，住大楼住小楼都没关系，不会对孩子们成群结伙有半点儿妨碍。

辫子认为沙枣是秋实路六号院里最出色的女孩子，尽管她的头发又黄又少，身子也圆滚滚的略微嫌胖，仍然一点儿不影响她在孩子们中出类拔萃。她的额头高而光洁，眼睛非常清纯和明亮，颈项特别丰腴，与肩胛形成优美的曲线。更要紧的是，跟沙枣年龄不相上下的孩子们还处在对跳橡皮筋和工兵抓强盗一类的游戏执迷不悟的时期，沙枣已经读完了《复活》《约翰·克利斯朵夫》和《红楼梦》，用一把家传的意大利小提琴拉完了《巴赫练习曲》，临摹过整本的《九成宫碑帖》，诸如此类，让她非在小孩子中间鹤立鸡群不可。

沙枣是六号院里最出色的女孩儿，但出色并不意味着她孤芳自赏目中无人。相反，住在小楼里的孩子中，沙枣最能够合群。不像汪家上初中一年级的汪茜茜，每天从学校回来，就关在自己家里弹钢琴，叫她出来玩一会儿她都不干。汪茜茜的哥哥和弟弟比她更傲慢，在她家客厅里打私家乒乓球的时候，笃定要把窗帘拉得严严实实的，生怕邻家孩子不知趣要求参加。沙枣去问过汪茜茜，为什么不肯出来玩儿？汪茜茜说，她不愿意跟生人来往，他们一跟你混熟了就老是想方设法跑到你家里来。好像住大楼的孩子是下里巴人，不配跟她交朋友似的。于是住大楼的孩子再也不理汪茜茜，她长得也不漂亮，还这么小气。沙枣跟她不一样，她常常把大楼里的孩子一串串带到她家去看书，或者参观她积攒的各种高级糖纸和邮票。她家的书房里，四壁的大玻璃书柜顶着天花板，要想拿顶上的书，必须借助一架专门的梯子。

所以大家喜欢沙枣。

除了沙枣之外，住小楼的孩子里还有一个小名叫狸猫的男孩儿跟大楼里的孩子也特别铁。他表示友情的方式，是常常从家里偷一些吃的东西来慰劳他们，比如制作精良的奶油蛋糕、南方极少见的松子和山楂以及水晶软糖之类。有一回，当他萌发了犒劳朋友的愿望，家里又找不到他认为好吃的东西时，竟然用饭盒装了满满一盒干炸带鱼揣在怀里送来。他的朋友对他表示友谊的迫切心情心领神会，一边嚼着鱼块一边帮他做功课，辫子替他写作文，柳柳替他做算术，小西三下五除二就把他的历史、地理全包了。狸猫大喜过望，觉得光带鱼还不够分量，又潜返家中拿了他父亲存在柜子里的一瓶法国名酒路易十三。

狸猫为此事付出了惨重代价，被他当足球中锋的哥哥痛打了一顿，关在家里半个月没见他出门。等到他哥哥出去打比赛了，狸猫才算重见天日，一瘸一拐回到温暖的集体。狸猫说那瓶路易十三是他父亲访问法国的时候，法国文化部部长送给他的。他的朋友被路易十三害得不轻，个个晕头转向，杨杨还发了酒疯，用剪子把她父亲出差去北京的一张卧铺票给剪成小碎片了。于是大伙都说：那有什么了不起，又不好喝。狸猫说：好喝不好喝不管，可它年岁真不小了，我爸说，那还是 1920 年的陈酿。这下倒把大伙吓住了，他们糊里糊涂就把一瓶比他们的父母还要年长的酒给喝掉了。柳柳说：我的天，我们简直是喝掉了一瓶历史。

这种酒的价格之贵，是这些孩子无论如何也估计不出来的，他们只是从它包装的豪华和酒瓶的别致相信了它的确来历不凡。真想不到，二十多年之后，辫子在某特区城市的一家夜总会里又一次见到这个品牌的酒，一问方知，它现在的标价是一万零八十元人民币。要是柳柳还活着，他说不定会把他的感叹改了词说：我的天，我们简直喝掉了一台手提电脑。

狸猫非常自豪地告诉他的朋友们，那天他家里的保姆发现炸好的一整盘鱼突然无影无踪，已经对他起了疑心，没完没了审问他，说你要是吃了就明里承认，不然你妈会怀疑是我带回家去喂了崽，一边说一边哭。狸猫一口咬定他不知带鱼去向，还把他母亲的宠物一只波斯猫揪出来当替罪羊进行体罚，要不是这瓶倒霉的路易十三，他差一点儿就偷梁换柱成功了。这群孩子当下对狸猫凶恶的哥哥表示了极大的义愤，也表扬了不畏强暴的狸猫。

狸猫的哥们儿后来才知道，狸猫出卖了他们。狸猫的父亲为名酒被盗的事气得半天说不出一个字，只有喘气的份儿。狸猫在挨打的时候大约受不住他哥哥的拳脚，心一慌就诬告，酒和鱼都是大楼里的孩子让他偷的。这真是城门失火，殃及池鱼，从此狸猫的父亲对大楼里的孩子产生了不良印象，并且以领导的身份跟他们的父母分别打了招呼，让他们对自己的孩子严加管教。失了体面的父母们回到家里自然要修理他们的儿女。被修理的孩子心下冤枉嘴上难辩，心里也就暗自恨上了狸猫他爸。后来"文革"运动开始，小楼里的大人物都受到冲击，小东率领他的手下给狸猫的父亲剃了阴阳头，还用白纸给他糊了顶高帽子让他游院子，真实动机并不在政治立场，就是为了报路易十三那一箭之仇。

小东

六号院乳白色的西式小楼，从小朱门外青葱幽静的地段冒出来那年，让本城的居民议论了足有半年之久。听说搬进那个漂亮院子的人，是靠写小说闻名全国的作家，他们中间有的在上海给鲁迅送过葬，有的在延安听毛泽东讲过话，有的拿过斯大林奖励的大笔卢布，人们就愈加对六号院充满了好奇心。所以在六号院刚刚落成的一段日子里，夕阳的斜晖给那几幢乳白色的楼房镀上一层亮光的傍晚，用红砖垒成的镂花矮墙边，就常常会有一颗颗黑脑袋流连忘返。也许人们渐渐发现住在这些楼里边的男人女人和孩子，也普普通通跟他们没什么不同，心里就难免揣上了几分不平。

六号院里的中学生小东，心里也揣着这种不平。

说实在的，他并不喜欢他们家现在居住的这个过于漂亮和安静的院子。他觉得他和他的两个弟弟更适合在城里那条热闹的小街上生活。那儿有茶馆、面馆、酱园、菜市场、杂货店和理发挑子，窗户里从早到晚飘着各种食物混合起来的香味和男人女人们肆无忌惮的吆喝声。作为读书人，中学生小东在那条街上可以受到他很看重的一种尊敬，当两个比邻的小摊子，因为赊贷算不清账或者有别的什么纠纷的时候，他们想到的评判者，首先就是中学生丁小东。邻家的女孩子们，早已注意到校足球队后卫丁小东日益挺拔的身材和渐渐低沉下来的嗓音了。当她们坐在街边的长板凳上做着编织一类的手工劳动，按街头女孩子的方式互相打趣的时候，远远一看见小东走过来，就不约而同地放轻了声音，一齐微红了脸低下头做活儿，等到他刚刚擦边而过，立刻又及时地释放出毫无准备的笑声，引得小东用眼角的余光去扫荡她们。小东昂首阔步走过去，脸上的青春痘一颗颗因为兴奋鼓胀和饱满起来。兴致好些的时候，他就拿一把口琴倚在自家临街的窗户上，吹一两首《微山湖上》这类略带忧郁的曲子，街边那帮女孩子定会像听到了一声命令似的，一齐刹住她们的笑声，静得如同卧在洞口等待老鼠出动的猫。

可是在他们的新家六号院里，小东的十八般武艺就好比大刀队遇上了洋枪洋炮，再也派不上用场。他已经有很久不吹口琴了，汪茜茜的钢琴声让他的口琴自惭形秽。沙枣家的书房让他产生了更深的压抑，在那个空间里，他的优越感顷刻荡然无存，同时觉得老街上那些女孩子既愚蠢又可怜。更让他耿耿于怀的是，院子里还住着省足球队的著名中锋许多。那个足球中锋穿着洗得变了色但一看就非常专业的球衣，背一种标记运动员身份的桶袋在院子里出入，有时候还会带上几个身高马大的队友，勾肩搭背谈笑风生，几乎从来不把小东他们放在眼里。小东私下里想，假如老街上那些女孩子在场，她们的笑声肯定再也不会为自己而起，这是一定的。

小东同时还对在厨房做大师傅的父亲产生了某种混淆着怜悯和不满的复杂感情，他觉得是父亲的身份规定了他和弟弟们在这个院子中的地位，而且是无法改变的。

小东在一种十分颓丧的情绪中，度过了他在六号院的最初两年，升入了高中一年级。他并不知道前边会有一个属于他的机会在等着他。

当北京贴出了第一张大字报，"三家村"的黑秀才被揪出来的时候，六号院马上像飓风席卷的汪洋中一叶小舟似的动荡起来。省报的社论点了文艺界三个巨头的名，以此拉开本省"文革"运动的大幕，六号院里三座小楼的主人，成了本城第一批受审查对象。小东的节日就此来临了。他在学校参加了红卫兵组织，有了强烈的阶级阵营意识，很相信"老子英雄儿好汉，老子反动儿混蛋"这样的革命道理。他对大楼里的孩子们说：革命形势已经不允许大伙跟沙枣、汪茜茜她们这种黑五类混在一起了。住小楼的孩子肯定对咱们的父母造了他们父母的反心怀不满，咱们应该用实际行动支持父母的革命活动，打击一下那些孩子的反动气焰。

事隔多年，怀着出人头地的心思奋斗过，最终接过父亲的炒瓢当上了一个饮食店小老板的丁小东，想起这一段历史，还能感到一种扬眉吐气的舒心劲儿。

小东先选了汪茜茜家开刀，用钢笔写了很多小标语贴在她家的窗户上，诸如"打倒资产阶级少爷汪洋汪海""坚决抵制资产阶级生活方式""与资产阶级臭小姐汪茜茜斗争到底"等等。汪茜茜被气得直哭，成天躲在家里，但再也不敢弹钢琴了。她的哥哥和弟弟也不再打私家乒乓球。有一天，汪茜茜的哥哥汪洋路过传达室，不知是有意还是无意，跟丁家老二小西撞了个正着，把小西的门牙撞出了血。丁家兄弟一商量，认为这是资产阶级狗崽子的猖狂反扑，不能就此罢休，当下就纠集了他们一伙，守在大门口，等汪洋买了东西从外边回来，用一通乱石狠狠还击了汪洋。汪洋被打得头破血流，刚买回来的一网兜食物也成了他们的战利品。汪茜茜的爸爸为这件事找机关"文革"领导小组交涉，认为父母的事情不应该牵连孩子。没料到"文革"领导小组的干部不但没有批评小东他们，反倒表扬他们阶级觉悟高，只是提醒说，应该注意斗争方法，不要酿成流血冲突。

有了这样一个开头，小东他们就更加来劲了，后来又用同样的办法收拾了狸猫的两个姐姐，写了若干条"与资产阶级臭小姐许可许诺斗争到底"的标语，贴满了他家的窗子。对许家的两兄弟，小东认为应该采取不同策略。听说许多已经加入了体委的造反派组织，还当了头头，不知深浅，不能贸然称他为资产阶级少爷。狸猫许久呢，曾经向小东表示过靠拢组织的愿望，小东就派他回家监视他父母的行动，说这是革命群众给他的一次脱胎换骨的机会。

狸猫不久就向小东报告说，他父母关在家里烧掉了许多稿纸和照片，还把一包什么东西放在了老保姆的床底下。小东把从狸猫那里得来的情报，及时提供给他在食堂当大师傅的爸爸。他爸刚拉起来一个工人战斗队，正愁没有革命业绩，有了情报，小东他爸马上率领行政科的工人们到许家去抄查，进门就直奔保姆的房间，一搜一个准儿。狸猫的父母对工人战斗队行动的准确性颇感困惑，怎么也没料到是自己家里出了内奸。抄家的时候，狸猫也煞有介事地陪着父母低头敛声站在那儿，看不出一点儿引狼入室的端倪。

这次抄家给许家父母造成了不小的麻烦，因为抄出来的是狸猫他爸的日记本，里边除去记载了一些学术、工作和思想活动之外，最让工人师傅们感兴趣的是一沓稿费账单。狸猫他爸是一个高产作家，小说散文剧本写作多面手，大约是投稿太多记不住，所以把已收稿费应收稿费一一登记。这一来，许家除工资收入之外的外快，就清清楚楚一目了然，在靠卖劳力换饭的工人眼中，简直就像天文数字一样惊人。这自然激起了他们的无比愤慨。第二年春天，狸猫他爸终于在批斗会上被打断了颈椎，从此瘫痪终生，跟这次抄家关系极大。

小东在红卫兵组织的一次会议上，谈起了他在六号院的辉煌战绩，对院子里的"三大家族"生活之腐败极尽渲染夸张之能事，说得他那些如他一般平凡而又不甘平凡的战友们个个摩拳擦掌。

于是在那年冬天一个月黑风高的夜里，三幢小楼分别遭到了蒙面大盗的抢劫，一些身份不明的年轻人，手持利刃破门而入，把沙枣家、狸猫家、汪茜茜家洗劫一空，连床上的羊毛毯和鸭绒被也在掠夺之列。狸猫甚至说，他家炖着一只猪肘子的白铜锅，连肘子带锅都不翼而飞了。

这件事极大地震动了六号院。小楼里的住家纷纷要求搬到大楼里去，哪怕两家住一个单元也可以。机关里的造反派们觉得这是社会上的小流氓假革命造反为名，行趁火打劫之实的阶级斗争新动向，不能不闻不问。几个造反队反复商量，统一了保护小楼住户人身安全是为了把握斗争大方向，绝不是姑息走资派的认识之后，给三幢小楼每家安了一个电铃开关，交代这些戴罪之人说，不能有福就享有难就不当，他们必须留在小楼里，坚持与小流氓作斗争。具体的办法是，一俟有人来砸门，立刻按铃告急，等革命群众前来围剿。

据说小楼里的住户对于革命造反派的决定，是怀着感激之情欣然接受的，他们觉得尽管造反派们给他们戴高帽子批斗他们，但在外来势力威胁他们的身家性命时，仍然表示了应有的人道主义声援。

实际上这条联结警铃的电线所起到的作用，只不过是在前后十多年里，两次夺去了无辜者的性命。

柳柳

柳柳是六号院最早夭折的孩子。他的死跟那根电线并没有什么关系。

辫子爸爸对辫子说，用不着把柳柳的事儿告诉爷爷。爷爷已经老得糊里糊涂了，常常对着镜子里边自己的影子说话，出门就不记得回家的路，还把黄草纸当钞票拿到铺子里去买包子。可是他偏还牢牢惦记着六号院，说那坟场子上盖的屋养不大孩子。爷爷三两天就要问姑姑一回：辫子今年多大了，有二十了吗？姑姑烦，随口说辫子早就二十五了。爷爷便大松一口气，说：二十五了，好了好了。其实辫子才十三。

辫子十三岁，柳柳也十三。

柳柳是个方头大脸的男孩子，嗓门很大但五音不太全。学校的音乐老师出于对他的喜爱，在他的音准完全不合格的情况下，吸收他参加了少年合唱团，安排他在大合唱的节目里打镲。山连着山（哐），海连着海（哐），全世界无产者联合起来（哐哐哐）……合唱队的少年们排山倒海般地唱着成人歌曲，每唱一句，柳柳就把那种名叫镲的铜制打击乐器碰响一下。柳柳打镲的时候满脸都是庄严，特别卖力，好像老是想把在唱歌方面使不上的力气用到镲上去，结果得了一个小名儿叫镲镲。停课闹革命以后，课都不上了，合唱团自然解散。柳柳用过的那副镲一直在庆祝最新最高指示发表或者红色电波传喜讯的游行中继续发挥作用，直到被碰出两道裂缝。在柳柳死了以后好几年，辫子一听见游行队伍里有人打镲，便情不自禁想起柳柳。

武斗搞得最凶的那年夏天，天气特别热。电厂一停工，整座城就成了一个黑漆漆的大锅，但本城的居民们，仍然关门闭户，在黑暗中听任溽热煎熬。远远近近的地方常常有类似爆竹的枪声一阵阵响着，荷枪实弹但又身份不明的武装人员，坐着大卡车一趟趟开过去开过来，用尖锐的哨声骚扰着和平居民们原本不安的梦境，偶尔还会有曳光弹拖着长长的尾巴飞过人迹稀少的街头，惊得那些迫不得已出门在外的夜行路人一阵乱跑，流弹打死人的事件时有发生。辫子全家人都被父亲喝令睡在地板上，而且要尽量减少出门，不得无事去窗前张望。相比之下，柳柳就显得特别勇敢，他对辫子她们炫耀说，他入夏以来一直睡在凉台上，一粒痱子也没长。

说这些话的时候，这一伙人正站在沙阳河的岸边上。小东带领大伙突破家长的封锁线偷偷跑出来游泳，正在发愁回去以后拿什么话去搪塞大人们。大家互相看一眼，果然发现除了柳柳之外，每个人身上的痱子都长得像苦瓜皮一样，凸凸凹凹别提有多茂盛。柳柳说：我宁愿挨枪子也不愿意长痱子。他对自己能说出这样一句俏皮话显然十分得意，因此在回家的路上，一路哼着刚学会的一首语录歌，神气活现的。

凯旋的英雄柳柳在六号院大门口遇到了沙枣。沙枣站在那儿，好像专门为了等柳柳似的。沙枣目不转睛盯住柳柳那张被太阳晒黑又被自豪熏红的少年人的脸，说：柳柳，你过来，我有话跟你说。

沙枣这一声招呼，引起了很不寻常的反响。自从小东在六号院的孩子中间划分了阵营，沙枣已经跟大楼里的孩子疏远了。

平心而论，在小楼的所有孩子中，只有沙枣受到了厚待，至少从来没人拿石头砸过她，没给她家窗户上贴过标语。本来小东说，对沙枣也不能这样心慈手软，应该适当对她采取些行动才对。在他们这个团体里从来一呼百应的小东，唯独在沙枣的问题上遭到了抵制。柳柳首先反对说：沙枣从来没得罪过咱们，以前总是跟咱们不分彼此，还借书给大伙儿看，咱们也不能太那个了。小东说，柳柳的意见不能算数，他和沙枣是"对虾"。

柳柳和沙枣是同班同学，又住在一个院子，每天同出同进的，让他们班同学给配了对，关系确实特别好。辫子在成年以后，回忆起童年的伙伴，还常常不无荒唐地设想，要是柳柳还活着，沙枣也没发疯，他们俩说不定真能成为很般配的一对儿呢。

小东号召手下跟小楼的孩子划清界限，柳柳心里一百个不情愿，父亲偏又领人去抄了沙枣的家，柳柳觉得没脸见人家，才不得不随了大流。可是现在小东又提出要整沙枣，柳柳很难从命。柳柳当下把对小东的不满发泄出来，说革命就革命呗，革命也不能光是欺负好人。小东说：就算沙枣没有汪茜茜那么坏，也不能认定她就是好人，她爸爸是机关头号走资派，她能好到哪里去？说这些话的时候，小东看看他的两个弟弟，又看看辫子和杨杨，发现他们对他的说法都不怎么赞同，口气就越来越软，最后只好收回迫害沙枣的动议。

柳柳一直想恢复跟沙枣的友谊，但又苦于找不到由头。学校已经停课，中学生大学生一车皮一车皮坐着免费的火车去串联，剩下小学生在城里闲逛找热闹看。江上游的城市里正在进行激烈的武斗，武斗中被打死的人，常顺水漂下来，江边的煤码头差不多成了一个浮尸集散地。西江在这里缓缓拐弯，浮尸们漂到此地就常常搁浅，于是被打捞上来。柳柳首先发现了煤码头的西洋景，忙叫辫子拉上沙枣一块儿去看。可是沙枣一听是柳柳叫辫子来找她的，说什么也不肯去了。这叫柳柳大为扫兴，带着辫子和杨杨往江边走的时候，耷拉着脑袋，怎么也高兴不起来。直到远远地看见数十上百人捂着鼻子站在那儿，柳柳才显得有点激动，说：你们的运气真不错。

那具浮尸放在煤码头的传送带上。辫子看着一阵哆嗦，杨杨也直嚷快走，可柳柳还欲罢不能。幸好很快火葬场的破卡车就歪歪斜斜开过来了。车上下来两个人，抬一只绿色铁皮棺材去收尸。

辫子吓得脸发青，张着嘴一句话也说不出来。

在那个夏天的傍晚，六号院的一群孩子从沙阳河游完泳回来，与柳柳疏远了多时的沙枣，公然站在大门口等着她的"对虾"，声明有话要对他说，难道还不会引起不同寻常的反应吗？

小南首先酸溜溜叫开了：柳柳，还不快去，人家找你有话说。

丁小南跟柳柳沙枣也同班，一直眼热沙枣跟柳柳要好，所以对沙枣的出现格外敏感。他二哥丁小西也跟着瞎起哄，说：快去呀，人家等得好辛苦。然后他们停下来，想听听沙枣到底要跟柳柳说什么。他们的大哥小东觉得弟弟们对沙枣表现出的兴趣未免太抬举对方了，为了保持首领的风度，他强忍住自己的好奇心，一摆头说：走，有什么好看的。他的两个弟弟还有杨杨，就跟着他一溜烟地跑了，只剩下辫子和柳柳。

那个夏天黄昏的情景叫辫子永生难忘。

夕阳不太强烈但很艳丽的光芒，照耀着沙枣和柳柳这两个十三岁的少男少女，给他们年轻的脸和身体都涂上了橙汁一般。他们站在那儿说话，如同深秋季节成熟的果园里散发着馥郁清香的金橘子，那么鲜明动人，同时充满生命的活力。辫子看见少女沙枣高洁的前额，正被一团夕阳的光亮笼罩着，形成了一个灿烂的光环。

头顶着太阳光环的少女沙枣，用一种很肃穆的声音对柳柳说：你晚上别睡在凉台上，一定要搬回屋里去。

柳柳惊异地看着他的同学沙枣，嘴巴半开半合的，不知道该说什么。他爸爸去抄过沙枣的家以后，他开始躲着沙枣，怕跟她照面，后来好心邀沙枣一块儿去江边，沙枣又不肯去。所以当他听见沙枣说的是这样一句话，一句与阶级、运动、斗争等等残酷的现实完全无关，只表达着友谊、宽容与关切的话时，那种惊异与惊慌自然是无可言说的。更何况他从来没告诉过沙枣他每晚都睡在凉台上，她又是怎么知道的呢？

当时柳柳只是笨拙地把湿漉漉的游泳裤从头上摘下来，抓在手里搓揉，半天才说：没事，我不怕。然后飞也似的逃了。

沙枣的眼睫毛在黄昏渐渐暗下去的光照里，不为人察但极为忧郁地抖动了一下，她忍住即将夺眶而出的泪水，对着柳柳欢快得像只脱兔般跑开的身影，近乎绝望地叫了一声：听我的，外边危险！

十多天以后的夜里，睡在凉台上的柳柳，被一颗流弹击中。

早晨，他的母亲发现他的时候，柳柳肋下斜穿过身体的弹孔里，鲜血已经凝固。柳柳的嘴半开半合着，跟那天他听沙枣说话时的表情非常近似。也许他在被流弹击中的一瞬，回想起同学沙枣对他的忠告，又一次感到了惊异和惊慌吧。

柳柳的妈妈在那个盛夏燠热的早晨，面对儿子僵硬的身体，发出了母狼一般凄厉的号叫。叫声在秋实路六号院久久激荡，唤醒了禁闭在房间里苦苦度夜的邻居。这位悲痛欲绝的母亲，对每一个前来安慰她的好心人，一遍遍重复着那句话，孩子这些天一直高高兴兴的，我从来没见他这么高兴过。

柳柳死了。辫子到沙枣家邀她一道去殡仪馆。她的妈妈告诉辫子，沙枣一个星期前就到北京的姐姐家去了，她还不知道柳柳出事了。

辫子道了再见走下台阶的时候，突然间想起了十几天以前的事，忍不住转身对正要关门的沙枣妈说：阿姨，其实沙枣早知道柳柳要出事，所以她才要到北京去。

沙枣妈妈像看见了一个疯子似的看着她说：小辫子，你在胡说些什么呀？

沙枣许多日子以后从北京回来，显然已经从她母亲那里得知了柳柳的事情。她对柳柳之死表现了一种很奇怪的态度。

沙枣说：我早就提醒过他了。

辫子正打算把柳柳死状和安葬的详情说给沙枣听的时候，沙枣很快地打断了话头。

辫子只好说：是的，他不听。

沙枣说：他不听，他为什么不听呢？

她似乎有点埋怨柳柳。

那天，柳柳听到沙枣关切的警告，反而欢天喜地跑开去的时候，沙枣将眼睫毛不为人察但极为忧郁地抖动，近乎绝望地叫了一声：听我的，外边危险！或许她已经预见了柳柳在劫难逃的结局？

因为他不知道你为什么这样说。假如你说出你的根据，他可能会听你的话。

这是辫子最想说的一句话。她抑制不住自己在这个问题上的好奇心。

沙枣懵懵懂懂看着辫子，好半天才说：要让我说出根据？我没有根据，我只不过觉得睡在凉台上肯定不安全。

可是你并不知道柳柳天天睡在凉台上，对吗？辫子说。

是不知道，我只是猜，猜着了也就知道了。

沙枣很茫然地说。

辫子和沙枣在十四岁那年所进行的这次对话，被辫子记录在当天的日记里。这本纸页发黄变脆的日记本，在以后的岁月里证明，她们的谈话已经无意间涉及了一个古老的话题。

二十多年以后的一天，辫子从书柜顶端的盒子里找出了这本日记。然后用一支红笔在后边又加上了一句话，假如柳柳听从了沙枣的警告，他会怎么样呢？

沙枣和草地上的女孩子

沙枣十七岁生日是一个雨天。

后来沙枣发病，只要出门，不论晴天雨天也不管白日黑夜，任何时候都打着一把伞，将苍白的脸和惊慌的眼睛藏在伞后边。

医生说，出现这种现象跟那天是一个雨天有关。

那个雨天的黄昏，春天的霏霏淫雨刚刚打住。在沙枣家做家务的姑姑把沙枣十七岁生日的家宴摆上桌之后，沙枣的母亲却从窗户里看见沙枣出门去了。

沙枣，你干吗去？没看见马上就要吃饭了吗？

她妈妈把窗户打开，冲着女儿的背影喊道。声音很大，在六号院雨后很空旷而且很安静的院子里完全可以传得很远。但她的女儿沙枣好像根本没听见，只管急忙往大门口走过去，仿佛那边有一个更响亮更有力的声音在召唤她。

这一点是沙枣的妈妈在女儿被确诊为忧郁型精神分裂症以后，才吞吞吐吐说出来的。在此之前，她总是对女儿突然走出门去的动机作一些合乎常理的解释，说沙枣到大门口去，也许是去拿晚报，或者是拿牛奶。但是沙枣的姑姑说，这两件事向来都是由她来做的，沙枣不会突然想起这样的事，她是让那个死孩子的魂叫出去的。在"文革"刚接近尾声，一切不符合唯物主义的玄说都会被视为迷信的时期，沙枣姑姑的说法自然得不到声援。因为她们说法上的分歧，沙枣的妈妈对她姑姑很不满意，差一点儿要把她解雇回乡下去。总之在很长一段时间里，沙枣的妈妈非常忌讳关于她女儿与众不同的任何说法，她坚持说沙枣是一个正常的女孩子。

沙枣的妈妈控制住了舆论，至少六号院的人当着沙枣她妈妈的面儿，总是一致认为沙枣是被死人吓出毛病来的。

辫子一直认为，在沙枣十七岁生日的那个傍晚，她并不是无缘无故走到大门口去的。她肯定感觉到了什么异常，或者听到了冥冥中的什么声音。鬼使神差一般，沙枣走进了雨里，脚上穿着一双皮底拖鞋。她对母亲出于惊异的发问置若罔闻，笔直朝大门口的方向走过去。

经历了几年的风风雨雨，六号院已远不似过去那么整洁和舒适了。乳白色的楼墙像被锤水毁坏了容颜、饱经沧桑的妇人面孔，东一块西一块浸润着黑色斑点，偶尔还点缀着几个弹孔。水泥路面断断续续在斑秃的头皮一般稀疏的草地上延伸，当人们走在上边的时候，龟裂的缝隙互相锉动，发出一种类似断骨骨茬错位硌出的声音，听来让人难受。当年用亚红色砖头砌成的镂花矮墙，已经加高了一倍，那些为了美观才留出的十字形空花，显然不能适应社会治安的要求，被人用青砖堵死，成了一排巨大而无神的盲眼，结结实实地挂在高墙上。

在这个雨后的傍晚，沙枣穿着一双拖鞋走过六号院破败的楼墙和庭院，到大门口去。正是吃晚饭光景，家家的窗户里都亮起了昏黄的灯，给暮色四合的六号院增加了一缕温馨的宁静。沙枣的脚步有些焦躁地踩在断裂的水泥路面上，溅起路面下边的渍水，迸得她满腿满身。她走得很快，可是从她的家到大门口的路却漫长如雪山草地，欲速不达。

终于，沙枣看见了草地上的那个女孩。那个女孩子几乎是在沙枣看见她的一霎，仰面倒地的。沙枣很可能失声叫道：这——儿——果——然——有——个——女——孩……

沙枣走过去。十二三岁的女孩仰卧在雨后湿淋淋的草地，喉咙里发出一串微弱而古怪的声音，随后有些白色泡沫应声淌出她的嘴角。女孩双手握着一根黑色的电线，也就是早些年为捉拿劫匪安装电铃所牵的电线，这根电线在愈来愈浓厚的暮色里完全像一条普普通通的绳索。就在当天下午，一群电业工人来检修电路，把这条额外的电线拉了下来，当时整条线路都拉了闸，几个女孩就用它当绳跳，可是后来工人们忘了将它复位。

沙枣当然认得这个躺在地上的女孩子，六号院的人无一例外地认得她。她是一个将军的女儿，她的家一年以前才搬到六号院里来。据说她的父亲军阶很高，而且跟当时军界最高首脑有不同一般的关系。

　　六号院早就变成了一个大杂院。三座小楼几易其主，当过红卫兵司令部、囚禁走资派的临时监狱、工宣队办公室、军管会宿舍，总之，一切最时髦最有权威的组织都可以在这里安营扎寨。小楼的主人们，沙枣的父母下乡改造，狸猫的父亲被打致残，汪茜茜的父亲据说是暗藏的特务，关进了监狱。他们的家属，搬进大楼，两家三家挤在一个单元。大楼与小楼的孩子，不再有形式上的任何区别，而且在他们眼里进驻者就是六号院的入侵者。他们几乎是步调一致地怀念着六号院以前宁静的日子。

　　躺在草地上的女孩子一家，是六号院所有入侵者中间最显赫的。他们选中了沙枣家的小楼之后，两天内楼就给腾出来，楼外边唰唰竖起三面墙，墙基修到了大路中间，最大限度地包括了周围的空地。六号院的老住户，无可奈何地看着成队的大卡车，把砂砖水泥木材以及果树和鸡鸭送到那个院中之院去，听着开夜班的大兵们，点灯熬油大声吆喝干得热闹。等一切都安静下来，那扇新漆的灰色大门就紧紧关闭了。对于六号院的孩子们来说，好比国民痛失了东三省一样，从此失去了游戏重地，那个长满了浮萍与水葫芦、有无数小鱼游弋其间的水塘，也被圈到了围墙里边。

　　从始至终，六号院的居民们从来不曾一睹那位大人物的风采。新漆的灰门总是森严地关闭着，偶尔进出的，是买菜的公务员，或上学放学的孩子，一个十三四岁的男孩和一个略小些的女孩。作为那个显赫家族的代表出现在六号院人们面前的男孩和女孩，每天沐浴着冷漠甚至是仇视的目光从大灰门里出出进进，显得很孤单。当他们家的围墙外边有其他孩子游戏的时候，女孩子常常将大门半掩着伸出头来观看。原来很宽的水泥路，被将军家的围墙截余所剩不多，孩子们在这半条路上游戏，不时让过路的大人们喝断。女孩会在这个时候很心虚地把头缩回去，以回避扫了兴的孩子们对她所作的鬼脸或骂出的粗话。当她明白过来，她家在六号院的位置，使她永远不能与其他孩子为伍的时候，也就放弃了任何参与其中的努力，很安于独来独往的生活了，直到一个人孤单地躺在这雨后的草地上。

　　沙枣穿着一双室内拖鞋，走过湿漉漉的水泥路，走到那个高贵而孤单的女孩子跟前的时候，也许并没有感到惊诧。从电铃安装起来的第一天，她就一直认为这是件不吉之物。她只是在等待，等待一种预感的应验。她可能还没有意识到，在自己青春勃发的体内，正有某种无法抗拒的可怕的潜质被启发出来。这个女孩与这条电线就是人证和物证。柳柳之死已经给过她证明了，但是还不够。这是她的不幸。

触电的女孩在沙枣十七岁的目光注视下，脸上的苍白一寸寸被乌青浸染，嘴角涌出的泡沫渐渐减少直至干涸。沙枣目睹了女孩生命完结的整个过程，她说，她知道了原来每个人都是一寸寸死去的。

然后沙枣走到了虚掩的大灰门跟前，开始大声呼救。

六号院的居民闻讯从家里跑出来的时候，驱车前来的军医已经开始给女孩做人工呼吸。在医生的手掌挤压下，女孩小小的胸膛发出咔咔的响声，好像肋骨将要断裂。最后，满头大汗的军医住了手，表示他已经无能为力。接着女孩被抬进一辆黑色的轿车，送去医院施行心脏按摩术。人群缓缓散开，女孩家的大灰门复又关闭得更加森严。六号院的人们仍然未曾见到他们想象中的将军夫妇，听说他们正在外地疗养。

作为第一目击者，沙枣被几个显然是奉命前来处理这件事故的陌生人围住，反复问道：从你发现孩子到你跑去呼救，前后大约多少时间？五分钟？十分钟？或者更长？

沙枣在追问之下开始了她的惊慌，然后不停地反问，假如早一点儿呼救，那女孩子是不是会活下来呢？

人们说，早一点儿是多久？五分钟？十分钟？或者更早。

沙枣又问，假如更早，更早她是不是就可以活下来？

说这些话的时候，少女沙枣的脸上涌现的是一种追悔莫及的表情。

被黑色轿车接走的女孩子，从此再也没有回到六号院来。听说医生打开她的胸腔，看到了一颗被电流击穿并且烧焦了的心脏，只好将刀口原封不动地缝上。听说这件事差一点要了将军的命。六号院的人们看见女孩子的哥哥臂上缠了黑纱，上学放学没有了妹妹跟随，这个少年的身材就显得更加单瘦了。他还是谁也不看，出出进进将那扇大灰门开合得更加迅速。不知从什么时候起，这个瘦长的男孩子也不再出现了。有一个晚上，那个院中之院里又有载重卡车驶入驶出，又有大兵们负重的吆喝声传出来。等到早晨人们路过，发现大灰门彻底敞开着，门口留下许多脚印和车辙，跟搬来的时候一样神秘，这位从来没在六号院露过面的将军又搬走了。

六号院的人们怀着复杂的心情去参观空下来的院中之院。孩子们非常沮丧地发现，他们最为思念的小水塘已经填平了，上边种了一些橘子树和蔬菜，还砌了一溜结结实实的鸡窝。为了泄愤，孩子们在他们的首领带动之下，捣毁了那溜鸡窝。从知青点回来探亲的小东，作为观众旁观了孩子们的破坏活动。获得的感想是六号院现在的孩子只能干这种小打小闹的事情，比起他们少年时代风云变幻的经历，实在是小巫见大巫。小东朝这群激愤的破坏者轻蔑地咧咧嘴，那嘴唇的上方正长出茂密的茸毛来。

小楼外边的院墙和大灰门很快被拆除了，小楼里包括将军家进驻时扩建的面包房、锅炉房还有警卫员公务员住房，统统住上了人家。路中间墙基留下的疤痕开始还有点碍眼，日久天长，风砍雨打人走车轧的，也就完全消失了。一切都恢复了原来模样。这家人旋风一样来了，旋风一样去了，很少有人再提起他们。

六号院里成分渐渐复杂也渐渐不太沟通往来的人们，似乎才刚刚发现，向来不怎么言语的少女沙枣，变得更加孤笑寡言了。每到雨天，尤其是小雨淅沥暮色渐浓的时光，她就要打着一把伞到大门口的草地上徘徊，还忧心忡忡看着从草地上方凌空而过的黑色电线。

当后来精神病院的医生问起沙枣的母亲，她的女儿是什么时候开始出现忧郁的症状时，沙枣母亲几乎是不假思索就讲起了那次触电事故。但是辫子认为沙枣真正的忧心忡忡与孤笑寡言是从柳柳死后就开始了。

杨杨

辫子从书柜顶上找出少年时代的旧日记本时，无意中发现了柳柳的妹妹杨杨于二十年前写给她的一封信。她甚至已经完全记不得有这么一封信了。

辫子在十六岁时离开了六号院，参军到南岭山沟里的一个空军基地去当护士。六号院这一伙孩子里，柳柳死了，小东小西许诺许可去插了队，剩下小南狸猫沙枣杨杨这几个高中在校生，也在接受"一颗红心，两种准备"的教育，进工厂或者下农村，前途未可料之。辫子的运气可以算作最好的。

辫子在邮路不畅的大山深处收到了杨杨寄来的信。二十年以后，她根据信封上邮出与寄达的两个邮戳判断出，这封信在途中整整走了一个月零七天。辫子应该为自己如何心安理得地在那个荒凉的大山沟里一待就是七年感到惊讶，更应该让她惊讶的是她竟然还因此被那么多同龄人羡慕过。

　　起码杨杨在信里写了许多羡慕的话，说她完全能够想象辫子穿着军装出入兵营那种趾高气扬的劲头，女兵在部队里物以稀为贵，一定很过瘾。时过境迁，辫子对杨杨所说的"很过瘾"突然有了新的认识，这说明她的这个伙伴在那时已经有了明显的性意识。杨杨无疑是性早熟的一例，她脑瓜子不太灵，学习成绩向来不怎么样，可脸长得漂亮。学校里有什么与外校联欢，或者欢迎领导和外宾之类的活动，总是少不了她，还有几次全市性的欢迎外国国家元首来访仪式，也是她代表少先队向贵宾献花。杨杨凭一张漂亮过人的面孔，轻而易举就得到了别的女孩需要通过努力才能得到的东西，比如说父母的宠爱、老师的偏袒以及同学的尊重，当然也就比其他人更早地遭遇了爱情。

　　杨杨从十四五岁起就已经是一个十分引人注目的姑娘了，当时曾被一伙军队干部子弟命名为"金苹果"。那些穿将校呢军服骑永久13型锰钢车的男孩，一度是那座不大的城市里知名度很高的团伙。他们的父亲都是老红军，"文革"运动对他们的家庭几乎秋毫无犯，因此气焰一直比地方干部子弟嚣张。有一阵子，他们最感兴趣的事情，是给他们见过的所有认识与不认识的女孩子打分，然后赌运气，看谁有本事将其中得高分的引诱上自己的自行车后座带回家去。秋实路六号院的杨杨被他们集体讨论之后，得到95分的好成绩，听说如果不是杨杨的四颗略为突出的虎牙里，有一颗长得不够端正的话，她甚至有可能得98分。100分比较难得到，因为要得到满分必须达到他们所定出的一个苛刻的标准——全身没有一颗痣。这条内定的标准几年以后才公之于众。这个团伙中的一部分成员被指控犯有流氓罪，公开开庭审判，被分别判处了死缓以下十年以上徒刑。他们在法庭上为自己蹂躏少女的罪行开脱时，轻描淡写说他们剥下那些女孩子的衣服是为了看看她们身上有没有痣，以此来断定谁能有幸得到100分，引得法庭一片哗然。旁听席上那些受害者的亲属们义愤填膺地高呼，毙了他们，毙了他们。

　　杨杨当然不在那些可怜少女之列，她早早地成为了那个团伙一号首领人称乱马的大男孩名正言顺的女朋友，所以幸免于难。乱马是一个高中二年级学生，无论体格和智慧都强于他的小兄弟。而且他最让兄弟们服气的事迹，是在初中一年级的时候，曾把他父亲的手枪偷出来打鸟，结果误伤人命，因为年幼被判劳动教养两年才得脱身。后来，由于杨杨的痴情投入，乱马不得已脱离了这个团伙，才使他有了后来获得美国耶鲁大学法学博士学位，而不是跟他的喽啰们一起饱尝铁窗之苦的可能性。

杨杨得以命名"金苹果"的那天晚上，被一个打到传达室的电话给叫了出去。她看见黑乎乎的林荫道上，站着一高一矮两个男孩。

你们是谁？杨杨走过去问，毫无畏惧之色。漂亮女孩从来不会害怕男孩，她们相信所有的男孩都不愿与自己交恶，而会对自己献殷勤。

我们……我们是将军楼的。

久经沙场的矮个子居然有些尴尬。

是你们呀，找我有什么事？

即使明白了他们的身份，杨杨也并不为他们的来访表示太多的热情，若无其事地问。

事后杨杨得意万分地向辫子转述这个场面，很坦白地说，其实她听说是将军楼的一伙儿，已经受宠若惊了，但还是强忍住心里的高兴，装出满不在乎的样子。对这些男孩子，不稳重一点儿是不行的，那样他们马上就要小看你。

乱马要送给你一盒礼物。

还是矮个子对杨杨说。

乱马？乱马是谁？

你找打呀！乱马是谁你都不知道？乱马是我们头儿。

大概从来没碰到过这么故作清高的对手，矮个子有点耐不得烦，用大拇指指一指身后的高个子，口气就不那么友好了。

你就是乱马？你要送给我一盒礼物？

杨杨一边说一边从矮个子身边走过去，直接对始终沉默的高个子说。杨杨说，她走过去的时候，正朝着路灯，路灯昏暗的光剪出乱马宽宽的肩膀和凸出的喉结，正是那个喉结打动了她。她当即决定接受他的礼物，哪怕是一盒毒药。

是的。高个子用已经过了变声期，因而显得很厚重的声音瓮声瓮气地说。

这样的声音对少女杨杨的吸引力一点儿不亚于喉结。

是什么呀？

杨杨从乱马手里接过那个老式骆驼牌香烟铁盒，终于把关在嘴边的欣喜释放出来。

子弹！乱马说。

子弹？杨杨哆嗦了一下，这份礼物别出心裁，绝对超出了她的经验范围。

送给你算你走运。这是品种最全最珍贵的一盒啦。

矮个子走过来说。就着灯光打开铁盒，把大大小小的子弹一一介绍给杨杨看。

这是汤姆弹，这些是轻机枪、重机枪、五四式手枪、半自动步枪……

矮个子如数家珍地摆弄那些子弹，子弹的铜壳互相碰撞发出在乱马们听来悦耳在杨杨听来恐怖的响声。杨杨突然想起了她的哥哥柳柳。死去的柳柳半张着嘴躺在竹板上，几只苍蝇试图唤醒他似的在他冷却的身体上起飞降落。已经沉寂与静止了很久的画面，一下子就血淋淋活动起来。杨杨发出一声吓人的尖叫，把一高一矮两个男孩撂下，回头就跑。弄得过路人都驻足而望，以为发生了杀人案。

乱马在事后很快弄清楚了事情的缘由，于是更加动了对"金苹果"的怜香惜玉之心。杨杨也很快成为了乱马锰钢车后座上永久的座上客。他们在杨杨二十三岁那年举行了婚礼。婚礼上的杨杨已经憔悴如一块苹果干儿，而不是一只金苹果了。两次婚前堕胎和三次未遂的自杀，还有对前途莫测的忧虑，都使得新娘子杨杨郁郁寡欢。杨杨一发现乱马另有所欢，马上就采取了以死相争的行动。她第一次服安眠药，第二次触电，第三次割破了股动脉。也是合当不死，三次都被人发现，都被救治生还。

第三次割动脉她选择了星期一早晨刚刚上班的时间。头一天她卸下了乱马剃须刀上的吉列牌双面刀片藏在被子里，等乱马一出门，就毫不犹豫地解开睡袍上的带子，找到大腿根儿上的血管，闭上眼睛狠命一拉。鲜血如涌泉般迸溅而出的一瞬，她听见乱马的声音又在门外响起来。他在大声训斥家里的保姆为什么找不着他的雨衣，头天晚上的争吵使他们双方都满脑门子上火。杨杨马上精明地猜测到假如乱马找不到雨衣，很可能到卧室的大衣柜里来拿他的风衣。她急忙坐起身，用一只枕头压住伤口，然后正襟危坐拿起一本杂志来看。乱马果然如杨杨猜测的那样，跑进屋来取风衣了。就当他取了风衣回头要走的时候，杨杨控制不住手里的杂志，杂志忽然咚的一声掉在地板上，乱马看见了一团正在从被子底下奋勇渗出来的红色。

杨杨又一次得救了。乱马的父亲动了老军人的盛怒，把一支手枪拍在儿子跟前，说：要不，就结婚；要不，就当我面儿打死她。

不知是良心发现还是慑于父亲的盛怒，乱马选择了结婚的阳关大道。若干年以后，他读完人大法律系硕士课程，自费去美国读博士，杨杨跟去陪读，生活还算稳定。只是由于多次人工流产，等到他们打算生孩子的时候，杨杨已经不能生育。

辫子是从得知杨杨三次自杀的经历之后，才开始对童年的这位伙伴刮目相看的。在这以前，辫子一直认为杨杨不过就是一个靠漂亮脸蛋取巧的甜妞儿。是她惊心动魄的自杀向人们显示了她不同凡响的意志，像她这样能够先后三次亲自动手结果生命的人，一定是可以成就大事业的人物。杨杨只是没遇到叱咤风云的机会罢了。

辫子在重新阅读杨杨的那封旧函时，回想起杨杨的经历，对她从小就无师自通了对付男人的手段诸多感慨。也许在这个世界上，每一个人都有一种天生的应变能力，好比变色龙因地而易地变换皮肤的颜色一样，人们最出色和最富于本质特征的能力都是与生俱来的，并且在适当的环境里自然而然地流露。那么，在辫子童年的伙伴里，杨杨最具对付男人的天赋。天赋的因素决定了她的命运。

辫子极力想回忆清楚自己为什么独独留下了杨杨这封信。想不起来。

汪茜茜

辫子把杨杨自杀未遂的事迹提供给她的一个朋友。可是这个朋友说，他只需要自杀成功的例子，未遂者不在其列。这个朋友正打算到美国去做访问学者，研究的课题就是自杀。他说他要在尽短的时间里写一部长达六十万字的专著，里边将收集从古代罗马到当代的著名自杀事件。他把自杀的人物按职业划分开，再按时代先后进行排列。辫子随意翻了翻他草稿里的作家部分，看见他的确已将其中最有知名度的事件悉数收来，比如叶赛宁、马雅科夫斯基、海明威、芥川龙之介、三岛由纪夫、川端康成以及老舍和傅雷。

辫子对她的朋友说：你的资料确实很齐备，但未免过于为人知晓，缺乏神秘感。她建议他加入一些从民间搜集来的，虽不著名但却有个性有情节有神秘感的事件，那样肯定可以增加本书的可读性和资料价值。她的朋友欣然接受了她的建议，并希望她替他提供可以作为例子的材料。

辫子向他推荐了汪茜茜。

辫子在恢复高考的那一年不失时机地光荣退伍，并且一举考上了本省排行第一的文科院校师范大学。报到那天，辫子在校园里意外地遇到了汪茜茜。自从"文革"中她父亲被捕入狱，她们全家被赶出六号院以后，辫子再也没跟她见面。汪茜茜和一个穿工装的年轻人，正用一辆三轮车运送行李。汪茜茜没有向辫子介绍他。

汪茜茜告诉辫子，她考上了艺术系美术专业。辫子说：你怎么不考音乐专业？你的琴弹得那么好。汪茜茜说：我早就不弹琴了，一弹琴我就不愉快。辫子忙岔开话题说：怎么这么巧？我们成了同学了。汪茜茜说：因为六号院太大，世界太小。

辫子注意到汪茜茜说出这句其实很精彩的话时并不高兴，相反倒有些无可奈何。辫子看见汪茜茜眼睛里称不上冷漠更谈不上热情的眼神，马上就想起了当年那个成天关起门弹琴，走起路来下巴总是朝着天的初一女学生。好几年不见，相貌平平的汪茜茜已经长成一个完全可以被视为美丽的姑娘，尽管这些年也历尽了坎坷，她浑身上下随时要冒出来的大小姐傲气还一点儿没减。尤其是当她用修长的手指将前额被汗水浸湿的刘海儿掠到头顶去的时候，那种优雅的动作分明是大家闺秀才可能有的。

汪茜茜跟辫子说了很简单的几句话，就表示了离开的意思。分手的时候，那个陌生的男青年抱歉地向辫子笑了笑，他似乎对汪茜茜无心多说而辫子还言犹未尽的状况洞若观火。这个动作让辫子觉得他很精明也很有教养，同时判断出他定是汪茜茜的男朋友，认为他们挺般配。

辫子转身继续走路的时候，与汪茜茜相遇所带来的惊喜已荡然无存。因为她毫不费力就完全看得出，假如汪茜茜不见到她心情会更好。辫子认为汪茜茜一定比任何人都厌恶甚至憎恨六号院或者六号院里的人，那是有道理的。

所以后来的日子，虽然在同一所学校里，辫子和汪茜茜并无往来，有时候在一些公共场合碰见，也只打个招呼问声好便各奔东西了。

毕业前夕，辫子在校方公布的支边名单上，看见了汪茜茜的名字，她自愿到西北的一个很偏远的城市去工作。正是这一天，有人到辫子的宿舍里来找她，辫子认出他就是四年前用三轮车替汪茜茜运行李的那个青年，只是他已经变得更像一个中年人了。他向辫子自我介绍说，他是汪茜茜的男朋友，是她原先在街办工厂做工时的工友。他没告诉辫子他叫什么，辫子也没有问。

那人问辫子：你对汪茜茜要去支边感到意外吗？

辫子老老实实回答说：是有点儿意外。

那人又问：那你知道她去支边的真实动机吗？

辫子说：不知。

那人就像刚刚被拔掉了一颗牙那样，痛苦地将眉眼皱成一堆，从牙缝里迸出几个字说：我知道，是为了逃避我。

辫子不知前不知后，完全无法发言，只好应付说：不一定吧，她也许不过是一时热血而已。

那人从上衣口袋里掏出一沓皱巴巴的信封，放在辫子眼前说：她在那边实习的时候有了别的人，我这里有证据；我要到校办去告她，让她去不成；她不能过了河就拆桥。

辫子把信封推回到他的眼前，说：这大概很难达到目的。现在学校正愁支边的人数不够，怎么会轻易将她减掉呢。

那人失望地收回了信，站起来说：看来我找你毫无用处。

辫子说：的确如此，我跟汪茜茜不过是早年的邻居而已，我们不是朋友，过去不是现在也不是。

不出辫子所料，汪茜茜果然如期披红戴花奔赴了西部边疆的那个城市。她的男朋友所作的努力结果可想而知。辫子在校方举办的联欢会上最后一次看见了汪茜茜，她用钢琴演奏了一首 50 年代在中国流行过一阵的苏联歌曲《再见妈妈》：听吧战斗的号角发出警报，穿好军装拿起武器……汪茜茜的琴的确弹得非常之好，弹到高潮部分，她的脚用力蹬踏共鸣板，造成一种壮士一去兮不复还的悲壮气氛，博得经久不息的掌声。

汪茜茜果真一去不还。几年以后，她在与一个男人做爱的时候，用剪刀刺破了他的颈动脉，然后自杀成功。她的死成为了她所在的那个城市里经年不散的街谈巷议。

剪刀刺下去之后，那个男人的血像钻井井喷一样，带着呼噜呼噜的响声迸在汪茜茜身上，将她敷成一个血人，她还无动于衷。一直像守灵人那样赤身裸体盘腿席地而坐，等候那腔多血质的 A 型血形成的水柱渐渐地减压，变弱，变成一股愈来愈浓的温泉，汩汩流淌，直至枯竭。然后汪茜茜用身体沾了地板上淤积盈寸的血浆，从一幅白画布上滚过去，留下一串宛若狂草的人体印记。

汪茜茜在遗书中写道：我用这个卑鄙男人的血作一幅画来超度他，以赎回他一生中对艺术的无数次亵渎之罪，并警告世上所有用崇尚艺术为诱饵骗取感情的无聊男人。

汪茜茜曾经让那个被她杀死的男人用艺术诱惑过。他对她说：我们可以共同创造一个中国西部现代画派。

那个在公开场合常常以著名油画家的身份出现的男人：给即将从大学毕业的实习女画师汪茜茜画了张肖像，又设计了两次烛光下的长谈，就轻而易举地得到了她。他鼓励她当中国的维露希卡，他说一个女人如果有着像她这样美妙的身体，光是留在卧室里供某一个男人消受，那就太可惜了，应该把它贡献给艺术。他让她看维露希卡的画册，让她知道了这个德国国际知名模特，如何用她的身体与画家兼摄影师霍格合作，创造出绘身画这种人体艺术轰动世界。

汪茜茜一下就被维露希卡迷住了。那个美妙绝伦的身体，一次次被当成立体画布，由霍格在上边用颜料任意挥洒，与石屋、泥灰墙、灌木丛和废墟融为一体，构成斑驳、毁坏的凄美图案。

欲图引诱汪茜茜的男人对她说，他希望能在一位中国姑娘身上，培养起维露希卡这种近乎自虐的宗教式艺术精神，而汪茜茜就是最合适的人选。

当天夜里，汪茜茜开始了与油画家的第一次合作，在一张画布上留下了她的身体滚动出的奇异图画，也留下了她初夜的血。

汪茜茜以合作者兼情人的身份，与油画家相处了整整五年之后，终于发现"维露希卡"不过是那个伪艺术家精致的钓饵。尤其叫她不可以接受的是，当她怀着无比的哀怨与悲愤向亲人朋友控诉那个男人的时候，谁都对她的恍然大悟不以为意。他们用一种叫她看了心寒的目光打量她，几乎众口一词：你刚明白过来？我们提醒你多少次了？汪茜茜这才依稀忆起，为了那个男人她已经跟所有劝阻自己的人辩论过而且疏远了他们。汪茜茜的傲慢，最终离间了她和所有人。

向油画家献出了感情与贞操的汪茜茜，渐渐在舆论中成为一个放浪形骸的女人。在她居住的那座中等城市的艺术圈子里，没人不知道这个漂亮、高傲、能操一手好钢琴画一手好画，又对艺术作品有着很高鉴赏能力的女人。她任性地向每一个崇拜者宣布，她的心永远只属于一个人。假如有谁愿意，她可以在那个人回家去尽丈夫和父亲之责的空隙里，与之相守，但只要那个人召唤她，她会随时回到那个人身边去。她警告每一个接受了她的男人，不要有结婚的念头。而且不止一次，她刚发现对方有谈婚论嫁的念头，就断然离他而去。她说，虽然那个男人并不会阻止她嫁人，但她自己宁愿用独身的方式归属于他，以防自己在家庭生活中身不由己。汪茜茜用这样闻所未闻的方式与男人相处，没人不说她这是为自己玩弄男人设计的脱身术，这种女人还奢谈什么心有所属，简直滑天下之大稽。可最后的结局证明，人们错看了她。

当她得知油画家除她而外还有其他的合作者之后，汪茜茜悲愤欲绝，让人莫名其妙。人们说：他既然是一个有家室的男人，就意味着你必须接受与另外的女人分享他的事实。对此汪茜茜的回答是现成的，她说：我可以容忍他的婚姻，假如他有妻有妾，我会对他的妻妾一概接受，但我不能容忍任何女人跟我一样成为"维露希卡"，成为他的精神伴侣而不是性伴侣；这是我们的合作规则，不可以更改的规则；不幸的是，他破坏了这个规则，我已经没有别的路可走；我们的前途只有一个，就是死。

汪茜茜的这套玄说，并没有引起人们真正的注意。一个已经把自己败坏得差不多成了一个婊子的女人，再回过头来说要为某个男人舍身殉情，有谁会信？这种黔驴技穷式的要挟，任何一个蹩脚的弃妇都想得出做不到。汪茜茜一转身，听客们就相视而笑，说：瞧，高傲的公主没牌打了，最后一张梅花3。

悲愤欲绝尚未绝的汪茜茜，突然就变得非常非常谦和了，她仍然应邀去参加圈内人组织的每一次聚会，并且在大庭广众之下与油画家相处得很自然。人们不难发现，当油画家一如既往发表高见，很见才华也很孚众望的时候，汪茜茜就会躲在远远的一个角落里，用含意不明的目光久久凝视他，目不转睛。没人可以想象，当不久以后，她终于将宣言付诸行动的那个夜晚，汪茜茜面对她曾经挚爱的男人，会是怎样一副表情。当她把锋利的剪刀插入油画家脉管时，她的目光会变得凶狠狰狞吗？

从容地作完了最后一幅画，汪茜茜认真地洗干净脸，用一张画布裹住血污遍染的身子，打开煤气阀，端坐在一张藤椅上，完成了另一个艺术作品。

事后，一个以狂妄自大著称的行为艺术家无限感慨地说：汪茜茜用生命完成的这个作品是无可比拟的，姣好的面容与污浊的身体之间形成的艺术张力和哲学思考，是何等强烈与深刻，使我辈平庸的作品概莫能及。

辫子在许多年以后去过汪茜茜生活的城市，听说了这桩已经褪色的艳闻。

跟汪茜茜有过交道的人无不摇头叹息说：唉，一言难尽汪茜茜。

汪茜茜的自杀事迹，果然让辫子那位以自杀研究为专业的朋友听得入迷。他说这一段很可能被写成本书最精彩的章节。

你们六号院的女孩子都这么有个性吗？自杀专家问道。

辫子说：那当然。她们是六号院里长大的；在这地方长大不容易，我爷爷一直说，六号院的孩子长不大。

许诺

六号院里另一位有个性的女孩子，是狸猫的大姐许诺。和从小娇生惯养的汪茜茜比，汪茜茜是一朵花，她简直就是一棵草。辫子从来没见高中女学生许诺穿过裙子夹过花夹子或者扎过绸子什么的。在夏天，许诺总穿白衬衫和灰色西装短裤，冬天穿蓝色回力球鞋和披领运动绒衣，一年四季剪着露出耳朵根儿的短头发，走路的时候，脚底下像装了一副弹性很好的簧片，忽闪忽闪的，两鬓的发梢就朝后边轻轻飘动。那年头儿，健美这个词还没开始流行，辫子总找不到合适的词语来形容许诺。过了好多年，辫子在一本杂志上看到健美这两个字，首先想起来的一个人就是许诺。

许诺是一个寄宿生，每个星期六下午回来，星期天吃过晚饭便准时回到学校去。她好像对家里舒适的小楼和六号院富有优越感的大人孩子都没什么兴趣，在院子里出入的时候，总是朝自己碰到的熟人匆匆忙忙微笑一下，然后匆匆忙忙走开。"文革"开始之后，许诺的家被抄被劫，她的父母挨斗挨打，似乎都没有引起许诺的恐慌，她仍然像一个守纪律的寄宿生那样，每个星期六下午回家来，星期天吃过晚饭又准时回到学校去。学校其实早已不开课了，宿舍只稀稀拉拉住着几个家在外地的学生。教学楼被各个红卫兵组织占领了，不同派别的同学互相用大字报或者高音喇叭攻击谩骂，彼此视为仇敌。作为黑五类子女，许诺不可能参加任何一个组织，但在任何组织发动的集会以及学校的任何重大事件现场，都可以看见许诺沉默的影子。若干年以后，在国外留学的许诺写了一本《红色风暴亲历记》，被某家大出版社出版，一度成为发行量逾百万的畅销书。著名的《纽约时报》书评，称这本书的作者是天才的杰出记者，许诺因此拿到绿卡，受聘同样十分著名的《时代》杂志。

有关许诺在那一段的生活，辫子是从中文版的《读者文摘》上了解到的，而且她还在许诺的记叙中看到了自己。

许诺写道：那天早晨，我带着满身的血迹从医院回家，碰见邻家一个叫辫子的小女孩。我看到当时那个女孩子努力向我挤出了一点儿笑容，但那笑容实际上掩不住她内心的怀疑或者惊慌。好在我并不是一个因为杀人害命而潜逃的凶手，不然辫子惊恐的笑容就足以使我胆战心惊了。

辫子急切地看下去。二十多年以前那个早晨，浑身是血的许诺的确留给了辫子一个恐怖的谜。她曾经问过许诺的妹妹许可，但许可说，她跟辫子一样，对她姐姐的行踪充满好奇心却又一无所知。没想到过了这么多年，许诺的谜才被一份来自异邦的杂志公之于众。

许诺写道：当我跟着伍彩她们的队伍，走进与对立的工联相峙的战斗区域之后，马上感觉到一场血肉的较量就要开始了。各种轻重武器的金属碰撞出一种异样的声响，伴随着我的心跳。我跟在伍彩后边且走且住，她像一个红军时期的娘子军军官似的，时时用轻而有力的声音对我下些命令，趴下，身子别抬得太高，快跑，等等。我从来不知道跟我同座位的这位出身贫寒的女同学，会有这样非凡的凝聚力和组织才能。临出发的时候伍彩对我说，你参加这次行动的任务，是观察战斗中发生的一切事件，然后记住它们，日后把它们再现出来。伍彩说，我们正在创造历史，历史需要用文字来记载。无论出现什么情况，你都不要介入，你不是我们组织的人，轮不到你去冲锋陷阵。就算我们全都死光了，你也要活着回去，我们创造的历史靠你来写。我像一个真正的战地记者一样，带着手电筒和充足的电池，圆珠笔和备用的笔芯，还有用夹子固定在木板上的笔记本。我以为我可以如想象中的那样，找一个隐蔽的地方躲起来，打着手电记录眼前发生的每一件事，按照老师在课堂里教给我们的写作五要素，记录时间、地点、人物、经过、结果，等等。事实证明，这种想象是很可笑的。

许诺写道：伍彩她们的队伍，很快就溃不成军了。残夜将尽的时候，对面楼房窗口里射出的机枪子弹越来越密集，这边的矮墙时刻有被射穿的危险。伍彩她们组织了几次冲锋，都没有成功，有四五个冲锋者被打死在楼房与矮墙之间的空地上。那些平时在她们的组织里运筹帷幄的男生，开始建议撤退，被身为副总指挥的伍彩严词否决。伍彩说，曾经与我们共同战斗的战友被他们关押拷打，我们眼前只有两条路，要么冲过去救出他们，要么冲不过去跟他们一块儿被打死。最后我身边的这支队伍分裂成两部分，一部分人撤退了，另一部分人留下来跟伍彩一块儿决死。伍彩让我走，我对她扬一扬手里的本子，表示要记录最后的时刻。伍彩说，记住，你不要参加冲锋。当又一颗照明弹在黎明前的黑暗里熄灭的时候，伍彩对她的左右说，冲！于是大约有二三十人跟在她后边跃过矮墙，朝对面黑洞洞的楼房冲过去，只有我一个人留在矮墙后面。

许诺写道：我听见了又一阵更加激烈的扫射声。我的头正是被这阵枪声吸引着，从矮墙的后边大胆地探出来。心里已经没有了昨晚出发时的胆怯，甚至感觉不到害怕，我只一心记住了伍彩的嘱托，要亲眼见证这段惨烈的历史，并且记录它们。我看见在若明若暗的天光下，伍彩的同伴们一个个倒下去，以千奇百怪的姿势，洒落在那一大片空地上。伍彩还在奔跑，像一只矫健的母鹿。然后我听见一声清脆的点射，伍彩的身影跟跄了一下，扑地而倒。我几乎是在她倒地的同时，翻身越过了矮墙。我已经忘了我并不属于那个组织，我必须活着回去。我只是觉得我的同学伍彩需要我去搭救。我在渐渐稀落下来的枪声里，找到了伍彩，她的胸部被射中了，鲜血已经洒开，被烧焦了一般发黑的枪眼里，还有涓涓不断的血流出来。我把她背在背上，开始往回跑。楼房里得意的射手好像想跟我们玩儿一场游戏似的，放弃了机枪的扫射，而用步枪一枪枪点射，子弹嗖嗖地从我们前后左右飞过去。我每迈出一步都要体会一下腿和脚还在不在自己身上。我终于跑到了作为掩体的矮墙旁边，把伍彩推上墙头并把她扔过墙去。然后我也翻过墙头，重新背起我昏迷不醒的同学飞跑。没人来追我们。我在大路上拦到一辆农民运煤的拖拉机，把伍彩送进医院里。可想而知，我精心准备的采访工具在这一系列至今想起来实在不可思议的动作中遗失了，但我的大脑无比清晰地记录了这一切，使我可以保证我在这里记叙的每一个细节都准确无误。

这是篇长篇节选，文章没有载完，但后来的故事辫子完全可以把它续上了。

许诺把她的同学伍彩送到了医院里，经过检查，确诊伍彩的脊椎已受到严重损伤，最好的结果是高位截瘫。勇敢的伍彩经过十多天的昏迷活过来，但却从此退出了她醉心创造的历史。病情稳定之后，伍彩被医院退出来回到家里，在鳏居的老父亲唉声叹气的伴守下，开始了她下半生漫长而黯淡的日子。她的两条腿都萎缩了，老鼠咬掉了她的小脚趾她还毫无知觉。她的老父亲没有耐心和能力悉心护理她，使她的背部长满了散发着恶臭的褥疮。她的战友们逐渐稀疏了对她的探访，只剩下她的同座许诺每天一次来看她，像时钟一样准确，直到下乡插队的前一天。告别的这天，被许诺认为无比英勇与坚强的伍彩，突然对她说，许诺，我欺骗了你，欺骗了所有人，我带着人去围攻北郊的那栋楼房，不是为了什么崇高的理想，只是为把建国救出来，我喜欢他。建国是一个高中学生，是伍彩她们组织的总头目，他在全市运动初期的街头辩论中大大地出过一阵风头，搞得不少同校与不同校的女生暗恋他。许诺原来还不知道，伍彩也在其中。北郊那场激战之后，对立面的工联释放了建国。对于他被释放的原因，有多种传说，一说是工联怕他的组织再来拼命，另一说是他主动写了悔过书，答应对方出来后立即解散他的组织。建国出来之后，来看过伍彩几次，每次都是感激之泪长流，说他一辈子做牛马也还不了伍彩的情谊。可是只不过一两个月后，建国再也不曾出现在伍彩的病床旁边。许诺听说，他和一位军队首长的女儿确定了恋爱关系，参军走了，临走他没有来与伍彩道别。伍彩对于自己的遭际，似乎有悔无怨。她说她落到这一步，全是咎由自取，只是越想越对不住那些跟着她为建国去武斗，死了或者残了的战友。许诺很理解伍彩的心境，也被她的坦白所感动。在下乡之前，许诺要求母亲把伍彩当作她和妹妹许可之外的另一个女儿来抚养。许诺的妈妈答应了女儿，果真在许诺下乡以后，每月让狸猫给伍彩送去伙食费，一直到许诺回城当了工人，开始用自己的工资养活伍彩。

这件事，被许诺的弟弟狸猫引以为荣。当狸猫受了小东等人的欺负，他就特别爱讲起他姐姐的这段故事，说：你们懂得什么叫义气吗？像我姐姐这样才叫义气。这一招一般来说总是灵的，小东他们谁也说不出不服许诺的话来。

许诺是一个真正的女中豪杰。六号院所有的人都说。

小西和许可

没人能想到，丁小西日后能够成为数学教授。"文革"开始的时候，他只是一个成天跟在他哥哥小东后边乱起哄的初中生。辫子心想，幸好小西早早脱离了小东的控制，不然他充其量跟他哥哥一样，做一个手指上戴着方方大大的金戒指，头发梳得油滑水光的饭店小老板。人的一生真是奇奇怪怪，有时候一念之间你就放弃了原来的生活，好比在一条有很多岔道口的路上赶路，一颗砂子硌了你的脚，你脱了鞋把砂子倒出来，接着赶路时不知不觉就上了另外一条道。

狸猫的小姐姐许可是一粒砂子，她硌过丁小西的脚。

丁小西因为许可跟他的哥哥小东大闹意气。小东对此极为不解。他用脚踹翻了一张凳子说：叛徒，为了一个资产阶级臭小姐连你哥也敢得罪。丁小西不说话。这个鼻梁扁扁其貌不扬的男孩子犟起来，可以几天不说话。

丁小西想不通哥哥小东为什么老是对欺压他人的事乐此不疲。对小楼的人，小东总有万丈深仇，把他们的家也抄过了，街也游过了，人也打过了，他还是不解气，闲得慌的时候，就带着他的一伙人到小楼里去寻事。小西跟在哥哥身边混了大半年，新鲜劲一过，也就烦了。他情愿小东还是过去那个没事吹吹口琴踢踢足球的小东，可是小东说：现在是什么年代？革命时期！

他们又一次到许家去寻事的时候，只有许可一个人正在凉台上解数学方程式。这位个头小小的女中学生从来不起眼，总是让人在看见她之后才会想起六号院里原来还有这样一个人。

丁小东显然对这个资产阶级小姐在动荡的革命时期还悠闲自得躲在家里看书很不满意。他一把抓过许可的演算纸，说：写什么黑材料呢？

许可不胆怯也不高声，说：不是黑材料是方程。

小东说：方程？到现在还不忘成名成家？

许可小声说：毛主席也没说不准解方程。

小东说：你还敢犟嘴，小心我扇你。

小东扬了扬手，许可站着不动。可能是因为对方是个小女孩，小东到底没打下手，光是把桌上的书本一把卷，夹在胳膊下边说：没收了。

丁小西真替哥哥脸红，他革命革得越来越像一只疯狗。小东夹着许可的书本走下楼，回身想把它们交给随从小西时，小西一甩手走掉了。

几天以后，小西在自家的厕所里看到了许可的方程演算稿和数学书，那些算式的精致和工整真叫他叹为观止。丁小西在他的年级里也是以数学成绩拔尖闻名一方的，可他从来没做过这么漂亮的方程式。小东把它们抄回来扔在厕所里，打算拿来做大便纸，叫小西实在于心不忍。

小东发现大便纸不翼而飞，马上识破了小西的企图。哥哥找到弟弟说：想去讨好许可？安的什么心？

小西突然发现跟自己朝夕相处的哥哥原来嘴脸很下流。于是丁小西决定不说话。

可惜丁小西没有来得及把它们还给许可，而且从此不再有机会亲手把它们还给她。许可很快就跟姐姐许诺一块儿下放到湖区去了，紧接着丁小西也跟哥哥一块儿去了山区。收拾行李的时候，丁小西把许可的方程稿连同几本数学书一块儿打了进去，这么做也许只是因为太喜欢数学也喜欢许可那些写得特别漂亮的方程式。小西自然而然地想，等以后回来再还不迟。

山区插队的日子漫长得出人意料，丁小西绝想不到他再度回到城市里来，需要经过六年的等待。在山区早早就黑下天来的长夜里，知青们百无聊赖的时候，点一盏桐油灯解方程，便是丁小西打发时光的最好办法了。一灯如豆，远远地传来狗吠鸡鸣，小西算着题无端就看见一个小个子女孩儿在洒满冬日阳光的凉台上伏案的影子，无端就认为许可在湖区的什么地方也正在同他一样，用解方程的办法打发时光。这种想象只可能让丁小西更加努力，他一直相信男生在数学方面总是要胜女生一筹的，因此他必须胜过许可。

许可没有再回到六号院来。那个小小的安静得如一滴水珠的女孩子，无声无息消失在湖区的沼泽地里，仍然安静得如一滴水。

许可和许诺没有能如她们所愿分在同一个大队。许可在红星队的养鸭场，许诺在红旗队的制砖场，中间隔着几千亩的大田，还有一片很难丈量出大小的沼泽，起码有三十里路。姐妹俩半个月二十天才见得上一次面。砖场活儿累，管得严，多数时候是许可去看许诺。每次去，许可都要带上积攒下来的破壳鸭蛋或者被黄鼠狼咬死的鸭子，到姐姐的煤油炉上做一锅好菜打牙祭。许诺生性侠义大方，有点儿吃的总藏不住，叫来三个五个同伴，眨眼就吃个底朝天。砖窑的知青最欢迎许可，她一来，该去赶墟的也不赶了，该去洗衣的也不洗了，只等许诺的煤油炉子开锅。许可心疼姐姐吃得少，在一边干瞪眼儿。后来她想出一个招儿，出锅前先给姐姐留下几块鸭几个蛋，让她事后吃小灶。许诺用食指点点妹妹的头说：你真是个小人精。许可调皮地眨眨眼睛说：学习张思德是一辈子的事，这么早就学成了以后怎么办？

许可来看姐姐，常常是天没亮就出发，走到砖场就十点来钟了，忙完一顿饭，筷子一扔往回走，到家天也黑完了。许诺每回去送她，送出十五里走出沼泽地，才放心让妹妹一个人走。其中有几次，砖场忙着出窑，许可不让许诺送，自己走回去倒也挺平安。渐渐地，许诺有时送有时不送，有时送得近有时送得远。

许可最后一次来，砖场塌了窑还伤了人，职工知青都在窑上抢险，任何人不准请假。许诺跟妹妹打了照面，就去公社送伤员。等许诺回到宿舍，许可已经走了，留了满满一锅红烧鸭子，还把姐姐的床单被套全洗了。旁的知青都羡慕许诺，说：你这个妹妹也是真不错。许诺哈哈一乐说：那是，你们也不看看谁是她姐。

正是这天傍晚，湖上起了夜雾，灰蒙蒙的，天忽的一下就黑透了。同屋的女知青问许诺：你妹妹该不会迷路吧。许诺累得迷迷瞪瞪，连想事的劲儿都没了，口说没事吧她熟门熟路的，人已经睡着了。

许可没回到鸭场去，她消失在那天傍晚的大雾里，从此无影无踪。

鸭场的记工员在一个星期后跑到砖窑来找许诺，问她妹妹是不是在她这里串亲戚不想回去了。许诺这才知道大事不好。砖场的知青全体出动，在方圆几十里的地方寻访许可，仍然生不见人死不见尸。许诺喊得嗓子出血，也没把妹妹给喊出来。

沼泽地一望无际，长满着碧绿的野草和淡黄色的芦苇，间或还有一两株莲藕点缀其中。风吹过去，不知名的水鸟在芦苇丛里啾啾叫，就像有个受伤的女孩在那儿呻吟。许诺终于绝望了。

远在山区的丁小西，并不知道许可悲惨的遭遇，所以当他在六号院碰到回城当了工人的许诺时，劈头就问：许可呢，许可回来了吗？

许可再也不会回来，她的数学书和方程稿就永远存放在丁小西的手里了。而小西在日后创造的奇迹，则是凭着一个数学定义的突破性研究，从工厂破格调入一所著名的理工大学，从讲师而副教授，最后成为教授。

丁小西在这所大学里任教十几年，有十几届新学员都听他讲过一个女孩子演算方程式的故事，看见过那一沓写得工工整整的方程稿。丁教授会因为讲得过于动情而被他的学生询问，她是你的女朋友吗？

丁小西摇摇头回答：不是，可惜她不是。

丁小西教授在某一年新年联欢会上听到一首歌，那首歌写的正是一个女孩葬身沼泽的真实故事。在演唱的女学生清纯的歌声里，丁小西落下了积攒在眼眶中多少年的两行泪水。

……有一个女孩，她再也没来过……

他觉得这首歌就是为六号院失踪的姑娘许可而作的。

狸猫

许久在他的二姐许可失踪的那年，个头已经超过了一米七五。六号院的人们仍然管他叫狸猫而不叫许久。假如不是居民委员会时不时下通知来，召集留城青年去开会，说不定大家早忘了许久是谁。两个姐姐下放，而且有一个为上山下乡的事业奉献了生命，使得许久留城有了保证。当然许久留在家里也未必轻松，他的首要职责是侍候瘫痪在床的父亲。

一米七五高矮的狸猫，扬着一张看起来十分稚嫩的脸在六号院里晃来晃去，用童话思维说一些出人意料的话。他说，他的二姐许可并不是真的陷进沼泽地走不出来了，而是被大湖里的一群原始人拐去当了他们的女头人。他说那个命名天吊国的原始人部落至今处在母系氏族社会，但又粗通文理崇尚知识。他姐姐许可本来是给拐去当奴婢的，因为她知书达理见多识广，一举被拥戴为头人。许可在那儿其实过得挺不错，每天吃香的喝辣的，比当知青快活多了。

狸猫一天天重复这些话，使那个可怜的女孩子许可不幸失踪的事件，一天天削弱了悲剧的色彩，越来越富于喜剧意味。而且狸猫的演说，每次都增加些新的细节，天吊国里的风土人情日益真实确切，让听的人渐渐信多于疑。对天吊国事务，狸猫总是有问必答，只对一点守口如瓶，那便是这些情况的来源。不管是谁问，狸猫总是坚决地把头一摆说：天机不可泄露，不然我姐该没命了。跟真的一样。

狸猫瘫痪在床的父亲，每日在儿子端屎倒尿奉汤侍药的工夫，也听熟了这些故事，索性擦一把思念女儿的老泪说，宁愿信其有，不愿信其无。倒是许久他妈很忧虑儿子的表现，不知道他满脑子稀奇古怪的想法到底是哪儿来的。

辫子在好多年以后，看到一位青年作者赠送的通俗小说，写的就是天吊国现代母系氏族的传奇，疑心此人一定在当年听过狸猫演讲。可是一算作者的年龄，当年只有半岁，并且家在农村。辫子于是对狸猫的口头文学影响之广泛更加惊讶。

狸猫在虚构与想象等方面的确是一个天才，从他口中说出来的任何事情，都显得不容置疑。有一天，他终于把几个头戴大盖帽身穿制服、帽子上缀着国徽的人引到六号院来了。

那几个气宇轩昂的人找到狸猫的母亲说：你的儿子掌握了一桩与国家安全利益有重大关系的案件线索，作为知情人，我们需要把他带去了解些情况。知子莫如母，狸猫母亲一听就觉得有些蹊跷，忙对来人说：这孩子说话向来没准儿，糊里糊涂，你们认不得真。来人说：你是一个党员一个国家干部，国家利益高于一切，维护国家安全是包括你和你儿子在内的每个公民义不容辞的光荣责任。狸猫母亲还想分说，禁不住狸猫已经在一旁跃跃欲试，只得让儿子跟人家走。母亲一边给他收拾东西，一边对他说：人家这次不是叫你去开故事会，说话仔细些。来人就觉得做母亲是在暗示儿子逃避什么，很不高兴地说：你儿子已经成年了，他自己知道该怎么做。狸猫母亲只有苦笑。

狸猫走了一个多月，才在某个炎热的大中午被送回来。送他的人仍然穿着制服戴着大盖帽，满脸的汗水都淌着一种被人耍弄过的悻然。

那人说：我提醒你对自己的儿子严加管教，他要是再开这种玩笑是要出问题的。

狸猫母亲并不畏怯，她说：我早提醒过你们，这孩子脑瓜子稀里糊涂，他的话你们不能全信。

那人说：你也用不着替他开脱，他的脑瓜子不是不好使而是太好使。他把一个特务组织的组织结构、联络办法、电台方位、呼号波长、密写工具全部编得天衣无缝，带着我们南方北方到处乱跑，结果全是子虚乌有。我们从来没见过这么会编的主儿。

狸猫刚见到母亲还是一副知错的表情，一听到有人复述他的想象就又有些按捺不住。他小声说：其实那些事全是真的，你们不也是问了我无数遍才相信了我吗？

那人愤然道：说你会编还不全面，还得夸你记忆力非凡，一件事问你十二遍，你十二遍都说得一模一样，我们还能不信？

狸猫还想多说，被当妈的一把拦住。

狸猫母亲不敢恋战，忙对来人说：这孩子是跟旁人不大一样，我改天带他去医院做检查去。

那人说：这话对头，不然指不定他还给你惹出什么祸来。

狸猫对自己这一个月的特殊生活非常满意，没几天六号院的大人孩子，便人人皆知了他带领公安人员长途奔袭台湾特务的经历。狸猫说：要不是在最后的关键时刻他们又突然对我的情报产生了怀疑，这伙特务肯定一个也跑不掉。

六号院人把他的话权且当作故事来听，倒也惊心动魄曲折生动。有人拍拍狸猫的肩膀说：我看你接你爸的班当个作家准有出息。狸猫听了并不觉得受了恭维，耸耸鼻子尖说：当作家？没意思。一辈子写几本书，还得花半辈子挨斗，我不干。人们见他心比天高，都笑，说：狸猫我们等着你一鸣惊人。

母亲带着狸猫去医院，真是不知道从哪科看起。最后转了一大圈回来，除了查出狸猫的智商高于正常人四十八分之外，其他一切正常。

高智商的狸猫忍辱负重地经受过这次体检之后，忽然对医学发生了兴趣。大约有两年的时间，他几乎闭门不出，只在家中研读医书。狸猫给他父亲针灸、按摩、贴他自己熬的药膏，居然渐渐显出了疗效。瘫痪在床的老作家，有一天忽然觉得自己麻木了多年的脊椎突然有一丝热辣辣的痛感。更加奇怪的是，这一天他的儿子狸猫在给他例行按摩时说：爸爸，你的脊椎是不是有点什么感觉了？狸猫他爸疑疑惑惑地看着儿子，说：我自己还拿不准，你怎么这么快就知道了？狸猫说：我一接触你的背就觉得自己背上火辣辣的，手一拿开，又什么感觉也没有了。父子俩反复试了若干次，的确如此。狸猫一跳三丈高，说：我一定要让你重新站起来。

狸猫爸并没能等到重新站起来的一天，他在那年冬天百年不遇的寒潮里，因感冒引起大叶性肺炎和心力衰竭终告不治。这一年里，中国辽阔的土地上，已经继鸡血热、甩手热、红茶菌热之后，进入了气功与特异功能热阶段，狸猫在父亲死后，终于脱颖而出，成为一名炙手可热的气功师。

狸猫被气功协会聘为常务理事，坐着社会要人派来接他的小汽车出入各种深宅大院，动辄在听众上万的体育馆里给人用气功治病。六号院门口常常有用担架远道抬来的病人求医，或者是被治好的病人送匾。噼啪乱响的鞭炮让六号院人想起狸猫以往那些好笑的故事，莫不点头说，狸猫还真是一鸣惊人了。

有一天夜里，已经很久没回到六号院来的狸猫，看见了月亮底下有个人正打着把巨大的黑布伞沿墙根徘徊，他知道那是沙枣。狸猫走过去撩开沙枣的伞，瞧了瞧这位童年时代颇为出色的伙伴，心里突然难过无比。

狸猫对沙枣说：你要耐心等着，也许我可以把功练到能给你治病的那一步。

已经很久不曾跟任何人说话，也好像根本听不懂别人说话的沙枣，完全听明白了狸猫的话，用清楚无误的声音问他：还要多久？

狸猫说：这很难说，要看我的悟力。

沙枣随即又低了头，仍用黑伞遮着脸说：来不及了。说完回头就走。

狸猫眼看着沙枣仿佛脚不着地一样游开去，幽灵似的走远，头皮一阵发紧。

橡皮和钢窗旁的男孩

当他还活着的时候，辫子从来没见过这个不幸的男孩子。这个男孩子随他母亲改嫁来到六号院这一年，辫子已经真实地长到了二十五岁。自从城市中心的机关迁入六号院，三栋小楼拆除了两栋，腾出地盘盖起了两座八层大楼，出出进进全是一些陌生的面孔。小孩子们更是一茬接一茬出生，呱唧呱唧不知不觉就满地乱跑了，上学了。辫子永远也搞不清楚他们谁是谁家的。爷爷说这地方长不大孩子，可是孩子一茬茬长大了。

橡皮是这一茬茬长大的孩子中很特殊的一个。橡皮的母亲在产出儿子之后两小时，便在医院里极端痛苦地死去，橡皮从小在六号院里吃百家饭长大，辫子独独认得他。辫子只要一看见这个男孩子，就好像看见了他的母亲。正是在橡皮出生的那天，辫子最后一次见过他的母亲。那个年轻的孕妇手里提着一把韭菜，步履蹒跚地走，肚子挺出去，头就得拼命向后昂着，整个身体剪裁出一副痛苦的曲线。辫子首先想，她只怕就要生了。然后又想，谁能看出她早先是一个舞蹈演员呢？

后来多少年，橡皮妈提着把韭菜在暮色里行走的样子，常常会在一些毫不相干的场合从辫子眼前冒出来，就像一个制作定型的标本，被时间风干了熨平了，夹在辫子记忆的折页里，再也不会遗失。

那天夜里，辫子在一片黎明前的漆黑中被窗户外边凄厉的人声惊醒：老魏，老魏……一个男人变了形的呼叫，听来让人毛骨悚然。

什么事？三楼的政工干部老魏，想必从窗户里伸出了头来问。

我老婆死了！辫子听出是那个年轻孕妇的丈夫，她死了……

你等着，我就下来。楼上的声音也开始惊惶了。

接着，窗户下边呜咽断续，如同一支摔裂了缝的箫，吹出一片料峭的春寒。过了一会儿，踢踏的脚步声从楼上响下来，呜咽声随之更凄厉了片刻，又跟着脚步声远远去了。

以后辫子一直醒着，一股突如其来的寒气从暖融融的被底蹿上来，一直升到脑门心。辫子相信全楼的人都醒着。

从此六号楼里少了一个年轻的妇人，多了一个名叫橡皮的小男孩。男孩子黑头发大眼睛，跟他当舞蹈演员的妈妈长得一样漂亮。仿佛为了赎罪，橡皮自小就很少搅扰他父亲，他五个月就会自己捧着奶瓶儿喝牛奶，八个月就能抓住栏杆站立，十个月开始学走路，一跤不曾跌过也就学会了。

橡皮的父亲带着怀孕的妻子搬进六号院时，这儿已经成了一个标准的机关宿舍合一的大杂院，这种院子你在中国的南方或北方任何一座城市任何一条街道上都可以找得到。它已经没有了水塘，没有了绿地。辫子可以断定，六号院里如她初来一般大小的孩子，肯定没见过萤火虫和花大姐。当苦热的夏季来临之际，院子中间白晃晃的水泥路，就蒸腾起了瞧不见的热浪。于是周边站立的一圈高楼里，家家户户都紧闭门窗低垂帐幔，要等太阳完全落下去，地面的热气散得差不多了，那些门窗才会一扇扇小心翼翼地打开，从方格子式的单元里钻出一些散步的人来。

辫子常会在这样的季节里，回忆起她在六号院度过的第一个夏季，从中深刻体会到荒凉的含义。一恍惚她就走入了那个荒凉的夏天，看见水塘里茂密的水葫芦和浮萍，还有里边窜动的圆身子的小游鱼。她坐在水塘尾端架着的一根大木头上，吸入水葫芦与浮萍释放出的凉气和纯净无比的绿色。她脚上的红色塑料凉鞋，正是穿过绿色的凉气掉入水中去的。当辫子明白了，在六号院，在她生长的城市里，永远不可能有荒凉再现的时候，便萌生了远走他乡的愿望。后来她终于搬迁到了遥远南方的一个岛屿。劝阻她前去的人们对她说：你要慎重一些，那地方到现在还很荒凉。辫子觉得在那一刻，荒凉这个词是那样沉重地打动了她的心，使她兀悟了她此去要寻找的就是荒凉。

六号院最后一栋小楼即将拆除。

又一座十层的高楼将在这块地皮上竖立起来。

假如不是橡皮一家还没有搬妥，也许它已经拆了。有个长橡皮两岁的男孩子由母亲带着从另一个城市来，他的母亲和橡皮的父亲打算在这座宽敞舒适的旧房子里举行过婚礼以后，再搬到拆迁过渡的小屋子里去。

男孩子很快就接受了他的继父，还有继父的儿子橡皮。男孩子已经很自然地把橡皮称为弟弟。

男孩子问弟弟：你怎么叫橡皮呢？

橡皮说：我爸说因为我生下来就没有妈，得像橡皮一样皮实才能长得大。

男孩子又问：怎么会没有妈，没有妈是谁生的你呢？

橡皮立即像霜打过的草一样低垂了头说：我妈生我生死了。

男孩子马上说：不要紧，我妈来了你就有妈了。

两个男孩儿站在一堆钢窗前边说这些话，那些钢窗是修建上一栋楼房时剩余的，已经掉了漆长了锈。他们的父亲母亲今天晚上就要举行婚礼，他们家里挤满了人，他们兜里装满了糖果。

橡皮指着即将拆除的小楼对他的哥哥说：等明天，我带你到地下室里去玩儿，那里边埋着好多刻字的石碑呢。可惜它很快就要拆掉了，没有地下室，咱们就没有地方可以藏猫猫，野猫也没地方下仔了。

男孩儿一听这么个好去处，恨不得立刻就去看。橡皮很沉着地制止他说：明天再去吧，那里边脏，弄脏了新衣服他们该不高兴了。

他们约好明天一早上就到地下室去玩，橡皮凑在哥哥的耳朵旁边说：这是咱们的秘密，谁也不能告诉，一百年也不能说。

男孩儿说：一百年就一百年。

他和弟弟拉了勾，表示了守口如瓶的决心。

男孩儿用一种绝对的方式，实践了他的诺言。几分钟之后，兄弟俩听到了父亲唤他们回家的声音。男孩子转身之间，被一块儿半截砖头绊住脚，身子一歪靠在那一堆钢窗上。橡皮看见哥哥的身体和钢窗接触的一瞬间，打出了一小朵如闪电一样的火花，然后冒出一股焦煳的黑烟。有一条黑蛇样的电线搭在钢窗上，胶皮的伤疤里露出亮亮的铜线。

橡皮叫了一声：哥——他甚至还没来得及问这位新来的哥哥叫什么名字。

橡皮往前跑了两步，想去拉开他的哥哥。哥哥好像一条长了吸盘的壁虎粘在钢窗上，浑身上下都在抖动。

一只手从背后抓住了橡皮。他触电了，他完了，你要是走过去，你也完了。一个女人的声音对橡皮说。

橡皮回头，看见了一把大黑伞。他认识这把伞，有人告诉过他，伞底下有个疯子，疯子是个女的。橡皮每次看见这把伞远远地走过来，就事先躲到一边去。橡皮第一次听到这把伞的声音，没想到这声音竟如此悦耳，跟他无数次想象中的妈妈的声音一样。这个声音把橡皮定在原地，一只冰凉的如丝绸般温滑的手停留在他的脖子上，让他一点儿也不惊慌了。

当天晚上的婚礼改为了丧仪，贺喜的人们纷纷走进即将拆除的小楼时，才知道他们要做的事是向不幸的新婚夫妇表示哀悼。

橡皮一直等在他家的门口，等那个打黑伞的女人。可是黑伞没有出现，每天月亮出来的时候总会出现的黑伞没有出现。

第二天，第三天，每天橡皮都在院子走来走去地等着那把黑伞。

橡皮有了妈妈。但是他很少在那个有了妈妈的家里停留。他的继母一见到他就会情不自禁地思念儿子，发出一种叫橡皮一听就要思念母亲的哭声。哭声还会使橡皮的父亲手足无措，他只好把橡皮安排在邻居家里搭餐，让他尽可能少与他的继母见面。于是橡皮有了更多的时间在院子里晃荡，等着那把曾经叫他避之不及现在叫他无处可寻的黑伞。

橡皮的等待落空了。

橡皮长大了，长成一个比橡皮还要皮实的少年。他再也没见过那个打黑伞的女人。后来他听说就在他的哥哥触电身死的晚上，那个忧郁的女人歇斯底里地发作了，被送进疯人院，并且将在那里终老天年。

辫子和许多或者许赛奥

有一天，当辫子正对着窗户外边明亮得非常刺眼的太阳，把往事之絮弹得漫天飞舞的时候，她接到了一个电话。

一个男声在电话里对辫子说：你能猜着我是谁吗？

辫子猜不出来。

那你总不会忘记路易十三事件吧？

那个声音又说。

肯定，无论再过多少年，无论辫子变成了怎样苍老的一个老妪，都不会忘了狸猫偷出路易十三给他们过瘾，结果被他凶恶的哥哥打得半死的事情。

哈，你是狸猫！

辫子智商低下地就事论事说。

还差那么一点儿。对方说。

无论如何辫子也猜不着来人竟是狸猫凶恶的哥哥，尽管他现在一点儿也不凶恶了。

狸猫的哥哥跑到辫子蛰居了五年的公寓里来找她，坐的是一辆凯迪拉克牌豪华房车，还带了两个据说是从武警部队退役下来的保镖。狸猫的哥哥从眼镜到皮鞋全都是说得出看得见的名牌，气宇轩昂的，全然一个按当今企业界明星规范包装出来的老板，跟辫子印象中的那个足球中锋完全不相干。当然那时候狸猫的哥哥也是很神气的，他长得那么高，脸上总堆积着夸张的严肃，还可以动不动就把他弟弟狸猫打得半死，小孩子们对他纵有天大的不满，也只能是敢怒而不敢言。

年岁这个东西实在是很奇妙。在小时候五年级的孩子完全可以在三年级孩子跟前称老大，每一级年龄的台阶都高得不可逾越。可是年岁越长，年龄的界限越模糊，如今一顶"中年人"的帽子谁戴上都再合适不过，方知道原来大大小小都是同一代人。反正三十年前，辫子绝不可能设想，有一天要跟狸猫高大傲慢的哥哥如此对话。

狸猫的哥哥进得门，开始在辫子的房子里进行点评，用大哥大的天线当讲解棒，在她家墙上指指点点，说这些电源开关都是国产货，容易坏也不安全，还有那些电线，全都走的明线，一下子就把房间的档次给降低了。

辫子听着不怎么顺耳，说你现在干的是什么工作？是不是专门负责房屋质检的？

狸猫的哥哥听出辫子话中有话，打趣说：你这不是官匪不分吗？人家是官咱是匪，那个部门要整的就是我们这号人。

他一伸手，保镖之一就送上一个小皮夹子，辫子看见他在几种不同的名片里边挑了挑，才用两个指头夹出一张折叠式的交给她。辫子猜，他准是房地产公司老板，果不其然，名片上印着：

美洲豹房地产开发股份有限公司
（阿根廷独资）
　许赛奥　董事长　总裁

辫子看了说：还是你原先的名字好听。

他说：是吗？我觉得那简直不像个人名。

辫子说：你妈能同意你这么篡改你爸的得意之作？

许赛奥说：当然不能。我一回家，改回来不就成了。说着他又递过来一张名片，上书：

金利达国际信托投资公司（中美合资）
许　多　执行董事兼总经理

辫子用怀疑的目光扫了他一眼。

在辫子居住的这个特区城市里，流行着一些现代民间笑话，其中有一则说，一只椰子掉下来，就能砸死三个经理董事长。的确有不少毛头小伙子，一人开着好几家公司，身份一天三变。你的熟人可能常常来串门常常递上新名片，但你永远不知道他在哪儿，什么时候按他的名片打电话去，那边都要告诉你，跳槽了。难怪人家说，这号人除了性别是真的，其余项目都待考。

过去的许多现在的许赛奥马上极敏感地说：你用不着怀疑我是骗子，反正你这儿不是银行。

这种调侃让辫子听了开心。自从离开了故乡，谈话中间的语感默契尤其是带有幽默感的默契百年不遇。

辫子和狸猫那个原先叫许多当足球中锋现在叫许赛奥当董事长的哥哥一块儿，坐着房车去吃潮州菜。在车里，许总裁忙不迭地向她介绍车内的设备，这儿是冰箱，那儿是镭射音响，又把同前座隔离的玻璃上上下下升降了几回。

辫子说：这车该不是你借来唬人的吧？

许多说：什么意思？

辫子说：依我看，一个人对自己用惯了的东西不会有这么多新鲜感。

许多说：依我看，你肯定是当作家当出毛病来了，看谁都想入木三分。要不然，就是你在这个一星期就能造出一个千万元户的地方，仍然过着普通人的生活，对有钱人具有天敌似的仇恨感。

辫子接着说：就好像当年趴在秋实路六号院墙头看稀奇的那些人一样，是吗？

许多笑笑，说：差不多，有点儿那个意思。

辫子说：别笑，说不定哪天再搞运动，我首先就要领一帮人到你的别墅里去抄家，放了水床床垫里的水，把意大利真皮沙发剥了皮儿。人们对革命的态度，总是由他们的经济地位决定的，毛主席早就教导过我们了。

说起抄家，许多就哈哈大笑，辫子也忍不住笑起来。"文革"初期，六号院小楼里的每一家都在劫难逃。城里四面八方的人像是来打土豪一样，冲进小楼里，在弹簧床上跳跳踩踩，用沙发套把沾满稀泥的鞋底擦干净，那光景跟早年农民运动，农会的人到地主老财的牙床上去过上一把瘾没两样。

许总裁的两个保镖，一左一右挨着车门坐着，面无表情地听他们说话，辫子想他们一定听得出刚才的谈话其实话不投机，因此被这阵突然爆发的笑声弄得有些莫名其妙。

这一笑倒叫辫子悟出了一点儿什么，能够使人们互相沟通的东西唯有共同的经历与记忆。只要说到过去的事情，总裁许赛奥就还原成了足球中锋许多。假如这个总裁不是许多，辫子有什么理由要和他一起去吃饭？

辫子和狸猫的哥哥许多坐在本市号称五星级的饭店里吃潮州菜，两个人占用了一个大包厢，保镖则在外边另开餐。这里的菜价贵得让辫子感觉到一定当了冤大头。可是许多说，这家饭店就是以它高昂过人的价格吸引了满堂的食客，在这儿吃的是身份不是饭食。

开始上菜的时候，许多说他找辫子最重要的事是想跟她商量在此地重建一座六号院。过几天他就要回家乡去把六号院的设计图纸用高价复制过来。许多的想法叫辫子觉得简直不可思议。许多解释说，这没有什么奇怪，他在成年之后时常怀念六号院的日子，重建一座六号院可以帮助他走进回忆。他希望辫子尽可能详细地帮他回忆六号院局部的细节，包括水塘、草坪、十字空花的矮墙等等，新建的六号院最好复制得可以乱真。

辫子接过他的话头说：那你是不是还准备复制那根电线？

许多说：什么电线？

辫子说：就是电死过两个孩子的那根电线。

许多一点儿也听不懂。他说：什么？电死谁家的孩子了？

辫子说：六号院里家喻户晓的事你会不知道？

许多误解了辫子的意思，用总裁的姿势挥一挥手，说：你要是觉得没有这么根电线就成不了六号院，就把这根电线牵上。等新六号院竣工之后，我会请小东、小西、汪茜茜都来住一阵，可惜沙枣被关了疯人院，许可失踪，柳柳死了，狸猫和许诺在国外，不然肯定也要请他们来的。

辫子怀疑地盯着许多的嘴说：你说请谁？汪茜茜？她早就死了多少年了！

许多反过来惊异地盯住她说：辫子你是不是一个白日梦者？人家明明活得好好的，你怎么红嘴白牙咒她呢？

辫子说：肯定你们家族有强迫性幻想症遗传史，你跟你弟弟狸猫一样会幻想，而且把幻想当成现实。

许多从口袋里掏出一个电子笔记本，摁一下上边的显示键，气壮如牛说：你听着，我这就把她的去处都告诉你。为了复制六号院，我早就跟她电话联系过多次了，我还想请她来主持别墅的内部装修呢。

许多念道：汪茜茜，工作单位西北美术学院，职务工艺美术系副教授，至今独身，作品多次获奖，电话西安3352343。你又何苦跟我争。

辫子看一看前后左右，怀疑自己是被许多拉入了一个布莱希特式的表演现场。可是面带愠色的许多一点作祟的迹象也没有。

辫子忍不住自言自语说：我们学校里没人不知道汪茜茜已经死了，我到她们那儿去出差的时候，她的好朋友详详细细跟我说过她杀人再自杀的经过，我至今记得清清楚楚。

许多说：记忆这个东西是最不可靠的，依据传说建立的记忆尤其不可靠。所以我从来不相信历史，历史就是被改写的记忆。等我的院子盖好了，我会向你证明汪茜茜活着。

许多振振有词，辫子听得目瞪口呆，半天回不过神儿。

送辫子回家的路上，许多对她说：今天没吃好，下次再补吧。你可得把我记牢喽，别等下回见面的时候，你又以为我是起死回生的阴魂。

许多说完哈哈大笑着吩咐司机开车，笑声在夜晚的街头回荡，传得很远，也在辫子心里搅起一种怪异的感觉。辫子想许多的脑袋肯定出了问题。但这个想法并不能坚定。

辫子觉得许多的笑声正摧毁着她的记忆。

辫子说她现在居住的这座城市，是人生百慕大三角洲，一点儿也不错。常常会有你意想不到的人突然来找你，可是等你想找他的时候，他又消失得无影无踪。许多就是这样突然冒出来，又突然消失了的人物。辫子按他的名片打电话给他，他的手机总是没有开机，有线电话总是处在录音状态。辫子都快怀疑许多的来访只是她的一种幻觉了。

辫子真心希望许多的来访只是她的一种幻觉，她害怕自己全部的记忆轻而易举被许多的来访摧毁。辫子非常后悔，那天在餐桌上没有立刻用许多的手机给西安打一个电话，以证实汪茜茜是否真还活着，而奇怪的是一心要表明这一点的许多也没提醒她这样做。辫子越来越觉得，许多关于记忆尤其关于汪茜茜的说法非常可疑。

原本喜爱回忆的辫子，因着心怀疑窦变得更加酷爱回忆了。她把每一件能够记忆的往事想了又想，在脑子里一遍遍核实它们的可靠性。让她完全不曾料到的是，有一天她在繁华而喧闹的街头行走的时候，突然将一个不曾被她记忆的场景完全回忆起来了。

满地都是月亮光，云彩的影子缓缓移动，从小小的山丘和水塘上掠过，让大地上的景物忽明忽暗，如同映在水面上的倒影被风吹得摇晃。萤火虫还是在草丛里飞，与往日不同的是，好像怕今晚太亮的月光照暗了它们的荧光，因而挤在一起发出团团大而白的亮来。

远远地，辫子又看见了那一堆大石头，石头上分明还躺着一个人。那个人穿一套短衣短裤，手里拿着把大蒲扇，上上下下扑打，看光景是在赶蚊子。毫无道理可言，辫子觉得他就是胖子李元楷的老祖宗。

辫子走过去问：喂，你认识我吗？

那人说：你是曹管理员的孩子，我怎么不认识？

辫子说：那我也认识你，你是胖子李元楷的老祖宗。

那人听了哈哈笑了，说：我才二十岁，成了谁的老祖宗？

辫子心下想起人死了就不再长岁数了，多大死了就是多大，无论过了多少年，永远只有这么大。

辫子正要接着说话，远远就听见母亲的声音，好像着急地叫着她的名字。就改口说：我妈找我呢，我得回去了。

辫子怕母亲着急，只好快快地走回家去，回家的路上，月亮好像没刚才亮了，云彩多了些，由白色变成了灰色，倒是萤火虫集合成的一团团光团，反而比刚才更亮了。辫子想，一定要叫妈妈做一个白纱的大口袋装这些萤火虫。

辫子在回家的路上迷了路，一直朝水塘的方向走过去。

那天晚上辫子如何从床上起来，又如何走到水塘旁边去，是辫子的爸妈追问过无数次的话。辫子想过，使劲想过，但想不起来。辫子已经相信她没有这个记忆。可是将近三十年之后，她在异乡繁华的街头漫步时，这段从来不存在的记忆突然生长出来。辫子察觉到她自己和世界之间有一个微妙的停顿。

辫子继续在街上走。街头熟悉无比的景致就在这短短的停顿里变得陌生了，前后左右都是生疏的面孔生疏的建筑。辫子一恍惚就成了刚走下飞机的沙枣、杨杨或者其他的女孩，正在这个从未来过的城市里寻找童年的辫子。

我是谁？这个走在人流里，不能确定自己身份的女人想。

1994 年 9 月

中篇小说

桑烟为谁升起

两句诗引出的爱情故事

　　假如需要死一千次
　　我愿一千次弥留在夏季

　　一天。不知哪一年，不知什么季节里的一天。不知是上午还是下午。天上或者出着太阳或者下着雨。海上或是起风了或是风停了。云也许正在聚起也许正散开。这么一天里这么一个时辰，我信手在稿纸上写了以上的文字。

　　我觉得这是诗。

　　我看着白纸上的两行黑字，忽然看出那些字后边隐藏着一个故事。故事定然关于女人，同时定然关于爱情。

　　假如真的有谁愿意为什么事死一千次，那个人准是女人无疑，而那事件也准是爱情无疑。男人们永远不会这么做，永远不肯犯这种错误。

　　夏季从来是爱情的季节，但贪恋夏季沉湎爱情的女人命运定然悲惨。光悲惨尚不完全，还应该美丽。献身爱情的女人命运悲惨而美丽。

　　我从文字后边看见一个故事。关于夏季关于女人关于爱情的故事。夏季炎热并且多雨。发生在炎热多雨夏季里的故事，美丽而悲惨。

　　两句诗可以决定一个命运，关于一个不幸女人的命运。这个念头叫我害怕。我看着自己的右手，这只手叫我觉得陌生。我不知道它将怎样来屠戮一个女人，会怎样充满善意甚至爱心地将她放逐到令人痛心的境地。可是这只手已经握住了钢笔，笔尖已经在纸上移动。命运之路已经开始显现。这是件很不幸的事情。有时候有些事是不可逆转的，尽管明知结局会不幸。如同我们明知一天天走向死亡，仍要一天天走过去一样。

我把我的发现我的感慨包括我内心的恐惧，通通向我对面的女人说了。那女人正在专心喝一杯茶。

我想，在说话的时候，我也许露出了沾沾自喜的神色。我认为这个构思可以打动人尤其是女人，因为它一开始就已经打动了我自己，并叫我感到恐惧。

我以为作为这个故事的主人公，那女人理所当然要被打动。

可是不然。她坐在我的对面，端一杯不加糖的红茶，只顾慢条斯理地品尝，完全不为所动。

我盯住她足足有几分钟，看她把整杯茶一小口一小口喝下去。为她的冷漠所恼怒，我决定在小说里描写她的时候，尽可能不使用那些让她婀娜多姿乃至千娇百媚的字眼，以示惩罚。这种考虑在此时不过是由于我的狭隘所导致的某种恶作剧，可是到了后来，反而让我的女主人公避免了许多漂亮女人与生俱来的做作，显得更加真实和自然。所以，从一开始我们之间的合作就带有与一般合作伙伴不尽相同的特殊意味，这是我们的缘分。

非常不幸，她的确已几近中年，这是事实。大凡几近中年的女人一定比超过了中年分界线的女人更忌讳谈论年龄。但我不想姑息我的主人公，不想让她加入那个掩耳盗铃自欺欺人的行列，于是我直言以告，她几近中年。

她的面颊上已经有色素沉淀，美容师用一句行话说这是黄褐斑。她的眼角及两腮的皮肤开始松弛，上边交织着许许多多细小的皱纹。尤其当她笑起来，那些皱纹就变得更加引人注目。眼眶周围的黛青色眼晕，说明她睡眠不足并且心境不佳，要是按医生的说法大约是内分泌失调。她的眼睛还算明亮，但略嫌小些，特别可惜的是，这双眼睛过于清澈和率真，长在女人脸上便缺少了某种由于朦胧才产生的风韵，一种无论正派或不正派的男人都很看重的情致。

我正带着能够满足轻微报复欲的苛刻斟词酌句，忽然听见那女人叹了口气。

这是一种我从来没有听见过的真正的叹息之声，轻微而且遥远。像万籁俱寂的夜里，天空中不为人知的星座从茫茫天穹向大地坠落时，匆匆燃烧自己所发出的那种自焚的呼啸；又像是北国雪日的黎明时分，许许多多柔软的雪花铺天盖地而来，相互追随着，结伴去它们长眠的冻土赴死时，那种只有村头老树上瑟瑟欲飘的败叶才可能感知的喧哗。这是一种死亡之声。随着这万劫不复的叹息声悠扬地响起，黄昏的气息随之悄然而至，而我从来都认为黄昏与死亡有关。

我的思维就此中断，意识像一条从昏睡中被惊醒的猎犬一样竖起了耳朵。这完全出自我本人对死亡特殊的敬畏。我一直觉得死亡是世间最能化腐朽为神奇的宝物，当它出现的时候，仇恨与恶毒会像一场寒霜降临后的原野之草，风靡委地，然后静候岁月的封尘将它们狰狞的面目装饰得美丽善良。有时候，它又会挑选爱的高潮出场，赋予世俗的情爱以超凡的圣洁之光，使之变得无比强烈而又充满激情。

当我十三岁，还是一个小小的顽皮的女孩时，我的伙伴是一群十七岁的大女生，其中有个木子李尤其跟我要好。可是后来在我无辜代人受过的一次事件中，木子李毫不吝惜地把我推到遭受侮辱欲辩不能的境地。她的手指在我稚嫩的脸上留下清晰凸现的血印，她用所知晓的最毒辣的言辞咒骂我，把我带到我的班主任跟前，冲着她的脸说：你看看，这就是你的好学生。我孤立无援弱不堪击，能做的事只是用利刃一样的目光迎向她，一心想着要把她看出几个窟窿。我发誓要从此恨她一辈子，同时再也不与任何人做朋友，永远不。事隔不久大女生下乡插队去了，去一处遥远得我们前所未知而且荒蛮无比的山区。当我再一次听到她的消息，她已经死去。她在简陋的厕所里，被盘踞在茅坑边的毒蛇咬伤了私处，又因害羞不敢求医，蛇毒爆发而死。

她的死讯像天空中凄苍的鸽哨那样由远及近呼啸而来，穿过五年时间黑暗的隧道，撞在我青春的耳膜上，激起贯顶而下响彻骨髓的轰鸣。泪水夺眶而出，又一次在我的面颊上留下血色的凸痕。我知道，我将永远失去仇恨她的机会了，她的死剥夺了我仇恨她的权利，不管我如何努力，我都不可能与她的死抗衡。在死面前我依然孤立无援弱不堪击。我想我一定是从那一天开始变得彻底善良起来，并对死亡产生了一种常情所不能包容的亲近感。我一次再次在小说里运用死亡的细节，但绝不将它用于仇恨，而是用于人物爱得天荒地老言不能及的段落。

现在我的女主人公肯定遭遇了死亡，她的叹息声向我昭示了这一点。

我的目光循着昭示死亡的叹息望去，发现我的主人公左臂上缠着新丧的挽纱。她的目光散淡而迷茫。也许她在回忆？

于是我决定，这个夏天的故事，不仅关于女人关于爱情，还要关于死亡。

我世俗的报复之心，就在这个突兀的瞬间无地自容地雾化，我的女主人公在升腾的雾气里，微微撩起了她低垂的眼帘。

我看见这个我曾经决意要让她缺乏风韵的女人，正用一种很特殊的目光看着我。那目光叫我一时找不到合适的词汇来形容，但分明意识到了它的力量。它的作用大抵与我刚刚说到的那种被称为风韵的眼波不相上下，确切说比一般的秋波或媚眼更要多几分高贵和雍容。这个发现叫我大喜过望。按我的本意，她是个外表开朗但内心孤高的女性，我实在没指望她有更多的柔情。既然她恰如其分地向我展示了这个侧面，那我就不妨让她多出一个层次，把她写得更丰富些。这缕目光增加了我对她的好感，于是不忍心再指出她在容貌上的其他缺陷，匆忙将她眉毛略短、鼻梁稍宽以及嘴唇的棱线不分明之类的短处一笔带过了事。同时我安慰她，女人静止的美丽不是本质的美丽，真正的美丽应该是一种运动的美丽，是一种动态的神采。说实话，我对我是否真能写出女人超凡脱俗的神采一点儿把握也没有，不过是为了让她与我合作预先许下一个愿。

她对我的好意不置可否，这让我觉得她绝不是一个可以随意糊弄的女人。我耐心等了她好一会儿，她才不轻不重地说了一句："进入中年的女人，全靠自信的气质支撑，不靠容颜。"

她终于开口说话了，这标志着我们合作的开始。

我还不算傻，马上听出了此话的弦外之音。她无非在提醒我，她可以容忍面部的弱点，绝不愿意放弃气质的选择。于是我马上表示在这方面我与她英雄所见略同。

但是后来我们仍在她的身材问题上发生了争执。我说你应该是一个丰腴的妇人，身高160厘米，体重55公斤。她不服从我的安排，说她宁可再瘦一些，身高再增加5厘米以上，按现时人们对女人身材的评定标准，身高不足是不可忽略的缺陷。我考虑了一下，没有同意她的请求。我说你又不是穿超短裙的大学一年级女学生，也不是打算在竞美比赛中崭露头角的女演员，你是一个有教养的知识妇女，况且已经人到中年。平心而论我希望她在一切方面哪怕是细枝末节上都显出她的与众不同，要是她对自己的外表过于注重，那就仍然逃不出一般女人浅薄的窠臼。我也知道一个真实的女人不可能十全十美，但我宁愿让她欠缺别的什么，比如温柔不足、神经过敏等等，也不愿意让她有浅薄之嫌。我的固执显然使她不快，她坐着不动，连同杯中残余的茶水，全都凝固了一般。因此我对她说，为了表示歉意，我将替她设计一个最好的职业。

"我只能听从你的发落。"她说。

关于女主人公职业的思考

本来主人公的职业不该成为问题，在我过去的一些小说里，主人公往往身份不明，这样可以节省许多笔墨，突出人物超脱繁文缛节之上的其他东西。这回不一样，我为这项设计颇费了一番思忖。

我说过我从一开始预感到她的命运不济，心下就已经想到要让她日常的生活略微轻松些。想要让她过得丰富点儿，当女记者似乎算得一个不错的职业。可惜眼下有些一钱不值的电视连续剧，动不动就要弄出个女记者来撑台，还动不动就是什么政界要员的千金。富于正义感又蛮横不讲理，成天戴个红色头盔骑辆大马力摩托车来来去去，卷入某件诉讼可以秉公直言到大义灭亲的地步，要是涉足某起三角恋爱，那也是雷霆万钧的攻势百折不回的劲头。哪个男人一经被她看中，不管你年长年少，纵有武二郎坐怀不乱的本领，也休想逃出她的恢恢情网。本人不幸多看了几部蹩脚电视剧，从此女记者的职业便从笔下告退。这想必不是我的过错。

也许可以让她当个女画家？女画家在社会上一向令人敬重。可这个念头只是一闪而过，我马上把"女画家"的概念具象为我的一位芳邻。那真是一位无可挑剔的女画家，出身名门毕业科班，气质高贵且身手不凡。她似乎从不像其他的画家那么注重参加各门各类的展览，发不发表作品或在什么地方发表全看她兴趣如何。不过有一点可以肯定，只要她作品出手总会引起小小的轰动，美术评论界那帮自命不凡的小伙子，定要发出鸦噪般的叫好声。按他们的说法，她活脱就是当今画坛的李清照，千古一绝的人物。问题是我永远不能苟同他们的说法。我认为李清照绝不是单凭着她的才华就流芳千古了，这位写下无数动人绝唱的女词人最本质的特征是多情，她的作品如果不是永不歇息地跳跃着多情的精灵，又怎么能打动世世代代崇拜者的心？可我这位芳邻，纵才华横溢却冷若冰霜。她有永远昂起的高贵下巴，永不斜视的傲慢目光，让每个接近她的女人都自惭形秽，而让每个接近她的男人都显出觊觎的端倪。无情未必真豪杰，况乎女人？当然我不会傻到认为天下女画家都跟她如出一辙地冷漠，但有时候形象的感受会盖过一切理性思维。写小说不折不扣是一种形象感觉活动，感觉发生了障碍，你肯定怎么写就怎么不顺手。我确信我手下再也不会出现一个可亲近的女画家。

我又想到要让我的女主人公当医生。通常女医生会让人觉得精致灵巧温柔可人。可一转念我便放弃了这个设想。因为我突然想起我父亲去世的那天早上，一个女医生哗地推开病房的玻璃窗，让严冬凛冽的北风毫无阻碍地吹进来，然后吩咐她的助手们撤掉病人的氧气瓶和输液管，将漠然的目光扫过我们苦苦乞求的脸，不带一丝同情和惋惜说道："料理后事吧。"假如女人面对人间生离死别尚能无动于衷，岂非丧失了她们的天性？而能够合理地磨灭这种天性的职业，大约应当首推医生。让主人公当上女医生，显然有悖我的初衷。

思前想后，我安排她当了大学讲师，教授美国现代文学部分，业余时间热衷于研究美国现代女诗人艾米莉·狄金森和西尔维亚·普拉斯。这是两个以情感充沛著称于世的女人，她们的精神遗产无疑有助于滋养我的主人公。

作这番思考的时候，屋子里是长久的静默。我不时看看对面喝茶的女人，怕她等得不耐烦。一经决定，我立即将她的职业以及我对每种职业的考虑通告了她。

"你满意吗？"

她并不急于回答我的话。她不是一个轻易就表态的谈话对手。

"你没想过你为什么对我的职业这么斤斤计较吗？"她反问我。

"我习惯于慎重的思考。"

说这句话的时候，我脸上肯定显出了愠色。

"大概不光是习惯吧。这牵涉到你对女性的理想设计。"她说，露出一丝高深莫测的浅笑。

这是一个我自己尚未意识到的问题，我暗自吃了一惊——确切说是暗自有些惊喜。

"怎么讲？"

"要是我没理解错，你的选择已经透露了你对理想女性的所有要求。简而言之是有教养、有智慧、不招摇，多情并且博爱。"

我被她的敏锐震得发呆。在生活中我们常常会遇到一些出奇的女人，她们直觉的洞穿力有时候简直如激光光束一般，既色彩斑斓又犀利无比。而且她们往往对自己杰出的能力缺乏足够的认识，反而傻乎乎地去崇拜某个实际上并不见得值得她们五体投地的男人，并在不知不觉中用自己智慧的头脑将他们理想化，满心以为遭遇了千载修得的姻缘。男人在与这类女人交往时，往往怀着虚弱的心理，一边惊讶于女人的睿智，一边装得对她们满不在乎。他们捏造漏洞百出的传奇经历，装得粗犷剽悍同时无所不能。他们个个善于利用女人的情爱理想制造幻觉的光环，躲在强光后边心安理得享受女人的奉献。而为他们迷失了本性的女人，则会甘心情愿地处在被奴役的地位，让洞若观火的旁观者，在一旁无济于事地痛心疾首，眼看她们一步步走向预定的归宿。我的女主人公无疑正是一个聪明绝顶的女人，那么她将遇到一个或一些怎样的男人呢？

我还没有把握。我还得试探她。

"这样不是很好吗？"

"当然好。只不过大凡这等女性，结局注定不幸。上天赐予她美好，也就同时剥夺了她的幸运。自古以来这似乎就是女人们不能两全的缺憾。"

我觉察出她的话里有一种潜在的忧患。难道她担心我要将她塑造得出类拔萃，然后让她经历过多的苦难？她的话加深了我最初的恐惧，使我又一次为她尚未知情却已依稀展现了不幸的结局焦虑。但就我的初衷而言，是要创造一个真正杰出脱俗的女人，我从内心深处感到爱莫能助。

"要是让你自己做一次选择，或者很平庸很幸运，或者很卓越很不幸，你会怎样呢？"我说。

她没有回答。

天色不失时机地黑下来，幸好有一束不知从何而来的亮光照射在女人颔下那枚椭圆形领花上，把她的脸映照得十分清晰和明亮。我从她的眼神里听到了一种答复："我愿意做一个好女人。"这是一种经过深思熟虑之后，交织了希望与绝望的声音。我敢说没有一个人——男人和女人——不为这样的声音感慨至深。

"我叫什么名字？"她问。

"萧芒。"

我简直未加思索便脱口而出。

"很好。"她说道。

她转过身去，更加浓重的夜色随之蓦然降临。萧芒隐身在黑暗里，等我打开灯，她已经不见了。茶几上半杯残存的红茶，施放着最后几丝热气。我摸摸对面那张软椅，座垫上竟然还遗留着她的余温。萧芒的的确确来过，现在又依然走回了她过去的生活。

女主人公的初恋与初夜情结

我的主人公萧芒走回了她过去的生活，这正合我意。生活经验告诉我们，当我们真正了解了一个人的经历，也就真正了解了这个人。但是要真正了解一个人，也绝非易事。

在我们每个人的生活经历中，都无可避免地存在着一些记忆死角，它们大都由我们认为不怎么光彩，至少是不怎么令人愉快的事情构成。我们经历过它们，开初是有些懊恼，然后便急于将它们忘却。有时候，假如谈话非要涉及它们不可，我们会很小心地绕过它们，如果实在绕不过去，我们就肯定会很本能地将它们改写。开始我们像潜入档案室非法涂改过自己档案的人那样心虚。这些被人为加工过的片段让我们自己觉得破绽百出相当陌生，久而久之，我们红嘴白牙地把这些伪造的段落一遍遍重复，渐渐说得滚瓜溜圆烂熟于心。我们居然忘却了事物本来的面目，真心以为被编撰篡改过的历史百分之百的真实。只有当某些客观的场景特定的事物再次被提起，或者被强调的时候，才会将我们记忆深处的那些业已尘封的经历重新显影，变得伸手可触。

我认为最能还原记忆的东西，首先是音乐。一首与我们个人的特殊经历密切相关的乐曲，就像一把永不生锈与变形的钥匙，随时可以开启我们心灵深处布满蛛网的记忆之门，屡试不爽。其次是某个特定的季节，那个季节的气息、声响，以及当它流逝交替时所体现的节奏，会在潜移默化之中唤醒我们沉睡已久的记忆。

大学女讲师萧芒在少女时代最喜爱的季节是暮春。当五月的江南进入雨季的时候，淅淅沥沥的雨声不舍昼夜地响起来，就把每一个白天变得宁静，把每一个夜晚变得幽深。当年，初中三年级女学生萧芒，正是在雨季的宁静与幽深里，从童孩变成了少女。

少女萧芒在五月夜晚的雨声里，整夜整夜睁着眼睛。彻夜的失眠使她的神经变得亢奋不已。她视力敏锐，目光如炬，双颊潮红而且嘴唇丰润。她在潮水般涌来的蛙噪中，伸直了日益修长同时日益富于弹性的身子，某种期待就毛茸茸地在血管里生长起来。屋檐下边年久失修的雨漏，把雨声分解得杂乱无章，在少女萧芒听来，很像男生们在足球场上跑动时发出的那种踢踢踏踏的脚步声。一袭鲜艳的红色球衣，常常会在这个时刻跑进萧芒的视野，清晰无比地晃动，但萧芒从来也不曾看清楚球衣的主人。

萧芒在无意之中变成了一个足球迷。每天下午，只要学校操场上有足球比赛，她准会按时去观战，尽管她对赛事本身一窍不通。大多数时候，她会带上一本书，找一棵枝条纤秀的柳树倚干而立，她知道白色的细帆布连衣裙与碧绿的柳枝组合，效果将是怎样的赏心悦目。她常常一目十行地读着手里的书，眼角时不时扫一眼在球场上拼命奔跑的男生们，随便选择一方，暗中替他们加油。

在那个初三的雨季里，萧芒因为失眠变得更加容光焕发，也更加寡言少语。她看人的时候，目光不再是无遮无挡一览见底，有一层激潋的波纹已悄悄荡漾开来，朦胧了周围的景物也朦胧了她的眼神。

萧芒本人一点儿都没有觉察自身的变化，她只是一味顺其自然地失眠和观看足球比赛，并不知道这两者之间有着什么神秘的关联。

最先窥见了这种变化的人，是萧芒的同座小赖。小赖其实不姓赖，因为她借东西从来不还，又生过癞痢头，而被同学称作小赖。小赖是地道在巷子里生长起来的女孩，身上常年散发着因汗腺过于发达而产生的狐臭。她的头发猪鬃一样茂密坚硬，一直长到与眉梢相接的地方，将额头挤成窄窄的一条。额头下边两只眼睛，细小贼亮，好像集中着她全身的能量，可以把人一眼看穿。她从来不用心听讲，所有的心思都用于家长里短和萧芒们完全不懂的一些事情。她悉知班里每一个女生月经初潮的时间，然后就找上门去，不由分说介绍卫生纸的各种折叠方法和经期注意事项。她第一个买来胸罩套在又横又宽的身上，趁着洗澡的机会，在浴室里走来走去地示范，一一指出谁的发育已经成熟，到了该用胸罩的时候了。她的这种奇里古怪的热情，竟然使她成为了全班女生的核心，要是她对谁看不顺眼，这个女孩就注定要被全班女同学冷落。在全班女生里，唯一能跟她平起平坐的人是萧芒。谁都知道，小赖非得靠萧芒的帮助，才能通过一次次考试，否则就只有乖乖去当留级大姐。

小赖用她的两只相隔很远的小眼睛，将她的同座萧芒着实观察了半个月之久，完全掌握了这位因成绩优异并且富有教养而优越于她的同座身体里正在发生的所有变化。有一天，上生物课的时候，老师用一只开了膛的兔子讲解雄兔与雌兔性别特征。小赖含义不轨的目光，就像阴雨天没处歇脚的苍蝇，围着萧芒的脸转来转去，看得她耳热心跳。下课之后，小赖竟然伏在萧芒肩头，用妇道人厚颜无耻的声音对她说："你肯定已经开始想男人了。"这句话在萧芒听来，简直如五雷轰顶，一下子把她心底里由无数个幽深雨夜所构成的朦胧意境，以及在那个缥缈的意境里飘动的红色球衣，炸得支离破碎面目全非。像被人剥光了示众一样，萧芒获得了一种前所未有的自惭形秽之感。她觉得自己从此不再是一个纯洁的好女孩了，她的贞操已经被小赖毫不留情地破坏掉了。那天夜里，萧芒在潮水般漫进屋来的蛙噪声里，痛心地大哭了一场，然后安然入睡。从此以后，她再也不失眠，再也不去观看足球比赛，并且对小赖言听计从。小赖就此制服了这个班级里的最后一个对手。

初中毕业的时候，小赖终于放弃了高中的学习，去一家街办鞋厂当了工人。她对萧芒仍然保持着浓厚兴趣，隔三岔五等在萧芒放学的路上，拦住她说东道西，话题无非是男男女女，其中还包括她和她师傅不清不白的床第之欢。小赖用男人般有力量的手臂勾着萧芒的腰，像押送俘虏似的携着她一路走一路说得绘声绘色，说到萧芒面红耳赤落荒而逃的时候，小赖就会在她身后发出一种过足了瘾的笑声，还居心叵测地当街大叫：别在男人跟前装淑女，男人们根本不喜欢淑女，除非他是个阳痿。真的，我不骗你。

小赖像一个幽灵，跟随萧芒不放，直到三年后萧芒考上了外地的大学，离开故乡。萧芒收到入学通知，第一个直觉的反应居然是——我终于可以不再见到小赖了。那一刻，萧芒满心装的，完全不是一个大学新生的自豪感，而是十足的自哀自怜之情。

少女萧芒离开了故乡。她把五月雨季的夜晚，把蛙声，把小赖一同存入秘密的心室，一次次加锁贴上封条，希望它永远冬眠般地沉睡。她庆幸大学所在地是北方的一座气候干燥的城市，一年四季很少下雨，尤其当暮春时节来临，明晃晃的骄阳之下，漫天席地刮着夹沙带土的大黄风，再也不会有淅淅沥沥的屋漏搅扰她的清梦。她以为自己已经永远摆脱了关于雨季的记忆。

自从弗洛伊德先生率先将"情结"这个词运用于心理学病例，又经过了几十年时间，让人褒褒贬贬地传播普及，"情结"成为一个不再带有贬义色彩的中性词，被人们使用得更加熟练与广泛。在我拟定小说本章标题的时候，随手翻了一本心理学词典，该词典对这个词解释的是："部分或全部被意识压抑而在无意识中持续活动的、以性本能冲动为核心的愿望。"如这个词条所说，有一种叫愿望的东西在某种压力下，好像沉睡了，甚至好像死去了，可它其实不过收缩了它的触角，暂时蜷曲了身躯而已。我把这句话读了几遍，完全不打算将这个拗口的句子当成偏正结构来理解，我认为"情结"这个词的含义不仅指向"愿望"，它的另一个指针，同时指向"压抑"。没有被压抑的愿望构不成情结，那么这种愿望更应该被强调的特点是压抑。

女大学生萧芒带着一种情结走进了她的新生活。我这么认为。不过那时候，她本人对此一无所知。

与小赖所指引的方向背道而驰，女大学生萧芒完完全全成为了一位淑女，一位真正的淑女。

她的眼睛又变得清澈见底，被广大的男性公民们所看中的种种风韵，不知不觉从她的言谈举止中消失得一干二净。她从来不穿短裙，素色长裙使她的体态更加端庄和飘逸。她从来不施脂粉，但青春的肌肤总焕发着一种天然的柔润光泽。她的头发又长又直，用一条丝帕绑在脑后，或者如溪水般顺畅地披散在肩头。她很安静，尤其在有许多自以为是的家伙争先恐后地表现自己，拼命操练口头幽默的时候，她很少说话。而在她认为合适的场合，她说起话来并不怯场，常常是娓娓道来也妙语连珠。她几乎从来不会笑得前仰后合，假如有什么事确实让她忍俊不禁，她会找个机会背过身去，不至于当众龇牙咧嘴。她基本上没有与人争执不下的记录，任何问题到了她认为无法说服对方，对方亦无法说服她的地步，她就会主动退出辩论，不管对方如何继续红脸粗脖子，她都一言不发。她与男生的交往一律明朗而谨慎，无论何时何地她都不会同某一个男性单独出游。由于她以上的种种做法，使得她在以标榜现代主义为时尚的女学生堆里，显得很孤独也更加引人注目。同学们不论是欣赏她还是嫉妒她，都不约而同地称她为20世纪最后一个古典派女性。

淑女萧芒比较顺利也比较平静地度过了大学生活的最初两年。

大学三年级开学伊始，她提前回到学校，毫不经意地打开寝室门，看到的竟是一对正在忘情接吻的同班同学。她呆若木鸡站立在门口，嘴张成一个O形半天合不拢来。她刚想道声歉赶紧退出，同室的女生已经蝴蝶般轻盈地扑到她跟前，用朗诵诗歌的声音向她宣布："萧芒，我们相爱了！爱情真美好！"那个男生也若无其事地跑过来，替她拿东拿西，又端出水果点心冲上咖啡，热情得让萧芒唯唯诺诺无所适从。直到她借洗脸的机会，逃也似的跑到校园里，她还惊魂未定，手心和额头汗津津一片。

萧芒像一个外星人突然闯到地球上，睁眼一看，仿佛周围的人们全都成双成对才能生活。教室、寝室乃至图书馆、运动场，年轻的恋人相依相偎的身影，像雨后的蘑菇随处可见茂盛无比。如同一只被搁浅在小岛上的孤舟，萧芒陷入了谈情说爱的汪洋大海之中。

故乡五月暮春之夜的雨声，又回到萧芒的睡眠里，伴着北方秋季临终的蝉们断断续续的嘶鸣，混合成一种更加复杂也更让她避之不及的意绪，梗阻了她的思维。红色球衣又开始飘忽在萧芒的视野里，而且更清晰也更具体。那个着球衣的男孩喉结醒目地突出来，下巴上长着成熟的中年男人才可能有的青色络腮胡茬子。她徒劳地努力，怎么也看不清他的眉眼，或者说他根本没有眉眼，只有引人注目的喉结和胡茬子。小赖魔鬼般令人生厌的蠢脸，得意地凑过来，不怀好意地说："你开始想男人了……"秋凉似水的暗夜里，小赖的声音穿过遥遥几千里空间，传到萧芒耳朵里，微弱得叫她毛骨悚然。萧芒在毛毯下边，下意识地将臂膀拥在胸前，忽然感觉到自己的前胸变得出乎意料的柔软和丰满。她吓坏了自己。

一次又一次遭人惊吓也被自己惊吓的女学生萧芒，更加刻苦地投身于学业，想以此换取真正的身心平衡。她总是青着眼圈，脸色里夹杂了微薄的苍白。

萧芒正是在这样一种情境里遇到了宁羽。

萧芒在大操场上练晨跑的时候，第一次看见了宁羽。

他们擦肩而过，萧芒从着黑 T 恤的宁羽身上，嗅到了一种红色球衣的气息。这种气息让她联想起许多互不相干的词汇和形象，比如草地海啸游侠佐罗大白鲨哑铃高速列车成吉思汗阳光洪水等等，叫她心乱。这种春天与青春混合出来的气息，像一只无形的手，将萧芒一把拽过去。在非常非常漫长的岁月里，萧芒将始终被这气息笼罩，一生一世再也不能从那里边走出去。

有关他们恋爱的过程，我不想多费笔墨。一来本人向来不擅描写这类场景，二来这类场景早已被前人写尽写绝，再写只能是重复而已。简而言之他们先相识后相爱，也有过花前月下山盟海誓也有过吵吵闹闹分分合合，反正一切恋人们之间发生的事情，都在他们之间发生过。不过好几年以后，女教师萧芒在证实了丈夫确已另有新欢的那个晚上，相当吃惊地回顾到，他们在恋爱期间接吻的次数是如此之少，而她在献身初夜的态度又显得如此被动无奈。

"我想……我们最好别这样……"

"什么……"

"我觉得只有小赖那种人才愿意这样。"

"谁？谁是小赖？"

"……"

"我们马上就要结婚，这是很正常也是经常要做的事。"

"经常？！"

"对，就像现在这样。很好，你觉得好吗？"

"……"

萧芒没觉得有什么好，甚至觉得一点都不好。她感到自己像被刺穿了一样的疼痛。在那一阵刺痛的眩晕中，她看见一只白色的鹰向她扑来。

一些久已淡忘的对话和细节，都在这天夜里再次被萧芒忆起。由于幼年丧母，没人对她预先进行婚前性教育，小赖的那些给她留下肮脏印象的描述，便成为萧芒对这类生活的全部认识。她带着一种难言的犯罪感顺应宁羽的需要，总也想不通自己如何终于与小赖殊途同归。涉世未深的萧芒或许完全没料到，世界上有些事情的基本形式，是千百年来经过人类无数次的进化之后，仍然没有改变也完全不容改变的。离开了这种形式，它的内容也可能变得不那么纯粹甚至无法正常地展开。萧芒的错误，也许就在于她无意之中企图改变某种不可以改变的形式。

萧芒在高度的紧张状态下度过了她的初夜。到了这样一个夜晚，淑女的矜持再也没有招架之功用武之地。她的唯一要求是关闭所有的灯光，宁羽犹豫了一下照办了。

在婚后的几年里，关灯成为他们夫妻生活里的一个芥蒂，尽管每次宁羽最后仍依了萧芒。萧芒习惯了在黑暗的掩护下恪尽妻子的义务，除此之外她几乎从来没有沉醉其中。她只是静静地躺着，听任丈夫动作。有时候她会婉转地提出希望，别把唾沫弄得她满脸，别发出这么大的呻吟声。

宁羽的反应常常要比预料中激烈，有时候他会戛然而止放弃她，发出很夸张的叹息，把身子侧到另一边去。

萧芒的尴尬当然可想而知。

每逢此时，小赖的声音就会不失时机地响起：再正经的男人在床上也不喜欢淑女，除非他阳痿。萧芒道歉的勇气随之分崩离析。她从来没有向宁羽表示过这方面的歉意，尽管她每次都想到要这么做。

有好几回，萧芒在这样的尴尬里非常委屈地啜泣，宁羽听到后，也会回过身来安抚她，然后重复一遍在萧芒看来毫无道理的话："也许我还没有让你爱到足够的程度。"

萧芒不知道究竟怎样才算足够。她认为自己爱宁羽已经爱得无以复加，岂止是爱，简直是着迷。宁羽带给她的是一种跟女学生萧芒完全不同的生活，她甚至觉得属于她的真正意义上的生活，是认识了宁羽之后才开始的。跟宁羽在一块儿，她从来感觉不到生活的单调。对一切娱乐和体育活动，宁羽都堪称精通，驾轻就熟。玩到开心处，他便会像孩子似的开心地笑，显得毫无城府一片天籁。他带着她四处旅行，骑车徒步开摩托或者乘汽车火车，背着干粮帐篷吊床橡皮船羽绒睡袋和猎枪，在山顶湖畔随遇而安地野餐宿营。他们被狼群包围过被大雪掩埋过，在大雨天的夜里冻得不能成眠就通宵达旦跳舞。所有这些经历都只会加深萧芒对宁羽的依恋。她甚至不能否认，她同样迷恋丈夫的身高臂长的体魄，看见他轻松地跨过沟坎跃上台阶，那种协调自如训练有素的姿态，她还会像初恋时一样怦然心动。对这些她真不知道要如何向宁羽澄清，她不知道爱得够不够跟关灯这类事情到底有多大关系。萧芒觉得她与他不是爱得不够，而是默契得不够。

当他们开始正式分居，宁羽抱着铺盖去了办公室的那天晚上，萧芒枯坐在床头想了一整夜。反反复复考虑的全是同一个问题，另一个女人到底凭什么诱惑了宁羽？

当然没有结果。能一眼看穿这件事情根由的，只可能是街办鞋厂女工小赖，绝不是被淑女情结长久困惑而自己还浑然不知的萧芒。

女主人公家庭危机的意外结局

萧芒在一种十分特殊的情况下，猝不及防地成了寡妇。虽然宁羽就死在距家属宿舍仅仅 200 米之遥的办公楼里，萧芒依旧是在他死后三天才得知了这个消息。这对她来说，无疑是一件残酷的事情。一直到我们谈话的时候，她实际上还没有从吊丧的氛围里抽出身来。对于宁羽的死，萧芒只有一句话：我真没想到他会这样，他太年轻了。对于宁羽的死因死状，萧芒全无复述的勇气，我只能去问宁羽在摄影家协会的同事老王。

老王是个说话相当啰唆的半老男人，而且说什么都喜欢把自己摆进去。

我跟他谈了不少时间，还详细地作了笔记。等我回到家，打算把他的话全盘抄进小说里去的时候，发现他的话支离破碎，只好重新整理一遍。虽然回头一看还是很不简洁，为了保持一点现场气氛，姑且宽容些个记录如下：

那天早晨，我心急火燎翻遍了所有的抽屉，就是找不到暗房的门钥匙。问老金，老金说大概是小宁拿去了。可是小宁已经两三天没在机关露面，他放在办公室的铺盖，还跟几天前一样，乱糟糟堆在墙角的折叠床上，一点儿没有被动用的痕迹。

"这家伙跑到哪儿去了，也不打个招呼。"

我找出撬锁的工具，打算将暗房的门撬开了事。

老金不同意我这么做。作为这个协会的主席，我和小宁的行为都叫老金不快。一个假也不请无故旷工，一个自作主张打算撬门。老金觉得要是他再不出面制止一下我，他这个主席岂不也太不像回事了？

我被老金拦住之后，很有点心烦意乱，我今天要放的照片是我侄女的结婚照，侄女从小在我家里长大，论情分跟亲生女儿一般无二。说来我原先挺想撮合小宁和侄女，不承想转了半天弯把编好的一套词说给小宁听的时候，那家伙哈哈一笑，恕小弟不能从命，本人已经找到丈母娘了。我还不死心，忙问你什么时候定的，怎么从来没听你说过。小宁一本正经答道，要说私订终身之期，已是十几年前的事了，拜见岳父岳母大人，不过是上个星期。我让这席话说得将信将疑。小宁三十岁不到，怎么会在十几年前私订终身？这家伙一向爱开玩笑，有一搭没一搭叫人难辨真假。不过我从心里一直很服这个年轻人，玩儿相机玩儿出一手绝活，在省里没人可比，人又生得高头大马，干起活儿来简直不知家门朝着哪边开。想想这么好的一个青年守在跟前还错过了，实在有点不甘心。于是我巴巴儿望着小宁，十分可笑地问道，难道一点儿办法也没有了吗？以前遇到什么为难事，我也常常这样对小宁发问，小宁一听也就多半会说，让我再来想想办法。根据我的经验，只要小宁说了这句话，事情就定然会有转机。他的办法多，为人又义气，而且说话向来讲究分寸，从来不许空口愿。我把小宁的种种优点飞快地回顾了一遍之后，更觉得小宁人才难得，侄女生得国色天香，又是心比天高不肯将就的一个女孩，与小宁相配真正是天设地造。越想越急，就刹不住车地说出那句可笑的话来。小宁果然笑得腰也直不起，半天才腾出嘴来答话说，那还有什么办法，除非政府宣布可以纳妾。这一句话在我看来，不仅太不正经，而且很有几分轻视侄女，归根到底就是轻视自己的意味。我气得好几天不跟小宁搭话，可是心里仍然为这么好的一个侄婚成了别家的人遗憾不已。直到小宁因婚外恋跟妻子分居，搬到办公室一住大半年，我心中才略微生出些侥幸的感觉。人一能干，就难免出格，年轻人都这样。

我由侄女的结婚照想到小宁的为人种种，眼睛也不由自主地在小宁的办公桌边扫来扫去，突然发现小宁的抽屉上挂着一串钥匙。这个发现让我大大地高兴了一下。我猛然想到小宁说不定就在暗房里，压根儿没到远处去。最近有几个书商跟他签了合同出挂历，小宁常常在暗房里一干就是一宿。我拔腿走到暗房门口，嘭嘭敲了几下门，里边一点儿回音也没有。再敲，还是一样。我习惯地看了看门边的电路板，看到电路板上的指示灯明白无误地亮着，电表上面的小圆盘也在缓缓地转着。现在可以肯定小宁这家伙正在里边干私活儿了。我怀着不必惊动老金的想法，又一次敲了那扇宽大的包着铁皮外壳的门，还压低嗓门冲着门缝说："小宁，是我，老王。"我一直认为在影协的三个人里，我和小宁是一路，有话好商量。尤其在对付老金的时候，我总借助小宁的力量。门里边依旧静悄悄的。莫非这家伙在里边睡着了？我看看表，刚刚九点十分。我动了恻隐之心，打算暂时先不叫门，让那个瞌睡的小伙子再打上一会儿盹儿。十点半的时候，我又去敲了一次门。仍然是指示灯亮着，电表转着，门里边阒无人声。我心下有些不满，摇摇头走回办公室继续翻阅画报，一直到十一点二十分。

事后老王回忆起那天上午的情景，总是对人说他心中一直有种不祥之感。跟我谈话的时候，他同样很强调这一点，大约是投小说作者爱装神弄鬼之所好。

我坐在小宁的座位上看画报，老是看了后边忘了前边，上边的图片拍得好与不好，也完全没有感觉。其间我不下五次停止翻阅画报，去端详小宁压在办公桌玻璃板下边的一张自摄相。论拍摄技术那倒是没说的，可我是上了年纪的人，对这种过分正规的半身免冠照，有一种本能的排斥感，怎么看怎么觉得那张照片像一张遗像。我打算等见到小宁的时候，一定要劝他把这张照片拿走，要摆就摆一张生活照。后来我在给自己的茶杯里续水时，眼睁睁看着杯子里的水漫出来，流了一桌子，愣把小宁那张照片洇湿了一大块儿。对此我并没怎么在意，觉得这一来反而好了，叫小宁撤掉这张晦气的照片更有道理了。

十一点十五分，老金提前走了。临走交代我说，要是中午小宁回来吃饭，务必要提醒他别太自由散漫了，开放搞活也不能无法无纪，第二职业总不能取代了本职工作。我嘴上诺诺，心下不以为然。老金总是爱迟到早退，对部下反倒要求挺严，尤其见不得别人捞外快，典型的红眼病。送走老金，我再一次走到暗房门口，用拳头使劲砸门，一方面老金走了，没有了禁忌，一方面觉得小宁这一觉也睡得太久，够本了。砸了十几下，暗房里就是了无声息。我心里莫名其妙地有些发毛。该不会出了什么事吧。这个念头一闪，我脑子里立刻出现了许多警匪片中常见的镜头：小宁被堵上嘴绑在暖气片上，听见外边叫他，就是出不得声动弹不得；小宁头上被穿了个大窟窿，咕嘟咕嘟往外冒血泡；小宁被悬挂在半空中，身上还有什么人用匕首钉上去的一张纸条……总之，当下我把我力所能及的恐怖想象都用上了，砸门的手没停顿，脚下先有点发软。我瞅瞅窗户外边，正是一个骄阳灿烂的晴天，接近下班时分，路上已有了饭盆磕磕碰碰的声响和喧哗的人语，一切如常，全不像要出人命案的样子。我定下神，认为很可能是小宁用过暗房后忘了关灯，其实暗房里根本没人。于是我拿来工具，开始撬门。

十一点二十分，我撬锁正不得要领，一个书商来找小宁。我边动作边说，小宁这鬼头三天不见人，不知到哪里去了。书商闻言回答说，这不可能，小宁约我今天中午来取稿子，不见不散。他一向守时从不出错，再说我跟工厂订有合同，晚一天就得付上千的罚款，不是闹着玩儿的。这哥们儿肯定还在暗房里玩儿命干呢。我说，除非他死在里头了，我敲了一上午门他也没答应一声呀。这句有口无心的话一出口，我与书商便下意识互相对望了一眼，都觉得对方起了一身鸡皮疙瘩。书商年轻性急，顾不得等我示意，往后退了几步，侧身猛跑，嘭的一下撞在门上。

门应声而开。

以下的叙述我就没法再记录老王的原话了，他说这些话的时候更加前言不搭后语，想必是在看到一个关系不错的同事死在眼前，还动着一些十分功利的念头，说起来自己也觉得脸上无光的缘故吧。我只好连纪实带推理把这一段完成。

门应声而开的那一刻，老王简直不知自己身在何方。小小一间暗房，让一盏红灯照得若明若暗。红光在墙壁与地面各处流淌，犹如血迹散发着腥甜的气味弥漫在每一个角落。小宁就沐浴着这血腥的红光，蜷曲了他高大的身躯，俯首在放大机打出的一束强烈白光下，僵硬地微张了嘴。

幸亏我侄女没嫁给他。幸亏。老王倚着门框，半步也挪不动，满心满脑子只有这一个可耻的念头。老王很想管住自己的脑子，别这么卑鄙无耻，应该叫医生叫救护车叫他妻子快来。可是他的嗓子发不出一点儿声音，侄女在结婚照上挽着夫君楚楚动人微笑的影子，遮盖了老王的全部视野。幸亏幸亏。老王听见自己又一次可耻地说。这对老王来说，是一件很悲惨的事情。从此以后，他清白无愧的人生就该染上无法掩饰的杂色了。老王要为这种杂色困扰和烦恼，他再也不是一个无官一身轻有子万事足的老王了。老王一边预感着自己的不幸前景，一边想着幸亏侄女不曾嫁给小宁的心事，泥胎一般站在门边，眼巴巴瞧着那个书商跑出跑进，叫来一大堆人，又找来担架把小宁放在上边抬走。担架经过老王身边的时候，老王看见小宁从头到脚被白布包得严严实实，白布里边发出一种夏季的肉食店里时常会有的那种气息。幸亏幸亏。老王的脑子还在无法扼制地转着这个念头，直到闻讯而来的老金派他去通知萧芒。

这一天，萧芒心静如水。

用了将近半年的时间，萧芒终于适应了与丈夫分居的生活。她仿佛又回到了少女时代，像一个待字闺中的乖女孩似的，心无杂念纯洁如水。一切男人的东西，拖鞋睡衣烟灰缸剃须刀哑铃猎枪拳击手套，都叫她装进一个大木箱里，放进储藏室。她想，说不定他哪天就要成为她的前夫，回来取走这些个人物品，不如提前收拾好。清除了这些东西之后，她又把早已成为收藏品的一些呢绒动物玩具绢花泥人什么的，一件件找出来摆好，整个房间顿时为一种她久违的闺阁气氛所笼罩。她的一部分生命，由丈夫的背叛带走的那一部分生命，正渐渐在这种久违的气氛中回归。

萧芒在安静如水的心境里，译完了狄金森的几首轶诗。女诗人凝重而凄切的诗句，宛如将圆未圆或将缺未缺的月亮在仲夏无云之夜所放射的光芒，长驱直入走进她的心底，把那里面每一个孤独寂寞的细胞，都照耀得夺目刺眼，让她远远望去，也悚然心惊。她绝不想承认她其实是这样孤寂，但同样孤寂的狄金森不肯放过她。那个先于她一个世纪降生于异国他邦的女诗人，被执着热烈但又不可言说的爱情折磨了一生，只在一首首诗里释放她谜一般的恋情。当这位女诗人迈着幽灵式的步子，在一个个月光明亮的夜晚，叩响她的房门来与她相伴时，萧芒心中除了充满了感动，再也容不下一丝别的内容。

萧芒一向是个安静的女人，她酷爱思索，很容易失眠。但在失眠的夜里，她从来不像其他神经衰弱患者那样，心急火燎地吞服安眠药片，然后强迫自己数数，以期尽快入睡。相反失眠在她看来越来越近似游戏，妙不可言。尤其当狄金森不约而至，悄然走到她的床前，将她唤醒，她会乐意即刻起身，猫一般轻盈地随这位远客到各处去行走。她无比惊异地发现，在月光的映照下，所有的物体都在散发着一种魅力，体现一种清冷滋润富有弹性和韧性的质感。月光似乎不再只可以感觉而不可以触觉，它的光芒像被什么力量抻长了加厚了，在天地之间很实体地绷紧了，把她同万事万物无一遗漏地包裹其中，在她的肌肤上留下冰凉滑腻的触感，让她心旷神怡。月光使一切事物都平静与平等起来，于是也非常真切地证实了她的某些想象，她和树木和花草和昆虫和宿鸟，原本同源同宗，只是在千年万载永不停息的进化之后，获得了各个相异的外形，而骨子里仍存在着同止同息的血缘关联。她在一个又一个失眠的夜晚，与月亮相对而坐，得知了人之一生一世，如蝼蚁之一夕一旦草木之一春一秋，这个令人沮丧同时也令人超脱的事实。

萧芒在这样一种超然物外的心境中，听到了丈夫的死讯。

老王面无人色地跑进萧芒的房间，用一种被切开了气管才可能发出的喉音，闪烁其词地对她说："小宁出了一点事儿，你能不能到影协去一趟？"

老王话音没落，萧芒脸上即刻呈现出一如秋霜冬雪的冷峻白色。老王还没来得及把他和老金商量好的一堆废话说给萧芒听，萧芒已经轻轻地向后倒下，像一片落叶随风飘零，无声无息。

老王惊得大呼小叫，连连说："我什么都没跟她说呢，她怎么就全知道了？这就怪了，这就怪了。"

事隔多日，萧芒已经能够回忆起当时的一些事情。

几乎与老王进门同时，萧芒已经像只遇到天敌的刺猬那样，竖起了每一根头发乃至汗毛。一个预感如惊蛰节气里的蛇蝎，闻声而出，乱糟糟爬满她思维的各个角落。随着老王那句看去旨意不明实际上明白无误的话说出口，萧芒被一种巨大而强烈的感觉击中了。

这是一个宿命的结局。

她的肩胛骨擦过坚硬的桌角，重重地与地面接触时，她听见那个不幸的美国女诗人狄金森轻声地说道。

在以上的文字里，我有意回避给萧芒当时的感觉下定义，这在我来说是一个难题。我相信假如不是亲身经历过，没有人可以给那么一种复杂的感情做出贴切的解释。我反复犹豫是否与萧芒本人交换意见，一方面我担心旧事重提会使她伤感，可另一方面，我又不甘心让这个实质性的细节这么轻易地滑过去。

最后我终于忍不住向萧芒和盘托出了我的想法，尽管这么做对她来说也许有点儿残酷。

我们就这件事交谈的那个晚上，距离宁羽去世的时间已经有相当长的日子。夏天已经过去，夜风里已经夹带了暮秋的肃杀之气。萧芒在我们约定的时间如期而至，她穿一套黑色毛线织就的连衣裙，裙子的下摆很宽大，绣着一圈悦目的深红色玫瑰花，显得非常高雅，看她的气色似乎也比新寡时期好了很多。这叫我多少放心了一点儿，觉得她大概能够承受我的提问所带来的副作用了。而且在她落座之前，我十分意外地发现，她的身高比我原来的设计足足高了五公分。这叫我感到了她气质中的某种近乎固执的因素，换句话来说，她的做法更加强了我的印象，她是一个有主见、不容别人左右的女人。

"确切说是一种什么感觉？"

她重复着我的问题，在灯光下来回踱步，高跟鞋在地板上击出清脆的响声。然后她停下来姿态优雅地站在那儿，把手臂抱在胸前。

"你觉得，除了悲伤之外还有什么情感能让人迷失自己，像被撕裂一样了的残缺不全？"

她反问我。

"这我拿不准，只要是非常强烈的情感，无论哪一类都有可能使人这样。"

我犹犹豫豫，觉得很难用三言两语说得清楚。于是我对她说起我的另一部小说里那个多愁善感的女主人公，在向她挚爱的男人献出自己的夜晚，所获得的是一种被撕裂的幸福感，这种幸福强大得让她感到的是感官的疼痛，同时使她立刻联想到的是死亡。她一次次追问悉心爱抚温柔备予于她的爱人，假如我死了，你会痛心吗。她满心期待的仿佛真是死亡即刻来临，期待死把她永远留在爱人的拥抱之中。真的她真是这么想的。当她与之发生龃龉，哪怕她明知这龃龉是一次误会，她也会想到用死亡来澄清来解释，来使他们之间的关系恢复原本的令她永远心醉神迷的理想境界。

我急急忙忙说着这些，越说越怕萧芒听不明白。我举的例子跟她的经历和处境简直南辕北辙。就算幸福会使人联想起死亡，反过来死亡也会让人感受幸福吗？我也真是。

"说不明白……说不明白。"

我很沮丧地刹住话。

萧芒望着我的样子很古怪。她的脸不知何时变得苍白，眼睛里充满了泪水，一字一句对我说：

"你说得太明白不过了，比我感觉到的还要明白。"

我不敢出声，不知她指的是什么。

"你说假如我还一直在等着宁羽，他回到我身边的时候，我会是一种什么样的感觉？"

"幸福……还有感动……"

"我不想下定义。不过你的故事让我明确无误地回忆起来，当时我的感觉纯粹是：他一回一来一了。"

原来这样。这绝对超出了我的意料。

"宁羽活着的时候，我们已经生疏成陌路之人。可是在那一刻，我才知道，他仍然是我的亲人，他的亲人也只有我……你说的并没有错，死亡和幸福有时候的确联系在一起，只不过人们在平时很难理解它们之间的关联。"

两行控制了多时的泪水，终于顺着萧芒的面颊缓缓流下来。

我想对萧芒说，你的善良让我感动。

可是我说不出来。

我们不再说什么，也不需要再说什么。

平心而论，我一直指望宁羽对萧芒的情感背叛，能够缓解他的死亡给她带来的更加深刻的伤害。因为我一直认为，一对感情至笃从无过节的夫妻，一旦有一方先行辞世，那另一方所受到的精神刺激将无法估量。这也体现了上天赐福人类时的公平原则，那就是曾经得到多少，最终就要付出多少，生前恩爱过人，死别便要哀痛过人，反之亦然。就处在家庭危机之中的萧芒而言，宁羽之死给她带来的伤害理当应该轻浅些。这很公平。

事实证明我的想法是何等浅薄。

当天夜里，我在萧芒得知宁羽死讯的那一段文字后面，加了这样一些话：

> 她第一次体会到，幸福也会像强大的电流那样，瞬间袭来，灼伤人的心肝肺腑。就是在这种被撕裂的疼痛里，她看到早已生疏的丈夫，同以往无数次一样带着满身令她沉醉的山野之气回家来了。她忽然意识到，自己实际上一直在等待他，在一个个失眠的夜晚和一个个安静的白天。他终于彻底回归并将完完全全属于她，再也不会被任何人分割，再也不会离她而去。

在这里死亡与回归完全是同一件事情。

女主人公在新寡期间的遭遇

萧芒走进殡仪馆的时候，手上缠满了绷带。为了给宁羽做一个鲜花花圈，萧芒的双手被玫瑰花枝上的刺弄得伤痕累累。她在丈夫的遗体前面，看见这个花圈上每一朵花都竭尽全力绽开着令人震惊的深红，颜色浓得团团欲滴。

她还看见了花圈旁边的那个女人。

几乎是在目光所及的同一时刻，萧芒就断定了她是谁。

这是一个与玫瑰花的艳丽同条共贯的女人，尽管她浑身缟素，不饰铅华，萧芒仍然轻而易举地嗅到了从她体内放射出来的某种气息。那种气息被女人脸上显而易见的哀容压抑着，仍然像彩灯映照下的喷泉似的喷薄而出，赋予她在茫茫人海之中很容易浮露的动感。

那女人肯定也意识到了萧芒的到来。她迟疑地欠了欠身，又迟疑地回到原来的姿势，并不抬头。

萧芒用眼睛的余光扫见她的侧影正在轻微地战栗。

两个女人就这样在同一个曾经属于她们的男人跟前站立着，而那个让她们心乱与心痛的男人，只是静静地躺在灵床上，闭了双眼默默无言。她们陪他沉默，陪他听为他奏响的哀乐，用心感觉着对方的存在，如同两个对垒已久知已知彼但还未曾谋面的敌手，在收鼓鸣金硝烟欲散的战场上相遇，一起向着被另一个更加强大的敌手占领的阵地告别。她们当然不会握手，但事实上已经言和了。

追悼会结束，宁羽的遗体就要被运走的时候，会场上发生了一阵骚乱。先是萧芒像截木桩子一样砰然倒地，紧接着是那不知姓名的女人冲上去抱住宁羽不放，并发出尖利无比的哀号。面对两个女人用两种截然不同的方式所表达的巨大悲痛，所有的目击者都被感动得不知所措。

一阵大乱之后，萧芒苏醒过来。宁羽已经被运走了，空空的灵床上，白绫床垫阴森森地耀眼。那女人也被人架到了屋外的什么地方，但她特别激荡的哭声仍在百折不挠地传过来。萧芒得知，那女人正式提出要分一部分骨灰带走，这让萧芒觉得她的确十分勇敢但又很不识时务。果然她的要求遭到宁羽父母的断然拒绝，他们说这简直就是社会公理与公德的是非问题。他们的意见受到一致拥护，人们都争相借此向萧芒表示声援。萧芒在一群对自己嘘寒问暖的亲朋中间，听他们极尽安慰之言，并对另一个女人进行声讨。他们一边说一边窥视她的脸色，反而让她为自己当下的处境大伤其感，也突然觉得那女人非常可怜。而且萧芒完全清楚，其他的人们包括宁羽的双亲在内，未必不对那女人存有恻隐之心。

萧芒循着哭声很容易就找到了过去的对手。她对那女人说，每个人的体肤均受之于父母，如何处理也只能由父母发落，假如她一定想留下些什么做纪念，可以拿一些宁羽的遗物去收藏。萧芒对那女人说完这些话，便飞快地转身走开，她看见那女人向自己伸出手，左手还包扎着看上去刚刚扎上的绷带。萧芒猜想一定是人们将她从宁羽身边拖开的当儿，把她的手弄伤了。萧芒的心为此颤动了一下，但她仍然认为没有必要同那个女人握手，因为她们之间的一切恩怨瓜葛，都已伴着宁羽的消失随风而散。

新寡的萧芒真正开始了一个人的生活。

我本来以为她已经适应了一个人的生活。我一直对她说一切都已经过去了，一切都将重新起头。

萧芒从来没有就这件事发表过与我相反的意见。她有时候在我写小说写得很烦的空当来跟我聊天，说一些与她个人生活毫不相干的话题。直到有一天我到她家去做客，才发现她一直在蒙蔽我。

她的房间又恢复了她与宁羽一块儿生活时的格局，储藏室里封存的物品，被她重新一件件掏出来摆到原来的位置上，宁羽的拖鞋睡衣剃须刀打火机，每一样都像是宁羽自己刚刚放下的那么自然，只要他回来闭着眼睛也能摸到。猎枪打过蜡，拳击手套上过皮革油，亮晃晃地挂在客厅的墙上。

　　她完全没有也不想跟宁羽告别。

　　我这才知道，宁羽本人的故事已经完结，可是萧芒与他之间的故事离结尾还很远很远。

　　"一个人住着，房间好像太大了……"

　　萧芒见我把那些属于宁羽的东西打量来打量去，想要掩饰什么似的说。

　　我只能旨意不明地笑笑。对于这种自尊心太强的女人，最好的相处办法是听之任之。然后我坐下，一言不发看着她，我相信她此刻正有千言万语要对我说。

　　"我一直在整理这些照片，它们叫我想起许多过去的事情。但是我怎么也想不起来，那个女孩儿是什么时候开始出现的。"

　　她很快就忍不住，主动对我说。

　　我看到沙发上茶几上到处都是照片，所有的照片上萧芒和宁羽都亲密和谐地靠在一起，在河边在山顶在大树底下或者在其他任何地方。

　　"我现在差不多相信我们之间什么都没发生过，从来没有过另一个女孩儿，也没有过分居的过程。"

　　女人们因事而易的健忘常常跟她们记忆力的非凡一样令我们惊讶，她们可以泼洒温情脉脉的水墨，将斑斑血泪衬托成一朵朵荷花，也可以调动歹毒无比的联想，把龃龉的小沟小坎培育成仇恨的高山大河，只要她们自己愿意。萧芒的状况再次说明了这一点。

　　这在我看来并不是一件明智的事情，这种心情非得宁羽再生才有意义。我应该阻止她沉溺其中，我应该提醒她回忆起那天早晨。请相信我这样做完全是出于善意，出于试图把一个女人从怀旧的深渊里拯救出来的好心。

　　我对她说了以下的话。

　　　　你应该记得那天早晨，尽管它已经过去了很长一段时间。那天
　　早晨气候温暖但并不宜人，湿度很大气压很低，人们一望即知暴雨
　　将临。这使得你产生了一点儿小小的烦恼，拿不定主意出门该穿哪

双鞋。你正要去参加一个重要的聚会，每逢这类活动，穿衣服穿鞋的事就特别叫你费心。你认为仪表反映着一个女人的修养，众目睽睽之下衣着过于随便会有失身份与礼貌。本来你打算穿白皮鞋配上有白色碎花的薄呢衣裙，又担心大雨一下泡坏了这双新鞋。后来你拿出三四双皮鞋来回试，最后选中一双既可登大雅之堂又不太怕水的凉鞋。匆忙中你忘了把挑剩下的鞋放回原处，结果给人的感觉是床头床尾哪儿都是鞋。接着你坐到梳妆台前，打算着点淡妆。你知道自己已不是豆蔻年华的女学生，适当的修饰不可或缺。你用一支颜色沉着的唇线笔勾勒唇线，无意中瞥见镜子里边一张不甚清晰的脸，那张脸同当天的天气一样不甚宜人。开初你对此并不介意，你以为只是由于那几双皮鞋横七竖八的缘故。每当你把屋里弄得太乱，你丈夫总会表示出小小的不满。但你马上就感到有些异样，那张脸上睁着的一双眼睛叫你明白了今天不同以往。

"看着我干吗？不认识是吗？"

你没有转身，只是对着镜子说。你使用一种调侃的口气，这是一般婚龄渐长关系融洽的夫妻间惯有的亲昵。

"看你脸上的粉，扑得像冬瓜。"

镜子里的脸更加阴沉，那口气该怎么形容，你一时拿不准，说恶狠狠似乎太过分，说冷淡又嫌分量不足，揣摩了一会儿，你选择了一个词来表达，不折不扣那个词叫作"厌恶"。

你明明白白知道他在吹毛求疵，但你当时不想争执，只是一笑了之。并非你不计较这件事情。你不可能不计较这件事情。凭直觉你知道用这种方式表示挑剔，绝不可能仅仅是就事论事，其中定然另有隐衷。这种情况在你们的关系史上尚属史无前例，你从来没听见过你丈夫用这种可以被称为厌恶的口气对你说话。就算你心地还不太狭隘，可遭人厌恶尤其是被丈夫厌恶，即便是随和的女人也很难忍受。按常情你一定会做出反应，不反应只说明你头脑清醒。既然你已经预感到此事非同寻常，就不能用寻常的办法处理。

你貌似平静地收拾整齐，又把各处的皮鞋一一放好。你拿上雨伞准备出门，听见你丈夫再一次用厌恶的口气说："你的发式是不是可以改一改？"

"请问该怎么一个改法？"

你用脊背对着他，你怕看见他的目光也如语气一样传递着厌恶。

"怎么改都行。本来就不年轻，还要弄这么个老气横秋的发型。"

"本来不年轻，你就别指望我天真活泼！"

你用最快的速度说完这句话，又用最快的速度逃离了家门。你知道假如再挨上几分钟，你也许就很难管住自己的嘴巴。你认为一个成熟的女人，纵有明察秋毫的能力，也不可对有关感情的事过早下结论。一旦到事态完全明了，你将为自己的直觉之准确大为惊讶，因为你当时说的这句话，仿佛已经有所指并且包含了全部你尚且不知的实情。但你一定不要为这种直觉自豪，直觉的敏锐对女人来说并非福音。它会让你比迟钝的女人多经受许多磨难，你具备了这种直觉，这正是你的不幸。

就这样你在某个温暖但不宜人的早晨，怀着一种不祥的预感离开家，去参加一个你曾经认为重要现在已经完全不重要的聚会。从这天早晨起，一个女孩毫不胆怯地走进了你和宁羽的生活，走进了你的领地。

我对萧芒唠唠叨叨说着这些她亲身经历过的事情，活像个多嘴的长舌妇人，而萧芒则安安静静看着我，如同听一个与己无关的故事不为所动。

这是个滑稽非常的场景。

"我想起来了……我们说的最后一句话……是在他的办公室。我去找老金借一只闪光灯。老金不在。宁羽告诉我老金出差去了，问我有什么事。我说那就算了。我不想问他借闪光灯。我跟你说过，我们早已形同路人。我当时的感觉是不能跟一个陌生人借东西……现在我真弄不明白，我们怎么会这样……陌生……"

萧芒痴人说梦般接着我的话往下说，完全风马牛不相及。

"你说过你跟宁羽之间最大的障碍就是他对你的厌恶，厌恶的语气和眼神。"我还想尽力而为。

"他拍自摄相的时候，肯定已经预感到了什么。这张照片我怎么看也不像他，眉头眼角都是死气，他从来不是这样，一直充满活力……"

我无言以对了。

在静默中我又一次感到了死亡的力量。我想起木子李的死讯带给我的感觉，那种彻底剥夺了我仇恨权利的感觉。

"死亡真是个化干戈为玉帛的出色使者。"

我没头没脑对萧芒说。

这次各说各道的谈话终于无法继续下去。我简直有点儿为我不合时宜的来访后悔。既然从小说一开始，我就已经预知了我的女主人公命运注定不幸，便已经宣告了我的一切引导她走出宁羽的阴影的努力都是徒劳。人类有个古怪的通病，就是知其不可为而为之。

正在无话可说地尴尬，门铃响了。

萧芒有些忙乱地站起来，整了整原来就很整齐的头发，又把茶几上的照片用报纸盖住。

"我约她来拿东西。"

我马上明白了她是谁。

"你真打算给她？"

"当然，我那天答应过她。"

门开之处，一个年轻女人苍白疲惫的脸探进来。这是一张很漂亮但也很常见的脸，大约就是被人们称作俗艳的那一类吧。尽管苍白仍给人以明眸皓齿的印象，尽管疲惫仍然不乏刻意修饰的痕迹，包括脑后高高的发髻和额角上一根细细的蜷曲有致的鬓发。接着她把整个身子轻轻移进来，步子迈得很连贯很有弹性，我早就听说她是艺术体操队的球操运动员，于是有一种看她表演的感觉。

"来了？"

"来了。"

"好找吗？"

"我来过这儿。好几次。"

"……"

两个女人这样开始对话，但没有握手。

"你想要他的什么东西？说吧。"

萧芒用女主人的口气说，试图居高临下地矜持一下。

那女人似乎并不敏感，她越过萧芒走到沙发跟前，不请自坐，同时并不介意有我这么一个生人在场。

"我有点儿渴，给我一杯凉水行吗？"

她随随便便说，好像听她说话的不是萧芒而是宁羽。

萧芒的脸色有点难看，但她很理智地立即掩饰了。就我对她的了解，我知道她既然经过深思熟虑才邀请了这个不该邀请的客人，就肯定可以不动声色地应付对方的所有举动。

她给客人拿了一听冻可乐，把拉环很响地拉开，倒在一只玻璃杯里，倒出的量非常适中，不多不少。

那女人似乎渴到了相当的程度，谢谢都忘了说一句，端起杯子就一口气喝了个底朝天。喝完用手背把嘴一擦，等着萧芒将易拉罐里剩下的一半倒进杯子，然后如法炮制再一次喝光。

萧芒朝我苦笑了一下，又拿出一听打开，这次客人斯文了点儿，只喝了半杯。我注意到她喝水的时候，丰润的脖颈随着吞咽的节奏，在开口很低的领口上方蠕动，非常放肆也非常性感，让人很容易联想起天鹅或白鹭一类长颈动物喝水的动作。

"你说，你想要什么？"

萧芒有点烦，说。

"我要什么你都会给我吗？"

"那不一定，得看你要的是什么。"

"我想要一套他常穿的衣服，最好是那套苹果牌牛仔装。我最爱看他穿这套衣服的样子。我想把这套衣服钉在墙上，每天看着就像看见了……"

"可以。还要什么？"

遇到这么一个说话完全不看对象的对手，的确难办，萧芒肯定是想速战速决。

"还想要……"那女人把视线移向卧室，突然间眼睛里漫上一层水雾，"床头那一对台灯……"

萧芒像受到了某种强力的撞击，身子抖了一下，停了好久才说：

"它对你很重要么？"

"很重要……它可以让我想起很多事……很多我和宁羽……"

"够了。我知道了。可以给你一个。"

"就一个？"

"一个。"

"……好吧。"

"还有什么？"

"没了……"

萧芒起身打点好她要的东西，包装得很仔细。乳白色的灯罩被卸下来擦干净，又用绵纸垫好。萧芒像个给出嫁女儿梳洗打扮的母亲，心情复杂地做着这一切。

那女人看着她，看着她，突然脱口而出说：

"宁羽要是不死，他肯定会回头来求你，其实我也明白，他更爱的是你。他对我说过，你最让他伤心的是知道了我们的事之后一言不发，好像完全不在乎他。哪怕你只哭一回，哪怕只有一滴跟泪，他也会立即回来求你原谅。那时候我真怕你哭，你一哭我就会永远失去他。相信我决不是那种乐意充当第三者的坏女人，我实在是太爱他……没办法……"

"别说了。"

萧芒冷冷地打断她，把包裹递到她手里。

"慢走。"

她不愿意用"再见"来道别。

"我没想到你这么好……"

那女人站在门口，甚至有点儿留恋地说。

萧芒不能等到她说完，已经很轻但很快地把她关在门外边。

接着是我目不忍睹的一场痛哭，也是萧芒在得知宁羽有了外遇以及听到他的死讯之后，第一次真正的号啕。我从来没见过这样悲伤欲绝的哭泣，好像这个女人要把五脏六腑都倾吐出来一般。

我在一旁看她哭，不劝也不出声。在我看来这场痛哭未必不是一件好事，只有哭过这么一回之后，萧芒或许还有可能走出宁羽的阴影，重造自己的生活。好比马拉松运动员在比赛途中，必须经历超负荷的疲劳极点，在这个点上他们会认为自己完全跑不动了，马上就要死了，但他们只要还在跑，就肯定能到达终点，什么事也不会发生。萧芒眼下正处在一场精神马拉松的疲劳极限，越过这一点，她也该超脱出来了。

萧芒在床上翻来覆去，头发披散开，身子毫无节制地起伏，牙齿把枕巾咬出一排排小洞。她大声号啕小声抽泣，哭得旁若无人自由自在。一直到天完全黑下去，才昏然入睡了似的平息。

我替她盖上一床毛毯，关上灯，蹑手蹑脚往外走。

"请你不要关灯。"

我听见萧芒在黑暗里说，又转身打开墙上的壁灯。

"不，是这一盏。"

萧芒把头埋在枕头里，唏嘘着。

我知道她指的是床头剩下的那盏台灯，照办了。

"以后我每天夜里都要开着它，一直开着。"

萧芒毫不含糊一字一句说着，随即安然入睡。

当天晚上，我在这篇小说里写道：

> 从这天起，她完全改变了睡眠的习惯。床头的灯整夜整夜亮着，灯光柔和而温暖地笼罩着她，犹如亡人温存的手掌，抚摸她的身体还有她的心。
>
> 她开着灯，整夜整夜，好像要弥补一个难以言传的过失。

女主人公改变生活的试图宣告失败

一盏孤灯伴着萧芒度过了多少漫长的夜晚，我已经记不清楚了。反正宁羽的名字已绝少被人们提起。他在摄影家协会的办公桌，由一位新来的大学生接管了。这位青年人也常常一夜夜泡在暗房里制作照片，有时候就在里边睡着了。于是老王像得了病似的，只要一早上看见暗房门口的电表在转，就要大惊失色，很响很急地敲门，直到把睡眼惺忪的小伙子从暗房里叫出来才安心。

"真是事儿妈。"

小伙子被打搅了好梦，总是嘀嘀咕咕。

老王也总是有一句现成的话等着他：

"我这还不是为你好……"

只有在这时候，宁羽的名字才会被他们再度谈及，带来一阵短暂的沉默与黯然神伤，如此而已。

萧芒还住在他们过去的房子里，她和摄影家协会除了缴纳房租水电费的关系之外，基本上没有别的来往。在她的小单元里，宁羽的用具在不知不觉中减少着，直到渐渐看不出多少痕迹。萧芒再也不夜以继日地浏览宁羽的照片没完没了，她终于听从了我的劝告，把影集用一只小皮箱装起来，束之高阁。自从她有一天把她和宁羽结婚时买的双人席梦思换成了一张小铁床之后，到她家来说媒的好心人一天天多起来。人们把这个举动看成萧芒要开始新生活的一种信号，这倒也顺理成章。

我比谁都高兴地关注着萧芒的变化，比谁都希望她成功地从宁羽的阴影里突围出来，也比谁都了解这种变化的缓慢和突围的艰难。

我说过，萧芒是一个有主见并且性格内向的女人，大凡这样的女人很难被普普通通的男人征服。在生活里人们经常会发现，那些貌似有德有才其实不过半瓶子醋的男人，略施小计就把挺好的女孩子弄得要死要活，随后又轻而易举另觅新欢。这种男人永远把好女孩当成他们的玩物，所以其最终的归宿，只能是某个善良不足歹毒有余的女人。这就是一物降一物的道理。经历过生离死别年逾而立并且聪敏过人的萧芒，早就不再是那种意义上的好女孩，自然不在可以被什么人随便蛊惑的行列，懂得欣赏她的男人同时还要能被她欣赏，概率肯定低而又低。

萧芒也去见一些由朋友介绍的对象，但更多的时候，去赴约好像已经成了顾全介绍人体面的礼貌行为。每逢这样的场合，萧芒会稍事妆饰，按朋友指定的时间准时到场，用她自我调侃的话来说："这叫友情出演。"

我也好长时间没跟萧芒见面了，有时候她会打电话来，对我说些有趣的事儿。因为这些话多半涉及周边人事，萧芒总要嘱咐我别把什么都付诸文字，以免当事人难堪。但写小说的人坏就坏在酷爱道听途说，要是他们对什么都守口如瓶当然就写不成小说。而且那些事多少带着些喜剧色彩，放在这里也好让我们放松一下打小说一开头就很受压抑的情绪。

萧芒第一次见了位前拳击冠军，在市中心一家咖啡馆。

那天天气挺冷，前冠军穿了件短袖T恤，露出多毛的胳膊和很发达的二头肌。他跟萧芒握手的时候，只是稍微用了一点劲，就让萧芒止不住要咧嘴。萧芒以为当天的话题肯定是体育运动之类，没想到前冠军的兴趣只在抨击奶油小生。他说中国男人的形象，已经被那些不男不女的王八蛋歌星弄得一塌糊涂，一上台就缠缠绵绵可怜巴巴，好像每个男人都被他妈的抛弃了一百遍似的。恋爱这件事，再简单不过了，愿意就结婚，不愿意就另找，那么多眼泪哪还叫男人？前冠军说得义愤填膺，底气特足，萧芒从头到尾插不上半句嘴，一直到最后介绍人示意前冠军买单，他才如梦初醒浑身上下找不着钱包。

萧芒见状主动将钱付了，三杯咖啡一碟水果一共三十八块五毛。前冠军对此也很看不惯，说这哪叫做生意，明明是抢钱。萧芒说，现在咖啡厅都这价钱，图它个环境清雅也值了。事后介绍人给萧芒回话说，前冠军对她所有的印象都很好，就是觉得她用钱有点儿大手大脚，以后只怕不太会过日子。对此萧芒哭笑不得，说他又不带钱包我再精打细算，咱们还能跑了单不成？

"阳刚之气能光凭二头肌体现吗？你说，作家。"

最后萧芒问我。

"你什么时候变得这么尖刻了？"

等我笑够了，又反问她。

"不然我该赶不上阴阳颠倒的潮流了。"

她笑，有点不像以前那个忧郁的萧芒了。

"我觉得下回你再见什么人，最好还是挑个知识分子，到底各方面比较接近，容易谈得来。"

我诚心诚意给她出谋划策，她倒不经意地说：

"行，我听你的。"

这口气叫我觉得她实际上并不对这类活动抱什么希望。

第二次她去见的是个记者。介绍人特别强调此人忠厚老实，文质彬彬，妻子跟别人跑了，留下一个女儿，两年来他一个人当爹又当妈，对女儿尽心尽力，真是一个好男人。他一听萧芒的情况，感到十分中意，双方年纪相当，尤其萧芒又没有子女，正合他意。萧芒事先把这个人的情况说给我听，我觉得值得去见见面。我说：爱孩子的男人肯定比较善良，善良是你要选择的首要条件。

萧芒从介绍人家出来，没回家就直奔我这里来了。一进门，神色就有些快快的。

"怎么着，人家没相中你？受打击了？"我问。

"人家倒是相中我了，可惜我相不中人家。"

她懒洋洋地说。

"那还不是你太挑剔了。"

"介绍人倒是没夸张，这个人的确忠厚老实，一点儿没有花拳绣腿。我还没坐稳呢，人家就照直里问，假如结婚之后我是不是非生一个自己的孩子不可。我说那倒不一定。他又问，假如不再生孩子，能不能把他的女儿当自己亲生的对待。我说，假如前提成立，从理论上说应该这样。他马上正经八百说，生活是很实在的事，不是理论可以代替的，比如说他一出差，家里光剩下我跟他女儿两个人，我能不能把她照顾好，早上六点半就得吃早餐，每天早上点心最好别重样，孩子有点儿挑食。中午和晚上也得按时开饭，孩子肠胃从小就不太皮实，冷了热了都不行，诸如此类。你瞧他这哪是在找对象，明明是在给孩子找妈，说得不好听点是在找保姆。我再不挑剔，也不能说对这点视而不见吧？"

我听了半天没词。

"好男人。"

"没缘分。"

我们相对一笑，一笑了之。

第三回介绍给萧芒的是一位生物工程学博士，介绍人是摄影协会主席老金。老金说，他的一个远房表姐的儿子刚从美国学成归来报效祖国，前些年光忙着读书，终身大事也给耽误了。现在屁股后边虽然成天跟着一串女孩子，但他希望找一个稳重些知识层次高些的来考虑。老金说什么事都很注意领导干部的身份，学成回国准是报效祖国而不是孝敬父母。老金说，他把萧芒的情况跟对方一说，对方还挺满意，认为年龄稍大不是问题，而且对萧芒的遭遇深表同情。后面这句话显然很打动了萧芒，觉得此人不像当今大部分男人那样，只把眼睛盯住娇滴滴的小妞，一心要找个活动花瓶当摆设，而且有几分人情味儿。

为了让我便于参与意见，萧芒把见面地点约在我家。

那天萧芒的出场比较隆重，米白绣花真丝长袖衫，配驼色水洗真丝长裙奶白坡跟皮凉鞋，头发是今夏最流行的短款，整个人显得又优雅又年轻，同时很成熟。那位博士一见她眼睛就亮了起来，说起话来风趣随意，一看就知道是被打动了。

我泡上极品峨眉毛尖，端上精致的水果和点心，心情非常愉快。我希望眼前这个人能帮萧芒建立新生活。

每个在座的人谈兴都很高，大家海阔天空聊了一通，从德国绿党领袖遇难美国民主共和两党竞选原教旨主义发展核原料走私等等世界大事，到正统音乐衰落九岁国际象棋大师产生艾滋病防治纯银餐具如何保养等小趣闻，生物学博士都讲得头头是道妙趣横生，尤其是讲到美国的生物工程圈，人类将用人工方式根本改变物种繁衍甚至人类遗传锁链，这些分内的事情，他就更加神采飞扬。弄得老金一个劲儿在我耳边自豪地感叹："这孩子可真没白用一场功。"

大伙儿一直聊到深更半夜才散。

萧芒到家不一会儿，就给我打来电话，说生物学博士约她明晚单独见面，并想看看她的家。我一听连声说："那好那好，我这厢就专候你的佳音了。"萧芒停一下问我："你没觉得有什么不妥吗？"我想都没想就说："那有什么不妥，都是知根知底有头有脸的人。"萧芒不出声。我又说："你多半是一个人生活久了对男人有种生疏感，你得想法子克服才行。"萧芒说："也许你说得对。"

第二天晚上萧芒没来电话，我认为这是好兆头。

第三天早上，我还没起床，电话就响了。是萧芒。

"我怕是碰上了一个新时代的方鸿渐，要不就是一个性解放运动倡导者。"

生物学博士来的时候，离约定时间还早很多，萧芒正在洗衣服，门铃就响了。萧芒湿着一双手开了门，请客人去客厅稍候，博士就倚在卫生间门框上等她冲手，好像已经相互认识了一百年。对这种西方做派，萧芒倒也不以为然，不过她在给他端茶的时候，发现他一双眼直勾勾盯住她的衣领口，让萧芒很不自在。

"最近可把我烦透了，家里电话一天到晚响个不停，全是小妞打来的。"博士刚落座就开侃，"我真不知道，要是我不回国她们怎么办？弄得我都快成病了，在大街上一走，觉得到处都是愁云满面的女人，等着好男人去搭救。可惜我不是孙悟空，不然真想分出身把她们全拯救出来。这年头好男人太少，忙不过来……"

萧芒半天没吭声，她没想到这位报效祖国的仁人志士上来就是这么一副嘴脸，叫她一时不知如何对应。

"你知道我为什么不像别的男人那样专爱找漂亮小妞吗？"

"不知道。"

"她们太嫩，尤其在床上，一点儿经验没有，没意思。我就喜欢你这样的，正当盛年经历丰富。"

"那你可猜错了。"

萧芒稳住神，尽量让谈吐自如。这种场合绝不能闻风丧胆，她对自己说。

"错不了，我一看你的体型就知道你很可以狂起来。"

博士厚颜无耻地说。

"这也是你的生物工程学研究的内容吗？"

"你很尖刻……咱们都是成年人，成年人说话应该没有什么忌讳吧？"

"但应该有分寸。"萧芒更冷静了。

"厉害。看来我今天是棋逢对手了……如果你不介意，我可以参观一下你的家吗？我一直认为一个家庭的氛围最能体现女主人的素质高低……"

博士不等回答，就若无其事站起来。萧芒只好说："请便。"

博士一间间房巡视，东张西望，嘴里不断对这儿那儿做出评价，还用手上边下边敲敲打打，好像打算进行装修的样子。萧芒在一边冷眼看着，觉得这个男人实在浅薄得可以，直想发笑。

最后他停在卧室里，看了老半天，突然回头盯着萧芒问：

"以前你跟你丈夫，多长时间一次？"

萧芒愣住了，在灯光的暗影里觉得自己涨红了脸。她尽量淡然说：

"指什么？"

"你真会装傻。真不明白我指什么？那我就说一遍，我指 sex——go to bed，多长时间？One week two times？Two days one time？Do you understand？"

"I don't！"萧芒觉得忍无可忍，好不容易才管住自己尽量不发作，"我倒想请问你是不是性饥渴。请到客厅里坐下说。"

萧芒说完并不看他，自顾走回客厅。

博士在里边磨蹭了一会儿，讪讪地走出来，说：

"哟哟，说话这么难听。"

"咱们是成年人，成年人难道还有什么话不堪入耳吗？"

"我不过跟你开个玩笑，别当真，别当真。"

萧芒不响。

冷了场，博士也不傻，连忙自我解嘲说：

"看来主人要下逐客令了……今晚话不投机……请问你能借我几本书回去看吗？我其实一直挺热爱文学的，尤其是外国文学。"

萧芒立刻明白他的用意，无非是为下次再来留条门缝，她必须把门关死，她再也不愿意看见这个道貌岸然的无聊男人。

"你没看见我书柜上贴的字条吗？'学而时习，恕不外借'，我的书从来不借人。对不起。"

"连我也不能例外吗？"

"为什么例外？因为你是博士，刚从美国回来？"

博士尴尬至极，说：

"你真行，拒人于千里之外。我跟女孩子打交道，还从来没这么失败过呢。想不到今天栽在你手上了。"

"你应该想得到。我不是女孩子，是个女人，一个守寡的女人。"

事已至此，萧芒反而得到了一种舌战的快意，出言愈加锋利。

"暂停暂停，我说不过你。"

博士做个篮球裁判的动作，赶快换一副正经的语气：

"看来你认为我不太合适你。"

"是的，因为我认为你更应该去找一个轻浮的漂亮妞。"

博士像一个假洋鬼子似的耸耸肩：

"那太遗憾了。"

博士从兜里掏出一个小小的绒面首饰盒，打开来里面有只K金假钻戒。他把盒子放到萧芒跟前，试探地说：

"本来我还给你带来一个小礼物，现在也不知道该不该送给你了。"

萧芒望着那张蠢脸，觉得这个男人真是滑稽。

"这还用讨论吗？戒指不是可以随便送的礼物，你在美国待了那么久还不知道？留着给你未来的太太用吧。"

博士终于拉下脸来，把小盒装进口袋，再见也不说，就直奔门口。在门外边，他突然回过头，冲着萧芒的脸恨声说：

"我今天算是见识了一位良家妇女。"

"这只能说明你的见识还不够多。"

萧芒立即应了一句，然后很重地把门撞上。

我这里听得开心，忙不迭捧场："你真行！"

萧芒好像并不高兴，半天不接话。

"怎么，你不是大获全胜了吗？还不开心？"

"不过是自卫成功免遭侮辱而已，有什么可高兴的。"萧芒认真说，"从今以后我拒绝所有的介绍，再也不见任何人了。"

我说："那也不能一概而论，万一……"

"万一这辈子再也碰不上一个合适的，一个人过到底也很好。"

萧芒说着，语气竟有点凄然："我真不明白，为什么人一到了中年就一两个实际成这样。看来恋爱只能是年轻人的事，年轻才浪漫得起来。不浪漫又怎么恋爱？有一出话剧叫什么来的——《初恋时我们不懂爱情》，那真是大错特错了。其实不懂爱情的是中年人，中年男人。他们没有爱情只有情欲，只知道……上床。"

不等我说什么，萧芒已经挂了电话。我也正好就此打住。我能对她说什么，无非是"人不能浪漫一辈子，生活是很实际的事"一类陈词滥调。萧芒早听熟了，而且一定认为我俗不可耐。

放下电话我想了很久，在纸上写了一段蹩脚的格言：

> 上帝赐给献身生活的女人一杯蜜糖说，快去享受爱的甘甜；然后给献身理想的女人一杯苦酒说，快去做爱的苦役。

我打算在下次见到萧芒的时候，把这张纸条送给她。我也说不清这是对她的警告还是对她的赞美。也许跟她本人并无什么关系，只是我的一种感想。

我认为女人尤其是一些优秀的女人，最容易犯的错误也是她们品格最明显的标记，便是把世俗的爱情理想化。理想爱情的幻影能使她们变成天使也变成自虐狂或苦役犯。她们不会设防不会矫情不懂向男人邀宠的技巧，她们只会凭着本色一味地爱那些有幸被爱的男人。她们爱得太过火太真实，好像一个不化妆就上了舞台的演员。她们不知道作为观众的男人们是多么习惯于女人的浓妆艳抹和矫揉造作。他们为伪装成依人小鸟的女人眼花缭乱的招数喝彩，给因为真实而显得廉价的情感留下悭吝的掌声。做苦役的女人永远只会疑惑自己奉献得是否还太少还不够，从来不思索她们所崇拜的偶像出了什么问题。命运给她们的机会，永远只是让她们在崩塌的偶像前恍然大悟痛不欲生，她们不可能像献身生活的女人们活得那么轻松愉快，被男人哄着骗着宠得不耐烦。理想的女人只有优秀的男人才有能力欣赏，而这个世界上这样的男人的确太少。

我一定要把这张纸条给萧芒，等下次见到她的时候。

女主人公充满玄机的远行

我居然好久看不见萧芒，只在电话里得知她正在译一本文学书信集，并在民主党派开办的什么成人夜校里兼课，忙得不可开交。我倒很赞成她忙，忙一点儿可以减轻她情感的寂寞。

又过了许多日子，萧芒的事儿都有点儿淡了。我从心底里也认为这件事不会再出现什么奇迹，也就不去时时思量。

那天晚上出门办事，不巧遇上大雨，雨大到公共汽车都不能开了，我被困在汽车站的遮阳篷下边动弹不得。

好大一场雨。入夏以来，这个地区一直被溽热的暖湿气流笼罩，城市变得混混沌沌焦躁不安。人们被燥热驱赶着，火气冲天心不在焉，无须统计你也可以想见，这个夏天里由于炎热增加了多少交通与工伤事故，多少家庭纠纷，导致了多少寿数未尽的老年人提前去了阴曹地府。就在人们无计可施之际，大雨降临了，及时给昏沉沉的城市一个喘息的机会。风雨交加，雨丝粗大密集拥挤着连成一片，在路灯的照耀下白茫茫的，如同一挂挪动了位置的大瀑布，冲刷涤荡着炙人的暑气，再与地面蒸腾起来的热雾在半空里衔接，景象撼人心魄。我站在马路边，看着这突如其来的暴雨，忽然为它的到来而感动。大自然亘古不变的道理，就在于它永远为活物的生存及时变更着它的节奏。

我想到了人，想到了人的生命节奏。难道人们可以一辈子按一种节奏生活，可以守着某一种旋律完成他们生命的舞蹈吗？

我想到了萧芒。在宁羽死后的几年里，一直按一种节奏生活的萧芒，她现在怎么样了？

我正东想西想，一辆大马力摩托车从旷无人迹的马路上疾驶而来。雨声的喧嚣掩盖了引擎的响动，看起来那辆车好像轱辘没着地一般腾空掠过。避雨的人全被这个敢在暴雨里飙车的骑手震得目瞪口呆。就在摩托车从车站旁边掠过的一瞬，我看见一个姑娘坐在车子的后座上，双手紧紧搂着骑手的腰，身上白色的雨披被大风和高速引起的气流吹得飘飞翻舞，给飞驰的摩托更添了动的美感。

萧芒！等车子消失得无影无踪之后，我才惊魂未定地反应过来。

这怎么可能？也许是我正想着萧芒，所以把女人都看成萧芒。

回到家我就直扑电话，核对一下事实或是把这件事当笑话说给萧芒本人听都行。没想到萧芒不等我说完，就证实说：

"没错，是我。"

"你怎么……那个车手也……太冒失了，开那么快……"

我像一个隐私窥视者遇到了一个坦荡的当事人似的语无伦次。

"要是不下雨，他肯定还会更快，上回开到了每小时 90 公里，风吹在脸上就像小刀子割一样，下了车半天腮帮子还是麻木的。真过瘾！"

萧芒还没从飙车的兴奋状态下恢复过来，说话很快。

"你该不是放弃了拳击冠军又遇上一个摩托车冠军吧？"

"哪儿的话。那还是个大男孩呢。他在我任课的夜校听课，公安局侦缉大队的刑警，成天想写作新福尔摩斯，满脑子案件故事，一说能说上一通宵。跟这样的男孩子一块儿玩，不知不觉要年轻好多。真的，很轻松也很有趣。"

萧芒一口一个大男孩，用一种很不经意的口气，不过我总觉得这件事并不会只是一个学生下了课送老师回家那么简单。

"他又让你回忆起宁羽了是吗？"

萧芒果然沉吟了一下，才很审慎地说：

"有些地方很相近，比如开飞车技术特别好，玩起来宠辱皆忘……他还是个大孩子……孩子们总是贪玩儿，他们身上绝没有中年人的庸俗劲儿。"

谈话无法深入下去，我也就作罢了。跟女人谈话常常会是这样，当你全无长谈的准备时，她们兴之所至就掏心掏肺地倾尽心之所想梦之所及，可有时候你真是拉开架势要跟她抵足长谈，她又躲躲闪闪让人无从进言。但我凭直觉断定萧芒和这个大男孩之间的故事将要展开，而结局是我和她自己都无法预知的。

事情很快就有了结果。

萧芒给我来了一封信，说她已经辞去了在夜校讲课的事儿，虽然校方一再挽留她，又一再给她加薪。接着她写道：

> 谁也不知道我到底为什么执意要离开，也许只有你能猜到一点儿。
>
> 我正在逃避一个情感的漩涡。
>
> 在这儿我似乎有理由埋怨你把我设计成一个感情炽热的女人。你使我从外表上看充满理智、重视舆论、行为规范，事实上却拥有一般情感淡泊的女人根本无法企及也无法想象的热情。宁羽去世这几年，我以为我的心已清静如水，再也不会轻易为谁而动摇。我更不知道自己还有一种可能性是爱上一个年龄小很多的男孩子。虽然现时社会将这类恋情视为妇女的一种时髦。
>
> 你还记得那个飙车的男孩儿吗？想你不会忘记。那天你打来电话，我就知道你已经注意到他了。那时候我也并非故意向你隐瞒什

么，因为我自己仅只是感到有什么事情要发生，究竟如何还是混沌一片，无法对你说得更多。我也曾经想过，跟一个无牵无挂无忧无虑的大男孩儿交朋友，是一件美好的事情。一般情况下，你不会想到要去嫁他，他也不会想到要来娶你。你们如同同路的旅伴，走一站看一站，既亲密无间又保持距离，什么时候分手全看双方意愿，不至于难舍难分伤心伤肺。我们这样商定了旅程然后上路了。你一定认为我的观念还远远没开放到这一步吧？就是连我自己也没料到我怎么能有这样大的决心与勇气，去承受飞短流长的舆论压力。我只觉得每天都被青春的气息裹挟着，身不由己地年轻了。我喜欢看他毫无城府的笑容，喜欢听他说那些骇人听闻的案例，也喜欢接近他健康年轻的身体。原来年轻的身体展现的时候，会像阳光一样灿烂如月光一样清亮，这是我跟宁羽一起生活的时候不曾感受的。你知道那当然全怪我。

你一定要奇怪，我跟一个当刑警的大男孩儿除了造爱还有多少话可讲，这也是我自己感到奇怪的地方。我跟他说话居然滔滔不绝，一点儿不比当年我与宁羽恋爱的时候话少。而且我跟他谈话可以绝对放松甚至不拘小节，真是口随心欲无遮无拦，以前我全不知道人还可以这样自然地生活。以致我一见到他就想说，去他的，成年人的深沉，去他的，形而上思索。总之我比以往任何时候都活得真实。

可是我终于发现情况不妙，那就是我开始害怕我们的分离了。我原来认为假如我们需要分离，我一定能潇洒地走开，现在并不是那么回事。更糟糕的是他开始向我求婚，并且跟父母挑明了我们的事，闹得天翻地覆，可我们原来是说好了只做好朋友决不谈婚论嫁的。这种情形让我不能不认真考虑和对待。我现在完全不知道该怎么办，每天都处在迷茫和焦虑之中。于是我想到了你，希望你给我安排一个机会让我重新回归宁静。有一点是肯定的，我将结束我和那个男孩子的关系，为了他我必须这样做，原因是众所周知的。

本来想到你家去跟你面谈，但觉得有些话用笔来传达更加贴切。你能早些给我回音吗？我在等待你的安排。

萧芒真是不折不扣给我出了一个难题。

我完全知道，要把一个已经坠入爱河的女人搭救出来谈何容易，更何况他们正是两情相悦。千百年来多少大智大勇的人物，在爱情面前都束手无策，为此身败名裂玉石俱焚死去活来，什么样的没有？萧芒想用理智来抵挡爱情，这多么可笑，理智在爱情面前的力量基本上等于零，除非她动的不是真情。

可是我必须帮助她，既然我煞费苦心地塑造了这个女人，又那么真诚地希望她善始善终。

我为营救萧芒绞尽脑汁，最后决定让她暂避一时。因为她如果铁心要和那个男孩子分手，天天见面时时厮守又怎么办得到？我认为她应该有一次远行，出发时必须与那个男孩不辞而别，而且我认为还必须在异地为她制造另一场艳遇，看看是否能够李代桃僵。对于这一点，萧芒开始不能苟同。她说为了与这个男孩子的恋爱，她现在已是心力交瘁，再也打不起精神去做这样一件无聊的事。她的话差点儿让我恼羞成怒。我说：你自己把事情弄到不可收拾的地步才来向我求援，我想出了这么一种办法也是迫不得已。因为我觉得事已至此，你非得进行一次感情分流，不然你和那个男孩子只能是剪不断理还乱。萧芒说，她绝不可能像当下的时髦女孩儿那样，逮着谁跟谁，一切取决于她和另一个男人的缘分。这让我猛然联想起禅宗的一个信条——缘聚则生，我一直认为这是不容置疑的生活真理，既然是真理必当放之四海而皆准，我有什么道理勉强萧芒呢？于是我向萧芒做出妥协，同意她一路见机行事。

临别之时，我对她说："随缘吧。"话出口，我觉得自己简直像佛祖一样英明。

萧芒脸上露出一种显而易见的感激之情，如同宣誓般认真重复了一句："随缘。"

按照我的要求，萧芒出发之前果然没有向那个男孩儿透露半点消息。她走后，有一天我从她家楼下经过，看见一个身体修长头发卷曲的年轻人在那里徘徊，不时停下来呆呆望着萧芒家的窗户，脸上一色的困惑。我想这肯定就是萧芒说的那个小警察了。看着他那副失魂落魄的样子，我心想，要是他知道是我一手策划了萧芒的失踪，没准会把我揍一顿。

萧芒去了西藏，一个遥远而神秘的地方。

我早就知道，我的女主人公一直对这个地方抱着走火入魔式的痴迷之情。自从几年前她的亡夫宁羽进藏采风，拍了一大堆西藏风情照回来，萧芒就成了狂热的西藏发烧友。她用重金收买她所见到的一切可能购买的与西藏有关的物品：画册书刊脸谱佛珠藏香木碗铜壶哈达牛羊头骨以及经幡与转经筒。有一回，她在与宁羽一同进藏的朋友家中看到一个风干的人头头盖骨，不惜十数次跑去那家做客。那位朋友的妻子甚至为此生了疑窦，不知到底是不是丈夫吸引了这位以深居简出不爱热闹在圈内闻名的大学女讲师，弄得夫妻之间龃龉不断非常苦恼。等最后萧芒开口要用一台进口收录机换取那个头盖骨的时候，那位妻子笑逐颜开坚决而又慷慨地把头盖骨送给了她。做丈夫的惴惴不安之余，只好自我解嘲说：原来我在萧芒跟前，魅力远远不及一个死人头。宁羽闻说一笑，很欣赏地看着妻子对朋友开玩笑说：她就是这么一个想入非非的女人，我想除了我大约没有一个男人能毫无障碍地真正适应她，你老兄完全用不着遗憾。

这句话无形中成了一道咒语。说话的人已经在几年前就退出了萧芒的生活，可是至今没有一个人能够全方位地替代他。

萧芒走后杳如黄鹤好久没有音讯，这叫我十分后悔，怎么能同意她只身一人到那么个偏远的地方去，而且同意她选择了那么一条曲折的进藏路线，由甘肃兰州至青藏铁路终点站格尔木，再乘汽车过唐古拉山口去拉萨。当时她用了数不清的理由来说服我。她说这次进藏对于她绝不仅仅是一次长途旅行，简直就是去朝圣，说不定等她回来的时候，她已经不再是现在的萧芒了。她认真地说，这绝不是她信口胡说，她早已在一次梦里受到了启示。在那个梦境里她在一片辽远的高原上行走，高原上长着稀疏的骆驼刺和蒿草，远处是巍峨耸立的冰峰，一条小路蜿蜒通向峰顶那片圣洁的明光，她沿着小路艰难前行，完全跟她出生的时候，经过母亲体内的通道，向着外界的光亮冲刺的情景一样。现在她认定那梦中的高原就是她此行要去的西藏。既然是要去脱胎换骨，就必须选择一条曲折的路线，否则当飞机降落在拉萨机场，又如何体会得到新生来之不易的快感。她终于用这些玄妙的理由说服了我，女人们一过三十五岁都会越来越相信玄说，我也不能例外。

萧芒临行，焚香沐浴以示虔诚。

宁羽说的不错，萧芒是一个想入非非的女人。也许正是她想入非非的气质，才使她具有了超凡脱俗的光彩。

我还有什么可抱怨的？

当萧芒的第一封信终于带着遥远高原的气息风尘仆仆到达我手中之时，离她出行的日子已有一个多月时间。她在信中无限欣喜地写道：

我真是不虚此行。我终于找到了真正属于我的生活。

法国象征主义诗人兰波有一句名言：生活在别处。也有人将它译为生活在远方。后来他的同胞超现实主义诗人布勒东在《超现实主义宣言》中引用了这句话，几乎使它成为这个流派的纲领性言论，巴黎的学生也曾把这句话作为他们的行动口号刷写在巴黎大学的围墙上。再后来，当今世界大师级文学家米兰·昆德拉将它作了他的一本小说的标题，取代了原来所拟定的《抒情时代》，使得出版商脸上贴满不安的神色，他们怀疑是否有人愿意买一本题目如此深奥的书。对这句名言，我以往的认识仅仅是富于诗意，我从来只把它当作一句好诗来对待，而不曾领会其中潜藏的哲学含义。是这一路迢遥的旅途使我具备了与这位诗人相通的灵感，我现在才知道伟大的诗人与平庸的诗人之间的区别所在，并已经刻骨铭心地体会到了这句名言的妙处。我想说，我的生活在西藏，我找到了它。你同意吗？

原谅我这么久才给你写信。其实在敦煌的时候（我顺路去了敦煌）我曾打算给你寄张明信片。在那儿，我忽然间得了场怪病，高烧腹泻，吃药打针全不见效。后来一个医生在给我打针的时候，无意中看见床头柜上给你写好的明信片，立刻决定对我停针停药。他说我其实没病，只不过是小小地得罪了菩萨一下，菩萨因此警告我不要妄言。我在那张明信片上告诉你，敦煌实在令我失望，连那些画窟里的佛像都透着一股匠气，叫你不必对这里心向往之。医生一口咬定全是这张片子作的怪，说只要我诚心认错，把它烧掉病就会好。这个医生全不是你想象中的草药郎中，正经是上海医科大学毕业来这儿支边的西医。我将信将疑照他的话去做，病果然同来时一样突然地去了。我去谢那医生，看见他的诊室里还供着一尊佛像，始知他是佛教信徒。他郑重嘱咐我，进藏尤其要处处小心，不可随意说话。我只有唯唯诺诺。如果不是亲历，我定会认为这是天方夜谭。但我现在却是完全相信了，世界上还有许多现象不是现代科学能够全面解释的，不可以一言以蔽之迷信。有了这次经验，我会处处留意，你尽可放心。我会尽量与你保持联络，这一段因在路途中，写信多有不便。

就写这些，这封信是地地道道的东拉西扯，但愿它让你读来有趣。

我把这封信读来读去，一点儿也没觉得有趣，除了萧芒的思索给我带来的沉重，她神神鬼鬼的经历使我恐慌之外，我已经感到我与我的女主人公之间，正在迅速拉开距离，也许我终将完全掌握不了她。掌握不住主人公的行动，这对于一部小说的作者来说，当然是一件令人难堪的事。

　　以后萧芒果然与我保持了很密切的联系，频频寄来明信片，在上边匆匆忙忙写些问候的话，然后就说一切都好，勿念。我拿出一本地图册，将明信片上那些陌生而古怪的地名圈上红圈。那曲——类乌齐——八宿——波密——加查——贡嘎——日喀则——拉孜——聂拉木——樟木，最后一站樟木，位于中国和尼泊尔边境，我花了好一会儿，才从地图上密密的小字里把它挑出来。我敢断定萧芒比任何一个进藏旅游的旅客走过的地方都要多，而且她已经越来越明显地表示了乐不思蜀的倾向。她说她在八角街的地摊上能用最低价格买来绿松石，摊主说他看她眼熟不想坑她半点儿。这句话叫萧芒真的强化了一种感觉，这街这房子这些攒动的人脸，的确没有一处让她感觉陌生。我真怀疑自己上一辈子到过这里，因为处处给我的都是旧地重游之感。这种感觉真好。她说。

　　真是匪夷所思。

　　人们都说西藏风土粗粝，难道它真能把一位淑女在这么短的日子里改造成女侠不成？就算我有过为萧芒在旅途上制造艳遇的企图，但一点儿没有让她成为现代文成公主的准备，难道她真的不想回来了？

　　在寄自樟木的明信片上，萧芒说她的旅行要暂时变更一下计划，她必须赶回拉萨，有个电视摄像师答应带她到墨竹工卡直孔梯寺天葬台去参观天葬。这是一个极难得的机会，请你为我高兴。她说。

　　我真不知道该不该替她高兴。天葬是世界一大奇观，但有关天葬的资料我们只能在极少的书刊中得到，能亲睹西藏风俗中这一奇中之奇，当是有幸。不过萧芒在宁羽死后显示出种种对死亡过敏的迹象，我担心她受不了那样一种场面的刺激。

　　关于天葬我知之不多，但因为我本人一直对有关死亡的一切事情都有着浓厚的兴趣，也曾收集过一些资料，并且看过一盘弥足珍贵的录像磁带。近年来随着到西藏观光的客人不断增多，到天葬台参观的人也多起来，照相机摄像机咔嚓乱响，破坏了鹰鹫的食欲，它们瞻前顾后草草了事，还没啄干净就匆匆飞走了，使死者亲属十分沮丧，假如不能被吃净，死者就难进天堂。政府为此颁布法令，禁止观看天葬，保护鹰鹫情绪，拍摄录像更是不能。那天看录像的时候，几个在座的男士都表示目不忍睹，我却眼都不眨从头看到尾。我说过这完全出于我本人对死亡的特殊兴趣。现在我的女主人公似乎在这一点上跟我非常默契，我真不知道该不该为此高兴。

萧芒已经跟那个电视摄像师一道，走在通往天葬台的路上。他们正在一步步接近被称为世界三大天葬台之一的直孔梯寺天葬台，相传公元13世纪直孔巴仁钦贝正是在那里创立了天葬，这种迄今世间最超俗最神圣的葬俗。

当年直孔巴仁钦贝秉承法师帕木竹巴传授的密法在山上修炼密宗，看见直孔山像一个面目狰狞的魔女站立在远处，她四周的山峰则如观音、妙音、金刚、毗卢遮那四座佛像环绕，四座佛像周围的八个林子，东方是暴虐林，西方是红焰林，南方是锁骨林，北方是密丛林，东北是狂笑林，东南是吉祥林，西南是幽暗林，西北是啾啾林。八个林子中终年阴气逼人，分居在此的刹生女、食肉罗刹、骷髅鬼等诸神出没其中。林间的一片明光中，竖立着一块五彩缤纷的圣石，上边用天然纹理写着六字真经，象征无量佛的慈悲喜舍。于是直孔巴仁钦贝在圆寂前向人们宣布，他已经得到了神的旨意，在这里修建一座天葬台，送往这里的尸体可以直接进入天国，并且获得灵魂的永生。

天葬台修好之后，从印度斯白天葬台飞来的四个仙女化作了台上的四根石柱，一位名叫热巴看的智慧神又招引来食肉鬼、魔王、独脚鬼、护法鬼、瑜伽师、甲前孤、鹞隼、雕、苍鹰、八部鬼众、乌鸦脸神、黑心母鬼、美丽神、玛母鬼等等，一起到这里来吃肉吸血为天葬出力效劳。在直孔梯寺天葬台上空还有一条金线与印度斯白天葬台相接，使这个阴冷的场所焕发出宗教的圣明光环。这里多像一座充满神奇想象力与创造力的舞台，调用着信仰期望礼仪的所有道具和布景，天界、人界、鬼界在这里融为一体彼此不分，人可以在生命最后一幕的庄严时刻，做一次独具风采的谢幕。鹰鹫将在这儿把渴望在来世超生的人们吞食掉，然后翱翔远天，把死者的灵魂载入生死轮回的"六道"。没有人见过自然死亡的鹰鹫，当它们感到自己死期将至时，就会努力向太阳高飞远翔，直到它的身体被太阳融化。作为藏人神灵的鹰鹫，没有辜负人的期待，恪守着它们天国使者的职责。《西藏王统记》中所载："天尺七王之陵，建于虚空界，天神之身，如虹散去，无有尸骸。"描绘的就是这样一幅壮丽辉煌的死亡图画。

现在我的女主人公萧芒和那个电视摄像师正在通往天葬台的路途中。

东方既白，送灵的队伍起程了。天葬师背起用白布包裹的尸体，死者蜷曲为胎儿孕育在母体中的姿势，喻示他或她将如同新生胎儿一般进入生死相继的轮回。家门口糌粑粉画出的引路线，立即被扫去，以免亡灵认家迷失了升天之路。

天葬台上，已经燃起松柏香堆，名叫"桑"的青烟袅袅升起，这是天葬的信号。鹰鹫们闻烟而来，在高高的晨空里盘旋一阵，一只接一只降落在附近的山岗上。它们目光炯炯有神，面貌威严之至，等待神圣时刻的来临。穿红色衣裳的天葬师开始在刻有经文的石上磨刀霍霍，他的助手扛出石块绑成的大石锤。喇嘛们低沉的念经之声，随鹰鹫翅羽扇动出的风传得很远很远，直到消失在群山深远的怀抱里。

裹尸布打开，死者如在沉睡之中无知无觉。他被俯身摆平，天葬师锋利的刀尖在他背上划开一排井字，鹰鹫们蜂拥而上，死者被它们的羽毛覆盖。在这一大群鹰鹫中，萧芒看到一只硕大无比的白鹰，居高临下踩在其他黑鹰的背上，饕餮般吞咽着肉块。

"白鹰！"萧芒发出一声惊叫，情不自禁揪住电视摄像师的手臂。

那人一边将摄像机镜头对准白鹰拉成特写，一边有些欣喜地对萧芒说：白鹰来了，这可是死人的福分，藏人认为白鹰是吉祥的象征。

萧芒有些茫然地听着，觉得那只白鹰竟然似曾相识。她的记忆跳过了几个空档，徘徊了片刻，像鹰一样敏捷地落到了她向宁羽献身的初夜，就是在那天夜里她邂逅了这只白鹰。她甚至在白鹰的巨翅扇起的旋风里，闻到了一种她曾经非常熟悉的体嗅。她觉得白鹰向她传递着来自天国的消息，宁羽正走向他所向往的来生。她像盯住一位天使那样目不错珠地盯住那只高傲的鹰，心中充满顶礼膜拜式的感激。

等死者从鹰翅下再次露出时，躯干和内脏已经不见。天葬师拿起大锤，砸碎每一根腿骨脊骨以及头颅，再用糌粑粉将骨碴搅拌好。这道工程需要付出相当大的体力，于是死者亲属及时递上表示谢意的水酒，天葬师接过酒，并不急于去喝，用手指向碗中沾点三次，抛酒空中祭奠死人，这才一饮而尽。骨碴和成的糌粑，好像是鹰鹫们正餐后的点心，它们扑到一起将死者最后的部分抢食一空。

鹰鹫们起飞了，像是要代替死者对亲人与尘世告辞，它们在天葬台上空盘旋，发出啾啾的叫声，好一会儿才向着远山飞去。此时太阳已经升高了，鹰背上一片耀眼的光芒。死者的亲属目送鹰鹫远去，满脸洋溢着感激之情，他们的亲人已经羽化登仙而去，尘世上没留下他半点痕迹。

萧芒站在天葬台近旁的土堆上目睹了一个人体消亡的全过程。她的脸因为过分专注而显得苍白。在这个平静无奇的上午，有一个曾经在人世间诞生长大成熟衰老的肉体，化作了鹰鹫的飞翔。没有激动和不安，没有恐惧甚至没有哀痛，一切都进行得有条不紊心平气和，从死亡到新生的过渡完成得多么安详。萧芒感到了一种前所未有的灵魂震颤。

当天夜里，萧芒一夜无眠，她的感想在许多天之后，以方块字的形式传达到我手里。这是一封很长的信，引经据典，旁征博引，简直像一篇关于天葬的论文。她在其中写道：

> 这是我有生以来最让我难忘的一天。
> 我的日记本里记录着一位在西藏生活的学者对天葬进行考察之后说过的话，今夜将它翻出重读，更觉出了这段话的价值，使我对这位学者肃然起敬。他说："面对雪山丛中用灵与肉筑起的生命祭坛，面对超越生命的热烈的真诚，我们的惊奇会成为沉思，成为觉悟，成为感知西藏上空雪山的明光，镀亮死亡的阴影。"他说："如果把天葬台上切割尸体喂鹰的场景，推入藏文化的深处，推入神话世界和宗教的大氛围中去认识，心灵便会受到持久的震撼。天葬所具有的魅力、魔力和吸引力是人们无法抗拒的，是迷恋？是蛊惑？是魔幻？是方术？人们已无法细细体味。由于天葬台的场面、气氛、造化的渗透和渲染，仿佛我们每个人都成了神魔人的复合体，成了神话世界里的幽灵。"
> 早听说藏族人仅把肉体看作不朽灵魂的外衣而已，一具死尸的价值远不如一套破旧的衣服，今天真是眼见为实。任何参观过天葬的人们，生死观灵肉观都会像经过再铸一样，进入新的思路。

在信的末尾，萧芒用另一种颜色的笔，又补充了一句话：这个美丽神奇的地方真叫我感到相见恨晚，说不定我会嫁个骑牦牛的老藏，然后终老此地。

我为这句话大费思忖，她到底是与西藏相见恨晚，还是与哪一个西藏人相见恨晚？我控制不住我的主人公，已经不只是一种可能性了。

萧芒的确开始了她的又一次恋情，在遥远的西藏。

在这次恋爱中，萧芒的身体已经退到了无足轻重的位置，她的所有行为都只被一种精神和文化支撑。萧芒变得令我完全陌生，与从前判若两人。

在参观天葬回到拉萨之后的第三天，她毫不犹豫地应那位电视摄像师之邀，搬进了那个人由于缺少女人而显得凌乱不堪的家。那时候，萧芒甚至不知道这个满脸大胡子完全不事修饰的男人真实的姓名与年龄。她只知道他自称不语，因为崇尚少林武术取了少林寺传说中某个豪杰的法号为名。萧芒并不在乎他真叫什么，既然身体都不再重要，那么这个身体用什么符号代替自然更无关紧要。

不语对整个西藏风俗的起源和沿革了如指掌，对各种宗教经典和礼仪也多有见识。他说按照大密宗师的说法，人有一种叫"醍"的东西，形成于肉身生存期间，用现代科学术语来称呼，是一种磁场。当人死去时，假如某个肉体还强烈地留恋人世，这种能媒就会变成鬼，在他过去生活过的地方游荡，找不到超升的路。他还说，死亡不是瞬间的事情，从生之岸到死之岸还要经过七七四十九天的跋涉，《西藏度亡经》上说，在生死两岸的大峡谷里，人的亡魂可以伴随金翅鸟、赫怒加、金刚杵摇动的声音，看到各种具有象征意义的颜色、图形和数码。如果新死的灵魂不能破译这些象征物的含义，就会被它们永远支配不得解脱了。

萧芒入迷地听不语讲着这些她闻所未闻的事，对他产生了一种近似崇拜的感觉，尽管她认为自己从来不崇拜什么人。

萧芒每天都很忙。

她每天要用两部普通的录像机，把不语从各处拍来的藏族婚嫁丧葬风土人情的资料，按照需求者的要求编辑翻录。她自己一边录制一边反复看，每一个场景都像亲历一样地记忆确凿。她查阅大量史料，对这些活动进行历史考证。她还要做许多操作性极强的事，比如将不语收集到的因雨打风吹显得很脏的人头盖骨刷洗干净，把刚宰杀的牛羊头按不语教给她的办法制作成壁挂。不语说，他所采用的办法叫生物制作法，说到底就是把新鲜的兽头搁置起来，让它们腐烂生蛆，到一定时候将腐肉剥去，再用石灰水浸泡，一个具有防腐功能的头骨壁挂就作成了。不语把萧芒制作好的磁带和人兽头骨卖给观光的中外游客，价格贵得惊人。不语说，对西藏这种人类罕见的文化奇观，必须让它身价百倍地被介绍出去，才不至于委屈了它，因此价格在这里只有象征意义。他本人是要为弘扬西藏的文化奋斗终生的，他决不能够容忍这种文化在任何方面的贬值。

萧芒被他的话感动，义无反顾投奔了他。为了她心目中的那个崇高目标，她甚至过上了一种大学女教师萧芒完全不可能忍受的生活。

由于房屋周围到处是正在发生化学反应的牛羊头骨，绿身子红头的大苍蝇大批滋生出来，又白又长的蛆虫沿着墙根一队队爬进屋来，一不留神就爬上她的脚背。大得像是成了精的耗子，叼着牛羊头上的啃下来的肉渣来回乱窜。将腐未腐的兽头还会引来无数争食的野狗，整夜整夜在窗下撕咬嗥叫。萧芒要在这种环境里安排一日三餐，并且夜夜应不语的召唤与他做爱。不语的性欲之强令她目瞪口呆，但她从无怨言，因为不语时时在提醒她，一个过于看重自己身体的人是不可能真正体会生命的原始含义的，不能把肉身看成一件随时可以变质的灵魂躯壳来对待，也就不能真正领悟藏文化的精髓。

萧芒相信了他，并且不容他人质疑。当日后我与她为不语发生强烈的分歧时，我才知道，不语对萧芒的改造是多么彻底。他对她的影响远远超过了以往萧芒受到的所有教育的总和。萧芒已经在他的指导下按他的要求脱胎换骨。但我几乎是毫不费力地看穿了萧芒被一个文化骗子蒙蔽的真相，洞若观火。我必须坚定不移地将她从那里调回来。

萧芒看到了我的第十二道金牌之后，才愤然起程回来。她见到我的第一句话就是："我恨你——痛恨。"

我的劫难深重的女主人公，终于与我成了陌路之人。

关于女主人公前景的若干种设想

我真正陷入了恐怖之中，我感到我对改变萧芒的命运完全无能为力，正如我在小说的开端所预感到的那样，我用自己的手充满善意甚至爱心地将一个无辜的女人放逐到令人痛惜的境地。我必须把她解救出来，这是我的责任，否则我将一辈子逃不出对自己的谴责。

叫人头痛的是，萧芒对自己的处境毫无认识，她一回来就一头扎进了她的西藏事务里。她把本城的西藏爱好者一个不剩地调动起来，搞展览和演讲会，将西藏风光图片张贴到街头巷尾，同时到处兜售那个摄像师的录像磁带。为了给这些活动筹措经费，萧芒卖掉了自己所有值钱的物品，并且把个人生活费用降到最低水准。她每天疲于奔命，差不多忙到了蓬头垢面的程度，原来收拾得井井有条而且非常舒适的家，也几乎成了大车店，人来人往邋邋遢遢。她所任教的大学，多次因她无故旷课告诫她遵守纪律，否则就要免去她的公职。对这一切萧芒全都熟视无睹置若罔闻。她双眸明亮神采飞扬，不管跟什么人说起西藏都口若悬河滔滔不绝，像刚刚注射了吗啡一样。地地道道的走火入魔。

不语时不时从西藏打来电报电话，无非是问萧芒，磁带推销得怎么样了，然后就催她赶快汇款过去。对不语的每一个吩咐，萧芒都执行得不折不扣，以往那个有主见有头脑的萧芒已经冰消雪化了一般。

我实在忍无可忍。

我不能听之任之。

我试图说服萧芒。

我对她说我一点儿也不怀疑藏文化的神奇和瑰丽，但必须把这跟不语这个人物分别对待。

"相信我，这个人绝对是一个高明的骗子，他发着西藏文化之财，还编出动听的谎言来掩盖真相，比别的骗子更加可耻可恶。"

萧芒并不言语也不争辩，只是用眼珠子直直地瞪了我一眼，眼神里还有几分狠劲儿。

我从来没有见过她这个样子。

"他根本不是藏族人！他来历不明！"

我大光其火。

"你以为这些并不重要，重要的是他早就与西藏和藏人融为一体了是吗？难道你看不出来他根本不爱他们，而是天天在用高价出卖他们？他还用谎言雇用了你，替他制作他的商品。"

我差一点儿控制不住自己，话像连珠炮一样张口就来。

萧芒反倒像是完全不屑与我搭话，把脑袋扭向一边，看都不正眼看我，按说这叫我不能不恼火。

此时正是夕阳低照之际，萧芒坐在窗边，搓着因为多日的操劳变得粗糙的手。她的头斜靠在窗框上，脸在一片若明若暗的光线里显得苍老而又憔悴，又令我动了怜惜之心。

我停住一会儿，缓和了口气说："我知道你从心里反感我非要按自己的意志来描写你安排你的生活，你一定认为我的文字就是你的牢狱，千方百计要逃脱出去。可是你要知道我这全是为你好，从一开始我就真心希望你幸福并且永远如此。"

萧芒像一个泥胎，不吭一声，安静得仿佛生命都停止了。

这情景叫我回想起我们初次见面的那天，她给我的那种寡言少语心高气傲的印象，而且她现在的傲气里更增加了几分冷漠。

"那你今后打算怎么办？"

"我？只有你知道我该怎么办。"

萧芒总算瞪大一双眼睛对我说了一句话，语气里充满了轻蔑，目光幽幽的叫我害怕。我应该有理由后悔制造了一个连我自己也不知该如何结果的人物。

我只能说：让我好好想一想。

我想我一定满面愧容。我真心想帮她才做出了让她远行的安排，没想到适得其反。我也太傻了。

萧芒离开的时候我很惆怅。

在生活中我见识过不少这样的女人，她们比口口声声时时刻刻在表白着侠肠义骨的男人们不知要侠义多少倍。她们只认人认死理，而不会像男人那样认钱认利。倘若一旦认准了什么人或者什么事，她们真正会威武不屈富贵不淫。我现在才意识到萧芒就是这类女人。

度过了好多个不眠之夜以后，我终于为萧芒设计出若干种前景。设计若干种而不是一种，说明我的创作态度更加审慎了，我越来越意识到写小说实际上也是人命关天的事，非同儿戏。我打算把这些方案一股脑儿端给萧芒，由她自己去做出选择。

以下就是我从若干种方案中挑出来的两三种。

方案之一：

冬天到来的时候，萧芒决定去旅行。她似乎受不了这座北方城市日益凛冽的风和一派萧瑟的景致，尽管已经在这儿生活了这许多年。

她只是决定要去旅行，去哪里，去多久，她全不知道。

到达火车站的时候，她有些茫然。售票大厅左右两边的标志，分别写着醒目的大黑字：往南，往北。她犹豫了片刻，站到往南的窗口一边，因为她想起来，她的皮箱里装的全是连衣裙、短袖衣、皮凉鞋和遮阳帽。当她意识到这一点，仿佛略略受到了惊吓，她不明白怎么会在不知所往之际便把夏天的服装塞进了皮箱里。她看她自己，看周围的人们，从头顶看到脚底，都是绒帽围巾手套皮靴，完全的冬天装束。她知道自己是要去到很远很远的南方了，有灼热的夏风吹拂，有骄阳暴雨和肥硕蚊蝇的遥远的南方。

队伍越来越短。萧芒在价目表上一遍遍地寻找，想找出目的地的名称，竟是枉然。轮到她买票的时候，她把一百元的钞票塞进半圆的小窗，听见窗口的扩音器里沙沙地问："去哪儿？"

"C城。"这个地名出现在她脑海里，几乎与发音同步，她简直不假思索便脱口而出。

这时萧芒发现自己处在一种身不由己的境地，冥冥中有一股神秘力量在左右她，她只能俯首听命。就这样她开始了这次无缘无由的远行。

在C城火车站熙熙攘攘的广场上，她把从身上换下来的大衣、围巾还有一双精致的羊皮长靴，统统送给了乞丐。她并不知道这么做是否意味着她将一去不复返。反正她换上夏装之后，毫无信心地找到一辆出租汽车，把一张纸条递给司机。纸条上写着她在火车上凭空想出来的一个地址，区、街、巷和门牌号码一应俱全。奇怪的是这个地址并非子虚乌有，这个城市里还真有这么一条街，这么一条巷，这么一个门牌。

一切顺利，一刻钟以后她已经叩响了一扇油漆斑驳的旧门。跟一般神秘主义小说里的主人公不同，萧芒到了这个地方，并没有似曾相识的感觉，这是个她完全陌生的地方。

门吱呀一声，启开了一条缝，里面渗出一股地窖的气息。萧芒看见一副老妇人溃烂的眼圈，上边站立着不多的几根睫毛。

"你来了。来了就好。我已经替那个人等了你好多年。"老妇人干瘪的嘴唇嚅嚅着，发出一串含混的声音，可是最末一句话说得很清楚，"要是不等你，我也许早就死了。"

萧芒心惊肉跳，不知是谁叫她等自己，也不知她究竟已经等了多少年。但她没有发问。自从这次奇怪的旅行一开始，她就已经预知她的每一步都将被无处不在的力量所调遣。她只是担心，一旦等到了自己，这个风烛残年的老妇人会不会当即倒毙，引出一场说不清的人命案来。

"钥匙在这儿，你自己去吧。阁楼在顶层，我已经爬不动了。"

老妪喘着气，喉咙里咝咝地响。

　　钥匙是铸铜的，足足有几两重，上边还结了一层绿锈。接过钥匙，萧芒心里充满了疑惑，她完全不能想象，这把钥匙将打开一张怎样的门，而门里边等待着她的究竟是什么。

　　方案之二：

　　当这列火车穿过夜幕驶进黎明的时候，卧铺车厢幸福的旅客们被"新闻报纸摘要"的声音唤醒，纷纷下床去抢占厕所，排队刷牙洗脸。然后大家坐下来吃早点，互致问候，很客气地请这位那位尝尝自认为有特点的旅行食品。一阵忙乱过去，人们才开始把注意力投向那个女人。

　　那女人并不属于引人注目的一类，在时装模特、女明星和通俗歌曲女歌手风靡了世界的今天，这样的女人只有被淹没。跟她同住一组卧铺的男人们，喝着酒，吃着鸡腿，用目光追逐时不时穿行在狭窄过道上的年轻女孩像小马驹一样伶俐的身影，一度忽视了她的存在。他们只隐隐约约知道她昨天傍晚从某一个大站上车，住了一个下铺。上车之后，她像个影子似的坐在那儿，从晚饭时间坐到熄灯以后，不吃不喝一动不动，凝视窗外无边的黑暗，一闪即逝的孤灯和天幕上起伏连绵的山峦剪影，直到粗粗细细高高低低的鼾声非常惬意地响起来，包围住她。没人注意她。

　　人们开始意识她的存在，是第二天早上一阵忙碌之后。世界上的万事万物与众不同的本质方式其实只有一种，那就是被强调。无论美与丑静与动，被强调的东西或迟或早总会因它的与众不同受到重视。那女人受到重视的原因，是她被强调的安静。那女人大约一夜未眠，人们从她整齐的铺盖以及她的就座的姿势都可以轻易做出判断。她对面下铺的油画家，用职业眼光在漫不经心之中就记住了她裙子上的一条皱褶，仍同他昨晚无意瞥见的一样，蜿蜒在她膝头。

　　男人们面面相觑，互相用目光传递着惊诧和同情。这女人一定碰到了什么不寻常的烦恼，以致灵魂出窍，只剩下躯壳听凭火车载走。这些走南闯北见多识广的男人，天性里充满了希望女人依靠，并且拯救女人于苦难之中的愿望。当他们被她异乎寻常的安静震慑，就不约而同想为她做些什么。

"您在哪儿下车？"

一个毛头小伙冒冒失失问。

没有回答，没有反应。

那位自开车后就不停地吃喝、不停地打饱嗝的胖男人，费劲地爬上行李架，翻出一包进口果仁，用一溜戴着三个黄澄澄金戒指的肥手，将它摆在女人跟前："吃点吧，好吃。"

还是没有反应，没有回答。

见此情景，一位头发斑白的老者，自觉有做长辈的资格，也帮着劝道："遇上什么事也得吃东西，当心伤了身体。"

结果同样无效。

只有她对面的油画家不动声色。他拿出一袋苹果削着皮，将附近熟悉的旅客一一打点，最后挑了一个大个的，细心转着圈削好，又连同果皮裹住，摆到女人肘边的桌面上，一声招呼也没有。

女人似乎仍无反应。但画家认为他已经得到了回答。他凭着职业的敏感发现，那女人的睫毛在初升的太阳柔和的光照里，难为人察地轻微抖动了一下。

假如这列火车还要开上几天几夜才能到达终点，这几个男人就倒霉了。他们既不能目睹一个女人的慢性自杀行为不闻不问，又拿这个固执的女人毫无办法。正好这时候列车适时到达终点，给这几个好心的男人解了围，他们争先恐后下了车，去奔各自的营生，把因为那女人引起的短暂焦虑同那女人一起留在车厢里。

油画家是最后离开的一位。他的行头多，并且零乱。也许零乱本身就意味着对女人的期待。等他把所有的东西都披挂在身，回头去拎他的画箱时，画箱已被那女人拎在手里。

"我跟你走。"

声音像从嘴唇上而不是从喉咙里发出，飘浮过来。

油画家并未被这个突如其来的请求弄得不知所措。他停顿一下，抑制住分不清是诧异还是惊喜或者二者兼而有之的情绪，并不抬头看她，温和地问：

"你知道我要去哪儿吗？"

"我猜你是去写生。再说到哪儿去对于我都是一样。"

"你很会猜。"

"这么说你不反对？那就走吧。"

"走吧。"

他们穿过出口处翘首而望的接站者用目光铸起的通道时，女人有一丝惶然，觉得那些目光像 X 光射线似的，照射到她的骨骼上，同时照着她纷繁紊乱的思绪。她毫无表情也无血色的脸痉挛了一下。

幸而那一刻很快过去了。不一会儿，她和油画家就融入了广场上蚂蚁一样密集的人群。没有人注意他们，也没人知道他们的去向。

我正要公布方案之三的时候，突然对这些方案丧失了信心。我觉得经历过西藏之行的萧芒，已经变得高深莫测，她对这样平庸的方案肯定不屑一顾嗤之以鼻。但我本人对萧芒的前景的确没有把握，所以只好故弄玄虚，写在纸上当然也就云山雾罩不知所终。说它们意味着女主人公仍然迷恋永远的夏天，或者选择了更加极端的浪漫，似乎都很牵强，这些事情已经跟现在的萧芒无法嫁接，我的女主人公现在完全是一个灵魂与肉体脱节的精神化身了。

后来我意外发现了这些方案有一个共同点，那就是在我的每一种方案里，萧芒终归都离开了这里。

这个发现让我很慌乱，马上抓起电话拨了萧芒家的号码。耳机里嘟嘟响了几声，一个来自电信局交换台的声音说："对不起，没有这个号码。"我以为拨错了号，一连几次都是这个结果。这真见了鬼。自从我们相识到现在，我给她打过的电话肯定不下一百回，怎么可能没有这个号码。

一种不祥之感迅速淹没了我，萧芒已经走了，就在我替她苦心设计她的前景时，与我不辞而别。

萧芒真的走了，从我们这座城市里永远消失了。我去过她的住所，摁响了门铃。一个年纪挺大的瘦女人出来应门，回答我说一定是我记错了门牌，这里从来没住过一个叫萧芒的年轻女人。

不语频频给我打来电报，查问萧芒的去向。事实上他并不关心萧芒本人的下落，而是关心他托萧芒推销的录像带还剩下多少，款子结余了多少。

这叫我心里十分难过，为萧芒难过。

又过了许多日子，甚至也许是许多年，我收到了萧芒的一封信，严格说起来还不是一封信，而是一篇从日记本上撕下来的日记。墨水的颜色浅淡陈旧，字迹潦草，有的地方已经不太容易辨认。

我把那只破旧的信封，翻来覆去地看，想知道这封信究竟寄于哪一年哪一月哪一天，以及什么地点。然而没有结果。邮戳盖得模糊不清，又经过风吹日晒，只剩下一个空洞的黑圈，仿佛这一封信寄自另一个世界。

下面就是萧芒的日记，也是她最后对我说的话。

　　××年×月×日　星期三　阴

离开家的时候，我感到我要开始的是一次真正漫无目的的旅行。此刻我第一次体会到一个漫无目的的行动者内心是多么轻松。愉快谈不上，可轻松是一定的。

旅途平安也很平淡。为了更深地体验一下漫无目的的感觉，我决定在前方任意的车站下车。卧铺车厢列车员换票给我时提醒说："你还没有到达票面指定车站，中途下车，卧铺作废。"我对她说了声："谢谢。"这只是一种习惯。

我走出车站，来到广场上，钟楼上的大钟当当地敲了五下。按照约定俗成的概念，现在是下午五点钟。下午五点钟，我到达了一座完全陌生的城市。

究竟是从什么时候起，是谁将时间这个概念施加给人类的？它被编上号，按顺序排列，序号可以无限大。它又被年月日时分秒分割，分割成无限小。人类不分国籍不分种族一律接受了这种序列和分割，并且自然而然地以此时此刻这界限，将它归纳为历史和未来两大类。每一个生命都依附在无始无终的时间链条上，时间一个链环一个链环朝固定的方向移动。即使生命企望站立不动，现在终将成为历史，未来必然成为现实。我站在一个陌生城市的陌生街道上，看着时间一分一秒经过我的生命，看着我体内一些细胞死亡，另一些细胞新生。假如有谁能够站在时间之外看人类，每个个体的人也正如同细胞一样，一批批死亡又一批批诞生。

马路上涌动着陌生人的河川，我站在人行道某块水泥方砖上，看人们朝各自的目的地奋力行走，奋力蹬车。男女老幼高矮胖瘦……一串串近了又远了，跟五点钟过去五点零一秒零一分零十分……到来了又远去了一样。我纹丝不动，就经历了无数的永别。我还没来得及看清这些面孔，没来得及体验这些时刻，就已经和他们永别了。当他们和它们经过我的时候，就成了关于我的历史。除了我自己，不会有任何人记录这个场景。但这个场景确切存在过：一个女人站在某年某月某日傍晚的街头，看人看车看分分秒秒从她身边走过。

我离开了那块水泥方砖，没有留下任何痕迹，如同所有逝去的时间。那个场景成为记忆贮存于我的大脑。但我知道，这也不过是短暂的不可信的保留。一旦我的大脑死亡，记忆也就随之不存，那些暂时被贮存的时刻，终归无声无迹。每个已经成为历史的时刻都不可能重复。就像我出现在世界上，经历过可能经历的分分秒秒年年月月之后，又从世界上消失了，从此世界上永远不会再出现另一个我。但这种个体的存在与消亡完全无碍于人类整体，人类整体正是在个体的存在与消亡中生生不息地延续着。这种生生不息的存在与消亡到底有什么意义呢？

我离开了那块方砖，向着没有目的地的前方走去。

天很快就黑了。高层建筑构成的人造峡谷里，夜风呼呼地吹过。我在峡谷中行走，感觉到了风的凉爽，也感到了饥饿。于是我很本能地注意到，那些灯光明亮的橱窗里，挂着被煮熟了的动物。这些动物被制作成红色、黄色或者咖啡色，被切成条状块状甚至绞成泥，就成了食品，灌进一副副的肠胃。这些肠胃的持有者，擅自命名为人，以此区别其他动物。被命名为人是一种幸运，因为不必担心被煮熟染上颜色切碎灌进某副肠胃。我就幸运地被命名为人，于是我的肠胃里灌进了其他动物的碎块，而我自己觉得饱了，舒适了，困倦了。

又困又累，我想我需要睡觉了。在一家旅馆的服务台，我申请租一张床位。服务小姐将那张贴有我的相片，填有我的姓名、性别、出生年月及住址的卡片看了又看，验明正身之后，叫我在住房单上登记。这种手续我不知履行过多少次了，从来也没有像今天这样感觉怪异。我写上自己的名字。这两个方块字因某种偶然的机缘组合在一起，就成了我固定不变的代号。使用这个代号，我可以申请到我所需要的床位，但假如我信手将它改变一个字，服务小姐就会提出疑问，这是你吗？假如我坚持用改变后的符号代表我，他们一定会收回住房单，请我出去。这情形看来很有些荒谬，仿佛要住宿的不是我而是我的姓名。姓名一改变我就不再是我了。可是我无力反抗这种荒谬，因为我需要床位。

我渴望睡眠。睡眠多好啊。它是一种无知无觉的状态，既然无知无觉人的生命好像也就不存在了。不存在了不是很好吗？一切痛苦都消失殆尽了。

藏人认为，如果人在生命的最后时日，战胜不了对死亡的恐惧，在慌乱不安中离开人世，那么他或她的人生是不完美的，也是不完整的。我渴望有一个既完美又完整的人生。我的制作者最初不也是这么期望的吗？

躺在床上我很快就睡着了。睡眠中有梦。我梦见一只巨翅的白鹰，从远远的天际向我飞来。我的身边正缭绕着袅袅青烟，我知道那是桑烟。它正在为我升起。

我清醒地意识到，萧芒在暗示一种我最不愿意赋予她的结局。

眼泪滂沱而下，把稿纸上的字迹冲得零零落落。我是想把这部耗费了巨大心血和精力的稿子毁掉，以换取萧芒的幸福吗？

但我同样清醒地知道，已经来不及了。

我失去了萧芒，一个曾经让我的生活充满创造力的朋友。在很长一段日子里，我常常想起她就暗自神伤。在大街上在地铁车站，我好几次惊喜地跑去与被错认成萧芒的女人打招呼，屡次失败之后仍不死心。我宁愿一千次认错人，也不愿意留下一丝与萧芒失之交臂的可能性。

上穷碧落下黄泉，两处茫茫皆不见。日子一天天过去，希望也一天天变得渺茫。但我仍固执地相信总有一天能得到她的消息。出于这个愿望，我决定把因为她的离去而不能完成的小说拿到刊物上去发表。萧芒一直有订阅文学刊物的习惯，我寄望于她看到我的小说之后，主动与我联络。

我将一直等待她的消息，直到我自己的面容与岁月同样苍老。

我不甘心她的命运永远没有结局。

风月 @ E 时代

小城名流

路上的积雪还没融尽的时候，春天实际已经来了。半夜，野猫们在比夜还要深的巷子里凄厉地嚎叫，惊扰着人的好梦，也把所有被冬季的严寒封存的活物唤醒了。枝头的苞芽，地下的草茎，墙缝里的蠕虫，瓦楞上的雨滴，以及街谈巷议流长飞短，都开始蠢蠢欲动，在我们的城市里。

应该特别向各位说明，我们的城市很小，如果搭的士，五块钱的起步费够你直达城区任何目的地。在街头走来走去的人们，只要一打照面，即使并不认识，也基本能判断出对方是这个城市的过路客还是原住民。完全可以想象，在这样一个小地方，要是什么活物有了适当的生长条件，肯定不需要太长的时间，它的枝枝蔓蔓就能像移动电话公司的信号网一样，把每个犄角旮旯都覆盖了。有关许秧家的传闻就是其中一例。

许秧是什么人，你可能不知道，但在我们的城市里，他几乎家喻户晓。

作为本地最热门的电视综艺节目"心心相印"的主持人，每个周六晚上的黄金时间是他大展身手的好时光，一个人唱歌朗诵演小品再兼插科打诨，把整个演播厅弄得笑声起伏掌声不断，临了还总能把两三对参加节目的青年男女撮合在一起，找乐和送福成了他的专利，加之许秧本人生得高大英俊，受到热烈追捧也是理所当然。有不少花了高额报名费参加婚姻速配游戏的女嘉宾，其实是项庄舞剑，本意不在找到如意的对象，而在与许秧近距离接触，上得台来，免不了要用言语或眼风撩拨一二，还有的干脆连遮着掩着的耐心也没有，在大庭广众之下公然要求与许秧拥抱，全然不顾自己那位因为刚刚结上对子，正欢喜得傻呵呵笑得合不上嘴的男友作何感想。而许秧呢，则颇有名人宠辱不惊的风度，你要抱就抱一下子，你要调侃就奉陪，分寸始终掌握在自己手里，怎么着也不违背绅士原则，久而久之，倒也赚了个风流不下流的好评。如此这般，可见许秧不是等闲之辈。所以本城居民到了这档节目时间，连中央台凤凰卫视也放下不看，非看许秧不可。

所以许秧在我们这个城市里活得如鱼得水。

比如，有一次他开车去中医院取药，为了图方便，在竖有禁止调头标记的路口调了头，又沿着慢车道溜了两百米，最后把他的座驾停在公共汽车站的进站线里。三个违规动作一气呵成，那股牛气果然引来了警察。车还不曾停稳，那位上来先是一个标准敬礼，接着掏出罚单就写，许秧一摸口袋不免暗自急了一分钟，驾驶证没带。当然，就像我说的，只不过急了一分钟。他灵机一动把自己的脸亮了出去。不出所料，本来满脸都是愠色的小警察，一看之下，态度大变，连一分钟犹豫也没有，就做出了放行的动作，挥手的时候，说声下回留神，可脸上的愠色已经变成了殷勤的笑。

如此的情形在许秧生活中并不是多么值得夸耀的事，换句话说，他已经早就习惯了别人这样对待他。不过你也不要以为，他是一个喜欢凭借声名多吃多占捞小便宜的人。朋友们都领受过他待客的热情和豪爽，家里常常高朋满座，随到随添筷子，柜子里只要有茅台，决不会往客人杯子里倒西凤，要是恰巧都喝光了，二锅头老白干也照样呎三喝四兴致不减。许秧有一个大钱包，里头常年装着上百张百元大钞，到了要买单的时候，他总是非常及时地掏出他的厚厚的钱包来买单，谁要想跟他抢，多半是白忙活。只有个别的三两次，因为他的钱包太厚，卡在后屁股口袋里抽不出来，不得不央求旁边的朋友帮忙抠，被别人买在了头里。时间长了，许秧被他的酒肉朋友们赠予了"买单爱好者"的雅号，弄得他原本也出手大方的太太柳叶子直骂他二百五。许秧不但不恼，反而像中了六合彩，抢着买单的劲头更足了，要是谁开口问他借钱，不说倾囊而出，也绝不会叫对方空手而归，很有点千金散尽还复来的丈夫气。在相熟的人中间，许秧的确好人缘。至于不熟的人，三五句话说下来，多半已经熟了，人们不觉得他有什么名人的傲气，反而有几分亲近。有一回，看见几个无聊的青年人，正在街头捉弄半裸女疯子，冲过去毫不含糊地将他们训斥一顿，还租了辆三轮车，嘱咐车夫将那疯子送回家去，路人见了，也都夸他是一个大好人。

许秧在街上走，逛商店，从来不戴墨镜或者帽子一类的东西，按他的说法，是讨厌那些明星自恋的做派，老觉得自己一出现，必定弄出万人空巷的动静，时时刻刻捂得严实。但在我们看来这可能是小城明星的另一种自恋，巴不得人们认出他，人们认出他才觉得受用。当然他也得为这个受用付出代价。他太太柳叶子进商店的时候，总罚他在门外边的什么僻静地方抽烟，不让他跟着。不然，只要他被人认出是"心心相印"的许主持，其立场肯定就会发生偏差，常常会在柳叶子讨价还价最关键的当口，站出来帮摊主说话，比如：这么好的东西，价钱够低的啦，你总得让人多少赚几个钱，云云。弄得摊主喜笑颜开，柳叶子满脸尴尬，东西买不成反生一肚子气。这样的事情被店主添油加醋地传出来，我们就更喜欢许秧这个人了，不管怎么说，他都是一个有意思的人。

当大伙儿都在追捧许秧的时候，坊间流传着许多关于他的事迹，多得会让他本人产生飘飘然的自得之后，生出些疑惑，怎么我的一举一动都会被演绎出如此多的嚼头？然而平心而论，虽说那些事半真半假，有的完全是空穴来风，但其中绝对没有难为他的意思，并且爆的都是替他添光加彩的料儿。

比如说，有个老奶奶在街头被摩托车撞伤之后，躺在路边哭天喊地，旁边围观的人一大堆，也没谁主动上前扶她一把。此时来了辆深蓝色JEEP，开车的男子见状二话不说，把老人抱上车直接送了中医院。等老人的儿女赶去，车和人都不见了踪影。众人感叹之余，毫不犹豫把这桩义举分配给了许秧，理由是许秧的座驾正是一部JEEP，这样的车在我们城里没几辆，而且他那天因情况紧急在中医院门口违章停靠，有值勤的警察可以作证。细心的人已经发现，这两件事发生的时间相距一月有余，但我们还是要将两者混为一谈，大伙儿希望如此。

又比如说，某天早晨我们一觉醒来，听说了一个让所有人都很振奋的好消息，中国福利彩票双色球20072478中奖号码公布，头等奖五百万元中奖者就产生在我们的小城里，投注站已经在门号张了红榜，等着那个幸运儿去揭榜。可是左等右等，直到超过了兑奖终止日期，还不见那个人出现，五百万得而复失，让彩民们为之痛心扼腕。几天之后，市井上就有了这个人的出处，又是许秧。根据是只有像他这样仗义疏财不把钱当回事的人，才会真正抱一种游戏心态去买彩票，买完之后就把它抛在脑后，以致错过了兑奖期限。多可惜呀。当人们都相信这个传闻之后，再来欣赏许秧在主持节目时的潇洒，就更觉得他太了不起了——这简直是视金钱如粪土嘛！根据这样的逻辑，我们坚信他在历次赈灾文艺晚会上，都捐出了数目可观的善款，而且还不留姓名。

为了证明许秧风流而不下流，我们还给他创造了一些粉红色的机会。曾经目睹许秧在街头怒斥小流氓解救女疯子的人们说，那个女疯子本来也是个相貌出众的美女，因为迷恋帅哥许秧才成了放浪街头的花痴。还说这个女疯子将病未病之时，曾经想方设法用尽男人无法抵挡的招数勾引许秧，都被他坚决而又不失风度地婉拒，活脱一个现代版的柳下惠，坐怀而不乱。那女子本来不过装疯卖傻，后来用情至深走火入魔，还就真的疯了。许秧多次在深夜录完节目回家的时候，发现女疯子还守候在电视台门口，心里也不由得感动一下子。不过他总是租车而不会亲自开车送她回家，既是回避瓜田李下之嫌，也怕再加深对那个疯子的刺激。我们听了，肯定要慨叹，多么仁义的一个正人君子。

……

在我们小小的城市里，有关名人许秧的传奇，就这么被热爱他的人们口口相传，与他相干或不相干的人，都习惯了把一些跟他相干或者不相干的事，一股脑堆在他身上。久而久之，在我们这些一辈子也不可能享受名人待遇，却做梦都想成为名人的平头百姓眼里，他简直好得有点高深莫测了。我们真的想让许秧总是这么道貌岸然，这么完美地披挂着满身优秀事迹，出入于我们的视听，生活在我们中间吗？

那可不见得。

在眼下这个全民瞩目名人，以窥视他们的隐私为集体嗜好的时代，这个叫许秧的小城名流，他的一切特别是私家事务，是不是也要被列入重点关注之列呢？答案是现成的。

首先，人们会非常关心他的婚姻状态。以一般推测，像他这等相貌这等工作，又处在中年边缘的人物，家庭大概不会也不应该太正常，最起码应该是看起来正常其实不正常。人们情愿他贪恋钻石王老五的身份迟迟不娶，跟这个那个年轻漂亮的女孩过从甚密，又只承认跟谁都是兄妹般纯洁的关系，或者娶了什么有钱人的丑陋千金，心有不甘而红杏出墙，再不然就家有贤妻娇子，外有红粉知己，两边都不耽误，诸如此类，怎么都行。也就是说，如果许秧跟菜市场旁边卖小笼包子的面食张一样，守着一妻一子，日出而作日落而息，正常得令人扫兴，那就太不正常了。

其次，人们会希望知道他的特殊嗜好以及由此产生的种种不良后果。譬如说，是否酗酒，并在酒后飙车撞人现场逃逸；是否抽烟，在飞机上忍不住烟瘾发作，跑到厕所里吸了两口，引得烟雾报警器小题大做，被空乘人员逮个正着；是否一闲下来就狂吃巧克力，晚上睡觉前又不刷牙，眼瞅着好好的一口白牙，早被龋齿取而代之；是否迷上练什么气功，练得走火入魔，有病不去看医生，小病拖大，大病拖垮；是否追随着时尚搞起了收藏，不管是瓷是玉是字是画，被文物贩子哄骗可劲收来，最终弄得家财散尽满柜子赝品；是否好赌，到了看见麻将就想搓，上了手就不肯放，一直搓到赌债累累，领导警告，太太将其拒之门外……

再次，人们还会等着看他是不是会有别的什么意外。譬如说，他养的一只名贵的苏格兰牧羊犬在某天傍晚溜达的时候，被飞驰而过的汽车给撞了，花了好几千钱都没治好；或者他自己在马路上散步，冷不丁被别人家的黑背猛犬拱翻在地，后脚跟无缘无故给钻上了一排牙齿印，尽管狗主人一再申明他家的狗刚打过进口疫苗，还是不敢大意，一连五次的防狂犬病针非打不可了。当然，他碰上的肯定不是一条真正的狂犬，打的针肯定不是假冒伪劣产品，否则我们就要失去许秧，那是大家不能接受的。

总之，对我们这些热爱名人的平头老百姓来说，并不希望我们的偶像安安静静地生活，他们是一些特殊的人，是我们生活中的开心果和染色剂，他们在笑纳了我们追捧的目光之后，有责任把我们的生活装点得有声有色，要是他们也整天柴米油盐酱醋茶，平淡平常平凡地活着，那就太不像话了。

作为我们的偶像，许秧现在最大的问题是把自己完全混同于一个普通老百姓，太没有进取心了。据消息灵通人士说，他总是把日子过得优哉游哉，每周按部就班去台里开一次会录两次节目，到饭馆吃三到五次饭，周末一如既往去幼儿园接女儿陪太太上街购物，雷打不动跟狐朋狗友通宵搓麻将，其他时间大门不出二门不迈，一律窝在家里，严格地说是窝在床上，喝茶抽烟读报看电视剧，饭来张口衣来伸手，什么都不操心不过问。也就是说，许秧的生存状态，是横着的时间多过竖着的。后来他家门口杂货店的老板娘回忆，许秧住在这儿的时候，她几乎每天都得接上个把电话，让往他家送这送那，有一回居然要求送上去一盒牙签。老板娘说，要是换上任何一个别的人，她可能都要破口大骂了，可他是谁，他是许秧呀。还能怎么办，送呗。

说来说去，许秧活得那叫滋润潇洒，能不叫我们这些每日里为生计奔忙的人牙痒？

终于出事了

我已经说过了，我们这座小城里的人们是特别喜欢许秧的，正是因为喜欢他，我们才盼着他出点事，不管哪方面的事都行，不然他就有点愧对大家的关注了。你看看眼下最火爆的明星，哪一个不是隔三岔五就要弄出点动静来？这个的女友傍了大款，那个打了穷追不舍的粉丝被警察拘留，要不就是买了价值千万的豪宅，还没住就被人把地址给公布在网上，或者与异国恋人当众亲热，甘当狗仔队的模特以供拍照发表……我们凭着一些真假不辨的传说，知道许秧是一个很会为别人着想，很善解人意的人，所以也深信，许秧会把他主持节目时一招一式都甚合民意的优点，移植到生活里并发扬光大，在大家都盼着他出事的时候，弄出点事来。

果然，就在这一年春天刚刚到来的时候，许秧不负众望，终于出事了，而且是我们最乐于听到最精于琢磨的风流韵事。这阵子，小城里如我这般关心许秧的老百姓，有福了。

许秧把一个女人的肚子搞大了。

这个粉红色的消息一经传出来，立马在小城的饭店茶楼美发厅足浴馆以及网吧里不胫而走，个中细节被人们丰富的集体智慧创造和想象，渐渐如小孩子吹出的肥皂泡，一串串由小到大由少到多，漫天飞舞。

那个女人是谁？无疑是许秧的女粉丝一致关心的事儿。她们躺在窄小的美容床上，一边作着面部按摩，一边热心地为许秧安排情人。按女人们的意愿，被许秧搞大了肚子的女人，千万不要在我们这个城里产生，最好是全国知名的影星歌星，要是搭不上边儿，起码也得是省电视台的当红女主播，或者省歌舞团的著名女歌手，否则她们的感情就会受到莫名其妙的伤害。这样的心理从性别的角度考量，正常得不能再正常了，就好比美国妇女们对待两位总统的公开绯闻，有截然不同的态度，把玛丽莲·梦露和肯尼迪的恋情神秘化浪漫化，而把莱温斯基和克林顿的交往下流化庸俗化，因为前者是著名影星大众情人，而后者只是一个身材肥胖的女秘书。女粉丝们说着说着，就有点恨铁不成钢的怨恨，一致声讨起那个不要脸的女人来，相信要不是她投怀送抱，许秧何至于如此。当她们最终知道了被许秧搞了大肚子的，是他家请来当保姆的那个名叫二桂的乡下女孩，简直一个个义愤填膺，咂着舌头说，还以为他真的风流不下流呢，没想到他比其他的男人还要下流，呸！

男粉丝们似乎更关心许秧以后的去向。他们坐在乱哄哄的茶楼里，回想起以往好多个周末，自己的老婆女友或者妹妹，对许秧的高度痴迷，心里忽然间酸溜溜的不是滋味。她们在新闻联播都没播完的时候，就忙不迭把频道调到了"心心相印"，忍受着节目开播之前那些没完没了的广告，生怕错过了许秧的开场白。然后她们会随着许秧的节奏，像吃了迷幻药一样，在他搞笑的时候，高声大笑，在他煽情的时候，眼泪汪汪。现在想来，许秧的那些话，未必好笑也未必值得一哭。他们只是奇怪在那个时候，自己怎么能那么大度地面对自己身边的女人肆无忌惮的精神背叛，还跟着她们一块高兴一块伤感。这下好了，许秧出事了，不大不小，刚刚好可以断送掉他黄金主播的前途，再也没有机会对他的女观众们施行意念勾引和精神奸污了。庆幸之余，男人们还是会有些懊丧，为自己以前对许秧无原则的宽容。

现在，差不多全城的人都知道许秧的绯闻了，越是我们这些离他远的人，知道得越详尽也越当真，不知道的只有他太太和他本人。对这个说法，你可能半信半疑。你的问题无非是他太太不知道还说得过去，夫妻间出了什么事关风化的问题，常常最后一个知道的是他们的配偶，可许秧自己怎么也不知道呢？

此是后话。先说这件事的来由。

知情人

俗话说，无风不起浪。对我们来说，这风从哪儿刮起来的并不重要。要是这浪头起得对了大伙的心思，风就肯定会越刮越大。

现在互联网上最时髦的一个词是"据传"。大到国计民生，小到鸡零狗碎，任何事情都可能在冠以"据传"二字之后，进行不负责任的炒作。就说这全民瞩目的股票市场吧，一个"据传"某公司整体上市，或者在某个谁都没听说过的国家接到了巨额订单的传闻，可以把一只垃圾股炒出十几个涨停板，然后再由当事一方出面澄清也就万事大吉了。把高位接盘的散户骗到井底下，割断绳索就走啦，即使这些据传的始作俑者，让众多股民为此付出大量金钱甚至血泪的代价，仍然逍遥法外，"据传"二字就是开脱责任最好的托词。我不过是传呀，谁让你信呢，对待传闻你自己没有判断能力，你赖谁？

大事如此，有关许秧的绯闻，就更不用说了，我们在议论这件事的时候，连据传的托词都用不着，因为有三个知情人的见证，可以让我们心安理得地传播这个消息。

在此之前，我们需要进行一些必要的想象和推测，以便消除知情人证言中的一些不合理性。

假定那天时间到了半夜一点，连夜猫子许秧都已经洗漱完毕，打算再抽上一支烟就上床睡觉的时候，主卧的门被人敲响了。许秧打开门一看，只见二桂披头散发，面无人色，双手抓住门框，半蹲半跪地挡在门口，把他吓了一大跳。要不是二桂在许家已经干了一年多，每天低头不见抬头见，熟得不能再熟了，他非得以为自己活见了鬼不可。

二桂一见到许秧，说了声：许哥，我肚子疼得厉害。整个身子就像煮过了火候的面条一样，瘫到了地上。

许秧一看这架势，也慌了神，赶快跑到床边去向夫人柳叶子报告。

柳叶子是电视台文艺部的编导，这些天为一台大型歌舞晚会折腾得没日没夜，回得家来已经累得神智半清不醒，朦胧中只听说二桂肚子疼，稀里糊涂顺口说：吃点止痛片，再不行你带她到医院去瞅瞅不就成了。说话间，一翻身，径自回到了黄粱梦乡，怎么摇她晃她也无济于事。

许秧知道今天这趟差是非出不可了。妻子平时总说他，人活一世像他这么快活的真少有，家中大小事情一概不问，油瓶子倒了也不知道扶。可眼下这倒在他跟前的，不是油瓶子，而是个大活人，他要是再不扶，那可就说不过去了。

于是他先给二桂吃了止痛片，等到她勉强能走路了，扶着她下楼去医院。

走到车库门口，许秧一拍脑袋，发现自己没带车钥匙。他们家住的这个小区，电梯过了夜里十二点就关闭了，上来下去得自个爬楼梯。刚刚扶着一个生病的二桂走下二十一层，已经让他出了一身老汗，现在要是让他再一阶阶楼梯爬回去拿钥匙，那还不比走蜀道还要难？许秧当即决定打车去医院，跟二桂一块走到了大门口。

要不怎么说，世界上的好多事情，总是无巧不书呢？要是许秧带了车钥匙，要是他爬楼回家取了车钥匙，要是他顺利地打到了出租车，就没有下边的这些故事了。正因为他既没带钥匙，又不想费力爬楼梯回家去取，并且没打到出租车，才有了这些故事，然后被这些故事彻底地改变了人生轨迹。

深更半夜，除了小区门口岗亭里有个保安，像鸡啄米一样在打瞌睡，四下里阒无一人。

许秧一手扶着二桂的肩膀，一手搭个凉棚朝马路上张望，当然一辆车的影子都见不到。正在进退不得的时候，从对面巷子拐出了一辆蹦蹦车。许秧立刻像见了救星似的，跳起脚来大声招呼，声音大得把打瞌睡的保安吓得一哆嗦。你想想看，像许秧这样的专业节目主持人，怎么着也是要经过些声乐训练的，再加上他们特别习惯使用丹田之气发声，在万籁俱寂的夜里还不响得更加夸张？

当时那保安被许秧的吆喝声吓醒，连眼皮都来不及完全打开，跳起来就给许秧敬了一个礼，然后又以他特有的方式，向许秧表达了敬意：哎哟哟，怎么会是您呢？这么晚了，您怎么亲自下楼，亲自出门，还亲自打车呢？有事您亲自跟我言语一声不就行了。

一听这连着好几个亲自，许秧忍不住就笑出声来。

许秧碰上了自己的铁杆粉丝，也是即将爆出的风月案第一位知情人。

记得这个小伙子在小区上岗第一天，碰到许秧开车出门，接过他递过去的停车卡，顺势就用一双汗津津的手将他的手指头给攥住了，激动得声音都有些变调：哎哟哟，是您！您怎么亲自开车呀！……真没想到我这么幸运，上班第一天就把您给候着了。您知道我到这个小区来当保安为了什么？就为每天替您站岗放哨，保证您的安全！为了这个差，我还托了人送了礼，签了跟卖身契差不多的合同。别人都说我划不来，可我说，只要每天能见着您，接过您亲自递过来的停车卡，这点代价不算什么……

要不是后边急着出门的车一个劲摁喇叭，小伙子还打算如此这般说下去。这一通诉说过后，许秧已经牢牢记住了这个名叫旺盛的粉丝。据旺盛自己说，他之所以特别崇拜许秧，是因为从小就想当一个电视节目主持人。为此他上过好几个高价的训练班，参加过多次主持人海选，钱花了不少，结果还是名落孙山。吃不着猪肉，只好争取看猪跑，到许秧居住的小区当保安，也算了了自己的心愿。

许秧这位新粉丝有个突出特点，就是酷爱传播八卦新闻。

首先他爱看杂志爱读报，每天坐在岗亭里，只要不耽误正事，总是手持各种刊物报纸，前后左右翻来覆去，像老鹰在高空俯瞰田野，看见值得一抓的猎物便一头冲下去。文章被筛选后细读精编，再由他的嘴传达给周围的闲人，经他二度创作，可读性大都由二星三星变成了五星。加上旺盛天生一张好嘴，说什么都活灵活现跟真的一样，很快就成了小区民间新闻发言人，大受业主们欢迎，不到一个月，旺盛的照片就荣登了物业部的服务明星榜。

其次，他是个超级网虫，平时不抽烟不喝酒不打牌不跳舞，所有的休息时间一律在网吧里度过。旺盛说，他上网吧可不像那些沉迷网络游戏的小孩子们，就知道花钱在虚幻世界里争强争霸，对现实完全是一种逃避的态度。他上网的态度是积极入世的，他最欣赏的网友，是那些上管天下管地中间管空气，发现了什么值得炒作的消息，发帖一呼跟帖如云的名博们。旺盛最迷的，是网上的人肉搜索运动，广东的港商灭门，陕西的假虎诈骗，山西的高官车祸，哈尔滨酒吧斗殴……无论人和事的背景多么复杂和庞大，都逃不过网上高手的地毯式搜查。

网友箴言：世界上没有什么事能比隐情大白于网上公之于天下更叫人期待。

旺盛连续跟帖：顶！顶！顶！

你想想，许秧有这么一个爱说闲话也爱管闲事的粉丝，近距离服务于他，是不是等于随时随地生活在聚光灯下，一举一动都有可能被放大被夸张，有时候还难免被神化或者被歪曲呢？那是当然。

第二个知情人，是开蹦蹦车的。蹦蹦车你总该知道吧，就是那种没有正规出品厂家，也没有正式营运许可证，甚至司机连驾驶证都没有的那种机动三轮车。正是由于什么都没有，他们一般总是昼伏夜出，等到交警叔叔回窝孵蛋去了，才敢出门上岗。许秧那天晚上不幸就是上了一辆这样的蹦蹦车，从此开始了他的厄运。

听到许秧的招呼，蹦蹦车慢吞吞过来了，一副睡意蒙眬的样子。

车夫打着哈欠到了近旁，在半明半暗的灯光下认出了许秧，立马瞌睡全消。等到听许秧说他要带身边的女子去医院，更像吸了 K 粉一样兴奋起来。车夫凭着他年过不惑的经验，只用目光把二桂的举手投足比画了一下，就将她的身份猜个八九不离十，同时有无数的疑问号像野蜂飞舞，在他脑子里嗡嗡作响搅成一片。

肯定许秧这小子也犯了那种下流坏子的低级错误，跟自己家的乡下保姆搞了什么名堂！要不，保姆病了，他老婆怎么不管？要不，他干吗专选这夜深人静的当口出门？要不，他怎么有私家车不开，反倒来坐这破三轮？没有猫腻才怪。

今晚上有好戏看了。他吞下了一口唾沫，狠狠地想。

上哪个医院？车夫问，装得漫不经心。他不想让自己的好奇和怀疑有一丝一毫的泄露，这样才能将跟踪进行到底。

哪儿近去哪儿。许秧说。作为一个年轻力壮，几乎从来不得病的人，他对医院和医生显然不具备选择意识。

好嘞，坐稳喽。车夫更来了劲头，只听得油门一轰，蹦蹦车一溜烟欢跑，跟他的心情呼应，感觉别提有多好了。其实就在轰油门的时候，车夫已经拿定了个两全其美的主意，要把这车上的二位拉到他熟悉的小诊所去。这样，不光帮着熟人拉来生意能拿到回扣，还可以获得可供他四处散布的名人信息，而且在他看来，这后一条尤其重要。

十分钟之后，第三位知情人出场了。

车夫把许秧他们拉到陈若水的小诊所，那位六十来岁的游医已经歇下了，听得有人叫门，知道来了生意，自然不得不起身开门，把灰不溜秋皱不拉几的大褂，往光脊梁上一罩，也算表明了他的身份。

游医，顾名思义即游离于正规医院之外，走乡串巷的医生。他们有的时候为了增加患者的信任度，也会开个小诊所，或者挂靠于一些小型医院，承包某个科室，实际上与院方只有上交管理费的经济关系。可是，你别以为游医个个都是小打小闹的散兵游勇，他们也有自己的组织，其中福建省莆田市的游医集团，经过二十多年的经营，以治疗性病、皮肤病闻名全国。光是一个叫东庄的小镇子，就有两万多人干这个营生，涉及全国一百多个大中城市的医疗行业，经营诊所几百家，固定资产超过了三百亿。他们做大做强的法宝是，站得脚就努力扩张，砸了锅就换个地方另起炉灶。

游医陈若水是否属于这样的集团，我们无须打听，但他的小诊所在这一带居民里小有名声，倒是不争的事实。不过，如果要是你比较细心的话，看一看他门口挂的招牌，肯定会心生疑虑，因为那上边包罗万象的科目，让你看不出他到底是哪科医生。诊室里边像舞台布景一样，挂着一幅幅锦旗和奖状，反反复复写的无非是"华佗再世""妙手回春"一类赞语，而那些东西的质地、格式、做工和字体，显然都出自于同一个工匠之手，就像是批发来的。

可是，这些细节并没有引起许秧的注意。也许他是一个生性粗心的人，对什么事都大咧咧地不用心，也许病人不是他自己也不是他的家人，他懒得为此去用心。总之，当陈若水把二桂领到脏兮兮的小诊床上，叫她仰面朝天躺下，并且拉上同样脏兮兮的一片小布帘的时候，许秧往门边的破藤椅上一坐，跷起二郎腿，点燃了一支香烟，玩起了吐烟卷的把戏，一副事不关己悠闲自在的样子，全然不知在门外边不到三米远的阴影里，有一只手机的摄像头对准了他，正咔嚓咔嚓拍个没完。更不曾料到，在墙角的布帘子后边，游医陈若水正在跟二桂进行着一次将改变他许秧之命运的谈话。

有关这次谈话的内容，是过了许多日子，二桂离开许秧家以后，柳叶子从她落下的一个小日记本里看到的，可惜那时候，所有当事人的生活已经发生了翻天覆地并且不可逆转的变化。许秧遇到游医陈若水的这个夜晚，成为一个界线，切分了许多人原本平庸，却还快乐的生活。许秧全家人以及二桂，甚至还有我们这些与此事并无关系的好事闲人，似乎都从这天晚上开始，失去了某些再也找不回来的好心情。

二桂

作为许秧事件的主要当事人，保姆二桂始终是街谈巷议的焦点。对于这个人物的来龙去脉，传说中的版本不止一个，但大体上相去不远。至于这里边哪些情形确实，哪些细节失真，好事的人们只管传只管听，反正又不是给什么伟大的人物修撰正史，能自圆其说也就成了。

一年多以前，二桂被许秧的太太柳叶子请回家，颇有点一将难求的风光。当时，许家的保姆母亲病故，辞工回家奔丧，急需雇用新人。柳叶子急急忙忙跑到家政公司询问，得到的回答却是时近年关，保姆供不应求，只能先登记排队，啥时候有人啥时候算。柳叶子一听，急得头发眉毛都差不多要着火了，连声叫苦，那怎么得了。

要说这柳叶子，其实也是个出得厅堂下得厨房的能人，只不过多年的职业白领女性生活，使她对家庭主妇的业务日渐生疏直至厌烦。在电视台，让她为做节目夜以继日翻来覆去，怎么繁琐她都能忍受，唯独对这柴米油盐的事务，一丁点儿的麻烦她都头大。可偏偏她和丈夫许秧好请客爱扎堆，在圈子里是出了名的，随时随地可能带上呼啦啦一大堆朋友回家吃饭，没有保姆对于她来说等于失了左膀右臂。许秧曾戏曰，我们这个家里，包括我在内，少了谁也不能少了保姆。

当时柳叶子下决心无论如何得带上一个回去，一屁股坐在家政公司的办公室里不走了。人家对她说，守在这儿也没用，还是回家等消息，她就是不听，跟人家软磨硬泡没完没了。等在车里的许秧，一个两个电话打上来催，她就是不动窝。后来许秧真的急了，锁了车跑到楼上来找她。没想这一找还真找出一线转机。

许秧一走进办公室，家政公司的那两个原本百无聊赖的女孩，一下子就精神起来了，四只眼睛齐刷刷盯住他看，活像看见了神仙下凡。等到弄清了许秧和柳叶子的关系，两个人立时积极性高涨，把登记册翻得噼里啪啦乱响，嘴里念念有词，表示挖地三尺也得给他们先找个人应应急，结果还是垂头丧气地表示心有余力不足。

最后，其中一个从抽屉里拿出个硬皮大本子，还有一支软芯签字笔，恭恭敬敬准备请偶像签字的当口，一张照片从本子里掉下来。

只听见她们两个小声嘀咕了一阵后，对柳叶子说：这儿倒是还有一个，早几个月人手多的时候介绍不出去的，因为长相困难了点……

柳叶子正急得火上房，连看一眼照片的耐心都没有，就说：找保姆，又不是选美，能干活儿就行了。

也许是二桂的长相事先被介绍方过于夸张地丑化了，等到第二天，二桂挎着一个小布包，拿着家政公司的介绍信跑到许家来上工，柳叶子见到她，一句话竟然脱口而出，也没有传说的那么糟糕呀。二桂有些腼腆地笑了笑，似乎不以为意。心直口快的柳叶子觉得自己并没有说破什么，二桂也不至于有什么坏感觉。没想到这一句话，就像一粒伤害的种子落在又干又冻的地里边了，暂时安安静静地埋藏在那儿，要等到有了适合的湿度和温度，才会蓬蓬勃勃地抽芽长叶，结出敌意和怨恨的果子来。那时候，这只是一种潜在的，连二桂本人都未必能够意识到的情结。

二桂就是怀着这样一种情结，走进了许家的生活。

几乎可以肯定，从小到大，二桂的长相是不会给她带来什么好运气的。过宽的脸，过高的颧骨，加上前额过低的发线，以及含胸驼背的体态，足以把她身上其余还说得过去的部分，掩蔽得毫无光彩。比如说，两只黑黑亮亮的眼睛，一条粗粗大大的辫子，以及丰腴圆润的腰身，这些可以被一个女孩引以为荣的本钱，全都被那些显而易见的缺点给抵消了。这样一个丑女孩，在她成长的经历中，受过一些怎样的委屈，我们凭想象都可以猜测出来。有过这种经历的女孩，很可能变得特别好强，特别敏感，特别有心计，特别爱记仇，当然我们也可以把这一切统称为性格内向，往好里说就是内秀。把这样的女孩子领到家里来，是个危险的举动，尤其对柳叶子这样一个有时候直爽有失细心的女主人来说，无异于自己身边埋了一颗地雷。

果不其然，二桂来了没多久，我们所能预料的各种丑女孩的性格特征，就很快地显露出来，以一种并不让人反感，相反还让人不得不有几分欣赏的方式，很强烈地显露出来了。

首先得承认，二桂是个称职的保姆，几乎可以肯定，假如她有机会受到正常的教育，有机会获得更好的职业，她完全可以做个称职的文员、称职的技工、称职的医生、称职的律师、称职的公务员、称职的CEO……也就是说，假如命运关照于她，她完全有能力把她可能得到的一切职业，做到称职的程度。

我们的生活中有这样一种人，给他一缕阳光他就灿烂夺目，给他一滴清水他就波涛汹涌，这种人可以在不同的环境中，创造不同的奇迹，一切取决于命运给他搭建多大的舞台。二桂其实就是一个这样的人。

话说二桂来了不久，许家的人以及每天频繁出入他家的狐朋狗友，全都发现了这个新来的保姆真是难得。你瞧这个家，忽然间干净整洁了，落地窗刮过了，好像只有窗框没安玻璃，木地板打过蜡，光亮得可以当镜子照，上至厨房里的锅台灶角杯盘碗盏，下到卫生间里的抽水马桶洗手池，都被擦拭得清清爽爽，够得上五星级酒店的标准，半死不活的花株，全都松过了土上过了肥，金鱼缸里新添了几条碧绿的水草，还有两三朵迷你型紫色睡莲……

再说这厨艺，刚来的时候还怯生生的没有谱，个把月下来已经是烹炒煎炸样样学上了手，加上她本来就会晒干菜腌泡菜，会做农家土点心，凉面拌得比饭馆里卖的还好吃，那还不把每顿饭都做得菜有大有小，味有轻有重，吃得许家一家三口和他们的食客赞不绝口。

每当大伙儿剔着牙夸奖她的时候，二桂常常只是低着头静静地听着，什么表示也没有，很有点宠辱不惊的风度。然后她会再接再厉，用一只漂亮的水晶果盘，端上切出花边的水果片，并且做一些必要的点缀：白色的香瓜摆成长长的船形，船里堆着一小堆红宝石般的圣女果，红色的西瓜摊出圆形的底，上边用翠绿的五角形洋桃砌出尖顶……

要是时节碰得好，她还会把花盆里盛开的鲜茉莉花采下来，掺上碧螺春或者竹叶青一类的绿茶，装在透明的玻璃壶冲上开水端来，满屋子顿时弥漫了一种淡雅的清香……

二桂的一切表现，都好到超出了人们特别是主妇柳叶子的预期。柳叶子的女伴们个个眼红，直问她用什么法子调教出这么一个超级保姆。柳叶子想来想去，觉得自己在二桂身上花的功夫实在有限，归根结底还是二桂悟性好，任何事情只要你演示一遍，她就牢牢记住，电视报刊上各种家政训练栏目，她都会按期跟踪，凭着农村初中的文化水平，去学习去体会，居然能模仿个八九不离十。

许秧两口子有了这么个宝贝，连上酒楼吃饭的兴趣都没有了，只要不是非去不可的应酬，加班加到再晚也要回家吃饭，只要不是非上馆子款待的客人，无论人多人少一律弄到家里来聚会。因为主人热情随和，许家的食客们酒足饭满之后，一般不会马上离开，非得搓上几圈麻将，等到午夜时分吃过二桂煮好的夜宵，才算走完全套程序。

二桂的夜宵，是一种名叫"清补凉"的市井小吃。先将绿豆、红豆、花生米、薏米、通心粉、红枣、银耳、水果丁、小汤丸、鹌鹑蛋等等原料，蒸熟煮透，分门别类盛放，到时候按吃客的要求任意搭配，分别冲上牛奶、椰汁、冰糖水，天热时再加些冰块，就做成了一份营养丰富，口感极佳并且赏心悦目的夜宵点心了。二桂在许家的那些日子，这道点心每晚子夜时分定时定量供应，既是慰问品又是逐客令。牌友们吃过了这道点心，会咂着嘴，打着哈欠，离开许宅。这些人今天赢，明天输，心情变化无常，二桂这道夜宵却总是以不变应万变，让他们百吃不厌。

诸如此类的表现，使二桂听到的溢美之词，多到了让她不光不稀罕，甚至有点厌烦的程度了。于是，主人对她越来越客气，她对主人越来越不客气了。

跟柳叶子一块儿去超市，二桂总要公然给自己拿几包话梅、橄榄一类的小零食，发卡、头绳一类的小饰物，扔在购物车里由女主人一并付账，连句客套的话也没有。

她对自己的小屋子里没装空调只装电扇表示了明显的不满，天热的时候时常擅自跑到许家女儿的房间去睡觉，把室温调低到要盖棉被才行。

剩饭剩菜她断断是不能吃的，她不吃自然不好意思让主家吃，院子里的流浪猫因此有了十足的饭食保障。

有一天，柳叶子打开自己的衣柜，一口气找出七八件衣衫裙裤，自认为件件都是八九成新，好料子好品相，二桂得了还不知该怎样爱不释手呢。没想到等她大呼小叫把二桂拉到衣帽间来试穿，二桂一丁点喜欢的样子也没有，淡淡地说声谢了，卷成一团就给拿走了。柳叶子原以为二桂害羞，不好意思当着她的面来试。可是日子过了一天又一天，始终没见这些衣服被二桂穿上身。直到有天柳叶子到储藏室去找东西，看到她给二桂的那些衣服，仍然卷成一团塞在角落里，这才知道二桂是不想接受别人穿过的衣服。

为遂了二桂这份好强的心，柳叶子特地带她去了趟服装店，让她自己挑两套合适的新装。这回二桂表现得比较兴奋，左一件右一件地试了又试，弄得售货员都不耐烦了，才选定了其中两套。买单的时候柳叶子发现，二桂挑的这两套，不一定是这家店子里最好的，但可以肯定是最贵的。一向出手大方的柳叶子，往刷卡机里输密码的时候，心里也着实别扭了一下子。可是既然这姑娘已经成了这个家里不可或缺的人物，柳叶子也只能摇摇头一笑了之。

如此这般，二桂的做派越来越牛了。最明显的变化是干活儿的时候，动静渐渐大起来了。

刚来那会儿，二桂爱光着脚，柳叶子特别为她买了软底的泡沫人字拖鞋，她总是嫌夹脚不爱穿。光脚的二桂轻拎拎地走在地板上，就像一只青年的猫，出溜来出溜去，给人一种神出鬼没的感觉。有天，柳叶子正在书房里写节目策划书，想得太入神了，被轻飘飘如影子般闪进来的二桂吓得失声惊叫。彼时已经夜深人静，二桂刚冲过凉洗了头，一张脸被黑油油如瀑布般泻在肩上的发丝包裹着，跟聊斋里边女鬼差不多。柳叶子被她吓得不轻，惊魂乍定之下还没来得及发作，转眼间就为二桂的表现感动莫名。原来人家二桂见怜女主人点灯熬油太辛苦，特为她煮了龙眼红枣银耳羹端来犒劳，不料被她的过激反应搞得惊慌失措，手一哆嗦，连碗带汤打翻在地。只见这二桂顾不得自己的脚背被羹汤烫得红了一大片，赶紧拿了抹布来，跪在地板上东擦西擦，嘴里一个劲儿说对不起对不起。柳叶子是个知好知歹的人，碰到这场合，就算自己差点被吓得晕过去，心里还是让二桂感动了一把。

眼看天冷了，柳叶子又给二桂买了一双拖鞋，红格子的绒布面，又软又暖和的底儿，走在地上略有声响又不太过分。她叫二桂立马穿上，说：这么冷的天儿，你老光着一双脚，知道的说你光着脚图个舒服，不知道的还以为我们虐待你呢。二桂当着她的面儿把鞋试了试，好像挺喜欢的样子，柳叶子也就放心放意随她去了。

过了些日子，柳叶子无意间听到家里有一种咣啷咣啷的脚步声，到了晚上大家都偃旗息鼓之后，那种声音就会响得更加蹊跷。初次听到她以为是电视剧里的音响效果，再次听到以为是楼上邻居所为，再而三才发现声音是二桂的房间里传出来的。出于好奇，柳叶子蹑手蹑脚把那房门打开一条小缝。只见二桂正穿着一双超高坡跟皮拖鞋，在屋里扭来扭去走台步，头上还顶着一本书。鞋的跟儿足有七八公分高，穿在脚上走路，整个人跟踮着脚尖跳芭蕾没什么区别。

柳叶子当下就笑得弯了腰，高声大气地说：你这丫头，一时只爱光着脚丫，二时又穿上这走红地毯都嫌张扬的鞋，这是唱的哪一出呀？

二桂显然对自己被偷窥大为恼火，一句话不说，两只鞋往床底下一踢，转过身，毫不客气地把柳叶子给推出屋，啪的将门锁上了。

柳叶子怏怏地回到卧室，大惊小怪跟许秧说起这档子事儿，没想到许秧半点儿不吃惊，全然知情。

许秧说那双鞋是二桂邮购来的，因为电视购物的广告里说，这种鞋对含胸驼背的女性矫正形体有奇效。二桂一直对自己的体态不满意，想买一双来试试效果，就找到他要求预支两个月工资。

柳叶子一听，知道许秧的回答肯定是送她一双了事，故意问：你就照办啦？

果然许秧满不在乎答道：不就是一双鞋吗，还预支个啥呀，送给她了。

按说这个回答完全在柳叶子意料之中，当时她也一点没觉得有什么不对头，可是到了真出事了，这双鞋就成了夫妻间的多重芥蒂中的一层。等柳叶子听到风言风语，希望回忆起过往可疑的蛛丝马迹，让自己对事情作出判断的时候，她觉得这天晚上许秧对二桂的关怀，已经表现得有点过了。除了对二桂为改善体态所做的努力表示极大的理解和支持，还一反凡事稀里马虎之常态，认真严肃地对柳叶子说：你这么笑话她是不是会伤着她呀，你没发现这孩子自尊心超强，特把人家对她的评价当回事儿吗？

柳叶子听了嘲笑他：哟，给你当了十几年的老婆，今天才知道你还有惜香怜玉的情怀呢。

刚来那会儿，二桂出来进去总会把钥匙带在身上，从来不烦主人听见门铃声跑来照应，开门关门都是慢慢掩上，桶子和撮箕往地下放，总拿拖把扫帚垫着，免得磕出声响。

二桂对看书写字用电脑这类活动，总是怀着盲目的崇拜之情，只要看到主家展开报纸、翻动书页或者启动电脑，她的表情马上变得肃然庄严，或者跑去把洗手间的门掩上，免得让洗衣机的声音传出来，或者将电视机的音量开到最小，再搬个小板凳贴到屏幕跟前去看。许秧不止一次告诉她，他看的报纸，不过是些娱乐小报，八卦新闻街谈巷议，柳姐爱翻腾的杂志，大不了是减肥美容指南，奢侈品购物广告，旅游观光向导，外带菜食烹饪技巧之类，离不开吃喝玩乐的内容，用电脑多半是在 QQ 上聊闲篇，或者打打电游下下围棋，只有小丸子周末回家做作业，算得正儿八经的学习，所以除了小丸子学习的时间要确保安静，其他时间不用那么上心上意，该干吗就干吗顺其自然，看电视离得太近对眼睛不好，还会受到辐射。

二桂听说这些话，将信将疑地眨巴着眼儿，不知道许哥是不是又在开玩笑。

二桂记得，自己刚来不久跟着他们两口子去逛街，碰到一些在超市门口发促销小传单，上边还印了好些五块十块不等的快餐店优惠券。二桂拿着传单去问许秧，这些五块十块的优惠券能不能顶钱用，许秧不假思索就回答她，当然能顶钱用，不然他们劳神费力还得顾人来发，不是发了神经病呀。二桂信以为真，来来去去领了几十张小传单，心想这城里边真的比乡下好，上趟街伸伸手就能领一摞子能顶钱用的纸片。她甚至盘算好了，明天就到快餐店去兑现，换来的东西一半给许哥和柳姐享用，另一半留着，等自己回家去的时候，带给正在上小学的弟弟。二桂有三个妹妹一个弟弟，弟弟是一家人的心头肉，他开心了，全家人就都开心了。二桂一天到晚都惦记着重病在床的父亲和辛苦劳累的母亲，想着弟弟吃上城里来的好东西，会欢呼雀跃地把快乐传递给全家，二桂恨不得立马请假，带上礼物回家。

第二天，二桂一大早去了快餐店，为了方便打包她还特地带了好几个保鲜盒。事情的结果不言而喻，东西没领着，还被快餐店里的服务员狠狠嘲笑了一番。

他们对二桂说：一看你就是新来的。

二桂说：新来的又怎么啦。

他们说：新来的又名刚进城的，刚进城的又名乡下老土，这种人在城里边待着，总爱闹些笑话来供人消遣。比如说数楼，你这么干跟数楼也差不多了。

见二桂不知道数楼是怎么回事，他们就嘻嘻哈哈说给她听。有个新来的老土进了城，看见高楼林立惊喜得不行，走到一幢最高的楼下边，想搞清楚到底这楼有多少层，情不自禁数起楼来。正数着被几个城里混混盯上了，跑过去问老土要数楼费，每层五块钱。混混问：你刚才数到第几层了？老土说：七层。混混说：五七三十五块，看你老实，给你打个折，收个整数交三十吧。老土没办法，只好从裤腰抠出被汗水浸得热乎乎湿淋淋的一卷钞票递过去。混混得了钱大喜，转过身就说：这傻×真好蒙。老土将剩下的钱揣回裤腰，回嘴说：你们他妈的才傻×呢，老子都数了快四十层了。

二桂不傻，马上把数楼的故事听得明明白白，记得清清楚楚。而且她也一点没让那些刚系上侍候人的红领结，就忘了自己生在哪个山沟里的小子们占便宜，马上用最简单的几句话对故事做出了总结：你们不就是想告诉我，现在流行城里混混和乡下老土互相骗吗，你们印了这花花绿绿的传单满世界发，还不是想把顾客骗进来吃饭，吃五十送五块，吃一百送十块，其实全都是他们自个送给自个的。

小子们说：我们哪里印得起这个，是我们老板印的。

二桂说：你们老板是大骗子，你们就是小骗子，反正全都是骗子。

二桂说完，提着一大嘟噜保鲜盒，昂首阔步从快餐店走回家，回到家就关起门来在洗手间大哭一场。

等许秧两口子弄清了原尾，一个劲儿哄她，夸她脑子好使嘴巴厉害，没让那帮忘了本的小子沾一点光。许秧还忙不迭地检讨说，都怪自己没说清楚，优惠券是得跟现金配套用的，要不然满世界伸手就能领得到，快餐店不成了无本高利的银行了？二桂出了这样丑，跟自己的讲解不到位有关。

为了表达歉意，许秧特地从冰箱里拿了一支酸奶雪糕来慰劳二桂，也好让她消消火儿。

二桂举着她最爱吃的雪糕，根本不像平时那样，唏哩呼噜吃得宠辱皆忘，而是若有所思，直到雪糕融了，化成水滴答到地上，还没吃上几口。后来她干脆连冰带棍儿把雪糕扔进垃圾桶，找到许秧没完没了地问，今天在那帮小子跟前，自己倒是占了便宜还是吃了亏。

许秧为息事宁人，肯定说她占了便宜。不料被二桂一语道破真相，让他不能自圆其说。

二桂说：你们夸我脑子好使，是真的吗？我要真的那么聪明，怎么会以为凭着那些花花纸就能领到汉堡包和炸鸡腿呢？这不等于天上掉馅饼吗？从小我奶奶就告诉我，相信天上能掉馅饼的人，肯定是贪小便宜的蠢人。我相信了天上能掉馅饼，肯定就是个蠢人，贪小便宜的蠢人。你们夸我嘴巴厉害，没让他们沾光。可是我骂了他们，还骂了他们老板，沾光了吧，解恨了吧，回来怎么还是觉得心里不舒坦，只想哭呢？许哥你一下就说漏嘴了，我出丑了，出大丑了，任我事后怎么骂他们，这口气都出不了，堵在心里头，只剩下哭的份儿了。你们要是真的想帮我，就别在我犯了错的时候，替我藏着掖着，不告诉我错在哪儿，还反过来夸奖我。看起来是疼我，其实是毁我，让我出错了不知道错，献了丑不知道丑，你们这么着，我啥时候才能有长进？在城里待一辈子还不是跟那个数楼的傻×似的，被别人骗了还偷着乐呢。

二桂这么噼里啪啦一通说，说完就眼泪汪汪跑开了，撇下许秧和柳叶子夫妇俩在那儿面面相觑。

柳叶子对许秧说：看来这丫头还真是个人物哩。

许秧对柳叶子说：可不是吗，她自己出了丑，倒把咱们给数落得羞愧难当。

自此，这两口子对二桂更是刮目相看。二桂呢，对他们的话，尤其是许秧的话，听到耳朵里总得多打几个滚，生怕再上当了。处久了，二桂就有底了，许哥说话真真假假信口开河是出了名的，同事们叫他开心海盗，柳姐说他最不靠谱。

后来经过观察，二桂亲眼见证了许哥这回说的话，句句实情。他们读的书看的报在电脑上干的活儿，大部分跟正经事儿没什么关系，也就渐渐把早先的那盲目的崇敬之心淡了去。于是，二桂所有的家务活儿，都得配了音乐才干得顺手了，市电视台的流行歌曲点播节目，是她的最爱。那些郎有情呀妹有意的酸词，经过客厅里准专业的音响传播出来，弥漫在许家的每一个角落，不分时段不舍昼夜。有好几次声音大到楼下的邻居都来敲门抗议了，二桂才在许秧的建议下，很不情愿地把情歌播放的时间缩短，至少在上班的人们全都倦鸟归巢之后，免受打扰。

可是，不久之后，更让人头痛的现象出现了。二桂忽然变成了一个浴室通俗歌手，每天晚上九点钟，准时在冲凉的时候开唱，嗓门高亢五音不全不说，还一句词一句词反反复复唱个没完，好比在劲儿没上足的老式留声机上，播放一张出了毛病的唱片,你说谁受得了?但柳叶子夫妇一想,只要不影响别人家,她爱怎么唱就怎么唱吧。

这天,二桂又在浴室里开唱了:让我再看你一眼,你那沾满泪水的脸……让我……让我让我再看你……再看你……再看你……一眼……一眼……再看你一眼……没完没了,没了没完。许秧夫妇哭笑不得,觉得相比之下还不如听听爱情歌曲点播呢。

伴着二桂不堪入耳的歌唱,柳叶子皱起眉头问丈夫:你说这孩子不过一年时间,怎么就变得面目全非了呢?以前那个二桂上哪儿去了?

刚来那会儿,二桂孤笑寡言。只有主家女儿小丸子周末从寄宿学校回来,出于无聊总缠着二桂玩,才能把她嘴巴里的话掏出来,让她脸皮后边的笑容渗出来。小丸子一走,她基本上就成了关闭了语音程序的机器人,一天到晚闷声不响地干活儿,弄得许秧夫妻俩很是过意不去,时不时要找些废话去跟她说,也总是被她嗯呀呵呀应付得扫兴万分。

经过分析,柳叶子夫妇认定,快餐优惠券事件是二桂性格大变的转折点。是那件事让许秧夫妇俩达成共识,二桂这丫头不可小觑。虽说此后二桂在这个家里的地位并无改变,仍然是个在他们手心里讨生活的小保姆,不知不觉中他们对待她的态度已经有了微妙的改变。

鞋合不合适脚知道。作为鞋,没准儿连他们自己都没觉察到鞋被撑大了,作为脚,二桂已经率先感受到了宽松和舒适。二桂的话渐渐多起来,愈来愈多。渐渐变得不管什么场合,该插嘴不该插嘴的事,她想说什么就说什么,绝不怯场。

这种现象始于那次"快乐新干线"节目的讨论。

柳叶子带着一帮助手在家里喝下午茶边吃边聊,正为女主持人应该穿裙子还是穿裤子拿不定主意,二桂泡了壶茶送来,粘在那儿就不肯走了,目光如小射灯那么亮亮地,照着你照着他,脸上的表情,一会写着"同意"一会写着"不同意"。最后,二桂终于忍不住亲自参与讨论,主张还是穿裤子为好,理由是这个节目有些动作得主持人做给嘉宾看,弄不好走了光,被狗仔队拍了去贴在网上就麻烦。针对剧务对女主持穿上长裤不够性感的担忧,二桂指出要是她穿一条低腰的长裤,配件短襟的上衣,把腰露出来,再往肚脐上贴一个亮片,肯定炫呆了,可能比穿裙子还要性感呢。

当时在座的人先是不约而同都愣住了,缓过劲儿来又不约而同爆发出一阵哄堂大笑。

二桂被大伙儿笑得莫名其妙，不知道为什么每个人都可以说来说去的一件事情，她一插嘴人们的反应就如此强烈。这些人常常来柳叶子家享受她的五星级服务，没有哪个跟她不熟，吃饱喝足之后，将她夸来夸去的，在她身上堆起好词儿来，那叫一个大方。

二桂当然不知道，现而今电视台的从业人员，水平鱼龙混杂参差不齐，在虚张声势自以为是方面，全都好像师出同门，一个更比一个强。眼下这位长相丑丑的乡下妞，居然也学会了他们的行话，什么嘉宾呀，走了光呀，狗仔队呀，还有炫呆了这些时髦关键词，而且还对主持人的服装有那么多说道，这还了得。集体潜意识促使他们采取了同一种态度，笑，哄堂大笑。

柳叶子对二桂表现比其他人还要惊讶，这丫头来了不到一年，也没见着她对这些事有什么特别的兴趣，怎么忽然间就无师自通了？要是她的助手说出这一番道理，她说不定还得表扬表扬呢。不过，当时她并不高兴，既不喜欢二桂在这种场合来插嘴，也不喜欢部下们用这么夸张的笑声来对待二桂。她把脸稍稍拉长了一点，对大伙儿说：别笑了，有什么好笑的。然后又对二桂说：我们在这儿开会呢，你忙你的去。

这一来，二桂一下子就把那笑声给听明白了，但她并没像柳叶子预料的那样，乖乖地按主家的吩咐走开，反而一转身在沙发旁边的小凳子上坐下来，准备久坐长谈。

这副架势让柳叶子很有些下不来台。她在单位里是有头有脸的一个人，现在当着七八个部下的面，被二桂叫了板，不等于在阴沟里翻了船？所以她当即宣布散会，也不留食客在家里吃晚饭，请他们一块儿上街去吃肯德基，回家的时候，倒也没忘了给二桂带上一份。

事情好像就这么过去了，留下的某些痕迹不深不浅。柳叶子仍然爱招人到家中来吃饭，基本上不再正经八百谈论工作。二桂的变化大些，主要表现在客人们来了不管谈什么，只要她在场，就一定要插嘴，除非她自己完全不感兴趣。对此，柳叶子有点后悔，最终不该让"快乐新干线"的女主持人穿长裤上台，还在肚脐眼儿上贴了亮片。

天知地知鬼知

二桂的事迹在坊间流传，远不止这么多，渐渐地，这个长相不佳且身份低卑微的女孩子，成了一个被集体言说塑造出来的人物。经过千百张嘴巴添油加醋真真假假描述，千百个脑瓜子构思推理虚虚实实完善，与我们大多数人并不相识的二桂，已经定格如上文记录的样子，活灵活现。

这一切，皆因她傍上了我们这个小城公认的头号帅哥许秧，并且跟他发生了许多比她有钱有才有貌有情的女粉丝们，梦寐以求又无从实现的风流韵事。本来这就是一件让人难以想象的事，她要是再没有一点特殊之处，那就更加让人无法接受了。

什么事情都有前因后果，前因如此，后果又将如何，我们几乎不费揣测，就能测个八九不离十。自古以来，老爷少爷跟婢妇使女之间发生的那点事儿，有几桩能跑得出这个圈儿去？

让我们再回到许秧带二桂去私人诊所就医那个晚上吧。

话说游医陈若水一看三轮车给他拉来了这么两件货，顿时喜上眉梢，趁着送车夫出门的功夫，伸手就给了他一张二十块钱的钞票，比平常五块钱一位的介绍费多出好几倍。这就意味着二桂今晚上没病也得有病，小病非转成大病不可。

陈若水在肮脏的布帘子后边，伸出咸猪手，在二桂的肚皮上左边摁摁，右边磕磕，嘴上不断地问，这疼不疼，那疼不疼，心里在飞快地盘算怎么说怎么办。

想好了之后，陈若水问二桂：你的老朋友最近来没有？

二桂好像听不懂他说的代名词，问：什么老朋友？

陈若水听了，笑：一个快要当妈的人，连这都不懂。

二桂好像还是听不懂，又问：谁？谁是要当妈的人？

陈若水说：还有谁？当然是你。

二桂一听像触了电一般，呼啦坐起身：你……你怎么……胡说呀？

这种情形陈若水见得多了，他不动声色地把二桂摁回床上，两个眼珠子转了转，朝布帘外边努努嘴说：是他吧？他就是孩子的爹？

二桂只觉得脸皮从耳朵根起，忽的一下被火燎了，刺辣辣的，嘴里说出来的话，也同样刺辣辣，但声音却突然小了下去：你说什么哪！你有病呀，怎么这么不要脸呀，说这种话，你不怕雷打电劈！那是许哥……

陈若水嬉皮笑脸说：我知道，他是哥，你是妹，这种事儿从来都是发生在哥哥妹妹之间的。

二桂急了眼，一把推开陈若水，跳下小床骂道：你这个老流氓，我一看你就不像个当医生的……

可能因为用力过猛，一阵绞痛袭来，二桂捂着肚子缩成一团。陈若水趁机将她放回诊床，吓唬她说：你别乱动呵，乱动绷断了肠子我可不管。

二桂果然被吓住了，老老实实躺下不敢造次。

然后陈若水压低声音对准她的耳朵，说了一大串让二桂听了如五雷轰顶的话。到底说了些什么，靠在门边吐烟圈儿的许秧听不清，也根本没想听，一直到二桂在里边轻声哭起来，他才跑过去，站在布帘外边问：大夫，怎么回事，她的病很严重吗？

陈若水从帘子里边钻出来，脸上挂意味深长的笑容。但凡许秧多个心眼，兴许也会有所打算。可正像我们已经听说的，许秧偏偏是一个缺心眼的主儿，爹生娘养的好皮囊，顺风顺水的好经历，轻松愉悦的好生计，把他造就成这样一个缺心眼儿。所以许秧对陈若水的笑容并未领会，只管询问二桂到底得了什么病。

陈若水在墙根儿的水龙头洗了手，张着十个指头在灰不溜秋的白大褂上擦了擦，拿起笔在一张处方上写了三个字：宫外孕。

许秧看了看，愣了一下，再看看，反而哈哈大笑起来，说：别逗了。

这一笑，倒把陈若水给笑愣了，忙摆出一副大牌医生的架子说：这是妇科危症，你还笑？！

许秧笑得更厉害了，说：你这哥们，学过医吗？一个黄花大闺女，你给人家看出这样的危症。乱下诊断，当心把你的牌子砸了。

看着许秧心怀坦荡的样子，陈若水眼珠子骨碌碌飞快地转着圈，重新把自己对这两个人的判断掂了量了一下，得出的结论是：这许秧到底是受过专业训练的，扮什么像什么，滴水不漏。于是，他拿定主意要把这场戏编好喽搓圆喽。这么一想，他往脸上铺陈了一层更加意味深长的笑容。这笑容对许秧来说，预告着一场灾难的来临，只是他浑然不觉罢了。

他就这么笑着，问许秧说：她是你们家什么人？

许秧大咧咧说：什么人，还用问，我们家保姆呀。

陈若水道：是不用问，我一看就知道。我想问的是，既然是你们家保姆，又不是你女儿，不是你眼瞅着长大的，你怎么能保证她就是一黄花大闺女呢？

这个问题还真把许秧给问住了。他停了一下，说：不能保证，也有个起码的估计，她年纪这么小，每天老老实实在家干活儿，哪儿都没去过，怎么可能得这种病呢？

陈若水居心叵测地眨眨眼，说：这只有天知地知鬼知，你问我，我问谁去？而且这种事儿还不能明着问，万一这丫头片子担不住事，弄出个抹脖子上吊一类的麻烦来，怎么办？为医者，善人也，我不得不为病人多想着点儿。

许秧要不是个缺心眼儿，话说到此就应该带着二桂走人，到正规大医院去确诊。可这位爷不光缺心眼儿，还真有点为别人着想的善良，被陈若水这么一说，也为二桂担起心来。

当下，许秧一边在心里纳闷，一边问：那你说怎么办？

陈若水说：怎么办？治呗，不光得治，还得替她保密，不然这姑娘还怎么活人？

许秧觉得这话有理，说：那就治吧，当然得替她保密。

陈若水看着火候差不多，知道今天这头肥猪算是宰着了，便胸有成竹地说：要治的话，我这儿有一种进口药，专治这种病，从静脉滴入，今晚上打了明天照常工作，什么都不耽误，就是价格比较贵，得两千八百块钱。你看……

许秧想了想，一边掏钱包一边问：怎么这么贵？

陈若水嬉皮笑脸说：这里边还含着封口费呢。

许秧问：封口费？封谁的口？

陈若水数着钱，笑道：当然是封我的口啦，要是我嘴上不站个把门的，你不得吃不了兜着走？

许秧这才觉察到对方不怀好意，忙说：我？跟我有什么关系？我不过是替我老婆带她来看病。

陈若水把钞票放进抽屉，不慌不忙说：你是这么说，还得别人信呀。跟你有没有关系，也得别人说。说你有你就有，没有也有，说你没有你就没有，有也没有。

许秧一听到这话，心里真慌了，说：你这像医生说出来的话吗？我们不在这儿治了，还钱来，我们到市立医院去。

陈若水突然收敛了笑脸，把装钱的抽屉上了锁，走到柜子跟前，拿出一管药水，啪的一声将瓶子口打开，飞快地用针管把里边的药水吸出来，掺进打吊瓶用的葡萄糖水里，一字一句说：就你这点风流事儿，还想到市立医院去张扬？别忘了你这张脸，就跟一张招牌差不多，谁见了不认识？在我这儿治好了，一了百了，到市立医院去，等于在电视上向全城人宣布，我把保姆肚子弄大了……

许秧听了这话，气得跑过去一把揪住他的脖领子，你……你……你了半天也没说出第二个字来。

陈若水既不惊也不怒，若无其事地等他动作，然后轻轻拨开他的手，继续准备输液用的东西，口中还振振有词：这会儿你知道当名人的难处了吧？不是我说你们，平日里个个都想出人头地，以为只要出了名，在老百姓中间混个脸儿熟，就什么都齐了。除了吃香喝辣以外，任什么便宜都有得占，还可以为所欲为胡作非为……这下好了，你当真混出个脸儿熟了，当真出了大名。可你想过没有，月亮有圆就有亏，河水有涨就有落，当了名人有当名人的方便，也有当名人的不方便。像你这样把脸皮当招牌扛着招摇过市的名人，最好别让人家逮着半点儿不是，不然准是针大的眼儿斗大的风，唾沫也能淹死你……这老百姓和名人的关系，就好比船和水的关系，他们可以托着你让你乘风破浪平步青云，也可以把你掀进泥潭里，再踏上一万只十万只一百万只脚，叫你永世不得翻身。古人曰，水可载舟亦可覆舟，说的就是这个理儿……你们这些人，平时不学着点，到节骨眼儿上就找不着东南西北，不倒霉才怪……

陈若水絮絮叨叨，越说越会说，越说越来劲儿。这一番话，像蜘蛛网缠飞蛾一样，一点点把许秧给绕了进去，越收越紧。当下许秧被说得六神无主，不光握紧的拳头松开了，扬起的手臂放下了，就连平日里总是高高抬着的漂亮脑壳，也不知不觉耷拉下来。

陈若水呢，就趁着这唠叨的功夫，手脚麻利地把吊瓶给二桂挂上了。事已至此，许秧还能说什么？

一屁股坐在门口的破藤椅上，许秧掏出烟盒，打算抽上一支醒醒神儿，忽然发现里边已经空了，只好揉成一团，狠狠往地上一摔。陈若水见状，轻轻一笑，从口袋里掏出半包烟，放在他跟前，打个哈欠说：这药水还得输上一会儿，我抽空到里屋打个盹儿，等瓶子空了叫我一声。"

说完，不等许秧表态，他把大褂一脱，光着大膀子走进里屋，还把门儿给关上了。

这时候，墙上的挂钟当当敲了两下，敲得许秧不由悬起了心。他一个堂堂电视台当家小生，深更半夜，在这么简陋不堪的黑诊所里，守着得了"宫外孕"的小保姆打吊针，这叫什么事儿嘛。这事儿不传则已，一传非炸锅不可，纵使自己长了千百张嘴，也掰扯不清呀。

心里这么一想，许秧在那嘎嘎作响的破椅子上，如坐针毡，不由得收手收脚，缩头缩脑，外加东张西望，老觉得四面八方有无数的眼睛，在幸灾乐祸地盯着自己，说不定还有隐藏的镜头在拍照，有微型摄像机在录影呢。

许秧总算看清了眼下的形势，平时不怎么爱运动的大脑开始飞速运转，一个念头也随之清晰起来，他知道自己是被人敲诈了，知道要反败为胜，只有从二桂身上入手。

事先揭晓的谜底

按照一般闲人闲话的传法，本来应该再把二桂怀孕之谜渲染渲染。可我们在传话的时候深知，其实这个小城里的大多数人，对二桂并没有太大的兴趣，大伙儿真正感兴趣的是许秧，是许秧碰到这件倒霉事儿之后的遭遇，以及他最后的下场和去向。为了迎合大多数人的需求，我们干脆早早把这谜底给亮出来。

那天晚上，在游医陈若水的小诊所里，二桂在干什么？

当陈若水一步步把许秧拖入是非的烂泥潭的过程中，二桂一直不声不响地躺在又窄又硬的诊床上，躲在肮脏不堪的布帘后边悄悄淌着眼泪。为自己，也为许哥。

刚才，陈若水一问老朋友来没来，二桂嘴上装着听不懂，心下就明白大事不好了。上个月回乡下去给奶奶做寿，爸爸派她到镇上的包子店去取他定做的寿桃，正碰上店老板的儿子胡万万。

胡万万是二桂的初中同学，人长得眉清目秀，成绩也挺不错的，就是爱跟女同学扎堆儿，给这个那个女生写纸条儿，弄得她们总是到班主任那儿去告状，害得他一次次被老师找去谈话，还罚站。二桂对那些爱告状的女同学从来不以为然，人家给你写纸条，说明他喜欢你，你怎么能恩将仇报去告发他呢？她想好了，要是胡万万给自己写纸条，别说不会告发他，还要好好地将纸条留下来做纪念呢。她喜欢胡万万，尤其迷恋他那张眉清目秀的脸。可惜的是，落花有意流水无情，胡万万从来不给二桂写条子，有时候还通过她给别的女孩传条子，这让二桂很伤心。

有一天，她看见胡万万又在办公室门口罚站，大太阳底下直晒得满脸通红汗流浃背，忽然非常心疼他。赶紧端了一杯凉开水过去，对他说：假如你给我写条子，老师就是打死我，我也不会把条子交出来的。

胡万万正渴得不行，接过二桂送来的水，咕嘟咕嘟往下咽，听到她的贴心话，立马被呛得直咳嗽，还说了一句叫二桂脸都没地方搁的狠话。

这句话能叫二桂记一辈子，到死都不会忘记。

胡万万说：给你写条子？开什么玩笑？我就是在这儿罚站站死，也不会给你写条子的。

二桂被噎得气都没喘上来，捂住脸落荒而逃。跑了很远还听见胡万万在后边没皮没脸地叫：二桂，你的杯子不要啦，送给我了？

打那儿起，二桂看见胡万万就要拐弯，尽可能不跟他打照面。听到他跟别的女生打打闹闹的声音，二桂便觉得好像有千百只蚊蝇飞进了耳朵眼里，让她心里烦得不得了。幸好没过多久他们就毕业了，二桂缀了学，进城去打工，再也没见过胡万万了。

也是冤家路窄，二桂到镇上的包子店去取家里定做的寿桃，从里屋应声而出的，正是她发誓此生再不愿见到的胡万万。高中毕业之后，胡万万子继父业，成了包子店的二东家。

相见之下，两个人都愣了愣神儿。紧接着，胡万万马上找到了当年在二桂跟前的优越感，嬉笑着大声招呼道：哟，我当是谁呢，原来是二桂呀。这真是女大十八变，你啥时候变得这么漂亮，叫我这个老同学都认不出来了？

二桂还没开口，已经乱了方寸。眼前这个胡万万，比起读书的时候，更高大更英俊了，脖子上挂着粗粗的金链子，手上戴着大金戒指，俨然像一个老练的生意人了。特别是他嘴唇上长出的那一层密密的黑色绒毛，随着他的声音一上一下地蠕动，像一把小刷子扫来扫去，扫得二桂浑身麻酥酥地发痒，这几年来深深埋藏在她心底的千仇万恨，随之灰飞烟灭。

二桂想装得若无其事，跟一个平常的顾客那样，说句不关痛痒的客套话，然后交钱取货走人。可事实上，她完全做不到，话一出口，偏偏就关了痛痒。

二桂说：你什么时候才能不拿我开心？

胡万万说：我怎么拿你开心了？

二桂说：你说我漂亮，还不是拿我开心。

胡万万说：我是说你变得漂亮了，变是什么意思，就是跟原来比你漂亮了，不光漂亮了，而且洋气了，有点城里人的派头了。

这几句话从胡万万的嘴里出来，让二桂差不多幸福得晕过去。二桂看看自己身上的行头，摸摸自己手背上逐渐光滑起来的皮肤，觉得他这些话说得有根有据，不像是没心没肺瞎忽悠。只不过，二桂还没忘记自我提醒，端着点，别再让这家伙给绕进去再扔出来。

正在二桂打算玩玩矜持的时候，胡万万又说话了，而且只一句话，就把痴情的二桂给说得泪流满面。

胡万万说：这几年我一直在心里惦记着你，上次你给我送水，我不但没谢你，还用那么难听的话噎你，想起来真是后悔莫及。

二桂意外至极，张嘴想问他，这是真的？可嗓子已经被哽得发不出声来。胡万万见她激动莫名的样子，知道自己真把这女孩子感动了，又说：不相信是吗？不信你跟我到后边屋子去看看，你的那个搪瓷杯我至今还留着呢，就是想等哪天见到你，还给你再向你道声歉。

胡万万说话的时候，用一种特别暧昧的眼神盯住二桂看，正是二桂多少次梦想着胡万万能够给她的那种眼神。像是预感到要发生什么事情，二桂一阵脸热心跳，嘴里像呓语一般说着：我不信，我不信你会留着那个破杯子，可双脚已经情不自禁地往后院走去。胡万万比她慢走一步，把包子店的门板给放了下来。

半个小时之后，二桂和胡万万又出现在店子里。这时候的二桂，脸上洋溢着一种如愿以偿的笑容，一边辫着粗黑的短辫子，一边娇羞万分地看着胡万万往塑料袋里装寿桃。

二桂说：明天我就得回城里去上班了，以后你每天给我打一个电话好吗？她注意到，"上班"两个字，被自己说得特别响亮。

胡万万并不在意她说话的着重点在哪里，只见他打了一个哈欠说：每天打，那得多少电话费呀？除非你给我买张电话卡。

这话让二桂心里的温情先凉了一半，但这个要强的女孩，肯定不会让自己裁在一张电话卡上。她简单地答应了一声，行，拎着那一大袋寿桃就打算走了，偏偏听见胡万万又用她很熟悉的那种玩世不恭的声音说：哎，你还没付钱呢。刚提上裤子，你就把你奶奶当成我奶奶啦？

二桂浑身一哆嗦，泪水唰的淌了下来，她从衣服兜里掏出一张百元大钞，往胡万万身上一摔，转身就跑。只听胡万万在身后赖不叽叽地说：看样子你准备倒贴不用我找钱，这也太客气了。

二桂昏头昏脑从乡下回到许秧家，在她的房间里睡了一整天，才没精打采地开始干活。见她病快快的模样，柳叶子夫妇以为她是回去玩疯了，累的，也没往心里去。二桂好几回莫名其妙对柳叶子说：我这次回家，已经变成另一个人了，你们看见的二桂已经不是从前那个二桂了。柳叶子仍然没往心里去，还嘲笑她说：你看你，一天到晚听爱情歌曲，说起话来全是琼瑶味儿了。

日子久了，柳叶子和许秧也渐渐觉出这二桂跟以前是有点不一样了，想来想去认为这也是保姆身上常有的事儿，在一个家庭做久了，就开始松懈了，也不好责怪她，因为他们家离不开二桂。

后来发生的一些事，让他们渐渐有些难以接受了。

首先是长途电话费激增，开始他们还以为是被什么人盗用了电话号码，或者是电信局出了错儿，后来一查才发现所有的电话都是打到二桂老家的，最长的一次通话足有一小时二十八分。其次是通过有线电视系统点歌的费用，也非常可观地出现在话费单上，有一天竟达到十五次之多。

正当柳叶子拿着那张长长的话费明细单，寻思要怎么跟二桂谈话的时候，客厅里的电视突然增大了音量，播音员正在预告下一首歌曲的点播者：下面请听邓丽君典藏金曲《把我的爱情还给我》，点播者李二桂将这首歌献给她日夜思念的男友，这已经是她第三十二次为他点播这首歌。柳叶子知道这是一首典型的怨妇情歌，邓丽君的演唱更把它演绎到了令人心碎的程度：

　　　　你说过两天来看我，
　　　　一等就是一年多，
　　　　三百六十五个日子不好过，
　　　　你心里根本没有我，
　　　　把我的爱情还给我……

柳叶子悄悄走到客厅里，只见二桂正披头散发，对着屏幕上的邓丽君失声痛哭。她还吃惊地发现，二桂眼泪滴答到跟前的茶几上，居然像雨打沙坑一样，留下斑斑驳驳的印痕，环顾四周，一向窗明几净的家，早就今非昔比了，看得出二桂已经很久不曾打扫它。这叫柳叶子感到忍无可忍。

她轻轻走过去，拿起遥控器，二话没说就把电视机给关了。

深深沉浸在悲情中的二桂，看到电视机的屏幕黑了，还以为是突然停电了，跳起来迷迷瞪瞪跑到门边上去开电灯。等天花板中央的水晶吊灯射出的光线，把柳叶子铁青的脸映亮的时候，她才明白电视机是被女主人给关闭了。

二桂的脸色也跟着变得铁青铁青了，目光也在瞬间由温情而迷茫，接着变得锋利无比，让柳叶子在盛夏天感到有一阵寒意随之一流遍周身。

连片刻的犹豫也没有，二桂像发疯似的扑过来，从她手中抢过遥控器，急急忙忙把电视重新打开，看着就如白粉妹哆嗦着打开一包刚到手的白粉般迫切。

等到屏幕上又有了画面和声音，邓丽君业已退场，换上了喜气洋洋的宋祖英，正用热情的辣椒嗓子引吭高歌，好像故意要调侃失态的二桂：今天是个好日子，心想的事儿都能成……

二桂疯了，气疯了，被柳叶子，被宋祖英。她啪的一声把遥控器摔得稀里哗啦，返身扑倒在沙发上，边哭边用变了形的声音嚎道：播完了，播完了，我也完了，完了……

柳叶子的情绪也有些失控，从书房里拿出那一长条话费单，往茶几上一拍，吼道：你以为你是谁呀，想打电话就打电话，想点歌就点歌，别忘了你是来打工的，不是来享福的。看看这些话费单，你就知道事情没完，也完不了！

整个下午，这个家里静悄悄的，但柳叶子知道，二桂一直在干活。像刚来的那会儿一样，她光着脚走路，如一只年轻的猫无声无息。她搬来了梯子，拎来了桶子，动了年终扫除般的干戈，把上上下下一通收拾，工具搁放在地上时，也没忘记用扫把和拖把垫着。她自虐般双膝跪地，擦拭已经照得出人影的地板，用力用到旁人看着以为她在顶礼膜拜长叩头。

柳叶子终于心软了，走过去叫二桂别干了，洗个澡跟她一块上街去吃饭。

二桂不听，只管将身子一曲一伸地开合，把地板都擦得喷喷直响。等到柳叶子上前拉住她的手，二桂忽然直起身子，跪着在地上哭诉道：柳姐，别让我回家，我要在这儿干下去，一直干到把欠你的话费都还清，干到我的妹妹们都上完中学，干到我弟弟娶了媳妇，干到给我奶奶我爸我妈都养老送了终……

柳叶子被她这番哭诉弄得又好气又好笑，说：你别说得那么夸张行不行？再往下数就得干到等小丸子当了妈，等我和许哥都入了土了。

二桂正色说：我没跟你开玩笑，我们家全家人真的都指着我往家赚钱呢！你千万不能赶我走。

柳叶子进一步缓和了口气说：谁说要赶你走了？只要你好好干，你爱干多久干多久。

二桂听到这话，立马张开大嘴，笑得把满脸的泪水，抖落了一地。

柳叶子摸摸她的头，说：大姑娘家的，笑得嘴大如瓢一脸稀烂，当心找不到婆家。

没想到此话一出，二桂就像被子弹击中了一样，面部表情突然僵硬，肌肉开始痛苦地抽搐起来。

柳叶子凭经验知道，这家伙可能恋爱了，并且爱得不够顺利。为了安慰她，柳叶子轻描淡写说：别学着琼瑶电视剧的那套，爱起来要死要活。找个你爱的，不如找个爱你的，是避免让自己为爱所累的法宝。等我有空了，传给你几手，今天先出去吃了饭再说。

柳叶子带着二桂，跟刚刚上完节目的许秧会合，一块去吃农家饭。席间，柳叶子还给二桂夹了好几次菜，笑她谈恋爱把脸都谈成菜色了。

许秧听说，还很惊讶地问：二桂谈恋爱了？跟谁呀？不是跟小区的保安吧？你没听说这年头都兴保姆跟保安谈恋爱结婚，生下的孩子就叫二保恩。

二桂这回没变脸，还笑着说：去，谁看得上小区的保安，那些矬头矬脑的矮子。

许秧说：哟，这么说你的那个他还挺高？

二桂有些自豪地说：当然，比你还要高。

柳叶子说：看样子还是个靓仔呢，怪不得你那么要死要活。

主仆间的一场风波，似乎就这么有说有笑地结束了。一直到二桂离开这个家，柳叶子夫妇都不知道，先前种下的怨恨种子，在那个下午又被浇了水施了肥，等着机会发芽长叶呢。

祸起萧墙

我们已经说过了，比起其他的保姆，二桂在许家的地位一直有些特殊，这种特殊的地位让二桂的自我感觉发生了错位。否则她不至于掺和那些不该掺和的事，不至于毫无节制地用主人家的电话打长途、点歌了。时下坊间流行着一句话：你以为你是谁？就是对二桂这类自我感觉良好的人，表示嘲笑或者指责。

那天，柳叶子不容分说关了电视机，就是这个意思，对二桂的打击不谓不大。等二桂看过了话费单，自己也被那上边四位数的收费给吓了一跳。自知理亏，又怕被许家炒了鱿鱼，所以拼命干活，所以哭告求饶，所以在听到主家并不会炒了自己的时候，咧开大嘴傻笑，并由此引起了许秧夫妇二人关于她恋爱的笑谈。当天晚上，二桂躺在自己的小床上，回想着这一切，忽然感到了一种无法排解的悲愤。她觉得自己受到了约束，也受到了侮辱，其中最让她受不了的是，他们轻视了自己的爱情，在饭桌上所有关于她恋爱的笑谈，都含着一股轻蔑的意味。思前想后，二桂把这一切都归结于自己太穷，否则她可以堂而皇之地打电话，堂而皇之地点歌，可以在主家亮出话费单的时候，从枕头套里掏出一大沓钞票，啪的一声扔在台面上，让他们目瞪口呆。可是现在呢，她只能摧眉折腰地干活、哭诉、求饶，为他们留下自己感激万分，在他们调侃自己的爱情时强颜欢笑。

二桂就这么想呀想，想到东方既白，头痛如劈，还没有一点睡意。她爬起来，拿出一个搓卷了角，撕掉了皮的小本子，那上边歪歪扭扭的字迹，一部分是她抄录的爱情歌曲和格言，一部分是她想对胡万万诉说的思念之情，字里行间，怎一个爱字了得。然而，这个通宵未眠的清晨，粗通文字的女孩子，在本子上记录了刚刚发生的事情，使得那上边第一次出现了恨的字眼。

恨谁呢？恨父母贫贱，恨自己没出息，恨胡万万薄情寡义，恨主家轻视自己。最后，她写道：虽然他们没让我赔钱，也没说要赶我走，但我觉得以后他们会看不起我，我也必须努力干活来报答他们。其实这点钱对他们来说算得了什么，许哥请朋友喝一次酒，柳姐玩麻将输一把牌都比这要多得多。我真的想不明白，这世界上人和人的命怎么这么不一样。我发誓再也不吃他们的一点零食，再也不接受他们送的一点东西，再也不打电话，不点歌儿，要是再出现这样的事情，我宁愿剁掉自己的手。

二桂留下的这些文字，在她离开许家之后，被柳叶子无意间看到，心中的震惊自不待言。这时候她才真正认识到，自己以前真是太小看二桂了。

从时间上推算，二桂在日记发过毒誓没几天，就发生了深夜求医事件。这件事一举改变了二桂的命运，改变了许秧夫妇的婚姻，甚至改变了我们这个小城里许多人的心情。

那天晚上，二桂在游医诊所的小床上，被陈若水做出的诊断吓傻了。不过，很快，陈若水在她耳边轻轻说了几句话，就把她那颗跳出心窝的心重新安放回去。

陈若水用臭烘烘的嘴对准二桂的耳朵眼儿，呼呼吹着带着烧酒味儿的腥气，说：姑娘，你发财的机会到了，能傍上这么一位爷儿，你下半辈子不用愁了。

接着，如此这般，他告诉二桂她怎么着了，接下去她应该怎么着，事情以后还会怎么着。

二桂听得心惊肉跳，连忙摇头说：这件事跟许哥没有任何关系，我不能害人家。

陈若水笑笑说：我也不想搞清你跟他到底有没有关系，反正你总得跟一个男人有关系，肚子才会有了货。不过我告诉你，你跟谁都不如跟他来得实惠，换句话说，你没跟他也得装作跟了他。他是名人，名人怕什么，就怕出这种下三烂的事情……

二桂说：人家两口子又没亏待我，尤其许哥对我还特好，我不能昧了良心害他。

陈若水眯着眼儿，瞄了一下二桂：心软啦？心软的结果就是你自己卷铺走人。我就不信你一个当下人的，在他们家就没受过半点窝囊气。你再想想，只要一想起来，你的心就硬了。他们是这个社会的上等人，跟你我不一样。咱们老为他们着想，那不是犯贱吗？

最后这几句话，好比在寒冬腊月天捅破了一扇窗户，二桂觉得自己的心只在一瞬间，就被那窟窿里的冷风吹得凉下来，冻得硬起来。前几天话费单引起的懊恼刚刚平息了，或者说她以为平息了，这会儿又翻江倒海般涌动起来。她仿佛又回到了那个现场，柳叶子啪的把话费单摔在她跟前，而她自己正跪在地板上，疯了似的狂擦地板，额头差不多贴到了地面，就像对她磕头求饶。

再往前想，二桂记起深夜去送莲子汤，柳叶子夸张的尖叫，自然联想到刚到许家那天，柳叶子劈面甩出的一句话：也没有传说的那么糟糕呀。她还想起自己穿着高跟鞋练形体，柳叶子看见笑弯了腰的样子，吃农家菜的席间，许柳夫妇一边给她夹菜，一边嘲笑她的爱情，全然不顾她的感受……

想着想着，二桂轻声哭起来，哭声里全是自哀自怜的委屈。

我们早就说过，那些看似寻常的事情，早像一粒粒种子种在二桂心里了，有了合适的温度和湿度，敌意的芽长出来，怨恨的果子也就结出来了。

这时候，二桂听见了许秧充满关切的声音响在布帘外边：大夫，怎么回事，她的病很严重吗？

陈若水应声走了出去，临走也没忘了给二桂支上一招：你要真没跟他，也不能说出真相，要是实在做不出来，你咬着牙一言不发就得了。

二桂选择了一言不发。

她在诊所里输液的几个小时里，面对许秧一再的盘问，她一句话也不说。许秧告诉她，今天晚上他很可能遭到了歹人的敲诈，只有她站出来澄清事实，才能洗清他的冤枉，要不然她就成了那些歹人的帮凶了。

二桂仍然没有一句话。

许秧让她回想一下，这一年多来，她在这个家里是不是受到了善待，他们全家包括小丸子在内，是不是从来没把她当成外人。许秧历数了自从她来到自己家，他们夫妇送给她的各种衣物，过年过节给她发的红包，她回家探亲给她奶奶和父母准备的礼物，等等。桩桩件件，许秧无非是想唤回以往双方都很认同的亲切感。有道是时过境迁，这样的诉说，在今天夜里的特殊环境下，反而在二桂心里激起了前所未有的反感情绪。

二桂一直认为许秧是条仗义疏财的汉子，不光二桂这么认为，跟许秧过从甚密的朋友，以及我们这些跟他素不相识但很关注他的闲人，也都这么认为。今天经他这么说过来数过去，许秧在二桂眼中的高度，忽然就矮了。二桂闭着眼睛想，原来他以前的那种豪爽不过是表面的，骨子还是个计计较较的人，要不然他怎么会把这些小东小西记得这么清楚？再不然，他的豪爽是真的，但你受了他的好，就得记在心上，等于你欠了他的债，是债就总是要还的，到了他要求你还的时候，你不还，他就恼了。

果然，许秧叨叨唠唠说了许多话之后，看见二桂仍然一副漠然处之的样子，忽然就恼了，说：二桂，我真没想到你是这么个没心没肺的家伙，是个喂不熟的白眼儿狼，算我瞎了眼没认出来。反正这事跟我没有一丁点关系，你心里最明白，事到如今你该怎么说，你自己看着办吧。

狠话说完，许秧气得把门一摔，冲到外边去抽烟，把二桂一个人留在昏黄的灯影里。这一来，二桂就更铁了心，要按陈若水说的，一言不发。主意已定，二桂有充分的理由说服自己，反正谣又不是我造的，我只不过不说话罢了，你总不能说是我诬陷你吧，我怎么就成了那些人的帮凶呢？怎么就能被你随口乱骂，成了没心没肺的白眼儿狼呢？此念一起，二桂对许秧再无半点歉意可言。

早晨，许秧和二桂回到家里，柳叶子正在整理行装，说是有个外景地要去踩点，三两天就回来。看见这两人都黑着脸，她以为一个是病的，一个是累的，刚开口问了声二桂的病情，还没听到回答，电话响了起来，接她的车已经到了楼下，柳叶子拎着包就走了。

柳叶子一走，许秧好像卸下千斤重担般，心中一阵轻松，庆幸柳叶子在这么个节骨眼儿出差去了，不然，她真要是详细询问二桂的病情，怎么跟她说呢？这让他觉得很是不可思议。明明他跟这个叫二桂的小保姆清清白白，怎么无端就会在妻子面前感到无形的压力呢。

二桂也同样如释重负。

柳叶子出了三天差。前两天二桂把自己关在工人房里，假装养病，其实是不想跟许秧照面儿。肚子早就不痛了，她也搞不清到底是陈游医的进口药有奇效，还是他压根儿信口胡说，故意把别的小病小痛说起什么宫外孕诈骗钱财。不过，她的心情一点儿没有因为病情好转而好转，总觉得还有什么严重的事情马上就要发生。二桂的心被这种强烈的预感揪得紧紧的，让她觉得比腹部的剧痛还要难挨。她甚至设想，要是能够回到那天晚上，她宁可肚子痛痛死，也不会去敲主卧的门，然后跟许哥去看病。

第三天一早，二桂起了床，干劲十足地开始她的工作，买菜做饭、收拾房间、洗衣服，任什么都干得利利索索，一切都是为了迎接柳叶子归来。

许秧反倒没有二桂调整得快。在这三天里，他早出晚归很少在家里待着，除了在外边吃饭时，打了几个包放在餐桌上，他也没有再去关心二桂怎么样了。二桂的存在让他感到前所未有的别扭，特别是柳叶子一走，这关门闭户的空间只剩下他和二桂两个人，他就更加不自在了。他极力想忘记那件令人糟心的倒霉事儿，但游医陈若水的影子总是在他眼前晃来晃去，弄得他跟朋友们喝酒，要不就提不起酒兴，要不三两杯灌下去就喝高了，打麻将也老是出错牌，不仅不胡还放炮。

三天下来，许秧的那些狐朋狗友们已经觉出了他的异常，打趣说他是不是有了艳遇，以至得意情场失意赌场。有的说，他们早就觉得像他这么一个帅哥，只为柳叶子一个女人所有，有点说不过去。有的说，男子汉大丈夫何畏风流，别搞得这么没精打采心不在焉的，要是万一柳叶子冷不丁查岗查哨，他们都可以为他的清白做证。还有的借着酒劲儿说了实话：跟你许哥玩，别的什么都爽，就是你们两口子老摆出副恩恩爱爱的架势，让哥们说点荤事都不方便，过了不是？现在都什么世道了，你还在这儿装正人君子，累不累呀？

这些人只管说三道四图个嘴巴快活，还真把许秧给说得满肚子委屈了。

是呀，你抬眼睛随便往四下一看，哪儿不是满墙红杏遍地桃花，是个人就少不了风流韵事。想想自己呢，守着老婆孩子，喝着小酒打着小牌，好像也就知足了，充其量跟些有来没往的女粉丝操练操练口头幽默，着实没动过真心思。这下好，无缘无故摊上这么个丑陋的小保姆，一件救死扶伤的善事，很可能被演绎成让人耻笑的糗事，冤不冤呢。

当下许秧想好了，万一这事儿真如他担心的那样被人讹传，就看柳叶子她怎么反应了。要是她也跟着别人起哄架秧子，等于从道义上解脱了他。人不都是这样，要是真有什么事儿，也就罢了，怕就怕沾上这无中生有的冤屈。《红楼梦》里晴雯临死的时候，干吗非要把宝二爷叫去换件小衣来穿，悔的就是跟这位爷的私情有名无实，早知今日何必当初，要真像袭人似的跟宝玉几番云雨，她也就死而无憾了。许秧思前想后，越来越觉得自己冤，比窦娥还要冤。这一冤之下，难免对柳叶子生怨。你说你一个女人家，小保姆生病怎么着也得归你带她去医院呀，你就是再累再困，也不能支使我出这种谁看见谁生疑的差呀。现在怎么样，我跳进黄河也洗不清了，你要是再往我头上扣屎盆子，我也就没什么好说的了。这么一想，他肯定懒得再开口去提二桂的病情，除非柳叶子非要刨根问底。

话说这柳叶子在外边跑了一圈儿，回到安宁舒适的家中，吃上了可口的家常小菜，心情格外畅快。二桂的状态，让她忘记了再去询问病情，以为顶多是吃坏了肚子，吊了两瓶水也就好了。

对许秧的情绪，柳叶子也没太在意，他们结婚快十年了，一直算得上琴瑟和谐，很少有一般夫妻间的猜忌吵闹。也有闺中密友提醒过柳叶子：守着这么一个大众情人式的丈夫，要多留个心眼儿。按照现今男人们内心的标准，不挎上个小二小三儿的，就等于白来这世上走了一回；再者说，就算你们俩关系铁瓷，也抵不住那狐眉骚眼的美女们投怀送抱，万一真像人们说的，每个男人的婚外情都像孩子出麻疹一样不可避免，早晚得来上一场，你再自信也没用，还是得有所准备。柳叶子嘴硬，对这些说辞总是报以潇洒的微笑说：他要是弄个一夜情，认错我就饶了他，要是他动真格儿的，那就离婚没商量。

说归说，其实她心中也曾有所警惕，但许秧的表现总让她在警惕之后不得不内疚，不得不把警戒指数一再调低，否则就太辜负丈夫的一派坦荡了。

就这样，二桂深夜求医事件，似乎一点痕迹不留地过去了。柳叶子忘了问，许秧懒得说，二桂自然不会主动提起。在这个家里，看上去什么都没改变，可在许秧心里，二桂变得不那么单纯，甚至不那么干净；在二桂心里，许秧变得不再可亲可敬，甚至有点畏畏缩缩。对刚刚过去的那件事情，他们都采取了守口如瓶的态度，又仿佛在两个人之间多了点默契，或者说真的有了一个共同的秘密，谁碰见谁都觉得不怎么自然了。

事后我们都说，这可真是莫名其妙。

世上没有后悔药

灾难来临的一刻，许家正是高朋满座。柳叶子的部门因为业绩出色被台领导年终嘉奖，作为大姐大，她要在家犒劳她的手下。

二桂跟以前一样，在厨房里忙碌着，一道道递到餐桌上的菜，仍然让许家的食客大喝其彩。然而，二桂的心境已经大不如前了，看着食客们觥筹交错大吃大喝的样子，她觉得这些人所有的夸奖都是廉价的，不过为了更好地利用自己为他们服务而已，这种喝彩带给她的，只能是内心的愤恨，特别是许秧大呼小叫招呼客人喝酒吃菜的时候，她会觉得那种过于夸张的热情让她难受。深夜求医的事情之后，许秧对二桂的态度明显地冷淡了，很少跟她说话，说也是爱理不搭的，让她感到难堪，他越是对客人们热情，二桂就越觉得自己受到伤害。看着明亮的灯光下，许秧兴高采烈的脸，二桂忽然有了一种强烈的企盼，盼着游医陈若水说的那件即将发生的事情早些兑现。

肚子痛过一个星期，二桂的老朋友如期而至，为此她特地趁着买菜的功夫，去了趟陈若水的诊所，想把情况通报给他，推翻他所下的荒唐诊断。

不承想，陈游医对她特别通报的情况并不重视，他用一根刚刚剔过牙的牙签，兴味盎然地剔着指甲盖里的黑泥，不紧不慢地说：你是不是想否认我的进口药有奇效呢？证明了我误诊，不光可以证明你和许大主持之间的清白，还可以问我讨回药费，正好一举两得呀！

二桂看着陈若水的手，想起这脏双手曾经在自己身上摸索，一阵恶心。

趁着二桂沉默的空子，陈若水又说：其实，女孩子家清不清白自己最有把握。我说你有孕，你没底气断然反驳我，说明你不清白。至于你到底跟哪个男人睡过，本不是我们医生要管的事儿，给你安排一个有钱的名人，也是为你好。有没有事儿，你都可以从他那儿受益，心软弄点小钱花，心狠坑他一大把也不难。这是你的运气好。老朋友来不来，对你来说毫无意义，管住自己的嘴，什么都不说，才是最重要的。记住我的话，不管发生什么事儿，你管住自己的嘴，你就等着占便宜吧。用不了几天，就会有结果了。

二桂从陈游医的诊所出来，慌里慌张的，心里一路敲着小鼓。以她涉世未深的阅历和极为有限的见识，二桂当然猜不出来究竟会发生什么事情，但她隐隐约约感到，有一些不知藏身在哪里的人，正在集合成一股力量，准备跟许秧较劲。从道理上说，二桂知道许秧是无辜的，可是一看到他对所有人都热情万丈，唯独对自己冷漠非常，二桂的恻隐之心就迅速地淡了下去。

你早晚有一天要来求我。二桂站在厨房的暗影里，冲着仰头干杯的许秧，不知怎么就冒出了这样的念头。这个念头让她感到惬意。

也正是在这时候，柳叶子的手机响了，是她的一个闺密打来的。只听得那边急慌慌地说：叶子，你还在大宴宾客呀，出大事儿了。

柳叶子一边说，一边抽身离开餐桌：你就爱一惊一乍，有什么大不了的。

此时桌上正是酒过三巡，大伙儿都在兴头上，包括许秧在内的所有吃客，谁都没注意柳叶子这个电话一接，就接了两个多小时，直到这边曲终人散，她也没再露面。那帮狐朋狗友打道回府，个个喝得晕头转向，又是熟门熟路，也没人特别费心要找女主人告辞。

许秧迷迷瞪瞪送走了客人，回头想起柳叶子没有出来送客，心里一激灵一个词儿随着冷汗冒了出来：东窗事变。

平时我们总是说，为人不做亏心事，夜半敲门心不惊，其实也不见得。许秧并没做什么对不起柳叶子的事，可自从带二桂去了倒霉的游医诊所，他就时不时提心吊胆，总觉得会有事发的一天。

许秧蹑手蹑脚走到卧室，发现柳叶子不在里头，回头看看书房，也黑着灯。借电脑荧光屏射出的光，他看见了呆坐在写字台旁边的柳叶子，正哭得稀里哗啦。

结婚十多年，他还从来没见过妻子哭过。在许秧眼中，柳叶子整个一女丈夫，为人仗义处事果断，碰得什么闹心事比男人都想得开，越是压力大，越是斗志高，很有点子宁折不弯的狠劲。跟她搭桌打麻将的麻友都知道，柳叶子做牌，一上手就奔大方子去，清一色、七小对、海底捞月、杠上开花，只要她想做，不到最后一刻决不放手。所以她总是不赢则已一赢坑人，加上她牌技平平手气奇好，已经是圈里出了名的辣手。不过这并不妨碍她在别家输得底儿掉的时刻，突然宣布放弃一把大胡的收入，让沮丧的对手们重新高兴起来。人们都说，牌桌就是社会，做牌如同人生，看牌风可以看出一个人的为人，大约还是有些根据的。反正在柳叶子这儿，无论打牌还是处世，风格都差不多，整个一个爽。

因为她长得娇小又豪气过人，许秧曾送给妻子一个袖珍女侠的雅号，还跟她开玩笑说：什么时候你也哭一鼻子给我看看，让我过一把当老公的瘾，行不？

柳叶子听了这话，哈哈一笑说：这可是有点难度的事，有个算命的给我掐算过，本姑娘这辈子命中缺水，所以得惜水如金。估计要是什么事儿让我开闸放水，那事儿就非同小可了。

现在，这个命中缺水惜水如金的女人，正在黑灯瞎火的书房里大放其水，许秧原本吊起来的心，悬得更高了。

他走过去，打开灯，小声问：怎么回事，走秀节目送审给崩了？

柳叶子见他来，迅速收敛了她的哭泣，指一指电脑恨声说：这回演的是真人秀，火着呢，半个城的人都在看呢。

许秧探头一看，真是不敢相信自己的眼睛，一个醒目的标题：电视台名主持夜半现身诊所，小保姆零距离相随病情蹊跷。下边跟了两张模糊不清的照片，一张是他在诊所门前的灯箱旁边抽烟，一派百无聊赖，另一张是他和二桂并肩挤在三轮摩托上，看似亲密无间。再一看点击率，我的妈，已经差不多三十万了。不用查，下边的跟帖一定少不了。

许秧顿时勃然大怒：这些无耻之徒比我想象的还要卑鄙，弄出这样的八卦新闻，你也信？！

破口大骂写八卦贴照片的人，似乎无可指责，可是一句"你也信"，一下子就把柳叶子的火给撮起来了。只见她气得扭歪了脸，大叫一声：我也信，我就是信，你干得我还信不得了？！你是不是想说，写的人无耻，信的人也无耻，就你这个做的人不无耻呀？！

一看妻子火了，许秧也觉得自己说话欠妥，忙解释说：我的意思是说，我带二桂去看病，完全是遵照你的指示，前前后后的事情你都清楚，这种无厘头的八卦你根本不会信。

柳叶子听他这么说，更火了：你还真别说我都清楚，这之前怎么回事儿，我不可能清楚，这之后怎么回事儿，她得的什么病，怎么会得这样的病，你跟我提过半个字吗？你不说，她也不说，我能清楚得了吗？为什么不能说，我倒是清楚了，不说就是有鬼。

许秧说：你不是出差去了吗？一打岔我也就把这事儿给忘了。她得什么病，不关我的事儿，只要病好了就得了，有什么好说的。再者说，要是那天晚上你自己带她去看病，也不至于闹出这么档子事儿。

柳叶子说：你忘了？真忘了？我说这次出差回来，你们俩怎么总是怪怪的，话都不怎么说，原来还有这么个惊天秘密在怀里揣着呢。你还赖上我了，是我差你领她看病才闹出这档子事儿。那我倒想问问你，平常你油瓶子倒了都不扶的一个人，这回怎么我叫你去你二话不说就去了呢？第二，看病为什么不到正规大医院看急诊，非到那种藏着掖着的黑诊所去呀？还有，看病回来，你们俩全跟没事儿人一样，半句话都没有。要不是网上捅出来，我只怕到死都不知道我老公是这么个不要脸的东西。

许秧本来委屈，这话肯定让他受不了，于是顾不得身陷被动，冲着柳叶子喊叫起来：我不要脸，我怎么不要脸了？

柳叶子愤然道：这还用着问我吗？我知道现而今男人们都不安分，摊上你这么个吃形象饭的就更不得安生。多少人提醒过我，叫我多个心眼儿，可惜我太相信自己的直觉，也太相信我们的感情了。可是你要搞女人，也搞个像样点儿的给我看看，闹出来咱脸上也过得去点。我知道你万事怕麻烦图方便，这回算是方便到了家，窝边草吃得连身份都不顾了，这么丑的一个小保姆，你都来者不拒，让我想想都恶心。

许秧说：你别这么恶语伤人行不行？我告诉你，你的直觉没错，我们的感情也没问题。以前你那几个所谓闺密，成天跟你出招嚼舌头你都没出过错儿，今天怎么这么昏头昏脑分不清左右呢？

柳叶子说：你别扯上我的朋友。要是我真听了她们的，也不会出今天这么大一个丑。你以为人家都是傻瓜呀。上回阿弥来咱家，碰上你给楼下小卖部打电话送米，二桂在一边说，再来三包葵瓜子，你说葵瓜子没人吃，二桂马上把你顶回去说，你不吃还不让我吃呀。阿弥当时对二桂说什么来着，哟，二桂，我怎么听着你这口气，不像打工的，完全就是一个二奶呀？有这回事儿吧？

许秧说：有呀？阿弥那张嘴你又不是不知道，开玩笑从来没底线的。

柳叶子说：没事儿就是开玩笑，有事儿人家就当真了。

许秧情知说不清楚，无可奈何之下也恼了：人家当真你不当真，啥事没有，你要当了真，我说什么也白搭。事到如今，你要怎么办就怎么办，一切听你的就是了。

柳叶子一看许秧来硬的，吃软不吃硬的脾气更上来了，当下就说：行，那就听我的——离婚，跟小保姆搞名堂的男人睡在我床上，简直让我无法想象。

柳叶子说完，一刻也未停留，转身走进卧室，啪的把门锁上了。许秧只好和衣睡在客厅的沙发上。

我们完全可以设想，那天晚上，这个家里的三个人谁都难以入眠。许秧长吁短叹，抽下的烟头把烟灰缸填得满满的，柳叶子继续在黑暗中饮泣，用泪水把枕头一寸寸浸湿。二桂呢，她在干什么，他们俩在这个不眠之夜，都无可回避地想到这个让他们不愿意想起的人。许秧和柳叶子的剧烈争吵，二桂肯定听得真真切切，可她从始至终一点声息都没有，好像这一间单元里根本没有这么个人。

第二天早上，刚刚迷糊了一会儿的许秧，被厨房里高压锅气阀的冲气声吵醒了，然后就听见二桂不紧不慢地开始了她的晨间运动，穿着那双超高跟皮拖鞋，顶着一本书在自己房间里走猫步。等气阀声低了下去，二桂开始搅面糊、打鸡蛋，接着抽油烟机启动了，摊煎饼的油锅嗞嗞地响起来，一股葱油的香味随之弥漫开来。然后，菜刀在砧板上有节奏地行走，咯噔咯噔均匀而迅捷，显出使刀的人心情很平静，切出的萝卜干或者榨菜丝也一定又细又匀。又过了一会儿，二桂拿着菜篮子走出了厨房，对着主卧的门，声音不大不小地喊了声：许哥柳姐，你们吃早饭吧，我先买菜去了。说罢，一阵风走过作为许秧临时寝室的客厅，对沙发上卧着的大活人视而不见，关上门走了。

一切都跟往常一样。

二桂的表现太出乎许秧和柳叶子的意料了。昨晚在这个家中由她而起的轩然大波，好像跟她毫无关系，对她的情绪没有产生任何影响。女人的直觉告诉柳叶子，这个女孩心理素质也太好了，不但不可小观，简直有些可怕。

柳叶子打算马上辞了二桂，还设想了对方有可能做出的多种反应。二桂可能会赖着不走，可能会以她跟许秧的关系要挟他，索取高额赔偿金，或者在事态进一步发展，有好事者去找她核实情况的时候，装得很无辜很无奈，以搏取舆论更多的同情，诸如此类。柳叶子想好了，不管自己和许秧最后如何结果，也不管二桂要趁此机会敲诈多少钱，都一定得在当天把她撵走，柳叶子再也不想在这个家里看见那张丑陋的脸了。

许秧和柳叶子分头起床洗漱，然后分头去台里参加周一例会。他们没有说话，也没有坐到餐桌跟前去吃二桂为他们准备好的丰盛早餐。二桂没有在他们离开家之前返回，按以往的时间，她拖延了半个小时都不止。不需要任何交流，夫妇俩都在心里认为，这是二桂刻意安排的。

中午，柳叶子一散会就回了家，打算抢在许秧到家之前把二桂打发走。等她推开家门一看，发现自己的动作比人家二桂慢了远不止一拍。不用她来打发，二桂已经走了。

走之前二桂没忘记把几间房的地板和桌椅擦干净，把洗衣机里存着的衣服洗出来晾好，没忘记给那几盆茉莉和巴西木浇水，把绿萝肥叶子上落的灰尘抹掉。她也没忘记把早晨刚买回来的排骨剁成了小块儿，分成三袋装好放入冰箱的冷冻室，小白菜、茄子和黄瓜，分门别类存入冷藏的抽屉里。

二桂住了一年多的小屋里，满墙的明星画片还挂在那儿，唯独少了邓丽君的一张。床铺上留着一堆衣物，全都是受赠于许家的东西。其中有柳叶子送她的衣裳，包括穿过的和新买的，小丸子送她的画片和彩色头绳，最显眼的是她万分钟爱的超高跟皮拖鞋，也就是她要求预支工资去买而许秧好意送她的那双。衣物上压着一张字条，字迹歪歪扭扭，但意思表达得很清楚。大意是因为家中有急事，她来不及跟主家打招呼就先走了，很抱歉。欠柳姐的电话费和许哥的医药费，她都不会抵赖，等有能力偿还的时候一定还上。床上的铺盖由于时间仓促来不及洗，只好等来了新保姆代劳了。她还对不能跟小丸子当面告别表示遗憾，祝小丸子长大之后成为人见人爱的靓妹。最后她说，在许家工作的一年多，是她有生以来最愉快的时光，她会永远记在心上。

也正是在那堆衣物中，柳叶子发现了那本真正能够窥见二桂内心世界的小本子。读着二桂的满腹心事和怨恨，看着空空荡荡也干干净净的家，过往由二桂带来的快乐潮水般涌来，让她心里的感受复杂莫名。

许秧家的风月案，由于二桂不明不白地撤离不了了之。网络八卦党们将它热议了一阵之后，因为没有人出面回应，也没有后续的谈资，很快被新的八卦转移了视线。倒是在我们这个小城的街谈巷议中，许秧还时不时被捎带一二，个中的情况有真也有假。

我们听说，二桂临走的那个早晨，趁买菜的工夫又一次找到游医陈若水，黑着脸问他是不是早就知道许家要出什么事儿。

陈若水那天正闲得无聊，弄了些毛边纸在诊所里练大字，用隶楷行草各种字体，一个劲儿写着自己的名字：若水—若水—若水——心情别提有多好。

因为心情好，他并没有介意二桂高声大气的责问，反而摇晃头发稀疏的小脑袋，向二桂详细解释他这个名字的来历和出处。古云：上善若水，上善就是大善，医者善人也，上善之医，为医圣是也。

陈若水自吹自擂，二桂听了心中更加烦闷，说：你一个行善积德的人，怎么还老琢磨着造谣生事儿，等着看别人倒霉呢？

陈若水说：你这孩子怎么这么不懂事儿呢？我上回给你出的招儿，哪一条不是为你好？

二桂说：就算是为我好，也是冤屈许哥呀。而且这事情闹得全城人都知道了，没准儿柳姐真得为这没影儿的事情跟许哥离婚呢。

陈若水听了，心情更好了，忙问二桂：真有这事儿，你听真切啦？

二桂说：昨天晚上他们吵了一大架，柳姐真的说了要离婚。我后悔没早点把事情跟她说明白，到这会儿，说什么都没用了。

陈若水说：世上什么药都有，就是没有后悔药。

看见二桂满脸的惆怅，陈若水又安慰她说：你也不用太自责了。名人嘛，就得为他是名人付出应有的代价。谁叫许秧这么出名，他没有今天也有明天，迟早要出事，没事也得被人们搞出事来。

这话应验了二桂的猜测，她疑疑惑惑地问：人们？你说这些人们是谁？他们跟许哥有仇吗？

陈若水说：人们是谁？就是大伙儿呗，包括你我在内的大伙儿呗。你说咱们跟他有仇吗？没有哇，只不过咱们不能让他跟大伙儿一样，就这么平平安安地过日子，他是名人，跟咱们不一样。

二桂想不通：怎么还包括我？我可没想让许哥不太平。

陈若水口气有点不耐烦了：行了，就算不包括你。

二桂有些好奇，又问：你说的这些人们一共有多少人呀？

陈若水叹口气说：多少人？连我也数不清，汪洋大海，人民战争的汪洋大海，你说是多少人。

二桂更加一头雾水了：那么多人？！都凑在一块商量着要出许哥的丑？

陈若水指了指桌子上一台破电脑说：跟你这个乡下妞说也说不清楚。有互联网，有QQ，有BBS，还用得着往一块堆凑？只要你有料爆，保证一呼万应。这回我算是亲眼见识了它的威力！

经他这么一说，二桂好像有点明白了，平常许哥他们也喜欢在电脑上搞这搞那的，跟一些不认识的人聊天，连小丸子都有自己的QQ群，遇到不会做的作业，就到网上去求助，总有人上来帮助她。原来电脑有这么大威力，能助人也能毁人。

二桂还想问得更清楚，陈若水却不想再跟她啰嗦了，为了应付她，就说：你就别再问了，反正有一点可以肯定，这回他要是真倒霉了，跟你一点关系也没有。

这话正是二桂想要说的。再次证实过这个说法，二桂觉得安心多了，接着跑到菜市场安安心心买了一篮子菜回去，打算好好施展一下厨艺，让主家消消气。

可是当她走进餐厅，看见早上精心准备的早点纹丝未动地摆在桌子上，突然明白过来事情根本不像陈若水说得那么轻省，自己无论如何都脱不了干系。一想到这个家从此往后不可预知的前景，二桂又怎么也摆脱不了心中的歉疚了。以前她一直以为像许哥这样的人，是人里头的尖子，什么好儿你不揽它们都得找上门来，一辈子也不会遇上烦心的事情，没想到他也会无缘无故被人祸害，就算你不招别人，别人还惦记着你呢。这么一想，二桂这些天按照陈若水的启发攒下来的怨气，突然间就泄了，好不容易硬起来的心肠，一下子就软了，软得跟水一样，哗哗从眼睛里淌出来。

她一边哭一边收拾东西，除了自己来的时候穿的那几件破旧的衣裳，主家送给她的所有东西，无论大小一律留了下来，她希望用这样的行动告诉主人，她二桂并不是一个见利忘义的人。为了说明自己的心意，她又一笔一画写了告别的信，写着写着，更加哭得昏天黑地。

收拾完东西，二桂最后一次仔仔细细做了卫生。与往常不同的是，没有去清理书房。她站在门边，一看见那台静静地趴在桌子上的电脑，心里就怦怦乱跳起来，生怕一触到它，就会引发什么意想不到的后果。

一切都完成之后，二桂走了。

二桂以为，只要她走了，这个家就会恢复平静，所有的麻烦就结束了。

事实上我们知道，许家的麻烦并没有因为二桂的离去而完结。

对许秧不利的消息，像西伯利亚冷空气强劲入侵，大风一阵紧似一阵，每阵大风过后，枯叶落英铺天盖地哗哗翻滚，让旁观者瞧着都得倒吸凉气。

我们从各种渠道得知，许秧是一个不负责任的男人，在把小保姆肚子搞大了之后，带着那姑娘到黑诊所堕胎，事后为掩盖他的劣迹，继续让她操持家务，后来被太太发现了奸情，就把小保姆一脚踢出门外，不但一分钱补偿费都没给，还假装这件事情跟自己毫无关系，逢人就大呼其冤。

许秧的态度让大伙儿都很气愤，你一个堂堂八尺男儿，风流成性也得敢作敢当呀，这么欺侮一个孤苦伶俐的乡下女孩，那就不仅仅是作风问题，完全是道德沦丧人格缺陷。假如许秧连这样必须补偿的钱都吝惜，以往所有一掷千金的豪气都成了疑问。

这些年他仗着我们这些小百姓的追捧赚了多少外快，谁算得清？他参加演出的时候要大牌，在出场费方面狮子大开口，而且锱铢必较，开场铃都响过两遍了，话筒拿在手上，他就是不出场，非得等出场费一张张数清楚，才把贪妄的笑容堆到脸上，走到台前去。他在赈灾义演的晚会上承诺过的大额捐赠，过后根本没有兑现。他错过兑奖日期的福利彩票，根本不是什么五百万元的头奖，而是五十块的末等，就为这个他还调动了自己的社会关系去把它弄了回来，理由是奖虽小，运气不能错过。他的确喜欢当众抢着买单，那也不过是图虚荣臭显摆。再不然就是投之以木瓜取之以琼瑶的交易，以小搏大，还落了个仗义疏财的名声，多值呀。由此看来，这个人在金钱方面的算计实在是精明到了家。

有些目光更加锐利的人认为，许秧利用我们的追捧得到的利益远远不止金钱。

他在主持节目的时候，最拿手的就是跟那些涉世未深的女孩子调情，把她们弄得神魂颠倒，再拒人于千里之外，地地道道是精神上的始乱终弃。他在我们的城市里，出入如无人之境，什么红绿灯，斑马线，慢车道，甚至于市委市政府的门岗，对于他都是形同虚设，只要他把那张万人瞩目的脸盘一亮，什么规矩方圆的，全都不在话下。他狂到给外省朋友留地址，只写 XX 市许秧五个大字，有次别人给他寄包裹，被邮局以地址不详给退还原处，他还打电话给邮电局投诉，害得当班的分拣员扣了奖金。

……

总之，以往我们慷慨给予许秧的溢美之事赞赏之词，自他家出了那么件风月案之后，全都被悉数收回，修改更正，走向了反面。许秧的光辉形象在一夜之间轰然倒塌，从一个豪爽、正派、善良、潇洒的君子，直线坠落为吝啬、虚伪、狡诈、猥琐的小人。

过了很久我们才知道，对许秧进行毁灭性打击的网上快枪手，不是别人正是许秧昔日的铁杆粉丝保安旺盛，网名"小城无故事"。

据查，在许秧风光无限的日子里，"小城无故事"曾经把数不清的好事美差送到了他的名下。等到许家的风月案爆发并被热炒，"小城无故事"已经拥有了"第三只眼""随叫随到""邻家妹妹""发现者"等等一系列马甲，有关许秧本人以及风月案涉案人员的传闻，多是由"小城无故事"主帖，其他的马甲跟帖酷评，对许秧的态度明显从捧变成了棒，转变之快，下手之狠，实属罕见。

一路下来，"小城无故事"眼看着由菜鸟级变成了骨灰级，资深望众。旺盛本人后来被某大网络公司相中，聘去当了"社会秘闻版"主管。在一次网友座谈会上，旺盛坦言，是许秧成就了他。

《战国策·魏策》曰："夫市之无虎明矣，然而三人言而成虎。"许秧风月案之言传者，岂止三五，简直成千上万。

《荀子·劝学》曰："登高而招，臂非加长也，而见者远；顺风而呼，声非加疾，而闻者彰。"八卦小报加上互联网，还有手机短信和电话，昔日登高而招、顺风而呼者自然不能同日而语。

许秧被弄垮了，他不是金刚不坏之身。我们估计，面对这样无形而又巨大的压力，别说是许秧，就是李小龙霍元甲再世，也会撑不住的。

许秧和柳叶子不知是离婚还是分居了，反正他从家里搬了出去。

再也没人在饭馆商店这些公共场所见到他。据知情者说，如今出门的时候，许秧也开始戴墨镜和帽子，跟他以前并不认同的那些明星们一样。

我们一致认为，他后来主持的节目根本没有了以往的那种热情和潇洒，出于场上搞气氛的需要，常常强装笑脸。不知不觉中，许秧的金牌节目收视率直线下降，直到有一天，他所剩不多的忠实粉丝，在星期六的晚上打开电视，发现《心心相印》这档节目已经彻底改版，更名为《朝三暮四》了。主持人是一个面生的美女，许秧从此在公众视野中消失了。

后来，我们得知，许秧干脆离开了我们的城市，不知去向。我们不知道他会变成一个什么样的人，会不会从此变得拘束而无趣呢？也可能他离开这座曾经让他大红大紫的小城，到了一个新的大的城市，再也不是家喻户晓的名流，反而从此自由了，活得更加自在，变得更加放肆和有趣了。谁知道。

我们呢？我们的生活因为许秧的消失发生了什么变化吗？

说真的，一开始，到了星期六晚上，我们真觉得少了些什么，没着没落的。我们觉得代替他的那个女主持，虽说还算漂亮，但是小里小气矫揉造作，一看就是小地方小电视台的，跟谈笑风生的许秧根本不是一回事。对这一点，大伙的确有一点点懊悔，我们这小城里唯一能拿得出手的男明星没了。大伙儿在茶余饭后也会突然想到，他走了对我们有什么好处呢？

过久了，大伙儿也习惯了。我们渐渐地忘记了许秧这个人，又找到了新的目标来填充空洞的好奇心。

日子过了一天又一天。不光我们这些街头巷尾好事的闲人，连电视台里边的人都快把许秧给忘了的时候，有个穿着寒酸的年轻妇人来到电视台，说要找许秧。

电视台的门卫打电话叫来了柳叶子，那妇人一见她就哭了起来。两个女人在传达室的会客间坐了一阵，叽叽喳喳说了好多话，说着说着柳叶子也哭起来。临走，那妇人要把一撮钱塞给柳叶子，柳叶子坚决不要。两个人推来推去，最后那个妇人收回了钱，给柳叶子深深鞠了一躬，走了。

当天晚上，在某网站社区的社会秘闻版，又贴出来一张新的照片，发帖的"小城无故事"说，这个妇人就是名主播拉链门的女主角，小保姆二桂。这回她来找许秧，是为了还他医药费的。

我们猜测，二桂有可能对柳叶子说明了一切。可惜为时晚矣。

从此以后

旧历大年二十九早晨，闻布衣照常上班去。本来不去也没什么关系，但他还是去了。自从当上副局长，他就觉得自己已经不是一个名副其实的布衣了，他不想让自己混同于普通老百姓。就算整个机关空无一人，他还是要按规定去打个转喝杯茶的。

临出门，闻布衣对他的妻子说，面南的窗台上有块砖头松动了。

当时他的妻子正在卫生间里刷牙。闻布衣认为她肯定没听清他在说什么，而且认为她肯定会有所表示，叫他再重复一遍。

所以他在门口放慢了步子——这里正好可以看见卫生间里的洗脸池。

不出所料，他的妻子果然咧着一张沾满泡沫的嘴回过头来，冲他发出一串叽里咕噜的声音。闻布衣半点猜疑也不用费，就应声将刚才的话极响亮地重复了一遍：

"南边窗台上有块砖头松动了。"

"呜噢……扑哧……"他的妻子发出这样几个音节之后，又继续埋头于她的个人卫生事业，并不再跟他说什么。

这几个音节在闻布衣听来，清楚就是"知道……走吧……"的意思，于是他放心地关好门，走了。

应该说明的是，这一串现在还看不出什么端倪的情节，在以后悲惨的事故发生过后，将会使每一个旁观者慨叹，这简直就是闻布衣夫妻默契关系的生动写照。但在彼时彼刻，这些细节并没有给任何人哪怕闻布衣本人留下一丝一毫特殊印象。这样的情形在闻布衣看来自然如行云流水，全不在话下。他熟悉他的妻子，如同熟悉自己溃疡多年的胃，什么时候怕酸什么时候畏寒，要怎么调理才能过得舒舒服服，全在他运筹帷幄之中。正像康德或者叔本华说的那样，把人的经验性格研究透了，便可以像天文学家预测月食那样预测人的行为。对于他的妻子来说，闻布衣无疑是一位杰出的天文学家，可以丝丝入扣地预测妻子这轮月亮的阴晴圆缺。当年他们热恋的时候，他常模仿徐志摩对陆小曼的称呼，把未婚妻唤作我的月亮。这真是一种有趣的巧合。

闻布衣在楼梯下边倒腾了好一阵，才把自家的自行车拖出来。本来按他的级别是可以乘轿车上下班的，但闻布衣不打算这么快就把刚任命的副局长当得像真的一样，所以如果不是刮风下雨天，他仍然坚持骑自行车出入。

旧历大年二十九早晨，副局长闻布衣仍然骑着辆旧自行车准时去上班。路过自家窗户的时候，他一边擦着额头上因为捣腾自行车捣腾出的汗，一边抬头看了看位于三楼的窗台。从左边数起第三块砖的确是松动了，跟其他的砖头已经不在一个平面上，起码凸出了三四公分。

过了不到一刻钟，闻布衣出现在大年二十九静悄悄的办公大楼里。他在二楼楼梯拐角处习惯地看了看腕上的手表，在三楼的走廊里掏出了钥匙，走到四楼时往楼面放置的第五只痰盂里吐了一口痰，然后打开属于他的 410 号房间。一切都跟往常——那些不是大年二十九或者大年三十的日子——相似到了惊人的程度，时间、地点、动作、表情，全都一模一样。在这里闻布衣无意之中展示了他作为一个成熟男人的个性，他的行为是不会被外界种种被他认为不合规矩方圆的变化所影响的，即使今天全市全省全国所有的人都违反了法定假日休假条例提前放了假，他闻布衣还是要按自己的方式看表掏钥匙吐痰以及开门的，而且他不会因为其他人的旷工愤愤不已，别人怎么做那是别人的事。

就这样闻布衣进一步按自己的方式开了窗，扫了地，抹了桌子，打了开水，泡了茶，接着坐下来看一张昨天没来得及看完的报。

在做这些事的过程中，闻布衣想到了他的妻子。注意，这种想到不是想念思念一类带有感情色彩的思维活动，而只是一种习惯，一种下意识的条件反射。这种习惯始于他们开始恋爱的时候。那时候，他太热爱那个梳一双梢部自然卷曲的短辫，圆脸上长着些浅浅雀斑，黑眸子明亮并且大得有些出奇的女护士了。只要一跟她分别，他就会情不自禁地想她，猜测她此刻正在干什么，穿着什么颜色的衣服，脸上是否洋溢着幸福的微笑等等。当她值夜班的日子，他也会跟着失眠，怕她冷，怕她饿，还怕她分管的危重病人半夜里咽气吓着她。久而久之，闻布衣养成了这种说来有几分可笑的习惯，只要他所做的事情不需要全神贯注，而是可以边做边想些别的事情，他就肯定会想到他的妻子，想到他妻子正在干的事情。只是随着时间推移，这种想不再那样使他耗费心力，也就是说，它已经不再是想念，不过是想到而已。假如用一个比喻来形容，不妨说那时候的想如同狂风卷起巨澜，现在的想宛若微风吹动涟漪。有时候，闻布衣面对妻子那张由于年长由于生育由于操劳也由于熟悉而显得平凡或者说平庸的脸，就会很奇怪地问自己，当年何以那样痴迷于这张脸？然后便会对那种失而不可复得的感觉充满留恋之情，慨叹要是一个人永远沉醉在爱情里该是多么好。当然这种浪漫情怀在闻布衣身上，正日甚一日地衰减，与往昔浪漫的时光正日甚一日地淡然远去一样。对此闻布衣并不过分在意，当他一次次按照热恋时期养成的习惯想到他妻子时，他或许还对自己这种在当今男人中颇为少见的情有独钟行为略怀敬意。

大年二十九这天，某局副局长闻布衣在空无一人的办公大楼里坚守工作岗位，同时按惯例在开窗之后读报之前这段时间里想到了妻子。他认为这时候妻子肯定已经吃过早饭了，但她肯定不会冲一杯牛奶再煎一只鸡蛋，然后坐下来打开电视好好享受早晨这悠闲时光的，她只可能像多年来赶着去上早班或者下了夜班赶着去睡觉一样，用开水泡一碗昨晚的剩饭，站在厨房里就着咸萝卜呼噜噜一吃了事。接着她要做的事肯定是系上围裙戴上袖套和布帽子，把鸡毛掸子绑在长竹竿上打扬尘。在打扬尘之前，她肯定会先拿出几床虽不算太脏但在年关必须要洗的被单，把电视机收录机电冰箱甚至石英钟和电饭煲一类她认为贵重的东西都盖起来。打扬尘的时候，也许她的眼睛会落入一小颗讨厌的灰尘，不过做了一辈子护士的妻子肯定不会对此束手无策。她会走到卫生间去，用自来水冲去灰尘，再打开五斗橱第二个抽屉，找出氯霉素眼药水来给自己滴上一两滴。并且她不会因此让打扬尘的事半途而废，她肯定会立刻回到原来的地点，继续把做了半截的事情一丝不苟地做完。打完扬尘之后，她会撤去覆盖在各处的被单，把它们送到洗衣机里去，放入清水和洗衣粉浸泡起来。然后她肯定不会急着洗，而是会匆匆喝上一口水或者连水也顾不上喝，就开始了一年一度必不可少的浩大工程——擦玻璃。

妻子擦玻璃的技术，一直让闻布衣叹为观止。

她总是训练有素地先用湿抹布将玻璃弄湿，稍微晾上一会儿，再用半干不干的布擦第二遍。这还不算完，她还会再用些事先揉皱的报纸擦第三遍，并且一边擦一边在有细微污垢的地方呵气，直到把整个窗户里里外外擦得一尘不染，让人从玻璃窗里看出去，怀疑这个窗户上只有窗框没安玻璃。因为擦得特别仔细，所以要花费很多工时，还因为妻子总是按她并不可取的方法，把一个窗户先擦上一遍，就转而去擦下一个，等全部窗户都完成同一道工序之后，才回头从第一个窗户开始第二道，所以她要爬上爬下若干次，才能把所有的窗户擦完。这样做她当然很累。幸好她并不怕累，尤其当她有兴致去做某件事的时候，不吃喝不睡觉她也能挺得住。

说实话闻布衣并不赞成她这么累而且这么不怕累。每当妻子做什么事做得过于专注过于累，他就要格外小心才行，不然说不定在一件什么鸡毛蒜皮的事情上，便会引发妻子的雷霆万钧之怒。

想到这里，闻布衣提醒自己今天回家之后一定要表现得殷勤一点。他料定妻子今天会兴致勃勃地将她自个儿累得半死不活，然后望眼欲穿地等他回去参观她的工作成果，然后毫无道理地找个茬儿把他抱怨一通，说他就知道在机关里泡着，逃避家务劳动，听凭她一个人累死累活，不费吹灰之力就坐享其成，顶多拿几句阿谀之词来讨好卖乖，骨子里对她一点不关心，说不定还指望累死了她去娶小老婆呢，云云。为了防患于未然，他打算等会儿在回家的路上买一盆小小的金桔子树带回去讨妻子欢心。其实卖金桔子的花农已经在他们机关门口摆了好多天摊子了，好的差不多也被别人选尽了，闻布衣一直忍住没去买，就是想等到妻子大搞年终卫生的这一天再买，以此吉祥之物保今天息事宁人。闻布衣为自己如此大智大慧地深谙妻子之意感到开心，也为妻子是这么一位看似难缠其实好对付的女人感到很惬意。集多年共同生活经验之大成，闻布衣看准了妻子是头顺毛驴子不可以倒着摸。要是哪天回得家去，妻子还在厨房里忙活，他一定先去厨房慰问。假如说一句要不要我帮忙，妻子一准儿说，去去去，少来点言不由衷的花招，你会干什么，一边待着去。有了这道特赦令，闻布衣就可以为所欲为了，喝茶抽烟看电视，等着好饭好菜端上来。可要是哪天进门忘了慰问这个茬儿，那可是听不完的唉声叹气摔不够的锅碗瓢盆，弄不好她还会当场宣布头痛，半截儿搁了饭勺子去睡觉。新婚燕尔，闻布衣常常被妻子弄得丈二和尚摸不着头脑，等到相互知彼若己了，他就再没犯过这类错误，总是非常及时恰到好处地表示关怀，然后快快活活地端坐客厅等着饭来张口。要是说对付老婆的技术，闻布衣可谓炉火纯青，一点儿不亚于妻子擦玻璃的功夫。

闻布衣一边想着这些事，一边哼着前些年风行过的一首歌《新鞋子旧鞋子》。他很喜欢这首歌的歌词，朴朴实实但很有生活见地。新鞋子好看，旧鞋子好穿，妻子也是一样。闻布衣愉快地泡上茶，盖好盖儿，打开报纸时还情不自禁地笑了笑。

要是一切顺利的话，闻布衣应该是喝完了茶，看完了报，再找几个可看可不看的文件看看，划几个可有可无的圈，同时抽为数不多的几支烟，然后按正常下班时间关门下楼，骑上自行车出门向右拐，买一盆金桔子树驮回家去。

但是大年二十九这天，闻布衣没有按他预想的程序完成他的事务。正当他愉快地微笑着坐下，打开报纸看第一个标题的时候，电话铃响了。铃声陡然给空荡荡的办公大楼增添了无限活力。闻布衣为之一振，以为局里还有哪个跟他一样恪尽职守的干部，特地打电话来表现一番呢。他有意等了一会儿才拿起话筒。经过多次观察，闻布衣发现新上任的官们，常常在接电话的时候露出新官的破绽，就是接电话太迅速，显得不够从容。有了这个发现之后，闻布衣接电话的速度大大放慢了。人总是需要不断有所发现并不断有所进步的。

"喂？"

从容的新官闻布衣对着话筒说。

"闻局长是你吗闻局长请你赶快到市立医院急诊室来你太太擦玻璃的时候从三楼摔下来了正在这儿抢救你听清了吗学院路市立医院她的伤势很重生命垂危快来快来越快越好……"

话筒里的声音一点儿也不从容地对他说。

闻布衣像是自己也从三楼摔下去了，脑组织散碎成豆腐渣又冻结成了一团似的搅也搅不动。他不但不从容而且很慌张地没锁门没拎包三步并两步跑下楼梯，一路踉踉跄跄。在车棚里，闻布衣费了好大的劲才开开自行车锁，骑上它箭一般出了大门，先是顺手往右一拐，发现不对才调头向左，没头苍蝇般向医院飞驰而去。

闻布衣在南方隆冬的上午，迎着刚刚到达的西伯利亚寒流卷起的朔风，拼命骑车。热汗一股股顺着额头脖子脊背往下淌，内衣内裤像疗伤膏药一样贴在他身上。脑袋里的那团冰豆腐渣也像被火煮来煮去似的全是同一个念头。

等稍微清醒了一点儿之后，闻布衣开始为自己今天的行为后悔了。

她肯定是踩着那块倒霉的砖了。她肯定是为了往窗户左上角的那块壁虎屎上呵气，踮脚时踏翻了那块砖的。闻布衣这么一想，妻子从楼上坠落的前前后后，就身临其境般地呈现在他眼前，叫他胆战心惊。

完全不用发问，闻布衣就断定妻子会在大年二十九爬上窗台，施展她擦玻璃的绝技。所以他在今天早上开窗透气的时候，细心察看了窗台，发现南边窗台上某块砖头已经松动。所以他在出门的时候，两次重复了同一句话：南边窗台上有块砖松动了。说这句话的意思当然是提醒妻子擦窗户的时候要留心脚下，闻布衣认为妻子完全听懂了这句话，而且会按他的话去做，下半句话完全可以省略不说。这种对话方式以及感觉，是婚龄较长且关系和睦的夫妻之间才可能有的。闻布衣与他的妻子正属于这类夫妻，于是很习惯于这样删繁就简地对话。那他有什么可后悔的？

同一件事情发生在不同性格的人身上，会产生完全不同的后果。闻布衣偏巧是一个严于律己善于自责的人。当下他后悔自己没有把下半截话说完整，而且认为自己留住这下半句很具刻意的成分。坏就坏在他太了解他的妻子了，他知道话里边如果直接出现擦玻璃的字眼儿，肯定会引得妻子拿话硌他，说你明知我今天要擦玻璃还非到机关去，别人都不上班了就你积极，其实还不是趁机躲懒。那么他便得心虚地赔上一个笑脸，让自己多一个自讨没趣的机会。他不得不承认妻子对他也相知匪浅，她并不点穿他的伎俩，只用"呜噢……扑哧……"的音节表示宽容大度，放他一马。这是他们之间的默契与规则，多少年来他在这个家里总是凭着花言巧语换得轻闲，真正担负家务重担的，还是每天劳作不休抱怨不止的妻子。现在当他的妻子躺在医院里生命垂危存亡未卜的时候，闻布衣才觉得自己在这方面自私得有点过分了。本来他今天完全是可以不来机关的，要是他留在家里，他会将窗台上左边第三块松动的砖指给妻子看，假如妻子不嫌他擦玻璃技术不好，他还可以亲自上阵助她一臂之力，那么这一切都不会发生。

是他与妻子之间自然如行云流水般的默契导致了事情悲惨的结局。

在抵达医院的时候，闻布衣找到了一种与平常他得意于这种默契时完全相反的感觉，并且得出了这样一个看起来有点荒唐的结论。

闻布衣挟着一阵冷风裹着一身热汗闯进急诊室，妻子已经被转入手术室去了。他只看到那张仍挂着他妻子名卡的病床上，有一摊深红深红而且富于胶质感的血迹。凭着闻布衣几十年的生活经验，他知道这摊血里掺杂了脑浆的成分，当然也就明白了妻子这回凶多吉少。他拿起床头的名卡翻来覆去看，上边写着：高处坠落导致开放性脑损伤，颅骨粉碎性骨折，严重脑震荡，失血性休克，深度昏迷。

情况比他预料的还要坏。

闻布衣终于支撑不住自己，趴在那张床上哭了一会儿。接着他想到了自己肩负的责任，不应该是伤心而应该是积极想办法挽救妻子的生命。只要她还一息尚存，哪怕前景是成为一个植物人，他也不会放弃对她的抢救，倾家荡产在所不惜。

闻布衣怀着这样一种崇高的情感，旋风一般地跑遍了医院上下，同时打出了十几个电话，动员所有用得上的社会关系都来投入抢救行动。对宣传与号召这类事情，闻布衣一向是很在行的，跟妻子擦玻璃一样在行。他的工作果然富于成效。仅仅在一小时之内，医院就组织了专家会诊，并且决定采用换脑术来挽救他的妻子。在目前，这是唯一可行的办法。尽管这要花上多得让闻布衣倾家荡产也无济于事的巨资，同时成功的可能性不到20％，闻布衣仍然毫不犹豫地在手术单上签了字。

"你太太的运气真算不错。"

主治医生从他手中接过手术单时，对闻布衣说。

"你有没有搞错？"

闻布衣一听这话，像受到了极大的侮辱一般立时拉长了脸。他的妻子形状如此悲惨而且命在旦夕，作为医生还说出这等南辕北辙的话来，实在叫他忍无可忍。

主治医生并不以此为意，招手示意闻布衣跟他走进一间治疗室。

这间屋子比其他的病房都要明亮，里边放着各种各样一看就知道非常复杂非常现代化的仪器。主治医生拉开墙上的一面帘子，后边是一间更明亮也更具现代化气息的玻璃房子。闻布衣从巨大的玻璃窗里望过去，看见有个赤身裸体的年轻女人被罩在一只有机玻璃罩里，皮肤上凝结着的水气隐约可见。

"死人？"

闻布衣问。

"基本上是个死人。"

主治医生说。

这个回答叫闻布衣听了觉得很别扭，死了就是死人，没死就是活人，人命关天的事，怎么可以轻飘飘说基本上如何如何呢？他甚至一下子就觉得，把他的妻子交给这样一个医生说不定是个错误。

"这个病人因为车祸导致脾破裂，呼吸心跳都已经停止，但脑电波尚未完全消失，这说明她还没有进入医学上的完全死亡状态——脑死亡状态。所以我们打算将她的大脑移植到你太太身上。"

主治医生说。

"是这样，怪不得你说我太太好运气。"

闻布衣说，转愤懑为惊喜。

"当然，要不是碰到这么一个机会，你上哪儿找大脑去？"

闻布衣当下就握住了主治医生的手，连连摇动说："那就太谢谢你了，太谢谢了！"

"别谢我了，要谢谢她吧。"

医生朝玻璃窗里努努嘴。

闻布衣随着医生的指点，再一次把视线投向那个比他的妻子处境更加悲惨的女人。这一次他看得比较清楚。他看见了那女人年轻俏丽的脸，乌黑浓密的头发，白皙细腻的皮肤和丰腴高耸的乳房。当他的目光不由自主滑向那女人袒露无余的私处时，闻布衣感到自己受到了某种不可告人的诱惑。闻布衣是个在个人生活方面一贯严谨有余的男人，这是他有生以来第一次目睹妻子之外的另一个女人无遮无拦的胴体，按理说他受到某种诱惑也是在所难免并且无可厚非。不过上面已经交代过，闻布衣是个严于律己同时擅长自责的人，他果然当时就陷入了深刻的自责之中，久久不能摆脱。闻布衣认为自己的这种感觉出现在妻子生命垂危之际，是极端不道德并且不能原谅的。在近几年的夫妻生活中，闻布衣每每感到力不从心，年轻时代蛊惑人心让他难以自持的热情，早就杳如黄鹤无处可寻。闻布衣一直把这当成正常的生理现象不加深究，好在妻子对床笫之事颇为冷淡，与他如手足般相处倒也相安无事。闻布衣实在没有想到，自己会在这样一种特殊的心境与环境中，勃发了那种久违的激情。他非常惊慌地将视线收回来，仓皇中竟然找不到降落的地方，只好对着墙上的一纸《操作规程》说：

"她身上怎么一点伤都没有呢？"

主治医生看了他一眼，说：

"内出血。"

闻布衣用余光瞥见了医生的脸，无端就觉得这句话带有弦外之音，于是更觉得无地自容。幸好一个护士过来拉上了墙上的帘子，把那个女人跟他隔离开来，闻布衣的呼吸才重新变得自如，能够很专注地向主治医生请教手术的各种可能性了。本来他还想详细询问一下手术预后的护理注意事项，医生对他说，现在说这些还为时过早，脑移植是世界医学尖端领域，各国成功的病例都不太多，所以很难说这次手术后如何。主治医生把他送到走廊，拍拍他的肩膀，好像在鼓励他似的说：你要做最坏的思想准备。

闻布衣被主治医生鼓励得很悲观。他在长达 31 个小时的手术过程中，一步不离地守在手术室门口，渴了喝口矿泉水，饿了啃口干面包，眼皮也没敢合一下。他提心吊胆地考虑着妻子要是过不了这一关他该怎么办。一想到也许从此以后每天下班回家，他打开家门再也看不见厨房里亮着微黄的灯光，闻不见电瓦锅里墨鱼炖肉的香味，听不见妻子明知故问"谁呀谁进来啦"，他就被一种极度的恐慌笼罩住了。他原本不知道自己是这样依赖着妻子生存，闻布衣一直认为他是十分强大的一家之主。

人在面临绝境的时候就会本能地寻找退路。闻布衣蜷缩在手术室门前的长椅子上，面临丧妻的绝境时，也思考着他的退路。

也许我会续弦，另娶一个女人回来。这个念头飞快地一闪，闻布衣顿时就有些兴奋，脑子里就出现了一个女人的身体，年轻的陌生女人。闻布衣不能承认这个身体就是上午看见的那个有机玻璃罩里的女人，那女人已经基本上是一个死人，他设想的当然是一个活人，完全的活人。接着闻布衣设想了远在外省的儿子对他续弦会是什么态度，设想了这件事在机关和邻里中可能引起的反应，设想了新太太可能带来的社会关系，设想了再婚之后的新鲜生活，诸如此类。可想而知，这些信马由缰的设想最终导致的是新的一轮自责反省活动。稍稍清醒，善于自责的闻布衣便开始在心里痛骂自己无耻之尤。最后他总算让自己坚定了一个信念：妻子不会死，她一定可以挺过这一关，既然他闻布衣不想让她死，她又怎么能撇下他一个人走掉呢，他们之间有着常人所不具有的默契，不是么？因此闻布衣决定先不给读大学的儿子打电报，儿子早向家里告了假，寒假要在女朋友家过春节。还是不通知他为好，一通知就好像是叫他回来见他妈妈最后一面，不吉利。

闻布衣的妻子终于十分默契地按照他的愿望活了下来。妻子出院的那天，正好是端阳节。在这近五个月里，闻布衣是如何的艰苦卓绝以及辛酸苦辣，那就不必细说从头了，反正他整个儿瘦了一圈，头发白了一小半，谢天谢地妻子总算活着回家来了。妻子出院头一天，闻布衣就特地告了假，在家进行了一次比年底扫除还彻底的清洁卫生运动。他洗了被套床单，浇了花，同时没忘记把妻子大年二十九那天擦了一半的玻璃通通擦干净。

值得一提的是，闻布衣在擦玻璃的时候，非常惊异地发现南边窗台上左边第三块儿砖一点儿也没有松动，牢牢实实嵌在那一排砖里，既未凸出也不凹陷，而是完全正常。这一惊非同小可。大年二十九那天早上，他明明看见那块砖头松动了，就在他骑车去上班路过窗户下边之际，他还瞧见它足足比别的砖凸出了三四公分。难道是自己看走了眼不成？闻布衣惊出一头冷汗，假如真是如此，妻子摔下楼去岂不是有兆在先？这由不得他不惊吓。

幸好闻布衣是一个唯物论者，他左思右想，最后得出了一个很能够自圆其说的答案。他原来一直在责怪自己，那天临出门没把话说完全，提醒妻子上窗台要注意脚下。现在看来，妻子并不是因为忽视了这块砖才摔下去的。她肯定是按他的提示注意到了这块砖，并且把它踩平了。正是在妻子努力使这块砖恢复原状的过程中，她失足跌下楼去了。这个答案一得出，闻布衣心里的内疚立时减轻了些许。不过，他还不打算匆忙下结论，要等妻子回来问她再说。

今年端阳节被闻布衣当作一个盛大无比的节日来庆祝，他从医院里接回一个失而复得的妻子。世界上没有什么东西比失而复得的心爱之人更可珍贵。

闻布衣把妻子扶到床上，替她拍松枕头，盖上散发着洗涤剂清香气息的干净被子，把百叶窗调整到光线柔和空气流通但风又不至于直接吹到妻子身上的角度。接着他又手脚麻利地泡上一杯上好的毛尖绿茶，往录音机里装上一盘用黄梅戏改良的歌曲。这些都是妻子最喜欢的，茶，歌曲，还有他的殷勤。他知道。

接下来发生了一些让闻布衣始料未及的事情。

"关掉，快关掉。"

闻布衣听见妻子说。

"怎么？你现在不想听音乐，想休息是吗？"

闻布衣按他的理解发问。

"我想听。不过我想听排箫曲，或者是萨克斯，不想听这种不伦不类的东西。"

闻布衣一下子就让妻子给说蒙了。萨克斯管他还勉强知道，也在别人家里听过那么一两支曲子，可排箫是什么玩意儿，他压根不知道。根据闻布衣对妻子的了解，她说不定连萨克斯是什么还弄不明白呢，居然开口就说要听排箫！而他还清楚地记得，那回妻子拉着他跑了好几家音像商店，才买到这盘改良黄梅戏磁带，回到家连拖鞋也顾不上换，就忙不迭听起来，一边听还一边摇头晃脑。可现在，她竟然说这是些不伦不类的东西。

闻布衣是个有涵养的男人，他向来不跟妻子在细枝末节上较真儿，何况妻子还是刚刚起死回生呢。

闻布衣立马按了终止键，满面笑容地对妻子说：

"咱们家没有排箫曲，来一段克莱德曼的钢琴曲代替，怎么样？"

"怎么没有？有，不止一盘呢。"妻子说。

"你记错了，的确是没有。"

"错不了，我自己亲手买回来的。一共三盘。一盘进口美国带，两盘宝丽金，全是原装的，我记得清楚着呢。你再找找。"

妻子说得像真的一样，闻布衣不得不一找再找，可惜的是把放磁带的抽屉翻了个底朝天，也没找着她说的那三盘带子。妻子在床上着急，直说要自己下床来找，被闻布衣坚决制止之后，只得很不情愿地让步说：

"算了，算了，就用克莱德曼凑合得了。"

妻子这种做法，让闻布衣觉得反常。以前妻子是一个绝对随和很少坚持己见惯于随遇而安的女人。自从做了这次手术，她突然变得很固执很挑剔，什么事都说一不二。这种情况，在闻布衣眠不落枕衣不宽带伺候床前的那些日子里，就已经发生过多回了。但她是一个病人，闻布衣只有百依百顺才是唯一出路。

为排箫这一阵折腾之后，妻子口渴了。闻布衣马上端来不冷不热的上好毛尖绿茶。住院期间，医生一直只让她喝白开水和果汁，说茶叶里的茶碱和咖啡里的咖啡因都不利于脑伤病人的恢复。闻布衣认为妻子喝上这久违的绿茶，肯定要心旷神怡赞不绝口的。没想到她喝了一小口就皱起眉头说：

"怎么给我喝绿茶呀？我想喝乌龙。"

闻布衣又一次傻了眼。妻子喝茶只喝绿茶，这简直是铁案如山的事儿。上次有个朋友送了闻布衣一盒福建产极品铁观音，拿回家来妻子根本不屑一顾，第二天就把它当块抹布似的转送给她们科里的一个老护士了。闻布衣问起这盒茶，表示了一点儿惋惜之意，还被妻子开导了一番，说那有什么好喝的，泡出来像酱油，喝在嘴里又苦又涩。闻布衣本人对茶叶没有说道，所以依着妻子的嗜好，家里存着的茶叶全是清一色绿茶，这会儿她一时又要喝乌龙，闻布衣只好现骑车上街口去买。

闻布衣买回茶叶来的时候，妻子已经兀自下床来了，正像刘姥姥一进大观园似的，饶有兴致地参观这个久违的家。她表扬了房间的整洁，又批评这儿那儿的陈设俗气。她说电视机录音机缝纫机干吗要用这些红红绿绿的绒布套子套起来墙上干吗挂着好几本矫揉造作的影星挂历柜子里的工艺品除了陶器瓷器就是塑料制品没一件上档次的窗帘的图案太大颜色太跳而且跟家具的色调一点儿也不谐调……妻子像个室内装饰设计师进行业务考察一样，在几间屋里来回来去指点江山，让闻布衣觉得她仿佛不是刚住了五个月医院而是刚从中央工艺美术学院进修回来。闻布衣好几次想提醒她说，这全是她自己多年苦心经营的成果，但想到她大病初愈还是顺着她为妥，也就忍住没说。不过闻布衣不得不承认，妻子病过之后，审美趣味的确提高了不少，以前他对妻子以为得意的一些摆设挺看不上眼，只不过为了保护她的家务劳动积极性才不得不跟着叫好，没想到她自己反省得这么彻底。他想不出其中奥妙，就自作聪明地把一切都归功于她在病房里与病友的交流。

做晚饭的光景，跟往日全然相反，闻布衣在厨房忙得四脚朝天，手背还让油锅里的热油迸出几块红瘢来，妻子只管在客厅里坐着，嗑瓜子看电视动画片，我自岿然不动。闻布衣把锅子铲子弄得稀里哗啦响成一片，无非是想让妻子也到厨房里来伸个头看上一眼，指点一招两式。结婚二十来年，闻布衣掌勺做饭不到三五次，都是妻子病得不轻的工夫，可就是那几回，她还时不时进来瞅瞅，要不就拿个椅子靠在一边指挥他。眼下怕是病得久了，把家务的茬儿全忘光了，要不她怎么就在客厅里坐得住呢，还发出那种年轻的唐老鸭式的笑声！

晚饭吃得还算顺利，妻子对闻布衣的清炖鲫鱼汤挺感兴趣，一边喝一边说：以后你就天天给我做这道汤我也乐意喝。闻布衣嘴里唯唯诺诺，心里暗暗叫苦：天天喝，哪来那么些活鲫鱼哟。

闻布衣愈来愈明显地感觉到，由于这次意外事故，妻子变得陌生起来，他开始不安了。

闻布衣坐在妻子对面，仔细打量她。

还是那张他从恋爱的时候就看起，已经看了二十多年的脸。虽说眼角嘴边有了不少细密的皱纹，但从那秀气的眉毛黑亮的眼珠以及小巧的鼻梁上，还可以找到年轻时叫他沉醉的风韵。跟五个月前相比，妻子的变化仅仅在于开颅手术剃光了的头发，现在还长得半长不短，直冲冲支棱在头上，不似往日又黑又光滑；还因为服用多种特殊药物，她的肤色白里透青同时面部还有些浮肿。但闻布衣相信这只是暂时的，他希望他的生活中发生这些意想不到的变化，也跟妻子肯定要长起来的头发以及肯定要消退的药物反应一样，也是暂时的。

铺床就寝的当儿，闻布衣踌躇了一会儿，又从壁柜里拿出一床毛毯。五个月时间夫妻隔离，闻布衣即便是再恬淡也还是有些与妻子亲近的愿望，但想到妻子身体尚未复原，而且按照他们间以往的默契，凡是妻子身体不适之日，就是他表现君子风度之时，闻布衣也就打消了那个念头。他回忆起年轻血旺的日子，妻子应付不了他就装病，临到睡觉不是头痛就是肚子痛，又吃止痛片又捂热水袋，让他明知有诈也说不出的苦，暗自笑了起来，今天还是别自讨没趣的好。

"你可真比柳下惠还要柳下惠。"

妻子一边说，一边动手把刚找来的毛毯抱到沙发上去，表示要与他同衾共枕。这真让闻布衣大喜过望，同时还私下里惊诧，做了一辈子护士的妻子，居然知道坐怀不乱的柳下惠。他还来不及答话只听妻子又说：

"我的睡袍呢，帮我找出来。"

闻布衣不由又是一惊。妻子向来只穿家常的碎花裤褂入寝，而且对西式睡袍抱有一种莫名的敌意。上次闻布衣在深圳沙头角替她买回一件款式很洋气的睡袍，妻子试也不肯试一下，还把他好一通数落，说这种东西压根就不是替良家妇女准备的，夫妻之间用不着这种花里胡哨的玩意儿来煽情，还问他是不是受了电视剧的不良影响云云，让他大为难堪一回，那件睡袍至今压在箱底不见天日。闻布衣觉得大晚上的，翻箱倒柜也忒麻烦，对妻子说不换睡袍也罢了。谁想妻子不依，说不换睡袍她就睡不安稳，这些天在医院她就没睡过一个安稳觉。

妻子换上了那件带花边的粉色睡袍，在灯光下显得年轻漂亮了许多，丰满的身子在有些透明的袍子下边绰约显现，虚虚实实的，让闻布衣感到很新鲜。他很快兴奋起来，几个月前在医院治疗室的大玻璃窗前获得的那种感觉，突然无缘无由地重新活跃了，有机玻璃罩子下边陌生的年轻女人那苗条的身体、光滑诱人的乳房以及袒露无余的私处，都变得鲜活生动，伸手可触。闻布衣用近乎初夜的狂热拥住妻子，心旷神怡地发散了这几个月积累下来的激情，一切全都妙不可言。重要的是，在床上一贯以矜持姿态出现的妻子，表现出了一点不亚于闻布衣的热情，她通体滚烫双颊绯红，嘴里大声呻吟，还夹杂着一些闻布衣从来没听她说过，如今听起来颇叫他耳热心跳的情话。当下他真担心他们如此的忘情激动，会有碍于妻子的病体康复。

等妻子平静下来欣然入睡之后，闻布衣反而睡不着了。他坐起来点上一支烟，把今天经历的所有匪夷所思的事情，又前前后后回想了一遍，有个令他惊恐的念头突然按捺不住地冒出头来。让他一个激灵，身上汗毛唰唰直竖起来。严格说身边这个女人已经不再是那个与他朝夕相处了二十余年的妻子了，那个让他了如指掌的妻子如今只剩下一袭躯壳，而这个女人本质上是另一个与他毫不相干的陌生女人，说到底正是那个在有机玻璃罩子下引诱过他的年轻女人，她借妻子之身还她自己之魂，神不知鬼不觉地取代了妻子，躺到了他的床上，成为他的妻子、儿子的母亲、这个美满家庭的女主人。闻布衣记起手术之前，主治医生就明白无疑地告诉过他，一旦手术成功，病人会在思维和行为上发生很多难以意料的变化，作为家属他需要努力适应，并且要对这一点有充分的心理准备。闻布衣忙不迭地一一应承，凭着他不甚丰富的医学知识，他也猜得到，一个脑部受过严重创伤的人，当然不可能百分之百地复原。当时救人心切，也顾不得细推敲，哪怕妻子被救活后变成植物人，他都无怨无悔，还有什么后果比这更严重，更让他不能承受呢。没想到是这样！

妻子恢复意识以来的一切古怪的表现，都顺理成章了。那个真正与他在一个屋顶下生活了二十年的妻子其实已经死去，从此以后跟他耳鬓厮磨相守白头的是另一个不知来历的女人。她是谁？

不想不知道，一想吓一跳。副局长闻布衣当时的感觉，完全跟书生许仙亲眼看到爱妻变成了白蛇一样恐怖。

闻布衣毛骨悚然地将刚刚熄掉的灯又重新打开，盯住熟睡的妻子傻看。还是那对眉眼，还是那张小而湿润的嘴唇，还是那个长着深深浅浅无数雀斑的圆脸，还是一长一短很温馨的鼻息。闻布衣略略安了安心，强制自己不再往深里细想，他知道再深究下去，对自己对妻子对这个家庭都有害无益。事到如今，他还能怎么着？去把那个原来的妻子寻回来，去跟亲友们说他接回来的是另一个不相干的女人，去告诉儿子这女人不是你的妈，这不明摆着全是滑天下之大稽的事吗？

闻布衣是一个成熟的男人，同时也是一个清醒的现实主义者。他翻来覆去考虑了大半夜，最后决定不动声色地与这个又陌生又熟悉的妻子好好相处，只要自己处处善待于她，她又能怎么样呢？许仙就算知道妻子是个白蛇精，不也还是斩不断理还乱，继续将错就错吗？可叹的是许仙毕竟还知道妻子是个白蛇精，自己呢，对身边这个女人的身世来历一无所知，将错就错也应该知己知彼吧？

第二天上午，闻布衣去了市立医院。

那位曾经负责给妻子治病的医生正在查房，一看见闻布衣，马上放下手头的工作跑出来。

"怎么？她有什么不好吗？"

也许闻布衣忧心忡忡的表情，让他产生了一种职业敏感，以为他的病人出现了反复。

"没有，没什么，她一切都好。"

那医生也是个古板人，听说病人一切都好，松了口气，拿眼睛瞅着闻布衣，意思显然是说，既然她一切都好，来找我还有什么别的事？闻布衣被瞅得很尴尬，想问的话也说不出口了：

"我……来看个住院的同事，顺路来谢你……"

"我说过你要谢也别谢我。"医生说着，就把口罩重新戴起来。

闻布衣抓紧机会说：

"是呀是呀，我也一直想谢谢器官提供者的家属呢，可是我连人家的住址姓名都不知道……"

"那好办。小于！"

一个小护士应声而来。

"查查上回提供大脑的那个裴思思住在哪儿，告诉这位先生。"主治医生吩咐着，就伸过手来跟闻布衣告别。主治医生公事公办的劲儿，一点没有引起闻布衣反感，反而让他摆脱了困境。

裴思思，裴思思。闻布衣按照护士给的地址，一路走一路默念这个在他看来挺布尔乔亚的名字。裴思思生前住在城东边的高级住宅区，玫瑰花园别墅D座。闻布衣没费多大劲就找到了这幢围着白色栅栏的小楼。小楼的墙壁是亚红色的，门和窗户全是耀眼的白，而且做成半圆拱形，很具欧陆情调。

闻布衣一下子就联想起医院治疗室玻璃罩子里的女人胴体，冰肌雪肤，头发乌黑并卷曲，跟这幢楼房一样欧化。闻布衣透过白栅栏，看见院角停着一辆成色很新但满是灰尘的女装大路易，心里揣度这一定就是那辆葬送了裴思思性命的摩托车了。唉，好端端的一位妙龄女子，何苦去摆弄这种危险的玩意儿，闻布衣很动了怜香惜玉之心。他听主治医生说过，捐献器官是裴思思本人临终遗愿，除了大脑，她的角膜、肾脏、心脏全都分别捐给了不同的人。真是一个敢作敢为的女人，闻布衣不由又有几分敬佩。

闻布衣在栅栏外边探头探脑，就听得二楼的阳台上有人咳嗽。准确说还算不上咳嗽，只是一种意在引起旁人注意的类似咳嗽的声音，有教养又不失威严。

闻布衣循声望去，只见一位老妇人正凭栏而坐。老妇人通身黑色袄裤，又围着厚厚的黑色大披肩，白得很高贵的脸从那一片黑色里跳将出来，煞是骇人地缀满忧郁。闻布衣认为这定是裴思思的母亲无疑，于是好心用充满同情的目光久久望向她。不期他的动作反倒引得老妇人不快，她探出身子冲他使劲挥手，意思显然是要他别在这儿晃来晃去请他快走，一副养尊处优高高在上的派头，倒把闻布衣心里的一点同情赶得一干二净。

闻布衣离开时怏怏不快，原因也不全在被老妇人逐客，主要还是恼火自己此行结果事与愿违。就他现时感觉而言，似乎不是了解了一些什么后更熟悉妻子，相反还觉得这个妻子更加陌生。裴思思在这样的环境里生长起来，要不是脑部手术使她的记忆残缺不全，她又如何能适应得了眼下的生活？想来也是很难为了她。因此闻布衣又认为自己应该对妻子更体贴些才是。

世界上的事情有时候真是千奇百怪出人意料，古人以"塞翁失马，焉知非福"的典故来形容这类因祸得福的情形，的确十分精当。当闻布衣抱着很深很深而且不可告人的忧虑，跟这位改装过的妻子相处了一段时间以后，竟然处处妙趣横生，让他欣喜得手足无措。

这位妻子与先前的那一位，教养显然是大大的不一样。其表现如下：

一、家里的饮食习惯全面改变了。早餐不再是常年不变的水泡饭或者干馒头，改为煎鸡蛋熟肉肠夹切片面包，配以脱脂牛奶或者加糖红茶，要不就是咖啡加奶。有时候也调换一些花样，比如皮蛋粥粟米羹燕麦片芝麻糊等等。妻子说，早餐一定要有营养，宁可中餐简单一点，不然不能补充一夜间消耗的能量。说到这儿，她还瞧着闻布衣会意而暧昧地一笑，让闻布衣感到他的妻子前所未有的妩媚。

二、妻子体力恢复之后，全身心投入室内氛围的改造，用世界名画和艺术摄影作品取代了影星挂历，把各种电器上红红绿绿的布罩子弃之不要，换上一些抽纱空花的浅色织物（因经济条件限制，都是她自己亲手制作编织的），窗帘也由大花图案换成了淡雅的黛青隐格。上着火色黄漆的旧家具，被她请人改漆成了清一色浅灰嵌白条，与窗帘和地板的颜色浑然一体，让闻布衣一走进家门，就被一股清淡高雅的气息包围并陶醉。

三、妻子热爱文学和西方古典音乐，常常出口成章地引经据典，说起话来也总对人情世理洞若观火入木三分。只要妻子在家，录音机时时播放着悠扬旋律，曲子全都是经过妻子精心挑选甚至剪辑过的。妻子说，听音乐不光要注意曲目，还要注意演奏者指挥者配器如何以及什么版本等等，这几个要素缺一不可。坏曲子或者好曲子坏演奏都可能听坏了耳朵降低欣赏品位，进而破坏性情，听了得不偿失。

四、妻子对房中之术以及中国古代房术的养身理论颇有研究，每每既热情又不失体统地煽起闻布衣的激情，然后极尽温柔体贴，让闻布衣重新建立了某种自信，并且将潜能发挥得淋漓尽致。这是他在过去二十年的夫妻生活中从来没达到过的境界。

还有其他林林总总体现修养的行为，叫闻布衣一时难于全面总结，权且挂一漏万，不在话下。总之闻布衣随着妻子的变化被激发出一种昂扬与振奋的情绪，他四平八稳一成不变的生活，被改造得丰富多彩充满生机。闻布衣好幸福！

值得注意的是，闻布衣每天在心里思量这些事情的时候，已经自然而然地将受伤之前与受伤之后的妻子作为两个不同的人来对比了，对比之后他似乎更喜欢现在的妻子。

当然眼下的妻子也有许多不能尽如人愿的地方，比如说她有点儿懒，对家务事缺乏必要的兴趣和耐心。这就使得闻布衣再也不能像过去那样，每天下了班以后不慌不忙在机关里磨蹭到晚饭的钟点才回家，回到家里也是歪着斜着靠在沙发上，等着妻子端来饭菜。现在闻布衣每到下班，就好像冲锋一般，急忙去菜市场采购食品，然后火速赶回家去，拳打脚踢忙做饭。有一天，闻布衣有公干到近郊去回来晚了，妻子饿得胃痛宁可用饼干充饥，然后一边听德沃夏克的《自新大陆》，一边等着他回来起炊造饭，也不肯屈尊下一回厨房。她的脾气也变得很难琢磨，一时乐了，任闻布衣说什么都百依百顺，二时恼了，一点儿小事就不依不饶，绝不如往日随和。不过她常会冷不丁给闻布衣一个惊喜，比如买一条漂亮领带送给他作为生日礼物，还在中间夹上一首自己写的小诗表达对他的感情。又比如等饭菜都端上桌子，她又突然提议还是上街去吃麦当劳，天天吃米饭她都厌烦了。诸如此类。

的确，闻布衣感到生活中与妻子在语言和行动上都少了很多默契，但是一转念他又觉得默契太多未必就好，过分默契就是过分熟悉，过分熟悉就意味着感觉的疲劳，还有什么惊喜和意外可言？在以前看电视剧的时候，剧情发展到一定阶段他就知道妻子马上要擦眼泪擤鼻涕了，顺手递过一沓纸巾，果不其然一会儿就物尽其用，可是现在，他以为妻子又要被烈士慷慨悲歌赴死的场面感动之际，她反而惊呼，瞧，国民党的行刑队怎么坐北京吉普，这个导演的素质也太差了。让他在意外之余不得不暗自承认她精明过人，渐渐觉得为电视剧中人一把鼻涕一把泪的，当然是一种智商不太高的表现。

简而言之，现在的闻布衣比早些时候要忙得多操心得多了。要命的是他还背着妻子动手术欠下的一大笔债，除了公费支付的部分之外，余下的也够闻布衣还上若干年的（再说现在妻子还这么能花钱）。但人们有目共睹的是：副局长闻布衣越忙越活跃，越忙越充满朝气，成天跑上跑下，脸上带着笑，嘴里哼着歌，仿佛再这么忙下去就要忙成一个小伙子了。而且他一到办公室就要打电话告诉妻子，他已经到了，今天预备干些什么事，工间操的工夫，还得打次电话，问问妻子现在在干吗，营养药按时服了没有，下班之前还得再打电话，说他马上就要回家了，要不要在路边快餐店里捎个热狗或者三明治回来，等等。人们都说闻布衣是老夫老妻胜似新婚久别，今年局系统评选五好家庭，非闻副局长一家不可。局机关的女士，个个以闻副局长做标兵教育丈夫向他看齐。尤其是那些丈夫们有外遇嫌疑的女干部，凑在一起就说，瞧人家老闻，多正派，对老婆多好，从来不朝三暮四。又说没想到他太太这一跤摔下去，反而摔出了这山高水长的夫妻感情。说着就羡慕不已感慨万千，看光景要是摔一跤就能拴住丈夫的心，她们都想摔上一跤试试。机关工会遇上有关夫妻感情调解一类的事情，总爱拉上闻副局长来做工作，意思无非是让他现身说法。

后来闻布衣碰到一位工作对象，是与他同学同事多年，住过同一间集体宿舍，彼此很知根底的老朋友。这位老兄为了婚外恋闹得焦头烂额里外不是人，老婆不肯离婚，情人非他不嫁，已经睡了三年办公室还没个着落。工会主席请闻副局长出马说服老同学跟妻子言归于好，闻布衣情知不好办，也只能硬着头皮上阵。果然老同学坐下就揶揄他，说他如今当官真当得炉火纯青，连私生活都官僚化了，处处滴水不漏。按这位老兄的说法，他根本就不相信闻布衣面对大病一场之后更胖更老，而且远不如先前勤快贤淑的太太，每天捧汤侍药心里一点不烦，甚至恩爱有加，一切还不是做给别人看。闻布衣听任他奚落，并不气恼也不解释，笑着说：鞋合不合适只有脚知道。闻布衣说的是真心话，可老同学只当是敷衍之词，也就动了气，说闻布衣如今官迷心窍不说，为人还这么虚伪，和尚头上虱子明摆的事，还要自欺欺人。闻布衣被数落得无言可对，又不便道破天机，只有苦笑的份儿。看着老同学被马拉松离婚战弄得憔悴不堪的脸，大半花白的头发，还有浑身上下虽然时髦但并不整洁的着装，闻布衣一边同情对方处境一边庆幸自己走运。老同学说的也是，哪个男人到了知天命之年对女人还没有过一点喜新厌旧之心？不过多数人碍于社会舆论子女情绪自身体面等等因素望而却步罢了。像他这样不动声色就暗度陈仓完成了两次婚姻的男人，不是独一无二，也是百年不遇的吧？如此想来，闻布衣觉得自己真是占了不小的便宜，于是愈发春风得意，对妻子更加珍爱也自不待说。

这一天，闻布衣去南边窗台跟前给妻子新培植的龟背竹浇水，冷不丁看见窗台从左边数起第三块砖，便想起要和妻子核对，那天这块砖到底是被自己看走了眼，还是让她特意把它给踩平了。

他把妻子叫到窗前，跟她说起这档子事，妻子脸上一色茫然，说她压根没听说过这块砖。闻布衣拍拍头，说该死该死我怎么忘记这个茬儿了。妻子忙问，忘了什么茬儿？闻布衣笑而不答，妻子就跟他急眼，非逼他说出来不可。闻布衣灵机一动，用了《红楼梦》里一句俏皮话来圆场说：

"这丫头不似那丫头，头上没抹桂花油。"

妻子听了把嘴一噘：

"去你的，少拿我来开心噢。"

闻布衣虽然认为噘嘴赌气这类小女子动作，让妻子这样年龄的女人做来未免有点矫揉造作，但她嫣然一笑的时候，闻布衣又觉得那陌生的笑容的确很有魅力。

窗台上那块砖头，成了一个永远的谜。

等待黄昏

我病了，几乎与听到有关苏密那可怕的消息同一时刻，我清清楚楚感觉到疾病降临了。它像那只红蜻蜓一样落入我的体内。

我十三岁那年，第一次看见那只红蜻蜓。

苏密的事情的确叫人难以置信，我无论如何不能想象她那样美丽纤弱的女人，是怎么用自己苍白的手指，掐断两个亲生儿子的喉管，然后将他们慢慢肢解的。这个美貌绝伦的妇人。

母亲将这个消息告诉我。精神分裂症。她阴沉沉地说。我看不出她有什么悲哀，甚至没有惋惜。我又一次生出对她那个可憎的职业的痛恨。我亲眼看见过她对一个形销骨立的病人说，你的病是癌症，晚期。回去想吃什么就吃什么。用的正是这种阴沉沉的声音。要是我，她的女儿那么形销骨立地躺在窄窄的诊床上，等待她的判决，她也会这么说吗？

不，不可能。她绝不是精神病！我从沙发上弹起来，歇斯底里地叫道。我看见花瓶里的孔雀毛被吓得瑟瑟地一阵哆嗦。怎么不是？当然是。母亲更固执地强调说。她在诊断病症的时候，从来自信得近乎偏执。我痛恨这样的自信，这种宰割生命的自信。不，不可能。我疯狂并且绝望。你懂什么？假如确定她是精神病，她至少还可以活命。母亲忽然变得焦灼不安。如若她一向在身患绝症的病人面前也这么焦灼，我也许会爱她。可是现在她打动不了我。不……我叫喊同时毫无感情地哭泣。

与其让苏密患上精神病活着，不如让她美丽的生命在一阵排枪中死灭。我这么残酷地期望。

第一次看见红蜻蜓，我还是个十三岁的女孩子。

十三岁的女孩子，怀着不可告人的忧虑走在雨后的街头。夹竹桃树长成的矮墙开出数不清的红花，花瓣里盛着残余的雨水，一滴滴从容坠落。

已经有好几个月，她每每要为身体里定期流出的暗红色血浆痛心。她放轻脚步不蹦不跳缩紧小腹想要遏制住血浆的溢出，每一点流动的感觉都会引起她的恐慌。她处处小心谨慎，害怕旁人看出破绽。所有的男孩和女孩忽然间变得不可亲近，男孩子的态度尤其暧昧。从操场路过，一只足球射中她的腹部，给她的感觉简直无异于子弹射中胸膛。她知道那是些什么样的男孩，道歉更说明他们别有用心。上体育课的时候，她不敢向老师请假，她断定那个刚从体校毕业的年轻人会不怀好意地追问她因为什么。她早看出这位相貌英俊的体育老师，跟班上最漂亮的女生王小燕之间有种说不清的默契，这叫她讨厌王小燕，甚至不愿跟她说话。王小燕借用过的橡皮，被毫不犹豫地扔进垃圾堆。

她厌恶红色，以至别出心裁，把台布上一个个刺眼的红点都用墨水涂成蓝色。她拒绝佩戴那条三角形的红领巾，已经有好几次被校门口爱管闲事的值日生把名字登记在批评栏里。对此她无动于衷。她安慰自己，反正过不了多久就到了退队年龄。

十三岁的女孩子，走在被雨水淋湿的街头，怀着一种抑制不住的诉说欲。她想要找个人谈话，谈什么并不重要。她关心的不是说什么而是诉说本身。她想到过要把身体的秘密告诉母亲，可是马上又改变了主意。她担心母亲不动声色地对她讲一些青春期卫生常识。那些常识肯定很科学很确切，母亲是一个不错的妇产科医生。如果真那样，她跟母亲之间就再没有亲情可言了。她害怕演出那一幕，她真诚希望自己爱母亲胜于爱自己，她要为自己保留这种希望这种可能性。

我倏然病了。疾病跟苏密的不幸消息一样叫人猝不及防。我确信这一切都是不可避免的。

我是个敏感的女人。我相信人们会在暗地里议论我，说我是典型的神经质。包括我的母亲和丈夫。我敢肯定他们也跟外人一样对我的过敏不以为然，只不过做出理解我的样子罢了。这没有什么不好。我的过错，如果非要算作过错的话，不过是我永远对自己的身体或者说生命抱有过于炽热的爱心。从十三岁那年开始，以后的二十年时间里我集中了最多的精力小心翼翼照顾自己。每一点小小的不适都能叫我惊慌失措。哪怕是极轻微的咳嗽，最偶然的腹泻或头痛，乃至半夜醒来出点儿汗，皮肤上的红瘢与黑痣，都可以引起我恐惧的联想。母亲的几大本临床医学手册，被我夹满了纸条做满了记号。书中各式各样稀奇古怪的照片和症状成为我津津乐道的话题。我乐于向每个相干和不相干的人形容我的病症，说得绘声绘色，不管人家是不是愿意听，我都要尽一切努力把要说的话全部说完。我常常设想当一个人住进癌症病房应该怎么办——吃什么，用如何的姿势入睡，怎么接待怀着各种复杂心情前来探望的男人和女人。这些设计翻来覆去地更改，总没有完成的定式。只有一点坚定不移，那便是癌症病人阅读的书籍应该是也只能是《新旧约全书》。我有那么一本黑封皮的精装《圣经》，一直藏在书柜最隐蔽的角落。我害怕翻动那些已经变脆的纸页，怕它们哪天真的派上用场。太平间对我永远有莫名其妙的吸引力。每天从母亲就职的医院后门走过，望见那张油漆剥落的黑门，我就情不自禁地希望它敞开，暴露出里边关于死亡的秘密。听说管理太平间的又聋又哑的管理员要娶亲，我毫无道理地送去一份厚礼，比我最要好的朋友结婚还破费得多。弄得那可怜的幸运者和他从穷山沟里来的新娘不知所措。母亲不知道这些，要是知道了她不知会怎么说。她对我的一切离奇古怪的念头都嗤之以鼻，而我认为太切实际正是母亲的一大缺陷，假如她稍微多一点儿想入非非的气质，也许会是个更好的母亲。我会跟她亲近，胜过世间所有女儿和母亲。父亲在世的时候总说是母亲的职业影响了我，以致我对疾病过敏。母亲不这么认为。那么多医生，谁家孩子像她这样？母亲说。这件事让我觉得父亲比母亲更爱惜我。

十三岁那年我到底怎么了？我常常这样冥思苦想。好像什么也没有发生，只是依稀记得我看见了一只红蜻蜓。第一次看见蜻蜓。

那天在雨后的街头，十三岁的女孩子走过夹竹桃的矮墙，听见花瓣和叶子上的水珠愁苦地竞相滴落。像有一种亲切的声音唤她止步。只有苏密才是最完美的女人，在夹竹桃旁边停下的时候，她忽然这么想，并且有说不出的遗憾油然而生。我情愿这个女人是我的母亲，生我养我的母亲。她怀着亵渎了母亲的犯罪感暗自思忖。她认为苏密更像一个母亲。尽管她知道苏密还不到二十五岁，并没有结婚，还是固执地认为她是个好母亲。苏密是产科病房的一名护士，她的工作远不似她的相貌出众。也许人们总是缺什么就羡慕什么，苏密尤其佩服母亲。母亲是产科主任，据说她的一双手救活了无数想做母亲的女人。因为这个，苏密才频频对母亲报以友好的微笑，谦恭地低下总是傲然昂起的头向母亲致意。是母亲使她得以与苏密熟识，不然，很难相信苏密那样清高矜持的女人，会跟一个黄毛丫头交朋友并且难解难分。她怀疑苏密是把她当成最亲密的朋友来对待的，甚至毫不避讳当着她的面更换内衣。当苏密美轮美奂的身体裸露于眼前，她心里悄悄地一阵战栗。一种混沌未开的女孩子为成熟女性的魅力所慑撼的战栗。在那个浅蓝色窗帘后边映着秋阳光照的黄昏，苏密女神般的胴体烙上她的记忆。颈的曲线，乳的丰满，胯的光滑，没有一处不叫她动心。从此她常常难以遏制地想到苏密，想到她应该为苏密亲近母亲。她对着镜子为梳通枯黄稀软的辫梢发愁，便忽发奇想要是苏密满头的青丝长在自己头上，会不会被压得直不起腰。只有苏密才配得上那样的头发。最后的结论只可能如此。她为此自卑，也为此自豪，真是一种说不清道不明的心情。

她急于找一个人诉说什么，这个人只可能是苏密。她决定将有关暗红色的秘密告诉苏密，并且想知道苏密是否也如此。她在住院部门口徘徊许久，一直等到苏密下班出来。说第一句话时她甚至有些难于启齿，后来又最大限度地夸张内心的恐惧。苏密笑得很不经意，说那是当然，每个女人都是这样。她有些懊丧，认为苏密说得太自然、太轻松，丝毫没有理会甚至轻视了她的秘密。她差一点儿打算从此疏远这个朋友。一个女孩子的秘密被人蔑视，即便是最亲近的人蔑视，也是无法忍受的。你应该高兴，这说明你已经成为真正的女人。这没有什么可怕的。一旦红色不再流出，老年也随之来临，那才是真正可怕的事情。苏密接着又说。但这些话不能抑制她的忧虑，因为她完全不相信自己能够成为苏密那样的女人，真正的女人。

她在夹竹桃矮墙旁边停下，看见一只短身子的红蜻蜓停在枝头。翅膀被雨水濡湿了，扇得沉重。一旦红色不再流出，老年也随之来临了。她重复了一遍苏密的话。红蜻蜓的翅膀就在那一刻成为生命的具象，她分明觉到了生命的脆弱。她屏住呼吸，半天不敢挪动脚步，仿佛稍微大意，无声无形的生命便会轻易在她体内破碎，飘飞而去。红蜻蜓是她所见世间最漂亮的红色。

那一年，她十三岁。

过了许多日子，仿佛有一百年那么久。一个雨后的下午，正是那种能够唤起无限回忆的时光。我和儿子从夹竹桃矮墙边走过。夹竹桃没有开花，叶子滴着水珠。我管走在我身边的这个小男孩叫儿子。人们告诉过我他是我的儿子，千真万确是我儿子。有时候，我会突然忘记儿子这个称呼的含义，会突然间怀疑这个男孩子的来历。我想不起他是谁，他从哪里来。

妈妈，你看。我的儿子回过头来。每当他这么口齿伶俐称呼我，我便感到这是一种暗示。五六岁的孩子就学会了不露痕迹地暗示什么，实在是可恶至极。我宁愿让他对我直呼其名，或者什么都不称呼。可是，他不，他偏要叫我妈妈，他坚持要表白，他是我的骨肉。

我看见他手里捏着一样东西，一只红蜻蜓。是我曾经见过的那一只，有着人世间最漂亮的红色。我断定那是不可复制的生灵。第一次看见它，我才十三岁。可它现在被我儿子紧紧捏在手里。我知道红蜻蜓湿漉漉的翅膀被折碎了，于是我的声音跟捉蜻蜓的手指一样狰狞。儿子哆嗦了一下，叫我想起听到有关苏密可怕的消息时，花瓶里瑟瑟颤抖的孔雀毛。红蜻蜓掉在地上。

我看不出前边那个飞也似逃开的男孩子跟满街其他的男孩有什么不同。他的圆脑袋上覆盖着很亮很亮的黑头发，像马驹子的皮毛似的泛光。有时候，我会产生抚摸那颗圆脑袋的愿望，甚至很强烈。因为圆脑袋上黑亮的头发，叫我忆起小时候家里喂养的一只黑猫。

我跨过地上的红蜻蜓继续往前走。我不想知道它是不是还活着。一旦红色不再流出，老年也随之来临了。苏密的声音忽然在很远很远的地方响起来。可是苏密的红色永远不再流出的时候，她还是风韵如初的中年。

我真的病了。我认为在这个时候生病是一种幸运。我不知道要是我不病的话能为苏密干些什么。我预感到苏密美丽的躯体不久将从地球上永远消失掉。我从来不曾体会到生病竟也可以给人带来快乐。苏密会原谅我。我没法去探监，预审期间也没人能见到她。我只能躺在温暖的床上想象她的情形，假如没有心思去盘结精致的发髻，她一头浓密的黑发会像乱麻似的披散，该给她增添多少令人心碎的憔悴？她一定憔悴了。关于她究竟是不是患有精神分裂症的争论，早已不仅仅在我和母亲之间进行。整个法院整个检察院整个城市都在讨论这个女人杀害儿子的动机。没有结论。我盼望结论，又害怕结论。我坚信她的精神很健全。她是造物主尽善尽美的标本，她从来没有也不会有什么缺陷。这种完美正意味着她注定要毁灭。

浅蓝色窗帘映着秋阳光照的黄昏暗淡了。女神般美妙的躯体如迷幻的烟云瞬刻逝去。那夕阳柔和辉映下曾经有过的丰满光滑的曲线不复存在。也许当着十三岁小孩子为那样一个黄昏的寓言所战栗的当儿，她就已经感知一切都是即将消亡的幻影，都是不真实的美妙。她感觉到了。二十多年之后，她身体里开始孕育着新生命之际，她才贴切体验了那个黄昏寓言的深奥。原来生命的诞生和死灭都如此轻而易举，如同漫不经心的游戏。

没有比这件事更叫人琢磨不透的了。我被告知我没有病，我的身体很健康，只不过是怀孕了。我眼睁睁看着对面那方时不时喷出几丝热气的白口罩，弄不清这究竟是回什么事情。白口罩继续喷出热气，恭喜你，你快要做母亲了。

可是我没有做母亲的愿望，我没有想过要制造出一个陌生的新生命。和母亲怄气的时候我常想，我怎么会是从她的身体中分离出来的一部分？她热心地将我带到这个世界上来，难道就为了多一些让她伤心惹她不快的机会，多一个让她肆意发泄情感的对象？她给了我生命，因而有权利轻蔑我、讽刺我，有权利干涉我的一切。我不想充当母亲的复制品，我没想过要对另一个生命享有权利同时承担义务。值得庆幸的是这个消息并不是母亲告诉我的。要是母亲这么说，我也许会再一次歇斯底里发作。我会认为这是母亲强加给我的，正如我的生命是她强加给我的。

我开始翻肠倒胃地呕吐，滴水粒米不能进，靠葡萄糖维持营养。我奇怪一副寻常的肠胃，怎么会流淌不尽黄绿色的液体。被一种自虐的好奇心驱使，每当我呕吐爆发，苦涩的汁液从喉头喷涌而出。我总是全力以赴让动作完成得更加彻底。呕吐越剧烈越觉到一种莫名的快意，直到整个身体仿佛随阵阵抽搐缩紧干枯变成一张皮囊透明透亮时，快意才随呕吐的止歇渐渐淡去。随后，我会很快想到苏密，想着她如何用苍白纤巧的手掐死她的两个儿子。每一次呕吐都和苏密的惨剧联结，好像呕吐成了惦念她的唯一表示。

呕吐物散发出难闻的气味，可是我坚持反对丈夫马上把痰盂倒掉。我总疑心那里边有什么出人意料的东西，譬如说胎儿的头发、指甲或者另外什么器官的碎片。每次倒痰盂之前我都要细心作一番观察，叫丈夫疑神疑鬼地瞧着我。你看什么？邋邋遢遢的有什么好看？他不止一次大声责问我。我还从来没见过他这么大声地说话。我已经吐得有气无力，我不能告诉他我在想什么。他会嘲笑我，甚至跟母亲商量送我到精神科去做检查。我不知道我到底是不是真的希望从呕吐物中找出点儿什么，但可以确定，每次丈夫把刷得很洁净的痰盂放回床边，我心里总有一种难以言喻的失望。失望对我的作用则是再一次导致更剧烈的呕吐。

我迅速消瘦下去。我知道那块盘踞在我腹内的胚胎，时时恶狠狠地吸吮我的血液，吞食我的筋肉。它一天天强壮，我一天天衰弱。对它，我无能为力。只有尚未隆起的腹部间或给我些安慰，有时候，我分明听到那胚胎停止生长的掠夺安然入睡。我希冀我的腹肌坚韧些，捆绑住睡眠中的胚胎，让它窒息。它无知无觉，它没有痛苦。这不是罪过，算不上什么罪过。想到这儿，我的心就缩紧，血就不再奔流。

它死了，你瞧，它根本不长了。我惊惶地对丈夫说。你别胡思乱想。它还小，还没到长大的时候。丈夫说，又是一个亲切的微笑，自从得知我有孕在身，他整天坚持使用同一种笑容。他心甘情愿为我做任何事情，包括从不愿做的事情。我被他的辛勤感动，就会嫉恨我腹中的胎儿，他的劳作，他的亲切，他的笑容，不过是为了那个刚刚形成的生命，而不是为了我。又一阵呕吐袭来。这是腹内的生命在警告我，它还活着，还要继续长大。你累了，需要休息。丈夫殷勤地拍松我的枕头，抚我躺下。睡一觉，做个好梦。他微笑着吻一下我的额头。到现在我才知道，夫妻之间相敬如宾到底是怎么回事。这的确叫我感动。

她努力想做一个好梦。经历了太多的噩梦统治的睡眠，她早已不知道梦境如果美妙是怎样的情形。你看着这张挂毯，看那些叶子，你会以为你在秋天的树林里散步。你听这段音乐，正是秋风吹过白桦林，叶子发出哨音，旋转坠落到地面的旋律。你走进树林踏着落叶一直往前走。树林子没有尽头，落叶越铺越厚。你走不动了躺下来休憩，树叶依旧旋落，覆盖你的身体。你睡着了，盖着落叶的被子。丈夫在她身边，像热心的导游尽职尽责地讲述，又像称职的巫师熟练地施行催眠妖术。她从来不知道，这个与她朝夕共处的男人有这等能说会道的才能。她原以为他只习惯沉默。一块儿没有声息的胚胎，能叫惯于沉默的男人变得如此热情奔放，简直让人不可思议。即使是她青春身体的奉献，也从来不具备唤醒他沉默的力量。她开始害怕腹腔内那个不声不响的小东西，她不敢轻视它，而只能小心翼翼地伺候它。它已经成为这个家庭的主宰，是她无法抗衡的一种力量。

白桦林和落叶竟活灵活现地凸显，她觉得落叶联系着死亡，那是一幅有关死亡的画卷。

她想做一个好梦。梦中不要有落叶的白桦林，只要四季常青的夹竹桃矮墙。夹竹桃树开花或者不开花，树叶一律被雨水淋湿。

我已经很久没有听到苏密的消息。自从确定我怀孕，母亲和丈夫严密地向我封锁了这类消息。家里订的晚报常常毫无道理地短缺，我疑心那些短缺的报纸上正登载了有关女护士苏密杀害亲子案的报道。他们阻止我看电视，说电视画面晃动会使我头晕。开始我并不明白他们的良苦用心。每天母亲下班到床边来看我，我都要向她打听苏密。不知道。没有消息。她蒙蔽了我，我以为这件案子没有公开审理。有一天，产科的护士长到家里来借酱油。那是个大嗓门的女人，壮得能把一头公牛举起来摔碎。我怀疑经过她的大手接生下来的婴儿，会被她无意间捏得全身青红紫绿。护士长在厨房里跟母亲说话，声音穿透门缝传进卧室。忽然，我听见她说出苏密的名字。苏密看来是没救了，好几家医院都鉴定她不是精神分裂症。也是，这种女人不杀还了得。她亮着嗓门很残酷地说。我跳下床，慌忙中忘了穿拖鞋。我把门张开一条缝，把眼睛贴上去。那个女人的声音戛然而止，活像忽然被人捂住了嘴巴。我看见厨房的玻璃门关上了。母亲和护士长交头接耳的影子在玻璃上乱晃。我这才明白母亲天天在蒙蔽我。她不会向我道歉，她会将这种欺骗堂而皇之地归结为对我的关心和爱护。可我宁愿做她诊床上瘦骨嶙峋的患者，听她用麻木不仁的声音向我告知实情。没有爱的真实和缺乏真实的爱，我情愿选择前者。我无法抱怨母亲，作为母亲她没有过错。是我腹中的胎儿，把我置于受人蒙骗的境地，它是一切谎言的根源。又一阵恶心，我倚着门柱奋勇地呕吐，肮脏的汁液溅了我满身满腿。母亲和护士长一块儿跑进来，发现我赤脚站在冰冷的水泥地上。她们大呼小叫。护士长一把将我抱起，放回床上。她的臂膀力大无比，顶得上一百个男人。和苏密相比，她作为女人活在世上，简直是一个误会。

仍然没有苏密的消息。大嗓门的护士长不会总是忘了买酱油。一些蛛丝马迹被我一次次组合构成我的猜测。刚刚案发那会儿，我偶尔听说她用手术刀肢解了两个儿子的尸体，把胳膊、腿、胸肌和内脏分门别类地堆放，以致后来火化的时候无法清楚地将他们分开。据说每个切口都很规整，讲究手法，比外科的实习医生切出的口子强得多。她似乎做得心平气静不慌不忙。

苏密对我说过黑利和黑狼的故事。它们是她小时候她家养的两只看家狗。百年不遇的蝗灾使她生长的乡村颗粒无收，为了活命，父亲用绳子吊死了黑利和黑狼，合炖一锅肉羹。饥饿让孩子变得愚钝冷酷，狗肉吃完，他们并不曾对着空空的狗窝伤感，只是回想狗肉的美味，想弄清黑利黑狼到底哪个更好吃。吵着吵着哥哥姐姐就扭打在一起。哥哥顺势揪掉姐姐一把头发，姐姐把哥哥的面颊抠出了血。最后由苏密裁判还是黑狼好吃，因为它比黑利漂亮。你说，我们有多蠢。她说完露出一排细密的白牙齿笑，那些牙齿结实得简直无坚不摧。莫非她肢解儿子的时候会想起黑利和黑狼？

听苏密说这个故事，是在公园的游艇上。她还是个单身女人时，星期天常带我出去闲逛。我不明白她怎么总和她的同事保持距离，而愿意跟我这黄毛丫头一起消磨时间。那时湖面上氤氲了紫色的雾气，四下一派宁静。湖岸上柳絮飞扬，一些随风飘去，另一些落入水里。游鱼在船的四周啪啦啦跳起来又落下。它们在产卵。苏密说。我还不懂得产卵是怎么回事。就是产小鱼，好比女人生孩子。她解释。我为生孩子这几个字怦然心跳。你也会生孩子？当然会，不光我。将来你也一样，每个女人都一样。我们就像这些鱼，成熟产卵然后衰老然后死去，孩子活着，接替我们活着，生命才能延续。苏密说。我看着水里的鱼，忙忙碌碌跳上跳下。好像它们到这个世界来，只是为了产卵为了衰老为了另外的生命接替它们活下去。现在将要代替苏密的两个生命，被她自己截断了。这个曾经美丽曾经善良的女人。也许她不想活下去，来不及衰老就不想再活着，并且不需要别的生命代替她活着。

风来了。一只小船在湖中心悠闲飘荡。船上一大一小两个姑娘。湖面氤氲的紫色雾气里游鱼在努力产卵衰老死去。

我看见儿子手里捏一只红蜻蜓，在一个雨后的下午。它飞累了，扇不动被雨水濡湿的翅膀，落在夹竹桃矮墙上。我看见儿子随随便便捏碎了它，忽然就明白苏密怎么随随便便掐死了她儿子，又怎么随随便便舍弃了自己。当我还是个十三岁的女孩子，就知道了生命的脆弱恰如红蜻蜓单薄的翅膀。

夹竹桃矮墙上凄苦的红蜻蜓，我怎么会跟你重逢的？在又一个雨后的下午，相隔仿佛一百年之后。我们在时间和空间的渺茫里行走，没有预先设想，没有确定的方向，只有一个共同的目标，就是衰老和死亡。

我终于接受了，那块蛮横地占据了我的腹腔，借助我的体温我的养分我的活力一天天壮大的血肉。我完全不能左右它，听凭它把我的身体歪曲成不堪入目的模样。它的意志的确不可抗拒。

呕吐停止了，肠胃被洗劫一空，它示意我不停地吃这吃那，填充永无止境的空虚，促使我的身体一天比一天笨重。我害怕和任何女人哪怕是并不年轻出众的女人交谈，她们叫我自惭形秽。我害怕丈夫看见我笨胖变形的身体，因为我可以轻易从他眼里看到厌倦的含义，从而加深对他的怨恨。我再不为他的辛勤感动。我知道是我腹中那无声的生命分离了我们，分离了我和一切人。它是一个掠夺我占有我的暴君。我请了长假闭门不出，重新复习疏远同类的感觉，当我还是尚未成熟的少女，就已经领教过的感觉。

我过于自爱。我是个敏感的女人。

我忽然对母亲亲热起来。她曾经被我掠夺被我占有，我使她虚弱使她笨重使她难堪，但她宽恕了我。她有一千条理由虐待我，让我形销骨立躺在她的诊床上对我的生死漠然处之。她是我的恩人。我的血肉筋骨灵魂是她给的，如果她愿意随时可以收回这些属于她的东西。那时候，你愉快吗？我问。当然愉快。那是我一生中最愉快的时光。她答道，有一些白头发应声飘落。我不相信她的话。我怀疑她是为了赢得我更多的感情才这么说。你也应该愉快些才是。做母亲是女人的天分，只有做了母亲的女人才是完整的女人，否则她就残缺不全。她用与白发同样苍老的声音继续说。我无言以对，热情悄然退却。我和母亲流着同一种血液，但我们是完全不相同的女人。她乐于为我牺牲吗？我高估了她。她从来没有觉察到有什么损失，相反认为我的存在完善了她。她愉悦她幸福，不过是期待借助生育完善她自己。那么我不必为她负疚，甚至可以嫉妒我曾给她带来的快乐。

自从开始有了那么一个秘密，她就好像失去所有的天真和快乐了。夏天的傍晚，滂沱大雨之后，校门口的十字路口照例积满没膝的雨水。放学的男孩女孩从校门里鱼贯而出，都赤着脚噼噼啪啪跑过去，把浑浊的泥水和喧嚣一起溅得老高。成群成队的汽车和自行车被阻挡在马路上，乱糟糟响着铃声和喇叭。大人们望着泥沙泛起的污水欲行又止，皱起眉头埋怨城建部门玩忽职守。这情景更激起了孩子们的狂热，连平时最爱整洁的女孩也满不在乎白玻璃纱短裙被浊水染得斑斑点点，在水里尖叫疯跑不顾一切。只有她在台阶上傻站着，弄不清他们干吗都为这一摊脏水欣喜若狂。她忘了就在几个星期之前，一场大雨还在下着，她便坐在教室猜测校门口该涨起多高的水，堵住多少自行车、汽车和行人，而放学之后她和伙伴们，又如何可以在众目睽睽之下去泥水里狂欢一阵了。她茫然地看着同学们，觉得他们像一群注射过兴奋剂的猴子似的招人讨厌，有人异想天开叫着她的名字，想引诱她加入那个失常的行列。他们看她站着不动，全都惊诧地停住片刻，一齐用眼睛盯住她，那光景活像一声抓贼的叫声过后，所有的眼睛都盯住一个作案未遂的扒手。幸好那一刻极其短暂，没人愿意因为她不下水耽误自己蹚水的大事。就在这极短暂的一瞬间，她觉得自己已经跟过去属于她的世界完全脱离开来。因为蹚水挨母亲责备而对母亲满腔怨恨，因为父亲怂恿她蹚水就对父亲感激涕零一类的行为，都变得可爱可笑和不可理解。童年正是在这一瞬离开了她。

那时候，我不知道这是一种诀别。

仿佛跟她分别了几个世纪，我怎么也想不起来最后一次看见苏密是在什么地方，记不清楚最后跟她分手时的情形。也许我们按老习惯互相道了"再见"，但事实上，我们永远无法再见了。我整天把自己关在卧室，她被旁人押在死牢。我们每天同样面对白墙消磨生命，她等待死亡，我等待再生。这是多么不同的两种等待。

　　我发誓要将我们最后分别的情景回忆起来，包括每一个细节。或许因为我们之间的聚会和分别太多，抑或是因为还要再见分别就容易被忽略，反正我无论如何想不起我和苏密的诀别是怎样的。难道说苏密对于我早就变得不那么重要了？这个发现叫我吃惊。从那个浅蓝色窗帘后边映着秋阳光照的黄昏，苏密将她女神般完美的身体袒露在我面前，令我为之倾倒震颤的时刻开始，她就成为一座偶像与我生命的幻想合为一体。那时候我坚信这个世界假如没有了苏密定然会黯淡失色，而我也将会生活得索然无味。

　　许多年过去之后，一个能够唤起无限回忆的雨后的下午，我和儿子走过一带夹竹桃矮墙。我又看见了红蜻蜓。我想起红蜻蜓原本是为着苏密的缘故才成了我心中的圣物。它还那么脆弱，还那么色泽鲜红，可是苏密早已成为一把骨灰，关于她的一切都已经悄无声息地褪色，直到沉进记忆的深井里。原来我身边这个被人们称为我儿子的男孩，我也永远不可能真正知晓他的来历，不可能真正预料他的归宿。苏密死了，我还好好地活着。这就不能说她对我有多重要。好比我死了，我的儿子还将好好地活着，我对于他同样无关紧要。

　　苏密告诉我她就要结婚的消息时，我正用水勺舀水替她冲洗头发。她的颈项优雅地伸长着，水柱均匀地从发根流向发梢，流出一条乌黑的瀑布。她选择了这样一个机会，随随便便把她最重大的决定通知我。我至今无法确定她这么做究竟是漫不经心还是很有用心。我的手哆嗦了一下。半勺水统统从她的衬衣领口灌进去。她停住一刻，我以为她一定会叫我把干毛巾递过去。可是她没有说话，也没有改变姿势，继续用手托住头发，等我浇水。不等她擦干头发，我就告辞了。我害怕她看出我有什么异样。我想我的面颊一定苍白，嘴唇一定被咬出牙印了。也许正是从那时候起，苏密对于我，已经不重要了。那年，我二十岁。

　　我看见十三岁的小姑娘在小学校门口的台阶上傻站着，瞧自己的伙伴蹚着大雨后的积水发出快乐的叫喊，终于明白过来我成为女人也在那一天的那一个时刻。

她认识他不是凭视觉而是凭感觉。她敢说假如不是这样而恰好相反，她也许永远不会认识他。那天早上她被夹在电车门口怎么挤也挤不上去。进退两难之际有个强壮的肩胛顶住她的背脊。安全感的获得使她确信身后是一个强有力的男人。这只肩胛的力量，唤醒了她混沌未开的心底里一种朦胧的欲念。身后不曾照面的男人，或许年长或许年少，或许英俊或许丑陋，都在须臾间荒唐地变得可以亲近。或许多年之后，当她回想起这一幕的情景时，才清晰地意识到这是她对男人最初的倾心。那个男人跟她在同一站下车，并在她之先径直走进校门。脸始终不曾让她看清，而背影则如同他的肩胛一般强壮，叫她渴望亲近。

　　他一定还很年轻。那个背影消失在树丛里的当儿，她忽然有些庆幸地想到。

　　在很多日子以后，她真正看清那张脸的时候，所有的感觉只可能归结于一句话。那便是她宁愿永远面对他的背影。即便在她准备为他献身的一刻，她仍然无法否认，那张面孔如何叫她失望。奇怪的是这并没有使她疏远他，而且依然期待着与他接近。好像当他的肩胛与她的背脊接触的瞬间，这个男人就已经将她导入了他的磁场。不知从哪天起，他们开始了相互的点头致意或者平淡的问候，后来就有了交谈，短的和长的。她知道他从南方的边城来，正在她就读的大学里攻读哲学硕士。为逃避集体宿舍的喧闹，寄住在姑妈家中，离她家不过两站地。他们常常在高峰时间挤上同一辆电车。渐渐地，她已经非常习惯在拥挤的人群中，寻找那个令她激动的背影或那张叫她失望的脸庞了。要是哪一天在车上在学生食堂在公共课大教室没有碰到他，她就会焦灼不安失魂落魄。她开始注重穿着，留心头发的式样。那个秋天的傍晚。浅蓝色窗帘映衬的美丽人体，好多年来像座冷酷的冰山一般，压迫冻结了她少女的自尊。与苏密相比，她的相貌体态，哪怕头发和指甲，都显得平庸呆板毫无魅力，她从来不敢奢望她能打动哪个男人的心。她的全部精力都投入到学业上。她庆幸父母给了一副智慧的头脑，学业上的出众多少弥补了外貌的平凡给她带来的自卑。每当她滔滔不绝地和男生讨论海德格尔、弗罗姆们的哲学心理学，神采飞扬手舞足蹈之际，她会偶尔生出些自豪与自信，想到苏密要是见到此番情景也许该会嫉妒她。然而这仅仅只是须臾的满足，等到略有姿色的女同学被男生殷勤地邀去郊游，或在学生会组织的舞会上，她被富于同情心的男士出自礼貌请起来，象征性地跳一两个曲子的时候，自卑又重新顽固地控制了她。她常常忽发奇想，要是同时拥有苏密的美丽和自己的聪慧，那这一生将是何等幸运。她从来没有指望过他像注意一个女人那样注意她，但又热切地期待他的注意。

终于有一天，发生了那件意想不到也是意料之中的事情。

她跟他坐在一起。像这样并排坐着车，已经有好多回了。可是哪一次都没有挨得这么近。他似乎一向很注意保持适当距离。那天，电车也许很挤也许根本不挤。

忽然她感觉到他的手臂放在她肩头，不轻不重很随意也很自然，看上去就像他们一齐接替下车的人坐下的当儿，他的手臂便顺便搁在那儿了。她从玻璃的反光里瞥见他的脸色平静近乎漠然。这是男人的伎俩。她简直无师自通地明白了。路很远，电车在轨道上缓缓蠕动，慢得好像随时可能停下。他和她都僵坐着一动不动，没有更进一步的表示，也没有拒绝。她决不相信他伸出手臂放在女人肩上还毫不在意。没有一句话，什么也用不着说。

第二天下午放学，天色还早，她在电车站一连放过三趟车，一直等到他满头大汗匆匆跑来，他们再一次坐在同一条椅子上，他的手臂再一次落到她肩头。她把头靠上了他的肩膀，感到那肩胛如她很久之前感觉到的一样很宽厚很有力量。该下车的时候他们谁也没有动，他用下颌抵着她的额头，胡茬子刺得她又痒又痛。终于她忍不住建议说：咱们别下车好吗？一直坐到头儿。好。他那么温柔地回答，同时吻了她额上被胡子刺痛的地方。她感到一种心的痛楚。时至今日，她已经做了别人的妻子，做了母亲，回想起有轨电车里的一幕，她的心还会痛楚地缩紧。

苏密结婚那天，她赶去祝贺。礼物是两个橡皮做的大头男娃娃。后来苏密一胎生下俩儿子。苏密对她说：这是天意，上天命我实现你的祝愿。这句话叫她非常感动。苏密仍然给她保留着一个重要席位，尽管已经有了丈夫做了母亲。苏密很珍爱那两个娃娃，把它们摆在书橱里显眼的位置。她不知道苏密这么做是不是为了表示某种歉意。她明知道没有任何理由认为苏密应该对她抱歉，但凭直觉，她觉得苏密内心怀有歉意简直是一定的。

苏密被枪决之后，她曾写信给苏密的丈夫，希望要回那两个娃娃留作纪念，可得到的回答是两个娃娃不知从什么时候起就不见了。难道苏密将它们也一同肢解了不成？

在婚礼上，她第二次看见了苏密的丈夫，一个面相英俊、身材细挑的高个子男人。不能说苏密选错了人，从气度到谈吐，应该说他都还配得上苏密。但是她怎么也不愿意与他交谈，认为他请人吃糖、给人让座或寒暄天气好坏的时候，声音和笑容都有点虚伪。苏密在他们恋爱阶段从来不曾表示让她见见他的意思，是很有远见的。苏密知道见面一定不会有好结果。她会像以往破坏她和任何一个男人的恋爱那样，说出一千条一万条道理，把他们的关系彻底破坏掉。她觉得苏密逃避她的干预，纯粹是多此一举。她对这个男人只不过有点反感而已，并谈不上怎么厌恶。苏密与他的结合，远不如想象之中那么让她不能容忍。不过参观他们的新房时，她心里略微有些不快，席梦思大床旁边的墙壁上装饰了一块巨大的镜子。想到苏密美丽的身体在这儿被一个男人蹂躏，想到这面镜子将要一丝不苟地记录他们做爱的过程，她就很难再让自己高兴起来。

一整天她都没正眼看上苏密一眼，她知道苏密一定美丽得吓人。一听见苏密春风得意的声音，她就恨不得马上离开这个喧闹的鬼地方，投入到属于她的那个温暖有力的怀抱里去，她隐隐意识到，她与他之间发生的事情多少与苏密有点儿关系。

她想过假若他是个相貌英俊的男子，也许她早就会将他们之间的种种告知苏密了。然而她迟迟不能启齿。她断定苏密会因为他的丑陋把他们的爱情看得一文不值，她太了解苏密了。如果那样，她会动摇的。她觉得自己对不起他，于是当她每每怀着难言的愧疚迎向他的拥抱，心里总在重复一句话：哦，原谅我，我是个酷好虚荣的女孩儿。

我走过那一带夹竹桃矮墙。是个难得的好天。夕阳温暖地照耀着，夹竹桃叶子被暖和的暮色笼罩，变得像金属制品那么辉煌炫目。曾经有过一个十三岁的小姑娘，怀着不可告人的秘密，徘徊在矮墙旁边。那时候，夹竹桃所有的叶子上都缀满了愁苦的雨滴，如同睁着无数充盈了情感的眼睛。人情人性人生的一切神秘，全部包藏在那些眼睛无言的注视中，前面是她作为女人将要进入的无限广阔而又莫测的空间。如今，空间消逝了，生命之门倏然关闭，夹竹桃矮墙泛着金属冰冷的光泽无知无觉地伫立。

红蜻蜓飞走了，不知去向。它也许将永远不再飞回来。

胎儿开始在腹中运动，不舍昼夜无止无休。它猖狂地膨胀，把我的肚皮撑得像张鼓面，紧绷绷地泛着光亮。我的脚背和小腿浮肿，时不时一阵针刺样的疼痛。我已经多时不照镜子了，我知道镜子里我会是个怎样的丑八怪。我又想到了苏密。妊娠和分娩居然丝毫没有减退她的美丽，等到包袱卸掉，休满产假，她的体态和面容依然姣好如初，甚至还在顾盼之间又平添了另一种成熟女性的妩媚。我看见她，好像破灭了一个希望。我把苏密的妊娠当成机会，关于我的机会。是她教我学会做一个女人，却又压抑我使我永远不能成为纯粹的女人。很难说她究竟是我的朋友还是敌人。当我目睹她产后奇迹般地恢复了她的美丽，心中混合了深深的失落感和犯罪感。我被无边的苦水淹没。苏密是一座永不融化的冰山压在我的头顶。在苏密将我导入的苦海里，我永远看不到属于真正女人的彼岸。

二十岁那年，某个傍晚，天气难得的好。我走到夹竹桃矮墙旁边，是为了寻找那只红蜻蜓吗？

我不知道他怎么会从那么遥远而陌生的南国，越过茫茫人海径直走入我的生活。他第一次对我说：你很好看。我怀疑这不是我的幻听就是他的妄言。我从来不敢奢望关于容貌的赞誉，哪怕只言片语。你的美不在静态之中，而是在你神采飞扬谈笑的时候。那时候你甚至很动人呢。我盯住他的眼睛，想从里面搜出虚假的痕迹。可是那双细长的眼睛纯净而明亮，不掺一丝虚情假意。当时我是那样贴紧了他，好像要和他融为一体。只有在他坚实的怀抱里，我才真正作为女人战栗和喘息。什么海德格尔、萨特、弗罗姆，什么学位功课考试，一切世俗的争强好胜全都变得没有意义，我只希望变得弱小，变得可以让任何人欺侮。他会保护我，他能保护我。他是我唯一的守护神。哦，多么好，我是一个女人。

有轨电车的终点站是荔枝湾，她感到这地名实在是一种恶作剧。在这个北方的大都市，荔枝只可能出现在宴会上，而且一听见这两个字，人们就禁不住要联想有关杨贵妃嗜吃荔枝跑死驿马无数的传说。等有机会，你到我家来做客，我们那地方有的是荔枝。他对她说。

沿着一条冷落的石头路往前走，天不知不觉间黑了。后来他们来到一座千年古寺寺院门口，白天向游人收取门票的工人已经下班，没有人阻止他们。她和他几乎是跌落在绿色长椅上，一切语言都被急切的亲吻堵在嗓子里。长久的沉默之后，她问他在想什么。他有点顽皮地回避说：不告诉你。她执意央求他，非叫他说出来不可。他把嘴唇凑到她耳朵边，小声说：我想要一张床。她觉出他的脸涨得绯红。没有什么能比成熟男子的腼腆更叫女人销魂。那时她满心里只有一个声音叫喊，我愿意为你献身。

人群远去了，世界如同荒原般陌生。他们搭乘最后一班车返回城市。原野静默无言，期待古寺里传来悠扬晚钟。

你愿意为我献身吗？新婚之夜那个已经成为她合法丈夫的男人，恰巧正是这样问她。可惜这句话从他嘴里文绉绉地说出来，倒让她觉得他是在背书或是模仿电视剧里蹩脚的男主角。也许不过是例行公事，好比他面对病人，翻开病历之后首先得问一声你哪里不好。这无异于提醒她回忆荔枝湾古寺里的夜晚，回忆他的怀抱的力量和她自己灵魂的呼叫。她点点头，没有说话。丈夫很知足很沉醉地与她做爱，脸上是一派脉脉纯情。嫁给这样一个男人，应该是她的幸运。医学院附属医院最年轻的外科主治医生，为人随和温文尔雅，每天把自己收拾得头发齐整裤线笔挺皮鞋锃亮。事业得意人品出众，母亲在安排他们见面之前，竟然不愿意多费口舌去宣传他的优点，只是简单得不能再简单地这样说。她断定女儿面对这位白马王子式的人物，自然要爱得五体投地。她对母亲说，她必须考虑考虑。其实说这句话的时候，她心里已经决定这辈子不再考虑这类事情。

苏密来找我的时候，浑身还散发着来苏药水的气味。她告诉我今天班上一连有七个产妇分娩，累得她骨头架子都要散了。说完她整个陷进沙发里，好像连调整一下姿势的力量都没有了。我给她倒了一杯果子露，有些不解她干吗今天累成这样还跑到我家来。她一向强调中年女人保持青春容貌的秘诀就是滋养，太累太操劳只会加速青春消逝的进度，这是任何化妆品也弥补不了的。我猜测她有什么重要的事情要对我说，没想到转来转去不过是来探听我对那位年轻大夫的印象如何。你说呢？我问她。当然应该算是不错的人选。至于到底嫁不嫁他还得你自己拿主意。她一边答话一边把目光游离开去，我还是捕捉到了她眼里瞬间即逝的一丝怅惘与歆羡。主意拿定了，我打算尽快跟他结婚。这句话脱口而出，连我自己也觉得荒唐，我还没来得及和那位王子见面，谁知道他愿意不愿意。可是无论如何我只能这样回答，其他的事以后再说。不出所料，我的话果然叫苏密万分沮丧。她告别的时候，我看见她的步子失去了往日的弹性和轻快，这是我同她相识以来从来没有过的。一阵快意恶毒地滚过心头，把刚刚还牢牢钳制住我的独身念头席卷殆尽。我只能说这全是命中注定。

一审判决杀死亲子犯苏密死刑，剥夺政治权利终身。当天的晚报因为这一条消息，大约要多发行十几万份。消息的最后一行文字说，罪犯如有不服可以在三天之内向高级人民法院上诉。怎么没有照片？我把报纸扔在地上问丈夫。今天晚上电视里本市新闻会有开庭的镜头，如果你一定要看……丈夫小心翼翼地看着我，试探我的意思。我不看，你们也不要看。我冷冷地回答，叫他和母亲都感到意外。你已经临近产期，胎儿早就成熟了，只要你稍微克制一下情绪，看看也没有什么妨碍。母亲用产科权威的声调对我说，好像很体谅我。不，我不要看，你们也不准看。我大叫，小腿又开始抽筋，眼看要爆发一阵歇斯底里。他们一齐扔下碗，把我抱到床上去。

我闭上眼睛，想象被告席上的苏密。我希望她仍然打着精致的发髻，昂着漂亮的头，如我记忆中永远不变的模样。

刑车驶过城市扬起尘埃，遮蔽了人们的视线。刑车里的苏密会忆起浅蓝色的窗帘，还有湖心小船上头发枯黄的小姑娘吗？

雨水无言地滴落，细长的夹竹桃叶子宛如无数流泪的眼睛。一只红蜻蜓飞来。硕大无朋的红蜻蜓折断了身体，血喷涌而出，涂满了小姑娘白色的衣裙。

我从噩梦里醒来，浑身冷汗淋漓。音乐自鸣钟发出动听的声响，报道子夜来临。胎儿剧烈地动弹起来，一股热流涌出我的体外，我意识到分娩迫近了。

　　一直到他获得学位的那一天，他才把有关他妻子的事情告诉她。那会儿她正在竭尽全力制作一顿晚餐，为了他的毕业，也为了他们的分别。下午她告诉他母亲出差去了，他显得很高兴，说那好，咱们早些回去，过一次小日子。他们买了满满一兜子青菜、苹果、烧鸡、火腿肠，还有一种形似香蕉的夹心点心。像一对年轻的夫妇那样，他们从容不迫走回家去。那时候，她还全然不知，几千里之外的那个城市里，还存在另一个女人，跟她一样属于他的女人。

　　一切都比她预想的自然和协调。她烧汤炒菜，把晚餐安排得有荤有素有香有色。他坐在客厅里抽烟看电视，全然是丈夫等着妻子齐眉举案的模样。她很高兴享受这种辛劳和忙碌。她似乎害怕他走到厨房里陪着她做饭，时不时讨好地问一句要不要我帮忙。倘若那样，他们短暂真实而平静的家园式生活，将要被华而不实的殷勤所搅乱。她所渴望的，正是像妻子那样为他奉献为他操劳为他做任何琐细的事情，然后像一个妻子那样毫无羞涩地向他袒露为他献身。

　　他还是走进厨房里来了，默默看着她忙来忙去。最后终于说：你不会怪我不来帮忙吧？在家里我早被她惯坏了。她？她是谁。停下手里的刀，她问。我妻子。我的。他用两句话回答。刀锋仍然在砧板上运动，白色的萝卜丝忽然染上了几点红色。她的手指切破了。他走过来，把她受伤的食指放在唇边，将渗出的鲜血吮干。谁也没有再说话。

　　是一顿沉默的晚餐。对视成为第一需要。你该不会以为我欺骗了你吧？他问。不。这件事对于我并不重要。她答。这么说我可以心安理得了？他问。当然。我也同样心安理得了。她答。也是在对视之中她才发现：她从来没想过要嫁给他。

　　不需要事先约定，用不着谁说服谁。高度的默契契合了他们。任何情侣之间猜妒的俗套都被奇迹般地省略了，心灵沉浸在无限透明的空间里。哦，那真是人世间千载难逢的时光。

　　钢琴曲远远地响着，灯光温馨而安宁。外边也许刮风了，也许下雨了。

也许大陆沉没了，变成一片汪洋。他们不知道。

我过分相信预感，是因为我十三岁的时候就具备了预知未来的直觉。凭着这种直觉，我知道班里最漂亮的女生王小燕最终会爱上我们的体育老师。十几年之后，我收到了他们的结婚请柬。据说为了他们的结合，王小燕跟条件极优裕的家庭断绝了往来。一个小学体育老师很难在大权在握的岳父岳母那里讨到合格证书。这个传闻叫我很为过去讨厌王小燕，甚至将她借用的橡皮扔进垃圾桶之类的行为后悔。我在母亲的房间里翻腾了好一阵子，选中一对青瓷花瓶做礼物。事后母亲将我好一顿数落，说那对花瓶还是光绪年间的出品，姥姥出阁的陪嫁。送出去的礼物不能再收回来。况且我并不觉得这份礼物怎么过分，为他们验证了我的预感，我也该重重地酬谢他们。

一个女孩，在她十三岁那年，开始懂得生命。夹竹桃矮墙上的红蜻蜓告诉她，生命如同它的翅膀那么脆弱。

有种预感一直纠缠我，这个婴儿不可能平安降生。我的生命将要被它撕裂，如被劲风撕破的旗帜飘飞于生死存亡的疆界。怀胎九个半月，我常常被噩梦惊醒。梦境里，我总在死一样寂寞的荒原上孤独而吃力地行走，欲罢不能。路途遥远蜿蜒永无止境。恰如被放逐的苦役犯，我被一种无形的暴力驱赶，踉踉跄跄前行，不知要奔赴冥冥之中一个怎样的归途。有时候，我仿佛置身于没有路标的十字路口，母亲、丈夫、苏密和他，分别站立于四方，沉默地看我挣扎。我拖着镣铐，脚背被磨得鲜血淋漓，踝关节暴露出来，白骨森森。他们仍然无动于衷。我茫然四顾，仓皇选择了他的方向。其他三个人变得凶神恶煞，他们持鞭持棍追上我就打。我乞求地望着他，他远远站着不动，目光冷漠面无表情，像没有生命的雕像。我完全没有指望。世界上没有人能够帮助我。每逢从噩梦中醒来，我总在重复这样一个结论，然后情不自禁想到他，他一定正揽着妻子的肩头熟睡。

四周弥漫了夜的寂静。偶尔有夜行汽车从黑暗中驶来，又向黑暗中驶去。

我被送进待产室的时候，腹痛已经演变为有节律的宫缩，疼痛一阵比一阵剧烈。我恍恍惚惚看见腹中的胎儿青面獠牙，正恶狠狠将长着尖指甲的手足抠进我的腹壁，拼命将肌肉撕开，用利齿嚼碎再和着我的热血把肉的碎末吞咽掉。它像头贪心的怪兽，孜孜不倦蚕食我的五脏六腑，不肯放过任何一个器官。我发出一声声绝望的号叫，脏器仿佛一件件失去，身体变成一个血肉混杂的洞穴，逐渐冷却、干枯，轻飘飘被一阵旋转的朔风裹挟，冉冉上升。渐渐地我不再痛苦，取而代之的是一种从未经历过的舒适。黑暗像烟云似的散去，眼前一片柔和的光明，管风琴伴唱的颂诗庄严响起，我随着颂诗安然睡去。

唯一属于他们的那个夜晚，几近子夜时分，他们带着缱绻的倦意依在枕上。他吸烟，将烟雾和欢乐一齐吐出，用充满爱意的目光抚慰她。语言成了累赘，他们相对无言。

要是我死了，你会哭吗？她忽然问。不知道。但我会很难过。他回答，并给她一个意味深长的吻。她更柔情地拥抱他，内心充满生离死别的感觉。眼泪不知不觉涌出，顺着鬓角淌到他手臂上。你怎么了？什么事这样伤心？他有些吃惊地问。心竟然剧烈地绞痛起来，她想努力控制抽泣，结果反倒哭出了声。他用下颏摩挲她的额头，缓缓说：也许很多年以后，所有的事情都会被遗忘，只有你的眼泪被我记住。亘古以来人类经历过的一切微妙情感，都汇集混合同时向她扑来，彻底将她压倒淹没。她完全不知道，此生此世遇上他，究竟是一种幸运，还是一种不幸。

感情的潮汐退去，她重新安静下来。

你睡了吗？他碰碰她，今天晚上咱们谁也不准睡觉，行吗？这个建议叫她兴高采烈，她明白他的意思：属于我们的时间太少了。那好，我去冲杯咖啡。她套上他宽大的棉毛衫，走到厨房去，步履轻盈。她觉得自己很像童话里的灰姑娘，年轻纯洁善良，灵魂在无私的奉献中得到最高纯度的净化。

咖啡冲得太浓，有些苦涩，他们一齐举起杯子慢慢地喝着，如同品尝苦涩的幸福。记住今天这个日子，它应该成为我们永志不忘的节日。他说。她跟他碰了碰杯子，用无声的言语回答了他。

白杨树被晨风吹动，发出哗哗的声响。黎明悄然而至。

黑色的影子三三两两在眼前晃动，金属器械磕磕碰碰响得清脆。一片光晕逐渐扩散，无影灯照耀着我的眼睛。拿盐水来，冲掉胎粪，我分辨出那是母亲的声音，只是口气不似往日威严。快接住，是个男孩子。另一个声音说。他怎么不哭？这是丈夫，声音焦急不安。啪！啪！跟我过去听母亲说过的一样，护士在拍打婴儿的屁股。哇——哭声响起来，但很微弱。洗干净送到暖箱里去……血压怎么样？又是母亲。血压和脉搏恢复正常了。护士长回答。那她应该醒过来了。母亲凑近我，叫我的名字，我闭住眼睛一动不动，我觉得自己是被所有的人包括那个刚出生的孩子，侮辱毁坏的一件物品，是他们把恐惧和死亡硬塞给我，然后从我这里攫取他们之所需。你答应一声，我知道你听见了。母亲像揭露隐私一样揭穿我的伎俩。我仍然一动不动。不用管她。她在闹脾气。母亲又开始滥用威严。病人要骗过医生，女儿要骗过母亲，都是妄想。

　　再也没听见丈夫的声音。我知道他跟着那个半死的孩子到婴儿监护室去了。这种结局简直是铁定的，我早明白我在他那里还顶不上那孩子的一根指头重要。他娶我做妻子，爱护我，不过出于习惯出于情理出于繁衍后代的俗规俗律。我应该感谢他的，是他使我第一次也是唯一一次在苏密面前扬眉吐气。说起来这多少有些可笑，现在我用生命换来的另一个生命，让我偿还了欠他的情分，我可以心安理得地休息。我实在太累了。

　　没有人知道，当许多年前那个雨天的下午，十三岁的小女孩被夹竹桃枝头的红蜻蜓所震慑，领悟了生命的全部含义时，她是否想到了作为女人的一生，将会经受多少深重的磨难。这是一个永远的秘密。没有人知道。

　　她一直期待他对她说一句：我爱你。可是他不。他只愿意按自己的习惯说：我喜欢你，真的喜欢你。只有一次，被她纠缠不过，他才用英语说道：I love you。我总觉得汉语说这句话很别扭。他这么向她解释。这件事让她感到他其实不像她认为的那么随和。快乐地回想着这些往事，她等他来。她要送他去火车站。她想过决不为离别而伤感。她确信距离可以加深他们相互的渴念，使他们爱得更加刻骨铭心。想到从今往后，会有一个人在几千里之外的什么地方时时惦念自己，一种饱满的充实差点儿撑破了她。生活在刹那间变得丰富无比广阔无垠，她所生长的大都市和过往的一切经历，相比之下显得狭小拥挤平庸不堪。她愿意迎接分别后的不眠之夜。她可以在万籁俱寂的黑暗里思念他，为他祈祷和祝福。然而他毕竟是要离她远去，回到由另一个女人主宰的世界。也许他很快会重新陷入他作为丈夫与父亲的现实中去，在他注定要归属的生活中逐渐将她淡忘。这个想象让她不寒而栗，刚刚还犹如阳光普照般明媚的心境蓦然黯淡。干脆把我分成两半，一半给你，一半给她。耳鬓厮磨之际，他曾经这么对她说过。当铁样的离情牢牢控制了她，孤苦无靠的前景已经无情展现的时候，她真的想扑向他，对他喊：给我！我愿用我的全部来换取。

他迟到了，剩下的时间仅够匆匆完成去火车站的路程。几个好朋友一定要给我饯行，实在没法脱身。面对满脸的怨怼，他像个做错事的孩子。可你应该通知我，明知我在等你。她觉得委屈，她需要发泄。整个上午她都在忙着，为他准备吃的喝的用的包括擦鞋的旅行鞋刷擦手的纸巾和供他旅途消遣的书籍。就连一荤一素两样小菜怎么装瓶吃起来才方便，先吃哪样后吃哪样，早餐喝咖啡午后用茶这类细枝末节她都用心替他设计过了。她像个傻子似的守着这堆东西，苦苦等着他，他却在同一些丝毫不相干的人频频举杯。我求你别生气了。这么离开你，我心里会不好受。他匆匆吻了一下她的头发。如果你原谅我，就换左手拎书包，不原谅，就还是用右手。他说。他知道她一定会换左手，她不会也不可能抗拒他的任何要求。她用左手把书包举进车窗，列车就移动了，他来不及再说什么话，只留给她空旷茫然的一瞥。

列车远去了，铁轨上遗留下轻微的震颤，传递着不祥之音。她感到了肝肠寸断的剧痛。驰去的列车，正如同那只红蜻蜓，飞走了永远不再飞回来。

我奋力从死亡之谷挣脱出来的时候，苏密正走向死亡。对于一审的判决，她没有上诉，因而更缩短了她最后的时光。我和她在生死界碑旁边擦肩而过，奔赴完全相悖的目标。我觉得这正暗示了我们之间某种神秘的关联。对她杀死亲生的儿子的真正动机，一直没有明确解释，只是根据医院提供的检查结果，法庭否定她是精神分裂症患者，判定不杀她不足以平民愤。一声枪响过后，苏密成为一个千古之谜，不会有人设想这跟我有什么瓜葛，连我自己也不能弄清楚我在这个谜语中究竟是个怎样的角色。我只是庆幸她终于完美地离去了。既然天地造就了她的完美，她就不该残缺不全地活着。据说临刑之前，她给她丈夫写了张便条，说她将去和两个儿子团聚。在生前人们相聚是暂时的，分别是永久的，而死后，分别则是暂时的，相聚才是永久的。她选择了永久的团圆。便条传到她丈夫手中，苏密已经香消玉殒。全是疯话，她的确是个疯子。她丈夫跌足顿首欲哭无泪。所有熟识她的人都替她惋惜，说她直到最后一刻才露出癫狂本性实在太迟了。他们永远不会懂得苏密。同样，他们也永远不会懂得我。苏密怀着她的秘密死了，我还怀着我的秘密活着。我们是完全相同又是完全不同的女人。或许不仅我们，不仅女人，世界上所有人的诞生与消亡都是没有谜底的谜语。我们像谜一样来，又像谜一样去。

过了很久很久，仿佛有一百年。在能够唤起无限回忆的某个雨天的下午，我和儿子走过夹竹桃矮墙。夹竹桃没有开花，叶子上淌落着泪珠似的雨滴。我看见十三岁的小姑娘在树墙下徘徊，满怀着诉说生命秘密的渴望。一个来历不明的男孩子跑来，捏碎了树枝上被雨水湿透的红蜻蜓。男孩子的圆脑袋上覆盖了很亮很亮的黑头发，像小姑娘精心喂养的黑猫泛光的皮毛。我跨过地上的红蜻蜓继续往前走，突然知道我们每个人从生到死的旅途其实并不漫长。

是苏密促成了她的婚姻。是苏密眼睛里瞬间即逝的一丝惆怅和歆羡，使她决定尽快与母亲分配给她的年轻大夫结婚。几千里地之外的南方都市始终是一片虚无缥缈的土地，漂浮在梦里，那个已经离她远去的男人，永远是她梦中的幻影。

他一共给她写过两封信，信很短，没有称谓也没有落款。临走他说过，他也许不会给她只言片语，但心里会惦记她。她听出这句话的潜台词是他不想因她惹出什么麻烦。她知道作为丈夫和父亲，他必须这样做。恋爱中的女人宽容得像大海，只要她的爱人愿意在这片海域中沉浮。几年过去，信里所有的句子她仍能背诵，尤其清楚地记得最后一句话：想你，在遥远遥远的地方。第一次写给他的信，是一些诗，一些写得很蹩脚的诗。他回信说女人总是把往事变成诗，尽管它实际上可能只是应用文或相声。这话叫她伤心了好久，但仍然忍不住要给他写信，在雨声淅沥的夜晚或冷风萧瑟的早晨，她往悲凉的白信笺上涂抹内心忧郁悲惨的缠绵，如同热病病人切开动脉放出热血挽救垂危的生命。每封信的末尾都注明不必回信，于是真的不再有信寄来。

男孩子把红蜻蜓扔在地上，飞也似的逃开去。人们告诉过我他是我的儿子，可我却忘记了儿子这个称呼的含义。我不需要知道他是谁，不需要了解他的来历，从哪儿来到哪儿去。

　　他会怨恨我吗？飞也似逃开去的男孩子。

　　像一包轻软的棉花掉在地板上，恍惚中，我一松手，婴儿从胸前跌落了。我等待一声刺耳的啼哭，但是没有。微微的响动之后，襁褓里再没有一点儿声息。啊——我捂住嘴，如在噩梦中发出惨叫，丈夫从门外冲进来，手上全是肥皂泡。怎么回事？他厉声问道。我一头栽进枕头里不看他也不答话。我猜想他已经抱起孩子，用最熟练的手法施行急救，那个孩子一定嘴唇青紫上气不接下气。孩子无声无息，看来是必死无疑了。仅在一秒钟之内，我就完成了对苏密的效仿，我不知道这是一种巧合，还是不可抗拒的必然。

　　囚车从窗外的马路上驰过，驰向城郊的刑场。尘埃扬起遮蔽了视线，人们看不清里边坐着行将赴死的犯人。

　　来，你得吃一片镇静药，你的脉搏跳得太快。丈夫递过一杯温开水，还有一小片白色药片。孩子呢？我有气无力地问。一口气憋住，已经没事了。他说。你应该小心点儿，别老是慌慌张张的。我看看枕边安安静静睡着的孩子，顺从地接过药片，点点头。出院以后，你的状况不太好，可能是难产的后遗症。丈夫宽宏大量地原谅了我，他是医生不是法官，他总是把什么什么都归结于疾病，而不可能洞察与疾病类似的罪行。养养就好了，现在你睡一会儿吧。他给我盖好被子。我把孩子揽在胸前，闭上眼睛哼一支摇篮曲，竭力制造出一种母爱洋溢的氛围。

　　我一直对那件事情讳莫如深，倘若一个母亲对别人说她惧怕并且憎恶她幼小的亲生儿子，无疑是天大的笑话。我怀抱亲生的婴儿，想着他蛮横地占据过我的腹腔，借助我的体温我的养分一天天壮大，是他用尖指和利齿撕开我的腹壁侵吞过我的血肉，就油然生出一种恐惧。他已经出脱成慈眉善目的人形，没有人能认出他本来的模样，可是只要他张开嘴不顾一切地吸吮我的乳汁，我马上又看见了他贪婪的本相。从他开始存在的那天起，他就是我的主宰。他捏造了我们之间的骨肉亲情，顶着合乎人情世理的名分，不断地盘剥我，一天数次从我体内汲取他所需的汁液，用还未生出牙齿的牙床，把我的乳头磨得鲜血涔涔。他是一架不知疲倦的机器，毫不怜恤地把我的活力一点点攫为己有。我的血液源源不断顺着乳腺输出，正在不知不觉中干涸。我并不真正爱他，但仍然尽职尽责用生命之泉哺育他长大。对那桩噩梦般的未遂谋杀，我只能守口如瓶讳莫如深。因了我尽职尽责的假象，人们以为我可以做一个好母亲。我知道一个母亲假如不爱她的儿子，她就不要指望世界上有谁还会爱她。

她渴望过爱。

她没想过和他的重逢竟是这样。孤独灯下，寂寞窗前，她已经成百上千次设想过他们久别之后的重逢，然而没有一种可以跟重逢的现实吻合。应该说她的出现让他高兴，仅仅高兴而已。

你怎么来了？他笑。笑是他的习惯，习惯成自然。怎么来了，就这么来了。在乱糟糟堆满窗纱台布枕巾床罩的房间里留了一封信，告诉母亲和马上要娶她的男人她要去旅行，然后到民航售票处等退票。你总是胆大妄为。他说。

决定出走之前，她正在缝纫机上做嫁妆，用口哨吹一支曲子，是他不止一次对着她的耳朵唱过的那支《我的爱人，再见》。跟他在一起，她学会了吹口哨。他们用口哨互相召唤，或者吹出些只有他们自己能听懂的对话。忽然她就想要把曲子吹给他听，忽然就无比强烈地渴望见到他。不知为什么，她没对他叙说这个过程。一见面，她就嗅出了一种不祥的气息。她发现他已经不能像几年前那么有兴趣地听她说话，特别是那些表达情感的话。他很友善地望着她，恰如一个哥哥望着妹妹，亲切而不亲密。他们坐在街心公园的花坛上，花坛很大，足以提供一个让他们遥遥相对的距离，证明他们的关系光明正大。尽管如此，他仍旧时时注视过往行人，好像害怕有什么熟人撞见他们。她变得拘泥不安，手足无措，不知道该对他说什么，不该对他说什么。在以往，一切言语只要她愿意，都可以毫无顾忌说给他听，不必担心因为失言而被他轻视或嘲笑。她第一次感到在他身边她同样会有压抑。要知道他曾经给予她的从来是轻松愉快自然与和谐。她意识到在他面前她已经过多地丧失了矜持。一览无余的结果是丧失魅力，爱一个人爱得过火，就要变成傻瓜并且是遭到忽视的傻瓜之类的至理名言，消磨了她最后的自信心。

她用满含幽怨的眼神望定他，他读懂了她目光的含义，很礼貌地把头转向别处。你想过我吗？这样的时候问一句这样的话，对她来说已经无异于自虐，自尊心不能容忍她这么说话，可她还是说了。想过，在有空的时候。可是你知道我很忙。他回答，没有一点情面可言。你以前不是这样的。她说。环境不同心境也不同，人的一生不会总按一个旋律演奏，我愿意顺其自然，而不勉强自己。这个意思，他用了很多词儿很多比喻来说明，她听起来全是一句话——此一时彼一时。她觉得他在欺侮她。我已经开始怕你了。她有点可怜巴巴。我喜欢女人怕我。他并不怜恤她，反而有点自鸣得意。她完全不能相信正是这个冷静如同路人的男子，曾经给过她那么多体贴和温存。她回想起他们俩共进家常晚餐的时候，他曾经说过的话。瞧，我们多像在自己家里。咱们好像正在写一部长篇小说缩写本。他很轻松，她很沉重。缩写本就意味着加快所有情节的节奏，开头紧接着高潮，高潮后面就是结尾。一想到结尾，她就有些惶惶然，她觉得小说的结尾凶吉难卜。既然凶吉难卜，那就让过程无限延长，她希望这部小说只有开端，只有高潮，永远没有结尾。

事实应验了他的比喻，她的幻灭在劫难逃。心又开始疼痛，然而和那种为了爱的疼痛完全是两种滋味。

就在那一刻，我感到衰老的降临了，脸上的皮肤像被风吹干了似的皱起，头发和牙齿不断脱落，老年斑布满手背和脖颈。

别这么闷闷不乐，生气会让你变老的。他一定看到了我的老态，走过来提醒我，顺便吻了一下我的额头，像哥哥吻妹妹。你喜欢我吗？好像还想从绝望里找到希望。我问。喜欢。他说。可是我不能从他的眼睛里听到同样的声音。不，你已经不喜欢我了。我想哭，但没有眼泪。说喜欢你，你又不信，我有什么办法？他有意把话说得含混不清。真的？一直到我很老很老的时候？我问。泪水涌上来又迅速退下去。你快活些，快活我就喜欢你。你本来是一个快活的人。他好像完全不明白我为什么快活，为什么不快活，好像完全不了解快活只是假象，而我的本质是忧郁。时过境迁，他不再理解我，也不需要理解我。对于他，我已经彻底成为一个局外人。

该走了，蚊子太多了。这个建议经他的嘴说出来，实在是很合情理。无论如何，她是不会说这句话的。假如他也跟她一样不提这件事，她愿意在这儿再坐上几个世纪，一直到他们变成化石，被后人发掘，送到自然博物馆去展览。他向她伸出手，把她从石头椅子上拉起来，惯性让他们贴在一起。他用曾经让她沉醉的方式吻了她。可是，她觉得这只是一次空洞、枯燥、不动感情的吻别。也许出于例行公事的礼貌，也许出于居高临下的怜悯，有谁知道？反正爱或不爱，被爱或不被爱，全看他愿不愿意。界限是明显的，距离已无可否认，她完全绝望了。

我想过要忏悔，可我知道没人会相信我的话。那个男孩子飞快地长大，长成一副无忧无虑心满意足的模样，仿佛时时在昭告世人，我是一个好母亲。我们貌似亲近，不可分割，有关母子间相互倾轧的往事，被贴上封条由我们俩共同看守秘密存放，成为不可告人的隐私。他仍然是我生命的主宰，他指定我按照他认可的规范生活，每天用爱他的表示求证我的确是个好母亲。为母子深情的幻想所迷惑，我竟常常陶醉在母爱之中，忘了我和那男孩子本质上的对立。岁月流逝，他一天天强壮，我一天天枯萎。有一个黎明，我将要从世界上消失，由他接替我活着。

湖面上氤氲了紫色的雾气。湖岸上柳絮飞扬，随风飘去，产卵的雌鱼在小船四周挣扎着跳起又落下。我们就像这些鱼，成熟产卵然后衰老然后死去。苏密设计了我们作为女人的蓝图之后死去了，甚至来不及等待衰老的降临。也许这是她的勇敢，她并不惧怕死亡，也许这是她的怯懦，她惧怕经历衰老的过程。相形之下，我也许比她怯懦，因为我惧怕死亡，也许比她勇敢，因为我迎接了衰老。她省略了衰老直奔死亡的归宿，我忍受着衰老但终归逃不出死亡的召唤。我们是完全相同又是完全不同的女人。我们按不同的方式完成各自的人生。没有人可以为我们裁判，究竟是谁顺应了上天的安排。

我孑然一身在马路上行走，周围是都市辉煌的夜色。市声嘈杂铺天盖地而来，陌生的人们像鬼魂出没，在我身边晃来晃去。汽车灯闪闪烁烁的光亮，如同野地里飘忽不定的磷火，近了又远了，仿佛置身于若阴若阳之境，我突然变得非人非鬼，不知所往。

他一定已经在家吃过晚饭，用干毛巾擦着沐浴淋湿的头发，抽烟看电视，或者悠闲惬意跟妻子女儿逗趣。他不会惦记我，不会关心我的行踪，他有他自己固定不变的生活。在他的生活里我只是一段短短的插曲，这是命中注定了的。

我又回到乱糟糟堆满了窗纱台布枕巾床罩的房间，继续制作我的嫁衣。没人指责我的行为。只要你平安回来我们就放心了。母亲和那个即将成为我丈夫的男人像约好了似的一致对我说。他们的宽容令我感动，也许在这个世界上真正爱我的是他们？其实，我并不值得他们如此爱惜。此生此世我只可能对他们尽女儿或妻子的义务，不可能如他们所期待的那样去爱他们。我已经爱够了。

她在电话里跟他告别，告知她要马上回去结婚但心里还在举棋不定。似乎到这时她才明白，此行几千里，她投奔他，就是为了讨一个主意。这得你自己决定，你应该对将来的生活有个明确理智的安排。他心平气和地向她建议。她突然觉得跟他说这些完全多余。她不明白自己为什么要来找他讨主意，这件事究竟跟他有什么相干？那你呢？然而她的问话前言不搭后语，以致让他产生了某种错觉。我不打算为一个即便是美好的东西去毁灭另一种美好。他回答得很巧妙很简练同时不动声色。她想说你大可不必自作多情。可是说不出来。还有什么事吗？他问。没有了。她回答。那就这样吧。不等她再做出反应，他已经挂上了电话。

那就这样吧。这真是一个悲惨的结局。

圆脑袋上覆盖着黑亮头发的男孩子，扔下红蜻蜓飞也似的逃开去，转眼跑得无影无踪。我无须明了他的去向。好像是一次永远的分离。

城市的有轨电车线路开始被拆除了。除去荔枝湾游览区用做旅游设施的一部分，其余路轨统统改建成柏油马路。当年我和他经常会面的那个车站，遮阳棚早已不知去向，剩下两个半截的石墩，如两座久日无人祭扫的墓碑。我和他相约，十年之后那个属于我们的节日，再来车站相候，不见不散。

我没有把有轨电车线路拆除的消息写信通知他。没有必要。还是他咯噔一声挂上电话的那一时刻，我就清楚地知晓他不会如期赴约。但我仍在默默等待那一天。我将一如十年前那个夜晚固执地等候他，直到最后一班公共汽车驶过。我会提醒自己多穿件衣服。因为不会有人微笑着走过来替我挡风。车站不复存在，还有石墩留在这里，如两尊荒凉的墓碑。上面应该镌刻上我和他的姓名。

红蜻蜓被捏碎了翅膀，坠落到地上。圆脑袋黑头发的男孩子飞也似的逃去。我跨过红蜻蜓继续走我的路。

路也许很长也许很短。

老狗的遗言

　　那天下午，要是有人从这个南方滨海城市的某条街道走过，会看到我和我的主人，一只孱弱不堪的狗和一个壮实的中年男子，正以相依为命的姿态坐在街边的石阶上。说得更准确一些是我依他为命，因为我觉得自己瘦弱的身体已经轻得像一片枯萎的树叶，随时有可能被死亡的风吹离生命之树。我的主人显然已经意识到了这一点，一直用他温暖的臂膀拥住我，希望我冰冷的躯干里能稍微多保留一点活力。我们这样静静地坐着，他抽着烟，我喘着气。在这个寻常的下午，没人注意我们，也没有人知道我们正在经历着生离死别的时刻。

　　实话告诉你，我已经有好几天没吃饭了，尽管我的主人千方百计换着花样喂我，还给我吃开胃药，我就是什么都吃不下。看到他们心急如焚，我多想装出胃口大开的样子让他们高兴，可是我的胃不答应，多吃一点东西就会被它吐出来。我的形容迅速憔悴，神智也有点恍惚，最后主人只好找来了医生给我打针。打针的时候，我特别乖，忍着痛一声不吭。别看我是一只狗，其实我什么都懂。我知道如果不是情况危急，我的主人绝不会给我打针吃药，他这是想救我的小命呀，怎么痛我都得全力配合。不然的话，我就可能真的要死了，这意味着我将独自进入永恒的黑暗中，永远见不到我的主人了。这是我最害怕的事情。

　　一小瓶药水滴进去，我精神了一两天，药水一停马上就不顶事了。药水打打停停的，主人们的心情就像橡皮筋一样，随之时紧时松。有一天，我的主人终于忍不住问那个医生说：你能估计出这只狗到底多少岁了吗？医生看了看我的牙口说：看起来它起码有十多岁，是一条很老的老狗了。我的主人沉吟了片刻，决定不再给我打针，也许他看见我的两条前腿都已经打肿了，病情还没有任何实质性好转，明白药物已经不可能让我起死回生，不想让我再受罪了。

我的主人抱起我，对我说：三毛，咱们出去捡脚印吧。于是，我们来到了街上。

捡脚印是怎么回事，我一时弄不明白，但凡是主人的提议，我都会完全服从没有异议，这是我和主人之间多年来形成的默契。尽管如此，我心里还是对捡脚印这件事充满好奇，我的主人也非常善解狗意，看到我费力地仰起头来瞅着他，他马上明白了我的意图，详详细细地对我说起了捡脚印的意义。这是人类的一种传说，当一个人死后，他的灵魂会将今生走过的路再走一遍，把自己的脚印都收回去，也就此将自己的一生都回顾一遍。可是我是一只狗，一只狗是不是有灵魂还很难说，所以他得在我临终之前，亲自带我到平常走动的地方来看看，让我有机会跟他一块儿回忆我们相处的幸福时光。我用舌头尖舔舔主人的手背，表示听懂了他的话。我的舌头已经干得没有一点儿唾沫了，碰到什么都火辣辣地痛，可我还得照例行事，这是我和主人交流的重要方式，我不想让他误以为我已经糊涂得连他的话都听不懂了。

正说着，我看见对面楼里的小白狗诺诺来了。它见到我马上像往常一样，用力拉紧了拴狗绳，直把它的主人往我这儿拉。我心里顿时挺烦的，赶快闭上眼睛把头也埋了下去，我不想让另外一只狗在这个时候打搅我和主人，我的时间已经不多了。我们狗是不会隐瞒自己的感受的，从来没有谁见过悲伤的狗假装快乐，或者快乐的狗假装悲伤。诺诺看见我这副样子显然不高兴，连滚带爬地跑过来，还冲我直嚷嚷，难道它看不见我已经形销骨立命悬一线了吗？还是我的主人理解我，对诺诺说：今天三毛不能跟你玩了，它生病了。诺诺听了，挺不情愿地哼哼了两声，扭扭搭搭地走了。我松了一口气，又舔了舔主人的手背。我想告诉他，别让诺诺知道了咱们捡脚印的事情，这是咱们俩的秘密。

捡脚印就是要回顾自己的一生，而我这一生有很多秘密将随我生命的终结被带走了。我的身世对跟我最亲密的主人来说都是一个谜，他曾经多次盯住我的眼睛问：三毛，能不能告诉我，你到底是从哪儿来的？我其实很想回答他的问题，可我不会说人的语言，无法将一个复杂的过程准确地表达出来，于是我的身世就成了秘密。说到这儿，你可能已经知道我是一只来历不明的流浪狗了。其实你要是读过那本《三毛流浪记》的漫画集，一听我的名字，不用我说，你也该想到这一点。

狗是有记忆的，这一点确凿无疑。我至今清楚地记得七八年前的那个晚上，我的旧主人发动了他的小货车打算出门，但他不打算带我去。他不知道对我们狗而言，再没有比不能跟主人一起外出更惨的事了。狗没有时间观念，每一分钟对于我们都是永恒，假如你独自外出，我会以为你永远离我而去，并且因此而沮丧。我当时的感觉就是如此。我叫，追着小货车跑出了主人居住的那条巷子。主人发现了我，停下车叫我回去，我假装扭头往回走，等他重新加速前进，我又跟在后边跑去。这一回，我没敢叫，主人也没发现我，等我追着汽车尾灯跑到了大街上，才知道大事不好，满大街跑着无数亮着尾灯的车，我完全分不出哪一辆是我主人的小货车了。

　　我慌了神，在大街上东一头西一头找不着北地乱跑，货运大卡车的强光灯把我的眼睛照得白花花一片，根本不知道家的方向在哪儿。我的身上沾满了泥巴，累得哈喇子不停地流，很快就成了一只流浪狗的怪模样。我跑呀跑呀，为了用鼻子嗅到家的气味，鼻头都碰破了。我想这下我肯定只能与街上的无主狗们为伍了，以前我坐在主人的小货车里，看见它们皮毛不整地在车缝里穿行，总会替它们悬着心，没想到我的任性在一瞬间就将自己名花有主的幸福生活给断送掉了。我这个后悔哟，连肠子都悔青了，真想号啕大哭一场。可是，又有谁能听到一只狗的哭泣呢。

　　正在我一筹莫展的时候，一辆紫红色的旅行车停在了我的近旁，上边下来一男一女，大约就是人们所说的夫妇俩吧。黑灯瞎火的，我也看不清他们的脸，只听见女的说：这只小狗慌慌张张的，肯定是找不到家门了。男的接着说：那咱们把它带回家吧，不然它非被大卡车轧死不可。女的说：咱们怎么能捉得住它呢，它会认生的。男的说：试试再说吧。他吹着口哨接近了我，手里拿了一个大塑料袋，我明白那是他见我浑身是泥，怕我把他的车弄脏喽。我站在那儿没动，只犹豫了一小会儿，就决定了不逃跑，我已经跑不动了，也不知道要往哪儿跑，而且我凭着一只狗的直觉判断出这是两个善良的人。后来发生的一切，证明我的决定是正确的，要不是我那么主动地循着口哨声跳进了袋子，说不定早就葬身车轮之下了，哪里还等得到捡脚印的这一天。我后来的主人总爱向朋友介绍说，三毛是一只并不太聪明但非常本分的狗，对这个评价我有点不满意，因为在大事上我从来不糊涂，跟错了车灯纯属意外。

　　就这样，我被好心人用塑料袋拎上了楼，心里还是七上八下的。我担心他们只是一时冲动把我领回家，等发现养一只狗其实给自己增添不少麻烦，又会改变主意。果不其然，我的担心很快就被应验了，问题并不是出在人，而是出在一只猫。

还没进门我就闻到了一股猫咪的气味，一种叫我们狗闻着不那么舒坦的气味。照理说，狗和猫是被人类驯化得最早也最成功的动物，交往的机会也特别多，可是关系一直不怎么融洽。我觉得这个责任主要应该由猫来负，因为比起我们狗来说，猫们心眼儿小，诡谲多端，还动不动装出一副矜持的样子，让人们认为它们比我们个性独立有主见。猫对狗总怀有很强的戒心，特别是当一只猫已经获得了主人的宠爱，它拼了命也不会再让一只狗进入这个家庭，那样很容易导致它失宠。

很不幸，劫后余生惊魂未定的我，碰见的正是这样一只讨厌的猫。这只胖乎乎的白猫，

其实也不是什么名贵纯种猫，只不过长得还算漂亮罢了，可是仗着它跟主人们已经一起生活了十多年，那家伙自我感觉好得就像这个家里的国王。它一看见我，立马大声嚎叫，全身的毛唰唰地竖起来，眼睛里边露出绿色的凶光，还悄悄把它身上最有威力的武器——几只尖尖的指甲给伸得长长的，一看就是个难缠的主儿。让我郁闷的是，那两个好心人没看出他们的猫对我满怀恶意，还以是我把它吓成这样。其实你想想，以我这个不明不白的身份，这副失魂落魄的样子，还能对它有什么威胁，想巴结它还来不及呢。可人们总是容易感情用事，以他们跟这只猫的交情，不可能不向着它心疼它。猫的女主人把它抱在怀里，一个劲儿安抚它，可它就是不依不饶，直闹到我一退再退，在墙角里把头埋在双爪中间一动不动才稍稍安静了些。我知道，在这两个好心人还没决定如何安顿我之前，任何一点对这只猫不友好的表现都会不利于我自己。果然，我听见那两个人在商量，大意是先把我放在家里养两天看看，要是猫咪能接受我就再好不过，万一不接受就另找一家人家。我用眼角瞟了一眼白猫，发现它也在竖起耳朵听主人们说话，这可真是急死我了。你别以为我们不会说人话就听不懂人说话，这只猫跟他们一块混了十多年，都快成精了，它要是知道主人们打算以它的态度来决定我的去留，还能有个好？

当天晚上的安排还算叫我满意。他们给我洗了澡，又给我吃了一根火腿肠，虽然我的肚子已经饿得前胸贴后背了，吃火腿肠的时候还是尽可能克制

自己，一小口一小口地咬，以防他们觉得我不懂事。睡觉前他们做出了一个令我意外的决定，把猫咪关在凉台上，让我在卧室里待着，免得我独自待在陌生的地方害怕，当时我感动得眼泪都快流出来了。我赶快找了一个不碍事的角落卧下，一声不吭，连大气儿都不敢出。床上那两个人很快发出了均匀的呼吸声，说不定已经进入了梦乡，可是我一直在黑暗里睁着眼睛想心事，一整夜都没睡着，一只自己不能掌握自己的命运，而且前途未卜的狗，怎么能安心安意地入眠呢？跟我一样，那只宝贝白猫也没睡着，凭着我灵敏的听觉，我隔着两层门听见，它在凉台上一会儿挠门一会儿喵喵大叫，还在窗台上下跳来跳去。我揣摩那只猫现在一定比我痛苦多了，心里忽然对它充满歉意，本来人家跟主人一起生活得好好的，却因为我的到来打破了平衡。我决定明天再见到它时，不管它怎么凶神恶煞般对待我，我都得友善地回应它，不跟它计较。谁让我是一只狗呢？

那时候，我还不知道自己为什么会这样想。直到我到了后来的主人家里，听他给我念过一些关于狗的书，才知道这是因为我们的天性使然。有一本书叫作《了解你的狗》，里边说：狗的真正天性是天生与他人友善接触的需要，称这种友善为"本能"并不为过，因为我们很难压抑它。书里还以一种叫灵提的赛狗为例，说明狗的天性友善。灵提是跑得最快的一种狗，时速可达到每小时 64 公里，虽然它们生性温和，却从来没有得到过人的抚爱。因为人认为它们作为赛狗不能有情感的羁绊，所以它们除了在赛跑时被放出来外，一生都被关在狭小的笼子里，当短暂的比赛生涯结束后，它们没有了利用价值，又不能当宠物，就全部予以销毁。有一个好心人痛心于这种令人毛骨悚然的运动，专门救助它们，惊讶地看到这些受忽视受虐待，被利用过后就弃若敝屣的狗，仍然以充满信任和友爱的眼神注视每个接近它们的人，表现出一种几乎是超自然的宽宥能力。

还是回到我彻夜难眠的那个晚上吧。我敛声屏气地趴黑暗里，等待着黎明的到来，这时候我多么想念我的主人和他那辆破烂的小货车呀。我常常跟他一块去拉货，陪他一起走过漫长无聊的旅途。虽然他的生活很艰难，但他从来没有忘记过自己对我的责任，每次有点肉荤，他都会省下一些来留给我吃，跟朋友们聚会也从来不会忘记把餐桌上的骨头和肉皮包起来带给我。有的人说，只有富人才会善待自己的宠物，穷人根本不懂感情，甚至不配养宠物，这完全是一种偏见。以我一生的经历完全可以证明，人能不能善待动物，跟他们有没有钱根本没关系，关键在于他们有没有一颗善良的心。可是，我一不留神与我贫穷而善良的主人失散了，我真的恨自己呀。

窗帘后边渐渐亮了起来，我听见那夫妇俩在床上翻身说话，马上跑过去在床边冲他们猛摇尾巴表示问候。这是我们狗对人表示友好最常用的动作，可能是他们的宝贝猫咪从来不会这样表示，这一着居然叫他们喜出望外。那个女的说：这只狗多懂事呀，咱们就决定把它留下来，给它起个名叫三毛吧。男的说：能留下来当然好，就怕猫咪不接受，观察一下再说吧。以后的几天里，他们多次安排我和白猫接触，那只猫非但没有任何和解的意思，反倒因为我睡卧室它睡阳台更加敌视我了。更要命的是，它的表情还发生了变化，不再张牙舞爪，而是郁郁寡欢地远远躲着我和它的主人们，两只碧绿的圆眼睛，闪着一种哀怨的光，别说与它共处多年的主人看了心酸，连我都不忍与它对视了。人类有一种说法叫哀兵必胜，白猫就是哀兵一个。好几天它不光总是一副楚楚可怜的小样儿，还不吃不喝，病恹恹的瘦了一圈。它的主人们沉不住气了，怕它得上要命的忧郁症，急得到处打电话，要找个好人家把我送出去。对这一切我只好认了，谁叫我碰上的这么两个喜新而不厌旧的人，碰上这么一只资深而小气的老猫呢。再说，我不过是一只并不出众的狗，何德何能要掠人之美呀，站在老猫的立场想一想，把我送走也在情理之中。

就这样，我的主人被他们的电话召到了我的面前，从此我成了他的狗，开始了跟他们一家朝夕相处七八年之久的生活。

一开始我和我的主人关系其实并不铁，相互间都有点三心二意。后来我才知道，我的主人应朋友的要求把我带回家，还没有下决心永久收留我。倒不是他不喜欢我，而是因为他多年崇尚的儒家正统思想，在这件事情上成为了他的障碍。儒家的先贤们都赞同一种说法，叫作"玩物丧志"，一个正经读书人，是不能沉溺于那种"左擎苍，右牵黄"的生活的。我的主人是一个严肃的作家，也算得上一个正经八百的读书人，工作写作都很忙，突然间喂起狗来，似乎真有点不伦不类。难怪开初他每天两次下楼去遛我的时候，总是躲躲闪闪不怎么理直气壮，逢到熟人打招呼，也总是解释说，朋友在街上捡了只狗，家里有猫喂不了，放在他这儿寄养一段儿。我看着听着，心里很是不受用，读书人就是有这些毛病，干什么都得讲究个名正言顺，不像我先前的主人，地道劳动人民，想干吗就干吗，自己高兴就成了。我的旧主人带我出门，从来毫不含糊地表示着他对我的热爱，有时候还当着别人亲我呢。

于是，有好几次一种寻找旧主人冲动支配着我，乘我的主人正跟旁人寒暄，瞅个空子我撒腿就往大街上跑，幸好都被我的主人及时发现，又把我追回来。从此，他遛我总不忘给我戴一条链子，以防我再次走失。

我的表现说不定让我的主人以为我是个不知好歹的家伙。他见我老是心有旁骛，就问我说：三毛，你原先的生活是不是特别好，所以你在这儿不安心呀？我冲他叫了一声，表示他说得不对。说实话，这位主人家里的条件比原先那家要好得多，每顿饭他们都会给我吃肉，还买了专用的草筐给我当床，发现我身上有跳蚤，马上去宠物商店买进口浴液来给我洗澡。可为什么我还是不能忘记我的旧主人呢，还不是因为旧主人在心里对我接受得更彻底呗。我的主人误以为我嫌贫爱富，说明他是头一次养狗，根本不了解我们。

我真想把一段为狗做证的话背给他听，那是我和旧主人一块出车的路上，从收音机里听来的，虽然那些话是人历 19 世纪的一个美国人说的，我还是听了一遍就牢牢记住了。他说：不论贫富贵贱，狗永远与主人同在。冬日寒风刺骨、雪花纷飞时，只要能跟随主人，它愿睡在冰冷的地面。它愿亲吻没有食物供它充饥的手，它愿舔舐随无情世界而来的伤口和疼痛。它看顾乞丐入梦，正如他是君王。所有的朋友弃我们而去的时候，它依然忠实如故，当财富消失、名誉毁坏的时候，它依然持续地爱我们，一如太阳在天空运行。当最后的一刻来临，死亡拥主人入怀，不论其他的朋友是否一哄而散，他的坟前永远可以找到他们高贵的狗，头并在两爪间，眼睛里满是哀愁，但依然保持警觉、忠实和真诚，至死方休。

你听，他说得多好！全是我们狗的心里话，那个叫韦斯特的人，如果不是一只会说话的狗，就一定是被上天派来替我们说话的。可是当时，我的主人显然没听过这段广播，就算听过，没有切身体会他也很难相信。因为我离心离德的意图表示得太频繁太明显，我的主人几乎要失去耐心了。他背着我联系了一个想领养一只狗的单身汉，据说那个人特别喜欢狗，郑重承诺要好好待我，我的主人认为那人的家是我更合适的去处。打算把我送走的那天中午，我的主人通知了他的朋友来跟我告别，就是那天晚上把我从街上捡回家的女人。

那女人进来的时候，我的两个主人正在给我洗澡，他们是想把我打扮得干净可爱些，好让新主人对我一见钟情。我发现他们把朋友让进屋来不像往常那样有说有笑，一个个全都沉默不语，那女人更是面有悲戚之色，顾不得坐就拿起电吹风和梳子，动手整理我乱糟糟的湿毛。即使他们没当着我的面议论这件事，我也凭着一些蛛丝马迹，知道自己马上要离开这个家了。但我不能抱怨任何人，这一切都是我自己咎由自取。假如我不乱跑，到了现在的主人家，一心一意跟他们过，也许就不会再有这样节外生枝的变故。事到如今，我除了懊恼还能说什么？

我躺在浴巾里，享受着吹风筒吹出的暖风，想着前途又回到了莫测的迷茫中，心里一酸眼泪就哗哗地涌出来。给我吹风的女人见了，大惊。她用一种哭泣的声音对我的主人们说：你们看，三毛流眼泪了，它肯定是舍不得你们。说着，她自己也哭起来，有几滴泪水都淌到我脸上了。我的两个主人见状迅速交换了一个眼神，我直觉他们在重新考虑我的去留。果然，只过了一会儿，我的男主人走过来，对他的朋友说：要不然就暂时不送它走了。那个女人一听，立马破涕为笑，连声说：那太好了，那太好了。那一刻我突然觉得，碰到这样一个主人多不容易，能为一只狗的眼泪收回成命，说明他是一个从善如流的人。屋子里沉闷的空气霎时变得轻松起来，他们三个人都围着我，盯住我仍然泪汪汪的大眼睛仔细端详，一次又一次惊叹说，没想到一只狗居然会哭。

我庆幸自己是一只会哭的狗，庆幸我碰到的人都这么善良，这么重视一只狗的感情。按我的推断，其实所有的狗都会哭，只不过如果它们遇人不淑，流再多的眼泪都无济于事。

我被留了下来。感动之余，我决心克服自己动不动就想逃跑的坏毛病，死心塌地跟着我现在的主人。我心里当然也特别感谢我主人的朋友，她跟着我一齐哭，肯定比光我自个哭效果更强烈，这等于在关键时刻助了我一臂之力。要知道，我们狗的天性里，从来就有一种滴水之恩涌泉相报的习性，对有恩于自己的人，我们会永远牢记在心。这一点，在我身上得到了最真实的印证：从这儿以后，不管在任何情况下，我对主人的朋友和她丈夫都特别亲热，要是他们到我家来，我准会激动得满客厅狂跑，从这个沙发跳到那个沙发，尾巴摇得像风车，直到腰都快扭断，气也喘不过来还欲罢不能。

我的表现为自己争得了稳固的地位。通过这次一波三折的事件，我和主人之间若即若离的状态得到了迅速改变。他忽然间就放弃了从书本上读来的人生说教，在感情和理性两方面都彻底接受了我。这件事说明，人的亲历经验永远比抽象的教条具有说服力，即使是一个被人们称作真理的东西，对每一个有着不同体验的人来说，作用和效果都是不一样的。总的说来，我的主人是一个理智型的人，但他的职业要求他必须注重自己的感觉，否则就没法写出有个性的作品了。一旦我的主人克服了所谓的文化心理障碍，我们的关系立马就变得铁瓷铁瓷的了，以至于当他们一家到乡下去建立第二居所，都没再动过任何要把我送走的念头。当然这里边也体现了我的女主人态度的转变，她本来是一个爱清洁仅次于爱丈夫的人，我的到来给她增添了不少烦恼，掉毛，流哈喇子，趁他们不在家跑到床上去捣乱，闹肚子的时候还可能在不该污染的地方拉上一摊，可她都渐渐认了账，从半推半就接受我，到心甘情愿带我走。这意味着我将和我的男女主人一起，每年早春到北方乡下去，每年深秋回南方都市来。这种新鲜有趣的生活，别说是一只狗，就是正儿八经的人又有几个能过得上呢。

我们要去的乡下挺远的，隔着山隔着海，得先坐飞机后坐汽车，才到得了。这对我来说，是一次次非常考验，每次都得折腾得死去活来。首先我得去打防疫针，拿上兽医开出的免疫证明，才能到机场货运处去办理托运手续。去机场的路上，我的女主人都得给我带着水盆和一瓶清水，还有一只结实的塑料袋，因为我有个爱晕车的毛病，说不准什么时候就得下车呕吐一番。接下来，我得怀着万分惊恐的心情，跟主人们分别几个小时，他们坐客舱我坐货舱。货舱里没有窗户，黑乎乎的，噪声特别大，有时会有一两只同样被装在笼子里的小狗小猫，跟我一路同行，有时就我一只狗，或许还有几个充了氧气的大箱子，里边都是些不能与我进行交流的基围虾和石斑鱼，那种寂寞和恐惧可想而知。

其实我的主人每次把我托运之后，心里也总是忐忑不安的，他比我更加清楚，我的每次航程潜伏着生命危险。因为鲜活物品的货舱里，需要输入氧气，万一哪天航空公司的地勤玩忽职守，就可能把里边的动物统统憋死。报纸上登过好几次这类新闻，说某月某日某地至某地的飞机货舱给氧不足，导致几十只前往参加全国宠物比赛的名贵猫狗全部死亡。我的主人最担心这种情况在我身上重演，明知我出站要比他们慢很多，还是一下飞机就以最快速度跑到提货处去等我。一般情况下，他们得在栅栏外边翘首企盼个把小时，才能看见货运员慢吞吞把我用电瓶车拉出来。有一次，我被出发机场的货运员给拉下了，没有搭上主人乘坐的那班飞机，直到下一班才把我装上去。事后我听说，我的主人急得要命，到处打电话查询我的下落，愣在机场等了好几个小时。不用我说，你都可以想得到，当我们主宠相见，那种失而复得的感觉有多强烈。而这种失而复得的经历，只会使我们相互更加珍惜对方。我的主人对我说：三毛，你知道我们有多担心你吗？你是冒着生命危险跟着我们旅行呀。我摇晃着尾巴，舔舔他的手，表示我完全知道。有一个德国驯犬师曾用"心有灵犀"这个词，来形容狗对人类情绪的感应能力，认为很少有动物能像狗一样解读人的思想，对人们最细微的表情或情绪变化作出反应。对于我来说，只要能跟主人不分离，冒多大的险都没关系，别说只是有惊无险的旅程，就是真的需要为主人付出我的生命，我也在所不惜，历史上无数狗先烈，不正是以舍命救主的故事名垂青史的吗？

闲话休絮，我现在得要说说我的乡村生活了。

我是一只生在城市长在城市的狗，根本不知道乡村是怎么回事。到了那儿我才大开了眼界，那地方原来跟我生长的都市大不相同。比如说，那儿山多水多树多鸟多，房子少路少车少人也少，永远不会有城市里那些乱七八糟的声音，那些一惊一乍的人群，空气新鲜得就像婴儿刚出娘胎的哭声，不管是人是狗，闻一闻就感到精神振奋。我主人的屋子在一个大水库旁边，我每天都有很多时间站在阳台上看风景，那风景早早晚晚晴晴雨雨变幻无穷，叫你永远看不够。初来乍到，我几乎时刻处在亢奋状态下，看见什么都大惊小怪的，山洼里冒出来的炊烟，水面上游来游去的木船，扑噜噜飞起来的惊鸟，明晃晃从天边升起来的月亮，都能引得我莫名其妙地大叫大喊，哪怕是发现了一根眨眼间从泥土里钻出来的竹笋，两朵被太阳光一照就嗖嗖开放的花，我也忙不迭狂吠拖着我的主人来看。我的主人温和地笑着，拍着我的头说：三毛，你真是一只城里狗呀，这么乱喊乱叫，当心要被乡下狗看笑话。听那话的意思，是说我见识太少。这我可不服，那些乡下狗见过炊烟见过飞鸟见过竹笋见过木船，可它们肯定没坐过飞机没坐过汽车，想不到城市里的大楼高得差不多能顶到云彩，住在里边的人上上下下都得坐电梯才行吧？

话虽这么说，可我在乡下的确闹过好几次笑话。

有一次是为了一头大水牛。那天我跟主人到农民家去串门，看见了一种我以前从来没见过的庞然大物，正在水田边慢悠悠地吃草，头上两只犄角弯弯的，肚子大得像个吹足了气的球，尾巴在屁股后边一甩一甩的，别提有多神气了。我跑过去冲它叫，它用一只睫毛长长的大眼睛眯缝着瞥了我一眼，就像看见了一粒灰尘似的，连一秒钟的停顿也没有，就又低头去吃草了。这家伙的傲慢态度可把我惹火了，我两条腿的主人都不能无视我的存在，你一个四条腿的动物怎么这么牛气呢？这也要怪我的主人没早点告诉我它叫大水牛，牛气牛气本来就是人家的专利，我要知道也不至于那么放肆了。人们总爱说，无知者无畏，这话用在我身上倒挺合适的。仗着我们一家是这个乡里的客，我的主人和我走到谁家都能受到热情的款待，我不知死活一下子冲到水牛面前，更加理直气壮地冲它叫起来。大水牛开始还不为所动，继续一口一口嚼着它的青草，直到我冲到了它的鼻子尖跟前，碰着了它吃草的舌头，才把它的牛脾气给撩发了。它哞的叫了一声，声音大得把我的耳朵都快震聋了。还没等我搞清楚是怎么回事呢，它忽然抬起左前蹄，只轻轻一点，就让我弱小的身体在空中划出一条抛物线，落到下边另一丘田里去了。我在泥里边挣扎，听见主人惊慌失措的呼唤，才知道我刚才干了一件多么愚蠢的事情。幸亏它那一蹄子没把我踢出个好歹，但从此以后我看见水牛就赶快绕道而行，或者站在一个它根本够不着的地方，狂叫几声给自个壮壮胆儿。

话说回来，在乡下我害怕的也不过只是水牛一族罢了，其他的动物比如土狗们还害怕我呢。这是因为我的毛又长又卷，土狗们看见我，正好比中国人看见了金发碧眼的外国佬，有一种稀奇古怪的感觉。所以这乡里的土狗，不管是黄是黑，是大是小，见到我远远打个招呼就赶忙跑开去。有一回，我的主人家里来了一个外国客人，我们陪他去山里的农民家做客，所到之处，乡里人都把他当猴把戏，推推搡搡跟前跟后地看，只是笑又没什么话。他们说自从日本鬼子被赶走以后，这地方从来没来过外国人，这回总算看着了。乡里狗跟乡里人一样，把我也当成猴把戏看，在我身边撩撩打打想引起我的注意，可我一跑过去搭腔，它们又立刻像箭一样飚得远远的。洋人和洋狗一块儿在深山农户家串门的场景多热闹，如果不是亲眼所见，你想都想不出来。

另一次是为了一只漂亮的野鸡。在一个暖洋洋的春日里，我的两个主人带我到山里去看一位老农民。到现在我也想不明白，那个白胡子老头干吗要孤零零独自住在这么远的地方，连个邻居都没有。可是我的主人最爱到这样的人家去串门，好像越偏僻的地方，越能找到他感兴趣的对话者似的。刚出门的时候，基本上是我领着主人往前走，欢天喜地连蹦带跳，到了往回走的时候，我就有点力不能支了，跌跌撞撞跟在后边，连把一条小尾巴举起来的劲儿都没有了。好久以后，我这副狼狈不堪的样子还被主人们不断当成笑料，学给他们的朋友听，说看见我把尾巴耷拉着夹在两腿中间的形象，才理解了

"夹紧尾巴做人"这句话的含义。

当时，也是恼火他们不停地拿我开心，我几次拒绝了他们想抱着我走一段的企图，坚决表示要自己走回家。正在我努力想法重新振奋精神之际，突然看见一只红头发绿尾巴的野山鸡，从我们前边一飞而过，我觉得这正是表现自己的好机会，想都没想就一跃而起，朝那个家伙扑过去。要是在以往，这点距离肯定不在我的话下，一扑一个准儿，这一天的情况有点特殊，我的四只脚刚一离地，就发现野鸡飞起来的地方是一个山坳。你知道山坳是怎么回事吗？专指地面突然在某处笔直地塌下去几米十几米几十米不等的地方。说时迟那时快，想转身已经来不及了。我只觉得自己的身子腾了空，风在耳边唰唰地吹过，一个前滚翻就落到了山坳底下去。这真是尴尬狗偏逢尴尬事，我吓得在坳下边呜呜直叫，主人们急得在坳上边团团转，最后我的女主人顾不得她一贯举止端庄的风度，攀着一根藤把自己放到坳底下，再抱起我由男主人把我们拉上去。

你想想，这对于一只自认为身手敏捷的狗来说，还不是奇耻大辱呀。羞愧难当的我，当时就暗暗下决心，一定要寻找机会回报我的主人们，能在他们遇到危险的时候挺身而出。

有一天，机会终于来了，我看见我的主人们，不知怎么搞的，一块儿掉进了我们家院子外边的大水库里，在里边一劲儿乱扑腾。我早就听说过，这个大水库有六十万立方蓄水量，最深的地方，水深有上百米呢。别说人了，就是我们天生会游狗刨泳的狗们，下到水里还会心惊胆战呢。当时我急得在岸上来回来去跑，狂呼乱叫，想把旁边学校的老师们喊过来救人。可是，叫了半天也没人搭理我。我的主人们见我着急的样子，也跟着一块起哄似的高声呼叫，我急得糊里糊涂，压根没判断出来他们是在假装被淹逗我玩儿。我一个猛子扎进水里，拼命向我的主人们游去，我游泳的姿势很不标准，小尾巴翘在水面上活像一支小旗帜。他们这下才被我的真情打动了，赶快游过来把我托住对我说：三毛，我们在游泳呢，你着什么急呀。由于报恩心切，我又一次贻笑大方。

好了好了，可能我爆料也爆得太猛了，很可能会让人得出一种错觉，好像我除了会狗拿耗子管闲事闹笑话，对主人一无用处呢。

不过一提起狗拿耗子的事，倒叫我自豪感油然而生。实不相瞒，本狗的确曾经成功地替主人拿下过七八只溜进屋里的耗子，备受女主人夸奖，因为那些耗子不光偷吃她的东西，还把纱窗纱门都咬出了大窟窿。当然这都是黄咪咪没到我家之前发生的事情，自从它来了以后，我就再也用不着费神看守耗子了，每天的工作不过是在吃饱喝足之后，听到院子里有什么动静的时候，吼上几嗓子了事。偶尔，主人们在院子里挖地种菜或者给果树上肥，屋子里的电话响了，我也会及时跑出来，通知他们回去接电话。

说到黄咪咪，我不得不再唠叨几句。它是我的好朋友，一只长着漂亮黄白花毛，素质很好也很自尊的乡下土猫。它刚来的时候虽然个子小极了，我还是对它怀有戒心，因为老家的那只胖白猫，曾经深深地伤过我。

可是，你别忘了，我们狗是特别宽容的动物，况且这些年，我的主人也一直教导我，为人要厚道，别说记仇，就是你有恩于人，人家恩将仇报你都不要在意。基于这种想法，我提醒自己不能以彼猫之道还治此猫之身，那样太不讲道理了。我的善意终于打破了有史以来猫狗之间形成的种族界线，和黄咪咪成了最好的动物朋友。我们每天形影不离，追追打打，累了就相拥而眠，别提有多亲热了。

黄咪咪总是玩一些小伎俩，让我憨态百出，比如说，我正在它身后追得紧，它突然一个强力弹跳就上了楼梯，在上边居高临下喵喵叫着，要是主人夸奖它比我聪明，它就会更加趾高气扬，有时候，还没大没小用前脚掌在我的脑袋上拍来拍去的。对此，我从不计较，论年纪我比它大了十来岁，论资历我也比它深得多。而且还有一个让我最不愿意明说的事实，是我的主人一直比较偏爱我，每次进城买东西，总是带着我不带它，夜里睡觉，我睡主卧室它睡门厅里，特别是每年冬天，我跟着主人们坐飞机回南方过冬，黄咪咪只能留下来，帮我们看家，以防耗子们趁家里没人搞破坏。虽然主人会专门找人来照看它，但一想起它要在整个风雪交加的漫长冬天，孤独地生活在空荡荡的院子里，直到来年春天才能与我们相逢，我心里总有些不落忍。

所以我从来不会嫉妒黄咪咪，相反还总是不失时机抬举它。黄咪咪是只很有心计的猫，最大的爱好是替自己评功摆好。有天早晨我发现，台阶上有一些老鼠或壁虎尾巴，还有麻雀腿等等小零件，很整齐地排列着，知道这是黄咪咪头天夜里的战果记录，就非常夸张地大声叫嚷，好让忙着打太极拳或者浇菜园的主人们，都注意到这一点，吃早饭的时候，给黄咪咪加鱼奖励。

我跟黄咪咪的友情，还顺带改善了我跟宿敌老白猫的关系，当我每次回到南方去它家做客，总是千方百计向它表示建立友好外交关系的愿望，经过几年努力，我发现它的态度已经变得越来越温和平静。现在我们如果相遇，会保持一定距离相互凝视，然后发出一些问候的信号，那是人们听不懂的。

我是不是已经说得太多了？

要知道一个生命，不管是人还是动物，当他们用临终的眼打量这个世界，会比寻常时间多出一些说不完道不尽的感慨。我的情形就是如此。想到好朋友黄咪咪的时候，我的心底里不由得涌起一阵深深的遗憾，那就是在去年我们离开乡下的时候，我还不知道自己的生命将在下一个春天来临之际结束，而黄咪咪呢，也是按照它几年来的习惯，一发现主人们开始整理行装，就迅速与我们疏远，到了我们要走的那天早上，趁着天没亮就找个地方藏起来，坚决不跟我们当面道别，这使得我和它的永别变得匆匆忙忙。

我想，当我的主人们再次回到乡下，黄咪咪发现汽车上所有的人和物品都卸了下来，唯独不见了我的身影，它一定会很伤心也很后悔的。说不定，它还会哭呢。

正在胡思乱想，我看到我的主人眼睛里，有一些亮晶晶的东西在闪烁，我知道那就是被人类称作眼泪的东西。在此之前我从来没在我的主人眼中看到过这种东西，因为他是一个成熟的而且是爱笑的男人。这样的男人总是把眼泪看得很重，爱把他们对眼泪的吝啬解释成男儿有泪不轻弹，当然如果他们觉得某件事情值得自己挥洒泪水，也能找到借口来遮掩一下说，无情未必真豪杰。这就说明，要让一个男人流泪不是那么容易，想到这一点，我那颗已经处在跳跳停停状态下的心脏，像打了强心剂似的，激动得一哆嗦。

要知道，我只是一只狗，并且只是一只说不出属于什么犬种的杂串儿狗，小动物医院的兽医们，也只含糊地在病历上记录为疑似马尔济斯犬。说起来惭愧，直到寿终正寝的年岁，我还没学会任何向人邀宠的把戏，比如作揖打躬，站起来转圈什么的。我的主人对我的劣贱的血统一点儿也不在意，对我的无能也非常宽容，这其实挺不容易。我见过不少爱狗的人，只爱品种名贵的狗，像我这样的杂种狗，他们看都不会看上一眼。还有的人，总是强迫自己的狗做一些高难度的动作，一有机会就要求它们展示绝招，殊不知为了这几声廉价的喝彩，我们狗要忍受多少违反自然生理状态的痛苦才能练成。我真庆幸自己没碰上那种虚荣的主人。

我的主人总是堂而皇之地带着我进入一些人们认为很体面的场所，除非万不得已他才把我独自留在车里，他的朋友们曾经嘲笑他说：你又不是没办法弄一条名犬来养，干吗老是带着这么一只难看的破狗到处走？当时我真是羞愧难当，恨不得把地面刨个洞钻进去，以免给我的主人丢脸。好在我的主人不怕他们嘲笑，还非常坚决地反驳他们说：它怎么难看了？你瞧它的眼睛又黑又大，目光天真纯粹得像个无邪的孩子，我觉得它挺漂亮。对我的无能他也很巧妙地替我担待了，说他从来不教我做那些杂七杂八的动作，它愿意怎么待着就怎么待着，顺其自然最好。我的主人说到做到，从来不给我穿花花绿绿的小衣裳，给我扎小辫，或者把我的毛剃出奇里古怪的造型，他觉得那样我会不舒服。站在狗的立场看，这样从不把人的意志强加给我们的主人，才是真正疼爱我们的主人。

回想起我的主人刚接受我的时候，逢人就要解释他养狗的理由那种尴尬的样子，我总是抑制不住满心的自得：是我改变了我的主人。

说来可笑，在这个家里待久了，我自认为自己渐渐变成了一只爱好文学的狗，对我的主人写什么怎么写都很关心，逢到他的文学朋友来找他聊天，我总寸步不离地跟着，趴在他脚边假装睡觉，其实时时在竖起耳朵听他们谈话。慢慢地我就了解到，比起主人早年那些只着力表现人类社会的矛盾与现状的小说，他现在写的东西越来越多地加入了关怀大自然的因素，我觉得这肯定跟我的参与有着密切的关系，要是他从来不曾喂我这样一只通情达理的狗，不曾跟我建立起无须用言语表达的特殊友谊，就不可能像现在这样深度关切包括我在内的一切非人类生命的存在，在我们身上投注那样的目光和情感，也就不会有那些被称作神来之笔的好感觉了。在他的笔下，架上的丝瓜成了天上吊下来的小话筒，向人们传递着神秘的信息，被人剪去了黄叶的葡萄藤，忽然发起了小姐脾气以示抗议，主动脱光了全部的叶子自杀，山上的风，天上的云，林中的鸟，全都成了有声有色有情有感的东西，跟人和他们的世界连成一片。这让我感到特别亲切和高兴，这说明他正从人类中心的自大中挣脱出来，用他的笔为我们伸张正义，这样的同盟者和代言人，不正是我们在被人类的歧视和挤压下所热切盼望的吗？从这一点说，我已经有了足够的理由为自己感到自豪。

一转眼，那两个好心人把我从街上捡回来送给我的主人，已经七八年了。人们总是说，久住难为人，我想他们的意思可能是，人类之间的感情往往在相熟之后变淡变浅，亲密熟悉更有可能是厌恶和鄙视的开始。但狗和人的关系正好相反，一只诚心诚意热爱主人的狗，对主人的情感会随着时间的推移而成长，更强烈更深沉愈久弥坚。这一点在我和我的主人之间，已经得到了完全的确证。如果说还有点什么不足的地方，就是我们的生活里还没有发生过富有戏剧性的故事，因此我也没有机会向主人表达惊世骇俗的忠诚，就跟我听说过的那些狗类先烈一样。

有一个故事发生在人历20世纪中期。加拿大北部某岛屿的一个医生，在应危重病人请求出诊的路上，他的四条大狗所拉的雪橇突然因冰裂掉进了深海，四条狗像商量好了似的，一齐游到他周围，将他顶上浮冰。医生全身湿透，他意识到如果不能将衣服迅速烘干，他将被活活冻死。他想到了杀狗。但是，这四条狗救了他的命，他怎么下得了手呢？寒冷最终还是使他下了决心，为了活命不得不杀狗取暖。他用锋利的手术刀，一口气连杀三条狗，当他把利刃刺向第四条狗，也就是跟他最亲密的那条狗贝克时，贝克猛地跳了起来，但它并没有扑向医生，只是不停地跳跃，躲避他，喉咙里还发出既悲哀又愤慨的呜咽声。医生看到贝克在这种情境下，还不肯做出叛逆的举动，心里非常感动，但仍然担心它亲眼看到了最亲近的同类被杀死，难保它永远不生二心。贝克见医生一步步逼近，纵身跳下冰冷的海水，向另一块浮冰游去。它不愿就此被杀死，也不愿伤害主人，所以它唯一的选择只有逃跑。爬上了浮冰，它抖掉身上的海水，站在那儿遥望着自己的主人用刀把狗皮剥了下来，将还有点温热的狗皮裹在身上，又拿出酒精浇在狗的脂肪上，用火点着，烤了几块狗肉吃了下去。这时一阵大风吹来，医生所在浮冰向外海漂动的速度加快了。浮冰如果离冰原太远，会被汹涌的海浪打碎，他也会掉进冰冷的海水里冻死。这时，一直在远处注视他的贝克，又一次跳入海里，迅速游到他的近旁，一边用头顶着浮冰，一边在水中猛蹬，想制止浮冰向外海的漂移。医生感动得无以复加，同时生出深深的愧疚。当他看见贝克的动作渐渐变缓，鼻子、嘴巴发白，知道它被冻得快不行了，赶紧伸手想把它拉上来。然而狗一摆脑袋，躲过了他的手。他知道狗的脾气，只好暂且由它。在人和狗的共同努力下，浮冰终于靠上了冰原。医生赶紧将贝克拉上来，想把狗抱在怀里，用自己的体温去温暖它，却又一次被挣脱了。贝克艰难地站了起来，歪歪扭扭地向远处走去，站在那儿远远地望着他。不久，一架沿海岸线巡逻的直升机，发现了余烟缭绕的火堆旁昏迷过去的医生并将他救走。当医生在舱里醒过来，马上要求警察送他去抢救他的病人。晚上，疲惫不堪的医生回到家里，忽然便听到大门口有响动，他疑惑地打开门一看，原来是贝克用前爪挠着门！他一把紧紧地将贝克搂住，失声恸哭。贝克呢，一边有气无力地摇动尾巴，一边伸出舌头来，舔着主人脸上的泪水……后来，医生将他的经历写成稿子投到了报馆，贝克的故事因此成为青史永垂的经典。

我这么说，你可千万别以为我是一只沽名钓誉的狗。当我的身体像一只沙漏，正把自己的生命一点一点漏掉，也就是人们爱用"进入倒数计时"这种抽象语言来形容的时刻，我这么详细地讲述另一只狗的故事，是因为我觉得这个故事里，包含了狗对人类全部的爱、理解、忠诚和宽容，在当今人与动物关系日益复杂的时代，更值得每一只狗每一个人去回味和思考。

我是一只幸福的狗，对于自己的一生，已非常知足和满意，这使得我更加牵挂所有受苦受难的动物伙伴。作为个体，我们有可能因为碰到了一个好主人而交上好运，但这并不能成为整个动物群体在地球上安居乐业的保证。我们的群体已经身不由己地卷入了与人类争夺自然资源的旋涡，我们的生存前途正前所未有地被人类掌控。我听我的主人说过，人类也正在为他们跟动物的关系犯愁，还形成了水火不容的对立营垒。所谓动物问题其实都是人类自己的问题，作为物质的人，他们必须消耗包括动物在内的自然资源，作为精神的人他们必须爱有所属情有所归，他们本身就是一种生命矛盾体。过于强调占有资源的人，会不顾一切利用虐待动物，来满足他们的物质需求；过于强调寄托感情的人，会病态宠爱甚至溺爱动物，来满足他们的情感需求，这两个极端既不是动物的福祉，也不是人类的福祉，说到底其实是一个纸人和自己的影子打架，不会有任何结果。呵呵，这个问题学问太深了，我根本听不明白也说不清楚，只不过鹦鹉学舌而已。可有一点我心里是清楚的，随着这个地球上的人越来越多，我们动物跟人类的关系会变得更加紧张也更加重要。这叫我怎么不为我的动物伙伴们操心呢？

我的体温越来越低了，身体也越来越软了，主人一把我放在草地上，我就像一张被抽去了骨架的狗皮似的贴在地上。当天晚上，我进入了弥留状态，但就是在神志不清的情况下，我也始终保持着一只狗最后的尊严，没有又拉又撒把我主人的卧室弄脏。我的主人一直陪着我，抚摸我的头、我的身子，他还轻声告诉我，等我死了之后，要把我埋在院子里最大最好看的那棵榕树底下。对他的安排，我很满意，因为那棵树就在我们家的窗户下边，躺在那儿，我每天晚上看见从主人书房射出来的灯光，就如同被主人温存的目光注视。我知道，我的身体将逐渐地被土地里的微生物腐败，最终与大地联为一体。我会化作一份小小的养料，滋养我身上覆盖的青草，滋养大榕树上的每一片绿叶。在树上落脚的小鸟，会啄食靠树叶维生的小昆虫，强壮了身子之后飞向远方。在那儿，它可能碰到猛兽，作了它们爪下的猎物腹中的粮食。到了那个时候，我就是青草，就是大树，就是小鸟或者猛兽，我将跟整个大自然不分彼此。我的主人无论在南方在北方，都能嗅到我的气息，都能听到我的脚步，那我还有什么遗憾呢?

　　我怀抱着主人的一只鞋，在主人的抚慰下沉沉进入了长眠。

　　我对他说的最后一句话是：我是一只幸福的狗，我要为此感谢你。

短篇小说

左手

　　可以肯定这幢楼房里的每一个人都听见了那一声枪响，"嘭"，像启开了一个啤酒瓶子。

　　没人知道那就是枪响。在和平环境里居住得太久的公民们对枪的声音已经陌生。我们全家人就是在对门的关先生被子弹射中之后开始吃晚饭的。我拿出了一瓶中国红葡萄酒，倒进一只高脚杯里，妻子说：不年不节你喝什么酒？她讨厌酒，对我的饮酒有严格的限制。我讪笑说：馋了。女儿把一根指头伸进酒杯沾湿，举起来说：多像血呀，爸爸喝血，吸血鬼。自从她看过一部僵尸吸血鬼的美国恐怖片，总爱把红颜色的东西跟血联系起来。妻子迷信，为此十二分埋怨我，同时禁止女儿再跟我去看资料片。在关先生的案子调查期间，我常常无端回忆起这个情节。不年不节我怎么就不管妻子的禁令非喝酒不可呢？好像是为了庆祝关先生被害似的。关先生是个好人。

　　"这么说，你们听见枪响了？"公安局的侦缉队长问我。

　　"也许听见了。"

　　"也许？"

　　"好像听见了一声完全不像枪响的枪声。"

　　我一急，说话全成了绕口令。

　　"后来呢？"

　　后来。后来我慢慢就着非常可口的黄焖鲤鱼把一满杯红酒喝得精光。后来门边传过来一种我们以为是猫磨爪子，其实是关先生叫门的声音。爸爸，血！后来我听见女儿蹲在门口说。我以为又是恐怖片后遗症作怪，也不理她。后来女儿举着一根真正沾上了血的手指头走过来，我和妻子正被电视小品逗得前仰后合。后来我们跟着女儿走到门边，果然看见有一片血痕正迅速地从门缝里渗进来，把地毯洇湿了一大块。后来我们打开门，只见关先生横在我家门口，身子浸在血浆里。关先生眼睛向上翻得黑眼珠一点不剩，喉咙里发出呼噜呼噜的响声，嘴角随之一下下抽动。后来妻子吓得尖叫了一声，后来女儿也跟着大声号啕，后来楼上楼下的邻居全出来了，后来报告了公安局叫来了救护车。

"就这些？"

"就这些。"

"你听见他说了什么话吗？"

"没有。"

"再想想。想想再说有或者没有。"

"想想也一样没有。"

"那好，签字吧。"

"再见。"

想想。再想想。关先生说了什么吗？我像中了毒一样每天想个不停。常常夜半更深的，我还把酣睡的妻子摇醒，问，关先生真的什么都没说吗？

"没说！什么都没说！"妻子愤怒地也是坚决地说，然后毅然决然用枕头盖住脸。

可是我刹不住车，我不能不想。关先生肯定说过什么。一个人行之将死而且死于非命，不可能什么也不说。他可能说什么呢？一个被谋杀的人，最想说的话当然是告诉别人凶手是谁。关先生说了吗？很可能说了。是我没听见吗？我离他的脸那么近，应该能听见。我只记得关先生呼噜呼噜的喉音。那喉音里还夹杂着什么字吗？我在关先生被害之后的恐怖的黑夜里，毛骨悚然地想着这些事。终于有一天，我耳边出现了一个与呼噜呼噜的喉音混杂在一起，叫人无法清楚判断的词——左手。

"说了！关先生说了！"我不顾妻子可能表示的愤怒，坚决地将她摇醒。

关先生说，左手。他说了左手。没错，他的确说过左手。不等妻子有所反应，我抢先一口气说。我怕她急于接着睡觉矢口否认关先生说过什么，动摇我的自信心。必须先入为主。

这一招果然很灵。妻子没有像往日那样不容分说打断我的话头，埋头再睡。相反她对我的重大发现非常重视，打开灯，让光线照亮我由于激动发红的脸，盯着我的眼睛问："你没记错？"

"错不了。你知我到底想了多少天才想起这个词，这绝不是信口开河。

汉语的词汇何止千万，我怎么单想起它来了？"

我听出妻子的话里已稍稍露出了一点赞同的意思，心里一踏实，口气也就更加坚决。

"那左手又是什么意思呢？"妻子问。

这回她可是问住了我。我说不上来。我只能接着再想。

左手是什么意思？左手跟凶手有什么关系？我一夜一夜冥思苦想。我说过关先生是个好人，我要是不把他临终的话回忆起来并且破译清楚，我就对不住他。他是个好人。

"左手！凶手用左手开枪射击关先生。肯定是这样！"

又一天半夜，我把妻子摇醒告诉她。

话一说出口，我们俩同时被吓得面面相觑。这等于我在下意识中已经认定了杀害关先生的凶手。妻子惊惶的神情更证明了这一点。因为作为关先生的睦邻，我和妻子太知道关先生这句话的指向了。

"你不是说，你一直觉得关先生死的时候好像是在笑吗？"我问妻子。

"不止我一个人，楼上刘先生楼下丁老太都这么说。"

这就对了。关先生在笑，这是他的习惯。他在说起儿子的左手时总是要笑的。关先生一向孤笑寡言，只有在说起他儿子的时候才难得一笑。那回他儿子打掉他一颗牙，他怎么说来的？左手，他用的左手勾拳。不是也这么笑了一下吗？

我把这个想法告诉妻子，她一头钻到了枕头底下，战战兢兢说：你是说小关杀了他爹？

我没出声。我没有足够的胆量说关先生准是他儿子杀死的。人命关天非同儿戏，这个是我们每个人都无师自通的常识。我只好对妻子说：让我再想想。

一切都得从头想起。

关先生是我的睦邻，严格说是我父亲的睦邻。他搬来的时候我才十五岁，我住的这房子还是我父亲的家。我十五岁那年，我们家对面搬来了一个带着孩子的单身男人，就是关先生。关先生家东西很多，秦砖汉瓦字画陶瓷青铜器皿，都是现在人们很看重的，当时被一般人当成破烂的玩意儿。关先生祖上是工艺匠人，属于经常出入宫里的档次，到了关先生父亲一辈儿，已经迷上了收藏。关先生子继父业，比父亲有过之无不及，虽然他能写会画薪水不低，可也经不住长年累月收购藏品。日子清苦，把关太太着实冷落了，于是抛夫别子另寻高枝。关先生搬来的那年，他儿子两岁。两岁的儿子是关先生的命。

正是他们搬来的这年，关先生两岁的儿子险些夭折。也是因为我们全家都尽着心地帮关先生照料孩子，所以两家得以亲近。

关先生被子弹击中的那一刻肯定会想起那天晚上。

那天晚上太热，儿科病房里一架老式电扇像直升机的螺旋桨，把白炽灯的影子搅得褴褛不堪。经过大半夜的抢救，儿子已经不再像条搁浅在沙滩上的鱼那样费力地喘气了。关先生觉得自己的呼吸也跟着舒畅了许多。他认为儿子得救了。他认为天一亮就该去买些上好的水果来款待救命的医生护士，等儿子出院再请他们吃饭，要备几瓶好酒。

关先生正在想入非非，一个年轻的女医生走过来对他说：你要做好思想准备。

关先生愣了愣，就开始大声抽泣。他知道这句话的含义。作为本家族一脉单传的男丁，他已经不止一次被告知作好思想准备。在爷爷伯伯爸爸叔叔以及其他直系非直系亲属命若游丝的关头，医生总把他叫去交代，而且做好准备的结果千篇一律，都是永别。自从儿子住进这间病房，每天早上，与医院一墙之隔的小学校里都要举行升旗仪式，几百上千个孩子都要像念咒似的齐声唱道：准备好了么，时刻准备着……对此关先生敢怒而不敢言，他知道这是革命歌曲。关先生胆儿小。

关先生紧紧握住儿子一只手。

是左手。关先生被子弹射中，并且看见鲜血从自己胸前小巧的弹孔里流出来的时候，肯定回忆起来了。

他回忆起那天晚上的所有细枝末节，那个时刻仿佛就在眼前。他一直握着儿子的左手，那只小小的从未作过恶的甚至完全不具备自卫能力的手，正以令人难以觉察的速度降温，从指尖到指肚到手掌再一分一厘向手臂上扩展。儿子的手臂长不过尺余，全部冷却只是弹指一挥间的事。可就是这一瞬之间，他感到了那代表生命的温度在退却中还带着微微的流连之意。他必须握紧这只手，他觉得这样可以把自己的体温补充到儿子身体里去。

关先生看见女医生的下眼睑与口罩上缘之间有两滴水珠。这情形让他觉得非同小可。一个医生的眼睛要为病人滴出水珠来，是那么不容易。关先生宁愿相信那是汗珠，否则儿子就必死无疑了。天这么热，女医生又在那么尽职尽责地做着人工呼吸，不可能不出汗。当然是汗珠。

　　强心剂直接注入心脏，气管切开直接输氧，所有表示抢救的措施全都非常人道地采用过了。儿子的心跳和呼吸仍然固执地微弱下去，直到完全停止。

　　女医生停下了一起一伏的手。

　　"临床上死亡的概念是心跳呼吸停止五分钟。"

　　她说。她的意思是已经五分钟甚至已经超过五分钟了——你儿子死了。

　　事后他一直很感激聪明的女医生始终没有把这句绝望的话明明白白说出来，因此让他一直不曾丧失信心。

　　"这孩子才刚刚两岁。"

　　关先生对女医生说，声音一点儿也没发抖，直觉从未欺骗过他。"我知道。"女医生说，倒是她的声音有一点抖，"我也有一个儿子跟他一样大。"

　　说着她脸上的水珠变成了四滴或者更多。她又把手放回孩子窄小的胸脯上，重新开始上下起伏的动作。

　　"那就再延长两分钟吧。"

　　那两分钟实际上就是一辈子。儿子在那两分钟里活下来，并且在关先生死后仍然活着，一直活下去。

　　等心搏监视仪上的绿色光点又一跳一跳地运动起来，他的掌心又感到了来自儿子生命深处的温热时，女医生摘下口罩露出一张他认为美丽非凡的脸。那张脸上缀满让人无法命名的水珠，关先生宁愿相信那是泪水。女人的脸常常因为泪水才变得美好。

　　"七分钟！"女医生疲惫不堪地说。

　　关先生听出了"七分钟"后边的那个惊叹号，但完全不明白并且完全没有想要弄明白这个符号的含义。关先生只是将它理解为一种善意的惊喜。

　　几天以后，女医生借给关先生一本讲义，上面解释了呼吸心跳停止五分钟在临床上的意义。五分钟足以使脑细胞大量坏死，病人经历了这个过程后复苏，多半会伴有脑软化等后遗症，耳不聪目不慧或者手脚不灵便。关先生认为女医生借给他这本讲义，多少带一点预先警告的意思。

　　"七分钟"的烙印正好留在儿子左手上。那只在性命攸关的夜晚与他息息相通的手。这只手一直到儿子三岁以后还是四季冰凉,并且软弱迟钝得拿不住一颗红枣一块儿糖。人人都宽慰关先生说,幸好是左手。关先生不这么认为。在他的家族里,祖祖辈辈都把兴衰荣辱端在一双手上,他不能想象一个人假如丧失了手的灵敏还能干什么。关先生发誓要让儿子的左手纤毫不差地恢复正常。他是一个善于锲而不舍的人,锲而不舍是他们家族的习惯。他的祖先一代一代凭着这个习惯,把粗糙的璞玉金锭,把整根的象牙镂刻打磨成玲珑剔透的工艺品,一丝不苟。关先生要像制作一个最完美的作品那样制作他的儿子,在他们家族古老的行当里,任何一件有残疵的东西都一钱不值。

从此关先生开始创作他一生中最伟大的作品——一个没有任何缺陷的儿子。

二十年以后,关先生亲眼看见儿子正是用左手十分灵巧地扳动了扳机,用一颗射向他的子弹,证明了他在这只手上所做的全部努力卓有成效。

在最初的好几年里,关先生一年四季给儿子的右手戴上手套,让他用左手做所有的动作。数豆子翻图书搭积木捡米粒捉蚂蚁穿针搬砖练哑铃写字画画,冬练三九夏练三伏,关先生全都陪着哄着骂着打着,跟儿子一块儿过来了。我们第一次瞧见关先生为他儿子的左手骄傲,是孩子五岁那年。关先生给五岁的小关喂稀饭,小关不爱吃,啪的一声把碗掀飞出去。关先生带着满身满脸的稀饭和被稀饭烫出来的红瘢,一头冲进我们家喊:天哪,他用左手打飞了碗,快得让我防不胜防防不胜防。是左手,左手! 关先生的样子让我见识了什么叫欣喜若狂。

小关上了少年宫的美术班,画的画儿张张写着:小关六岁左手,小关七岁左手,小关八岁左手。关先生鼓励儿子说,苏州有个大书法家,因病右手致残,结果改用左手写字,反而自成一派,每幅字签上"新我左手"更卖得好价钱。

小关十岁的时候,突然不愿意用左手画画写字了,因为他在参加一次书画比赛时用左手写字,招来了一大群围观者。那些孩子一边看一边交头接耳说:瞧,左撇子左撇子。小关说:谁是左撇子? 我才不是左撇子呢! 小关觉得左撇子不是一个好称呼,至少是被人看了稀奇。那些孩子说:不是左撇子怎么用左手写字,用左手写字的就是左撇子。小关看看周围,果然没有第二个人用左手写字。从此小关在学校课余书画小组改用右手练字了,渐渐地用右手写字画画比用左手写的画更好。他第一次把用右手写的大楷字送去参加书画比赛,就得了一张大奖状。那天小关把奖状和得奖的条幅从学校里领回来，高高兴兴给父亲看。关先生本来比小关还高兴，一边看一边频频点头。但是后来关先生发现，条幅的落款没有像以往那样写上"小关左手"。问小关，小关说：这是右手写的呀。关先生听了，简直不相信自己的耳朵。

"什么什么，你改用右手写字了？！"

我听见关先生用变了调的声音喊着，以为出了什么大事，急忙跑过去看。只见小关站在一旁呆若木鸡，脸上一色茫然。

"你瞧瞧，你瞧瞧！"

关先生一见我，就粗着脖子冲我说。

"哟，得奖了，不错不错。棒！"

我不知深浅，以为关先生是高兴得声音走了调，上来就捧场。

"棒个屁！"一贯斯文的关先生居然说了句粗话，把我吓了一跳。"他用右手写的！他什么时候改成右手写字了，我根本就不知道。"

小关委屈得眼泪在眼眶里滴溜溜转，噘着嘴说：

"在学校，人家都用右手写字。"

关先生更火了，扬起手打了小关一巴掌。当了多年的近邻，我还是第一次看见关先生打孩子。

"你还顶嘴！人家，人家都像你一样死过七分钟吗？人家像你一样差点儿废了左手吗？你跟人家不一样！"

小关"哇"的一声大哭起来，一边哭一边嚷："偏用右手！偏用右手！"

"你敢！"

关先生更撩发了雷霆之怒，抄起桌上的砚台就要砸小关。

我忙把关先生拉到我家，端茶倒水地劝他息怒，心中也是万分的不解，左手右手不都是你孩子的手吗？得了奖不都是你孩子的奖吗？关先生大约也看出了我的心思，叹口气说：你是亲眼看见我怎么把他的左手练出来的，他倒好，说换手就换了。等他的左手闲着不用，又退回成早先那样子，他才知道厉害呢！可怜天下父母心，我总算明白了关先生的苦衷。我把这层意思转告小关，希望他仍然改用左手写字，别惹他爹伤心。没想到小关是个犟种，头一歪说：没门儿！

小关说不改就不改，关先生软硬兼施都不见效，无奈之余对小关的右手便格外苛刻起来，而对他的左手宠爱有加。假如小关用右手犯了点小事，比如打了一个碗或者弄点儿墨汁在台布上什么的，关先生总要小题大做大发雷霆。相反要是小关左手肇事，哪怕损失严重得多，关先生也听之任之。小关显然发现了这个规律，并很快学会了利用它报复父亲。每回关先生为难了小关的右手，小关就必定用左手干一件坏事。他用左手摔碎了关先生两只明末清初的内画鼻烟壶一个十二寸的端砚撅断一柄松赞干布藏刀还撕了一幅于右任先生狂草真迹，诸如此类，关先生一概宽容大度地忍让到底。我不止一次看见关先生一边哆哆嗦嗦收拾满地狼藉，一边朝我笑着说：瞧他这左手，还真有力气。事实上，我已经看出在这一片狼藉和小关满足了报复欲之后的可怕笑容里，正深深掩藏着关先生结局的悲剧，可是也无从劝说爱莫能助。一切都像是命中注定的一样，关先生和小关不会改变他们必然的对立。

小关的个子越长越高，用右手写字也越来越好了，后来还代表本市中学生参加了全国少年杯书画大赛，得了一个大奖杯。那只奖杯也是太大太好看了，小关抱它回家的路上，被一群小流氓劫住，挨了打丢了奖杯。这件事让关先生决定送小关去学拳击。关先生说：自古以来就是胜者为王败者为寇。关先生带着小关去求师，巴巴儿送了一尊绿玉弥勒佛像给教头。教头说：你这孩子太弱了。关先生说：正是孩子太弱才有心让他练一套，尤其是左手，左手是落了病的。不到半个月，教头就报喜，说这孩子练拳很上路，左手尤其好使。当天晚上，关先生特地上门，请我代替卧病在床的父亲陪他喝一盅。

在练拳击的事情上，小关倒是与关先生前所未有地一致。他发誓等练好几手之后，要去找那些欺侮过他的小流氓算账。小关已经被关先生培养成一个争强好胜而且报复心极强的孩子。

小关练拳击练得非常刻苦。从此以后，关先生家里到处都是小关的拳套留下的痕迹，门上捅了大窟窿，穿衣镜裂成好几块，关先生只用挂历遮住用胶布粘好了事，从来没听他抱怨过。经年累月，无论是我已故的父亲还是我新婚的妻子，以后还有我小小的女儿，我们一代又一代的耳膜都习惯了关先生惊喜的声音，左手，左手。

那天晚上，关先生听见"嘭"的一响，自己的胸前就应声流出血来，肯定要对小关的出手之快大为吃惊，是惊慌还是惊喜呢？

小关长大成人了，到关先生早先工作过的工艺品厂当了画师。小关心灵手巧完成任务举重若轻，着实给关先生长了脸。成年的小关身材瘦小，不能如关先生所期待的那样高大健壮，关先生就因此大为自责和不安，总说要是小时候将他照看好不得那场病，儿子肯定要壮大得多。像是要赎罪，关先生在小关停止了长个儿之后，背就一天天驼下去，个子一天天变矮，头发稀疏苍白，从一个身量不低的中年人完全变成了一个小老头。

身材瘦小的工艺厂青年画师小关，跟他爹一样孤笑寡言，每天骑一辆到处乱响只有铃铛不响的破自行车，拎一只旧黑人造革包上班下班。自行车后椅架上，长年夹一副进口名牌拳击手套，人造革包里有全套修理电器工具。他对拳击和修理各种电器这两件事有着超乎寻常并且经久不衰的热情。工艺厂的同事及左邻右舍都因此受益匪浅。谁家的钟表电视录音机洗衣机煤气灶热水器甚至空调电脑坏了，只要求他，一律有求必应。熟人工友里有谁遇到麻烦要请小关打架，他也二话不说就去玩儿命帮忙。无论修东西还是打架，完事之后，愿意请顿饭送条烟给瓶酒他都无所谓，什么报酬他都接受，遇到小气的主儿，什么都不给小关也不在乎。对于人们的恭维，小关有时一笑了之，有时连笑也不笑，当没听见。

不知不觉中，小关成了一个莫测高深的人物。

高深莫测的小关拳术一天天长进，成为本市业余拳击队的第一号种子选手，远远近近的小青年都称他"关拳王"，连泼皮们也得让他三分。关先生请全楼的邻居一块儿去看过小关的市拳击冠军卫冕赛。在那场比赛里，小关把对手打得七窍出烟。他左右开弓出拳又快又狠，第三个回合，对方已经趴倒在地，只等裁判数数了，小关还意犹未尽扑过去补了几拳，叫裁判判了犯规方才住手。比赛结果当然是小关卫冕成功。回家的路上大伙一路夸小关，关先生不但不像往常那样为儿子的胜利兴高采烈，反而有点忧心忡忡似的。第二天关先生拿了一张纸条愁眉苦脸来找我，我看见上边写着：出拳总数103，左32，右71；有效点数35，左24，右11。我知道这是关先生为小关昨晚的比赛所作的记录。自打小关参加拳击比赛，关先生每场必去观战而且必作记录。关先生说：这孩子左手还是慢，你瞧，左手一共只出拳32次，还不到右手的一半。我心下说关先生看重小关的左手都成病了，可嘴里却说：也不能光看出拳次数呀，您瞧这有效点数，左手比右手多一倍，左手出拳有效率超过了70%，他还是左手毒呀。关先生听了这话大概觉得还算顺耳，笑笑说：依我看他还得加强左手的速度训练才行，这只手毕竟是落过病的。

关先生死后，我在东想西想的时候忽然想到，那次谈话我怎么会用一个"毒"字来形容小关的左手，而不用强、厉害、有威力一类常用的词呢。大约是小关在比赛中的狠毒劲儿影响了我。我在很近的地方看见小关在击倒对方之后扑上去补那几拳时，两只眼睛透出一束阴沉的没有焦点的目光。我已经从他身上嗅出一股深藏不露的亡命气息，所以这个毒字也就张口即出。

关先生与小关父子俩，一直跟我们家保持着友好的睦邻关系，这种始于我父亲在世之时的友谊，在我父亲去世之后仍然继续着并且有所发展。关先生是个好人，这毫无疑问，对小关我也说不出他到底有哪儿不好。小关对我六岁的女儿特别好，常常画些彩蛋或者塑几个小泥人儿送给我女儿。可是有一天，我提早了一点下班回家，进得门，看见小关正抱着我女儿看图书，居然将一只手放在小女孩的裤子里。我当时气得话也说不出来，只剩下浑身发抖的份儿。小关看见我并不惊慌，放下孩子冲我点点头，没事儿人一样径自走了，出门的时候还回头对我说了声再见。

我不敢对妻子声张，私下去找关先生告状。

我吞吞吐吐把事情说了一遍，关先生听着听着脸就红了，手和脚也不知道要往哪儿搁似的。看他这样子，我真是纳闷，关先生这么一个谦谦君子怎么会教养出小关这么个无赖儿子。我等着关先生说话，他闷了半天突然想起了什么似的问我，他用的是哪只手呀？我对关先生的反应真是大惑不解，事到如今还在研究什么左手右手，难道只要是小关用左手做下的事就任什么都可以原谅吗，要是他用左手杀了人呢？于是我想都没想就恨声说：右手！我想看看这下关先生又该怎么办。

当天半夜里，我听见毗邻的那个家里，一老一少之间爆发了相当激烈的争吵，这是以前从未有过的，小关成人以后对他父亲一直还算孝顺。

"你想拿你爹当沙袋吗？"

"您呀，长短差不多，可惜细了点。不过要真想当，我也可以成全你。"

"混账东西，我怎么就养出你这么个孽种！"

"那您得问我妈去。"

一阵稀里哗啦的响声，接着是一片寂静。

第二天早上，我从窗户里看见关先生仍然提一只菜篮去买菜取牛奶打早点，好像什么也没发生过。直到小关出门之后，关先生才捂着肿起的脸，托一颗打掉的牙来请我妻子替他上药。我觉得关先生这么做的本意是想告诉我他已经教训了儿子，并且效果不佳。妻子吃惊地问：这是怎么了？关先生看我一眼，知道我还瞒着妻子，就嚅嚅嗫嗫说：左手，他用的左手勾拳。关先生说这句话的时候，眼睛里含着老泪，但似乎仍然笑了笑，只不过因为脸肿得太高笑得不太自然。

每次说左手这个词关先生总是要笑的，这是他多年来养成的习惯。

我和关先生家的关系就此疏远，关先生父子倒是一如既往。我有气无处出只能严禁女儿到对门去玩儿。电视机坏了，我也坚决不让妻子去求小关来修，搬到外边的维修部去，既花钱又费力。我妻子还一直蒙在鼓里，因此对我的做法大惑不解刨根问底。我推说求人家地方太多，不想再去添麻烦。我知道要是实情相告，火暴性子的妻子非找小关拼命不可，那我女儿长大了还怎么做人？显然我的话并不能说服她，她是一个处事精明的女人，而且从来对自己的判断很自信。她入木三分地对我说：该不是你背着我跟关家打过什么交道吧？我说没有的事。妻子说没有就好，远亲不如近邻，关家这样的老邻居你可别轻易得罪人家。妻子这么说过之后，跟对门的关系反而拉得更近了，包饺子烙饼或者煮了广式皮蛋粥什么的，她总是不知死活让女儿送过去给关爷爷关叔叔尝一尝。我多次反对无效，只好亲自出马去送，弄得小关老是莫名其妙很警惕地瞅着我，以为我是欲擒故纵或者黄鼠狼给鸡拜年。我妻子对她这些愚蠢的行为还自鸣得意，时不时正做着饭拎上一把勺站在门口，跟对门的父子俩聊得热火朝天，锅烧干了还不知道。我气得干瞪眼儿，也没有别的招儿，活活让小关占了上风。聪明的女人一旦犯起傻来，准比得了猪头疯的蠢婆娘还要蠢十倍。

关先生父子的关系似乎不如以往融洽了。有时候关先生会被派出所叫去，用罚款赎儿子或者为被儿子打伤的人支付医药费。至于小关为什么被扣押为什么打人，关先生事后总是守口如瓶，我也无心打听。我只知道关先生惜之如命的藏品，被一件件送到文物商店，如同一次次抽掉关先生的血。失血的关先生，脸色一天比一天苍白。

以后，我们很少能听见关先生说左手了，因此也很难再看见关先生笑。

很少说左手很少笑的关先生，经常在家里磨一把剑，一把吴王夫差越王勾践时代留传下来的青铜宝剑。

有一天，早已难得来我家一坐的关先生拿着磨得锋快的宝剑来了。

你瞧，经过了两千多年，它还能磨得这么亮这么快，可见是个真宝贝。有些宝贝是假的，可它是真的，真宝贝。

关先生说，然后像平常夸过左手之后那样开心地笑了笑，走了。

这是我最后一次看见关先生笑。

也许关先生在小关用左手防不胜防地掏出手枪向他射击时，曾经习惯地笑了一笑。没人在场，没人看见。

关先生死后小关一直没有露面，有人说他早就辞职到南方做生意去了。

关先生的遗体一直冻在太平间里，有人说应该等小关回来。

关先生的案子一直没有进展，公安局的人有许多日子不曾来了。一切都好像恢复了原状，只是我们这栋楼里从此少了一个关先生。

我还在一天天想着关先生的事。关先生遇害的场景一天天在我脑子里演绎，变得活灵活现。每天晚上我一闭上眼睛，就看见躺在血泊里的关先生喉咙里呼噜呼噜鼓出血泡，那声音里分明夹杂着两个我们听惯了的词：左手……

我问妻子关先生到底说了这个词没有，她一时说他没准儿说了，二时又说他什么也没说。我说你想想关先生后来干吗总磨那把青铜宝剑？肯定是为了防身用的，关先生肯定已经感到自己受到了某种威胁。有谁会对一个与世无争的老人构成威胁呢？只有小关，最后肯定还是小关把关先生杀了。我觉得我这段推理简直天衣无缝，可妻子不以为然。她说你肯定这样肯定那样，有人证还是有物证？再说小关也没少干好事呢，这楼里上上下下的邻居，谁没叫小关帮过一两回忙？谁能相信你的话？我说你不明白，那点好事全是他用右手干的，可他那只左手，简直无恶不作。妻子说你是不是想关先生想出毛病来了，也动不动就左手右手的，神经兮兮。我跟她说不通，小关猥亵女儿的事又跟她说不得，只好说你又不是不知道他几进几出派出所。妻子说那不过是年轻人练过几手就想找机会露招罢了，也算不得什么大过错。我说算了算了，反正我越来越清楚地回忆起来，关先生临死的确对我说过左手，就凭这点我也得到公安局去报告。

我的行动最终被妻子态度强硬地坚决制止住了，她说我完全没有证据，凭想象去为一件杀人案做证，除非是疯子。

我说过我妻子一向处事精明同时也自以为精明，她对我一贯十分专制。假如我不顾她的反对一定要到公安局去报告，她说不定会一气之下跟我离婚。对这种精明而专制的妻子，我必须服从。我只能独自缄口默想，不能去为关先生的冤魂做证。我没有根据。

打这儿开始，妻子再也不同我讨论关先生死前究竟说过什么的问题了，我一提这个话头她就用手捂住耳朵。

我开始跟邻居们说起小关，对他们说小关是一个如何分裂的人，他的右手如何左手又如何。邻居们开头还颇有兴致地听，渐渐好像就犯了疑，用一种古怪的眼神打量我，好像听不懂我的话。

关先生留不住了，火化了，小关仍然没有回来。

我每天看报，希望看到有关关先生案子的消息。没有。可是有一天，我看到一则市博物馆文物失窃的报道：

> 本报讯　我市博物馆于6月6日晚被盗东西两汉出土文物共计24件之多，其中有国家一级文物7件，其余均为国家二级文物。窃贼趁当夜风雨大作，破坏电子报警系统之后入馆作案，被保安人员发现后，用匕首将保安刺死携赃物潜逃。目前本案侦破工作正在抓紧进行。

我把报纸拿给妻子看，说这不是小关又是谁？他既懂得文物又懂电子报警系统，还敢动匕首杀人。肯定是小关肯定全是小关用左手干的。妻子夺过报纸，一把堵住我的嘴，说又胡扯了，你老是这么平白无故说人家，小心小关回来告你诬陷罪。

我找不到一个对话者，只能自己一个人动脑筋。我在一张纸上写了条消息：

> 本报讯　6月6日本市博物馆珍贵文物失窃一案，现已结案。据悉案犯系原市工艺厂画师关小关，被捕前住本市便河路15号21栋201室。在审讯中，该犯不但对所犯盗窃文物与刺杀保安人员的罪行供认不讳，而且交代了他于4月5日晚枪杀其亲生父亲的经过。经市中级人民法院开庭审理，以故意杀人罪和国家珍贵文物盗窃罪，一审判决该犯死刑，剥夺政治权利终身。该犯当场表示服从判决。如该犯在15日之内不提出上诉，将在规定日期押赴刑场执行枪决。

我让妻子看了这条我为报社记者提前准备好的消息。我郑重地告诉她，要把这条消息寄到报社去。因为它不但完全符合已经发生的事实，而且准确预见了即将发生的情况。对于我来说，一切都像亲身经历亲眼看到过一样真实。这就是根据。

妻子将消息读了两遍，然后盯着我的脸，惊恐万状地说：你真的疯了。

绝响

女诗人黛眉把一只蚊子钉在天花板上。这是她生前最后一次动作。

作为晚报社会新闻部记者，同时作为黛眉的密友与知情人，我列席了黛眉自杀案案情分析会。市公安局侦缉大队的王队长说，这么做本来是不符合规定的。他要求我结案之前不得在报上披露任何细节，我答应了。

以上即是案情分析会得出的结论之一。

黛眉死在本市最高级的蓝玉大酒店 1506 号房间，这家旅馆离她家不到10 分钟步行路程。床头柜上有一只小型收录机，机器处在录音状态下，电池已经耗尽。床边的地板上，扔着一本新近出版的《现代诗刊》，书中载有黛眉发表的最后一组诗作《我爱上了一片沼泽地》。黛眉穿着她生前最喜欢的那套藕荷色丝绸长裙，双手在胸前放得很端正，神态安详地仰卧于宽大席梦思中央，精心化过淡妆的脸气色宜人，看不出一丝一毫紧张或痛苦，相反还隐隐露着些战胜什么之后的微笑。根据现场勘查情况和胃肠液检验报告，初步判定死者系服用过量安眠酮自杀身亡。

办案人员取出收录机里的磁带反复听了多遍，发现里边除了一轻一重"啪——啪"两响之外，没有任何别的声音。他们首先排除了枪声（黛眉身上没有枪伤也没有任何其他创伤，他们甚至惊讶这个女人的皮肤怎么这样好，好得简直连一个斑点都没有，仅有的一颗痣还是朱红色的），然后又排除了击掌的声音（除非长着一双巨大的铁掌，否则无论如何也不可能击出这般响亮的掌声）。最后，一个细心的女侦察员发现了天花板上那只被拍死的蚊子，它与落在地板上的《现代诗刊》基本上垂直于同一条直线。她认为那一轻一重两声响，是黛眉用这本刊物打死搅扰了她的临死前的安宁时刻，又逃到天花板上去的蚊子而发出的，第一声是书拍击着天花板，第二声是书落到了地板上。到目前为止，这是对磁带上声音所做出的最符合逻辑的一种分析。我觉得她说得不错。

当场就有人提出了异议，认为黛眉打开录音机开始录音的时候，她肯定已经感觉到安眠药的药力发作了，在那种情形下她还能如此准确地用一本 32 开的小书打死停在 3.5 米高处的蚊子吗？听到这儿，我差一点插话说，黛眉是个近视眼，还有轻度夜盲症，我们到射击场去打过几次靶，她总是把子弹一颗不剩地射到对面山坡上，只有一次例外，打了一个 10 环，教练说那纯粹是蒙中的。但我想了想，终究还是没有发言，一来我是一个列席人员，二来我提供的情况不能说明任何问题。我到底是想证实黛眉近视根本不可能击中蚊子，还是要论证既然可以蒙中 10 环，也就不可以排除她偶尔击中蚊子的可能性呢，我自己也说不清楚。

争论的结果是女侦察员说服了其他人，分析结论认定黛眉在临死前用书把一只蚊子钉在天花板上，留下了收录机里一轻一重两声响。

可是黛眉打开收录机，难道仅仅是为了把她最后拍死蚊子的声音录下来吗？当然不是。按常理推断，她特地带着这台收录机来，肯定是打算录制临终遗言的。一个才思敏捷的女诗人，在临死而且是非正常临死之际会有千言万语要说，这毫无疑问，可是为什么她终于不置一词呢？

一转入这个问题的讨论，办案人员就把目光齐刷刷投到我身上，好像我知道黛眉最终要说什么，并且为什么守口如瓶似的。我被他们满怀期望与信任的目光照耀，果然生出了一种我不知谁知的责无旁贷之感。我觉得我自己应该知道黛眉的死因，只是在她突如其来的死亡面前慌了神，理不出一个头绪。但我已经不是一个初出茅庐急功近利的年轻记者了，我不会因为受到他人的鼓励就把没想清楚的问题捅出去。于是我避开那些热切的目光，一直保持沉默。

凭直觉我断定黛眉是为那个人死去的。但那个人是谁？他们之间发生了什么事情？我也不知道。

中午休会的时候，我向王队长告了假，我需要一个人坐下来好好把事情理清楚。王队长说：请你随时报告你的想法。我对他的语气很有些反感，我又不是嫌疑犯，为什么要随时报告？王队长看出了我的不悦，赶紧对我说：别在意，这是我的职业用语，咱们还不都是为了尽快查实黛眉自杀的动机吗？

离开公安局我骑车去城西的古城公园，那儿是黛眉生前常去的地方，跟我或者跟那个人。我觉得在我们坐过多次的长椅上，肯定还留着黛眉的气场，说不定它能帮我把黛眉的死因和死况演绎出来。

在女诗人黛眉匆匆离去后的这个中午，去公园的路如同她终于带走的秘密一样漫长。我一边骑车一边失魂落魄地想，从此我们这个城市熙熙攘攘的人群里，再也不会出现黛眉瘦削的身影了，然而人流依旧车流依旧。我在公园门口存好了车，走到入口处，"古城公园"几个浮雕在栗色木板上的墨绿色大字，狠狠地扎痛了我。我第一次认识黛眉就是在这家公园门口。那次我从外地出差回来，黛眉的一个朋友托我带些东西给她。我们约好在古城公园的木牌下边见面。谈到如何互相辨认，黛眉在电话里咯咯笑着说：左手戴白色手套，右手拿当天晚报。结果到了约定时间，她真的那么一副打扮站在木牌下边，朝我愉快地眨着眼睛，比我想象中的那个总是写一些忧郁的现代诗，歌咏死亡、梦魇、绝望、精神紧张和家庭解体的黛眉，要快活得多也年轻得多。她的一肩黑头发给我留下的印象尤其深，完全可以跟宝洁公司潘婷洗发液广告上的头发媲美。

我们居然一见如故，都说没想到在同一座城市里还有着自己这样投机的对话者。要知道在当今的世界上，找一个听众已经不易，何况一个对话者。

"我太幸运了。在我最需要找人倾诉的时候，上帝就给我派来了一个对话者。"黛眉说。

"女人最需要找人倾诉的时候是热恋的时候，这句话对你适合吗？"我说。

"再修改一下就更适合我了。女人最需要倾诉的时候是不可告人的热恋正在进行的时候。"黛眉说。

这句话叫我以为黛眉是个胸无城府的人，我以为等到下一次见面，她就会把她不可告人的恋爱开诚布公娓娓道来。可是五六年过去，对那个被她如此爱恋，以至于让她不惜用生命去换取的男人，我仍然知其然不知其所以然。我只是感觉到他无处不在，黛眉生活在他的影子里边。

"别怪我，我对他发过誓，永远不对外人透露他的姓名。"黛眉对我说。

"我既不是你的同性恋对象，也不是你丈夫雇来的私人侦探，有什么理由要怪你？"我说。

一提起她丈夫，黛眉就有些幽怨。他们一直是形同陌路但又相安无事地生活在一起，甚至常常用写条子的办法进行必须的家务对话。每次黛眉要出门旅行，她就给她丈夫留一个便条，告知她的去向和各种食品的贮存处，然后跑来把一个包裹寄放在我这里。我猜想那是她的日记和私人信件。

我在古城公园门口想到了这些，突然眼前一亮，对解开黛眉自杀之谜充满了信心。黛眉是个追求戏剧性生活效果的女人，而且很看重自己的痕迹。她不止一次对我说：替我保存好这些东西，要是我一去不返，它们就成了我曾在世上走了一遭的证明。我觉得这些话是她经过深思熟虑之后才说出来的，现在黛眉当真一去不返了，按说她不会用一把火烧掉自己今生今世所有的脚印，她的孤芳自赏和自恋情结会制止她这样做。

有一种直觉叫我即刻返回报社去。一路上我把自行车蹬得飞快，仿佛在报社传达室里等着我的，不是收到黛眉遗物的某种可能性，活活就是起死回生的黛眉本人。

果然，我进了报社大门还没把自行车架稳，收发员老孙就冲我喊："你这两天上哪儿去了？有你两大包挂号呢！"

黛眉最后的消息摆在我桌子上，牛皮纸的封皮上有她匆匆忙忙的字迹。让我自己也觉得不可理喻的是，面对黛眉临终的托付，我首先感到的不是情理之中的悲伤，而是一种莫名其妙的满足——她最信任的人是我。黛眉，你说人这东西怎么总是这么不可思议？我对她说。黛眉在包裹横一道竖一道的纤维绳间晃动着充满宽容笑意的脸说：给你一次最后也是最彻底的交代，不枉我们朋友一场。于是我就心安理得地剪开了那些绳子，像福尔摩斯似的开始了对这两个包裹的检查。

从牛皮纸上不太清晰的邮戳上可以看出，包裹寄出时间是8月24日（黛眉自杀头一天），寄出地点是距离本市60公里的小镇望城坡。黛眉的用心显而易见，她不想让我在她的自杀实现之前收到这些东西。为了这个目的，她在实施自杀计划的头一天，专程去望城坡寄了纸包，按照大家共有的经验，从望城坡到城里的挂号邮件要走三天以上。在这几天里，黛眉有充分的时间来犹豫甚至改变主意。假如改变了主意，她再跑到我这儿把刚刚寄到的包裹原封不动地要回去也来得及。

黛眉一直到死都是一个精明得滴水不漏的女人。

黛眉寄来的物品内容如下：

1）14本24开封面图案大同小异的硬皮抄本，是她从高中毕业到临死前三天的全部日记，用同一种墨水甚至同一支笔写成。每一本书脊下端都像百科全书那样标记着顺序和起讫年月，似乎为了方便她自己时不时查找某一段生活。这说明黛眉不是一个贪图新鲜而是习惯按定式行事的人，如同她对那个人的感情。

2）25封信件和6张圣诞卡。信件是由5个不同的人写来的：一封写得歪七扭八的匿名信，告诉黛眉她在电视台当导演的丈夫有外遇。4封她丈夫寄自外景地的信，确认他与一位女演员的恋情，并且理直气壮地说黛眉应该对这个意外事件负责，因为她太冷漠了。还有一封信是那个女演员写来的，文理不怎么通顺但字迹很娟秀，署名签得龙飞凤舞颇有几分大家的气派。她给黛眉指出了一条弃妇的康庄大道——放弃已经移情别恋的丈夫，成全他们也解脱自己。另外19封信和6张圣诞卡出自那个人之手，但每封信与卡都没有署名，其中有几封最末一页信纸被裁去了一截，很可能是那个人原本署了名，而黛眉在收藏时为了安全起见又把它裁掉了。写信的人笔迹非常娴熟，措辞也很讲究，不是一个等闲之辈。

3）两张公园门票存根，一张游船租用单，两张环幕电影院电影票。几张旅馆住宿发票以及一条围巾、一只皮包、一只生日蛋糕的购物单据，几张长途汽车票和长途电话通话收据。我认为这每一种票据都是某个值得黛眉纪念的日期与事件的登记，凡是有过恋爱经历的人都会明白它们的基本含义。

4）4盒旧录音带，两盒英文歌曲，一盒苏芮和一盒克莱德曼。黛眉收藏着许多著名版本的音乐磁带与激光唱碟，她为什么单选这几盒留下来，答案只能是由那个人所赠。

5）一只永生100号铱金钢笔，笔杆摔裂又用橡皮膏贴起来，估计可能是70年代初期产品（那时黛眉还在上中学），可是黛眉用它写了一生所有最重要的文字，日记、高考试卷、诗、履历表、工作总结、给丈夫的便条、一般的信件以及情书。假如黛眉有遗嘱，相信也是用它来书写的，只是不知道她留给了谁。

6）一张杂乱无章的字条，上边写着一些单个的动词：揍，踢，踹，打，扇，抽，操，崩，砍，刺，戳，勒，吊，绑。这显然是一些气急败坏之下用来泄愤的词儿，什么事儿把黛眉气成这样，以致她如此穷凶极恶地在纸上来出气呢？我首先排除了黛眉是针对那个人来的这种可能性，因为她对那个人的任何不满，从来都只用一种自虐式的哀哀怨怨来表达。比如说在她想让他来而他又不能来的时候，一个人到雨地里去散步又不打伞，然后感冒发烧；或者在欲与其共进晚餐而不能得的时候，好几天不吃饭，只吃饼干喝矿泉水，然后写一些凄艳无比的朦胧诗。她怎么也不可能把一堆包括"操"这种脏字在内的不雅之词对准那个人。并且我还认为，黛眉的激愤说不定只是为一件小事而起，因为在我们相识相交的五六年时间里，我不止一次看见黛眉轻重缓急不分，换句话说是不止一次小题大做或大题小做。她发过的几次大脾气，都是为鸡毛蒜皮的小事情，遇到类似被丈夫背叛这样的大事，她反倒格外冷静并且极有风度。记得有一回她为所里分办公用品气得面色煞白，冲到我家来说道时还浑身打战声音变调。她说总务科科长文大肥从来就跟她过不去，每次分东西都是分给她一些残品次品，比如缺了口的茶杯、瘪了壳的热水瓶或者被水洇过完全不能写字的稿纸。她说文大肥认为她是个占着茅坑不拉屎的人，在戏曲创作研究所占着编剧的编制又不写剧本，连弹词话本都没出过一个，只顾写一些乱七八糟的歪诗来糊弄人。说到这些黛眉简直怒不可遏，差不多跳起来喊，他以为他是什么人？一头脑满肠肥的蠢猪，一只专吸人血的大蚊子，每天除了变着法儿买回来一些谁也不要的破烂分给我们，然后自己去拿回扣之外，别的什么也不会干。早晚有一天我要给他一点颜色看，这只大蚊子！说不定这些字是冲着文大肥来的。

7）一把钥匙，就是最常见的那种钻石牌门锁钥匙。

8）一张照片，黛眉最喜欢的那张。她曾经对我说过，要是40岁以前她一命归阴，就拿这张做她的遗像挂在灵堂里。她说还是在十几年以前，她看过栗原小卷主演的《生死恋》之后，就产生了照一张好照片做遗像的强烈愿望。所谓好照片的标准是，体态生动、有活力、脸上有着发自内心的微笑并且显示着对生命的留恋，就像电影的女主人公×××子（原谅我忘记了她的名字）的那张一样。平心而论，黛眉这张照片的确达到了她自己预定的标准。她坐在海边的礁石上，后边是阴云翻滚大雨将临的天空，一柱很强的阳光从云缝里射下来，把她的脸映照得有如暮色中的星斗一般明亮，而那张脸上正凝固着她早已定义好的微笑。她穿一件浅灰色风衣，围着豆灰色长丝巾，暴雨前的海风把风衣和丝巾都吹得帆一样鼓荡，给她以飘飘欲仙的动感。

9）一份半截的小说草稿，写得乱糟糟难以辨认。早听黛眉说她要改行写小说了，之所以投入其中，是因为人们认为小说这种形式已经穷途末路了，她对一切末路之事都感兴趣。我当时取笑她是一个末路英雄，不想果真被我言中。我把这半截小说抄在下边，我觉得它的内容与黛眉之死多少有点关系（看不清楚的地方用……来代替，没有标题和署名，没有分段与分行，标点多数为我所加）。

　　放下电话的时候，她决定死。这个念头如同大雷雨之夜的天空中，两朵负载阴阳电荷的云团撞击后发出的……将她通体从里到外照……借着强光她看见自己的心脏停顿过一下，接着又更兴奋更……她看见自己很年轻的肌肤之上，覆盖了一层略呈金黄色的茸茸汗毛，细细的汗珠缓缓沁出在上边，像清早野地里狗尾巴草籽的绒毛沾满了露水，很有情致也很奇妙……躯干已经腐化为大地，全部血肉丰盛着一望无际的狗尾巴草地，有个女孩嬉戏其间，正是童年的自己……激发了她对死亡的向往，她摩拳擦掌跃跃……她看了看窗外的天空，发现刚才还牢牢贴在上边的几缕……的工夫就不见了，像是瞬刻溶解了一般。天穹强烈地空洞起来。她意识到这是一种兆喻……也会像这几缕云，静悄悄消逝得出人不意。一切都会顺利。他呢，他的……会因了……天穹这么强烈地空洞吗？她又在猜他，她一直把他和他们的遭遇当作谜语来猜，现在这个猜了很久很久不曾猜破的谜终于亮出了谜底，就是一个字：死……“嘟——嘟——”拨完号码，她看见了天……恰如她的……后来她听见了他的动作，听见了很熟悉的一声……星期后，致命剂量的……弥漫在她……她的思维像行将熄灭的烛光忽明忽暗地闪烁时，她才回想起来，这次至关重要的对话中她总共只讲了两个字——“是我”。他说了什么吗？什么也没说，只有一个长久的停顿。接着他摁动电话机上的键表示要终止通话。假如这次电话留下一个记录，不过是三个字：“喂——”“是我。”……这一天终于来临了，她自然而然地想。终于来临了。这种感想意味着某个等待的实现。从他第一……她就接受了对于结局的等待。一次三个字的电话，决定了最终的一件大事，是不是有点荒唐呢？可她已经死了，没人问过她自己如何……下午五六点钟光景，太阳变得很柔和。临窗的大树被风一吹，满树的叶子都哗哗抖动，把阳光搅得零乱而辉煌。隔着树枝的屏障，远远的人声，随着树叶的摇摆，在夕阳中一阵强一阵弱地飘散。再平凡不过的一个下午。在这个平凡的下午她要谢幕了，她曾经是何等倾心于这舞台上的角色，以致扮演得心力交瘁……要等待的是掌声。

只有他知道她终场的造型有多……为她鼓掌。想到他将是为她鼓掌
的唯一观众，她全部的血都涌上手指尖……要被撑破似的疼痛……
出错呢？不正是从一开始……吗？每句话每句话之间的停顿每个话
题的转换每个手势每个表情都成为……感觉磨炼得越来越敏锐，轻
轻地一次撞击都可以在心里荡起轩然大波，而外表依旧被理智平静
着。好比捧着一件珍宝在薄冰上蹒跚前行，怕摔碎了珍宝也怕踩碎
了冰，结果是她亲手将珍宝将冰面连同在冰上行走的人统统打碎了。
再也不……再也不会出错。她知道自己成功在即。她的成功就是让
他伤心。她只想让他伤心，不用太长，几天就够了……她还有很多
事要做。写信，末尾签名之后加上"绝笔"这两个不常用的字，她
心里肯定会有一阵新鲜的感觉，如同早市上水淋淋的玻璃生菜一
样泛着青青的绿光……毙命的工具，绳子刀片毒药或其他，她还
没想好，还要几天……她把……地方，然后去做饭……好了……
她……他。

　　尽管这篇文字通篇写得凄惨美丽充满抒情意味，我仍然认为这完全不是
什么小说，而是一篇报告文学。它证明事情完全在我意料之内，黛眉为情而
死，像她这样注重精神生活同时富于幻想的女人，最体面最合逻辑的自戮原
因当然也只能在于斯。我觉得应该把这篇东西交到王队长那儿去，也好让他
们掌握证据尽快结案。至于日记和信件，我不打算向外透露半点内容，其一
是因为日记里看不出任何与自杀有关的蛛丝马迹，二是信件牵涉到黛眉的隐
私细节。另一件要紧的事，是把黛眉的得意照片送到照相馆去翻拍并放大，
一旦王队长宣布结案，就要开追悼会了，等着用。我这么盘算过后，又觉得
自己太冷静了。人亡物在，理当触物伤感，我怎么就一点抽不出脑子来缅怀
好朋友呢？黛眉也许要见怪的。
　　我跑到王队长的办公室，还没来得及把东西掏出来，王队长就先青着脸
递给我一张皱巴巴的纸，说："看看吧，黛眉写给她丈夫的。"
　　仍然是一张便条，跟她平常写条子告诉她丈夫冰箱里有一碗红烧肉或者
抽水马桶坏了请找人来修的时候，用的是同一种纸，上边用颜色极浅的铅笔
写着：根据省人民医院两次验血及 CT 结果证实我已身患肝癌，为了避免晚
期重症的折磨，我决定提前结束生命，想必你能够理解。祝你好运！

"不可能。"我想都没想就说，"黛眉身体一直很好，从来没听她说过有哪儿不舒服，上个星期我们还在一块吃过一顿大大的红烧肉，哪个肝病病人能这么耐得住油腻？这肯定是乱编的。"

"当然是乱编的。昨天她丈夫拿着这张纸条从外景地赶回来。我就派人去人民医院查过 CT 室和化验室的病案存根了，根本没有黛眉的病历。我真不知道她到底要干什么？好像临死还得找些人替她遛腿寻开心。"王队长站起来，背着手在屋里走来走去，十二分地不耐烦，"她好歹也是知名人士，把事情弄得这么复杂，让我们没法向上级交代。真叫人想不通。"

在王队长想不通时，我心里反倒亮起了一盏明灯似的想通了。这张便条更证实了我的推测，她为那个人而死，并且在死之前为那个人安排了最好的解脱与开脱的理由。黛眉，黛眉，你倒要说清楚他到底是个怎样的人，值得你这么动心动肺去爱，无悔无怨去死。要是黛眉还活着，我非得逼她说出来不可。

我拿出黛眉的小说，王队长看来看去看得满头雾水。

"你这又能说明什么问题？"王队长把小说扔还给我，"你别忘了你的朋友是一个作家，作家写的这些信口开河的玩意儿莫须有的故事，能当成证据吗？"

我把黛眉的小说与便条的关系，以及我的种种推测跟王队长反反复复说了个透，终于把王队长说得有点活动了。我对他说：你千万别被小说的人称给糊弄住了，作家常常把他们自己的生活经验当成听来的故事写，越是不能为世人所知的事越是要用第三人称，敢把自己原原本本摆进去的作家在咱们中国真是屈指可数。

我说服王队长的急切心情，让我自己也有点莫名其妙，好像"情死"是死亡事件里的奥斯卡金像奖，我非得在这儿为黛眉争取一个最佳女主角提名。

我正跟王队长讨论案情讨论得难解难分，一个惊慌失措的男人门也没敲就从外边一头撞进来，以他叫人一见难忘的肥胖身躯，我马上认出他是黛眉生前最最痛恨的总务科长文大肥。文大肥手里拎着一只塑料袋，透过冷气形成的水雾依稀可以看见里边两条与文大肥如出一辙肥大的鱼。进得门来，他也不问要敬的菩萨是哪位，忙不迭就磕头烧香。

"各位各位做做好事做做好事我真不知道黛眉是这么一个顶真的人现在我把这两条黄花鱼全给她白给她我们所长早就跟我说过让我别惹她别惹她现代派诗人没一个好惹的他们视生命如草芥说跟你玩命就跟你玩命决不含糊我真不知

道黛眉为了两条黄花鱼怄气会连命都不要了我今天早上才从乡下给所里运西瓜回来我干这行当人民公仆为了全所干部的防暑降温再累也没怨言，可我胆小经不起黛眉这么吓唬她死了不要紧……不不不是不要紧是很要紧她可别成了冤死鬼来寻我那天我也不是故意要气她她来得晚人家把大的挑光了她就生大气发大火说我一贯看不惯她把她打入另册让她下不来台我说你别为这点小事要死要活好不好她脸一白就顺着我的话杆往上爬冲我喊命是我的要死要活我自己挑你要是这么对待我我早晚要死一回给你看，我当她说着玩玩就回话说你死了我不送花圈光送你两条大黄花鱼让你在阴间美美地吃……我说同志们同志们谁吵架不想占个强怎么难听怎么说呗没想到没想到我下乡拉瓜才几天她就她就……我真是服了所长的话现代派诗人真是不能惹不能惹他们动不动就卧轨割动脉一个叫什么城的自己活得不耐烦还把老婆也用斧子劈了带着走这种人没心没肺谁摊上谁倒霉他们心里怎么想咱们永远猜不透猜不透现在我把最大的两条黄花鱼送来了给黛眉我要早知道……我是诚心诚意的我上有老下有小她可千万别跟我没完没了……反正不管怎么说这鱼我是不要了不要了……"

文大肥一口气说了这么多，说得唾沫星子飞溅嘴角沾满了白泡泡，然后就一屁股坐在王队长对面的椅子上，一把鼻涕一把泪地抽个没完，把椅子腿压得咯吱咯吱响。黛眉说他是一只脑满肠肥的蠢猪，真是一点没夸张一点没错，这头猪满嘴胡言乱语，把黛眉说成一个为两条鱼就可以撒泼亡命的家庭妇女，以小人之心度君子之腹，能把人恶心死。这等于黛眉人死了还得被他淋上一盆脏水，要是此理成立黛眉岂不死得太俗太冤，白死了？我几乎是代替黛眉用仇恨与鄙视的目光瞅着文大肥，觉得他那个正随着急促呼吸上下起伏的大肚子里真是吸足了血，黛眉和其他公民的血。黛眉遗物中写满泄愤字眼的纸条，肯定是只能是冲着他来的，就算把上边记录的全部动作都在他肥胖的身体上实践一遍也不过分。

我没想到世界上还有像文大肥这么讨厌的人，更没想到王队长对文大肥的话这么轻信不疑。文大肥一番倾诉之后气都没喘匀呢，王队长就差不多跟下结论似的对我说：踏破铁鞋无觅处，得来全不费工夫，咱们的唾沫全白费了。听话听音锣鼓听声，我一听这话头就知道黛眉人为财死鸟为食亡的结局已经是大势所趋。

果然王队长当下就让人拿了纸和笔来做记录（也许用他们的行话来说叫作录口供），详细地询问了文大肥，他和黛眉为黄花鱼发生口角的时间地点内容还有目击者，问到有谁可以做证的时候，文大肥简直胸有成竹地说：全所干部职工。我在一旁只有在心里暗暗叫苦的份儿，黛眉黛眉，你干吗老为这种小事儿大动肝火授人以柄？更糟糕的是，等王队长把黛眉跟文大肥吵架、给丈夫写条子谎称身患绝症以及给我邮寄遗物的日子一核对，眼睛里就放出万事大吉胜利在望的光来。

"都是 8 月 24 日，同一天。"王队长心满意足地站起来，很有礼貌地让文大肥在记录稿上签了字（我看见文大肥的名字其实是叫文大为）又摁了一个手印就让他走了。文大肥临走非要把塑料袋留下，被王队长坚持谢绝之后，他又想了一个更损的招儿说：那我还是把它们带去搁在冰箱里，等黛眉火化的时候一块烧喽。王队长居然赞同说这样好这样好，给死人寄东西非得用火烧了才寄得到，黄花鱼寄过去，黛眉准就不会来找你麻烦了。文大肥闻说拎着鱼一溜小跑着出去，脸上的表情差一点够得上欢天喜地了。

文大肥一走，王队长就迫不及待对我说："你瞧瞧，都是 8 月 24 日，完全可以推论出，黛眉上午去所里分鱼，跟文科长大吵一架，回家以后越想越气，遂生自杀之念。下午她给你和她丈夫分别寄出了信和遗物，然后在第二天……"

"荒唐荒唐，无稽之谈。"我一着急也就顾不上礼貌，"假如黛眉真为黄花鱼寻死，尽可以死个光明正大，最好死在文大肥家门口（王队长插话说是文大为不是文大肥），何必制造一个患癌症的假象，她还得替姓文的担待什么不成？整个儿一个情理不通。"

王队长不急不火，说："通不通也是仁者见仁智者见智。黛眉的丈夫一听说她的病情是捏造的，就认为黛眉对他们的婚姻表面上不在乎实际上很在乎，但以她的身份为一场被动的婚变自杀也太掉价，所以制造一个身患绝症的假象。他说黛眉这个人生性好强，心里输了嘴里也不肯输，出现这种情况完全合乎她的为人。你说这么解释通不通？我说也通。"

我说："那是她丈夫自作多情。她要为他移情别恋而死也早死过一百回了，还等今天？"

王队长说："是呀是呀，我也了解过了，他们夫妻冷战五六年了。不过他倒给我提供了一个思路。要是黛眉极其好强，她肯定不能名正言顺为黄花鱼去死。所以要造一个自行安乐死的假象。这不也很通么？"

我说："你怎么就不能考虑考虑我的说法呢？好像在你这儿，黛眉为什么事儿寻死都说得通，唯独殉情一说不通。"

王队长说："不是不考虑，是你提不出证据。你总说她有个相爱至深的情人，可连你自己也说不出此人究竟何其人也。就凭你拿来的这篇小说这些遗物，也不能说明你的道理嘛。"

我被王队长说得哑口无言。因为黛眉寄给我的东西，经过我精心筛选之后送到王队长这里，只剩下旧音乐磁带四盒，永生100号铱金钢笔一支，钥匙一把，照片一张，小说草稿一份，确实不能说明问题。所以王队长总认为黛眉的情人跟她的癌症一样是莫须有的事情，文大肥好歹还有黄花鱼作物证戏研所全体员工做人证，我能拿出什么？既然黛眉临死还要造一个患病的假象来保护那个人，我又怎么能够交出她的日记和情书，让她所有的努力前功尽弃？说不得的苦。

"反正我不相信黛眉这种有头有脸的人会为这么点小事命都不要。"我有点耍赖说。

"大记者，对这种事我可就比你有发言权了。为一个钱包上吊的司局级干部，为一件T恤衫跳楼的大学教授，什么样的人没有？你以为全都像你想象的那样，个个死得惊天地泣鬼神？"王队长更加占了上风，"我说，你非要给黛眉争一个殉情的名分干吗？是不是为了让你们晚报的花边消息好看点儿？"

被知多识广的王队长这么一开导，我也有点怀疑黛眉自杀的起因了。我说过她有时候会没有分寸地小题大做或者大题小做，谁能保证她就不会聪明一世糊涂一时？我必须马上离开此地，不然最后的结果就可能不是我说服了王队长而是王队长说服了我。那才是黛眉此生最大的悲哀呢。

临出门，我前言不搭后语说："王队长，你以为文大肥是个什么好东西？地道一个贪污受贿嫌疑犯，戏研所没人不说他是一只吸饱了血的大蚊子。"

没想到这句与本案无关的话最终成了黛眉为黄花鱼而死的铁证。那位曾经分析出现场录音带上"啪——啪——"两声，是黛眉用书打蚊子的女侦察员，听到这句话乐得一蹦三丈高，连声说：有了有了，黛眉脸上的笑容有答案了。她战胜了谁才那么开心？蚊子——文科长，所以才笑。这个似乎聪明的女孩自作聪明地分析，一切全都被她自圆其说。

黛眉自杀案在全体办案人员一致认同的情况下结案了。她的自杀动机是因为总务科长分配黄花鱼不公以死抗议，并且为保持体面事先捏造了身患癌症的假象。

我只剩下了最后一个机会，就是在黛眉的追悼会上把那个人找出来。黛眉最后的愿望就是让他伤心，她肯定对他会为此伤心有足够的把握，那么我说不定还能在追悼会上分辨出那个悲痛欲绝的男人来。然后我要劝他从幕后走到前台，替黛眉正名。既然黛眉为了他抛弃生命也在所不惜，他还有什么身外之物不能放弃呢？

　　追悼会之前的那个晚上，我把那个人写给黛眉的19封情书重读了一遍，于是更确定了这个计划的可能性。我相信黛眉的预感是对的，他会为她伤心。一个与她有着如此相濡以沫的情感并且相知颇深的男人，即使是再富于理性，面对她的遗容也绝不可能把真情隐藏得滴水不漏。

　　一整夜我都处在兴奋的状态下，无法入睡。为了保险起见，我在半夜里又爬起来，像福尔摩斯似的分析情书的笔迹，以备明天在签到本上寻找线索。

　　最后我不得不告诉我的读者，我的全部努力都失败了。

　　我在殡仪馆碰到的第一个熟人是黛眉的丈夫。这个风度翩翩自我感觉超良好的电视剧导演，一度因为妻子的猝死颓丧了几天，现在又恢复了本来模样。王队长他们的结论从舆论上解脱了他，他轻松俏皮地对我说：没想到她对黄花鱼这么感兴趣，我记得她根本不爱吃鱼。然后又万分委屈地补充说：我说过她根本不在乎我，我在她眼里还不如一条黄花鱼。

　　我在络绎不绝的人群里寻找那个人。自杀的青年女诗人本身就是一首诗，吸引了许多充满好奇心相识与不相识的吊客，大厅里人声鼎沸差不多开了锅。我在签到处盯住每一个适龄并且从气质上可能与黛眉相投的男人看，看他们的表情，看他们的签名。可是看来看去他们全都像又全都不像。他们脸上都挂着怜香惜玉的哀思，又看不出有多少深刻的悲痛，他们的名字也都签得龙飞凤舞，有一些还写得如同怀素真迹让你分不出姓王姓李。最后我终于看到了一个悲痛得非常突出的男人，正是黛眉恨之入骨的总务科长文大肥。

　　文大肥手里提着一个水淋淋的塑料袋，不用看里边准是那两条黄花鱼，也不管认识还是不认识，他逢人就沙哑着一副喉咙说：我承认是我害了她我害了她我这就还她鱼全都还给她……真真实实给人一个痛不欲生的印象。

　　女诗人黛眉追悼会按预定时间正式开始。我在低回的哀乐声中最后一次看见了好朋友黛眉的脸。她的脸上确实凝固着一种微笑，一种战胜者的微笑。

1994 年 4 月

黑颜色

也许我真不该来读美术学院。我的色彩感觉不好，这几乎成了众所周知的事实。连我自己都快要相信这是事实了。

"你的色彩的表达太差了。更奇怪的是，你怎么就没有黑颜色的概念？"丁教授第一百零八次这样对我说。

"我觉得这样更能表现我的意识。"我嗫嚅着，含含糊糊地分辩。

其实我知道，在丁教授跟前，一切辩解哪怕口齿伶俐的辩解都等于零。

"我早就强调过，你们还没到表现主观意识的时候，要先练基本功！基本功懂吗？就是把素描画得准而又准，让自己的每一块画布都色彩丰富而且协调……就是不听，就是不听，还没学会走就想跑！"

说这些话的时候，丁教授的白头发在前额跳上跳下，很像鸡毛掸子顶部晃晃悠悠的长毛。

可是，毫无作用。每次在领略了教授的盛怒之后，我会更认真地用蓝色填满一切需要表现出黑色的地方，比方说女模特儿的黑眼珠和矿井里的煤块儿。

对我不可救药的怪癖，丁教授强忍住火气，以最大的耐心最大的努力来指点我的作业。

我的作业是《月光下的黑发少女》。不少同学认为我的选材简直是自讨苦吃。明明不会表现黑色，偏要画什么黑头发少女。怎么想的，我自己也不明白。

果然，教授看了一秒钟就有些受不了，立刻大叫："蓝色，又是蓝色！真不懂你怎么这样不开窍？用这样单纯的色彩能表现出月光和头发的关系吗？黑头发！为什么就不能把暗部加深，只在边缘勾一条蓝线？像这样！像这样！！像这样！！！"

丁教授不说了。说也没用。干脆拿一支画笔，在我的作业上狂涂乱抹了一阵。我不得不承认少女的黑头发果然动人得多了，蓝线条沿边缘勾出人体的轮廓，好像月光流泻到少女身上。一切都具有神奇的魅力，月光、少女和头发。我承认。

我照丁教授的示范重画了一遍，然后小心翼翼地送给他过目。教授不看则已，一见之下更加怒不可遏："一塌糊涂！一塌糊涂！我又没叫你漆黑板。层次！层次呢？！颜色是怎么调的？！"

我羞愧难当，把作业剪成了碎片。可惜了一个漂亮的黑头发姑娘，白白在月亮下替我站了四小时。月亮也会晒黑人的。

我不会表现黑颜色。永远也不会。丁教授已经断定我是有意对抗，不服教导，索性赌气不理我。真能把我冤死。

我和舒妤在街上走。她是丁教授的得意门生。她的油画写生总把色彩处理得富丽堂皇而又不改大自然本来面目，很合教授的胃口。我和舒妤在街上走，就是丁教授最赏识的那个舒妤。我们不停地谈论着什么，可连我们自己都不知道自己在说些什么。反正每句话都避开了"颜色"两字，免得她过分兴奋、我过分悲哀而产生不必要的摩擦。

时值五月初夏，应是路边的法国梧桐树荫正浓的季节，然而地面却铺满了枯黄的五角形落叶。每迈出一步都会引起一阵喳喳的悲吟。我心痛那些树叶，不忍心再往前走。舒妤说这全都是城建局园林队的过失，忘了按时喷药，所以这些好好的树才害了枯叶病。也许她说得很对。舒妤最大的优点，就是善于分析一切结果的原因，同时善于推断一切原因的结果。

这儿的马路，是一个带坡度的急转弯。在我们谈论法国梧桐的当儿，我瞥见一辆奇怪的机动车从对面的斜坡上冲下来。之所以称它为机动车，是因为我一时不能确定它到底是汽车还是摩托车，抑或是电瓶车，反正不是人力车。之所以说它奇怪，是因为它后边至少挂了五个拖斗。而且每个车斗都大小不一，形状各异，上面堆着一些说不上是什么东西的东西。那机动车速度很快，我认为以它的速度完全可以同夺得本届法国汽车大奖赛金牌的奔驰牌赛车较量。它的驾驶员一定很年轻。年轻人才可能把车开得这么快——车开得快，因为人年轻——跟舒妤在一块儿真是大有裨益，我也学会了根据结果推断原因。我很想向驾驶室作一番窥视，以证实我的结论到底正确与否。可惜没有看清。不，是根本没来得及看。

就在我探头的一刹那，站在我前边的舒妤突然发出一声非人的绝叫，然后以她肥胖的身躯绝不该有的速度运动到我的身后，并且用一双男人般有力的手，紧紧掐住我的肩膀。

"怎么回事？"

我大喝一声，怀疑舒妤的神经中枢突然出了毛病。听说她外婆就死于狂想型精神分裂症，而且她母亲近来的行为，也日益显出精神忧郁症的种种端倪。这种病，一向被认定有家族史和遗传功能。于是，我毫不怀疑，舒妤正突然爆发了她身体中潜在的精神病危机。丁教授的得意门生毁在旦夕。我有些悲哀地想。也许悲哀中还夹杂着一星半点幸灾乐祸的恶毒。

舒妤并不答话，只把她那方充满超人智慧和色彩意念的苏格拉底式宽阔前额，死死顶住我的脊梁。我听到我的脊椎在这强大外力的作用下，发出一阵比我们脚下枯叶的悲吟更绝望的声响，同时感到了粉碎性骨折般的剧痛。我真不明白舒妤哪儿来的这么大力气。平时在男同学面前，她从来都是有气无力，娇喘微微。哪次写生不是别人替她背画具？她居然有这么大的力气。不可思议。

更不可思议的是，街上的老老少少全在一秒钟之内传染上了舒妤的症状，纷纷发出非人的惨叫，仓皇奔跑，活像一群大地震到来前窜上地面的老鼠或四脚蛇。

我这才意识到也许发生了什么非常事件。

说时迟，那时快。我一回头，看见那辆机动车已经完全失去控制，车身向左侧倾斜，与地面的夹角还不到四十五度，只有两个轮子着地，另外两个在一边空旋。接着是一声巨响，车后边五个拖斗的挂钩一齐散开，奇形怪状的斗箱，如同散了线的珍珠，歪歪斜斜地朝四面八方作曲线式运动，把车厢里不知为何物的东西方方圆圆长长短短地洒了一地。

好像为某种场的力量所左右，五辆斗车中的一辆，居然一无旁顾，直冲我和舒妤而来。甩去了载物的车厢，响着空旷的恐惧的轰鸣，黑乎乎地扑向我们。我觉得喉头一阵热辣，情不自禁地发出一声喊叫。幸好我自己不曾听见那声音的效果，想必比舒妤那一声更加吓人。

求生的本能使我调动了体内的一切潜在能量，左冲右撞拼命躲闪那怪物的攻击。无奈舒妤此时好像已经失去了一切知觉，脂肪过剩的身躯软塌塌地贴在我背上，重似千斤。眼看斗车步步逼近，我和丁教授的高足马上就要魂归极乐之境，去领受上界的逍遥了。也是急中生智，我突然想到了日本柔道的一招，不知学名叫什么，权且暂时命名为背人后滚翻吧，背着比我的体积大出二百立方厘米的舒妤，向后死命一个翻身。以后，就什么也不知道了。

我以为自己早做了轱辘下的鬼，心里很着急舒妤的下落。要是我死了，她反倒好好儿地活着，岂不没了公理？假如不是她那么死死缠住我，凭了我的身体素质和快速反应，无论如何也是可以逃过这一关的。都做了鬼倒也罢了，光是她活着，我可不服气。

有人在嗷嗷痛哭，还叫着我的名字。听出来了，是舒妤，她在哭我。果然是我死了，她还活着。

"我不干，我不干。"我大声抗议，一个鲤鱼打挺坐了起来。

立即有一张胖乎乎的脸蛋贴到了我的额头上，把泪水、鼻涕和别的一些什么混合液体涂了我满头满脸。

"哎呀，你还活着。"

舒妤这一声喊，分明是人类的声音，只是少了平时那点造作的嗲气。

"我还活着？"

"活着！咱们俩全活着！"

全活着。一阵惆怅袭来。我费了九牛二虎之力才活下来，她不费吹灰之力也活着。

"我还以为你完蛋了。一着急，差点跟着过去。要是你真的死了，我也不想活了。"

舒妤望着我，以一种在我们这个年龄绝对难能可贵的天真姿态，无限幸福地微笑着，一字一句吐露这些肺腑之言。

相形之下，我立刻为我罪恶的一闪念汗颜。全活着！当然应该全活着。谁也不要去死，我们还年轻，还要画画，还有丁教授的许许多多亲切的教诲等着我们去聆听。我们怎么可以随随便便就死呢？

一时间，不顾一切拥抱了舒妤，哭不像哭笑不像笑地哼出一串颤音。舒妤回报了我的拥抱，一双手臂依旧软绵绵的，婀娜无力。要不是脊椎骨在隐隐作痛，我怎么也不敢相信，刚才以强有力的大手逮住我去抵御斗车的那个人，就是她。

有如飓风过后的大海，街面上出奇的平静。先前那些狼狈逃窜的老鼠和四脚蛇们，此刻全都恢复了人的模样。一个个衣冠楚楚，风度翩翩，甚至比先前更多了些许自信的潇洒。毫无例外，人们个个都若无其事地走到马路拐弯的地界，围着一样什么东西观看须臾，然后又若无其事地各行其路。你来我往，速度均衡，以至那个东西跟前总保持着二三十人的数量，不增多，也不减少。

"那是什么？"我问。

"是司机。"舒妤说。

我回忆起幻想中的一张年轻的面孔。

"他怎么了？"

"摔坏了。也许会死。"

"去看看。"

"别去管他，咱们自己还受着伤呢。"

后脑勺果真闷闷地痛。舒妤的手臂上也果真淌着些淡淡的红色。

"去看看。咱们还没死，而且肯定不会死。"

我试图挣扎着前去，舒妤也无意劝阻。性情随和，从来不固执己见，是她的又一大优点。怪不得男同学都喜欢她。尽管她肥胖，矫揉造作，有时候还自恃才高看不起别人，他们还是喜欢她。据说，选择老婆的第一标准就是性情温顺，其他皆属次要。所以舒妤的画具总不愁没人替她背，哪怕山再高，路再远。"路遥知马力"，男生们信奉那条古老的真理。

我刚有了要站起来的意念，还不曾付诸行动，就有一个粗糙的声音响在身后：

"坐下，别动。不要破坏现场。"

"我们只想过去看看，不打算破坏现场。"

我讨好地朝响着声音的方向笑笑，看见一块儿恍惚的草绿色。

"你们不能去看！一去现场就破坏了。"

草绿色块儿忽然有些不耐烦，施放出的声波也咄咄逼人。

"那些人在看，你怎么不管？偏偏只管制我们！"

我的性情一向桀骜，软硬不吃。这实在有终身待字闺中的危险。

"你们是现场的一部分！"

这一惊非同小可，我立时像着了定身魔法一般原地定住了。

"怎么？咱们也成了现场的一部分？"我对舒妤说。

我还不死心，想借助舒妤的超指标智商，来驳斥这个未经我们同意就规定我们的身份，同时限制了我们人身自由的可笑结论。

"他是警察。他说是也许就是吧。"

对于人权的被侵犯，舒妤居然无动于衷。她规规矩矩地坐在原地，编着在刚才混乱中弄散了的发辫，把话说得心安理得。其声音不光是标准的人声，而且千娇百媚。

听其言，观其行，我不光明白了那块儿草绿色是个交通警，而且明白了那是个男人。舒妤只有在男人面前，才会这样温柔娴淑，仪态万方。要是刚才的车祸叫她和一个男生一块儿遇上，我敢担保，她决不会暴露她过人的臂力和那一声非人惨叫的。在男人面前，即便死也要死得像个大家闺秀。她会设计一个优美的720°侧身转体，然后亭亭袅袅地倒在地上，一任车轮把她碾死。

翻了一个白眼（我不顺心的时候总爱翻白眼），我看见草绿色块儿的上方，集中着眼睛、眉毛、鼻子、嘴巴、胡须和一些俗称"青春美丽豆"的小疙瘩。

远远传来了警车的呼啸。街面上又是一阵新的骚动。

"让开，让开路。"

草绿色块儿毅然放弃了看管现场的任务，一路高呼着跑过去。

人们真是听话得很。转弯地界那一圈正津津有味地观看主要现场（我揣度我和舒妤只不过是次要现场罢了）的人们，都风卷残叶般忽拉拉散尽了，义无反顾。这一下，我清清楚楚地看见了那辆更加分辨不出究竟属于哪类车种的肇事机动车，无限悲惨地翻倒在那里。司机的整个上半身从驾驶台的碎玻璃中间挤出来，瘫俯在地上，像被人失手挤出了牙膏皮但又无须使用的一节多余的牙膏。我仍然想看清那人的面孔到底年轻不年轻，还没有忘记证实自己关于超高速行车与车龄之关系的推断。可惜看不见，只看见一个后脑勺。那个后脑勺叫我惊心动魄。头发是乌黑的，真正的黑头发。上边凝住了一些带有胶状感觉的深红色，比舒妤手臂上的红色要深得多。我突然联想起丁教授的有关教导："黑色与红色的对比，是一种最明快、最强烈、最响亮的对比。"在画布上，我从来没有感觉到这组对比有什么特殊的优点，此刻却惊心动魄地感觉到了。难怪丁教授时刻不忘维护黑颜色的尊严。有道理。

警车停在现场，仍然呜呜地鸣着响笛，把一种庄严肃穆的恐怖散播在空间。一听到这声音，我就预感到那个司机必死无疑了。又多出几块儿草绿色，在马路上训练有素地跑来跑去。用皮尺测量从这里到那里，从那里到这里的多方位距离，"啪啪"地亮着闪光灯多角度拍摄照片。明明太阳亮得晃眼，我不懂他们何以要用闪光灯。

等一切都忙过以后，我和舒妤被告知解除禁闭，可以自由活动。但马上就被带到一辆装有报警器的轿车跟前。我明白那是指挥车。

"作为事故的目击者，你们两位有责任回答我提出的一切问题。知道吗？"

"知道。"舒妤马上回答。

在交际应酬上她一向敏捷过人，与人（特别是男人）交谈，从来全神贯注。

我可不行，我爱走神。此时，我的兴趣在于比较这块儿草绿与刚才那块儿草绿在面部器官的组合上有什么相同和不同，而不是他提出的什么问题。很幸运，我马上发现这张脸明显地比那一张少了些什么，又多了些什么。略微一想也就大悟，原来少了"青春美丽豆"，多了两个花白的鬓角。

"他是个当官儿的，你留点神。"

舒妤拉拉我的衣襟，对我实行忠告。我真服了她。在判断他人身份和地位这方面，她永远有着一种神经过敏者特有的精明，不是常人可以指望的。这大概与她的家族遗传优势有关。我自愧弗如。

"你们亲眼看见那辆车开翻的？"

"是这样。"又是舒妤抢先回答。

也许连这个官儿也没弄清那车究竟属于哪一类别。因为他只是问那辆车怎么怎么样，而没有给它下定义，是汽车、摩托，还是电瓶车。他问话的时候，我正想这些事，顾不上搭茬儿。

"你呢？"

"哦……我跟她一样。"

"那你们说说，车为什么会翻？"

为什么？车要翻所以就翻了，还有什么可讨论的。我不明白他的意思。

"您是问翻车的原因？"舒妤马上捕捉到了问题的要领，并马上翻译得极为贴切。

"对，对，就是这个意思。"

我这才茅塞顿开，而且马上轻松起来。分析一切结果的原因是舒妤的看家本事，有她在场，我就万事大吉了。

“你先说。”

不像在课堂面对丁教授的提问那样有问必答，舒妤把优先发言的权力让给了我。

“我先说？”

“你先说。”

她说得极诚恳，我差一点受宠若惊。在表述能力这方面我一直崇拜舒妤，没想到她反倒这么抬举我。

“为什么让我先说？”

心里还是不踏实，想问个究竟。

“你在前边，你看得清楚。我当时早吓昏了，什么也不知道。”她悄悄对我的耳朵眼儿吹着热气。

这倒也是真的。于是我觉到了一种神圣的使命感和责无旁贷的责任感，不假思索便说了起来。

我开始说那辆不明类别的车辆如何奇怪，车速又如何之快，我如何想看清司机年轻与否，又如何没来得及看，说舒妤如何号叫，其手臂与前额如何有力，又说满街的老鼠和四脚蛇如何乱跑乱窜。后来说了如何发现车头失控、倾斜，车斗如何散开，我如何躲闪，如何埋怨舒妤死沉，一直说到“背人后滚翻”。

以后的事我不打算再说。我担心如实陈述会失去舒妤的友情，我盼着她死呐！虽然已经忏悔过了，还是不说为好。

“就这些？”

“就这些。”

“没有要补充的？”

“没有。”

“没有要更正的？”

“……”

就在这时候，有一辆白色的救护车开过来，吐出一串活动的白点。宛如一只巨大的白色甲虫下出一串白色的硕蛋。我看见司机从千疮百孔的驾驶台被拎出来，就又滋生了把那张脸看看清楚的念头。不巧司机的头偏偏斜耷在胸前，怎么也看不见。我为此而暗暗着急，一时竟没听见官儿的问话。

“问你哪，有没有要更正的。”

"没有！"

我回答得相当干脆。全是照实说的，自然无须更正。何况我只想快点结束这无聊的谈话，去看司机的脸。要是再拖延，说不定救护车会把他运走。真急死人。

"该你啦，你说吧。"官儿对舒妤说。

"……"

舒妤看了我一眼，欲言又止。她从来不怯阵，这可是头一回。新鲜事儿。

"她当时……"

我刚想代她说明，她当时早吓昏了，什么也不知道。舒妤马上制止了我。我立即心领神会。她这个人，自尊心特别强，最怕在人前特别是男人面前显得无能。也罢，还是别多嘴。

我看见马路边就地搭起一张手术台，司机被抬到了手术台上。看来他生命垂死，需要就地抢救。这样时间会充裕点，我或许还有机会看见那张脸。窃喜。

这当儿，舒妤又看了官儿一眼。

"没你的事了，你先走吧。"官儿对我说。

"那她……"

"她留下单独谈。"

我立即欢天喜地直奔手术台而去。

可惜晚了一步。司机的头部已经蒙上了无菌孔巾，只露出一块嵌在血痂中的破碎头盖骨。医生正在给那块儿地方消毒。司机的面孔还是没见着。

他的腹部也受了伤，另铺了一块儿无菌孔巾，另有一些人在忙着消毒。两处手术同时进行，也是一大发明。

一个高大的男人负责腹部手术。可是我突然发现他正是我们家附近菜场里卖肉的屠夫，人称张屠的。他什么时候当了外科医生？我满心疑窦，但又顷刻释然——也许是开辟了第二职业。看他的术前准备，动作倒也相当标准和熟练。

在举起手术刀剖开肚皮的时候，张屠忽然说：

"喂，小李，猪肉明天要涨价了，一块八一斤。你知道吗？"

那个叫小李的，就是负责头部手术的年轻女医生。这时她正用一把电锯锯开司机的颅骨。有红红白白的东西随电锯的频率颤动。

"是吗？您怎么不早点儿给个信儿？我也好多买点儿存冰箱里。"

李医生嘴到手到，两边不误事，还顺手轰走了一只图谋不轨的苍蝇。

"哟，我还以为你早知道了呢。待会儿手术完了再去不晚，我帮你多割点儿就是了。"

"嘭——兹——"手起刀落，司机的肚皮被张屠划了一个大口子，五脏六腑统统暴露于光天化日之下。张屠拎起这部分看看，又拎起那部分瞧瞧，检查内出血的出血点在哪个部位。动作干净利索，就跟他平常帮顾客挑选猪肠子猪肚子一样。

我感到一阵莫名的恐惧，立刻用眼睛去寻找舒妤，也好找一点儿精神上的安全感。

舒妤还在那儿喋喋不休地说什么。那些官儿呀，兵儿的，听到精彩处，都一个个被牢牢吸引住，一会儿点头，一会儿摇头。舒妤这家伙就是有本事，没看见的事，她也能说得比亲眼所见的还亲眼所见。照她的想象力，她应该去学文学，而不该学美术。

唉，不管怎么比，我的口才还是不如她。

官儿一努嘴，过来一个兵儿，用很生硬的口气命令我跟他走。我一来因为恐惧正想脱身，二来司机的面孔一时半会儿还露不出来，便很痛快地跟他过去，并不计较什么口气。

"你刚才说，在翻车之前你曾经想看看那个司机的面孔？"官儿问。

"是的。可惜还没来得及看，车就翻了……"

我还想说到现在我也没能看见司机的面孔。官儿不想听，把我的话打断了。我感觉到他好像有点变化，不如刚才那么温和，那么能理解人了。

"那我问你，你是否朝他笑，跟他打招呼了？"

"没有。我连他的脸都没看清。"

"不要偷换概念。不是问你看没看清他的脸，是问你打没打招呼！"声音严厉，一如丁教授替我修改作业时的盛怒。

"没有。我又不认识他。"

"你不是说脸都没看清吗？怎么就知道认不认识呢？"

官儿摆出一副一针见血的架势。看得出，他很为自己明察秋毫的能力陶醉。

"……"

我简直不知该怎么解释才好。求救似的看了舒妤一眼，希望她助我一臂之力。可惜舒妤正向一个年轻的兵儿暗送秋波，没有领会我的意图。

　　"我……我的熟人里没有一个司机。"

　　"这算什么证据！他们就不会改行当司机？"

　　"……"

　　又一次语塞。想到张屠都开辟了第二职业，我当然不敢排除我的熟人里有人改行当了司机的可能性。

　　"看你这吞吞吐吐的劲儿，想必是不愿意照实说。那好，小舒，你替她说。"

　　正中我下怀，舒妤比我会说，让她说我更省事儿。

　　舒妤冲我甜甜地一笑，甚至现出了右腮上那个难得一现的酒窝。要知道她的甜笑和酒窝女同胞向来是无福消受的。

　　"你是跟司机打招呼来着。你这么一招手，说了声'Hello'，他也这么一招手，答了一声'OK'。话音没落，车就翻了。怎么，你全忘了？"她有板有眼地提醒我。

　　我当即瞠目结舌。

　　"别着急，你再想想，不是这样吗？你平常记忆力挺好呀，这回怎么啦？该不是刚才吓坏了吧？"

　　舒妤关切地望着我，目光真挚得叫我感动。她还伸出一只手轻轻抚摩我的额头，就像我小时候受了惊吓之后，妈妈叫着我的乳名时必做的动作。

　　"是吗？我跟他打了招呼了？"我有点神思恍惚。

　　"是呵，别急，慢慢回忆。想起一点儿影子来了吧？"

　　"我对他说'Hello'？这样？"

　　我按照舒妤刚才的示范做了一个招呼的动作，抬了抬右手。

　　"不，是这只手。左手。"舒妤循循善诱地纠正我的姿势。

　　"这样？"我又抬了抬左手。

　　"对，就是这样！"

　　"他呢？"

　　"他也一挥手，说'OK'，这样。"

　　"右手？"

　　"不错。他是右手。"

我不断用思维的探头在记忆库里扫描，还是毫无结果。

"糟糕！你大约是得了记忆力部分丧失症！"舒妤忽然惊慌失措地对我说。

"记忆力部分丧失？"

"是呀，肯定就是这种病症。看过日本电视剧《犬笛》吗？那里边有个女孩子叫什么良子的，就是在极度惊恐之后得了这种病的。没错儿，我看你的情况跟她差不多。"舒妤说得极肯定，简直不容置疑。

"哎呀，真那样，我可怎么办？"

经她这么一说，我着实发起急来。

"你觉得有没有可能是这么回事？"官儿问。

"大概……有……可能吧。"

我犹豫了一下，还是认可了。因为我一向信赖舒妤分析和判断问题的能力。

"这样对你来说很有好处。由于患病，可以对你提供伪证的罪行不予起诉。"官儿又说，"不然，照这一条你得服有期徒刑三至五年。"

"？！"我吓出一身冷汗，如梦初醒。与司机打招呼的一幕，一时竟活灵活现地展现在眼前。只是司机的面孔还回忆不起来。也许部分丧失的记忆正在恢复，还恢复得不太彻底？于是，赶快点头说："肯定，我肯定是得了这个毛病。当时的确把我吓傻了。说不定再过些时候我会完全回忆起来。"

"那么，你对你朋友提出的证词供认不讳？"

"我相信我的朋友。"

我当下对舒妤感激涕零。要不是她巧妙地帮我开脱了责任，我就要被判刑了。还有什么理由怀疑她的证词？不过我觉得"供认不讳"这个词只对罪犯适用，所以不愿意重复。

"那好。根据你和你所信赖的朋友双方一致的供词和证词，证明你是这次车祸的主要肇事者之一。"

"我……？！"我相信我的嘴一定张得比接受扁桃体摘除术的时候还要大，浑身瘫软，想闭上嘴却半天抬不起下颌。

"难道还有什么疑问吗？事情很清楚。因为你跟司机打招呼，才导致了车辆的倾斜乃至颠覆。所以你的行为是本事件的主要诱发因素。根据刑法第一千二百五十一条，本来应判处当事人劳役六个月。考虑到该行为并非出自

短篇小说

有意危害车辆正常行驶的动机，念及你年纪尚轻，认罪态度尚好，姑且从宽处理，仅对你实行拘留十五天的刑事处分。"

"……"

"还有什么话要说？"

"没有。"

我还能说什么？能侥幸从三至五年徒刑减至六个月劳役，又从六个月劳役减至十五天拘留，已经是不幸中之万幸了。幸亏有舒妤暗中相助，也幸好碰见这么个好心肠而且熟知政策的官儿。心服口服。

"那就请你上车。"

"现在就去？能不能回家拿点衣服什么的？"

"不能。"

"那……"我求助地看着舒妤。眼下只有她一个亲人了。

舒妤眼泪汪汪地走过来，一把抱住我，恸哭失声。我感到她的臂膀又像男人般有力了。

"你家里我会去通知。你放心。今天晚上我去给你送衣服和日用杂物。"

"谢谢你，舒妤。谢谢。"

我早就泣不成声。第一次感到舒妤的确是一个非凡的女性。我为自己对她的种种不恭敬看法而深感愧疚。

走上警车的时候，我万分遗憾地发现，救护车和手术台，张屠与李医生，以至满地的狼藉，早在我们谈话的工夫消失得无影无踪。街市上人群熙攘，一如既往，好像什么事也没发生过。司机的面孔始终不曾看到。

半个月很快就过去了。拘留室里的日子异常单纯，所以愈显得时光短暂。第十五天的傍晚，我如期获释。

前脚进得家门，舒妤后脚就到了，她为没来得及到拘留所去迎接我感到十分抱歉。经过这次非常事件，我们之间以往的芥蒂全消，差不多情同手足了。

舒妤给我一张半个月前的晚报，是她特意保存下来留给我看的。上边载有关于那场车祸的消息，标题拟得很出格：给沉溺于爱河的红男绿女们一记警钟。消息的大意是，一位陷入热恋之中的司机，在开车途中遇见了女友，竟然不顾路弯急坡陡，车速飞快，撒开方向盘挥手致意，以致车毁人亡。

我匆匆浏览了一遍，就笑着把报纸扔到茶几上，起身去给舒妤张罗冷饮。

舒妤惊诧万分地望着我。

"怎么？你一点都不气愤？这报纸纯属造谣，你可以起诉。"

"起诉？……不，我现在一点儿也不相信我自己的记忆力了。谁知道那家伙到底是不是做过我的男朋友？"

"你疯了。你可是从来还没谈过恋爱的呀！"

"那怎么敢肯定？万一我谈过一次又给忘记了呢？你知道，我有那种记忆力丧失的毛病。"

"你决定不起诉啦？"

"不起诉了。凭我这不可靠的记忆去起诉，说不定反倒要犯诬告罪。再说，也太麻烦，我还要忙着补课，没工夫去干那些不相干的事情。报纸爱怎么说，就怎么说吧。反正司机已经死了，又不会凭这条消息来娶我。"

"你呀，怎么这么窝囊？"舒妤一副恨铁不成钢的样子。

第二天上午，我照常在预备铃拉响的当儿走进教室。同学们全都冲我鼓掌，欢迎我回校，相互之间反倒比往常要亲热得多了。

今天上人物肖像写生课。模特儿是一位二十岁出头的男性青年。白种人。有漂亮的鼻梁、蔚蓝色的眼睛和金黄的头发。

丁教授踩着上课铃声来了，他永远像机器人一样守时。他拿出一块淡蓝色丝绒挂在墙上做背景，一反以往喜欢使用暗背景的常例。对此，丁教授特地做了说明。他说，为了表示对我的欢迎，他特地选用了淡蓝色背景布，并挑选了蓝眼睛、黄头发的白人模特儿。一切都是为了让我发挥特长，而避开了我的短处。丁教授是个好老头，嘴硬心软。我心里别提有多感激他。因为这种感激，我信心十足，要把这张画儿画得出类拔萃。每一笔都格外认真。

一坐到画架跟前，我就忘却了一切烦心的事儿。这张写生，比哪次都画得顺手，而且我对色彩的感觉也空前之好。

没想到，等四节课上完，往上交作业的时候，我的画却引起了一场轩然大波。

"哟，你是怎么画的？"

舒妤第一个惊呼。

"真的，这是谁呀？"

"背景怎么是黑的？"

"……"

其他同学也跟着哄起来。

丁教授气得胡子都翘了，连声说："你是存心作对，存心作对！"

起先我并不明白自己究竟做错了什么事情，仔细一看，才发现自己亲手画出的肖像跟我心里想画的完全是两码事。

画布严严地涂了一层黑作为底色。黑色背景上用各种暖色颜料调出的一种不能形容的颜色画了一个青年男人的肖像。应该说肖像画得相当成功，可惜全然不是我们面对的模特儿。像谁呢？我自己也说不上来，我的记忆里并没有这样一个人。那人物的头顶上悬着一个深红色的光环。那块深红跟纯黑的底色正形成了丁教授说的那种最强烈、最明快、最响亮的对比。我突然学会了使用黑色。

遗憾的是丁教授并不因此而感到高兴，他甚至拒绝收我的作业，并给我这次写生记了0分。我也没有因为丁教授的震怒再把画儿剪成碎片，好像有些不忍下手。我把它带回家去了。

一直到毕业，我都没有再画出一张像样儿的画儿来，以致送毕业画展都没有一幅作品可以拿得出手。翻箱倒柜，最后决定送这张不合格的作业，题名《无名氏肖像》。我申述了送展的理由：作为实物写生，它的确画走了形，可是作为创作，倒蛮说得过去。丁教授还算通情达理，贵手高抬，让我把它装进了镜框。

这幅画出乎我意料地受到专家们的一致好评，获得毕业画展特等奖。紧接着又过五关斩六将，参加市美展、省美展、全国美展，一举夺得三块金牌，最后居然被选送参加本年度国际油画展览。

舒妤羡慕已极，整天跟在我屁股后边追问："你创造这个形象的灵感到底是从哪儿来的？你对色彩的感觉怎么会突然变得好起来了呢？"

我说不出个所以然。

不知从哪一级画展开始，这幅画儿的标题被有关人士改成了《永恒》。一个包罗万象、适用于任何艺术作品的标题。据权威评论家的长篇评论指出："这帧肖像画深刻地表现了永恒的主题——爱与死。创造性地使用对比色彩，高度抽象地把爱与死共融于咫尺空间，珠联璧合，天衣无缝，真正别具天才的匠心，无疑有着隽永、深沉的艺术魅力……"云云。

举行毕业典礼的那一天，我刚好收到了一份电报，通知我去领取国际油画展览获奖证书和奖杯。《永恒》获得本届展览大奖。

丁教授头一个向我表示祝贺。他对我说：

"你是上帝专门为美术界缔造的天才，你的色彩感觉太好了，特别是黑颜色运用得格外好。青出于蓝而胜于蓝，我真替你高兴，也为有你这样的学生自豪。"

我和丁教授彻底和解了。我又一次打心眼儿里感激他。根据我不足为凭的记忆，大概这是第二次吧。

1985 年 6 月 27 日写于长沙

没颜色

也许我真的跟丁教授有缘分。油画系本科毕业，我马上当了他的研究生。在填写报考表的时候，我连一分钟的迟疑也没有，抓起笔就把丁丁两个大字给填在该填的地方了。舒妤对此很不以为然。

"别看他因为你的画得了国际大奖这么抬举你，其实他骨子里永远不会器重你。"她以丁教授心腹的身份这么对我说。

"你说是这样，那就肯定会是这样。"她的话音没落，我就接着回答。

我一向对舒妤分析判断问题的能力佩服得近乎崇拜，对她所说的每一句话全都深信不疑。这回当然也不例外。在深信不疑的同时，我不光把那两个"丁"字的弯勾画得又大又漂亮，还在那两个弯勾的末尾分别点上又大又漂亮的圆点。不要说旁的人，就是教授本人看了，也认不出这是他自己的大名，而会以为是两个艺术体的外文字母"J"。

"那你干吗还报考他的研究生？"舒妤说着就要发火，嘴角一直咧到了与耳垂接壤的地步。

"他的名字好写呀。"我为我创造的字母得意，说起话来简直兴高采烈。

说真的，我还是头一次感到了教授的名字比他本人还要可爱。我敢担保，假如现在眼前放得有一百零八个教授的名字供我挑选，我也只可能选择丁教授而不顾其他。

遗憾的是，舒妤二十三年如一日准确得如同精密仪器的判断机构突然发生故障，她误以为我在用一句笑话搪塞她，竟然气得大叫一声"撒谎"，并且再接再厉把已经咧到了耳朵根的嘴角又使劲咧了咧。不期这一使劲，竟把她原本很薄弱的耳朵根给撕破了，耳朵眼儿一下子成了嘴角的延长部分，与嘴巴连成了一条线。

这样一个突如其来的变故，不能不令人惊心吊胆。我和舒妤都被吓呆了。

那么呆若木鸡地停了好几分钟，舒妤才捏着耳朵根儿寻死觅活地惨叫起来。

"救护车！救护车！"我一路惊呼着跑去给校医院打电话。

我在手术室门口走来走去，忧心如焚地等待舒妤的消息。只要她的嘴能够缝好，我一定要重新填一份让她满意的报考表。与我们的友情相比，报考谁的研究生甚至当不当研究生这一类事情全都显得无足轻重。我宁愿一万次放弃报考丁教授研究生的志愿，来换取舒妤这一次谅解。

没想到等我安顿好舒妤回到班里，我的报考表早被好心多事的同学上交了。更没想到丁教授在身体每况愈下不得不把他的研究生名额压缩至一个的时候，会在我和舒妤之间做出出乎所有人意料的取舍。

事情的结果，是舒妤带着面颊上左右对称两条尼龙拉链的伤痕，被分配到郊区一所中学去当美术教员，我当了丁教授的研究生。

临分手，舒妤瞪着那双曾经妩媚曾经狡黠曾经秋波迭起的眼睛，千愁万怨地看了我一眼，幽幽地说："你和丁教授有缘分。"

看得出，她很想把嘴角向两边咧一咧，不过顾虑到新近痊愈的创口，才将那个动作演变为一丝笑。看着她艰难困苦的笑容，我心里真是说不出有多么不安多么内疚。

我和丁教授有缘分。丁教授的得意门生舒妤这么说。

想想也对。如果不是丁教授的名字这么好写，如果不是舒妤的嘴角突然撕裂，如果不是好心多事的同学上交了我打算改填的报考表，如果不是丁教授研究生的名额临时压缩，我决不会成为他教鞭底下独一无二的大弟子的。我跟丁教授有缘分，这几乎成了众所周知的事实，连我自己都已经相信这是事实了。我为这个事实诚惶诚恐，一连好几个晚上做着激动人心的梦。

最初的激动过去之后，我突然发现自己正面临着一个极端残酷的现实——从此以后我必须规规矩矩在丁教授门下沐浴他的阳光雨露，按他设计的尺寸治学成才。一回想起他指导我作业时那种无以复加的盛怒，一想到他前额上的白头发会那样有理有节地跳动，我就心有余悸。尽管我试图用《永恒》获奖之后，丁教授满脸灿烂的笑容来冲淡盛怒的白头发留下的印象，可舒妤对我的忠告总像警钟长鸣般地响在我耳边："他骨子里永远不会器重你……他骨子里永远不会器重你……他骨子里永远不会器重你……"如果我是某一部电视剧的女主人公，这句话一定会被导演处理成带着震颤和共鸣的画外音般反复出现的。按规定情景，我大概应该捂着耳朵尖叫一声，然后昏厥，等着男朋友赶来抚慰方得苏醒。可惜我不是某剧女主人公，也没有男朋友可以赶来，因此不敢轻易地昏厥过去，只好整天伴着舒妤的忠告之声挣扎度日，受尽煎熬。

开学那天，我磨磨蹭蹭地到丁教授那里去报到，一步步走上他家的台阶，如履薄冰。

完全无法想象，在这两年里我这位可敬可畏的导师，会怎样使尽浑身解数来悉心调理我。倘若还是每天把些素描画得准而又准，色彩丰富而且协调之类的陈年古董塞给我，那非把我给腻味死，这种担心绝非多余。

过去的四年，丁教授已经最充分地向我们展示了他的一种非凡的能力，那便是一切知识为教学所用。譬如说，为了提高学生对素描、构图、色彩诸类基本训练的兴趣，他能把从拜占庭到毕加索，也就是说从公元 3 世纪到 20 世纪之间，这一千多年里所有名垂史册的大小画家的成功，全都毫无例外地统一在刻苦致力于基本功训练的前提之下。他推崇拉斐尔·桑蒂的素描与构图，也推崇安托尼奥·莫罗以无情的写实和高度的技巧所进行的写生。他说约翰·康斯太勃成功地创造了精致细腻的层次和丰富的色彩结构，又说埃杜瓦·马奈的每一幅画留给我们的印象都是有把握、仔细琢磨、简练和精通的油画技法。他甚至还佩服罗马画派和自称现实主义的古斯诺夫·库尔贝因为缺乏想象力而完全忠于真实的绘画。要是谁想从教授的教诲中找出他的艺术品味兴奋点，那可绝对是枉费心机。只能说他天生就是一个严谨的教授，教授的天赋使他善于从各种流派各种风格的艺术家那里，发现其最有实用价值的长处。他来到这个世界的使命，就是为了给人类造就出一批无懈可击尽善尽美的画匠。

想到这些，我禁不住战战兢兢。以至于脚后跟已经踏上了最后一级台阶，心里还在嘀咕是不是应该立即到郊区中学去，把舒妤找回来替代我。

就在我举棋不定的当儿，教授家的门突然不敲自开。丁教授站在半掩的门洞里，和蔼得近乎谦恭地对我说：“早就从门镜里看见你了。”

我不知道那一刻我是怎样无所措手足，又摇头又点头哼哼唧唧地跟着他走进了那扇门。我失去了临阵脱逃的最后机会。

这不是自投罗网吗？我的妈。

至今我还不敢相信，我和教授这样谈话。

“你来了？”

"是的。"

"高兴吗？"

"是的。"

"我很感动。"

"是……不，我不明白。"

"你还记得你获奖的时候我对你说过的一句话吗？青出于蓝而胜于蓝。"

"嗯……记得。"

"记得就好，你就会明白，你来了并且高兴，我所以感动。"

"……"

"你希望课怎么上？"

"我？"

"不错。教学应该以你为主，你说怎么上就怎么上。"

"？！"

"不必拘束，只管畅所欲言。"

"……"

"不好回答？……那就换一句话说，古今中外的画家，你对谁的绘画最感兴趣？"

"康定斯基。他的即兴之作。"

"……嗯，好，很好……有头脑。很好，好……能说出为什么喜欢吗？"

"因为那是不拘形式的艺术。不拘形式才能产生艺术。"

"唔……那就行了，咱们今后的教学也可以不拘形式！"

教授的手臂猛地劈下来。我看见他前额的白头发又在像鸡毛掸子顶部的长毛那样跳上跳下。

"我不过是随便说说，您……"

"君子无戏言，无戏言。你可以走了。"

我哆哆嗦嗦站起身，被教授毕恭毕敬地送出了门。

一下午，我都昏昏沉沉。我不知道在教授那儿我有哪些话不该说，也不知道以后该说哪些话。我被吓坏了。

只有给舒妤打电话。我已经习惯了在最关键的时刻求助于舒妤。到这会儿我才明白，离了舒妤我很难活得痛快。苦难在等着我。

听我说完，舒妤在电话那头像妖精一样地笑起来。让我直担心这一笑又会把她嘴角上的拉链给绷开。

"笑什么？有什么好笑的？你说话呀！"

她还是笑，还是不答话。停了片刻，忽然运足了底气，在电话里嗤嗤地吹起口哨来了。

"开什么玩笑？你倒是说话呀！"

她仍然不答话，又把那支曲子嗤嗤地吹了一遍。

我怕她把我给气疯喽，打算把电话撂下。她偏又说话了。

"别火呀。听了这支曲子还想不起词儿？"

我想起这是我们实习写生那会儿，在火车上跟别人学的一首很流行过一阵子的歌曲："东风吹，战鼓擂，现在世界上究竟谁怕谁……"

"想起来了又怎么样？"

"我要告诉你的就是这个。"她一股子装神弄鬼的劲儿。

"谁怕谁？谁也不怕谁。"

"那不就得了。其实谁也不怕谁，反过来说就是谁也害怕谁。你怕丁教授，丁教授也怕你。一回事儿。"

"他怕我？笑话。"

"信不信由你，反正我信。再见，呃——"

舒妤懒洋洋地打了一个哈欠，就咯噔一声把电话给挂了。

放下电话，再那么细细一寻思，果真就觉得我怕丁教授，丁教授也怕我。舒妤这个人，从来都这样，不由得你不服她。

我想说丁教授是一个君子，甚至比君子还要君子。以后发生的所有事实都无可挑剔地表明，他绝对是一个超高水平的君子。君子无戏言。按照我们第一次谈话约定的办法，丁教授从来不指点我要读哪些书，要看哪些作品，要怎样进行创作，要如何写论文。从来不规定我什么时间可以去请教他，或者什么时间不可以去向他请教。从来不要求看我的作业，也从来不拒绝我请他看作业的要求。对我的任何观点哪怕是言不由衷的极端激进的观点，他一律表示容忍、欢迎乃至赞同。这的确使得我在一个时期里，把当了丁教授的弟子看作三生有幸的事情。到底是什么力量促成了丁教授艺术观念的革命性变化，我始终不得而知。然而我却深知，像这样一位以治学严谨著称的老先生，在花甲之年如此果断地决裂了几十年一贯制的艺术观，是多么难能可贵。世界上还有什么比跟着这样的导师做学问更荣幸吗？我想不起来。

那是一些值得我永远怀念的日子。每天，天都那么高云都那么白太阳都那么金碧辉煌月亮都那么温柔皎洁，老人都那么慈祥孩子都那么活泼姑娘都那么可爱小伙子都那么多情，就连校园里夜夜搅人好梦的野猫们不知羞耻的嘶啼，也显得那么动听悠扬。这一切全在无形中激发着我的创作潜能。我或者不吃不喝，一连七十二小时手忙脚乱，或者不管不顾，一连三天三夜蒙头盖脑昏睡。要画就画个天旋地转，要睡就睡个天翻地覆。

在这些罕见的创作激情中诞生的作品，不知不觉以成几何级数的速度递增着，没有多久我的画就占据了寝室所有的空间。开始是把我的两位同屋一个一个给挤了出去，后来我自己的床铺也不得不挪到门边，再往后这些作品膨胀到了走廊上，弄得我整天和楼里的那些认为它们挡了道堵了门，故而火气冲天的人们解释来解释去，请他们看在我本人已经撤了桌子拆了床的份上，宽容一点。最后，我终于意识到假如再这么画下去，不光有着把全楼的同学都挤到别处去的危险，有朝一日说不定它们会灾难性地覆盖掉整个地球，占领包括我自己在内的人类最后一点生存空间。

我开始害怕。可我内心的激情并不因为我的胆怯而减退，反而更加蓬勃更加旺盛更加无法节制喷薄欲出。我万分恐惧，恐惧又十二万分地充沛了我的激情。我真不知该怎么办才能有效地制止这种恶性循环，防患于未然。有一次我甚至拿起一把水果刀，冲着自己的动脉血管比画了好几次，想象如果淌尽了脉管里的这点紫红，那可恶的激情大约总会随之消失了。思前想后，觉得生命还在其次，只是这些作品叫我难以割舍。真真是左也难右也难死也难活也难。在这千难万难的当日，我又想到了舒妤。我相信她会有办法。

舒妤从来都有办法，这一回也没有叫我失望。

她照旧在电话那一头妖精似的笑，然后轻飘飘吐出五个字："处理掉一批。"

有如夜路人看见北斗星一般，我立刻心明眼亮，茅塞顿开。

"不过……处理哪些留下哪些呢？"不明白的只有这一点儿。

依然轻飘飘，依然只有五个字："请丁教授定。"

"太棒了，舒妤！你真是智若神明……"

看来她并不需要我的恭维，不等我说完就咯噔一声挂了话筒。

事不宜迟，我旋即请来了丁教授。在挤得水泄不通的楼梯口，一位年事已高的老教授，那样严肃认真地阅读他的学生的作品，并对它们一一做出评价。我以为这个场景足以使在场的每一个人直到弥留时刻还记忆犹新。

第一幅作品是块儿全白的画布，记得我曾经断断续续花了好几天，往上边涂了不下十罐白色颜料。眼下这块儿画布白得有点儿吓人。

教授仔仔细细看了半晌，才问："标题？"

"《我的贞节观》。"

"好！"教授首先大叫一声，然后说："比兴手法，用得好！这样的主题既然属于抽象的范畴，当然不宜用具体的形象来表现。从比兴诱发出来的联想，才能叫人深刻地获得对整个主题思想的理解。不错……下一幅。"

"谢谢。"我自然高兴。

下边是块全黑的画布，上面除去涂得有十罐黑色颜料之外，还戳得有一个不成规则的窟窿。

"标题是《噗嗤》。"我抢先报告。

教授显得有些激动："好！很好！不见其物，独闻其声。好好。从外表看来这幅作品的确单纯朴素，可其中衬托呼应之处则比比皆是，使之内涵丰富深厚。你运用巧妙的艺术手法去实现自己的构思，创造了一种独特的艺术语言。作为趣味中心，这个窟窿放在左上角，调节了全画的节奏，使之和谐统一。好，很好！下一幅。"

"谢谢，谢谢。"我忙不迭地说，"这一幅叫《黄金分割》。"

半边白半边黑，黑与白在画布上各霸一方和平共处，中间是一条参差不齐任意衔接的界线。

"很响亮，好，太好了。"丁教授眯起眼皮玩味须臾，用手一指黑白交接的那条曲线，"好就好在这条线。它把画面分割成均衡而又不呆板的两部分，本身又穿插着许多互相联系的变化，如色彩的变化，明暗的变化，静与动的变化等等，造成了一种对于视觉来说非常新鲜的形式。下一幅——"

"谢谢谢谢谢谢……"

"这幅好，极好……"

"……"

一件接一件往下看。我那些或有标题或无标题或以无题为标题的单幅画，连同以概念若干号图腾若干号构图若干号韵律若干号色彩交响若干号角形与圆形结构若干号即兴若干号命名的系列作品，大小不下万件，经过几天的甄别之后，竟被教授一一认可，其中大部分得到很高的评价。我记不清他究竟说了多少个好和很好，也记不清我自己究竟说了多少句谢谢或太谢谢了。反正到最后他说得声嘶力竭，我应得口干舌燥，一幅作品都没能淘汰掉。

教授走了，那些个灾难性的作品仍然充塞了我的住室以及楼梯和走廊。而我内心的激情因了这次成功的检阅更加汹涌澎湃。一些新作品流水般涌入了浴室、洗脸间甚至厕所。我和我不幸的邻里们，一天比一天艰难地在作品的缝隙中挤来挤去，以至于怒目相对恶语相伤。这些东西一经教授首肯，反倒叫我更加无法处理。倘若我把教授高度评价过的作品任意付之一炬，那便对教授太不恭太不敬了。旧的不去，新的又来，我急得抓耳搔腮，又始终一筹莫展。几天之内，我的体重径自下降了十来公斤，走起来袅袅婷婷轻得如杨柳扶风。要是舒好这会儿碰见我，说不定又要羡慕得把嘴角咧到耳朵根上去了。

遵照教授的嘱咐，我不得不花一些时间去个别处理两件作品。不是淘汰而是保护。

两件作品都以即兴某号命名。到底应该排在多少号？离了登记簿，我也一时难说准确。好在号码并不重要，重要的是作品本身。无须费神查对，权且分别称作《即兴×号》与《蚊子的即兴创作第1号》。

《即兴×号》曾经是我的自行车前轮，在一次小小的车祸中它被拧成了麻花。可以断言，不管是谁，只要稍有生活经验，一看见它准会自然而然地联想起各种车祸的场面。我以为像这样一个能够激起人们无限联想的构图，是无论如何不可以随意抛弃的。1917年出现在西方艺坛的一件里程碑式的作品，就是一个以《泉》为题的小便池。尽管它受尽了指责和非难，几进几出展览馆，然而最终还是在世界美术史上夺得了一席之地。出于这样的考虑，我给车轮挂上了《即兴×号》的标签。教授认为这件作品极为出色。他建议我用一个大塑料袋将它包裹严实，吊在高处，免得跟别的东西磕磕碰碰，改变了它的原始形状。我当然立刻照此办理。

《蚊子即兴创作第1号》被教授誉为前无古人后无来者的艺术珍品。这件作品取之于我本人的左腿。若是非要注明所用材料的类别，那就应该惊心动魄地注明：人肉。

它就诞生在头一天夜里。趁着我挥汗如雨作画的工夫，一只蚊子从容不迫地在我大腿外侧咬了一串晶莹饱满的疙瘩。那蚊子仿佛是按照图纸的设计在施工，那一串疙瘩制作得疏密得当大小均匀色彩明快形状自然，真像在磨光的大理石上，雕刻了一串粉红色的珍珠项链，其物质感（肌肉的质感）很能引起视觉的美感。我当机立断，用刀片小心翼翼地把这串疙瘩割下来，钉在画布上，并精心配以底色。不顾伤口血流如注，我一心为它得意，也为它担忧。得意的是它的独特性和不可复制性，担忧的是它到底难以保存。不等有更多的人看到它，它就会变质腐烂，永远消失。

丁教授看到这个作品，眼睛放出异样的光来，连呼三声"妙哉"。他认为这件作品采用了十分娴熟的特写表现法，讲究艺术的提炼和纯化的技巧，去掉一切不必要的内容，留下最必要的东西作为特写加以表现。他还肯定作品在材料更新方面取得了一次突破性的进步，无疑处在世界美术潮流的先锋地位。临走他一再叮嘱我要马上与科技部门联系，采用最先进的防腐技术保护好这个作品，使它将来有机会参加国际性美术比赛。他坚信《蚊子即兴创作第1号》会比《永恒》引起的轰动更大。他还说如果有必要，他可以亲自出面去跟有关部门协商。

我差一点儿一改从来不愿吹捧任何人的秉性，当面告诉丁教授，作为他的研究生我真真是六生有幸。好在教授要赶去给本科学生上课，匆匆走掉了。我这句话总算没有说出口，不然，仅仅在两小时之后，我便肯定要为这一句话后悔。

两小时之后，确切地说是两小时又十七分之后，我从防腐技术研究所回来。由于《蚊子即兴创作第1号》已经顺利并且有效地得到了保护，我非常高兴，也非常想让教授早一点儿得知这个令人愉快的消息。

跑上教学大楼的螺旋形楼梯，我简直体轻如燕。一跨入三楼那条对我来说熟悉不过的走廊，立即有对我来说熟悉不过的声音传来。

"我再强调一遍，你们要先练基本功！基本功懂吗？就是把素描画得准而又准，让自己的每一块儿画布都色彩丰富并且协调……表现主观意识？谈何容易……"

我开始怀疑是这个熟悉的环境唤醒了我的听觉潜记忆，接着又怀疑这是低年级同学在听丁教授过去给我们讲课的录音。可悲的是我偏偏从敞开的窗口看见丁教授本人，看见他慷慨激昂的脸，舞之蹈之的手臂和前额跳上跳下的白头发。我还听见他更提高了嗓门在说：

"不要动不动就是毕加索，动不动就是康定斯基。毕加索只能有一个，有两个就多余。如果全世界的美术家都成了毕加索和康定斯基，人类肯定要被毁灭的……"

先鸦雀无声，后掌声雷动。

我不敢再往下听，觉得要是再听下去就太对不住丁教授。在我跌跌撞撞急忙跑开的时候，丁教授的声音一直跟着我。

"我打算在近期组织一次别开生面的展览，让咱们学院里现代派的尖子和民族派的领袖到展览会上决一雌雄，来他个擂台赛，孰高孰低不言自明……"

于是不管我如何迅速地逃离现场，对不住丁教授都已经既成事实了。

不久，我被丁教授通知精选二十幅作品参加"优等研究生作品展览"。

"这么说，我成了现代派的尖子了？"我几乎脱口而出。

教授的眼睛一眨不眨，用君子独具的坦荡目光直直地瞅着我，瞅得我心慌意乱，如同小人般畏畏葸葸无地自容。下一句脱口而出的话便只能是"我马上准备作品"。

我怎么也没想到我的作品在这届展览会上的处境会悲惨到如此地步。开展的第二天，《我的贞节观》白上加白的画面正中央就被什么人用烟头烧了一个黑窟窿，而全黑画面的《噗嗤》左上角那个窟窿，却又被人用白胶布给补得严严实实。《蚊子的即兴创作第1号》的遭遇，就更加令人发指。标签上好端端的标题被贴掉了，代之以一行歪歪斜斜的红字：人肉灌肠。我后悔当初那么积极去防腐技术研究所求援。现在想来，与其让它们泡在盛满防腐药液的真空薄膜袋里凸凸凹凹地拨撩酒鬼们的胃口，还不如让它早些臭掉烂掉消失，免受这份凌辱。值得庆幸的是，因为把《即兴×号》吊上房顶很叫我费了一番周折，所以也就没有下决心再把它拆下来参加展览。不然的话，那个亮晶晶的钢圈说不定会招来些无耻之徒，将它偷出去扳正了再换到他们自己的破自行车上去。

我整天整天在展厅里徘徊，悉心尽力护守着我那些日甚一日变得破烂不堪的作品。外边分明赤日炎炎，我在里边却分明冷得骨头上都起了鸡皮疙瘩。时时要听些这样的议论："瞧，这些破玩意儿就是她的创作。""是她吗？怎么一点儿看不出她神经有什么不正常？"有时偶尔也会有那么三两个观众走到我跟前，对我说些支持或者安慰的话。可我非但不能因此感到丝毫宽慰，反而要时时揣度这些支持和安慰是否只出于对弱者的同情。如果真是那样，岂不比在《我的贞节观》上再烧十个二十个黑窟窿还要叫人寒心？

一点儿不错，在这个擂台上，我是一个地地道道的弱者。我的对手大概就是被丁教授称之为民族派领袖的人物。他不愧为领袖。他有领袖的身材领袖的做派领袖的口才领袖的胡子、下巴和前额。假若他不是我艺术上的死敌，那么我肯定会在看见他的第一秒钟就死心塌地爱上他，并随时准备为他献身。

命里注定，我只能是尖子，而他是领袖。自古道：峣峣者易折，皎皎者易污。尖子只管向上猛蹿，弄不好就要自己折断自己。领袖却从来是依靠众人的力量出头，起码有三个以上相帮的好汉。与我冷清的部落相比，他的领地可以称得上整天熙熙攘攘车水马龙。

但我一眼看穿，他的繁荣里其实不乏虚构的成分。第一天他自备汽水召开现场演讲会，口若悬河大谈民族灵魂之根应该怎样扎在民族民间艺术之中，引得他身前身后人头攒动。可是要想在那片黑压压的人头里，分清哪一个是来听演讲的，哪一个是来喝汽水的，非得动用一个连侦察员才行。第二天免费赠送五彩门神。第三天低价出售各式窗花。假使再展出三五天，我看他说不准还要卖灯笼卖鞋样卖蜡染书包和印花土布。这样虚张声势的繁荣，有什么值得羡慕？于是也就心安理得，任谁来破坏展品，任谁来讽刺挖苦，我自岿然不动，反倒生出些视死如归的英雄气概，竟然热血沸腾。

这么着就像得了无名寒热症，一阵冷一阵热地想自己，热一阵冷一阵地看别人。心里有许多话要说，又不知应该说给谁。舒妤已经正式开始恋爱，并爱得如火如荼，连跟我通一个完整的电话的耐心也没有了，更不要说和她见上一面。丁教授呢，不等他为自己精心组织的这届展览剪彩，就突然中风住进了医院。为尽师生情分，我去医院探望他。他已经只会张嘴不能发声，还有多少语重心长的教导没来得及尽情表达，只有他自己清楚。亏得还有位能干的夫人守在床边。只消把耳朵放在教授嘴边蹭那么一下，我的师母便能准确无误地了解丈夫的意图，然后如实转送。可谓心有灵犀一点通。诸如教授说希望你做好充分思想准备去接受广大观众检阅，教授预祝你旗开得胜马到成功，教授说他一向认为西方艺术和民族艺术也是环肥燕瘦各有千秋，不应该互相排斥而应该互取长处之类的间接教导，我已经从师母那儿多多地领教过，不想再听。

我一个人在河边走。心里有话对自己说。

"喂，你这么散步，就不觉得孤独吗？"

是他。

"我不是领袖，用不着害怕孤独。"

"看来你讨厌跟我谈话。"

"不错。我讨厌谈艺术和以谈艺术为职业的艺术家。"

"那就谈点别的。譬如说爱情什么的。"

"好吧。"

我们便开始谈论起有关爱情的事儿来。等到月至中天不得不分手的时候，我们已经难舍难分了。

"你要我爱你吗？可是我不理解你的艺术，又怎么爱得成？"我对他说。

"这事很好解决。只要你这个暑假到我的艺术发源地去一趟就行。在大山里。"

"反过来说，你同样不理解我的艺术。"

"这就不太好办。你的艺术源远流长，鄙人暂时还没有实地考察的福分。"

"那我就留一批书和画册给你，你老老实实看它一个暑假。不然又怎么体现平等？"

"这毫无问题。"

我们说好，下学期再见的时候，假如互相理解了，就爱，要是仍然理解不了，就散。

一放假，我就到山里去了。我渴望爱。

临行前我去探望教授，把我的打算告诉他。教授躺在那儿嘴唇一张一合一合一张。经过多天实践，师母对于领会丈夫的意图早已驾轻就熟。无须将耳朵贴近，她就明白过来，向我转达："教授说，你的想法好，很好。一个真正的艺术家，其追求应该是永无止境的。"

我带着教授的殷切期望到山里去了。为了爱。

等到风尘仆仆走上归程时，爱对于我不再是若即若离的渴望，而差不多是近在咫尺的现实了。在大山里，我不光理解了他，而且找到了我自己。心里沉甸甸的充实，背囊也同样充实得沉甸甸。包里至少装着几千个剪纸印染编织刺绣木雕石刻作品，此外还有若干砖坯瓦楞桌椅凳腿。能带得动的全带回来了，甚至还带回来一个大活人。她就坐在我身边，随着车体的晃动前仰后合。

现在要是再在我这儿说什么今世有缘三世有幸，丁教授毫无疑问只能退居二线，而把我身边这个座位指定为头一把交椅。如果不是有缘不是有幸，那一天我怎么就无端地丢了指北针，无端地迷了路，无端地鬼使神差往前跑，一直跑到那间石头屋子跟前？怎么会突然头昏，突然腿软，突然想到要喝水，突然推开了那扇门？

推开那扇门，不过为讨上一杯水。殊不知这扇门一经推开，便会要改变我的人生。

开初只是一片昏暗，昏暗里听得有咯吱咯吱的响声。以后我看见了一个老妇人佝偻的背影，看见了那把生了锈缺了口刀刃足有二分厚的破剪刀。被一种神奇的感应所昭示，我即刻意识到我正面对着一位跟我一样为难以遏制的创作激情所左右的艺术家。

连续好几天，那把破剪刀在昏暗中咯吱咯吱不停地响，厚厚的刀刃在黄毛纸上蜿蜒推进，留下参参差差随心所欲的曲线。如男人那样粗糙黝黑的手指，沿曲线随心所欲一撕，便有了无数任意夸张任意装饰的毛边图案，成百上千千姿百态的剪纸老虎，一齐在昏暗中活动起来。我还来不及将它们一一端详仔细，一炬火已经把它们化成了灰烬。无论我怎么劝说和哀求，老妇人只管古古怪怪地笑，将火塘烧得更红更旺。然后她在余烬黯淡的微光里，接着剪下去。剪了烧，烧了剪。每回照例只有一两张幸存。

我傻了。想起身挪不动脚，想开口说不出话。我不知此地何地，不知今夕何夕，不知自己姓甚名谁从哪儿来到哪儿去。我只知道我遇上了圣人，还知道要得到圣人的垂青是一项艰苦卓绝的事业。为了让她对我说上一句话，我挑水挑得肩膀脱皮，砍柴砍得双手起泡，还得帮她挖耳垢篦头虱洗刷陈年的裹脚布。她对此开始是视而不见，后来又熟视无睹，直到有一天我不慎将她仅有的一小盅食用油当成脏水泼到了地上，她才真正相信了我，收我做她的真传大弟子。我们杀鸡盟血香烧九炷，约定今生今世永结师徒之谊。接着我收拾起她手下留情才幸存的全部作品，带她离开她祖祖辈辈居住的山坳。我要把她介绍给领袖介绍给教授介绍给全体同学介绍给全世界。我认定在她面前，我的作品我的导师我的学校和我过去崇拜的所有艺术大师加在一起，也只能等于零等于负数等于无限小。

我已经忘了我是怎样一口气跑上十四楼，一连敲错了二十八张门才找到了那个我准备以全身心去爱恋的男人。我只记得要赶快告诉他，我终于找到了他的根他的源，理解了他的作品他的追求和他本人。

"我现在完全理解你了！"我忘情地叫。

"我现在理解你超过了理解我自己！"他叫得更加忘情。

一个最初的也是最后的吻。吻得我心头打战。

"我打算改行研究民间美术。"

我给他看师傅指点我剪出的老虎，激动得喘不过气儿。

"我已经开始钻研达达派艺术。"

他给我看他新近的作品，兴奋得血压升高手冰凉。

我看见了一大堆备用的垃圾和垃圾制成的拼贴画。

我和他都笑得流出了泪水。

我们挽着手走下十四楼，在最后一级台阶上互相珍重地道了一声"再见"。

爱又重新变成若即若离的渴望，在睡梦里闪闪烁烁。可我没有时间去做那些闪烁的梦。我忽然间和他调换了位置成了领袖，因而有许多突然生出来的事要做。为了给师傅组织一次现场表演讲座，得去租会场挂横幅张贴海报组织听众印制作品说明作者简历和讲话稿。够我忙一阵的。

等到该忙的忙完了，该做的做尽了，师傅却招呼也没打一个就走掉了。我后悔不该急急忙忙带她到动物园去看老虎。若不是她时时在念叨剪了一辈子假虎没见过一只真虎，我也不会动了这份心。自从看了真虎，师傅再也剪不出假虎。只要一拿起剪刀她就乱了方寸，往日那种刀走蛇龙的自信荡然无存。把她过去的作品放在跟前，请她照葫芦画瓢，她给胡噜得满地都是，嘻嘻地笑："这是什么虎？满世界没有过这样的虎。"临到讲座的头天晚上，她突然逃走了。

师傅走了。今生今世她再也剪不出一只虎。她终于解脱了。

教授死了。就在师傅逃走的那一天。讲座的会场成了教授的灵堂。

我去舒妤那儿报丧，她正趴在缝纫机上噔噔地扎着自己设计的结婚礼服。

"是吗？"她问，把布片披到身上在我面前转过来转过去，"我想在左胸插一根红羽毛……唉，就在这儿……"

我不想看。我觉得她漂亮得有点儿吓人。

"喂……你来找我，是不是为了凑份子买花圈？"她追上来塞给我五毛钱，"我当然少不了得凑上一份儿。"

我用那五毛钱买了一小块儿奶油朱古力。

我从作品《即兴×号》那个扭曲的车轱辘上取下外带和内带。外带乌黑，内带鲜红，内带缠在外带上，便是一个别致的花圈。我在上面别了一张纸片，恭恭敬敬地写上字。

即兴第 1001 号
——献给我的导师

下面没落款。早在大山里我就遗忘了自己的姓名。

我把花圈端放在教授灵前。师母用一双泪眼上上下下看了好一阵，然后抽抽噎噎告诉我："教授说，所有的花圈数你这一个好。"

教授死了。师傅走了。我亦无师可从。于是决定退学外出云游。临走的那一天，我在楼前点起一堆火，烧掉了我过去所有的作品和师傅留下的所有的虎。楼里的邻居为他们从此将有一个舒适宽敞的环境笑逐颜开欢天喜地，纷纷前来相帮。众人拾柴火焰高，那火果然烧得烈焰冲天。结果活活引来了一长溜救火车，弄得满校园处处响着消防警报。

我到教授家去辞行。毕竟师生一场。教授庄严的遗像下面，独一无二地放着我敬献的那只橡胶花圈。

"你的花圈和教授的遗像有一种默契。"师母说。

我第一次也最后一次握了握师母的手。只有她是虔诚的。

1986 年 8 月 24 日写于长沙

劫后

十五年以前的某个夜晚，发生过一件事情。在一个城市里，几十万人同时死去。一场地震将几十万人连同他们或者美妙或者恐怖或者无聊的梦，以及根本无梦的睡眠一起埋葬了。

那个夜晚因此而成为历史上一个著名的夜晚。

关于这一夜，有许多记载和传闻。劫后余生的人们争相诉说，用千奇百怪的经历装饰了这场劫难，很宽宥地赋予它一种宿命的悲壮。

像所有戏剧中最隆重的出场一样，那个著名的夜晚在它到来之前发出过预告。可惜人类无知无觉地忽视了这些征兆。直到死的飓风猝不及防地掠过，留下一幅用红的血与白的骨镶嵌的巨大无比的图画，幸免于难的人们才闭上失神的眼睛，开始追忆种种不祥之兆。

一切都清清楚楚，都有声有色。

首先是碧绿的海水变得浑黄，吞没露出海面的礁石。后来陆地上的一些池塘，有的莫名其妙地干了水，有的又像喷泉般腾起水柱。然后宁静的天空突然间变得拥挤，成千上万只蝙蝠、蝴蝶、蜻蜓、小鸟、蝗虫、蝼蚁，用它们渺小的身躯结成大片云霓遮天蔽日，发出各种奇异的叫声竞相飞翔。后来老鼠、黄鼠狼成群结队窜上地面，在光天化日之下开始漫无目的的迁徙。驯服的辕马挣脱缰绳夺路而逃。公鸡母鸡不再打鸣和下蛋，在鸡舍里东奔西跑。狗们、猫们无缘无故围着主人打转，哀号之声迟疑而凄厉。

喧嚣的白昼接着喧嚣的夜。再往后，一切都倦怠了，安详了，无与伦比的灭顶之灾也在这一片貌似安详的寂静里悄然而至。以后，一片巨响湮没了几十万条生命临终的呼喊。再过些时候，天下起大雨。雨如同一个弥天大谎，想把这一切都掩盖掉。

人们这样回忆。文字这样记录。回忆用文字记录下来，成为不容更改的历史。久而久之，所有的人，身临其境和未曾身临其境的人们都虔诚地相信了这段历史。

只有一个女人例外。她坚持说那一天没有预兆。

"撒谎，全是撒谎。别相信。"女人永无倦意地重复这句话，五年十年十五年如一日。就像一个循循善诱的巫婆，耐心地向每一个人念着同一句咒语，仿佛期待，某一天，这句被修炼得灵验的咒语具备点石成金的法力，改变所有人关于那个夜晚的一切记忆，同时改变历史。

女人坚信那一天只是极其寻常的一天。跟人们已经挨过去和即将挨过去的其他日子没有任何不同之处。没有预兆。天上地下水里，一切生命都不厌其烦地活着，并没有因为末日的来临显得怎么兴奋。没有任何骚乱的迹象，没有任何恐慌。总之，她那时候的感觉是生命过于悠长，而且企图永无止境地悠长下去。这个感觉让她心烦。

在这著名夜晚降临之前的那个黄昏，女人坐在向西的窗户跟前手法伶俐地包着猪肉韭菜馅饺子，心境忽而安然犹若止水，忽而纷纭如同乱丝。像所有怀了私情的女子一样，她的心境总是忽明忽暗乍悲乍喜。

徐徐晚风不知从什么方向长驱而至，载着城市周围的田野上业已成熟的小麦遥远的芳香气息。那是一种能够给予人们无边遐思很富古老意味的气息，又将田园、土地、耕耘与收获这类久已搁置的话题重提，引诱人们从容走进历史，重新观看自己从子宫而褓而学步而长成直至今天此刻的精彩表演。对生来善于诡辩善于自欺欺人的人类来说，它代表一种有趣而又残忍的游戏。值得庆幸的是，并非每个人都具备参加游戏的资格，只有生性聪敏同时兼备浪漫气质的人们，可能领略那遥远气息的含义，可能进入游戏中的角色。在黄昏的西窗前包饺子的女人，不幸兼备了聪敏与浪漫，于是被富于魔力的气息引诱，走向历史的尽头。历史的尽头，是一片成熟的麦田。

包饺子的女人开始唱一首歌。她会唱歌，唱歌之事她简直无师自通。她说不清楚怎么会偏爱一首关于麦田的外国歌曲，甚至舍不得唱给别人听。

"正当夏天成熟的麦田上，一个姑娘在歌唱。善良的人们请你告诉我，我的爱人在何方？"歌词大意如此。没人会认为这首被译者歪曲过的歌词如何好得不得了，只有这个偏爱它爱得舍不得唱出口的女人，平白无故欣赏它。

捎带着麦田遥远气息的日暮之风，如一个温柔的问候或者多情的叹息，让女人感动不已。她忽然用很大很浑厚的声音唱起这首珍藏犹如瑰宝的歌来。

街头有一些匆匆过往的行人驻足。有个顽皮的男孩子放下瞄准路灯的弹弓安静了一小会儿。拾废纸的老太婆飘零的苍白发梢垂落片刻。

这些只是刹那间发生的事情，没人注意到，包括唱歌的女人自己。生活里常常有这类事情，它们发生了，就像从来没发生过一样。

女人很专注地唱歌。她唱歌时向来很专注。尤其当她唱这支不忍心唱出的歌时，伶俐的手指因为专注而停歇。

后来她的歌声被一声脆响打断。女人转身看到她脚边有一只精致的薄胎瓷碗，很克制地分裂成三片，宛如凋零颓败的木叶玉兰，等待她去收拾。她明白这只瓷碗过早凋败的意义，于是停下歌不唱，手指更加伶俐地包饺子。饺子个个玲珑剔透。她已经很习惯这类打搅。每每她耽于幻想而延误了正事，她丈夫就会用类似的方式很得体地提醒她，她便也很知趣地接受这番关照。

所以女人认为那个弥漫了麦田气息的黄昏里一切正常，连一只瓷碗的碎裂也是照常进行的。所以她说没有预兆。至于她如何开口唱出一支久已不唱或许从来未曾唱出口的歌，她不想深究。坚持说有征兆的人们可以认定这就是凶兆。

也许这女人本身就是凶兆。当她歌唱的时候，世界有一刹那的停顿，只不过没人注意到。

女人停止了歌唱，也就嗅不到麦田的气息了。绵长的晚风仍旧徐徐吹拂，再也不挟带任何气息，干净得像医用蒸馏水。女人一家三口坐在纯洁的夜风中享用晚餐，眼看夕阳的余晖渐渐淡落，由紫而灰，由灰而青，直至漆黑。那个著名的夜晚已经无可挽回地降临。

丈夫儿子看电视的时候，女人急急忙忙地收拾好地上的瓷碗，洗干净所有的用具和丈夫儿子换下来的衣裳。每年每月每天的夜晚，她几乎都是这样度过的，这一夜也没有什么不同。当然也有过几个特殊的夜晚，她收拾着东西忽然就抑制不住某种渴望，穿着拖鞋和便裤转上两三趟车经过大半个城区去看一个人。路上她决定要堂皇地走进他的家，从容地坐下谈话。但一望见他家窗户里的灯光，她就怯而止步了。那片灯火过于朦胧和温暖，仿佛有意启发她想象女主人的贤良美丽以及他的满足。她只好在黑影里发一会儿呆，又匆匆潜返家中，接着干永远干不完的事。只有一次，她从敞开的窗户中看见他，终于忍不住唤他出来。后来他们在街心花园的草地上看了一会儿月亮。那一会儿短得不够她完成三分之一的路程，她却很知足地忙着起身赶回家去。

她觉得那个时刻有一种无可奈何的凄凉沟通了他们。月亮照落她面颊上无声的泪痕时，她从他温厚的手掌上体味了辛酸的爱惜。这就够了。为这件事他将她戏称为"疯女人"。她知道自己到死都不会忘记那夜里圆得悲凉的月亮。

著名的夜在女人忙碌之间不知不觉地深了。

在凉台上晾衣裳的时候，女人又情不自禁地眺望了一回西天。她努力翕动鼻翼，想要重温黄昏时分麦田的气息，发现长吹不绝的夜风已经止息，空气变得凝重而结实。女人的眼睛里忽然滴落了两颗水珠。这仍然算不上什么异常之兆。她面颊上时常会有这种水珠悬挂，当她心中涌动着什么或者失落了什么的时候。

十五年之后，女人已经无法忆起那夜里天空中是否有月是否有星。她只依稀记得有一些形状险恶的云彩翻腾演幻，犹如一些残缺的噩梦。人们仍然无法让她相信这就是劫难的征兆，女人对噩梦过于熟悉，熟悉得令她亲近和依恋。所以她坚持说没有异兆。

熄灯之后，女人陪丈夫做了件她并不高兴做但为人妻又不得不做的事情。她很累，很困倦，几乎与事毕同时，她便沉沉入睡。她知道这样冷漠会令丈夫不快，她很想说声对不起，可是还没来得及说，她就睡着了。

后来是深沉如海的睡眠。奇怪的是，这样的睡眠里居然有梦。女人当时不知道这只是梦境，便在梦里真真实实地畅快一时。也许能把梦境当作真实来享受，就是她的一种幸运了。

那是一片阒无人迹的荒芜海域，她和一个男人在海上泛舟。天空中没有太阳也没有月亮，却有不知如何称呼的强烈光照射向他们，让他们感到某种暴露的威胁和阵阵燥热。他脱了西服，将衬衣袖子挽至臂肘，西服的下摆拖到水里，她一把替他捞起来拧干熨平。他笑笑，似乎想张嘴说句什么话。她还不曾听到他的声音，先听到一声巨响。以后船沉没了，海水涌上来将她拥进阴森的海底。以后海底上升了，浪头重重地拍着她，在她周围直立成残垣断壁。

女人在残垣断壁中醒过来。

她醒来的时候，伸手抓到一把瓦砾。她马上真正理解了小学四年级学过的一个成语——沧海桑田。白头发的女教师从老花眼镜镜框上方伸出两根僵硬的目光，瞅着下边的孩子们，用一种只可能在教堂里回荡的声音对他们说道：沧海桑田，缩称沧桑。大海变成桑田，桑田变成大海，比喻世事变化很大。

孩子们眨巴眼睛使尽全身力气，也想不出大海如何变成桑田，桑田又如何变成大海。年老的女教师无能为力，只好说：这种事只有亲身经历才可能真正理解。第二天年老的女教师没来上课。第三天一个扎小辫的年轻女教师走上讲台。她告诉孩子们，白头发女教师再也不能来上课了。好比一个最后的注释，白头发女教师至少让孩子们亲身经历了教室里的沧海桑田。

女人在断垣残壁之中醒来的时候，立即想到了从老花镜镜框上方伸出两根僵直的目光，并用教堂里专用的庄严声调讲课的白头发女教师，同时真正理解了那个旧成语。许多年之后，女人关于地震的记忆，仍然是海底上升为陆地的变迁。

十五年前那个著名的夜晚，女人醒过来，从房屋的废墟上抓起一把瓦砾。荒海泛舟的梦境依稀仿佛，让她惦记那个在小船沉没之前向她微笑的男人。他一定在某个凝固的浪头下边等待她，要把那一句来不及说的话说给她听。那句话应该美好。

去找他。女人这么想着从瓦砾中钻出来，带着满身尘埃和血痕，迅速离开了家园的废墟。她痴迷地惦念着荒海上的遇难者，浑然不知她睡衣上沾染的深红色血痕，正是源于她幼小儿子的脑腔。

劫后余生的女人钻出废墟之后，有片刻茫然。她已经辨认不出居住多年的街巷了。所有的房屋都凹陷成了地窖，她一伸腿就走到了邻居的屋顶上，那儿原来是一栋三层的红砖小楼。女人的茫然只有片刻。很快她就在大片屋顶上跟跟跄跄跑动了，跑向她在梦里确定的目标。那时候，她完全不知道自己正做什么，不知道她正跑向一座耻辱的十字架，并将毫不吝惜地将自己钉在上边。当太阳透过愁惨的灰雾照亮这座死亡之城的时候，女人已经跑过大半个没有路标而且面目全非的城区。所有经历过那场劫难的人们都认为这件事是个奇迹，而这女人是个怪物，除了用最恶毒的语言咒骂她，没有人称赞她勇敢或者智慧。

居然她就找到了他，那个只在梦境里与她同舟共济的人。他正在自家的废墟上从事类似机械的挖掘工作。她轻声唤出他的名字时，他只是迟疑地侧了一下身子，让空旷的目光越过她的头顶，算是作答。女人似乎没有觉察这是一个婉转的拒绝。她早已习惯了这个男人专注于某件事务时她需要等待的规则。她不知道遵循被破坏的规则本身就是荒谬。男人继续用更快的速度挖掘，她在一旁尽情欣赏他劳作时的强健，显得耐心和安静。

那个劫难后的早晨，假如有人路过那片废墟稍加留意，就会看到一个男人正狂乱地奋力扒开碎砖断瓦，响亮地呼叫谁的名字。那女人双肘抱膝而坐，像个等待宣布考分的女学生，看着忙于改卷子的老师那样，很安分地守在近旁。头天夜里，这个城市里有一半人死了伤了，另外一半人完整地活着但失魂落魄。不会有人留意这女人，说她的安静与整个城市的动荡如何不协调，女人自己也未曾感到有什么不妥。她的安静是一种条件反射。每当她见到这个男人，就有安宁沉静的气氛笼罩她的心，让它不敢乱跳一下。她第一次看见他，便由此感到了他的与众不同。从瓦砾堆中爬出，她也曾失魂落魄地奔跑，可一看见他的背影，她立时就安静了。

她听见他在呼喊另一个女人的名字，是她从未听见过的爱称。对于她来说，那个名字犹如某夜从他家窗户里透出的灯光一样朦胧而温暖，启发她想象如今被埋在废墟里的女人何等贤良美丽。她已经多少次设计过那张脸，在无数个清晨、黄昏或者万籁俱寂的夜里，它千变万化像一个无所不在的幽灵跟随她。她想过要鼓起勇气像结识新朋友那样，坦然自若地结识那女人，她去那座米黄色办公大楼门前徘徊过，企图在踏着下班铃声匆匆归去的女人们中间，找出那个与她休戚相关的人来。她总是失败。一旦那楼里的铃声响起，她就紧张得窒息，像个撬开了锁又听见了脚步声的小偷似的逃开去。她分明觉着这是在作践自己，又摆脱不了那张脸的诱惑。

终于看见她，是在这个早晨。两块断裂的水泥预制板上堆积的碎砖杂砾被男人挖去之后，那张脸露出来。准确说，它已经不是一张完整的脸，鼻梁塌陷下去，眼窝隆起，一只眼球被血浆和尘垢粘在折断的鼻骨上，嘴唇不知去向，白的牙齿和红的牙床裸露着，占据了两腮的位置。这最初也是最后的照面，足够女人回想一辈子，她内心极其短暂地闪现过一丝残酷的满足感。这叫她觉得她自己可怕。

男人正是在那一瞬爆发出狼嗥般的惨叫。女人听出那叫声里饱含了万箭钻心的痛楚和最激烈最深重的忏悔。如同一根拷打的皮鞭呼啸生风而过，女人的灵魂经历了酷刑的审问。荒海泛舟的梦境像被暴烈强光直射的照片，倏然褪色，变成一张泛白的相纸被她收藏。大梦初醒，女人战栗着落荒而逃。其时，太阳已经升高了，用一种让人感到寒冷的白光照耀死寂的城池。

后来有过许多个晚霞绚烂的黄昏，当城市周围遥远的麦田里，又有某种芳香诱人的气息伴随晚风袭来的时候，女人就会穿上一件肮脏破旧的睡衣到西边的窗前去唱歌。睡衣上永久保留了她的小儿子画给她的图画。年深日久，那些寓意深长的图案仍旧顽强地鲜明无比。那天早上，她跑过大半个城区，在别人家的废墟上被一声惨叫拷问，正是这些图案亲切地将她从迷惘的梦中唤醒，并向她提示了下半生的旅程。这些年来，她正在一丝不苟按照图案的提示去赶赴预定归宿。

仓皇的女人落荒而逃，迷了路。不过几十分钟前还能被她辨认的路径，在她重新返回时消失得无影无踪。她疑惑来的时候她怎么可以在这一片狼藉之上奔跑。回头再看，地面上实在已经找不到落脚的地方。俯着伏着蜷曲着的整具尸首和零零散散不拘一格的残肢碎体，像山石缝里的蘑菇在大雨后突然茂盛非凡地生长起来从钢筋水泥砖石瓦片堆里钻出，比比皆是。黑红的血如同山泉，寻找一切可以渗漏的途径，打着小小的旋儿，汇集到低处，一脚踩下去，就传过异样的温热。女人的赤脚被划破，自己的血和别人的血混合，结成硬硬的一双短靴，似乎给她的行走提供了便利。女人穿着血的短靴狂奔乱跑，找不到她的家，找不到她相倚歌唱的西窗。又一个黄昏到来时，她总算又一次跨上了邻居的屋顶。晚些时候，她用一双手刨出了丈夫和儿子。

儿子头上还戴着临睡前由她替他戴上的小熊面具。再过两天幼儿园要开晚会，儿子演出的节目是《小熊请客》。她怎么也想不清楚，为什么儿子的头颅砸扁了而小熊面具仍完好无损。是儿子怕惊吓了母亲，要求他的动物朋友替他遮挡住骇人的创口吗？丈夫的手掌仍旧温热，女人抓住那双手，分明感觉到十个粗糙的手指尖上还有生命细若游丝地缠绕流连。女人似乎早就料到丈夫会死得比任何人都艰难，她曾经有过多的机会领略他旺盛的生命力，并一直觉得自己将先他而去。她从来不相信这样一个强壮无比的身躯，会被这堆一碰就碎的砖渣木块砸得再也站不起来。

大雨浇落了太阳。夜幕和雨幕重叠在一起，天很快就黑透了。劫后的空城更加阴惨，几点手电筒的星光时隐时现将暗夜点缀得漫无边际。女人像影子一样坐着，雨围困住她，还加上风。她只冥思苦想一件事：谁杀死了他们。

女人搬进新居一晃就是好几年。分房的时候她坚持要求有一扇向西的窗。从此她常坐在西窗下包饺子。饺子仍旧是猪肉韭菜馅，仍旧玲珑精致，手指则远不似当年伶俐。十五年前她被风雨围困的夜里，她的手被一双男人的手握住的时候，她忍不住发出惨痛的呻吟。她的手指血肉模糊残缺不全，像两朵巨大肥硕的鸡冠花漫不经心地盛开着。她用残缺的手指包饺子，手法再也不能伶俐，在被麦田气息和黄昏落霞温暖的西窗。

惨痛呻吟中的女人受到一个男人的抚慰，她的头被小心地搁置在很宽很厚的肩上。这是一个曾经多少次在如梦的现实里和如实的梦境中闪现的场景。

"过去完结了。"男人用沙哑的声音宣告。

女人听懂了这句话。过去曾经垒成大山，压在未来的胸口，他们只能隔着大山怅惘，相互偷偷一瞥。现在，过去跟城市一样，被毁灭被捣碎了。她懂。

"只剩咱们俩了。"在无星无月的雨夜里，他的目光穿透黑暗，如晨星般灿烂。她看见了。

他们向往过地球的边缘，可地球永远无边无缘。他们憧憬过逃亡。灾难仿佛要成全他们，让他们逃亡到一片荒原之上。荒原上只有他们俩的情景，在一夜间如此残酷地实现。女人知道这是思维无可推卸的罪行。思维是物质的。这个结论破灭了她受过的所有哲学教育，男人从女人长时间的沉默中，觉察了这种破灭。

"我会好好照顾你。"男人更小心地拥住她的肩头，仍然耐心地对她说。

女人置若罔闻。她还在苦思冥想：谁杀死了他们？

从那一夜开始，女人老了。简直是在众目睽睽之下，一分一秒老去的。第一天生了白发，第二天佝偻了脊背，第三天面颊的皱纹里嵌上了老年斑。老去的女人持之以恒地思考着"谁杀死了他们"的问题，继续英勇地衰老下去，终于找到一个答非所问的答案：没有预兆。而且十五年来她孜孜不倦像传播真理一样传播这个答案：没有预兆。

时光荏苒，季节很守信用地更替。等到有了麦田气息随风而来的黄昏里，女人便在西窗下用残缺的手指捏饺子，用苍老的声音歌唱。没有什么人驻足，没有什么事停顿。孩子们像温室里的豆芽菜被一批批孕育出来，城市从肃杀中挣脱重新变得匆忙而拥挤。已经不怎么强壮的男人，总在女人唱歌之际于楼前边的街心花园闲坐，像季节一样守信用。没人留意究竟是他来了她才唱歌，还是她唱歌了他才来。十五年以前某个夜晚发生的事情，使这个夜晚成为历史上著名的夜晚，也使这座城市闻名于世，而歌唱的女人和听歌的男人，早就成为这个著名城市里夏日黄昏的风景。

十年之后的那个夜晚，有位作家在这座城市若明若暗的街头，看到处处有一小簇一小簇暗红的火苗亮着。火苗乖巧地将那些写有"我儿×××收""爱女×××收""父母大人收"的纸钱化成黑色纸灰。等到太阳升起来，整个城市氤氲了纸钱烧出的白色烟雾，黑色纸灰们在漫天白雾里任性地飘忽，宛若无数蝴蝶形状的精灵。这位作家将此情此景记录在作品里，叙述很是悲惨和瘆人，好心人看了一律跟着沉重起来。

　　十五年之后，另一位作家来到这座城市，看到温情的细雨轻飘飘地挥洒。有个妇女站在为观光而留存的废墟上，将一束红色鲜花一朵朵撕碎。"下面埋的是谁？"作家问她。"是我。"女人说完转身就走，扔下作家呆呆地站着。

　　这时，雨停了，西天有一条虹横贯。作家也将此情此景收入作品，尽可能描写得美丽。一些人看了更加沉重，另一些人轻松了许多。还有一些人觉得遗憾，认为作家应当说明那双撕碎红色鲜花的手，手指是否齐全。

1991 年 4 月 18 日写于海口

黑孩儿

理工学院开学不到一个月，自动控制系就有一名新生跳楼自杀，弄得整个学校人心惶惶。江岸就更不用说了，自杀的柳根跟他同寝室，就住在他的上床，刚来的那天，他们俩互通了姓名，不禁会心一笑，柳根扎在江岸上，谁说不是缘分呢。

可是不过三个星期，江岸的上铺变成了一张空空的床板，那个总爱在上边按MP3的音乐扭动身体，同时忙不迭把各种小食品填到嘴里去的男孩子，已经化作几缕灰色的烟雾，从殡仪馆瘦高瘦高的烟囱里飘散而去，再也不会出现在这间拥挤并散发着各种不明成分气味的宿舍里。没有人知道他是为了什么原因，突然间做出了中止自己生命的决定，毕竟才同窗三个星期，加之柳根又是个沉默寡言的人。

当然，有时候室友们还会提起他，但除了表示惋惜和不解，也没有太多新鲜的说辞，所有的议论里，只有李里说的话让江岸记在了心上。李里的父亲是阿里军分区的军官，他自小生在西藏长在西藏，乍一看已经有点像个藏族人，开口闭口总爱说我们西藏如何如何。对于柳根的死，李里这么说，我们西藏人相信，狗是前世受了委屈的人变的，自杀的人多半是受了委屈的，柳根下辈子可能会变成一只狗了。

这些话说出来，让江岸听着心惊肉跳，他马上想到了自己家的大狗黑孩儿，一个古怪的问题随之脱口而出：那前世受了委屈的狗下辈子能变成什么呢？

平时对生生死死轮回转世一类的话题有问必答的李里，被江岸问得哈哈大笑，反问说：天底下有这样的狗吗？

江岸正色说：当然有，我家的黑孩儿就是这样的狗。

接着，江岸给李里说了黑孩儿的故事，李里听着听着，笑容渐渐收敛，直至面容悲戚唏嘘不止。

黑孩儿的事情已经过去许多年了，它死去的时候，江岸还是一个小学四年级学生。但江岸从来没有忘记它，每当他在什么地方看见狗，特别是中等体型的黑狗，他都会怀着深深的哀伤忆起黑孩儿。也正是因为这个原因，他一入校就加入了志愿者的队伍，每个星期都要到动物救助基地去做义工。江岸觉得，黑孩儿有知也一定会赞成他这么做的。

黑孩儿是一只土狗，爸爸花了十块钱把它从行人天桥上买回来，并没有把它当回事儿。他们一家人刚从北方搬到这个中国最南边的城市里，暂时寄居在一排废弃的兵营里，屋前屋后长满了齐腰深的野草，窗口的蜘蛛网又粗又密，像纱帘子一样随风起伏，成串成串的壁虎在天花板上爬来爬去，发出一种特别尖厉的叫声。

江岸记得清楚，妈妈踮着脚尖走上台阶，连房子的门槛都没迈就退了出来，一屁股坐在行李上失声痛哭，嘴里一个劲儿埋怨爸爸，说：好吃好住的城市你不呆，跑到这荒郊野地里来找前程，你以为你是苏东坡，到了还有人惦记着调你回去？

脾气一向急躁的爸爸这回表现得特别好，可劲儿给妈妈赔笑脸儿，说：从来是舍不得孩子套不住狼，这叫以退为进，等我真的被提升了，你才知道大丈夫能屈能伸的妙处。

江岸似懂非懂听他们唠叨，也算弄明白了爸爸是为了寻求提拔的机会，才逼着自己离开熟悉的城市和学校，到这个陌生的地方来。

妈妈不开心，把箱子里叠得整整齐齐的衣裳翻出来，扔得满床都是，一边唉声叹气说：可惜了这些好衣裳。

妈妈是个时装爱好者，参加过业余时装表演队，每逢节假日都要盛装打扮，想方设法出去串门或者参加聚会，好多找些机会听人喝彩。到了这边，就没那么回事了，有几次她忍不住满身披挂出去逛街，回到家情绪不仅没调整好，反而朝爸爸大叫要调回去，说她简直觉得自己像英国人到了印度。

这一来爸爸再也忍不住了，跳起来说：你当自己是皇亲国戚呀，不就是一个小镇子上小商贩家庭出身的小家碧玉吗？还像英国人到了印度呢！

爸爸一连声的小这小那，正是妈妈不能碰的短处。妈妈听了肺都气炸了，顿时柳眉倒竖，杏眼圆睁，抄起一只杯子砸在地上，自个也跟着迸起来的碎玻璃片儿一块冲出门去。要不是爸爸追赶及时，检讨深刻，她很有可能一个人跑回老家了。

妈妈不开心，江岸比妈妈还不开心。同学和老师还没熟悉起来，家里又因为大人们无心打理乱糟糟的，每天放了学，他都不知道要去哪儿才待得住，常常一个人顶着大太阳在街上瞎逛。二年级小学生江岸，就这样每天闷声不响地独来独往，连饭量也减少了。妈妈以此为由，又跟爸爸吵了几架，爸爸自然也开心不起来。小狗黑孩儿就是在这样一种氛围中，走进了他们全体都不开心的家。

爸爸买下黑孩儿的本意是想让它看个门守个夜。因为妈妈一到夜里就嚷嚷害怕，不管外边是风声还是雨声，是树叶落还是老鼠跑，她都会夸张地尖叫，让爸爸一趟趟起来察看。爸爸虽然疑心妈妈有意跟他过不去，但在这个完全陌生的环境里也不敢大意，只得出出进进地折腾，没过多久，已经感到力不能支。那天在天桥上碰到一个老头儿向他兜售狗崽子，他眼睛一亮，差不多有一种绝处逢生的感觉。那时候，他一点儿不曾料想，这只浑身黑油油、眼睛亮晶晶的小狗崽儿，会如此有力地改变他一家人的生活，并在后来如此深刻地改变了他在儿子心目中的形象。同时改变的，甚至还有儿子对人生的信念。

八岁的江岸把小狗捧在手上，发出了让父母久违的欢笑。小狗懵懵懂懂瞅着他，竟让江岸一下子从心里涌出手足般的亲情，黑孩儿的名字也就随口叫了出来。黑孩儿似乎也很乐于接受这个有情有义的称呼，还不到半天时间，就已经随叫随到了。从那天起，江岸重新找回了消失得无影无踪的快乐，每天"黑孩儿——黑孩儿——"几十上百遍地呼唤着他的异类兄弟，把小狗支到这儿带到那儿，别提有多惬意了。

黑孩儿是一只聪明绝顶的狗，完全用不着专门的训练，就能默契领会主人的意图。早晨，只要江岸一背上书包，黑孩儿就马上替他叼来门口的皮凉鞋，傍晚，江岸只要把作业本往书包里一塞，它替江岸叼来的，肯定是踢球穿的球鞋，绝对不会弄错。

有一次，妈妈无意中问黑孩儿：哥哥的球鞋臭不臭呀？

黑孩儿居然打一个响响的喷嚏，歪着头哼哼了几声，好像是说：臭……臭死了……

开始他们以为这不过是巧合，没想到以后黑孩儿每次替江岸叼来球鞋，都要冲他打一个喷嚏，歪着头哼哼几声。

那天爸爸回到家，一进门就被母子俩一左一右拉住，争相描述黑孩儿的出色表现。爸爸不信，江岸就让黑孩儿现场表演，事实证明果然名不虚传。妈妈一高兴，当场差爸爸快去菜场跑一趟，晚上给全家打牙祭。爸爸一高兴，顺便又捎回来一瓶葡萄酒，还破例让江岸也喝了一小杯。爸爸眼看着老婆孩子的情绪全都被一只小狗调动起来，惊奇得不得了，一个劲儿对黑孩儿说：没想到你个小畜生还真管用，买你回来算是歪打正着了。

黑孩儿看光景，知道是在夸自己了，转着圈在家里疯跑，尾巴抡圆了摇成一架小风车。于是，大人孩子更笑成一堆。多美好的日子，多美好的晚餐，全都源自小狗黑孩儿。

时光如白驹过隙，只一眨眼江岸就四年级了。在这期间，爸爸如愿当上了处长，志得意满，妈妈加入了业余女子合唱团，有了新的社交圈子，她的千衣百领也都派上了用场，全家人各忙各的，过得挺融洽也挺快活。黑孩儿当然也跟人们一块快活着，江岸几乎与它形影不离，下课铃声一响就忙着往家跑，而黑孩儿也会准时准刻在大院门口的树底下等着他。两年时间，黑孩儿已经长成了一只威风凛凛的大狗，少去了一些小狗的顽皮，变得更听话更懂事了。这座人来人往的大杂院里，东家丢了锅西家丢了碗，江家因为有了它，连根筷子也没丢过。一切都很圆满。

太圆满了就要出事——这句话成了长大后的江岸笃信不疑的箴言。

爸爸单位的新宿舍终于在全家热烈的期盼下分到手了，还在装修期间，妈妈就忍不住一次次出去进行购物侦察，扳着指头计算搬家的日子。妈妈特别兴奋地告诉江岸，到了新房子里，他会有完全属于自己的卧室，她已经在家具店替他选中了一套非常新潮的儿童三件套。爸爸妈妈从来没告诉过江岸，他们不打算把黑孩儿带到新房子里去。

搬家的那天，江岸照常去上学，下午放学的时候，被爸爸直接接到了新家。一进家门，江岸就觉得不对劲儿，黑孩儿没有像往常那样欢天喜地跑出来，又摇尾巴又叫唤。

黑孩儿！黑孩儿！江岸一边喊一边往里屋跑。

妈妈拎着双拖鞋在后边狂喊：先换鞋先换鞋，地板踩坏了。

当江岸知道黑孩儿被孤零零遗弃在破旧的老房子里，立刻号啕大哭起来，边哭边用沾满泥巴的脏鞋底在锃亮的漆地板上乱踢乱踩。他不敢恨爸爸恨妈妈，但他敢恨这所新房子这个新家，恨这个新家里的一切新东西。为了这些不会喘气的死玩意儿，爸爸妈妈竟然遗弃了他最亲密的伙伴黑孩儿，那只聪明绝顶善解人意的狗，给全家人带来过无限欢乐无比安宁的狗。

江岸为黑孩儿哭了一夜，想着它一定会在空荡荡的破房子里蹿来蹿去地跑，凄凄惨惨地叫，他那颗幼小的心就揪成了一团。

第二天早上，江岸无论如何不肯让爸爸送，非要自己搭公共汽车上学不可。爸爸正为每天接送儿子烦心，也就顺水推舟，说男孩子到了四年级，也应该自己上学放学了。

就这样，江岸揣着两个热腾腾的肉包子和一颗怦怦跳的心，急急忙忙跑回旧居的空房子，远远地就看见黑孩儿无精打采地趴在门口。听到江岸的脚步声，它忽地将身子竖起来，嗓子里发出一阵激动的颤音，然后就一头撞进江岸怀里。

江岸的眼泪在那一瞬哗的淌下来。一个十岁的顽皮男孩子，已经有了要当男子汉的欲求，挨打挨骂的时候，都得强忍着眼泪，害怕有损于成熟的增长。可是面对无辜而可怜的黑孩儿，江岸顾不得这些了，只管把黑孩儿大大的狗脑袋紧紧搂住，哭了一个够。

黑孩儿一动不动贴紧着小主人，好像害怕一点点小动静就会把他们的团聚粉碎。江岸无比惊异地发现，黑孩儿的眼睛里，涌动着跟人类一般无二的泪花，在他掏出肉包子填进它嘴里时，那些亮晶晶的泪水连成一串落下来，打湿了他的手臂，那种温润的感觉，至今还烙在江岸的身上乃至心上。

爸爸妈妈终于发现，江岸出门上学的时间越来越早，放学回家的时间越来越晚，原因全在被遗弃的黑孩儿。除了上课，儿子几乎把所有可能的时间都用来陪他的狗了。这当然不行。面对父母的干劲，江岸又哭又闹，说要是不准他去陪黑孩儿，就得把它接回来住。为了彻底断了儿子的念想，爸爸在某天趁江岸上课，用汽车把黑孩儿运到了几十公里外的农村，打算一了百了。

他们忘了，黑孩儿是只聪明绝顶的狗，而且它还跟小主人江岸有着那么深切的感情，这样一只狗你是不大可能轻易把它甩掉的。

黑孩失踪的结果，是江岸重新开始了独来独往闷闷不乐的日子。他先是大闹后是大病，总把自己关在房间里，跟父母说话，能用一个字绝不用两个字。就在爸爸妈妈越来越为儿子的表现担忧的当儿，黑孩儿突然在某个下雨的黄昏出现在江家的新居门口。这只狗尽管已经饿得形销骨立，背上还长了大片大片的疥癣，把原本又黑又亮的皮毛分割得七零八落，可那双表情丰富的眼睛，还如江岸印象中一样充满善意和聪慧，不同的只是，眼神里掺杂了些许不易觉察的哀怨。

黑孩儿的失而复得，给江岸带来的只有巨大的惊喜，可在当爹当妈的心里，引起的却是一种非常复杂的感情。它的忠诚，叫你无可挑剔。它的宽容，叫你心存愧疚。还有它的智商，叫你不得不佩服，他们认定是黑孩儿不光从几十公里之外跑回了这座城市，还从老房子出发找到江岸的学校，再从学校跟踪放学的江岸找到了新家。只有它可以使他们郁郁寡欢的儿子重新快乐起来，但他们又不想或者说不能名正言顺地重新收留它。因为爸爸机关的行政处出过公告，不准在家属区喂养大型犬只，黑孩儿是一只中型偏大的狗，符不符合公告规定的要求，爸爸自己也拿不准。加上他是一位刚刚被提拔的处长，他不想为一只狗在单位造成不好的影响，尤其是他们这栋楼，下边几层住的都是厅长副厅长。可是这样的考量在一个只有十岁的男孩子眼中，简直就是无稽之谈，决不能成为再次遗弃黑孩儿的正当理由。

江岸在家门口蹲着，搂着浑身又脏又臭的黑孩儿不松手，爸爸妈妈一碰他，就发出不顾一切的尖叫。最后一家人商量出折中的办法，给黑孩儿喂了食洗了澡涂了药，让它在门口擦鞋的小地毯上卧着，一旦邻居们发现了，有意见可以分辩，没意见就这么喂下去。这里边其实还含着妈妈的小九九，她怕黑孩儿弄脏了她精心打理的新家，只是这个想法没法向儿子说出口。

江岸虽然对这样的安排一百个不满，但人微言轻左右不了父母，也就依了，只要天天能看见黑孩儿，他就知足了。每天晚上上床之前，江岸都要打开门跟黑孩儿道个晚安，摸摸它的头拍拍它的背，嘱咐它说：千万别出声，什么闲事都别管，不然让楼下的人烦了，你就待不住了。

黑孩儿的眼睛在暗淡的灯光下明亮非常，它懂事地听着，发出细细的犹如喘息似的喉音，来应答江岸的关照。每次掩上门，把黑孩儿明亮的眼睛留在黑暗里，江岸小小的心脏都会感到一阵阵不能忽略的酸楚。而每天早晨，他从床上跳起来，提着裤子趿着鞋，第一件事情就是开门看看黑孩儿是否安然无恙。

儿子跟黑孩儿的感情，在这样的逆境中日深一日，让半推半就的父母都有些动摇了。他们开始允许黑孩儿在晚饭时分进屋待上一会儿，蹲在桌子底下等江岸喂它些肉骨头什么的，妈妈还在不知不觉中增加了买肉的分量，以保证儿子的肉食量不会因为黑孩儿分享而减少。爸爸还心怀侥幸地对妈妈说：

幸好咱们是住在顶楼，遛狗在天台上就解决了，也不影响下边的什么人。为了让对门的叔叔阿姨不把黑孩儿的事情捅出去，妈妈还有心跟他们套近乎，包了饺子买了新鲜水果，都打发江岸送些过去。江岸渐渐体会到父母的良苦用心，也渐渐将埋怨他们遗弃黑孩儿的心思淡了。只是黑孩儿似乎对那次被遗弃的经历记忆犹新，在这个家具亮晃晃，地板光溜溜的新房子里，它显然很不自在，收声敛气地坐在固定的位置，不叫不动不撒欢。江岸对妈妈说：都是你，把家搞得像舞台，黑孩儿都吓傻了。

事实上，黑孩儿非但一点不傻，反而比原先更多了些心思。叫它进屋来的时候，除了江岸以外，别的人再怎么热情相邀，它总表现得小心翼翼，放它出屋去的时候，任何人有任何表示，它就立即知趣地走到门边，等着开门。

有一天，爸爸酒足饭饱，无意中打了一个大大的哈欠，黑孩儿就以为主人表示他累了，要休息了，急忙叼起正在啃着的骨头，跑到门口去了。如此这般，渐渐地连爸爸妈妈都不得不承认，黑孩儿是一只非同寻常的狗。天真的孩子以为他的狗伙伴，只要时刻记住他的忠告，别出声别管闲事，就可以遮遮掩掩长久跟他们生活在一起了。

可是，黑孩儿毕竟是一只狗，狗的天性使它不可能对黑夜里发生在眼前的可疑动静不闻不问。冬天的夜里，顶楼的风很大很大，一个盗贼沿着下水管道爬上了五楼的天台，打算从这儿潜入楼中溜门撬锁，他的行窃方案里并不包括应该如何应付一只勇猛忠诚的狗。所以当黑孩儿从黑暗里挺身而出玩命大吠时，盗贼一下子就瘫倒在楼道里。

当派出所的民警把盗贼押走，楼里惊魂未定的住户正要散开的时候，住在三楼的厅长忽然问起：刚才好像是谁家的狗发现了那个贼娃子吧？

爸爸已经上到了四楼，赶快回身答道：厅长，是我们家的。

厅长说：听声音可不是一条小狗呀。

爸爸说：原来住平房那会儿喂的……后来……

不知是大人们碰到领导说起话来都这样，还是因为黑孩儿在这栋楼里没有合法身份，爸爸说话的口气很是心虚的样子。照江岸看来，他完全应该理直气壮把刚刚立了功的黑孩儿夸上一夸。也可能是厅长没给爸爸多说话的机会，三楼的门和其他的门都渐次关上了，楼道里又恢复了深夜的寂静。

黑孩儿站在自家门口，精神抖擞地迎接大小主人，耳朵竖得直直的，尾巴摇得像风车，好像在等待他们热烈的夸赞。自从它历经磨难回来之后，从未有过这样的兴奋和快活。没想到爸爸拍了拍它的头，长长叹了一口气说：你这只狗准是凶多吉少喽。

果然，没过几天，江岸放学回家，发现黑孩儿再一次消失了。

江岸急着找爸爸，要把黑孩儿找回来。

妈妈说：爸爸出差了，十天半个月才能见到他，而且爸爸也不知道黑孩儿上哪儿去了。江岸大哭大闹，满地打滚。可是没用，爸爸没回来，黑孩儿也没回来。

晚饭时分，厅长家的保姆送上来一大碗红烧肉，对妈妈说：厅长说谢谢江处长，这个时令正是进补的……

妈妈赶快打断她的话头，大声说：哟，这只兔子可真肥呀。

奇怪的是，那碗红烧兔子肉，妈妈没给江岸吃，她自己也没吃，第二天装进饭盒给带走了。小小的江岸当然想不到，饭盒里装的就是他正苦苦寻找的黑孩儿。

黑孩儿失踪的秘密，在两个月之后被江岸知晓。

那天，爸爸特地把厅长的外孙带到家里来跟江岸玩电脑，也好让他从失去黑孩儿的郁闷中解脱出来。没想到那孩子一眼看见墙上那张黑孩和江岸的合影，就没心没肺地嚷道：这就是江叔叔送给我外公的那只黑狗吧，它的肉真好吃呀！

……

江岸考上大学的这一年，爸爸如愿以偿当上了厅长。

江岸离家前，爸爸替他收拾行李，发现儿子的皮箱最底层，藏着整整一本黑孩儿的影集，心中忽然一动。这些年，做父亲的总觉得儿子跟他有一种说不清的隔阂，莫非最终的答案就在这儿？

临行，爸爸问起儿子将来的志向，江岸不假思索地回答说：随便干什么都行，反正不当官儿。

散

文

1970 年代的散兵游勇

这几年，常常有些春青岁月大盘点活动，比如纪念知青下乡多少年，纪念恢复高考多少年，组织者最先想到的就是出版回忆录和画册，希望把那段历史用每个亲历者不同的表述来复原。我就接到过好几个电话和邮件，约我写知青生活，写大学生活，也有问我是不是进过工厂参过军的。可惜我哪一伙也没法加入，没资格。我没当过知青，没当过工人，没当过女兵，也没参加过那时大伙儿都趋之若鹜的高考，整个是一散兵游勇。

在同龄人里，我经历可能有点特殊，写出来也难免平淡，但无论如何于个人是一段成长的经历，于时代是一个小人物留下的印记。历史万花筒中的图案，不正是由各种颜色小碎屑的活动映射出来的吗？故不妨一叙。

死水城市微澜人生

1970 年，又一个新十年开始之际，我们的城市长沙，令人感到很寂寞。

长沙是湖南省的省会，在中国近代史上曾经非常著名，有许多关系国家运命的大事件在此地发生，也是热血湖南人叱咤风云的舞台。由于有着革命、暴力、斗争的传统，湖南的"文革"在全国也是出了名的激进，文攻武斗都有登峰造极的人和事。在我的印象里，自"文革"开始，长沙街头每天人头攒动，尘土与喧哗一起升腾，不同派别的高音喇叭互相攻讦对骂，不舍昼夜。武斗高潮期，大卡车载着一车车头戴钢盔手持枪支的青壮年，响着尖锐的口哨，来来去去，大街小巷时有真枪实弹的战斗，一些重点单位，战斗还很激烈。我家所住的院子，是湖南省文联宿舍，对面就是省公安厅、检察院、法院合署办公的大院，曾经被不知什么身份的人持续攻打，白天枪声响成一片，到了晚上曳光弹拖着亮亮的尾巴，在我们窗外飞来飞去。大院里有个孩子在自家凉台上睡觉，竟被流弹击中身亡，吓得父母忙命我们都集中到带走廊的房间去睡地铺。

我们的院子，是最早受到冲击的场所。地方政府为周立波、康濯、柯兰以及我父亲蒋牧良四位作家回家乡工作，于60年代初特别修建了几栋别墅，以当时居住水准而言，大大超标。"文革"一起，这四个人首当其冲，在第一批揪斗"三家村"的阶段已经落马，加之这个院子的建筑格外显眼，抄家的事情经常发生。一伙人忽地闯进家里，东翻西翻，见到他们认为有价值的东西，写个条子扔在桌子上抱起来就走了，那上边的署名五花八门，诸如毛泽东主义红卫兵、毛泽东思想战斗队、红色江山自卫队，等等，也不知道他们是谁，属于哪个系统。各家的家长经常不知为什么事，被什么人带走，失踪少则几天，多则个把月，又莫名其妙给放回来了。哭哭啼啼的家属成天缠着机关里的群众组织要人，有时候也拖儿带女到与文联有关联的单位去找，说不定也就给要回来找回来了。后来家家都有了经验，对付这些人，能躲就得躲，能逃就得逃，孩子们成了保护家长的流动哨，一旦碰到陌生人进了家门，赶快到路口去守候，等父亲从机关回来时，通知他别回家，在外边等候警报解除的通知。这样的经历多了，我们已经变得远不像先前那样害怕了，每次成功地保护了父亲一把，心里还会产生自豪的感觉。

最混乱的时期，随着军管会的介入结束了。我们的家长也都按单位和系统进入毛泽东思想学习班的专政班，被关押在固定的地点，接受无休无止的审查。孩子们的任务，是每个月获准到那儿去探亲，送去些日用必需品，领回按家庭人口计算人均十五元的生活费。"老三届"的哥哥姐姐们或上山或下乡或参军，剩下的孩子里，年龄最大的就是我们这帮小学毕业生。"文革"开始时不过十一二岁，半懂半不懂地跟着家人担惊受怕，久而久之，那种每天都有变数的生活，对我们而言，已是兴奋大于恐惧，因为我们自认为已经久经考验了。

随着大串联结束，各种群众组织被解散或取缔，大批"老三届"学生上山下乡，其他身份的人以种种名义被遣送疏散或下放，城市一天天安静下来，进入了一种几乎停滞的状态。公共汽车停驶，最牛的交通工具是自行车，要是你家没有，到哪儿去都靠两条腿来走动；环卫工人不见了，靠另外一些人来维护起码的居住卫生——群众专政的坏分子清扫大街，郊区的农民伯伯掏粪出城；国营菜场大部分时间门可罗雀，柜台上天天摆着永远卖不完的咸萝卜、辣椒酱，营业员坐在柜台后边，不是打毛线就是打瞌睡，偶尔拨来一点无须凭票凭本儿购买的冰冻猪板油、猪下水，才像大雨将临突然热闹起来的蚁穴，挤满了大呼小叫的人，等到货一卖完，复又归于沉寂；居民用电时断时续，家家都备着煤油灯，而马路上绝无路灯照明，天黑以后没有要事，谁都不会出门去闲逛；除了自来水还在正常供应，所有的市政系统几乎都停摆了。

父亲从专政班回到了家里，还拖着一条历史问题待结论的尾巴，继续停止党组织生活，每天沉默寡言，母亲也跟着唉声叹气。但这样的状态，已经让他们都松了口气，觉得再怎么着也比前几年兵荒马乱强得多。像我这样年龄的孩子们则不然，死水一潭的日子，让我们过得无精打采，有时居然觉得前几年的动荡紧张更有意思。

在我的记忆中，宣传宝成了这段沉闷岁月中，一个不可忽略的亮点。

"宝"是长沙方言里骂人的词，意思是傻瓜，假如不含恶意，也可以表示某人过分痴迷于什么事或物，已经到了旁人不能理解的程度，"宝"前边的那个词所指的，便是其痴迷的对象。那时长沙城里有著名的四大"宝"，其中被称作槟榔宝的，成天在街上捡别人嚼过的槟榔渣，而被称作宣传宝的，则是每日里走街串巷搞宣传的一个中年男人。从60年代末到80年代中期，差不多二十年的时间里，这个中等身体头发枯黄的汉子，在长沙城具有极高知名度。只要头天晚上北京有重要新闻发布，比如毛主席最新指示、党中央会议公报、人民日报社论等等，他一准儿会在第二天上午，举着一张毛泽东画像（后来又改成了华国锋画像），出现在中心街市，手握一个铁皮子卷的喇叭，高声宣讲新华社通稿，同时免费赠送相关报纸，听众们可以随意索取，然后逐字逐句对照他的背诵。事实证明宣传宝的记忆力非凡，别说千把字的新闻，哪怕上万字的长篇社论，他也能在刚刚发表十来个小时之后，几乎一字不差地背诵。

在那段寂寞的时日，宣传宝是我们无聊的课外时间里一位编外教师，有时候我会花上大半天跟着他一站站往下听，直到自己也差不多记住了那些枯燥的内容。当然他的听众远不止我们这些孩子，还有许多有头有脸的成年人。当政治成为国人唯一的关切，其他事情全都等而下之的时候，宣传宝自然成了市民们的趣味中心。中国政治风云变幻，宣传宝以不变应万变地当着他的义务宣传员，政治舞台上谁来当主角，宣传宝就替谁宣传政策，从来激情澎湃也从来不偏不倚。每当听者甚众，宣传宝会更加精神抖擞口若悬河，看光景几乎成了长沙城的主宰。

最后一次看到宣传宝是哪一年，我都记不清楚了，可以肯定的是，我已经参加了工作。骑着自行车下班，看见宣传宝仍然在街头背诵报纸上的什么文章，身边只有几位拽着小孙子散步的老头老太在听，放学的小学生排着路队经过，一齐放开喉咙喊道：宣传宝——吃干草——宣传宝并不为之所动，继续满脸庄严地对着寥寥无几的听众演讲。小学生的喊声，又一次唤起了我对宣传宝生活状态的好奇心：这么多年，他究竟靠什么维持生计，同时向听众免费赠送报纸？后来我的一个朋友为了写小说寻访过宣传宝的家，回来对我们说，宣传宝属于绝对的赤贫阶层，独身，没有正式职业，住在草棚子里，用树枝和报纸煮饭，唯一的经济来源是拾荒所得。他并且说，宣传宝曾经读过大学，学的是中文专业，至于为何沦落如此，他也不甚了了。我觉得他的说法可信度很高，因为我曾经在路上遇到过去卖荒货的宣传宝，过于沉重的担子，压得他两眼突出，脖子上青筋暴起，脊梁和扁担弯成一竖一横两张弓。

在那一片沉闷的空气中，被我们关注的，除了宣传宝，还有"幸福团"事件。当时这个团伙成员被判刑的公告遍布了大街小巷，市民们对着上边的罪行仔细看了又看，怎么都觉得对些十几岁的孩子而言，从主犯到从犯，分别判处死缓、无期，以及十年以上徒刑，刑期都过重了。我当然也这么看，因为这群男孩大多是我们小学低年级的同学，其中有两个人的姐姐还跟我是朋友，他们的身份也与我相近，都是父母被关在五七干校专政班的黑帮子弟。那时候有很多这样的"干部子弟"，父母长期被关押，孩子们在家大的带小的，日子过得糊里糊涂。特别是那些男孩子，都处在容易走火入魔的青春期，又兼无人训导，一不留神就走上了邪道。"幸福团"的成员就是这么一伙子。

父母不在，天下是他们的天下。翻箱倒柜，找出樟木箱子里父亲压箱底的将校呢军服，戴上用各种手段弄来的绿军帽，再来双时髦的白色回力球鞋，或者黑色灯芯绒面儿懒汉鞋，骑上曾经标志着特殊身份的大链套自行车，车子的型号，为永久13型以及凤凰18型，号称由锰钢制作。看他们披挂着这身行头，成群结伙响着转铃，穿梭于各个机关大院时，那种得志张狂的样子，任谁也猜想不到突然有一天，他们就成了某次治安突击整治的靶子，按照从严、从快、从重的原则，被判了重刑。

"幸福团"的名字是他们自己起的，还是司法部门为了表明这个团伙的特征，派给他们的，我不知道。他们犯罪的具体行为也有些模糊了，大约是在马路上骚扰女孩子，打架斗殴一类，但有一个细节也是当时很让我惊讶的细节，还依稀记得，那就是他们聚集在一起，听《红莓花儿开》之类的老唱片，布告上将这一点列为聚众传播封资修文化，学唱黄色歌曲。

这一条罪状出现在印有十几个少年犯头像的布告上，颇有点以儆效尤的意思，至少在很长一段时间里，我们这些爱读小说的孩子会很谨慎，每弄到一本课外书，都藏着掖着，生怕背上思想意识不健康的名声。可后来，我还是被一次有惊无险的疏忽吓得不轻。

偷看禁书惹是生非

我在长沙市第十四中学上高一。所谓高中，其实没有多少书可读。几本薄薄的教科书，编得敷衍了事，Down with the USA Imperiolism！Down with the Soviet Revisionist！（打倒美帝！打倒苏修！）这样蹩脚的政治标语，居然成了英语课文。同学们个个学习心不在焉，"一颗红心，两种准备"的口号早就给我们指明了前途和方向，大部分下乡当知青，小部分进厂当工人，显然无论你将进入哪一部分，书读得如何都不重要。假如你想争取进入小部分行列，必须根正苗红，除去家庭成分没有瑕疵，自己还得有出色表现，比如说，思想汇报要写得勤，劳动课必须不怕苦不怕累。

挖防空洞是最好的表现机会。当时使用率最高的毛主席语录，是"深挖洞、广积粮、不称霸"，北方的中苏边疆战事一触即发，全国所有城市都在备战备荒，大到由解放军工兵部队在开挖的钻山大洞，小至我们学校这样不知能派上什么用场的地道，防空洞遍地开花，所以挖洞是我们的必修课。记得有一段时间，为了加快挖洞的速度，迎接上级检查，我们根本就不上课了，背来铺盖在教育里打地铺，天天三班倒挑灯夜战。学校的年级被称作连，班级称作排，学习小组称作班，学生们自然成了战士，每个学期评出的好学生，奖状上豁然印着"授予XX本学期五好战士称号"的字样，不知是不是为了跟国家大政接轨。争当五好战士是同学们都很感兴趣的事情，就如我这等父亲刚从五七干校的专政班获准回家，还没有恢复党籍和工作的黑帮子弟，也在奢望能当上一回五好，让自己政治面貌添一点亮色。

不期还真的遇到了一个机会。有天晚上，我在防洞空出渣的洞口运土，被地面掉下来的一块砖头打中了脚趾，立时鲜血如注。我在受伤之后，只简单地包扎了一下，又马上回到洞里继续运土，轻伤不下火线。不久，我破天荒获得同学们的一致推荐，当选本学期五好战士，只等连指导员肖老师审批，就可以上台领回那张奖状了。可是，事情就在这时候节外生枝，我的名字从光荣榜上被删除了。原因是我在课桌抽屉里偷看《红楼梦》，被一个姓谢的女同学告发。

谢是我们排的劳动委员，个子不高，头很大，眼睛亦很大，前额非常惹眼地"锛"在那儿，与两根黄黄细细的短辫子搭配起来，使她的形象很特别，更特别的还有她的气质。在学习不重要劳动最重要的氛围里，劳动委员是很光荣的岗位。所以每到学工学农活动，谢就真正找到了用武之地，以一般女同学不可能具备的体力和吃苦耐劳能力，引人瞩目。我跟她是同桌，但关系一直比较疏远，因为面对我等黑五类子女，她那一双圆溜溜的大眼睛里，总闪着一种警惕的亮光，正可谓目光如炬。除非你刻意要迎合她，她的形体，她的气势，时时会给你一种警告：别想在我眼前耍花招。我原以为，不招惹她，不即不离跟她同桌，总可以相安无事了，没想到该有的事，终归还得有。

那天课间操时间，我因为脚趾受伤尚未痊愈，躲在教室里没去，把一本头天晚上看得欲罢不能的《红楼梦》，藏在课桌里匆匆忙忙翻阅。也忘了是看到了什么叫人伤心的段落，眼泪一边看一边就流了出来，连谢做完操回到座位上来我也没发现。

应该承认，她似乎也不是一个毫无同情心的人，至少她刚看到我在流泪时，第一个反应是投以关切的目光。这是我跟她同学以来最为温暖的一瞥，就算她的关切有点居高临下，希望你有求于她的意思，总归也算是关切吧。可是当她看到我一边敷衍一边往书包里塞的，是本竖排本的旧书，目光中的关切立时变成了怀疑，凭借她力大过人的手，一把将书抢在手里，尖叫一声：好哇！原来你躲在这儿看黄色小说！

那一声喊在我听来，简直无异于五雷轰顶，刚刚过去不久的"幸福团"事件，还没有淡出街谈巷议，看黄色小说和唱黄色歌曲，还不都是一回事！而且我马上想到，这本因为姐姐看后撂在枕头下边，才得以在抄家时漏网的书，要是被她上交给指导员，肯定在劫难逃。不知是为了消灭证据，还是为了保全这本书，我当时使出了吃奶的劲儿，趁她不备居然将书抢回来，揣进书包拔腿就跑。谢愣了愣起身要追，正好被上课铃声唤回来的同学堵住了去路。我当机立断逃了课，跑回家把书藏在厨房里的碗柜那边，并决心不管谁来问我要，也不把它交出去。

当然后来事情并没有像我预计的那样糟糕，没有人来逼我交出书，也没有因为我看"黄色小说"给我处分，只是指导员把我的名字从五好战士名单中划掉了，并找我谈了一次话，说早就有人反映我经常看一些内容不健康的书，看完之后还爱讲给别的同学听，以后要注意影响，改掉这个毛病。她同时还警告我，不准对反映情况的同学抱有成见，人家是为了帮助你提高觉悟。我完全没有意见，也不敢有意见。倒是谢从此之后，对我反而客气了些个。

第二个学期，我离开学校去文工团当了话剧团学员，彻底告别了我的这个同桌。听说她毕业后进了一所国营大工厂，到了工厂后很快就成了入党发展对象，再往后，同学们各奔前程，几乎不再有谢的消息了。

又过了好几年，大约在我们二十二三岁的年纪，突然在路上碰到一位跟谢一块儿分去工厂的男生，刚打了个招呼就径直问我，知不知道谢的事情。我很漠然地问：她又有什么好事儿了？没想到那个同学说：她得了直肠癌，已经死了好几个月了。这是我头一回听说同学夭折的消息，以她的健壮和活力，好像我们所有人都得上什么什么病也轮不到她似的，当时就傻在那儿了，半天都反应不过来。缓过劲来，我问那个男生：她弟弟怎么样，没什么事吧？看见对方一头雾水的样子，我忙解释：谢有一个弟弟跟她是龙凤孪生胎，听说双胞胎一旦夭折了一个，另一个也得小心才行。那同学听了，哈哈一笑说：没想到你还这么信迷信呢，肯定是看小说看的。

逃避下乡机会难得

我打小出生在北京，九岁才因父亲调动工作回到故乡湖南。刚来长沙的时候，家中随之而来的三兄妹满口的京片子，对处处湘音的交际环境很不适应，没几天就开始学习方言，说起南腔北调的长沙话。父亲对此显得非常重视，也非常不安，他把我们三个叫到一起，很郑重地宣布了一条戒律，不论何时何地，都要坚持说普通话，谁要是违反纪律，每天晚饭后分配的糖果就要被取消。对这样强硬的规定，我们既不理解也不想服从，就采取了阳奉阴违的态度，在家说普通话，在外边说长沙话。

父亲是一个满口湘音一生未改的人，他为什么对这种操了大半辈子的口音如此忌讳，以致要叫他的儿女避而远之，我在多年之后才得知了答案，那时候父亲早已化作青烟，不知飘去何处了。

专门研究 30 年代左翼作家群的学者杜元明告诉我，据他掌握的资料，我父亲在当时的青年作家中，是个沉默寡言的人，除了同乡张天翼，以及朱凡、邵荃麟、吴组缃等为数不多的几个朋友外，与外界交流甚少。究其原因，竟是他那一口浓重的湖南口音，极大限制了他的交际活动。早年的父亲在他的家乡涟源，曾经是个聪颖善辩谈笑风生的青年才俊，十里八乡小有名气。后来到了外乡，口音不通使他感到极大窘困，渐渐变得孤僻起来。与他多年共事的人们，回忆我父亲的时候，都一致认为他是个忠厚老实不善言辞，并且也古板固执的人，跟他早年在家乡的形象相去甚远，口音使其然。这样的经验导致父亲对下一代的口音格外重视，以避免子女们再跟自己一样受困。

口音可以改变人的性格，甚至于改变人的运命，看似有点耸人听闻，但后来发生在我生活中的事情，再次证明了这一点。

普通话在 20 世纪六七十年代，远不如现在这样普及，我自小操得的一口京腔，使我在同学里有些特殊。从小学到中学，我一直是学校广播站的播音员，逢有重大活动，也常抛头露面。不承想，就是这么一种连雕虫小技都算不上的本领，最终改变了我的人生，让我在下乡插队的前途已成定局的时候，获得了一个逃避的机会。

那天我正在广播室播送一个通知，有人跑来通知我到校教务室去，说是省文工团到中学来招收小学员，来人从广播里听到了我的声音，要让我去面试点见见面。

我走进面试点的时候，例行的考试已经结束，校文艺宣传队的男孩女孩，还聚在那儿探头探脑，显然在焦急地等待消息。记得主持考试的人见到我，二话不说就让我朗诵一首诗，我便选择了毛主席诗词中的《七律·长征》，按照当时流行的腔调，铿锵有力地念了一遍。他们相互交换了一下眼色，主考人又问我会不会跳舞，我说不会，他说，那就做一节广播体操吧，第七节。我按他的吩咐做了这节跳跃运动，窗外传来一片笑声，宣传队那帮自以为美的孩子们，肯定觉得我这么一个比业余还业余的选手，居然来参加专业文工团的选拔，太滑稽了。

事情的结果出乎所有人意料，文工团的人临走时通知的复试名单，整个学校只有我一人。一个星期之后，我去省歌舞团的排演场参加了复试，来自全省各地的几百名中学生应招而来，其中有一百多人被省文工团下属的话剧团、歌舞团、湘剧团、花鼓剧团、木偶团录取，充当演员和乐手。后来蜚声乐坛的作曲家谭盾也是这一批考入湘剧团乐队的学员。我被话剧团录取，经过一番周折，侥幸通过了政审，成为七个新学员之一。

消息一出，老师同学们纷纷祝贺我，因为大家都知道再过一年，像我这种情况的学生，去向肯定是农村无疑，能在这时候获得这样逃避下乡的机会，自然令人羡慕。而且除去可以免当知青这条之外，省文工团的架势也很唬人。当时各省的剧团都在学习中央"样板团"的经验，实行半军事化管理，发了统一的灰色制服和军大衣，出门时排着队浩浩荡荡招摇过市，叫市民们都很眼热。

没想到就是这样一个人人看好的事情，在我们家里引起了很大的一场冲突，最后我以与父亲断绝父女关系为代价，坚持了自己的选择，还多亏了母亲从中力挺。

现在想来，父亲对演员的职业一直带有某种偏见。"文革"前，他身为省作家协会主席、省文联副主席，从来不曾跟剧团有过多交道，审查新剧目，也只跟编剧们谈创作，决不涉及其他。逢年过节，演员们一伙伙到我们院子里给其他领导串门拜年，一次也没到我家来过。听说我打算辍学去当演员，父亲勃然大怒，坚决不同意，非叫我继续留在学校把高中读完。这个主张叫周围的人们包括亲人都不赞同，连一向很尊重他的母亲，也站到了他的对立面。母亲对他说：这种书读不读都无所谓了，读完了还不是个下乡插队？父亲说：下乡插队就下乡插队，我宁愿让她下乡也不能让去当戏子！父亲的话说得很出格，要是以往，母亲肯定会退让的，但这一次可能由于事关女儿今后的前途，她的拗劲也上来了。母亲说：你要让老六放弃机会，除非先把老五从下乡调回来。老五是我的二姐，三年前去洞庭湖区当了知青，年前碰到湖区发大水，有阵子连饭都吃不饱，用军垦农场喂马的饲料充饥。母亲一提二姐，父亲自知过不了这道坎，横不讲理地说：无论如何不能让她去当戏子，她要去了，我就不要这个女儿了。

事情僵到这个程度，我心里很着急。虽然姐姐她们打起被包奔赴农村的时候，我曾经只恨自己年纪太小，不能跟她们一块儿去。后来知道了知青生活的甘苦，绝非想象中那样，一群有志青年，在青山绿水间战天斗地挥斥方

散　文

道，早已将当知青视为畏途。还有一个不能否认的原因，那就是文工团的灰制服和军大衣，对我形成了强大的吸引力，也唤起了我的虚荣心。情急之下，我向班主任龙老师求助，龙老师也替我着急，答应到我家来当说客。

龙老师的丈夫是一个军人，她刚刚作为随军家属从内蒙古调来湖南不久。我不知道她是不是蒙古族，但她脸上的确总带着一种蒙古族人才有的曛红，在冬天里爱像蒙古族人那样用头巾把头裹住。龙老师到我家来的那天下午，仍然像往常那样裹一条深绿色的方头巾，有一撮花白头发，从头巾的边缘露出来。这撮头发让我对她游说的效果增强了信心，以为凭着老师的资格有可能将父亲说服。

我把龙老师引到父亲的书房，虚掩着门从门缝里偷看他们的谈话，一颗心紧张得差不多要从胸腔里跳出来。我看见龙老师把绿色头巾取下来，跟父亲寒暄了几句，不知是不是父亲威严的相貌和表情使她不安，转入正题的时候，她的手开始不断地搓揉那条围巾，半天才小声地对父亲说，现今的学校教育很糟糕，学不到多少东西，而且明摆着高中毕业后只有一个前途就是下乡，能有去当演员的机会实在难得，也不应该放弃。父亲想必早已明了龙老师的来意，也预备好了他的说辞在等着她，龙老师话音未落他已经沉下了脸，说：别人这样说我还不以为怪，可是你为人师表，不想着怎么教导你的学生好好读书，反而跑来说些这样不合身份的话，你自己觉得对头嘛。龙老师没想到她会碰到这么一位直言不讳的家长，当时就红了脸甚至红了眼圈，什么话也说不出来，匆忙告辞走了。我和母亲追到院子里去送她，母亲跟在她后边大赔了一通不是，龙老师好像并不想再跟我们说什么，连围巾都没顾上围，骑上自行车就走了。冬天的风把她的头发吹得飘起来，看上去她的白发着实已经很不少了。

我终于在母亲的支持下去了话剧团。父亲说到做到，跟我断绝了父女关系。不过所谓断绝关系，一没有条件登报公示，二没有办法在更大范围里声明，而且父亲既没有限制我回家，也没有干涉我跟母亲的往来，他所能做的，就是大约半年时间里，对我不理不搭。现在想想，只是一种吓唬小孩子的伎俩。

然而在当时，父亲这样的表示，除了给我的心理造成了不小的压力，更让我感到无比委屈。想着"文革"正乱的时候，我的同学和邻居家里，都出过儿子女儿参加造反派组织，写大字报声明与父母断绝关系，带人来抄自己家的事。而在我们家，全家人都把父亲的安危放在第一位，外边的疾风暴雨从来不曾影响孩子们对父亲的信任，反而不断增加着我们与父母的感情。作为最小的女儿，我一直代表着远在外地的哥哥姐姐，在父母膝下尽孝。父亲关在专政班的时候，逢到探视日，我都背着衣物食品，到河西的省委党校（那会儿更名为五七总校）去看他，往返要走上二三十里路，中间还要乘轮渡过湘江。换季的时候，背着沉重的被包，走过去走回来，绳子把肩膀上的皮都勒破了。记得父亲曾经抚摸着我的肩膀，察看我的伤口，眼睛里透着一种我几乎从来没见过的温和的目光。我有一个典型的中国式家庭，严父慈母，儿女众多，父亲对于我们而言，是高高在上的，不可以随便亲近的家长。尽管被关了牛棚，挂了黑牌子，他的地位也从来没有改变过。他的一个温和的注视，已然深深激励了我，路因此不远，包因此不重，肩也因此不痛了。可现在，他说不理我就不理我，好像我进了剧团，就真的辱没了蒋家的诗书门第。幸好这件事我没敢在团里声张，不然说不定又会引来革命群众对他进行一次封建旧思想的大批判呢。

为了改善我与父亲的关系，我和母亲想尽了各种办法，都没能奏效。其中最滑稽的一次，是我买了一本郭沫若著作《甲申三百年祭》去讨好他，反而更惹得他生了一场气。说来也巧，有天我路过书店，看见柜台里除了这些年从来不变的那些书以外，多了一个新面孔，也就是这本郭著，心里很有点惊喜：这会不会是一个对父亲有利的信号呢？虽然我的年龄刚刚十七岁，经过五年的"文革"风暴，多少有了见识，心里总为父亲的政治前途担忧，变得颇为敏感。要是这本书的出现真的意味着某种文化大环境的松动，父亲说不定一高兴也就原谅了我。

父亲看见我，仍然黑着脸，叫他也还是不理。我把书掏出来，放在他书桌上，想借故跟他说说话。没想到，他一看那书名，拿起来就给扔到字纸篓里，嘴上仍然一个字不说。我心中暗暗叫苦，又不知他何以对郭沫若如此不恭不敬。一直到好久以后，我才在他的一个老朋友那儿得知了缘由。父亲早年在上海参与了左翼文人阵营，追随的是与郭沫若甚是不和的鲁迅先生。鲁迅对郭沫若有一句著名而苛刻的评价——流氓加才子——等于在弟子们中间给他定了调，加之我父亲是一个认死理欠灵活的人，认准的事情不会轻易改变。我不明就里，在一个不恰当的时间，送给他这么一本不恰当的书，那还不是自找没趣？

我跟父亲的关系就这么僵持着，父亲毫无松动的表示，让我简直觉得这辈子都只能这么僵持着，没有和解的机会了。实际上我们之间的和解就在不久之后达成了，促成和解的契机，竟是龙老师的死。

去了剧团之后，我一直想着去看龙老师，她为我去工作的事来我家，被父亲说了那么重的一些话，让她难堪不已，使我对她抱了深深的歉疚，可又怕见到她之后不知该说什么。表示感谢的话，已说得太多，批评父亲的话，我又不敢说，磨磨唧唧的，终于没有去成。也就两个月之后，突然听到一个悲惨的消息，龙老师在骑着自行车上班的路上，被一辆运红砖的拖拉机撞倒，当场身亡。听说拖拉机司机在交警面前辩解，龙老师在他的车前边，头巾被风吹开了，她突然松开一只手去抓头巾，身子一偏就倒在了拖拉机的前轮子上。

我从剧团跑回家去，径直跑进父亲的书房，等不及他把目光从报纸上移开，就噼里啪啦把这个不幸的消息告诉他，那种口气就好像他对龙老师的死负有责任。父亲听了半晌无言，然后说：你去送个花圈给她吧。这是他与我"断绝关系"之后，跟我说的第一句话，我们父女之间的冷战从此结束，渐渐关系也修复如初。

我带着花圈到龙老师的灵堂去吊孝。龙老师的遗像挂在一面很宽大的墙上。照片上的龙老师神情有点呆板，没有戴头巾。我看来看去，觉得她肯定是一个蒙古族人。

两年龙套跑来收获

剧团的学员生活，远没有想象中好玩。每天除了练功和上课，吃饭睡觉，也没有多少可说道的新鲜事。业务课分台词、形体、表演、声乐四个科目，也没有正式的教员，由话剧团的老演员分头授课，所以谈不上有多正规。

我们这批学员一共七人，两女五男，其中我的年龄最大，正好十七岁，最小的男学员刚刚十三。论条件学员各有长短，比如我，因为普通话和语文课较好的缘故，上台词课就轻松一些，特别是朗读诗文，常常得到老师表扬。声乐课马马虎虎，老师认为我的嗓子本钱还好，就是太紧，练一练也许还行。可是一到表演课，我就差大了火，演小品从来没有及过格。表演课老师说：你的自我意识太强了，太清醒，所以总是入不了戏，做演员最忌讳的就是这个。几句话已说得我满心沮丧，又赶上我进入了青春肥胖期，身体就像正往里吹着气的气球，呼呼直往横里长，长高的可能性随之锐减，形体课就显出了我的劣势。总体平衡下来，我做演员的前途并不被看好，充其量也就是个跑龙套的条件。

眼看进入了1972年，演艺界已经不再是八个样板戏的天下，各省的剧团纷纷开始创作新剧目，虽然也都是革命斗争题材，人物全按照三突出原则来刻画，舞台上总算有了些新气象。湖南省话剧团也排了一台反映湖南农民运动历史的大戏，起初叫《红旗卷起农奴戟》，后来改名《枫树湾》，几年后还改编为故事片搬上了银幕。

剧团有了演出任务，我们这些学员虽说都只能跑龙套，但总算有了上台的机会。我的角色是一个贴标语的儿童团员，几次上场都是台上人最多的时候，最露脸的一场，不过拿着一卷标语从右边跑到左边，找到景片上的钉子挂上去展展平，再回过头来，跟着大伙儿喊几声"打倒恶霸地主"、"一切权力归农会"，就完事了。因为演的是旧社会农村戏，大伙儿穿的都是破衣烂衫，特别是我们龙套穿的那些个，让我直怀疑是从废品收购站弄来的，穿在身上也没什么可美的。

每天如此，新鲜劲儿一过，我很快对这样周而复始的日子心生厌倦。有天表演课，我又被老师恶评了一把，心里对当演员已经完全失去了自信和兴趣，遂躺在宿舍的床上，看着天花板发呆。不期然忽地心生一念：像我这样的条件，当演员肯定只能跑一辈子龙套，不如早做准备，学着当编剧，这样既挽回了父亲的面子，又给自己找了条好退路。这个想法极大地激励了我，也给了我一种学习写作的动力，有一段时间我一有空就去找团里的编剧们聊天，希望从他们那里得到帮助。我也曾把这样想法透露给父亲，他听了并没有像我预料的那样，表示明确的赞同，而是含糊其辞地说：写剧本可不是像你想的那么容易。后来我才从母亲那里知道，父亲根本不希望任何一个子女继承自己的事业，甚至不愿意让我们学文科，以他自己的经历为鉴，他觉得远离意识形态的科技工作，才是孩子们应该奔的方向。"文革"前我大姐填写高考志愿，父亲非不准她填北大，一定要填清华，结果大姐第一年愣没考上，复读了一年，才按自己的选择，考上了北大东语系。

当演员没劲儿，当编剧没门儿，只好浑浑噩噩在团里混日子。直到有一天，一个女孩子的死，唤醒了我对人生与文学的最初思考。

春天的黄昏，霏霏细雨刚刚打住，我在文联宿舍大院门口看见草地上躺着一个女孩。只见她双手握着一根黑色的粗电线，喉咙里发出一串微弱而古怪的声音，随后有些白色泡沫溢出她的嘴角。举目一望，周围没有一个人，我也不知道她到底犯了什么病，也不知道该怎么办，于是想到去她家里报信。走到了她家的院门口，大门虚掩着，但我不敢推开它。

那个院子让人害怕，至少让我这个出身是红是黑尚无定论的走资派后代害怕。就在半年前，我们这个文化人聚居的院子里，忽然来了一群军人，他们下车东看西看，指指点点，然后吩咐小楼里的人搬家。两天后，小楼就腾空了，楼外边唰唰竖起三面墙，最大限度包括周围的空地，墙基修到了正门口的大路上，传达室也被圈了进去，成为小楼的附属用房。白天，我们看见成队的大卡车，把砖头、沙子、水泥、木材，以及果树苗和鸡鸭送到院子里，晚上，可以听见开夜工的大兵们高声吆喝忙碌。若干天的热闹过去后，里边只剩下一片荒无人烟般的清静。听说那里头住的是京城迁来的一个空军中将，因为跟林彪的案子有牵连被贬到了这里，可仍然是瘦死的骆驼比马大，不容分说就占用了这套房子，同时也占用了整个院子唯一可供人们走动的空地，包括孩子们最喜欢的一个小水塘。新漆的灰色大门总是森严地关闭着，偶尔进出的，是买菜的勤务兵或上学放学的孩子——十二三岁的女孩，和比她略大些的男孩。

我从来不愿靠近那座小院，说不清是出于仇恨还是畏惧，假如不是"文革"让一切都乱了套，一个将军如何会平白无故住到我们的宿舍里来，如何可以赶走别人还占去了公用场地？显然全院子的孩子都跟我的想法差不多，大伙儿表示愤慨的办法是从来不理睬小院里的兄妹俩。女孩常常把大门开上一条缝露出脑袋，羡慕地看着在外边玩耍的邻家小孩，但一遇到这些孩子怨恨的目光，就赶紧把头缩回去。上学放学，她有时跟哥哥就伴，有时就只有她自己。只有一个人的时候，摁门铃就成了问题。门铃安得很高，高得让她踮着脚都够不着。有一次，我看见她在门边跳起脚来摁门铃，怎么也摁不响，见我路过，就眼巴巴看看我，又看看门铃，我明白她是想求我助一臂之力，但还是头也不回地走了过去。又过了几天，我看见她想出了自力更生的法子，踮起脚再举一根小木棍，将门铃摁响了。我因此对她有了一丝丝好感，她还小，还不懂得动用家庭的显赫凌驾于人。

现在这个女孩就躺在我的面前，躺在被雨水浸泡的草地上。我应该去她家里报信。

一推开那扇沉重的灰门，我就开始大叫：有人吗？有人吗？与其说是喊人，不如说是急于表白自己并不想偷偷溜进去干什么。没人应答，一连问了数遍，仍然没人应答。我不得不走进小楼，没敢从正门，而是从旁边的小门走进去。我希望第一个碰见的人，是那个闷声不吭的勤务兵，不是这座楼房的大小主人。穿过锅炉房、厨房、餐厅，一直走到正楼的楼梯上，我的喊声依然没有唤出任何人来，整座楼如同被肃穆淹死了一样沉寂。我真的害怕起来，慌忙往楼下撤退，我怕楼上突然走出传说中的那个将军，对我大喝一声：你跑进来干什么？

果然当我刚撤到楼下，楼梯上就有人对我这样毫无礼貌地发问，不过不是上了年纪的将军，而是一个年轻军官。我吓得忙不迭如此这般地对他说了，那人连呼糟糕，趿着鞋就往外蹿。

当我再回到草地上，已经有一圈人围在那儿。一个邻居正在用长竹竿把女孩手里的黑色绳索挑开，还有人在旁边变了声调地大叫：把电闸拉了！把电闸拉了！现场的气氛十二万分紧张。我这才看清女孩手里握的是一条电线——她触电了。

闻讯赶来的军医开始给她做人工呼吸。一下一下地挤压，使她小小的胸膛发出咔咔的响声，好像肋骨将要断裂。等她脸上的苍白一寸寸被乌青侵染了，嘴角涌出的泡沫渐渐减少直至干涸，满头大汗的医生住了手，表示他已无能为力。接着一辆黑色轿车将女孩载走，人群缓缓散去。大灰门复又关闭了，人们仍然不曾见到传说中的将军，听说他们夫妇正在外地。

肇事电线被高高吊起来，附近拉了绳子以免有人靠近。这条电线的来历有些特别，"文革"大乱时期，常有人借口抄资产阶级文人的家来院子里打劫，机关运动领导小组就给被劫目标每家装个电铃按钮，用来告急。电铃装好之后，从未派过用场，电线却还一直牵在那儿。下午电业工人来检修线路，把这条电线拉了下来忘了复位。当时整条线路都拉了闸，几个女孩就把它当绳跳。我猜想将军的女儿一定看到其他女孩跳绳了，也想趁着别人都走开的空儿去重复她们的游戏，她不知道电闸已经合上了。

被黑色轿车载走的女孩，从此再也没有回来。听说这件事差点要了将军的命。不久以后的一个晚上，那个院中之院又有载重卡车驶入驶出，又有大兵们负重的吆喝声传出来。等到早晨人们出门路过时，发现平日里紧闭的大灰门彻底敞开着，门口留下许多脚印和车辙。跟搬来的时候一样神秘，将军家又搬走了。

空下来的小楼让邻居们好好参观了一阵子，孩子们欢天喜地重新占领了楼前的空地。令人扫兴的是，那口小小的水塘被填平了，上边种了桔子和蔬菜，还砌了一溜结实的鸡窝。过了些日子，小楼的院墙和大灰门被拆除了，楼里搬进去好几家普通人家，除原有的正房外，将军家扩建的面包房，锅炉房、警卫员、勤务兵住房，至少可以住上两家。大路中间墙基的疤痕开始还有点碍眼，日久天长，风吹雨打人走车轧的，也就完全消失了。一切都恢复了原来的模样。这家人旋风一样来了，旋风一样去了，渐渐很少再有人提到他们。只有我，一经过那块草地，尤其是小雨淅沥暮色渐浓的时光，就禁不住想起那个躺在草地上的女孩。

一连好多天，女孩的死都占据着我的头脑，挥之不去。凭着我涉世未深的直觉，认为害死她的正是她显赫的家势。假如她的家庭不是这样盛气凌人，她也许可以跟别的孩子一块儿跳绳，不必等到其他人散去再独自捡起带电的电线。我就此忽发奇想，要是把这个女孩的事情，写成一个独幕剧剧本，可能会很有意思。春天的黄昏、湿漉漉的草地，还有草地弥漫的某种特别的气息，都随着这个现在想起来太过超前的念头，鼓荡着我的心。

终于有一天，我鼓起勇气，把我的想法跟团里的一个编剧谈了，那人听了哈哈大笑。我被他笑得莫名其妙。等笑够了，他才说：小蒋，你大概还完全不明白剧本的创作规律，这里边必须有革命斗争的精神内涵、英雄人物的光辉形象，还得有跟英雄对立的反动派，你这里边呢？有什么？谁是英雄，谁是对立面？这怎么可以写成剧本呢？我被他说得无地自容，承认自己对写剧本一窍不通。编剧又给我作了一番革命戏剧三突出原则的启蒙，我心不在焉地听着，也不知他在说些啥。

我最初的文学创作冲动，就这样被编剧的一通笑谈给奚落得烟消云散，当编剧的野心也随之云散烟消。我又回到了练功、上课、跑龙套的日子里去。在此期间，剧团的领导班子做了些调整，由单纯以军代表为核心，改为军代表和业务人员相结合的模式。"文革"前有名望的演员们又有了一席之地，湖南省话剧团名演员叶向云，此时也从下放地调了回来，担任了业务团长。我把这件事当成一个好消息，飞快地报告了还在家中等待党组织结论的父亲。结果又一次燃起了我父亲调我出话剧团的希望，因为在此之前，以他的身份，他根本无法跟军代表对话，现在的叶团长怎么着也是"文革"前的老熟人嘛。于是，父亲开始给叶团长写信，一次次表达他希望我继续回学校读书的愿望。叶团长拿着父亲的信，征求我的意见，说：你父亲认为一个孩子连高中都不能读完，是做父母的失职，这话说得很重哩。我心想，你叶团长就是演员出身，他总不能跟你说一个孩子学生不当当戏子，是做父母的失职吧？我当时已经感到自己当演员当不好，当编剧又当不了，也就动了回校念书的心。

于是，在进了剧团将近两年之后，我拿着一封介绍信走进长沙市教育局，要求回校读高中。那个坐在办公桌后边的中年男人，似乎对我这个奇怪的举动既不理解也不支持。他冷淡地问我：你在剧团玩了两年，还有心思读书吗？这个"玩"字让我听着很刺耳，马上顶了他一句：不是玩了两年，是工作了两年。这种态度显然让对方不快，他歪着头想了一想，给我出了一个难题，说：市里的高中班插不进去了，你要真想读书，只能去二中的路口分校，那儿离长沙市有百多里，你愿意吗？我明知他要为难我，又不愿意求他，就硬着头皮说：去就去。那人说：你还蛮犟哒。我不理他，直直地看着他，等他转开介绍信。那人见我这副模样，也就不再说什么，拿起笔在我的介绍信上批了几个字，又拿起一个红色印章，按了印泥，重重地盖在那行字上。

我的人生道路，从此又一次改变。

重返学校再读高中

长沙市二中路口分校离市区的确很远，我提着背包和水桶脸盆，挤上长途汽车，颠簸了两个小时，才算到了那个地方。

我把介绍信交给了校办，在操场的树底下等待分班，正赶上课间操时间，好多同学都围过来看，胆大的还东问西问的。当他们听说我是来插班的学生，脸上都露出一种疑惑的神情，我想可能是我的年纪比他们大了两三岁，模样也已经不大像一个学生了。

我在树底下等了又等，直到第三节课下了课，第四节课又上了课，才有一个年轻的女老师从办公室方向朝我走过来。

那个女老师笑盈盈走近，开口叫我，叫的竟是我家人才叫的乳名，叫我吃惊不小，定睛一看，原来是九年前跟我同住一院的邻家女儿林小连。那时我家刚从北京搬到长沙时，文联的房子还没修好，就被安排在省人委的宿舍暂住。那是一个闹中取静的院中院，听说解放前是湖南省长何键的公馆，只有两栋小楼，住着三户人家，除我家和林家之外，还有一位姓王的副省长家。三家人每家都有四五个孩子，冬天堆雪人打雪仗，夏天支着帐子露营，彼此混得挺熟。后来我们家搬离了那里，又兼"文革"烽烟乍起，各家的父母都逃不出游街挨斗的圈，也就完全断了来往。"文革"高潮时候，我曾在街上碰到过一次林家妈妈，大热天戴着一顶蓝色工作帽，低着头匆匆而行，我一看原来她被剃了阴阳头，也没敢跟她打招呼。

林小连把我领到她的宿舍，让我先歇着，因为我插班的事老师们需要认真讨论一下，还得等一等。我说：不就是个插班读书的事，有那么复杂吗？林小连告诉我，现在教育部门正在抓教学质量，每个年级都分成高中低三种层次的班，分校的这五个班，十七、十六班是高班，成绩、纪律都是最好的，十五、十四班是中班，情况中等，她教的十三班是鸡毛班，都是些让老师头疼的学生，如果不是这样，她早把我插进她的班上了。见我还没太明白过来，她索性直言相告：因为你在剧团工作了两年，老师们也不知道你还能不能安心念书，所以各班的班主任都不大想接受你。

这个说法让我大受刺激。想我自上小学以来，从来是班上的学习尖子，今天居然落到一个无人接收的地步。这让我想起了父亲的"戏子"说，原来社会上对演员的看法都差不多，只不过他把这个让人不快的词说出了口而已。当时我就暗暗下了决心，非得学出个样子给你们看看。

老师们讨论的结果还算好，尖子班的蔡杰老师发了善心，答应先让我插到他的班上，不过也是先试读一个学期再说，假如实在跟不上趟，再做调整。就这样，我委委屈屈地成了一名试读的插班生。三十多年后，早已退休的蔡老师到海南来旅游，闲聊天的时候说起这一段，师生二人都哈哈大笑。蔡老师回忆说，那会儿正赶上邓小平重新出山，分管教育口的工作，提出要狠抓在校学生的教育质量，层层都有考核制度，这一段在两年之后再次批邓的时候，被指为资产阶级教育路线大回潮。我重新回校读高中，正巧赶上了这一波，想来也还算走运。

就这样，我又成了一个在校高中学生，马上投入了紧张的学习。记得当时本学期已经过去好几周，再有两三周就要段考了，我得一边补旧课，一边上新课。分校对学生管得很严，每天除上正规课时，早有早自习，晚有晚自习，晚自习之后半小时，一拉熄灯铃，教室里就没电照亮了，大伙都得老老实实回寝室睡觉，这就非常限制了我的行动。为了加班补课，我用墨水瓶做了一个小油灯，熄灯后再自学两小时。林小连见我学得辛苦，知道是心理压力所致，就给我支招，叫我别参加迫在眉睫的段考。理由是万一没准备好，仓促上阵，考砸了脸上不好看。这些话又一次刺激了我的自尊心。我向她表示，这次考试我肯定得参加，不光参加，还得考好。我的行动，也许感动了老师们，只要我去求教，都能得到很耐心的帮助，连我每天晚上违反规定，在课室里点灯熬油不按时就寝，都没人来干涉我。

段考成绩公布的时候，我把老师和同学都小小地震了一把。我的数理化语文政治和英语六门平均成绩为 97.4 分，名列全年级第四名，而十七班全班六十个学生，只有我一个人英语考了 100 分。蔡杰老师乐得合不拢嘴，马上表态说，试读结束，留在十七班当学习委员。又过两个月，等到这个学期结束的时候，我的名字在全年级的成绩排行榜上，已经跃居为第一位，并且在以后每次大考小考中，各科平均总成绩都在全年级名列一二名，其中最好成绩为六门功课平均 99.5 分。

比起在剧团里有些无聊的日子，农村分校的生活既艰苦又充实。优秀学习成绩带给我的成就感，让我沉浸于奋发向上的好感觉里，完全忘记了为毕业之后是否要下乡担心。稍微让我感到不适的，是每周一次的劳动日，因为体力关系，也因为不擅长体力劳动，一看到劳动日的标志挂出来，我就本能地发怵。分校的教学楼后边，是一大块红土丘陵地，上面种植着一行行茶树，在整个秋冬季节，我们的劳动就是要给这些茶树松土和施肥。到日子不管男女同学，每人一担笨重的木头粪桶，一趟趟把掺了水的猪屎人屎，挑到分工负责的茶树跟前，再用同样笨重的木头粪勺，一勺勺浇到树根上。这种劳动不光考验我们的体力，也考验着我们的心力，因为我们的劳动几乎完全看不到成果，更不要谈什么收获。

记得在那些寒冷的日子里，我们跟前的茶树撑着布满尘土与蛛网的老叶子，在湘北凛冽的风中一天天无动于衷地看着我们劳作。我不止一次对着满山如仿真盆栽般毫无生气的老茶树发愣，不相信它们还有长出新芽的一天。然而就在我的心情，渐渐变得与老茶树一样无动于衷的时候，一夜的早春之雨就将整山整垅的新茶叶催将出来，同学们欣喜的惊叫也像夜来新绿落满茶树枝杈。我们摘下一片片新茶，断不曾想到这其实就是岁月的消息。有收获的劳动叫人愉快无比，那天食堂里刚好有豆豉辣椒炒油渣的加菜，弥漫在四处的香气更让饥肠辘辘的人无比愉快。散工之后，我跟一个女朋友坐在台阶上比饭量，吃了一份又一份，最后一数饭瓦钵，我身边三两的钵子一共六只，如果食堂没有克扣斤两，那我这一顿足足吃下米饭一斤八两。如果不是亲身经历，谁信？

天渐渐冷下来的时候，我们每个带的一床棉被已经不够了，同学们纷纷打起了合床共被的主意。我也和一个名叫陈昶的女生结成了互助组，将我们的被子一铺一盖，再加上两个人的棉袄，夜里睡觉就踏实多了。当然，这种踏实除了因为抵御了寒冷，另一个原因是可以缓解对"鬼"的恐怖。在我们学校周围的野地里，常常有飘浮不定的小火苗闪烁，有时候，还会有高一声低一声的啼叫声传来，物理老师对我们说，小火苗是磷火，属于自然界的常见现象，啼叫声出自一种鸟类，也不足为怪。但是老乡们并不这样认为，他们说无论是火光还是啼叫，都是"鬼"弄出来的。每天晚上，我们躺在床上侧耳细听，只要一有风吹草动，一人带头尖叫，全寝室立刻尖叫声一片，直到老师来敲门制止。

转眼间大半年时间过去，一种嘻嘻哈哈的氛围中，原来视为畏途的分校生活，很愉快也很迅速地成为了历史。高一学年结束，我们被轮换回城区校本部的时候，我对这个地处偏僻的分校居然有些不舍呢。

我拿着满是高分的成绩单，高高兴兴回到家里向父亲交差，已经接近旧历年关。时逢在北京工作的二哥也回来探亲过年，又有传闻说，父亲的历史问题已经有了结论，恢复党组织生活指日可待，家中的气氛自"文革"以来从未有过地好，我跟父亲的关系经过前面的起伏跌宕，也前所未有地亲近了。然而，人生无常，生命无常，那时候，我一点不曾想到，这就是我和父亲共同度过的最后一个春节。

读不读书又成问题

1973 年的春节刚过，父亲死了。就在他被通知结束长达七年的政治审查，恢复党组织生活的当天夜里，年逾古稀的父亲出现了心肌梗塞症状，几天之后辞世而去。他的离去给全家人带来精神上的灭顶之灾，也带来了我从未体验过也从未设想过的物质贫困，还有时时可以让一颗敏感稚嫩的心受伤的世态炎凉。

父亲尚未入殓之际，母亲向前来安排遗属的有关人员提出了我的就业问题。一位湖南省委组织部的高官亲口保证，等我念完下半年的高中课程，一定作为老干部落实政策的遗留问题，安排我留城就业。

可是当我毕业之后，这个"代表组织代表党"所做出的承诺成了空谷回音。寒冬季节的一个晚上，我找到那位高官休养的病房，苦苦等到两场内部电影放完之后，才见到了这位我想象中的"救星"，对他重复一年前他自己说过的话。我看见他皱起了眉尖，很迟缓转动着那颗硕大多肉的头，考虑了好一会儿说：我这么说过吗？这可是不太符合知识青年下乡的大政策呀。我已经感到大事不妙，可还存着一份寄望，也许他真是贵人多忘事。当时我母亲曾提出组织部给我们一份书面安排意见，他浅笑一声说：您多虑了。要相信党相信组织嘛。我们怎么可能让牧良同志这样老革命的后代没有着落呢？好好读书最重要，到时候只管来找我。我陈述这个细节，试图提醒他，这显然使他不快。他挥挥手，很蛮横地说：找我？找我有什么用？我的孩子还得下乡呢。随着他的手势，秘书已经走到我的身边，我终于明白过来，这位组织的化身并非遗忘了他的承诺。堂皇的诺言在尸骨未寒的时候是安抚遗属的最好招数，他的任务只是要让死者入火为安。

我想我年轻得还很单纯的脸一定被这意想不到的打击改变了颜色，随着两行愤懑的眼泪泉水般涌出，我对这个顷刻间在我眼中由可敬变得可鄙的大人物说出了一句连自己也意想不到的话：你要是死了你的孩子肯定用不着下乡了！这是一个求告无门的女孩表示愤怒的唯一办法。将为这句话付出什么样的代价，我已经顾不得了，号啕大哭着穿过高干病室宽大幽长的走廊。秘书追了上来，拦住我说：部长叫你回去谈谈。这可能是一个柳暗花明的信号，我明白，但我不想接受，我的气质中从父母那儿遗传来的湘乡人宁折不弯的犟气上来了，一个对我来说也许是很重要的转机被我放弃了。我很不识时务地对秘书说：跟一个说话不算话的人有什么好谈的。我把惊讶得不知如何应对的秘书甩在身后，跑出大门。

我变成一个待业青年，一个不合法的待业青年。我没有留城证。

那时候没有留城证等于在国外黑掉了身份的非法入境者，没人可以给你工作，连街道居委会办的小工厂也不可能接收你。父亲抚恤金的享用者是母亲、弱智的小哥哥和我，每人每月十五元，还得从中挤出在大学做工农兵学员的二姐的日杂费用，假如我不能尽快解决留城证问题，我的那十五元也可能保不住。母亲带着因弱智得以合法留城的小哥哥到居委会去要求工作，最后找到一个在郊区屠宰厂拔鸡鸭毛的活儿。他们早出晚归，每天在腥臭冰冷的水里把两手泡得皮肤死白血口遍布，才能按三分钱一只鸡五分钱一只鸭的价格计件领回工钱。每到月底，他们自己登记的数字，往往跟记工员的账本对不上号，总是鸡多了鸭少了。

我在家里操持家务，手忙脚乱地劈柴火生煤炉子买菜做饭，然后步行好几公里，把母亲和哥哥的午饭送到屠宰场去。我踮着脚走过血水和粪水交替横流的场地，等母亲他们当着臭烘烘的冷风勉强将简单的午餐咽下肚去，每天如此。往回走的时候，常常是手里的饭盒空了，眼眶里的泪水满了。

我开始有点后悔那天晚上的莽撞，要是自己不那么任性，说不定母亲和哥哥的处境也就不至于这么糟糕。我又一次走到高干病室的大门外，徘徊几度之后，最终还是提着饭盒走上了通往屠宰场的路。

在走投无路之时，我曾经去过话剧团，想打听打听是否还可能回到团里继续当学员。据说有个同情我的团领导，把我的想法转达给总团的军代表，那人听了很不高兴地说：剧团又不是她家的菜园子，她以为可以想出就出想进就进呀。我得到了这个回答，也自觉理亏，从此放弃复职的努力。

就这么打发着一个个前途渺茫的日子，我变得有些消沉了。好几次我对母亲说：干脆让我下乡去得了，我肯定能挣工分养活自己。母亲说：傻孩子，靠你这点力气一年也赚不到两个十五块，你下乡照顾不了家，我还要替你操心。我只能承认母亲说的全是实情。无望像蛇一样盘踞在属于我的白天与黑夜，一天天被我的烦闷喂养着，越来越茁壮。

那个改变了我的一生的机会到来的时候，并不太叫人兴奋不已。我相信所有的人在细细回味往事时，都惊异自己怎么就那样轻易地与一个改写人生的机会相遇或者失之交臂，我也一样。现在，我真想把那个意义非常的日子浓墨重彩渲染一番，以强调它在我生活中不同一般的重要性，可是做不到。它来得太让人不经意了，差不多可以说是微不足道。

时间已经进入了1974年，冬天早过去了，春天只剩下一个尾巴，长沙人已经开始在晚饭光景把闲了半年的竹床摆到街上来了，而我已经可以比较从容地应付家务，同时不再对自己的处境揪心揪肺地思虑了。

我在王阿姨下班的路上碰到了她。王阿姨是著名作家康濯先生的妻子，在湖南人民出版社做副总编辑，从1964年开始我们两家就是邻居，虽然当年两家的男主人在工作中关系处得并不怎么太好，但由于"文革"时期都遭遇了不幸，反而生出些同病相怜的心思。我像往常那样跟王阿姨打过招呼让她骑车通过，却见她从车上跳下来叫住我，对我说：出版社有一个临时工作要找人做，不知道你愿不愿意去？我说：我没有留城证。王阿姨说：不是真正的临时工，只不过去把一份英文画片上的拼写错误改一改，不要留城证。我赶紧说：愿意愿意。她说：那你明天到出版社去找我吧。

第二天，我在出版社总编室领到一堆英文印制的长沙简介，上边有个单词里多拼了一个字母 I，我得把它用刀片轻轻刮掉，尽可能不留痕迹。这种工作对年纪轻轻的女孩子来说实在不是什么难事，加之我又特别珍惜它，事情就做得又快又好。第五天的时候，所有该改的画片都改完了，我磨磨蹭蹭把桌子上的小纸毛掸干净，想到明天再也不能到这个窗明几净的办公室里来干活儿了，满心都是惆怅。总编室主任姓郭，是个矮个子中年妇女，大约见我干活儿很卖力，也听说了我家的困难，心里很同情我。她把一张五块钱的钞票递给我，并让我在一张领条上签字，带着歉意说：活儿不多钱也很少，不过以后我会留意，有别的活儿再叫你来干。我眼泪汪汪地谢过她，揣着得来不易的五块钱，也揣着一个朦胧的希望走出位于长沙市展览馆路的出版社那座灰色的砖楼。那时候，我还不知道一个转机就在前边等着我。我的编辑与写作生涯将从这座灰楼里开始，贯穿我今生所有的日子。

有了这次打短工的基础，我跟出版社建立了某种关系。后来我又在那儿获得了抄写稿件、看守传达室，以及在纸张仓库裁纸的机会，虽然也是时间很短、报酬很低的工作，我都满怀感恩之心接下来，并且非常努力地完成。与此同时，我还在不断地给组织部门写报告，申述我父亲去世后他们的代表对我家的承诺，以及后来拒不认账的事实。

终于，在1974年年底，当时的湖南省革委会主任（也就是现称省委书记）万达，在我的报告上做了批复，责成组织部门解决我的工作，落实老干部政策，解决其子女的遗留问题。我被招进湖南人民出版社，做了一名有正规编制的校对员，从此结束了我的散兵游勇生活。

我们家的摇滚青年

小披头士的出生

2002 年初夏，雅虎和其他一些中文网络的音乐网站，都在热炒北京铁风筝乐队推出的一张摇滚专辑《这是我们的秘密》。作为一个带着特殊的关切阅读那些乐评的读者，我心里的滋味与其说是喜出望外，不如说是喜忧参半，尽管乐评人的评价非常之高：

> "铁风筝"乐队是中国最老牌的新音乐乐队之一，在 90 年代中期以强力新秀的姿态出现，并在后来的时间里通过频繁的高质量演出巩固了其作为国内一线乐队的地位。乐队的音乐是典型的以吉他、贝斯、鼓为基架的传统乐队音乐，讲求流畅优美的旋律、精妙的编配与直指人心的歌词。
>
> 乐队主唱虞洋不但拥有极富磁性的嗓音和超凡的音乐创作才能，还在吉他演奏方面拥有极深的造诣，他曾经接替了"唐朝"乐队的吉他手 Kaiser 成为"唐朝"乐队的第三任吉他手，而以他为灵魂人物组成的"铁风筝"乐队，也已成为中国新一代"吉他英雄乐队"的典范。

要是我说，我与这支乐队的关系始于二十九年前，所有人都会质疑。那时候摇滚乐被当作西方"垮掉的一代"颓废文化代表，给干脆彻底地拒绝于国门之外，中国正在流行的是八个革命样板戏，有多少人知道摇滚乐呢？可我还是要说，的确如此。

二十九年前盛夏某天，从北京回到娘家待产的大姐，在长沙妇幼保健院顺利分娩，产下一个七斤重的男婴。那时我们的父亲刚刚去世，全家人还没有从痛失亲人并饱尝世态炎凉的灰暗心情中走出来，这个孩子的出生就像一缕亮丽的曙色，带给我们非同寻常的温暖与宽慰。姐姐姐夫给他们的儿子起了个叫着上口听着响亮的名字：虞洋。

　　大姐出院的那天，我到婴儿室去办手续，透过玻璃窗看见里边的长条摇篮，一大排正在安安静静酣睡的孩子中，只有一个小 Baby 正在哇哇大哭。哭声向我传递了一种强有力的召唤，就是他！果然，护士拿着我出示的卡片，核对了几个婴孩手腕上的号码之后，从中间抱出来的正是张嘴大哭的那一个——原来他屁股上糊着一大泡屎。

　　当护士把刚刚出生三天的小外甥郑重地交到我手上的时候，心中的那种奇妙的感觉至今难忘。他刚刚洗过澡，像一条蜕皮的幼蚕似的脱下医院白不刺啦的襁褓，换上一件红底白点的小和尚衫，在我怀里舒舒服服地享受着人生最初的幸福时光，并像要抒发这种幸福感似的发出高亢响亮的叫声。除了与众不同的大嗓门，这孩子还长着一头所有新生儿都不曾拥有的浓密黑发，长度业已覆盖了耳垂。当二十年后，我得知虞洋放弃了大学一年级学业，不顾一切开始了前途莫测的摇滚生涯时，突然体味到这一幕所具有的强烈象征意味，他不是一出生就已经用小小披头士的形象和大嗓门暗示了我们，摇滚对于他来说是与生俱来的吗？

　　大姐休满了五十六天产假，一天不敢耽搁回北京上班去了，把他们的小儿子留在外婆家。从此，洋洋成了我们这个家庭的核心，外婆、舅舅和姨都紧密团结在他的周围。外婆是全天候保姆，根据大姐临走时留下的一本科学育儿教材，不管白天晚上，两小时喂一次水，四小时喂一次牛奶，牛奶中还得按一定比例兑水稀释。曾经亲手养大了六个子女的外婆，虽然对这些教条深表怀疑，也不敢擅自更改。虞洋成年之后，对自己一米七五的身高不大满意，说这全是小时候喝稀牛奶喝的。那年代食品紧缺，订下的一斤奶必须在每天清晨到一站地以外去领取，于是，因脑炎后遗症成了弱智人的舅舅，当了洋洋的专职取奶员，不论严寒酷暑，每天天不亮必起床出发，晚了小外甥就可能挨饿。我这个小姨呢，正好中学毕业在家待业，下不下乡还无定论，理所当然成了一个"见习妈妈"，洗洗涮涮蒸蒸煮煮之外，整天围着小外甥转，他哭了哄他笑，他笑了陪他玩，他病了抱他去看医生。然而这个漂亮聪明的小男孩带给我们的快乐，像功效强大的染色剂，把这一切辛苦漂染得绚丽多彩，令身在其中的人流连忘返。当他长到两岁左右回到父母身边后，就成了我们隔山隔水的牵挂。当然其中最最牵挂他的，还是屎一把尿一把亲手带大他的外婆。

1996年12月24日，虞洋的乐队来海口参加某广场平安夜演出，这使得他有机会看望多年不见的外婆。谁也没想到这一次会面中，外婆与虞洋的对话，竟是重病在身的八旬老人临终前几小时与亲人最后的交谈。瘫痪在床的外婆发了几天高烧，精神已经很差了，虞洋的到来仿佛给她即将熄灭的生命之灯注入了新的燃料，苍白的脸上竟出现了一种神采焕发的红润。祖孙两个整整一下午长时间谈话的过程里，虞洋一直弯腰坐在外婆身后，让外婆靠着他而坐，并且不断应她的要求调整高度和角度。这一幕到今天还让我历历在目。虞洋从小就不乖巧，不会用好听的话取悦什么人，懵懵懂懂的青春期一过，更如天马行空独来独往，一切以自我感受为中心，从不重视与他人的情感交流，难免让关心他的人觉得有些没心没肺。可是在那个诀别的下午，我看到了他的另一面，充满感情的一面。外婆仍然像对小孩子说话那样嘱咐她的外孙，说：你要听爸爸妈妈的话，他们带你不易。虞洋郑重地点着头，答应着外婆，与他一贯的叛逆风格全然两样。分手的时候，虞洋跟外婆约定明天再来看她。然而外婆没有时间等到他再来，当她静静地吐出最后一口气时，虞洋还在去演出现场的路上。对这个特殊的外孙子，外婆其实放心不下，她最后所说的几句话，多数跟虞洋有关。"他怎么跟谁都不一样？从小就不一样？"她说。

特殊儿童轶事

虞洋的确从小就是一名特殊儿童。

在他长大的过程中，虞洋带来的快乐曾经那样完整地覆盖了我们相关的记忆。比如在五六岁的时候，有一天他忽然大叫说：妈妈，我肚子痛，可能是要生孩子了吧？又比如说，在七八岁的时候，他忽然爱上了同班的一个小女孩，因为她会弹钢琴。他把小女孩的名字告诉我，又千叮咛万嘱咐：你可得替我保密。他也会做一些让人哭笑不得的事：比如转眼间将爸爸刚刚买回来的吃食，变成一堆果核纸屑塑料袋，还有满院子享受过共产生活的孩子们狂欢般的笑声；当妈妈大汗淋漓忙出了一顿好饭，扯着嗓子把他从某个角落里唤出来的时候，却被他告知已经在邻居家用窝头咸菜大楂子粥撑圆了肚皮。

在学校里，虞洋是个聪明孩子，却不是一个乖孩子。他完全不懂得师道尊严，经常向老师提些无法回答的问题，而且不顾场合。记得他读小学二年级时，教育局领导下到他们学校听课，语文老师经过精心准备，讲解一则烟囱和烟的寓言，全文大意是赞美烟囱脚踏实地的形象，批评烟轻飘飘的作风，在故事结尾，高高在上的烟正向地面上的烟囱夸耀自己的眼界呢，一阵风来把它给吹散了。老师在总结时对她的学生们说：你们瞧，烟一骄傲就被风吹散了吧，所以同学们切记不要骄傲。虞洋马上举手要求发言，问：老师，要是烟不骄傲它不也会被风吹散吗？老师当堂被晾在讲台上，不知怎么回答他。这样的事情屡屡发生，大姐不止一次被老师传去谈话，希望她管住孩子不要老是在课堂提这些旁门左道的问题。有次大姐去晚了，教室已经锁了门，只见虞洋正趴在门口的垃圾桶上抄课文呢。看见妈妈，虞洋万分委屈说，老师讲解蜜蜂和蚂蚁的故事，说蚂蚁和蜜蜂虽然都勤劳，但蚂蚁劳动为自己蜜蜂劳动为人类。他就质疑说，蜜蜂酿蜜本来也是为了它们自己呀，只不过是人类利用了它们的劳动呗。同学们被他引得哄堂大笑，老师因此以破坏课堂秩序为由，罚他抄写课文一百遍。

对虞洋这些轶事，我那时是把它们当成轻松的笑话来听的，听完之后，留下的印象仍然是快乐，只有快乐。现在想来，这些听来轻松的笑话里，其实包含了许多沉重的东西。后来虞洋对正规学校教育的逆反心理，很可能就是从这一次次被我们忽略掉了的过节中生长出来的。单一的快乐是长辈们的失误。

我知道，作为北京大学这样名牌学府的毕业生，供职于高等科研机构的姐姐姐夫对他们独生儿子前途的设想，一直是读大学读研究生或者到国外去留学。只不过比起一般科研人员，他们还多出一点浪漫情怀。他们都出身于知识家庭，又都是西洋音乐爱好者，并且当年是在北京大学业余手风琴队里开始了他们的恋情，这使得他们对少年虞洋沉迷于音乐的状态多了一些理解。读小学的时候，虞洋已经有了自己的小提琴和电子琴，爷爷家的钢琴、黑管、长笛等一应俱全的西洋乐器，要是他想摆弄也唾手可得。到他成为一名中学生以后，家里的各种音乐磁带和唱片更多得哪儿哪儿都是，只要虞洋在家，家中那台当时在国内还十分少见的大型立体声录音机就分分钟开着，遇上可心的曲目，虞洋也是听它千遍不厌倦。等到他的父母发现儿子对音乐的痴迷实际上已经影响了他的学业时，一切已经为时晚矣。

虞洋没有按人们预计的那样顺利地考上大学，尽管他初中二年级就曾经参加过北京市海淀区电脑软件编程比赛，还获得过名次。经过一番周折，虞洋在北京航空航天大学计算机专业注册为自费生，终因不能按时上课和参加考试半途而废。这种情形让他的父母开始苦恼，不管他们对儿子的业余爱好怎么理解和包容，儿子的行为都已经超出了他们的承受力。虞洋与父母的冲突在所难免，于是有了虞洋的厦门之行。

成长的苦恼

差不多十年之后，我在网上的乐评中看到了对虞洋此行的简单陈述："在虞洋19岁那年，他为了理想背上他的吉他离开了家。那年的夏天，在厦门一家破旧的小医院过道里的座椅上，发着高烧的他身上只有两元钱了。而后他结束了流浪者的生活，回到北京组建了铁风筝。"一个在当年让人们目瞪口呆的出走事件，如今被冷静地总结为了理想离开家，可在那个时候它无论如何是要给虞洋的亲人们带来痛苦和伤害的，想必怀里揣着两块钱坐在异乡小医院的过道里打点滴的虞洋，心里也不会有多轻松，他在北京的家中用拳击手套给大立柜的镜子和客厅的门所留下的累累伤痕，可以证实他那个时期情绪的紧张与焦虑。在我们今天听到的这张新专辑里，有一首歌名为《鼓浪屿》，被公认为该专辑的主打曲目，想来跟它的词曲作者虞洋这次不寻常的到访有着密切关系。"……南海姑娘坐在岸的对面 / 头上是高楼和比萨饼 / 在这夜晚看飞机飞过 / 想我的城市在北方……"从歌词里我们可以体会到19岁的虞洋思乡的惆怅，这首歌的旋律也是整张专辑里最为温柔抒情的。

按一般理解，摇滚乐跟风花雪月没有多少关系，倒是与痛苦磨难有不解之缘。而在循规蹈矩的人们看来，摇滚乐手的痛苦多少有些自作自受的成分。这种成见源自于摇滚乐的发展史：20世纪60年代，当它在西方开始作为一种反叛社会的形式流行起来的时候，这个队伍里从来不乏放弃了优裕生活的富家子弟，他们在耳垂、鼻翼甚至舌头上挂上金属环，带上长了皮癣疥疮的老狗在街头露宿——不是自作自受又是什么？至少在当时，虞洋的放弃学业、出走他乡以及在他乡的贫病交加，在他的亲人们眼里，都是可能避免的痛苦，说得难听点就是自作自受。家中暖融融的房间里，柔和的灯光夜夜为他亮着，父母温存的怀抱每时每刻迎着他，可是他似乎并不需要这些，宁愿去那个无亲无故的城市里寻找其实并不存在的机会。谁也弄不懂，这孩子到底着了什么魔。

虞洋就这么义无反顾地走上了摇滚之路。

1993 年初在北京阜成门附近的一间小平房里，虞洋发起成立了铁风筝乐队。他的三个伙伴里，有两个跟他一样，也是进了正规大学，又身在曹营心在汉的摇滚发烧友。时至今日，乐队的乐手走马灯一般已经换了好几拨，初始阵容只留下了虞洋自己。据说乐队的名字是由抽签决定的，一听说铁风筝这个名字，我就向虞洋表示过不解，一只铁风筝怎么能飞得起来？虞洋对此不作解释，仍然像小时候那样胸无城府地笑着说：这才酷呢！

酷在年轻人的词典中是一个万能形容词，其内容复杂到只能随机而变、可意会不可言传的程度。对于虞洋而言，它究竟意味着什么，没人想得清楚。但是我心里已经对这个沉甸甸的名字产生了莫名的抵触，也许出于对虞洋的爱护，我希望这只风筝飞起来。直到好久以后我好像悟出了一点"酷"的意味，正在于这只铁风筝不能像纸风筝那样轻易凭借好风的力量扶摇青云之上。记得一个在《北京青年报》做娱记的朋友，听我说到我的外甥组建了一支摇滚乐队的时候，脸上的表情完全可以称得上沉痛。他把嘴张得老大，半天才发出些对我来说简直是振聋发聩的音节，那些话让我至今记忆犹新。他说：他怎么爱上了这一行？你要知道，在现时的社会环境里，一个孩子要是迷上了这一行，等于走进了漆黑的死胡同！你知道他要为这个付出多少代价吗？忠言逆耳，虽然我对虞洋的追求存有太多的怀疑，但要是有人面对面说这孩子的前途万劫不复，还是会在我内心激起某种不可言说的反感。我说：你该不会过于耸人听闻吧？他更肯定地说：那你就看吧。不妨说，这种警告也是对酷的一种注释，那就是残酷冷酷严酷。

虞洋从来没跟我谈起过他有多艰难。他不是一个善于陈述善于表白的人，而且他知道他的选择在长辈们中间找不到真正的支持者，说多了自己走麦城的事，只可能招致更多他并不愿意听从的教导和更多摩擦。不光对我，就是对朝夕相处的父母，他也很少谈及自己的难处。成功还在遥不可知的远岸，近旁却每一步都荆棘丛生，假如免谈难处，也就几乎没什么可谈，两代人之间的疏远在所难免。

绝缘的代沟

按我多年的习惯，每次出差北京都在大姐家住宿。白天干完活儿，晚上回来与家里人谈笑，是很让我愉快的事情。当虞洋还是个半大小子的时候，要是我回去晚了他会到地铁站去接我。记得有一回，我老远看见虞洋在路灯底下站着，因为衣服穿得太少，有些单薄的身体在冬夜的风里哆哆嗦嗦的。我心里感动得咯噔一声响，眼睛也跟着潮了。我对他说：洋洋你以后不用来接我了，别说不会有什么事，要是真有事儿你这么个半大小毛头能顶什么用？没想到虞洋嗖的从腋下的一个书包里抽出一把切菜的刀来，在我跟前晃晃说：谁说不顶用，我不顶用它还顶用呢。我吓了一大跳，说：你怎么还带着这玩意儿，有这个必要吗？虞洋很警惕地往四面看看，像通报敌情那样压低声音认真说：这一带最近可不太平，我们大白天上学还被人劫了呢。他那副煞有介事的样子，把我逗得扑哧笑出声来，说：那不过是你们学校高班生勒索低班生，两码事。虞洋对我小看他的情报并不介意，郑重地把菜刀交给我，让我坐上他自行车的后座，像个真正的侍卫那样嘱咐我：要是有什么动静，你就赶快把家伙递给我，看我劈了他丫挺的，正当防卫。说着他把自行车骑得如射入黑夜的一支箭，让我只觉得两耳生风。坐在那支箭上，忆起唐山大地震发生之后，我匆匆赶往北京接三岁的虞洋到南方去避震，一路上他怯生生一步不离贴着我的情景，不禁真切地感到，这孩子已经长大了。同时我也暖洋洋地庆幸着，长大了的孩子还跟我这么贴近。当时我并不知道这个被少年虞洋保护的夜晚，是我最后享受温暖的机会。等我再一次去北京的时候，虞洋已经脱胎换骨成了另外一个人。

他已经是一个名副其实的青年人了，宽肩阔背声音浑厚，按摇滚圈里的常规留了长长的头发，而且随心所欲理得乱糟糟的。见了我，他略微腼腆却十分淡然地笑笑，打了个招呼就把自己关进他的小屋，将一种前所未有的距离感留给我。吃晚饭的时候，千呼万唤之下，他才走出来，坐在饭桌上，也显得沉默寡言，对我的问话，能用一个字来回答的绝不用两个字。放下碗筷，又是一个闭门独坐。大姐发现我的失落，苦笑说：这孩子就这样，我们已经习惯了。聊天聊到深夜，虞洋始终没露脸，等我们躺在床上准备就寝了，突然听到单元大门哐的一声响，接着是他下楼的脚步声。我看看表，问：都十二点了，他上哪儿去呀？大姐叹口气说：谁知道，天天如此，说是练歌去了。我惊诧不已问：这会儿才去，啥时候回来？大姐说：没准。这一夜没有睡得安稳，老觉得心里有事撂不下。天蒙蒙亮的工夫，终于听到期待中的开门声，这才如释重负迷糊了一会儿。接下去的大半天里，多半见不到他的面儿，早饭自然是免了，中午饭可吃可不吃，到了晚餐时间仍然是饭菜上桌才来，放下碗筷就走。嘴巴的功能差不多已由说话与吃饭两项合并为一项：只吃饭。或许在我们看不到的场合里增加了另一项：唱歌。

应该说，这是二十岁的虞洋生命中最低落的时段，对于这种状况的背景，我是几年以后通过乐评才了解到的："1994年夏天，重组后的铁风筝乐队再次陷入低迷的状态，虞洋在一个下午从混沌的睡眠中醒来，写下了'这个夏天，我一直在睡觉……'随后，这首被收录在《中国火2》中的《这个夏天》，像一支强心针注入国内低迷的摇滚乐坛，这首歌也同时成为了铁风筝的招牌曲目并使乐队一炮蹿红。"

我看到过这首歌词的初稿。那时，我决心用平等对话的方式打破虞洋让人忧虑的沉默，只能投其所好跟他讨论摇滚。当我终于忍不住敲开那扇紧闭的门，走进他放满了各种录音、合成设备，同时弥漫着混浊空气的房间时，虞洋把一张纸交给我。我承认我受到了相当的震撼："整个夏天我都在睡觉，头发长了遮住了我的眼睛……"歌词所表现的那种与世俗生活格格不入的态度，彷徨迷茫却又无可奈何的颓废情绪，一下子感染了我，让我觉得有些伤感。但我必须承认，那时候我并不认为这是虞洋从他自己的生活中得来的真实感受，因为我觉得他的生活里不应该有这许多苦恼和愁闷，这叫我疑心凡此种种不过是对西方流行文化的简单移植和模仿，同时也很为他的处世态度担心。我想，那次计划中的平等谈话，在虞洋看来也可能又成了一次长幼有序的说教，虽然我采取的是一种积极的姿态。我说，希望他看一看波德莱尔、兰波以及西尔维亚的诗，既然他跟"恶之花"是一路，也得了解这一派的渊源，学习一点技巧。回到海口后，我很上心地给他寄去了几本以审丑的主张颠覆过去诗歌传统的诗集，以为会对他有点帮助，没想到虞洋的读后感是"没什么意思"。也许对虞洋他们来说，技巧一点儿不重要，常识更不重要。这当然很叫人扫兴。

走出"唐朝"的光环

要沟通是这么困难，我感到心有余而力不足。好几年以后，我才明白沟通受阻是因为我对虞洋和他的伙伴们的境遇一无所知。

他们是生活中的另类。长发或者光头的造型，过于艳丽或者混同乞丐的服装，使他们像被打了记号一样在人群里格外显眼；昼伏夜出的生活习惯让人们觉得他们游手好闲不务正业，近距离相处还要被他们干扰；类似号叫的演唱使他们的歌声既不悦耳也不赏心，很难被一般的演唱会和正规演出场所接受，在乐坛上只有边缘一线立足之地。被称作"中国摇滚之王"的崔健在深圳摇滚节接受新闻界采访时，曾对摇滚乐队的处境作过如下表述：没有演出机会，被人排斥，社会给摇滚贴上一个很不好的标签，说起摇滚，大家就联想到吸毒、不守规矩，大多数的投资商都会因此远离，处境非常困难。他自己也因为演出的机会实在有限，像打游击似的，无论哪里有哪怕再小的演出都去。作为全中国摇滚乐领衔人物的崔健尚作如此感想，刚刚出道的年轻乐队和乐手的处境只可能等而下之，铁风筝也在其列。

组建之初，为了省钱，他们租了北京城乡结合部一处民房排练，居住环境恶劣不说，邻居们成分十分复杂，凡有大案要案发生，总是公安清查的重点区域。有时候，正睡得呼呼的，只听见嘭的一声房门被踢开，接着就有冷冰冰的枪口顶住脑门，迷迷瞪瞪被带去派出所问话查证，放回来已是睡意全消。乐队没有任何签约和演出，家长的接济是全部经济来源，日子久了，衣食住行都成了问题。虞洋常常像老鼠搬家一样，把家里的被褥、衣服、锅碗瓢盆等等拿到他们的据点里去，当然全都有去无回。对此，虞洋的父母只能听之任之，因为他们从儿子那儿间接知道，乐队里外地来的孩子已经贫困到了饭都吃不饱的程度，曾经出现过饿着肚子唱歌，一使劲就晕倒休克的情况。甚至还听说有乐队与出租屋房东为电费发生冲突，乐手被房东用铁铲子给劈死的事情发生。虽然对虞洋的选择，他的父母一直忧虑重重，但对这些孩子的困境终不能无动于衷。这就使他们陷入一种自相矛盾的状态：坐视不管会使儿子和同伴们更受苦，伸出援手等于支持孩子向他们原本并不认同的方向走得更远。与此同时，他们也要为儿子的选择承受来自周围人群的压力。在他们居住的以知识分子为主的小区里，虞洋一伙披头士的出出入入，引起的反应当然不会是良性的。他们不得不听任邻居们的议论，用沉默来掩盖复杂难言的万千思绪。他们也曾试图让虞洋到电脑公司去谋一份职，可是虞洋总是到那些堂皇的大高楼里上不了两天班，又背着吉他回到棚户区去重操旧业。当他们最终明白儿子已经决意要在摇滚这条路上走到底，什么力量也难以将他拉回来的时候，做了一件让虞洋感动万分的事——用多年积蓄给他买了一辆吉普车。因为他们听说，虞洋们经常在深夜演出结束后打不到的士，那些出租汽车司机一看见拦车的是这样几个形象怪异的小伙子，都加大油门冲过去，很少有人愿意拉他们。至此，虞洋与父母之间的为摇滚而产生的摩擦画上了一个句号。对自己在社会上被误解受歧视的处境，虞洋似乎并不放在心上，说起夜晚走在街头行人们避之不及的样子，他反而开心地笑着，说：现在我不用怕什么人来打劫了，人家还怕我劫他呢。我们很难判断他是被长时间的歧视锻炼得什么都不在乎了，还是有意用不在乎掩饰自己内心的伤痛。

在摇滚圈里，铁风筝的发展中的一波三折，使他们一度以"背时"闻名。1998年原本与他们签订了唱片合约的台湾魔岩唱片撤出内地，铁风筝乐队的唱片专辑成了泡影。乐队只得在摸索中自行将唱片的歌曲录制完成，也不断与某公司谈判出专辑的事，但这个"某"似乎总是一个变数。1999年又传出铁风筝解散的消息，"原因是这支乐队的灵魂人物虞洋加入了另外一支乐队——唐朝，任主音吉他手。虞洋在与唐朝合作的日子里参与了他们所有的演出和创作，可是谁都知道他并不甘心就这样放弃了，他所有的理想和热情仍在铁风筝身上"。（引自乐评）

加入唐朝乐队，当然使虞洋的个人处境有所改善，至少这支著名的老牌乐队有专业的经纪人经营，接到的演出邀请也比铁风筝多得多。连我都有为虞洋松了一口气的感觉，不管怎么说，他应该不再为乐队的生存发愁了，可以跟着丁武他们到全国各地甚至境外去演出，分到比较可观的出场费。唐朝来海口演出的时候，虞洋邀我们夫妇去现场听歌。我们按约定在午夜十二点到达演出地点，发现里边已经挤满了年轻热情的摇滚迷。他们的装束千奇百怪，包着头巾的，系着肚兜的，T恤衫被撕去一支袖筒，牛仔裤在膝盖部位剪出两个大洞，什么样的都有。有趣的是，当我们衣冠楚楚走到他们中间的时候，人们反倒投来惊异的目光，仿佛我们穿了奇装异服一般。等观众席的灯光暗下来，虞洋等人走上舞台，我看到了意想不到的一幕，所有的歌迷都举起手臂，擎着荧光棒或者小蜡烛，狂热而有节奏地向他们欢呼：唐朝！唐朝！地板被他们的跳动跺得发抖，人群像波浪般起伏动荡，身在其中，没有人不被他们的虔诚和热切所感染，就算你心里清楚这里边充满着流行文化和时尚制造者的运作成分。震耳欲聋的鼓乐声中，一曲《梦回唐朝》让所有歌迷听得如醉如痴。我看见虞洋随着音乐节拍晃动身体卖力地弹奏着电吉他，一心想设身处地寻找他此时的真实感受。他认为自己自我实现的目标达到了吗？这就是他十多年来苦苦追寻的所在吗？他会陶醉于这种小范围短时间的辉煌吗？

一年以后，虞洋给了我一个答案，他退出了闻名遐迩的唐朝乐队，回去经营自己仍未起飞的铁风筝。因为两个乐队的排练和演出有时会发生冲突，他只能在两者之间选择一个。他选择了铁风筝。

沉重的翅膀

这就意味着他又回到了先前的困境中。没有足够的演出合约，铁风筝只能以"冲PARTY"的方式来实验自己的音乐。冲PARTY是摇滚圈一个约定的俗语，即是在未与酒吧和演出主办者预约的情况下，突然出现在现场参加演出，当然也没有出场费。《○○》《杀手》《妈妈爱我》和《在阳光下》等作品，就是这样完成的。他们有时候也会接到一些单子，比起唐朝的条件自然要差得多，有时去外地，对方给的费用不足，不再能坐飞机住星级酒店，只能是借住朋友处或乘硬座火车，没有座位就干脆站着。亲人们又为虞洋和他的乐队把心悬起来，也为他离开唐朝乐队而惋惜。虞洋的想法跟我们很不一样，他对我说，唐朝的确非常著名，但他们演唱的曲目已经成了经典。从虞洋的话里，或许可以体会到他站在唐朝的耀眼光环中的心境，作为一个后加盟的成员，经典在他可能只代表坐享其成，比起跟自己的乐队一起演唱自己一个音符一个词句写出的作品，意义是完全不相同的。

经过将近十年的努力，铁风筝乐队才有了他们的第一张专辑。从网上下载的一串长长的名单和并不详细的介绍，可以看出除了乐队现有的四个成员：虞洋，主唱、吉他，一个在冲撞与自省中勤奋地感受着的音乐生命；叶琳，吉他手，敏感带着天真的成熟以另类的热情感悟着生命与夜晚的快乐家伙；孙澍，贝斯手，在亢奋的憧憬和平和的静默中踱步的时尚少年；田昆，鼓手，在关键时刻令故事发生意想不到之变化的可靠的河南人。还有更多的人曾经为它做出努力：徐宁，性格倔强的吉他手，现紫环乐队主唱；张涛，不能忍受姜味的小胖子吉他手；晨曦，最懒，长得最像 Dave Mustain 的吉他手，现重型音乐杂志创办者；王湉成，最早精神崩溃的乐队成员，现脉搏乐队；贝贝，假新疆维族鼓手，现崔健乐队鼓手；武锐，说话最不靠谱的乐队成员，现冷血动物鼓手；迟国权，乐队最艰苦的成员；陈卓英，跟随乐队最长时间的鼓手；门利宾，最能承受寂寞的乐队成员，现红斑马乐队贝斯；赵义，最不了解的乐队成员；陆波，成天乐呵呵的贝斯手，现录音师；张越，最晕的，认为乐队其他成员都错的鼓手，现田震演出打击乐手；蔡宇春，心事重重的吉他大快手，现新思路音乐监督；早川贤，爱胡说八道的日本贝斯手；蔡林浩，唱歌最投入最难看的主唱；高晓东，专门得罪人的鼓手；徐强，最倒霉最坎坷的吉他手。铁风筝在这些孩子的聚聚散散中发展起来，可以肯定每一次聚散都有不为我们所知的故事，都伴随着乐队命运的跌宕起伏。这些虞洋几乎从来没跟家里人说过，跟儿时一样，到现在他仍然是一个不善于也不重视表白与沟通的人。

打开音响，听着铁风筝的声音，心情并不能因此而放松。第一张专辑的出版是否标志着它的起飞呢？就算它从此起飞，飞翔途中是否会遭遇飓风和雷暴呢？即使一切顺利，它要飞到什么地方才能安全着陆呢？新的忧虑随着虞洋有些苍凉的歌声弥漫在我心头。

我想起崔健在回答记者提问时说到的一些话。记者问：你是否会一直做音乐做到风烛残年？崔健答：是的。也许你真正想问的是，有一天，我老了，歌迷都离我而去，我还会不会继续做音乐。这是从市场的角度来考虑问题，但我做音乐不是为了做给别人听，主要是因为自己喜欢。其实，我个人最欣赏的死法就是死在舞台上，很多我崇敬的大师都是这样死的。要么演出完了在后台，躺在沙发上，喝着酒，喝着喝着就死了；要么演着演着突然心肌梗塞就死了……我觉得这种死法真是太幸福了。

崔健的说法能表达大多数摇滚人的心情吗？更具体地说，能代表我们家的这一个摇滚青年吗？我打算问问虞洋。

2002 年 7 月 30 日写于海口

后记

　　这是一篇写于三年前的文章，一直没有发表的原因，大约是我拿不准这种充满内心矛盾与焦虑的成长记录，是不是能被虞洋认可。直到不久前，虞洋才偶然得知有这么一篇文章，看过之后觉得它很真实，并给我写了一封长长的 E-mail，对我长时间的关切非常感动。他的信也感动了我，让我觉得两代人的沟通，通过不懈努力和适当方式完全有实现的可能。

　　虞洋在信中告诉我，自从 2003 年铁风筝乐队的贝斯手孙澍因病猝死，他解散了乐队，做了一名独立音乐制作人，已经成功担任了几张专辑的总制作，他个人的新唱片也将出版发行。他还应邀给一些知名歌手写过歌曲，其中包括亚洲歌坛小天后孙燕姿。我为他的进步感到欣慰，但更令我欣慰的是他在信中的一句话：离开"唐朝"真是对的，现在我就是"虞洋"，不是"唐朝的虞洋"，为了实现自己的理想，需要"磕"几年也是正常的。这让我真切地感到，虽然这一天来得迟了些，孩子终于成熟了。

2005 年 7 月 28 日

彭师累了

拜湖南著名中医彭坚为师，是十年前的事情。

我在长沙市天心阁的一家酒楼里，摆了一桌所谓的拜师酒，请来几个旧时的发小和朋友，见证这个半真半假的事件。

说它假。我并非像许多朋友猜测的那样，真想活到老学到老，打算头悬梁锥刺骨，把自己培养成末路出家的中医师，时不时也能装模作样诊诊脉开开方，弄个半仙儿的名声。只不过从实用的角度来考虑，学不会开药方，学会吃药是必须的。

说它真。我的确是个中医粉丝，多年前就零敲碎打兼道听途说，凭着小聪明浅涉医道一两分，给亲朋好友当个健康顾问，倒也有过些歪打正着的成绩，正好比一个斜眼儿的人打靶，有时候也能打个十环。多接触到一些中医的书和人之后，忽发奇想要写一本跟中医有关的书，深知凭自己贴着桶底儿的这点水，不学习不充电很难成就这份奢望。以中医的博大精深、流派纷纭，要想明其道，不能对其术完全不知不晓，若无高人指点，误入歧途也许比步入正道的机会更多。故而真心诚意要找个师傅请教。

至于怎么就成了彭坚的学生，却还另有机缘。

2001年我在《天涯》杂志当主编，曾经发表过彭坚的一篇文章。里边记录了彭家祖上自1850年前后，在长沙市白马井64号挂起"彭氏医生"的招牌，这一百多年里家族四代多人从医，其中不乏饮誉三湘的高手，他早年则师从解放初期在湖南几乎坐了中医头把交椅的二伯彭崇让，最终成为严师高徒之往事。文中有一个细节最为令人震撼：年迈的二伯直到临终一刻，还不忘抓紧彭坚的手，朝自己背上摸去，连声问："摸到没有？摸到没有？这就是绝汗，绝汗如油啊！"话音刚落，即气绝身亡。且不论彭家二伯一生医术了得，门徒甚众，老人油干灯尽之际，还在为薪火相传竭尽全力的传奇一幕，已经将中医师徒之间血脉相通的历史窥斑见豹跃然纸上，让我等行外之人也要闻之动容，故记忆颇深。

按照如今八竿子搭不上的亲戚都能拿来撑门面的惯例，彭坚实在是可以借题发挥，大大将自己身世炒作一番的。他的大伯祖父彭韵伯，曾在各路医生束手无策之际，用上等高丽参一枝烧炭，加保和丸煎汤，退下了时任湖南省主席、军阀何键之父那要命的高烧。20 世纪 50 年代初，他的二伯彭崇让，根据明代《名医类案》中所列"尸厥"一案，以黄芪一两、防风五钱，浓煎鼻饲，治好了毛泽东师母、徐特立夫人四十多年屡治不愈的"癔病性昏厥症"。然而家族先长与此类通天要人的交往，以及他们被传为佳话，让彭坚从小耳熟能详的光荣业绩，却被彭坚在从事医学史研究时，认真做了考证，并在文章指出曾祖父用马蹄皮治疮，方书未载，大伯祖父以人参烧炭消滞，经传无考。

多年从事编辑工作的经验，已然将我训练出了一种从字里行间甄别作者为人的嗅觉，彭坚对家族历史可扬却抑的描述，让我与其未曾谋面，便清晰地看到了他朴实真挚的面容，认准能写出这等文字的人，定然品格不俗可师可友。从此我对中医的认识，也开始从单纯的文献方剂，拓展到对人和事的关注。自古道：医者仁心，所谓医术高低，跟医心良劣相关甚要。通其道，需晓其术，更要知其人。对一个中医粉丝来说，这种视角的开阔，真是不可小观的功课。

记得自我发愿要浅学中医之后，总是在找机会接触各式各样的医生，还曾混迹于中医的高级学术会议，听讲也发言。写书的事情八字没有一撇，自然不敢声张于前。因此每每问及医术之事，对方都觉奇怪，老想打听我目的何在。我呢，回答起来也老有点躲躲闪闪，语焉不详，这就难怪人家无论怎么客气，总带着点敷衍的意思来打发我。只有彭坚不然。

当年还只跟彭师有过一面之交，听说我想学点中医常识，并不问及意欲何为，就很是鼓励我说，自古有言道：秀才学医，笼里捉鸡，学中医的类型本来就有两种，一种是练就童子功，刚刚发蒙就死背汤头，等到长大了再回头去理解运用，另一种是成年才接触，不靠硬记而靠理解来学以致用。这种说法给我带来不小的动力，有一段时间对开方子治小病兴趣极大，动辄发邮件去讨教于他，现在想来，彭师对我所提出那些非常幼稚的问题，总是回答得扎扎实实，绝无应付之意。于是才有了我的拜师酒，以及后来的师生交往。

当初拜彭坚为师，与其说是听闻他的名声而来，不如说是冲着他为文为人的诚恳与友善去的。后来我专门抽了两三个月工夫，每周三次到长沙市芛菜园的百草堂旁观彭坚坐诊，方知这位老师的知名度可是了得。

且不说他每个半天的门诊号要挂到七八十个，其中不乏外省及地市远道的求医者，长沙城里的各路诸侯亦常常在他的诊室里露面，时不时遇到些旧时机关大院或文坛画苑的熟人，说起彭坚都把他好一番夸赞。实不相瞒，最初看到他与这些社会名流交情甚好，我还动了怀疑的念头。要知道如今的社会，但凡有些名气的医生，特别是能给人们延年益寿的愿望助力相帮的中医大夫，身边总会围着些高大上的人物，出有人请入有车送。以身份来取人，按等级以待之，已是不少医者人际交往的惯例，中国杏林曾经最为崇尚悬壶济世不分膏粱布衣的传统，早被有些人弃如敝屣。而以我本人的处世准则而言，对朱门柴扉过于分清的人，至少不是最投缘的一类。因此在随堂观诊的那些日子里，我旁听彭坚向身边的年轻医生传业解惑之余，也在暗中察言观色，想看看为师者做人的段位到底有多高。很快我就清楚了，至少在彭坚的诊室里，他对病人从未有身份高下之分，给谁看病都只按病情轻重分配时间，脸上的表情与说话的口气也一模一样。有一次，一位妇女在给孩子看完病之后，坐在椅子上不起身，要求彭大夫顺便给自己也开张单子。所谓顺便就是挂一个号，看两个人，这种做法显然精明过了头。我注意到彭坚脸上一点愠色也没有，认真替她诊了脉开了药，还很耐心地作了医嘱。事后我提起这件事，彭坚淡然说：她肯定是家境不好呀。

在此之前，我对跟彭师随堂坐诊，很有些不切实际的想象，以为既然拜了师，至少能听到师傅即时对某些病例做出分析，然后有机会伸手去为病人切切脉，再被老师指点一二。一直以来，我对中医师带徒的传承方式，就是这样理解，也是这样设想的。可是等到近身体会我才明白，这种学习方式不只是在彭师门庭若市的诊室里，更是在整个现代中医的框架中，根本不可能实施的。到中医院求医的病人，最想看到的情形，是走进窗明几净的诊室，由慈眉善目白须如雪的老人接诊，被亲切地询问病状，稳稳地搭脉三分钟以上，再在沉吟之间展开药笺，以蝇头小楷慢慢写下方子，十几味药品不多不少，君臣佐使各有讲究，算起来价钱不贵，吃下去效果奇好。其实这只可能是电视剧的情节，现实和想象之间的落差总是让人无奈。当下医患的供求比例，以及中医教育的制度设计，决定了这一点。虽然医者和患者都从不同的角度，对此有所忧虑，或有所诟病，不少业内有识之士甚至认为这关系到中医传统的生死存亡，从眼前来看完全无济于事。

一个如彭坚这等有名气的中医，听到的最多抱怨，当是挂出的号过多，以至问诊不能精细，切脉时间太短，有时候甚至一只手搭在病人的手腕上，另一只手已经开始在写方子了。而我在百草堂看到，彭坚一大早开诊，临到中午还有病人要求加号，应诊时间一再延后，有时过了一点钟还吃不上午餐。记得有一天，彭坚已经收了摊洗了手，挎上书包打算走了，走廊里又听得一阵沓杂的脚步响起，两个农民模样的汉子，架着个病人东倒西歪地闯将进来，说是刚从某边远的县城坐火车赶到这儿，希望彭教授破例一诊。彭坚二话没有，马上重新坐下，从包里掏出块巧克力，边吃边问病。后来我每逢回乡探亲，总在海口机场免税店买两盒巧克力带上孝敬老师，正是出于这个缘由。

这样的生活，这样的节奏，年复一年，彭坚安之若素地过着。每周七天，六个半天出诊，周三休息，间或约几个旧朋故友，到他家附近的茶餐厅打扑克吃简餐，其他时间用来写文章，整理医案，还要花大量功夫回复病人咨询，据知光是他的微信群就有两千多个名录，临时发来的短信更是不计其数。不管是求过诊的老病人，还是远在外地从未见面，只是发个信息来寻方问药的准病人，彭坚每信必复，每复必有药方医嘱，有的信因为对方病情复杂，一写就是几百字。如此不计报酬的义务劳动，一丝不苟地做下来，经年累月不曾间断，对于一个已经声名在外，医务繁忙的大医生而言，彭坚的做法真有点让人匪夷所思。

近些年，随着他的著作《我是铁杆中医》一书，在读者中影响日隆，彭坚需要应北上广深等大城市有关机构邀请出门讲学。为了保证门诊不空堂，他不得不把行程安排得非常紧凑，常常是出了诊所上火车，下了讲坛奔机场。我曾问过彭师，长期这样高强度的工作，在几近七十的年龄，是否会让自己的身体不堪重负？是不是应该相对减少坐堂的次数？彭坚笑曰：没有办法，病人太多。再说，开方子你们看着觉得累人，其实方子开好了是一种享受。我脑袋里储存的汤头，至少有3000首，病人往跟前一坐，能迅速扫描对应，找出最合适这个人的方案，也跟你们写成了小说一样，有成就感。

在自我评价方面，彭坚素来低调，他这么说，我当然信。以他家传师授的从医背景，加上孜孜不倦的学习充电，其临床底子深厚毋庸置疑，更重要的是他对中医事业有种近乎痴心的热爱。每当谈起二伯彭崇让，彭坚总是怀着满满的感恩之情，冬夜里的诀别之夜，那一声"绝汗如油"，几十年来仍余音绕梁般回响在他耳边。

五十年前，彭坚以病退知青的身份，从插队落户的农村返回长沙城，是一个无业青年。二伯在他人生最低谷的时期收他为徒，对他说：一旦咬定中医这个目标，就不要轻易舍弃，要准备为之付出毕生精力。当同龄人谢幕下台的时候，中医临床医生才开始登上更高的境界，一个名副其实的老中医，肯定会比其他老年人多几分精神的充实，少几分身体的痛苦。当中医不必受社会环境的制约，不怕横遭厄运，也无须借助任何物质条件，三个指头，一根银针，一把草药，仅凭自己的一技之长，低标准则可赖以糊口谋生，高标准可借以实施仁者爱人之志向。能够与中医职业相伴始终，是人生的一种机遇，一种福气。

彭坚总说，是二伯的严苛训练成就了自己。入门之初，平日给学生讲起课来口若悬河的二伯，对亲侄儿却是三缄其口，不授业不解惑，只是命其将张仲景的《伤寒论》，在完全不看注释的情况下反复研读。等到彭坚已经将那397条原文背得滚瓜烂熟，才把他带上临床耳提面命，而彭坚历时大半年孤灯苦读的惶惑，立刻化作了一经点化满盘皆活的欣喜。二伯告诉彭坚，清末陆九芝说："学医从《伤寒》入手，始则难，继而大易；从杂症入手，始则易，继而大难。"培养中医临床医生，从《汤头歌诀》开始，属循序渐进，从《伤寒论》开始，为高屋建瓴。前者是培养一般人才的办法，后者是造就临床高手的途径。对你，我取其后者。《伤寒论》是中医临床圣典，历代注家见仁见智各有各说，所以务必先自己面对原文用心体会，以免被前人注释弄得无所适从。时至今日，二伯当年朴实恳切的教诲一一得到了印证，彭坚也用自己的业绩回馈了二伯的良苦用心，所为与不为早已远远超出了当年预定的低标准，更在向着医者仁心的高标准迈进。

寒寒暑暑，朝朝暮暮，波澜不惊的日子，伴随彭坚从壮年步入了老年，熟悉他的人都认为彭坚老得慢，除了身板硬朗肤色清明这些外观条件，大约还因为他不言不语时脸上总是挂着温和平顺的浅笑，而开腔谈话时这种笑容里又会添加些如童颜般纯真的成分。让你一见之下很难相信，眼前这位爷也算是阅尽了江湖各方神仙好汉，目睹过世间无数生离死别，理当练就城府心机与老谋深算的人物。反过来或可以说，有过这番经历还能保持这等笑容和模样，当是德才兼备之人。唯其有德方能心宽面善，有才方能自信自谦，故而与谁交往都坦荡诚恳不卑不亢，留得赤子之心君子之诚，自会驻颜有方延年有益。而彭坚也对自己把握健康的能力坚信不疑，但凡身体有何不适，哪怕是叫人闻而生畏的疑症，他都能泰然直面，自拟药方以应之，不会束手无措。在他看来，为良医者有病医病无病养生，他人尚得其益，况自家乎？

我以为彭坚这辈子会一直这样，怀着对自己职业的热爱之情，本着知足常乐的人生之道，波澜不惊自然自在地过下去。不期有一天，收到他的一条微信，转发了他的同学金先生抱着孙女的家常照。金先生是彭坚私交甚好的同窗，在广东中医界也是位搅得动风云的专家兼社会活动家。跟着这张照片，彭坚写道：金大侠这张脸，这副身段，简直就是中医养生学的标谱，真是羡煞人啦！几十年的修炼，才成这副模样，要想学得，为时已晚，除非时光倒转。世明只比我小两岁，十年前我还敢与他比年轻，但近年来，他渐入佳境，我陷入苦海，忙于看病写书，忽略了修身养性，想来很不值得，待今年上半年《彭坚汤方实战录》出版后，我也要收敛凡心，去追赶金大侠了！寥寥数言，让我兀然之间看到了他内心疲惫的另一面，不得不承认完全超然物外的圣人其实是不存在的。我马上给他回复，只写了一句话：彭老师，您太累了吧？这是大实话。

彭老师不曾回话，估计是默认了。

十年徒弟当下来，我不知道彭老师除了打打扑克牌，还有什么业余爱好。在我的印象里，好像他最为惬意的事情，就是在天气尚可的傍晚，出得诊所的门，沿着华灯初上的街市走上五六公里，回到那个天天为他亮着灯，升腾着饭菜香味的家里，去享受老伴精心烹制的晚餐。这一个多小时的步行，既是他锻炼身体的休息时间，也是回顾白天病例，思考晚间写作的工作时间。每周三次，这条路被彭坚踩着不变的脚步丈量，年复一年，几近二十载。在路上他可能收获似曾相识的笑脸和充满敬意的问候，是受益的病人在向他报喜；也可能遭遇愁眉不展的询问或近乎绝望的哀告，是久恙的患者在向他求助。作为一名老大夫，他不知为多少人康复了身体，带来了新生，亦不知陪多少人度过了最后时光，走向往生。

兴许是天性使然，年近古稀的彭坚至今似乎还不能将病人的所有感受，都视若寻常不为所动，也就是说这些无论叫人欢喜叫人忧的消息，仍然会影响他的心情。

如此，不累也难。

记得有一次我回乡探亲，按惯例约请彭老师去茶馆叙谈，一见面就发现他的情绪似乎有些低落。问及原因，方知是一位淋巴癌晚期的病人，今天没有按约定前来复诊。估计是走掉了。彭老师这样说。

那位病人我听说过，是个家境贫寒的外地女孩，身患淋巴癌之后，全家举债为她治病，终因倾家荡产不得不放弃治疗。女孩求生心切，慕名从几百公里外的地县到省城来找彭坚。彭坚第一次见到她，看到她不光神情坦然，还精心地打扮了自己，若不是已经离不开轮椅，似乎看不到病危之相。等伸手揭开病人脖子上靓丽的围巾，彭坚被吓了一跳，原来她的颈项周围，已经溃烂化脓没有一处好皮肤。

虽说彭坚的诊室里，常年出没着各类癌症病人，其中亦有不少是在大医院几入几出，折腾得筋疲力尽囊内空空的晚期患者，为他们止痛、退烧，消除化学药物带来的不适，提高其生活质量，延长其生存年限，已渐渐成了彭坚潜心研究的方向，并且成效日显。

这个女孩子惨烈的病状，还是让他触目惊心。女孩也看到了彭坚的表情，不等他开口说什么，已经声泪俱下地央求起来。彭坚明知到了这个程度，现有的药方顶多只能止痛疗伤，要挽留这个年轻的生命，已经不可能，还是不忍拒绝。

双方约定每月一诊，调方换药，医患同心协力与死神一搏。大半年下来，女孩的病情居然一度好转，而她家庭的经济状况已连吃中药的费用也支付不起。彭坚决定为她义诊，不光不收她的诊疗费，还陆续捐赠了上万元的药品。

以往无论阴晴寒暑，约定的复诊女孩儿从来不会耽误，彭坚抱着一线希望，两次推迟了下班时间，始终没有再见到那个摇着轮椅的羸弱身影。

我问彭老师：你是不是觉得自己所有的努力都付诸东流了，太可惜？可是你当初完全预见到了这个结果呀？话一出口，我便知道自己的问题太过功利。换言之就是既然预见过结果，当初如何还要这么努力？

彭坚回答道：的确可惜。但可惜的不是我做过什么，而是这么年轻的一个孩子，怎么也活不下去了。说话间，他端起跟前已经不曾续水的空茶杯，喝了一口，放下，又喝了一口。

一问一答之间，我突然有些自惭形秽的感觉，连忙补台：也许作为医生总在期待奇迹发生？

对这个说法，彭坚认可：是呵，奇迹常常在人们绝望的时候发生。上海那个女教授潘肖珏，你还记得不？当时也是死里逃生，后来不光活了下来，生活质量相当不错。

潘肖珏写的《女人可以不得病》，彭坚推荐给我看过。她起死回生的经历，着实是一部传奇。当年潘肖珏被诊断为乳腺癌晚期，同时还患有心脏病、糖尿病、股骨头坏死等好几种重病，各方面条件都很恶劣。

一个偶然的机会，潘肖珏读到了彭坚的《我是铁杆中医》，对他的理念和经验都非常信服，就设法联系上他，在电话里仔细谈了读后感，并恳请彭大师务必亲自去上海走一趟，为自己诊病。面对这位舍上海之近求湖南之远，同时堪称知音级的患者，彭坚无法拒绝，还真的在那年春节利用长假亲赴沪上，做了次特殊的出诊。

后来发生的奇迹令人拍案惊奇，十来年过去，潘教授的身体从病危状态回归了健康，还出版了四本自己的书，创建了"粉红玫瑰爱心公益"微信公众号，帮助有相同病患的女性求医问药，进行心理辅导，在全国乳腺癌患者中影响越来越大。我在这个公众号里，看到了潘肖珏第四本书《冰河起舞》的首发式现场，这位女教授神采奕奕全无病容，似乎在亲身演示从"去病"到"起舞"的过程。

如此这般，多年来彭坚的确创造出一系列奇迹。

对这类奇迹，彭坚也很清醒地认为其实是可遇而不可求的。不能企图所有在绝望中的努力，都能导致奇迹的发生，反之也不能因为奇迹发生的概率有限，就不去努力。面对患者，特别是那些命悬一线的危重患者，彭坚一旦接诊便会竭尽全力，有时候开出的方子因某味药品性烈或剂量太大，药店非得让他再次签字，才敢照单来捡，这对医师的责任无疑是一种非常强调。这样的字彭坚着实签过不少，但凡稍有自保之心，此等风险完全可以通过调方减量得以化解。彭坚的态度是方照开字照签，他不止一次说道，开这些非常规处方，真是全心全意想治好这些患者的病。而且我之所以敢这样开方，完全出于我对中医中药的信心，对自己医术经验的自信，所以说这种胆量和担当都不是无凭无据的。直到现在这个年纪，我从未停止过对经方时方的研究，以求触类旁通治好更多人的病，是这些研究给我了自信。这道理那道理，医生能治好病人才是硬道理。

哪怕多次的努力，只换来了一个奇迹，或许还是不完整的奇迹，也值得。这就是彭坚对待奇迹的态度。他从来不像有的名医那样酷爱讲故事，借此神化自己，往往只把奇迹当成特例医案来记录。

近年来，被全民保健亦可称为全民保命日益高涨的声浪裹挟，中医界出现了不少令人瞠目的乱象。一方面神医辈出鱼龙混杂，秘方频现真假难辨，天价诊费天价大方愈演愈烈；另一方面，望闻问切四诊正被体温表、听诊器、血压计、X 光、CT 所取代，中医不开方，开则开成药甚至开西药，还有不少制药厂家，明里暗里将西药成分加入中成药，美其名曰中西医结合。像彭坚这样有实力却不张扬的医师，在这一片喧哗声中敬业守责，需要很强的定力方能抵御种种诱惑。

我体会，彭坚似乎在许多事情上并不以成败论英雄，他只是凭着自己的初心有所为有所不为，但这并不意味着他处处能顺应内心不纠结。起码，坐堂药号，如何在不影响疗效的前提下，从患者的角度出发把握药价的适中，就很让他费心。中药价格飞涨，但大部分中药店仍然经营惨淡，能保证药材质量，拒绝以次充好已经不易，聘请名医坐堂是药店很重要的一种经营手段，就受聘医师而言，帮助东家维持利润成了工作指标的一部分，其中有些潜规则已是众所周知的秘密。一剂普通的药，加上一两味贵重药材，价格顿时翻番或者更多，疗效并不见得与药价成正比，有的甚至相反。开方子，价格从高还是从低，须在药店与患者利益间掌握平衡，考验医师的智慧与良知。在这方面，彭坚想了不少的办法，其中都被双方认可的一招，是根据病人的病情开出处方，由药店按方制作丸剂，供慢性病患者长期服用。中药制剂分汤、散、膏、丸多种类型，其中丸剂药性缓和服用方便，特别适用于长时间服药的患者，也是中医院占比最多的患者。一张方子总价不低，药店还有加工费可赚，但每一料可满足一至三个月的用药，平均到每天的费用比汤剂要少得多，大大减轻了病人的负担，疗效也很不错。老患者们看一次病，一至三个月不用见面，对彭坚自己的收益是不是也会造成损失，他没说过，说得更多的是有了这办法之后，他面对那些为药费犯愁的患者时安心多了。

自古以来，做医师开方子，除治病救人之外，该是别无他念，现实生活中若是没心没肺，只把手中一支笔随波逐流写将下去，也可图个万事不探的轻松。但如彭坚者，心怀对众患的怜悯，本已多了几分在一般同行看来很不专业的关切，还要助力药店长存久安，纠结之间说不累人当是假话。

打从做了彭坚的学生，已反反复复将他的著作《我是铁杆中医》读了多遍。这本书分学术和临床两部分，若仅论架构，抑或是文辞，的确并无多少要让我等把栏杆拍遍的惊人之处。初一二遍读下来，抛开临床部分的实用效果不说，学术部分反让我颇有些芜杂零碎的印象，而且觉得他这个类似宣言表态的书名，也不怎么叫好。再三四遍读过去，才渐渐体会到这本看似信手拼接，并不拘泥所谓学术规范的文集，正是以形散神不散的方式，体现了彭坚特立独行的思想定位和忧国忧民忧中医的高士情怀。不同于只埋头于临床病案的郎中，也不同于在书斋里搞理论空转的秀才，他能以丰富的临床实践支持自己对中医理论的解释，又能从世界医学史的视角辨识中医的流变与方位，对全球化信息时代的中医生存与发展，做出具有说服力的探讨。其劳累，皆因为他考虑的问题，已经远远超出了医生或者是教授工作范围，而几乎对所有问题的思考，都会加深他的忧患意识，自诩"铁杆中医"，其实内里包含的是一种悲壮的情绪。

我们已经知道彭坚入门中医的方式，属于最为传统的家传师授一类，随二伯进行的临床实践，给了他独特的医术训练，甚至某些历代医家都颇为重视的私家密钥，可称之为得天独厚的基础。1979 年，彭坚以本科同等学力考取湖南中医学院医学史专业研究生，用他自己的话来说，只是为了摘去"中医"学徒的帽子，毕业后留校当了一名医学史教员，似乎跟他热衷的临床有些隔膜。可是有谁能料到，正是这个在旁人看上去舍本求末的学术副业，却给彭坚带来了许多意想不到的收获，使他不仅善用经方，还熟知药方的来路，一些最著名的经典始出于哪一家，由何种史籍记载传播，有过什么重要的发挥和改变，曾为哪流哪派格外推崇或贬低，都了然于心，给他的临床增加了切实的把握，为一般知其然不知其所以然的医师无法肩比，自是受益于中国医学史的学习。从另一个角度说，世界医学史的涉猎，又使他学术眼界与心胸都得到了前所未有的拓展和提升。

近代以降，有关中医药的生存与发展问题的争论，从未停止过，眼下随着高端科技日新月异的成果效应，变得愈来愈激烈。质疑中医的主要观点在于：中医至今尚未步入科学轨道，对疾病个体化和动态化的考虑大于对规律的认识，医生的个体经验总结大于标准化的探索。

其中最出格的言论，认为中医理论体系与现代科学思想、方法、理论体系格格不入，应该总体上加以否定抛弃；各种中医具体疗法包括治疗经验，要用现代医学方法检验其有效性和安全性；中医中的有效成分应该被现代医学所吸收，成为现代医学的一部分。自诩科学通的大人物杨振宁，也曾经做出过非常轻率的结论：中医传承了《易经》中分类精简的精神，坚持阴阳、表里、寒热，这虽有一定道理，但将其看作整体框架的话，中医学一定没有前途。所以我们要抛弃中医理论，而代之以近代科学化的方法。

种种主张彻底告别中医中药的说法，引起的反响可谓巨大而复杂，仅在中医界内部出现的分歧就令人眼花缭乱。抛开小枝小蔓，大的派别无外有三：第一类强调中医的文化历史背景和特殊性，认为继承传统的意义远远大于创新发展，因此推崇玄学，极端的一支重新进入巫术和迷信；第二类在强大的现代科技发展的声势面前，被"不科学"的帽子压得喘不过气来，全面向西医投降，急于用近代科学的方法即西医的理念，引领中医的临床、科研和教育，按照精细的分科来建立综合性中医院，推行不中不西的诊疗方法；第三类也是少数人倡导的新科学观念，即摆脱现代科学高于一切的思想掣肘，认识现代科学量化原则、实验原则、逻辑原则这三大金科玉律的局限性，呼吁不再使用现代西医的金标准，而是制定属于中医自己的金标准，从文化背景、哲学基础、治疗观念、诊断办法、药物来源等各方面，全面重新评估中医。

彭坚的许多论点正与第三类暗合。作为中医药的坚决捍卫者，彭坚参加过一些论战，但是他的文章并不像有些中医的拥趸，只凭尖锐的词汇或者偏激的态度来维护它，而是从中西医发展的历史、中医在现代医学环境下的地位等方面入手，阐述了中医作为世界文化遗产的组成部分，其存在的合理性、重要性，以及继续存在的必然性。他认为中医的方法论，既是古老的，又是前瞻的。就前者以论，它具有古代自然科学的全部本质特征，完全不依赖现代科学成就和手段，独立于现代医学之外顽强生存着。中医的发展模式是滚雪球，从不排斥几千年的积淀下来的经验，经典的古方成药，沿用至今实效依然。就后者而言，从《黄帝内经》开始，中医就懂得将人的病患与自然环境、社会环境、心理因素结合在一起观察，来把握生命的规律，其实已包含了信息论、控制论、系统论、模糊数学、模型方法等现代科学的诸多元素，但是因为中医理论话语至今不能与现代流行语言接轨，也没有形成符合现代人思维模式的框架，直接削减了它进入科学范畴的可能性。进而言之，因为中医所包含的内容，在有些方面超出了西医的边界，反而不能被纳入现代医学系统。与此同时，他毫不忌讳地对当代中医面临的问题进行了反思，指出其症结恰恰在于几十年来，置中医的理、法、方、药统一考虑，各科通用费用低廉的优势于不顾，一直在努力求证自己的科学性，却又屡屡遭遇西医金标准的瓶颈，不得其门而入。倘若以丧失中医的根本为代价，去搞所谓的中西结合，对中医是一个万劫不复的灾难。

诸如此类冒天下天之大不韪的言论，彭坚多有所涉，也很容易受到攻击。我虽不能判断这里边到底有多少成分属于彭坚的创见，甚至不知道我这种挂一漏万的疏理，是否表达了他最重要的思想。彭老师对中医事业的全心投入与倾力维护，仍让我了然如昭。在很多临床同行眼中，这都是些根本用不着他来操心的事情。说来也是，以他现在的名声，应诊、讲学、受访、出镜，忙得只恨分身乏术，人望高，口碑好，家事富睦，四亲安康，还有啥不称意的，非要去蹚这潭浑水？

可是彭坚觉得自己不能袖手旁观。家传师授的底子和科班研究生学历，让他亲身领受过两个不同教育方式的训练，坐堂医生和大学教授的两栖身份，使他对中医的临床和教育科研有更多深入的了解。既是了解了，自有思量，既是思量了，自有观点，若非知无不言，言无不尽，又怎么对得住自己"铁杆中医"的自称？彭坚长期教导学生们，做个好医生，心口同一，知行合一是起码的要求，已所不欲，何施于人？尽管彭坚喜欢自我调侃不过是一个坐堂郎中、一个三流教授，但他内心深处对个人修身治业的要求，确乎不低。

如此，不累才怪。

十年一晃而过，当年拜师的场景被这漫长的时光浸染，已经像一张旧照片，变得色浅纸黄。虽说彭老师对我这个三天打鱼两天晒网的学生，一直保持着有求必应的热情，我也完全可以猜得到，我的"学业"断不会令他满意。彭老师生性仁厚，又深得中医平和即是健康的要领，对人对事总是很宽容，我便也没有感到有任何压力，所以写一本关于中医的书，用最为时髦的话来说，还只是我的梦而已。如果要评估学习成绩，夸张点说也许达到了没学会开药方学会了吃药的程度，或许还可以斗胆加上一句，当不了医生学会了辨别医生的优劣。从这个角度说，已经收获颇丰。

每次回长沙探亲，按惯例约彭老师喝茶聊天。这种会面十年间有过多回，随着时间推移，话题从开初仅是病症处方的求教与指导，逐渐扩展到如今的天南地北，当然有关中医的大事小情，书目的推荐和读后感的交流始终都是主要内容。

彭坚向我推荐过的书籍和文章，中西不限，古今不拘，只要他觉得有真知灼见，便会如数家珍细说端详，并不甚看重作者名声大小以及年龄长幼。

记忆最深的一次，是彭老师特别向我推荐浙江老中医潘德孚的三本书，偏偏他手头只有一套，书又是作者自费出版用来送人的，外边根本买不着。回到海口不久，我收到了彭老师寄来的书，竟然是他叫学生到打印社去复印的。作者的小传记载，潘老医师自学中医出身，从医经历先是某国营工厂的厂医，退休后自己开了个小诊所。这套装帧有些粗陋的书放在书柜里，跟彭坚推荐的其他黄钟大吕级巨著并排陈列，真有一种特殊的效果。彭老师这种不拘一格的读书方式，会使得谈话变得自由。

春节回乡，仍约彭师茶叙。说话之间，我们说起在全球科学界引起震动的"可重复性危机"辩论。

去年 8 月，一个名为"开放科学合作"（简称 OSC）的科学家团体，在《科学》杂志上公布了他们的一项研究结果：由 270 名来自世界各国的科学家，重复 100 项顶级心理学期刊发表的实验报告，发现只有 36 % 的实验得到重现，据此，得出了当代心理学研究存在"可重复性危机"的结论。很快他们的研究被哈佛大学心理学团队质疑，其中一项疑点是 OSC 在样本选择时，没有注意个体差异带来的误差，比如某实验中原实验对象为美国人，而重复实验中为意大利人。

我想起曾经看到的一本医学科普书《最年轻的科学》。作者刘易斯·托马斯，医学专家、生物学家、科学院院士，在美国是个家喻户晓的人物，他用一支行云流水的妙笔，写了半辈子科普著作，影响了几代美国人。在这本书中刘易斯记述了个人经历过的一次"可重复性危机"。1942 年他在关岛给一些兔子注射含有链球菌的疫苗，以验证 15 年已经形成的结论：链球菌感染对于引发急性风湿热和风湿性心脏病至关重要。结果试验异常顺利，所有接受注射的兔子都在两周内因心肌炎死亡，发炎细胞很像人类风湿性心肌炎中的典型损害。四年以后，他的试验受到风湿热领域权威人物的肯定，认为他已经在家兔身上重复了风湿热的标准病理学特征。然而他在纽约旧戏重演，用了几百只兔子，反复注射这种疫苗，却再也没有发现一只兔子患上哪怕是最轻微的心肌炎。

都是人，或者都是兔子，因为族群或生长地的不同，可能得出完全不同的结论，直接挑战西医自认为严格的金标准，说明现代科学并非无懈可击呵。我说。

彭坚笑曰：其实这样的问题在中医学理中早就被关注到了。所谓同病异治，就是对同样的病症不同体质的病人，采取不同的方法来治疗。对不同地理气候环境下生活的人群，会有较大体质差异的认识，还形成了所谓扶阳派和寒凉派的各自的成方逻辑。

这种说法让我感到惊讶：这么说来，中医不能被西医认同，反而是因为在某些方面超出了它的范畴呀？

彭坚回答说：没错。我曾在文章中写过，西医是死的，中医是活的。前者以解剖为基础，看重人的形态结构，中医以生命活动为基础，看重人的功能状态。中医从一开始就不是单纯的生物医学，而是一种生物的、社会的、心理的综合医学模式。身心同治说，就是这样一个模式的精要表述。心智和环境早就被中医纳入了辨证论治的范围，而西医是在近一百年，才开始用心理医学和环境医学来填补这方面的空白。现代科学技术的飞跃发展，确实让西医的工具跟着发生了惊人的进步，但不可否认的是西医的方法论，还停留在牛顿时代线性的、还原的、分析的、实验的水平，相对人体生命活动的这样的复杂体系，这些方法显然是不够的。多年前，世界卫生组织就已呼吁，现代医学应当完成由生物医学模式到生物、心理、社会医学模式的转变，但实际贯彻起来却非常困难。

不知道还有多少类似"可重复性危机"这样的现代医学必须承受的质疑，至今仍被小心翼翼地遮蔽着。刘易斯非常尖锐地指出过："我感觉完全有把握的唯一一条硬邦邦的科学真理是，关于自然，人们是极其无知的……早些时候，我们要么假装已经懂得了事情是怎样运作的，要么就无视那一问题，或者干脆编造一些故事来填补空白。"我相信这种情况在眼下也许变得更加严重了。如今科学至上主义愈来愈盛行，致使现代人丧失了对自然界敬畏之心，当然无法认识自身在这方面极其无知的缺陷，或者即使有所认识也不能公开承认。我说。

对此彭老师认可说：光就这一点而言，今人的确不如古人，那么西医也很有可能不如中医。大科学家钱学森先生就说过这样的话：中医理论是前科学，不是现代意义上的科学。中医自成体系，不能用物理学、化学等现代科学体系中的东西来阐明。西医还处在幼年期，还得发展几百年才能进入中医的整体论。人体科学的方向是中医，不是西医，西医也要走到中医的道路上来。我们要搞的中医现代化，是中医的未来化，也就是21世纪我们要实现的一次科学革命，是地地道道的尖端科学。

刘易斯把他这本以西医观察者视角撰写的著作，取名为《最年轻的科学》，正好跟钱先生的说法异曲同工。世界上的事情就这么奇怪，最尖端的不一定是最新的，有时候反而是最古老的。我说。

　　彭老师点点头，接着又叹了口气说：可是要建立一个全新的科学体系，必须建立现有科学标准之外的全新管理、评估、传授方法，得用现代人的思维方式和语言，阐述古已有之的中医话语。颠覆性的系统建设，光靠中医界内部的人力和思想资源，显然不够用，须得调动多种学科协同运作，由具有统帅性气质的通才带领，才有逐渐开展推进的可能。我们也许看不到这天了。当然这并不意味着，在当下的历史环境中，这样的前景就不能被憧憬被设想。

　　说话间，窗外暮色正在渐渐降临，好像要呼应彭老师有些悲观的慨叹。一个有些风马牛不相及的想法，突然闪现在我脑际：天黑了，劳作了一天的人肯定就累了。可是当他一睡醒来，看见一轮新的太阳，就完全是另一番风景了。假如我们把人类设想成一个整体，那么它总是能看见新的太阳，新的风景。

　　我把这个想法告诉彭老师，他忽然开心地笑起来：这个想法不错。也许当年我二伯捉住我的手，告诉我绝汗如油的时候，也把我和他看成了一个人……

2015 年 11 月—2016 年 4 月写于海口

复数史铁生

　　史铁生是经常能给我们以惊异的那种作家。也许因为他特殊的身体状况给了他人所不及的感悟力。

　　史铁生的出语惊人并不表现为壮怀激烈与慷慨陈词，他总是很沉静甚至很低调地写一些平实的文字，然后让你大吃一惊。这有点像有人用近乎耳语的声音，宣布与大伙儿性命相关的消息，并不因为其音量小而被忽视。比如，他在《我与地坛》里对我们说："死是一件无需乎着急去做的事，是一件无论怎样耽搁也不会错过了的事，一个必然会降临的节日。"

　　我很难忘记第一次读到这句话的情景。正是黄昏落日时分，海岛的太阳只剩下一片阑珊微光，我明白再往下就是黑夜了。黑夜是一种约定俗成的死亡意象。死亡在我们的意识里，是黑暗的、寂静的，也是孤独和荒凉的。而我正是在黑夜到来的时候，读到了关于它的另一种完全不同寻常的比喻——节日。于是死亡有了色彩，有了声响甚至是音乐，有了聚会的畅谈和豪饮，有了气球和信鸽的放飞。一切都悖反了我们的想象，一切都颠覆了我们的经验，因而让我受惊不浅，也过目难忘。

　　于是我们似乎需要猜测，史铁生是不是已经从心理上疏远了生命，要用一种愉悦的意境引诱自己去亲近死亡呢？

　　我们认为，史铁生的苦难是显而易见的，不仅因为他有一具残疾的身体，更因为他有一副健全过人的大脑。这么多年了，他在轮椅上年复一年地沉思默想，度过了绝望而狂躁的青年时光，也成熟了他中年的深厚思想。思想本来不是一件轻松的事情，一切思想必定是忧郁的，何况如史铁生这样，从第一天得知自己将永远不能再站立起来的时候起，就一刻也不能停顿地冥思苦想着的人。这时候，我们忘了，在人的生命活动中，唯沉思的时刻，才是敏锐、富有，也是最强大的时刻，这大约是我们每个人都能体验到的。只是由于肢体的完整，由于行动的灵便，由于俗务的纠缠，更由于欲望的循循善诱，沉思的机会于我们正变得越来越稀少。史铁生不然，他有的是机会让自己强大，尽管他被迫为此付出了高昂的代价。唯其强大，才可能这样平实地谈论死亡，既不夸张对它的向往，也不回避它的到来，就像一个操心家务的农夫，安排惊蛰开犁清明下种的农事，也预告秋季的收成一样寻常。

史铁生是平实的。我们以为这一点几乎毋庸置疑，他的身世逼迫他平实。

我想我们都已经知道了他的遭遇，他在二十一岁生日的第二天，由父亲架着住进了北京友谊医院神经内科十号病房，当时他有过一个决心，要么好，要么死，一定不能再这样走出去了。他为自己定下一个在当时看来已非常漫长的期限：三个月。他也为此做了十分充分的准备，安慰自己说，三个月就三个月吧。可是三个月过去，他既没有好，也没有死，而是被转进了七号小病房。稍有医疗常识的人都知道，这不是好兆头。这时候，他的决心变成了凄凉的祈祷：上帝！你如果不收我回去，就把我能走路的腿也给我留下！事情的结果是，一年以后他被担架抬出了医院。当护士打扫七号病房二床的时候，肯定发现了床底下那一团电线。也许她们随手把它扔进垃圾桶，以为是病人打被包或者晾毛巾的剩余，一点也不在意。其实这是一个被忽略了的秘密，它标志着史铁生关于生命的至关重要的决定。史铁生当年为什么不曾启用它，没有说明，也没有记载。我们不知真情，但有一点是笃定的：这人世间还有值得他留恋的东西，史铁生决定留下来。

史铁生选择了活，就等于选择了丝毫也不浪漫，相反还很严峻，甚至称得上残酷的存在。生命是我们每一个人必须完成的任务，这项任务对于史铁生来说，其意义，很可能已不仅止于寻常人所慨叹的繁重、忙碌或者无聊了。作为健全人的我们，或许永远不知道该如何形容它，以我有限的想象，它大概是一种失重的空洞与无底的茫然吧。史铁生在文章里写道："两腿残废后的最初几年，我找不到工作，找不到去路，忽然间几乎什么也找不到了。"悲观的哲学家叔本华曾说过，总观生命，生命就是失望，不，是骗局。对于年轻的史铁生来说，生命比这位悲观主义大师的描绘还要糟糕一百倍。它岂止是失望，完全是绝望；岂止是骗局，简直是一个无边无际的弥天大谎。我们谁都免不了尝过受骗的滋味，这没有什么奇怪。我们受骗，最计较的是究竟谁骗了我们，施骗者与我们愈亲近，给我们的伤害愈深重。那么史铁生呢，谁骗了他？他自己的生命！我想在他致残初期，当狂躁一阵阵袭来，让他不能自持之际，他一定不止一次地质问过自己的生命：你为什么要把我骗到这个世界上来？他比我们任何人都更早地意识到了生命是一个骗局。而我们呢，还要等，等到风烛残年、老病缠身，青春时代的一切都成为遥不可及也美丽无比的记忆时，才会知之甚晚地明白生命是个什么东西。

史铁生识破了生命的骗局，但又苦无对策。他只会突然把面前的玻璃杯砸碎，抄起随便什么家具，摔向四周的墙壁，或者对着眼边红红的母亲狠命捶打可恨的双腿，叫喊："我可活个什么劲儿呀！"正在天地间倏地变窄变小变成一条缝挤压着他的时候，史铁生很幸运地邂逅了那座能包容下他的身体，包容下他的心灵，同时也包容下他所有苦难的古园——地坛。他在某个下午无意中进入了这个园子，从此开始了他在其中无冬无夏、没日没夜、历时十五年之久的徘徊。"我常觉得这中间有着宿命的味道：仿佛这古园就是为了我，而历尽沧桑在那儿等待了四百多年。"他说。在这座荒芜但并不衰败的园子里，史铁生洞悉了死，彻悟了生，更重要的是用文字回答了要怎么活的问题。大约十五年之后，在他的长篇小说《务虚笔记》里，我们读到了他对这类尖端问题的集大成式的思考和感念。

史铁生已经用文字告诉我们，他是怎么活过来的。尽管他的文字很优雅很高贵很凄迷也很智慧，尽管读他的文字，对我们来说已经成了一种享受一种愉悦，但我们仍然不能忽略这个事实，它们是用千百个窘困烦闷的日子，是用发烧、感染、濒死再生还的痛苦，用成功之前的自卑，成功之后又担心枯竭的恐慌，还有朦胧之中蛊惑着人心但又是他无时不想消灭的欲望等等，这些并不轻松的过程构成的。每天对他来说都太具体了，不用我说，你也该知道这种具体的含义。

具体是浪漫的天敌，浪漫对具体总是闻风丧胆。那我们就有根据认为，史铁生一丁点儿也不可能浪漫了。

然而有一天，史铁生偏就用他的浪漫惊诧了我们。忘了在哪一篇访谈录中，我看到过这样的对话。记者问：假如现在让你在爱情和健康中任选一样，你挑什么？我想也不用想，就帮史铁生选择了健康。可接着往下边一看，史铁生的回答是：爱情。夸张些说，这个回答真有点儿惊天地泣鬼神的劲儿，不由得你不承认自己相形见"俗"。

选择，是我们一生中要无数次进行的游戏，这种游戏既有关智力也有关性情。在鱼与熊掌之间，选择熊掌的人肯定有正常的智商，可我们不能判断他是否真有性情；选择鱼的人假如不是很有性情，就极可能是智力低下；至于鱼与熊掌志在兼得的人，倒是很可能既低智商也无性情，贪婪会使这两者的指数都低于底线。当然这只是就一般而言，就有价与差价的选择而言。史铁生面对的选择不是鱼与熊掌这么简单的事情。爱情和健康在人的生命中都是无价的，换言之都是等价的，或者都是熊掌或者都是鱼。在同样无价与等价的两者中进行选择，智商已经不成其为要素，要素是性情。史铁生在轮椅上选择了爱情，我们就不能不说这种选择见情见性，同时不能不为之感动。我们说，史铁生自有他的浪漫。

我们从史铁生的文字中可以看到爱情的投影，只是投影而已。当他的文字遭遇爱情的时候，他总是慎之又慎，不着一字，尽见真情。他写："要是有些事我没说，地坛，你别以为是我忘了。我什么也没忘，但是有些事只适合收藏。不能说，也不能想，却又不能忘。它们不能变成语言，它们无法变成语言，一旦变成语言就不再是它们了。它们是一片朦胧的温馨与寂寥，是一片成熟的希望与绝望，它们的领地只有两处：心与坟墓。"我认为这里写的就是爱情，而且这不是想象，是实录。

其实，史铁生是很善于想象的，轮椅上的生活把他的想象力滋养得异常茂盛。当他归于被背运折磨后的平静，想象中的人生好运在他的笔下熠熠生辉。他说，既是梦想不妨就让它完美些罢，何必连梦想也那么拘谨那么谦虚呢。于是他只管铺天盖地把世上的美事想了一遍。

倘若史铁生仅仅是美事和好运气的幻想者，我们就用不着太佩服他了，所幸他更是一个不倦的思想者，一个懂得从苦难中提取幸福，从虚无中创造意义的思想者。他在幻想的同时思想，在思想的时候找到了对付人生绝境的最有力的武器——过程。他告诉我们说，一个只想使过程精彩而不只是专心于目的的人是无法被剥夺的，即使是坏运气与死神也无法阻挡你去创造精彩的过程，相反你还可以把死亡也变成一个精彩的过程，坏运气反而更有利于你去创造精彩的过程。生命的意义就在于你能够创造这过程的美好与精彩。

我想，说到这儿我们再也用不着像开头那样，对着史铁生不能行走的双腿长吁短叹，甚至掬一把同情的眼泪了，我们只需为他喝彩就够了。他在大痛苦中走向了绝境，却创造了绝境中的胜境，能诞生这样的思想就是他成为强者的证明。

史铁生当然算得上是经历过绝境了，绝境从来是这样，要么把人彻底击垮，要么使人归于宁静。

宁静是一种规格很高的品质。庄子说：人莫鉴于流水，而鉴于止水。意思是要对一个人做出判断，观其动不如视其静。自古以来，心如止水、宠辱不惊、以不变应万变等说法，都表现了对宁静心态的某种崇敬。

然而宁静是需要甄别的。譬如说，一个人从不被爱意所动，人家怎么爱他疼他为他奉献为他牺牲，他都安之若素不思回报；从不被敌意所恼，人家怎么轻视他嘲笑他欺侮他作弄他，他都逆来顺受不以为耻。他决不为东邻失火西邻水淹忧心，臭氧层空洞疯牛病肆虐非洲难民邪教吸毒绑票杀人统统不关他的事。他肯定也不会为其他人的什么事拍案而起，更不用说路见不平拔刀相助。除非我们完全没有辨别力，否则我们当然不会认为这个人生来宁静或者已经归于宁静。

我们知道，真正获得了宁静的人非但不是麻木的生硬的，反而是极其敏感极其温厚也是极其丰富极其坚忍的。他可能为草芥的凋零或者树叶的飘落而伤感，也可能替一位素不相识的弱智小女孩而担忧；他会长久地怀想下放的穿着开花棉袄吹唢呐的穷吹鼓手，也会在梦里一次次梦见被他使唤过的老黑牛与红犍牛；他激赏刘易斯步态的美感，羡慕刘易斯的力量和速度；他对已经去世的母亲怀有深深的歉疚，对一直关怀和帮助自己的朋友和亲人充满感激之情；他思考过怎样生也思考过怎样死；说到生的时候，他有那么多山重水复的烦恼和柳暗花明的喜悦，讲到死的时候他事无巨细从心态、方式到装裹和墓地，全都娓娓道来更兼谈笑风生……我们从史铁生的文字里看得到一个人内心无一日止息的起伏，同时也在这个人内心的起伏中解读了宁静。

1997年初，史铁生做了一件在有些人看来十分出格的事情：以他牵头的十一位作家联名写信给中国作协作家权益保障委员会，要求该委员会对作家韩少功的长篇小说《马桥词典》被指控为"完全照搬"外国人小说一事给予鉴别。此信一经新闻界披露，史铁生立即成了被人说三道四的人物。有人指责他简直是在搞运动，有人担心他是受了什么人的利用，更多的人认为他大可不必掺和这样的是是非非，只管在家里写自己的东西养自己的病。这些通俗的人们很清楚，在中国当今这个很多人一开口就首先要顾及自己利益和关系，据说是聪明了清醒了的文坛，像史铁生这样，能让全国作代会上各怀心思的代表几乎全票推选的作家实在太少了。他这么做肯定会叫一些人心里不舒坦，这是何苦？史铁生好像有更多的理由沉默。可是，史铁生说，把一个系红头绳的和一个系红鞋带的说成都系着红绳子所以完全相同，而中国文坛还容忍这种现象，说它是正常的批评，那还有没有是非曲直？史铁生有他自己的表达义愤的方式，这是一种平静的刚正，也是一种温和的强大。

史铁生告诉我说，起草这封信的那天，正是他四十五周岁的生日。不知道在那个北方的冬日里，窗外是不是刮着大风，是不是飘着雪。我在遥远南方的晴空丽日之下，想象着史铁生的这样一个生日。它或许并不如许多人所习惯的那般高朋满座、觥筹交错，或许也没有鲜花和蛋糕这类的行头，但它被一种结结实实的内容充满。

屈指一算，史铁生已经在轮椅上度过了二十五个年头。为数甚众的中国电视观众一定在《东方时空》的片头中，看到过史铁生的一个笑容，他在这一笑之间所展现的自信、智慧、善良、练达和开朗，足以让他的亲友和读者们会意，心灵的灾难对于这个人来说已经成为过去。但是这并不能让我们如释重负。二十五年，是一个能使婴儿长成青年，把壮年人送入古稀的时段，在高位截瘫的病人身上，它还意味着器官的衰竭、肌肉的萎缩和各种功能的丧失。这种规律，也许是任何人都无法抗拒的。于是，我们更加注意有关史铁生身体的消息了。果然我们得知他的肾开始跟他捣乱了。他厌食、头昏，血压也高，有时候不能写作也不能看书。不能写作和看书，对史铁生简直可以说是一种毁灭性的打击，我们还记得他好几年前说过的话："活着不是为了写作，而写作是为了活着。"我们有理由为他担心。

史铁生似乎并没有我们想象的那么悲观，他在电话里打趣说：反正我活着每一天都是白捡的，怎么着都不亏本……现在我的专业是生命，写作是业余的。我们注意到，史铁生在1997年第一期《天涯》杂志上发表的一篇文章《说死说活》。说实话，当我经手发排了这篇文章之后，心里突然被一种宿命的恐惧所笼罩。"史铁生死了——这消息日夜兼程，必有一天会到来，但那时我还在。"他居然白纸黑字写着这样的句子，尽管这样的句子以及整篇文章都如说禅一般玄乎其玄，也一点儿不能减少对我感觉的刺激。可是当我们把它多读上几遍之后，会有一种豁然开朗的通透：史铁生远离了死亡，也许比我们谁离死亡都要远。

他说："一个曾经以其相貌、体型和动作特征来显明为史铁生的天地之造物，损坏了，不能运作了，无法修复了，报废了，如此而已……就像一台有别于其他很多台电脑的电脑被淘汰了，但曾流经它的消息还在，还在其曾经所链接的网上流传。史铁生死了，风流万种、困惑千重的消息仍在流传，经由每一个'我'之点，连接于亿万个'我'之间。"他说："世界是靠'我'的延续而流传为消息的……这消息只要流传，就必定是'我'的接力。"诸如此类。在这里，死亡只跟"我"曾经身在其中的那个史铁生有关系，而跟能够脱离史铁生这个符号标记继续存在的那个真"我"没有任何瓜葛。这个我是超越了小我的大我，也就是由无数个我组成，生生不息的人类之整我。

这样的整我怎么会弱小呢？他是无处不在不可能被击垮的。这样的整我怎么会短暂呢？他是绵绵不绝不会被任何力量所中止的。这个史铁生的符号后面是你和我和他心中或多或少存在的美丽，是人类一切优秀心灵所共有的辉煌。它无限而且无穷。

1998 年 2 月

半瞧的天眼

在刘舰平的人生辞典里，"眼睛"这个词肯定是使用率最高的关键词，他的遭际决定了这一点。

大约十多年前，刘舰平给自己起了个绰号"刘半瞧"。那时候他的眼疾经历前期渐进的病程之后，似乎突然间恶化了，刘舰平从可以磕磕绊绊独自外出，落到了要让妻子引路才能保证行路安全的地步。但那时候这个悲惨的变化被有意无意地遮掩着，除了几个比较熟悉的老朋友之外，他并不愿意让更多的人知晓真情，于是在我看来，这个听上去还蛮潇洒的自号，其中包含的多是伤感和无奈。

因为貌似潘安，因为多才多艺，也因为诗歌小说并举且不俗，刘舰平在当年声名赫赫的文学湘军中，曾经是受人瞩目的一员，当他穿着一身白色休闲装出入于各种热闹场合的时候，那种志得意满的谈笑，不知要引得多少文学同志羡慕嫉妒恨呢。又有谁能料到造化弄人，这样一个秀外慧中的上帝宠儿，会在盛年被光明和色彩永远抛弃，开始了另一种令人窒息的人生。如他所述："或许是与太阳的狂热碰撞／我的目光早已／裂成貌似完整的碎片"（《月迷离》），"一块无形的墙壁／总是黑森森堵在面前"（《让想象信手涂鸦》），"我丢失了眼睛／挤不上普度众生的船／菩萨搭手相救／我还是掉进海里／被苦咸的水呛醒"（《慧眼在掌心》）。

一个人在平地走，摔上一跤大概也不会伤得太重，而刘舰平呢，几乎是从风光无限的云端垂直坠落，若不是他有幸带了降落伞，或者说穿了翼装，那后果，岂是一个"伤"字能撑得住的？从这个意义上说，妻子陈玲就是他救难的降落伞和贴身翼装，在刘舰平正一步步堕入黑暗的迷途中，用瘦弱的双臂拽住他，用单薄的肩头托住他，为他缓冲灾难的冲击。所以我们看见落难的刘舰平依然起居有序，衣冠楚楚，延续着优越的生活，依然可以在席间操练幽默谈笑风生（尽管有时候碰杯找不到方向），并且候机一展吹拉弹唱的旧功夫，依然可以南北旅行甚至于混迹文物收藏界玩上一票。在刘舰平努力调整心态，尽力寻找安全着陆动作的彷徨年月，陈玲一直不离不弃跟随左右，让他在日常生活中保有了起码的尊严。这不重要吗？我看很重要，完全可以说是他不幸中的万幸。

在这样一个现实的基础上，刘舰平得以展开了他的诗歌也是生命的第二次征程。应该说，刘舰平生性是个活泼的人，湘楚大地的灵秀山川给予了他聪慧机敏的禀赋，也给了他昂扬的激情，"我吮吸清苦的朝露／追逐暮归的鸟鸣／任山洪溃决心岸／让气血灌通大河／随纤夫号子远去"（《血缘河》），是他对自己身世的描述。凭着这些，他早在 20 世纪 80 年代就以小说《船过青浪滩》，一举获取全国短篇小说奖，又以《辰河三唱》、《今日之中国》等一系列诗歌享誉诗坛。而当"眼疾已成为一个阴谋／每天都在暗中颠覆光明"（《夜色苍茫》），上帝之手无情地关闭了他曾经顾盼生动的目光，他"成了没有影子的人／光明只剩下温度、气味和声音"（《我和影子》），想象的潜能就像春天的新绿蓬勃地生长起来，让他"一沾上这枕头／就有择水草而居的幻想／床榻也变成了舢板／漂浮在苇荡之中"（《芦花枕》）。作为一个诗人，同时也是一个不愿向厄运低头的男人，刘舰平在人们同情的注视下，找到了他自己浴火重生的通道："我的诗行／是一条剪不断的脐带／始终与太阳保持着血缘关系"（《我和影子》），他发现"眼睛居然可以与目光分离／各自探询不同的时空／我于是看不见常人的看／常人也无法分享我的幻觉"（《幻觉》）。就这样，刘舰平开始一次次用奇思妙想开拓着视觉的疆界，直到活生生将那些同情地看顾变成目瞪口呆地羡慕。

自然界是刘舰平歌咏的首选。风——"拿起任何拿得动的东西／随手当作舞蹈道具／一路拈花惹草／放荡不羁"（《风姿》），花——"是悠闲的散文／是忙碌的农事／是秀色可餐的乡愁"（《油菜花》），雪——"北风吹落苍天的头饰／雪花漫天飞来／无树无根／无枝无叶／花开即花谢"（《雪之花》），月——"是守望地球的眼睛，为何含泪离开母体？传说太阳系的一次车祸／让你飞出混沌的躯壳"（《月迷离》），春的浪漫——"杨柳搔首弄姿／与水中倒影纠缠不清／相互惊讶：你何时生出一头秀发？"（《春风得意》），夏的果敢——"乌云盘起高高的发髻／风突然嫉妒地解开它／拔掉银簪／划出一道闪电／扔进秋的深谷"（《一窗之隔》），秋的缠绵——"如果绵绵细雨／是你纷乱的发丝/我就来梳理它/将满天飞扬的愁绪/编织成许多小辫子"（《秋雨春景》），冬的含蓄——"冻僵的老树比划着枯枝/深刻的皱纹里/悄然冒出几粒婴儿的乳齿"（《老树与叶》），他的诗句几乎无所不在。其意象繁复，比兴多变，简直是上天入地，翻云覆雨，世间万物都被他信手拈来，一时具体二时抽象，把玩于股掌之间。

就这些，已经足够让我们夸赞他了？要是再苛刻一点，我们还会对他咏物之外的抒情言志有更多的要求，而且我们或许以为，因为他遭遇了常人所不遇的劫难，对生命必有不同于常人的感悟，直至对哲学的终极命题有他自己独特的阐释。当我们接着往下读的时候，发现刘舰平居然没有让大家失望。

他迷惘过。"我该向左？还是向右？/终归都是空虚的拥挤/寂寞的热闹/谁都害怕被这座城市冷落"（《十字街头》），他这样坦白地描述未曾找到方向的日子。他怨怼过。"也曾把圣经当作词典/却查找不到天堂的地址/上帝降下莫须有原罪/长夜囚禁我于斗室"（《重识汉字》），他这样悲伤地申诉内心的委屈。他愤慨过。"失去视力不等于失去平等/人们祈祷感恩时/为何要闭上眼睛/才能接受光明灌顶？"（《让想象信手涂鸦》），他这样直接地质疑势利善变的小人。他终于释然。"在我最无助时/影子冒了出来/它把自己弥漫成深邃的大海/然后对我说/从现在起，你就是一条鱼/我在磕碰舔吮中/长出了鳞片/从自尊的伤口里/举起桨楫一样的鱼鳍"（《我和影子》），他要倚仗自尊的桨楫开启劈风斩浪的航程。他不再颓丧。"重新耕种让时间荒芜的文字/季节从昏暗的生命中苏醒"（《夜色苍茫》），他要凭借供盲人使用的手机，收拾诗歌这片曾经带给他幸运的旧山河。他做到了。"唏嘘有灵万物/情胜我人间相知/不意将这衷肠苦夜/剪作长短句子/恰在愁绪断了处/又见新霞丽日"（《重识汉字》），他的努力实现了谁也不能替代的自我拯救。然而，他不想就此止步。"我狂奔到太阳的身后/当然不是想钻进它的背影/寻求保护/我要蒙住它的眼睛/让这位高高在上的光明之主/低下头来猜一猜：我是谁？"（《我和影子》），这个重新戴上诗人桂冠的盲者，将往日的卑微沮丧一扫而光，竟然骄傲到站在哲学高度，来向万物之父发问的地步。我以为，用他度过的那些黑暗无底的时日作为代价，刘舰平理当获得这个资格。作为老朋友，我们应该为他重见天日的心灵热烈鼓掌。

比起刚刚自封"半瞧"之号的时候，如今的刘舰平非但不再隐晦令他失明的眼疾，反而把这个缺失作为神圣的标识贴上了前额。俗话说，瞎人眼，开天眼。我曾经毫不怀疑这是前人的妄言。可是当我读罢刘舰平的诗，分明看到在他因失明而显得空洞的人眼后面，正有一双更加明亮更加睿智的天眼，全神注视着这个纷繁多姿的世界。

天气一冷，分居各地的候鸟人都纷纷返回海南过冬，刘舰平也在其中。大家在欢聚的筵席上，争相吟诵他的新作，并为之感动莫名。此时的刘舰平又露出些把持不住的自得，让我们这些故旧看去，似乎只要他换一身白衣白裤，就会返身穿越时间隧道，成为三十年前那个风流倜傥的文青。此情此景让我禁不住暗想，假如在人眼和天眼之间，让他做一次自主选择，他究竟会选择哪一样呢？

当然，我始终不敢发问于他。

2013 年 11 月 17 日写于海口

慈母平安

　　我的朋友牟薇家住成都，虽不常见面，但相互之间十分珍重，因为志趣相投。去年 5.12 地震期间，我正在东欧走访，从家人不断发来的短信中，得知四川的灾情正在步步升级，严重程度远远超出人们的预测，一下子就想到了牟薇。牟薇年纪比我小得多，可是已经历了丧夫与丧父之痛，至今独身与老母亲相伴而居。我每次见到她，都觉得在她平静的笑容后面，有一种令人惆怅的沉郁时隐时现。料想她不该在经磨历劫之后再遇到什么不测，后来通过短信知道成都和她家都无大碍，直为她感到庆幸。

　　一场大地震夺去了数以十万计鲜活的生命，也给活着的人们留下难以弥合的心灵创伤。余震不断，令人心碎的消息不断，在后来很长的一段时间里，牟薇给我的所有电话和信，都透着强烈的感伤和紧张，为国家为家乡为死难的人们。与此同时，她的一颗心也一直为年迈的母亲高悬不下，每天看到苍苍白发的老母，守着电视屏幕，随着国人涌动的悲情不停地伤心落泪，真是不忍。她担心这样持久的高强度的哀伤，会让母亲产生不可摆脱的心理障碍，影响她的健康。

　　面对她的不安，我既很理解也很无奈。我有过长期跟母亲一起生活的经历，深知当我们怀着拳拳的孝心，与至亲至爱却也风烛残年的母亲相处时，那种犹如捧着一尊有了裂纹的薄胎瓷器，在结冰的路上前行的谨慎。要知道，她们是给了我们生命，又用自己的生命养育了我们的人。她们的怀抱是我们人生扬帆初旅的起锚地，是我们发奋图强时的加油站，也是我们遭遇挫折慌不择路时的避风港。风雪夜归，她们会亮着窗前温暖的灯盏，烈日当头，她们会寻来树下宜人的荫凉，她们为我们所做的一切，从来恰如其分体贴入微，就好像她们与我们时刻在用同一个头脑思索，同一个身体感受，从来不曾分离。当日子一天天过去，我们大了，她们老了，我们更大了，她们更老了，母女之间其实已在朝朝暮暮的注视中互相换位。衰老降临，疾病来袭，她们会在床前寻找我们的手，紧紧握住不敢放松，就像从前幼稚的我们蹒跚学步时，死死拽住她们的衣襟。该我们亮起灯盏寻来荫凉了，该我们用怀抱来柔软她们日渐衰弱的身体，暖和她们日渐沧桑的心境，送去安宁和力量了。假如我们不知，那是悟性不高，假如我们知而不行，那将天地不容。

牟薇深知而力行。

前不久，牟薇来电话，说要为自己的母亲自费印制一批墨迹影印本。她告诉我，这是她母亲在地震之后开始抄写的一部清代中医药经典《法古录》，全书共计十六七万字，七十六岁的老母历时八个月，竟以蝇头小楷一字不差地抄录下来，成了厚厚的一大本。最开始，母亲只是想寻找一种方式，来平息悲伤安定情绪，可抄着抄着，奇迹发生了，随着内心压力一天天被释放，她的面色一天天红润，连满头白发都有了黑色的新楂儿。牟薇说，没想到母亲的字写得这么好，更没想到写字对于现在的她简直有了重生的意义。我从电脑传来的图片上看到了牟妈妈的字，确如牟薇所说，字里行间都透着一种精气神，一种升华了的境界，淡定超脱，朴素坚韧，看了真叫人高兴。

《大学》描绘过一种人生境地：定而后能静，静而后能安，安而后能虑，虑而后能得。我想这应该就是牟妈妈今天能够达到的高度。在耄耋之年经历惊心动魄的大哀伤，心的慈悲需要找到一个踏实的依托安放，而在中国几千年的传统医学中，医家从来以身心同治为上，牟妈妈在彷徨之时正好找到了这样一个平台寄托心思，如有神明指引。当初的一个权宜之策，因为没有任何功利掺杂，经过全心地投入，得到了令人惊叹的效果，正可谓精诚所至金石为开。牟妈妈的奇迹，完善了她自己，也教诲了后辈人，面对她的墨迹，她的状态，还有谁能说精神的力量只是一种神话？

牟薇嘱咐我为她妈妈的抄本写一篇序，这让我觉得非常荣幸。我的母亲已故去十多年，自她去世，每见人们母女依伴，羡慕之心就会油然而生。相知如牟家母女者，似乎并不多见，我的歆羡自然又要加倍。我被她们感动，为牟妈妈之所作，亦为牟薇之所为。感动之余写下了以上的话，却觉得这些话不足以表达我的心情，还需要加上我衷心的祝愿：慈母平安。

2009 年 8 月 10 日

后话

　　这篇只写了一个开头的文章存在电脑里，我自己都已经快把它忘记了。当时，刚听到某大学副教授 A 君中年猝逝的消息，震惊和哀伤之余，打算用文字记录与他共事的短短几个月时间里，对他很有点复杂的印象，后来被一些别的活动所中断，就搁了下来。不期前些天，在一堆不相识的作者寄来的稿件中，看到 A 君的朋友写的一篇悼念文章，副标题竟是"A 君逝世四周年祭"。这行字一经入目，让我又一次感受了他的死讯带来的震惊，只是哀伤已淡为一种浅浅的惆怅。时间的速度和力量真是不可思议，我这么想着，同时觉到了某种隐隐的歉疚，于是调出这篇半截子文章，动手将它写完。

　　其实这种生者对死者的歉疚，说出来毫无新意。远的不提，A 君朋友的文章中，就曾写到他拎着一瓶酒去给 A 君扫墓，连上山的小路都找不到了，坟头更是早被荒草湮没，于是同样歉疚起来，责怪自己冷落了死去的朋友。活着的人只有面对死者，才会变得宽厚仁义，不再追究他们的过错，易于包容他们的缺点，同时反省自己。从来的悼文，都是在这样一种心境下写成的，千篇一律被涂上温情的暖色，以至于我们的笔下，无论如何都不太容易还原出一个真实的故人来。有时候，并不是因为我们无能，而是因为我们不敢。想要写得真实，就得狠狠心，收起并无新意的歉疚。

　　我想试试。

　　认识 A 君是在 1997 年下半年。那时他写信来，说要用学校给他外出访学的时间，到《天涯》来帮助工作，他酷爱这本杂志，认为在《天涯》编辑部干上一段会有比去任何大学访问都更有益的收获。当然他也说明了，除去杂志让他很喜欢之外，还想借此机会接近他所心仪的作家 H 君，为自己的研究作准备。作为《天涯》的主编，有什么话比一个读者尤其是一个内行的读者对刊物的好评更中听呢。所以 A 君人还没来，已经让我大有好感。这说明我不能免俗。

那天，H君打来电话，告诉我A君已经住进了作协的客房，我赶忙下楼去看他。

看见A君的第一眼，我觉得他的脸黑得有些不正常。这一点，在他的死讯传来那一刻重新在我的记忆中显现，变得更加强烈。

应该说这第一面，他还给我留下过其他让我觉得不正常的印象，比如说，在海南燠热如夏季的深秋里，他还穿着红的蓝的好几层毛衣，并在头上戴了一顶紫色的毛线帽子。所以在跟他谈话的时间里，我一直在莫名其妙地出汗，尽管我并不怎么热。

那一面还给我留下什么印象，我想了又想。人们总爱在某一个人离开这个世界以后回想有关这个人的事情，我也不能例外。

我回想起他的旅行包特别破旧，被理得不太整齐的衣物撑得鼓鼓囊囊的。桌子上放了一包吃剩下的饼干，已经挤得成了一些碎碴儿，黑黑粗粗，让人看了就觉得嗓子里有点硌硬。我用客房里的水壶烧了一壶开水来给他泡茶，他忙从旅行袋的提手上解下一只用麻绳拴着的茶缸，我看到那是一只磕碰得到处都是伤疤的搪瓷杯子，有几个地方还贴了胶布，想必是已经漏水了。总之，A君的这套行头，在现今的都市里是很少见的，跟他大学教师的身份似乎更不大相衬。我猜测他的家庭也许会有些特殊的负担吧。果然，A君很快就跟我谈起他的家事，妻子失业，除自己的小女儿，还有弟弟的两个遗孤要由他来供养，他的弟弟得癌症死去几年了，弟媳改嫁一走了之，他成了三个孩子的父亲，五口之家的家长。

除同情之外，我对他肃然起敬。因为他说临行前他一天一夜没睡觉，打了十几个小时的麻将，赢了一千多块钱留给妻子作为家用，然后又挑了几担大粪，给自家的菜地施了肥，这才放心放意出了远门。虽然我从来对打麻将不以为然，可面对一个把打麻将当成养家糊口机会的人，你又怎么可能说三道四？我还特别注意到，在讲到自家菜园子的时候，A君露出一种很欣慰的表情，说：我去看望我的菜们，白菜、萝卜样样长得乖。"看望"和"乖"这两个词用得极其别致，让我觉得他不光可敬而且有趣，是一个重感情的人——对妻子、女儿、弟弟的遗孤和园子里的菜。我私下打算要尽自己所能帮助他。

第二天，我陪他去购买一些生活必需品。作协没有食堂，我邀他在我家吃饭，他谢绝说：我在这儿又不是一天两天，长期蹭饭不合适。他回答时反应迅速，几乎可以说是不假思索，很有点人穷志不短的意味。想到他把工资全数留在了家里，他在海口的费用全靠杂志社给的几百元伙食补贴，我心里有点过意不去，但我能帮他做的，不过是从家里拿了些碗筷和一台闲置的电视机供他使用，并在他买菜刀、砧板、水壶、水桶等用具时，替他付了不多的一点钱。A君看见后，在收银台那儿跟我拉拉扯扯，非要把钱退给我，我只好骗他说，这是为客房添置用具，代替公家垫付的，还假装开了张收据。他听了将信将疑，反复追问了好几次，才把那几张被攥得皱皱巴巴的票子收了回去。这种强烈的自尊感，让我对他更加刮目相看。也是为了维护他的自尊，买菜的时候我就不再试图为他付账，只听他每买一样东西就叹上一口气说：太贵了，比起我们那个小城什么家伙都翻了番地涨价呀。于是，他转来转去除了买下蔬菜和豆腐，还一点荤腥都没沾。在买肉的摊子上，他把一挂猪肠子拎在手里，跟卖肉的汉子还了半天价还是放下了，最后买了白花花五斤重的一大块猪板油。这里的老百姓从来不用猪油炒菜，价格比他们那个小山城还要贱，这个发现让A君大喜过望，说这次不愁没荤菜了，多放点油就全齐了。我警告他说，猪油吃多了胆固醇太高要得高血压的。A君对我的警告充耳不闻，只是欢喜地把那块猪油翻来翻去地打量，连连说：油要吃，油要吃，不吃人没得劲。不知道他在海口的日子里，到底吃了多少猪板油，当听说他回去之后不过几个月，就因为脑溢血猝然去世时，我立马回想起的，就是他拎着一大块猪板油开心大笑的样子。

眼看到了中午吃饭时间，我就打电话去我丈夫林刚的办公室，约他出来一块吃饭，也算一块儿给新同事接风。这顿饭安排在一间很小的小饭馆，林刚找到我们时还直说怎么能把客人带到这种馆子来吃饭，太不像话了。我当时没法做出解释，因为直觉告诉我在这样的馆子请这个客人才不至于节外生枝。林刚不明就里，出于对客人的热情，又怕这间餐馆怠慢了客人，坚持要多点几个菜来弥补。事情的结果证实了我的直觉：尽管我把没吃完的一点不剩地打包带回家去，A君还是咂着舌头地发出感慨说：太贵了，太贵了，这顿饭够我全家五口吃半个月的，半个月可能还不止，二十天都够了。人的生活就是不一样不一样。这话说一次也就罢了，三次五次说下来，说得我心里直犯嘀咕，一共也就五十来块钱，他不至于太夸张吧。也许那时候A君已经感到了，对艰辛经历和俭朴生活的渲染，可以从他的新同事这儿换取更多的尊重和好感。

A君开始上班了。应该说，他在文学方面的鉴赏力很不错，稿件审读意见也写得很到位，而且每天早来晚走的，热心于杂志社的各种公务，全然主人公姿态，不像一个只打算在此客串几个月的嘉宾。大家与他相处得挺融洽，闲来常有机会听他说起半辈子经历，都说这个人命苦。六岁上死了娘，作手艺的爹带着他和弟弟到处流浪。爹去世之后，他就成了弟弟的爹，兄弟俩几度沦为乞丐，相依为命吃尽了苦，活下来都是一个奇迹，可是弟弟不过三十多岁，又因癌症早早过去了。我已经记不住他是怎么完成了学业又当了大学教师的，只知道他在几年前的学运中因为挑头游行受了处分，一度被停了课，至今不能参加副教授职称评定，此番跑出来多少还有些负气的意思。这种经历说出来谁能不动容？在那段日子里，A君几乎被同情的目光和言语淹没。

　　太多的苦难经历并没像人们常说的那样叫A君变得冷面冷心，虽生得七尺男儿之躯，他在许多事情上，特别是涉及妻子和女儿时，表现出来的柔情和脆弱甚至很令人们意外。比如他说黄昏时分的光线最让他不堪，总让他猜想妻儿是在吃饭还是在菜地里拔草。为了减轻他在这段时光的孤独感，我常在晚饭后到楼下的客房里去跟他聊天。有一天敲开他的门，发现他神情黯然满脸是泪，吓了一大跳，不知出了什么事。一问，才知他刚刚跟妻子女儿通过电话，一时伤感所至。我当时忍不住笑了起来，嘲笑他说不过才离开家十天半月，撑死也就是暂时分别几个月吧，哪里就值得哭哭啼啼呢。A君听了并不就此打住，反而眼泪鼻涕淋漓而下，哭得更加理直气壮，倒叫我进退不得很感狼狈。哭够了之后，他大大擤了几把鼻涕，跑到里屋拿出妻子女儿的照片给我看，说：你看她们长得多乖。照片上是一位年轻女子和一个四五岁的小女孩，的确都长得不错。我打趣说：没想到你黑不溜秋的，太太倒是年轻漂亮。A君情绪由此大好，得意万分地说起他与妻子的师生忘年恋，特别是说到为了保证妻子不会因为美貌在外边受到其他男人骚扰，结婚后他干脆叫她辞职回家当了专职太太的时候，更得意得有些忘形。我问他太太自己是否愿意，A君竟然用坚决到近乎蛮横的口气说：管她愿不愿意，这事由不得她。我说：你又不是家财万贯，过得起这金屋藏娇的日子吗？A君更加强硬地说：宁肯吃糠咽菜，也不能让我的女人在外边抛头露面。话不投机，我也不便再多说什么，只隐隐感觉到A君对妻子深厚的柔情中，还掺杂着强烈的占有成分，使这种感情变得有点可怕。

　　A君对女儿的感情则另是一番境界，他投给《天涯》的两篇散文，都跟他的小女儿有关。其中一篇题为写他因为少年负重劳动过度，弄出一副驼背的身材，进入都市后常因此遭受冷眼，心中颇为失意，直到有一天将女儿抱在怀里，用如同崖檐一般的驼背，挡住了树上落下来的鸟粪，忽然对自己造型巧妙的身体感到非常满意，将半生来的遗憾一扫而光，女儿在他的生活中简直具备了化腐朽为神奇的力量。不承想这两篇散文还不曾付梓，A君已乘青烟而去，这不多的一些文字也就只好作为遗作来刊登了，发表时特为配了一则《编者补记》："文字之轻难以承载生命之重，然生命有时竟如惊鸟般倏然而去。A先生作为短期访学人员，曾在编辑部与我们共事数月，现在竟英年早逝，我们不禁感慨系之。现刊发他的两篇遗作，以遥祭他的远去。"这两篇文章后来多次被刊物和选本选载，其动人的程度可见一斑。读着它们我想，A君撒手人寰之际，他怎么舍得。

日子一天天过去，转眼A君已经来了两个月成了老熟人，加之他在本地发展了一些社会关系，经常骑着自行车满城跑，不再需要特别以客相待，也就不大关心他业余时间在忙些什么。忽然有那么几天发现从来不迟到早退的A君，连续在下午上班之后一两个小时还没来，来了之后也是一副魂不守舍的样子。正在盘算如何无伤大雅地打探一二，A君自己反倒将事情原委毫不忌讳地和盘托出。据说是他在市中心闲逛，看见有个闹市街头有个擦皮鞋的女孩，总是随身携带各种文学杂志，一有空就拿出来看得津津有味。女孩子的行为让他大受感动，在编辑部找了不少搁置不用的交换杂志送去给她看，甚至想到要把她当成文学新苗子来培养，没想到见了几面之后再到原处去找她，女孩却再也不出现了。A君说话的时候，一点儿也不掩饰他的懊丧和惆怅，一时竟然有些痴痴地。女孩为什么回避他，他提出过什么过分的要求吗？他失魂落魄的表情让我不得不这么想。私底下以为男子汉们有点惜香怜玉的情怀也是常人之所为，A君的坦荡使得这件事更无可非议，但一想起他对妻子的高标准严要求，终归有点为照片上那个年轻美丽的专职太太不平。

适逢省作协要召开一个作品讨论会，邀请A君一道去。听说会议地点在著名的风景区万泉河边上，A君高兴坏了，说这真是一个免费旅游的好机会。可是到了要走的前一天，A君突然对我说，他还是留在家中不去的好，并说出一个在我看来简直不能称其为原因的原因——怕在他出门的几天里我借给他的电视机被人偷盗。这台电视机借给他之后，感谢的话听得我都不好意思听了，一再解释说机子旧了又闲在那儿，不必太在意。相处时间长了，我已经对 A 君善于对某些事情反复夸张反复强调的习惯多有领略，比如对自己的苦难和对某人感激不尽的心情。他多次跟我说起 H 君对他的"恩情"——他一次次使用这个词，让我听上去远不如他说去"看望"过园子里的菜们那么进退有致。好几年前他得了严重肺结核，要看病又没有钱，无奈之际他的朋友给素昧平生的作家 H 君写信，希望他对一个贫病交加的文学青年伸出援手。本来也是死马当作活马医没抱多大希望，没想到很快收到了 H 君寄来的两千块钱。"那年月的两千块钱是多大一笔钱呀！"每一次叙述的结尾都是这样一句慨叹，再加上"我这辈子做牛做马也要把这笔钱还给他"的声明，以及"我这个人从来都是滴水之恩涌泉相报"的表白，几乎成了一种叙事定式。现在他又要用牺牲去风景地开会的"涌泉"来报答借用电视机的"滴水"，怎么看也过于隆重了。我说：你千万别搞得这么紧张，锁在屋里不见得就一定会被盗了，即使丢了我也不会找你赔，退一万步说，你还可以花点力气搬回我家存放，开会回来再去取就是了。我想大概是我的语气已经透出了某种不大和顺的信息，敏感过人的 A 君也就不再坚持他的想法，并且从此之后，再也没跟我提起过这部电视机，甚至在他最后离开的时候，连一句要将它物归原主的交代都没有，跟他当时的表现差不多南辕北辙。

现在想来，去开这个会，对 A 君绝不是一件好事情，说得彻底点，几乎是他调来海南整个计划中的一个转折——从充满希望到完全失望，从步步为营到匆匆退走。

会开得差不多的时候，A 君作了一个即兴发言，发言的主题是吹捧作协主席 H 君。要说那个发言如果换一种语境，比方说换到不少作协惯于召开的那种以炒作某人某作品为目的的讨论会上，与会者投桃报李互相吹捧，完全算不上什么错。A 君错就错在没找准发言的场合也没找准吹捧的对象。我已经记不大清楚 A 君都说了一些什么，总之是从人品到文品整个评价高而又高。让我记忆犹新的倒是包括 H 君在内的听众们对这个发言的反应。随着 A 君满口肉麻的好话说得兴起刹不住车，平时总是一副笑脸向人的老 H 脸色反而越来越难看，脸模子已经拉下了二尺长；平时对他们的主席蛮有好感也挺佩服的作协会员，眼神里越来越多地表现出疑惑诧异，这个陌生人的发言跟他们几年来已经习惯的讨论氛围大相径庭。对此 A 君完全没有觉察，他跟 H 君隔了七八个人并排而坐，使他根本看不见对方的表情，至于其他人的反应，对他来说或许本来不重要，抑或从根本上误解了人们的交头接耳，还以为自己语惊四座的发言反响热烈呢。他就这么自我感觉良好滔滔不绝说下去，一直说到超过开饭时间。在走向饭堂的路上，A君像一个刚刚下了竞技场并且出了好成绩的竞赛选手似的，擦着脸上的热汗向我征求意见，用一心等着听表扬的口气问，怎么样？我的发言。

A君这个发言的会场效果实在很糟糕，就在他发言的过程中，已经有不少与会者小声问我说：这个人是谁呀？听说他想调进《天涯》？言下之意是说他的发言动机不纯。我一边为他解释，一边替他害臊，应该说他对H做的一些分析并不错，但他说话时急切的语气和讨好的表情，让人觉得他好像是憋足了劲儿找到一个向H君表白的机会，间或透出一种对其他人进行文学启蒙的优越，大有天下唯有我识君的劲头。高度赞扬一个人并没有什么，但如果面对当事人说起好话毫无节制就有了阿谀奉承之嫌，A君的发言让我不断联想起白花花的猪板油，甚至于那板油上还敷了一层蜂蜜。我的感觉糟到连打击他的兴趣都没有了，只敷衍了事地对他说：你还不太了解我们这个作协。A君有点茫然地看看我，想分辩一下的样子，我不想听，借着跟别人打招呼走开了。按我的习性，当要放弃一件事或者一个人的时候，反而会比抱有希望的时候要温和平静。事后想来，从那次会议起我已经放弃了跟A君做朋友的可能，不光因为发现他是一个阿谀之人，还因为我听说他在开会的三天里，为打麻将输掉了几百块钱，并且表示毫不在乎。

开会回来，A君突然变得有些消沉，想必是因为各方面特别是H君本人对他那个原本自以为精彩的发言反映不佳，他在非常沮丧的同时，却又想不出自己到底错在哪里。平心而论，A君的确也算不上有什么错，他也许只是表达了自己的一种真实想法，即使有何不妥也不过是南桔北枳的失误。但人们在交往时常常不认道理只认感觉，特别如我等情绪外向之辈。有好些日子我都没有到客房去找他聊天，根据直觉我知道，只要去，话题肯定要涉及这次发言，而且我相信这并不是一件可以讨论清楚的事情，与其徒劳不如回避。那段时间A君肯定感觉到比他初来乍到时还要孤单，因为不光我，《天涯》的其他编辑也似乎对他有了某种成见，只是大家都不明说而已。当时，我并没对这种气氛给A君造成的心理压力有更多考虑，可是等得知了A君去世的消息，看到A君在编辑部用过的办公桌安安静静地空在那儿，打开抽屉，里边还有他写了意见的稿笺、弃之不用的笔和一些零星的小文具，心境忽然间大不相同，尤其当意外发现有张照片混迹其中的时候。是A君妻子和女儿的合影，我曾经看过的那一张。A君拿出照片的当儿，那种带着一点夸耀意味的满足与幸福的神态，以及将照片收回之后，小心翼翼擦去上边并不存在的灰尘，才轻而又轻地放在桌上，仿佛怕跌痛了照片中人的样子，全都瞬间复活在我眼前，让我的心大恸一刻。他怎么会在离开并且不打算再回来的情况下，把这张与他朝夕相伴的照片留下来呢。是在匆忙中遗忘了？还是要借它来向我们解释自己突然间打道回府的原因？斯人已去，一切终成千古之谜。照片上年轻貌美的少妇搂着小女儿一如往昔地灿烂微笑，那目光让你不难判断出，她对面的镜头后边，是丈夫充满感情的眼睛。

我至今不能断定A君从什么时候起有了撤退的念头，或许在跟我进行长谈之前他并没有任何要走的意思，是那次没有保留的交谈导致了他突然离去的结果？

那天上午，编辑部只有我一个人，A君从他办公室走过来，好几次在门口探头探脑，我用眼角的余光瞥见他，知道将要有一次回避不了的谈话，就索性放下手中的事务，请他进来坐。

A君走进来，坐下，将双手在膝头下意识地搓来搓去，脸上是一种夸张的凝重。不妨坦言，自从对A君有了成见，他的举动常常让我觉得夸张，进而开始怀疑他对自己经历的叙述里是否也加了水分。这使我无论如何不继续在他初来时对他的热情和关心，A君也一定感觉到了我的变化。这种夸张的凝重让我感到，A君是经过慎重考虑下了很大决心才来跟我谈话的，他想用交谈改变自己目前的这种处境。事已至此，我认为自己有义务跟他谈话，并尽力争取跟他沟通。

A君一开口，就让我吃惊不浅。他说：我想过了，下半辈子我要做的唯一一件事，就是建立一门H学，专门研究H君。钱钟书算什么大师？不过一个著名节目主持人，一个文化赵忠祥。除了一本《围城》，他还有什么？《管锥篇》是他自己的东西吗？索引而已。钱学居然成了潮流！

当时我简直无言以对，看着他的脸，又好比看见了一块抹了蜂蜜的猪板油。见我不置可否，他有些着急，赶着把准备好的其他话一股脑说出来。他用了很长时间说了很多，总的意思是H君终究会成为一个大师，尽管现在人们还没有充分认识他，《天涯》杂志有责任做这个启蒙工作，我想我是不是可以调来编辑部。如果说他走进来的时候，我对与他沟通还抱有期待的话，现在我已知道这根本是不可能的。对他访问的目的，此间人们有过不少猜测，但谁也没猜到这个份上。我觉得不能再沉默，就打断他的话说：你是说你打算调来专门搞H学研究？

在说出上面的那些话的时候，他很是调动了感情，仿佛要对我的漠然表示无言的抗议。等他终于停了下来，喘着气用眼睛盯住我等着我发言时，我只好对他直言以告，对他说：我一点不想隐晦自己的观点，第一，《天涯》不可能做这件事，你的想法说明你对这本杂志毫不了解；第二，不要说建立什么学不学的，你连一般的H君研究都做不好，因为你对你要研究的对象也毫不了解。他急了眼说：作为朋友你难道没有认识到H君是伟大的吗？我说：是真朋友还是不要用这样的字眼吧，我认为"伟大"这种字眼永远跟朋友无关。我倒是想问你，你难道没发现H君本人对你的阿谀不以为然吗？一不小心，我使用了"阿谀"这个词，A君相当震惊，嘴巴张了张没发出任何声音，却用眼睛表示了他的怀疑。我接着说：你那天在会上发言的时候，没看见H君的脸早就拉了两尺长？A君眨巴着眼睛，显然是在记忆里寻找依据肯定或者否定我的说法，他的表情让我看出来我的说法被印证了。A君好像受到了打击。

我们同时沉默下来，停顿的时间也许只有片刻，但足以让谈话双方感到了尴尬。

A君干咳了两声，非常坚决地说：不管别人怎么看我，H学我肯定是要搞起来的。回学校去以后，我要在图书馆设一个H君专柜，专门存放H君的著作和研究他的文章。这让我又一次强烈感受到他的夸张，就算他真这么想，对他在学校里是否真做得了这样的事情也要打问号，就说：H君又不是一个高产作家，评论也比跟他齐名的作家少得多，设专柜只怕有点难吧。A君很较劲地说：正因为难才有意义，他的评论少就是因为他的作品不通俗不好评，评不好就要丢自己的丑，评论家畏难所以避而不谈。应该承认他这么说也不是一点道理没有，但当时的气氛让我不愿意附和他。从他话里我听出了一个意思，他已经放弃了要调来工作的意图。见我不说话，A君只好自说自话，称一个搞文学批评的人，从来不会拿批评家的职业道德做交易，好作品就是好作品，作品不好就是关系再好他也绝不会无原则叫好。他的这些话反而把一丝嘲笑贴到了我脸上，因为他在编辑部待了并不算太多的日子，就已经开始运用他的审稿权来发展社会关系了，有些并不怎么好的稿子，只因为作者靠着打麻将或者别的交往跟他过从甚密，便得到他用力过度的推荐，与他的常规批评水准大相径庭。我并没有说出这些，但 A 君显然已经敏锐地发现了我脸上的笑容，将剩下的话咽了回去。

我和 A 君的最后一次谈话不欢而散。

下班的时候，我们一块儿下了楼，A 君很快取了自己的自行车，逃也似的冲下大门口的斜坡，汇入马路上熙熙攘攘的人和车里，像被热带正午的阳光蒸发了一般，眨眼的工夫已经无影无踪。

午睡睡了一半，听见电话铃响，迷迷瞪瞪拿起话筒，竟是 A 君打来的。从话筒里传出来的嘈杂声音，可以判断他在一个公共场所，于是他还没说话，我就预感到他可能已经在回家的路上了。果然，A 君说：我现在在过海的码头上，家里来电话，我的孩子病了，我得赶回去。意外之下，我也无心去猜测这个说法是真是假，但我明白他不打算再回来了。果然他又接着说：谢谢你这段时间对我的关照，我也很佩服你的直爽。我说：这么说你不打算再来了。他停了一会儿，用小得让我难过的声音说：不了。我说：你怎么说走就走，火车票你都没买，到了湛江能赶上今天的车吗？他说：没关系，你别忘了我是从小过惯了流浪生活。我一时说不出什么，便问他：你告诉 H 君了吗？他说：还没有，请你转告他，我回去之后再给他写信。我说：那就再见吧。他说：再见，有机会到我们那边一定来找我。临挂电话，他又补充了一句：你一定要认识到这个人是伟大的。

这是 A 君对我说的最后一句话。

下午，我到客房去，轻轻一推门就开了，A 君没有锁门，把钥匙留在饭桌上。屋里一片狼藉，脏袜子破抹布碎纸和甘蔗皮铺了一地，桌子椅子上哪儿哪儿都是翻得乱七八糟的刊物和报纸，床上的枕头黝黑锃亮差不多结了壳。厨房里更是一塌糊涂，锅朝天碗朝地，半锅没吃完的剩饭发出一股馊味，洗碗池里泡着一些青黄不辨的蔬菜，一些小飞虫在上边团团乱飞。揭开案台上黑乎乎的小铝锅，锅底残留着一小层变质的炼猪油，边上还有一圈绿色霉斑。我在房子里转了一圈，心里像长了草，对 A 君的印象更复杂到了极点。

我叫来小区的清洁工老李，请他把客房打扫一下。老李站在门口愣了一会儿，吸吸鼻子说：你们这个客人……我摆摆手制止他说下去，吩咐他先把电视机搬回我家。那台旧彩电曾经莫名其妙从 A 君嘴里引出过多感谢的话，莫名其妙珍贵到要让 A 君放弃出游的机会在家守护，现在却被撂在敞着门的客房里没个交代。这个 A 君。

A君一走杳如黄鹤，对他的离去大家议论了几回之后，也渐次淡了。大体认为他是因为自己把戏演砸了，坚持不到谢幕就告退了。有时候，当一个人复杂到大家不大能用言语说清楚的程度，反而会被总结得特别简单。假如不是A君去世的消息突如其来，日久天长也就不会有谁重新来揣度他了。

　　关于A君逝世的消息说，A君因学运所受的处分终于解冻，他晋升副教授的申请也被接受了。最后的终评会要在省会开，为了保证结果万无一失，A君跟着本校的高评委一块儿专程去了省会，在那儿等候消息。A君对于这次晋升职称的重视，使那位评委不敢有半点迟误，投票刚通过，就在第一时间把这个好消息通知了守在招待所里的A君。A君如释重负地出了一口气，汗水顿时湿透了全身，头也跟着不同寻常地痛了起来。时值盛暑，在那个以火炉著称的城市里，挥汗如雨是大家习以为常的事情，头痛很容易被认为是中暑或者睡眠不足。没人在意，A君自己也未在意。过了一会儿，大概他觉得更不舒服了，想去冲个凉清爽一下，走进浴室的时候，他好像预感到了自己的死，对同伴说：要是等下不见我出来，你就进来看看我。只一刻同伴就听到他咚的一声倒了下去，等救护车应召而来，A君早已停止了呼吸。

　　A君生前对这个世界抱有的许多浪漫的幻想，都在这个炎热的下午戛然而止。功成名就曾被他树立为人生最辉煌的标高，一直生活在较为封闭的内陆小山城里，A君凭借对外界的想象设计了自己走向成功的方案，并对这个方案怀着稳操胜券的信心。而且，从幼年开始的社会底层生活，历练出的一套夹缝中求生存的应对原则中，恭维强者凌轹弱者几乎是放之四海而皆准的真理，并屡试不爽。当实力与目标不甚相衬的时候，夸张一些什么或者掩饰一些什么就成了必须的动作。这算得上是什么错吗？

　　A君曾在告辞的电话里对我说：有机会到我们那边去一定来找我。差不多四年之后，我的确有了一个机会，为了写一本人文地理方面的书，两次访问了A君生长的那个少数民族自治州，并到过他曾经任教的大学，而A君已不知魂归何处，不可能再找到他了。

　　去到A君的学校是在一个阴沉的雨天。恰逢休息日，中文系的办公室锁了门，事先说好替我们找资料的人也不在。电话联系上之后，知道全在交流馆与来访的国外汉学家座谈。顺着指点走过去，经过仔细的盘问才被允许上了三楼。会议室和走廊里都挤满了人，与会者脸上庄严热烈的表情和被请出来的负责人匆忙打发我们的答复，使我们真觉得自己成了不速之客。这时候，我想到了 A 君。要是他在，肯定会坐在这中间的某个座椅上。我扫了一眼，全坐得满满的，不知道哪一张椅子应该属于他。

2002 年 7 月 19 日写于海口

乡愁

从前我不相信世界上真有一种东西叫乡愁，而以为那不过是文人骚客的杜撰。我一直坚持说我没有故乡。可是，终于有一天，我坐在海南岛某处楼房的窗前，看着外边临风飘逸的椰子树和海岛上空特有的纯净洁白、瞬息万变的云彩，突然就怀念起湘江边上那片曾经让我厌倦的土地来，并且突然就懂得了"故乡"这两个字的含义。犹如无意之中打开了一扇门扉，思绪陡然间变得幽远绵长，掠过无垠的晴空向北延伸而去。

故乡最初给我印象是九岁那年。夏天，我随父母离开北京搬迁到湖南长沙。父亲操着一生不改的乡音宣布，你们终于回到故乡来了。

故乡并没给大都市生长的小女孩多少恩惠，很快，这个被称之为故乡的地方就被挑剔得一无是处。时值盛暑，天上地下一切都火辣辣的叫人受不了。而且较之北方，所有的景物都像是浓墨重彩刻意渲染过的。土地那么红，树木那么绿，天空湛蓝，日光毒热，处处刺激人的感官。机关宿舍院门外是原始的石板陋巷，低矮的屋檐下，日日飘着炒辣椒呛人的炊烟，夜夜亮着昏黄暗淡的灯。不知从哪儿滋生出来蚊蝇蟑螂老鼠，前赴后继，扫灭不净。还有一路爬行就留下条闪闪发亮的"丝绸之路"叫人看了作呕的鼻涕虫，鬼头鬼脑发着尖叫在灼热夜风里肆意飞行的蝙蝠，时时扩展着怪诞的氛围。北方来的孩子，背上头上起了大片的痱子、疖子，痛痒钻心，而满嘴京腔还会莫名其妙地引来歧视和嘲笑。于是大哭大叫不待在这鬼地方，还是回北京吧。

可这鬼地方是你的故乡，作为父母的附属物你来得去不得。渐渐你和这所有的一切合为一体，操熟了高调门的长沙话，成为一个不太纯粹的湘女。你好像容忍了长沙这个故乡。

不期某天放学回家，客厅里坐着站着大的小的一圈陌生人。地瓜干、糯米粉、南瓜子和麂子肉，作为见面礼物堆满了饭桌和茶几。母亲说，这是老家的亲戚，刚从故乡来。冷不丁又冒出一个故乡，叫你难以接受。况且在你眼里，故乡的代表就是对电灯电话收音机和煤气灶都怀有强烈好奇心的男人，脚勤手快扫地便碰倒暖瓶，杀鸡则钳不净鸡毛的妇女，以及成天拖着鼻涕无止无休嘣嘣嚼着糖块儿的男孩女孩。从他们那里你得知在你真正的故乡，发封信要走上大半天山路，换点儿盐要攒两个月鸡蛋，几间屋合用一盏煤油灯，做蚊帐用的是文钱厚的土布。"大跃进"期间砍光了树，挖尽了煤，除了靠天收几粒谷子，人们一年到头没别的指望。你觉得故乡客一来家里就变得乱哄哄，故乡给父母的消息也是沉重多于喜悦，你似乎不希望这些亲戚来得太勤住得过久，你与跟你年龄相仿的孩子也无话可说。你已经是个地地道道的城里孩子，如果人非要认个故乡，你定然宁愿认那个一无是处的长沙城，也不认离省城尚有几百里路的偏僻山冲。那时候，故乡好像很叫你烦恼。你也许还不明白这是一种虚荣的本能，不然你怎么动不动就申明自己出生在北京呢？

说是万幸其实是不幸，来自故乡的骚扰很快消失了，可取而代之的是一种深重长久的灾难。"文化大革命"的冲击动摇了整个家庭的根基，父亲天天挨斗游街，母亲日日以泪洗面，哪里是故乡哪里不是，实在已经不成其为问题。跟其他任何地方一样，故乡不能收容你，不能庇护你。亲戚们不再来往，不再有地瓜干和麂子肉做礼物。故乡的影子越来越远，声音越来越弱，最后终于被你淡忘。

又提起故乡，是父亲解除专政之后，一俟获得自由，他就张罗着要回故乡。他们当然去了，父亲和母亲。年迈的双亲乘硬座火车挤长途汽车，直奔他们也是你的故乡。你弄不明白那个穷乡僻壤究竟有什么人什么事在吸引他们。你听说在故乡他们凭着德高望重，判定了好几起房屋与土地的纠纷，还听说他们在每一处都被热烈欢迎待为上宾。如同衣锦还乡的才子，父亲这个被传闻做了官、犯了罪，现在又将官复原职的人物，似乎肩负着蒋氏家族耀祖光宗的责任，只要他重新站到祖坟前，就是轰动乡里的一桩大事。跟你幼时的烦恼一样，故乡人的欣喜也是一种虚荣。

谁也没想到，此次荣归故里成了父亲生命的句号。返城的时候，他在火车站月台上跌了一跤，伤虽不重但引发了其他病症，几个月后竟弃世而去。母亲痛定思痛，非说父亲还乡按照旧时说法便是辞行去了。至此你对故乡无情之余更添了几分怨恨。假如没有这样一个荒蛮的故乡，父亲何以走得如此匆忙？然而一切假设都无济于事，父亲死了，这是事实，再也无法改变。同时无法改变的还有你心中的一个情结：故乡害死了父亲。

父亲死了，家境变得窘困，母亲再也没有能力好饭好菜招待大包小包打发乡下来的亲戚，故乡再一次和你们断了往来。这情形在你看来，真像是一群蚂蚁正朝某个方向运动，探路的工蚁回来报告去了那地方得不偿失，于是蚁群一窝蜂散开，寻找新目标去了。没有故乡的关照，失去父亲的孩子仍旧长大了。家道重振，故乡人闻讯而来，求医的，上访的，旅行的，做生意借本钱的，你心怀不满又碍于情面，礼貌而不亲热，叫你得了个看不起故乡的名声，你听了只能付之一笑。如果需要申辩，你只有一句话：我没有故乡。

你的确对故乡过于绝情，出差路过县城，你都没想过要去看看祖居的山地。你常说老家的大门朝哪边开你都不知道，但你并不以此为憾。你多次阻挠母亲回乡探亲，你忌讳有关辞行的传说，并且至今忘不了父亲的覆辙。为了母亲安泰长寿，你宁愿得罪九泉之下的列祖列宗。也许你会因此遭到报应，来世变猪变狗，可你实在是顾得眼前顾不了身后。你做了一个彻头彻尾的故乡叛逆。

你以为这辈子你的根就扎在长沙。你长大，你成熟，你奋发，你沮丧，你恋爱，你结婚，你安居乐业又居危思变。从豆蔻之年走向不惑之限，所有一切可能发生的故事，都发生在那个不是故乡却似故乡的城市。做着长沙的市民，你对它有着数不清的抱怨。抱怨冬天寒冷夏天炎热春天阴雨连绵，抱怨日晒尘土飞扬雨淋泥泞水渍，抱怨路太窄树太少人太多交通太乱……你抱怨它仍旧依赖它，你似乎从来没想过有一天要彻底离它而去。你熟悉它如同熟悉你自己。你知道某座高楼下边曾经挖出过古墓，你知道某个店铺从前做的是什么小买卖，去菜场你知道哪个肉摊爱短斤少两，亭亭玉立的姑娘能让你忆起她拖着鼻涕的模样。一条路你走了二十多年，风里雨里雾里雪里，你清楚这路上少了几许老人的背影多了几许新人的笑颜。你记得路上有几个坑几个洼几个拐弯，路记得你的鞋底你的车胎怎么载你奔走于落魄与崛起、荣耀和屈辱之间，你过于熟悉它，它不能再给你半点欣喜和惊奇。于是你在厌倦之余开始向往外面的世界，向往属于令人厌倦的熟悉之外的某种陌生。

一个浪头将你推上中国最南部的岛屿，对此你想不清楚也永远不可能想清楚究竟是偶然还是必然。总之你或许慎重或许随意地顺应了机会，迁徙到这个曾经与你毫不相干的地方。离开故乡的时候，你似乎谈不上留恋，甚至庆幸命运终于改变了你一成不变枯燥无味的生活。你对劝阻你搬迁的说法近乎反感，根据是人如果只按一种模式活着，一天一年和一辈子其实没有区别。你好像并不怕冒什么风险，自幼你的天性中就包含着冒险者的气质。你振振有词说好马不吃回头草，即便此去全盘失败，这辈子写回忆录也多了几个章节。就这样你离开了你的故乡——理念的故乡与情感的故乡。

最初的忙碌很快过去了，接下来是极端宁静极端自由极端孤独的生活。你漫步街头，看无数衰老的稚嫩的面孔水一般从你眼前漫过，你可以漠然可以松懈，无须担心漏答了熟人友好的问候。你安坐家中，听无尽分分秒秒牵着时间的锁链光一样穿透你的身体，你可以懒散可以萎靡，不必提防马马虎虎的装束怠慢了来访的客人。没有什么事等着你做，没有什么人等着你访，甚至没有什么问题需要你思考，于是你在书与稿纸的字缝里爬出一条蜿蜒的心路，同时开始愈来愈勤地琢磨这个生疏的字眼——故乡。

风起了又停了，云开了又聚了。月影中的椰树会令你想到旧居墙外开白花的泡桐，一望无际的晴空，会叫你怀念连绵不绝的雨声。除夕夜在热带温暖的风中点燃爆竹，你会觉得裹着大衣终归比穿着裙子做这件事更为妥帖。总之，回忆开始亲切地包围你追逐你，每个夜晚关闭了床头灯盏，立即会有无数往事从窗幔的皱褶间向你走来。阴郁的晨星，脏的江水，摇曳的银杏树叶里倦怠的蝉声，有月亮或没有月亮的中秋，有眼泪或没有眼泪的清明，都成为温存的纪念披散在你不再光洁的前额。你想着每一个爱护过你伤害过你安慰过你欺骗过你的人们，那些日渐模糊的身影重新又变得清晰。无论如何，他们与你有过无可否认的关联。不管这关联究竟使你不快还是令你愉悦，终归丰满了你的生命厚重了你的生活。你忽然发现了关联的可贵，生命和智慧永远不会枯竭的源泉，就在于与外界千丝万缕的关联。

你想得愈来愈深愈来愈远愈来愈具体，一切故朋旧友都排着队开到你的跟前。儿时令你烦恼的故乡来客——好奇的男人，粗鲁的妇女，没有规矩的孩子，也在被你追忆的行列中，你开始关心他们现时是否仍旧贫困仍旧目光短浅仍旧虚荣。一切原来不能被谅解的作为，如今都让你觉得事有出因情有可原。假如眼下有人从乡里远道而来，你也许会比往日多一点由衷的笑，少一点冷漠和矜持。世界上有些事情就是这么不可理喻：你远离了故乡的土地，反而对它多了几分亲近的宽容。

到了文章结尾的时候，我的目光久久留驻在墙壁。上边挂着我丈夫去湘南乡下采风时拍的几幅照片。一群黑森森的青瓦屋脊，一条幽深的石板门廊，一个雨幕里罕无人迹的庭院，一柱破败屋檐下流淌的雨滴。这是一处我从未去过的地方，但每一幅图像都给我旧地重归的感觉。一天两天十天半月，在静悄悄的书斋里，它们平白无故成了故乡的具象，成了那个我至今不知门朝何处开的祖居之写照。空灵与落寞中，便有着无数我从未经历但分明知晓的故事，在青瓦屋脊和破败房檐下，在幽深门廊与寂静庭院里有声有色地上演。那些故事无始无终无穷无尽，留给身处他乡的看客意味深长的怅惘。这种怅惘或许正是千百年来侵扰着所有异乡异客温馨梦境的乡愁吧？于是我以为自己终于弄懂了乡愁的滋味，相信了世界上从来就有着一种东西叫乡愁。

1991 年 12 月

两代人的驿站

　　1983年春天，我第一次来到上海，为收集我父亲蒋牧良的旧作，以备出版社重新出版之用。在南京路的上海图书馆，我逐页查阅一摞摞被岁月尘封的杂志报纸，忙不迭招呼每一篇父亲署名的大小文章，呵，原来你在这儿呢。父亲已经在十年前作古，他的著作和手稿也都在"文革"中失散，对我而言，这个生我养我的人，正日渐一日抽象成一个符号，从我生命中淡出。可是，随着那些发黄发脆的纸片在我眼前展开，父亲逐渐在他的旧作里复活。可以说，我对父亲精神与文学的了解概始于斯。

　　那些天的南京路是漫长的，那些天的图书馆是沉郁的。傍晚时间，闭馆的铃声响过，我走出那间地板有些摇晃的阅览室，听守库的老先生，咔嗒一声将两扇厚重的门锁上，就仿佛又经历了一次与父亲的生离死别——我从那个世界里走了出来，把他留在黑暗和寂静里。

　　我走到了大街上。初春的街树刚刚长出小小的嫩芽，湿润的风徐徐吹来，昏昏沉沉的额头，像被搽了清凉油一样爽然。归家的上海人，个个心无旁骛，朝着将为自己开启的门，将为自己亮起的灯步履匆匆。只有我，漫无目标地游走在外滩高楼的夹缝里和淮海路里弄的屋檐下。夕阳的光线像源自一盏渐渐暗去的灯，短去了锋芒，我用脚步丈量的每一寸景象，都那样的结实和陈旧，我真切切地感觉到，五十年前父亲的目光触摸过它们。

　　1936年，父亲一生中最为重要的小说集《锑砂》，作为文化生活出版社的"文学丛刊"之一种出版刊行。主编巴金先生在丛刊的前言中说：我们的丛书，"作者既非金字招牌的名家，编者也不是文坛上的闻人。不过我们可以给读者担保的，就是这个丛刊里没有一本使读者读了一遍就不要再读的书。而且在定价方面我们也力求低廉，使贫寒的读者都可以购买。我们不谈文化，我们也不想赚钱。"通过短短的几句话，我们已经可以窥见这个同盟的面容，年轻而自信，忠实于文学，不屑于商利，并且关怀着社会的底层。鲁迅、巴金、茅盾、张天翼、欧阳山、吴组缃、艾芜、沙汀、萧军、靳以、曹禺、郑振铎、李健吾、荒煤、芦焚、何其芳、丽尼……这些曾经照亮了我们眼睛的名字排列在一起，撑起了中国现代文学史的半壁江山。我完全可以想象出，一个在文坛上出道不久的写作者，被这样朝气蓬勃的阵营所接纳，会给他的创作带来怎样难得的动力，况且还有敬如父兄的鲁迅先生，在青年人围坐一旁的时候，划上一根火柴点燃了烟卷，同时也点燃了他们心中那个叫作方向的东西。这个方向即使在先生故去之后，还被父亲和朋友们坚定地信赖着。父亲与欧阳山先生执掌着"鲁迅先生殡仪"的横额，走在为先生送灵队伍前列，他们留在照片上那前行的姿态告诉了我。然而，事实上，八一三事变的硝烟，很快暗淡了那个悲痛的行列中残存的希望，上海沦陷了，大伙儿风流云散，父亲也在日寇占领当局的通缉之下，逃离去了大后方。当他与张天翼一起，坐着颠簸的破汽车西行的时候，他的长篇处女作在上海的某个印刷所的排字间，被战火化为了灰烬，连一个字也没留下，而他自己也再未回到上海来。

在我的履历表上，1983年是我开始从事文学写作的第一年，想来与这次搜集父亲旧作的经历有关。不过那时候，我并不曾料想，上海将是我们父女两代人共同的文学驿站，甚至于起点。父亲一生重要的作品，几乎都集中在上海发表，迄今为止，我自己重要的作品《黑颜色》《左手》《桑烟为谁升起》也都发表在这儿，更要紧的是，我也曾跟父亲一样，在出道之际感受过被一个文学阵营接纳的鼓舞。这个阵营同样年轻而自信，忠实于文学，执着于艺术的追求和探索，不屑于商业炒作的利益。记得那几年在长沙热闹的文学聚会上，上海来的人，上海来的信，上海来的杂志和报刊，都具有特殊的吸引力。名篇与喝彩共生，实验与批评共荣，这个地方总是吸引着全国有志作为的文学青年，总是捧出文学最新的思考和成果，在某种意义上，重现着五十年前的辉煌。对那个时期的写作者来说，上海是可遇而不可求的，也是贴近和亲切的。每个写累了的晚上，站到窗前望上一望，总觉得在看不见的什么地方，有一片灯光为文学亮着，那有可能就是上海。

在我的印象里，被法国梧桐浓荫遮蔽的建国西路看上去朴素而僻静，秋风一吹，五角形落叶就铺满了人行道。上海文艺出版社招待所的存在，赋予了这条路特别的意义和潜在的能量。普通不过的一座民宅，清静整洁的一间间小屋子，每天都在迎候全国各地的作家。两位恪尽职守的老师傅，全天候坐在门房里，听这些人上上下下的脚步敲打木质楼梯，便可以知道他们愉悦或者沮丧的心情，而那心情所牵系的东西，多半在一页页稿纸之上。我曾经多次出入于那座小楼，寒流袭来的下午，从外边蒙头蒙脑跑回来，会看到传达室老师傅贴在房门上的留言，告诉你今天有谁来过电话，可能是《收获》的肖元敏或者《上海文学》的杨晓敏，也可能是《文汇月刊》的肖关鸿或者《小说界》的魏心宏，而门的下方，正有一瓶刚刚冲好的开水，等着你拎进去暖暖和和地喝。

隔开多年再去上海，所闻所见与最初的感受自然是大不相同了。高楼、工地、热气腾腾的商战和引领时尚的消费，是这座万家灯火的大都市最富特征的布景和当仁不让的主角。我在一片陌生里漫步街头时，想起一些些文学的陈年旧事，也只关乎我和我的同辈们。第一次来上海拜访过的前辈，如王西彦、赵家璧、钱君陶等先生早已辞世而去，巴金老人在病榻上缠绵多年尚未解脱，而我已经不会再去什么地方找到父亲的足迹，甚至连一种寻找的心情业已不存。

老家

　　第一次回老家，竟是在我年过半百之后。此前，这个被我在履历上无数次填写过的籍贯——湖南涟源，在我的意识里是模糊的、暗淡的，甚或有些隔膜和疏远。然而当我真的走在回乡的路上，听着熟悉的乡音从这儿那儿传来，忽然就有一种特别的感觉，随着略显嘈杂的市声涌动，给我心中注入温存的暖流。一个曾经让我费解，而且多年来不得其解的疑问，在这暖流里，如雪后初晴的冰凌被阳光照射，正慢慢融化。

　　这个疑问与父亲的死有关。

　　1973 年年初，父亲从五七干校的"牛棚"里被放出来，总算有了起码的人身自由。自 1966 年"文革"开始，经历了七年之久的批斗审查，年至古稀的父亲身心交瘁。然而一俟获得自由，他张罗的第一件事情，就是要回老家看看。没有事先的联络，也没有任何人接待，年迈的双亲，乘硬座火车挤长途汽车，直奔他们心向往之的老家而去。据说他们在故乡每到一处都被热烈欢迎待为上宾，如同旧时衣锦还乡的贵人。父亲这个自青年时代就出去闯世界的湘中弟子，在 30 年代的上海滩，靠着自己的一支笔，跻身于左翼知名作家行列，被传说做了官、犯了罪，现在又将官复原职。他似乎肩负着蒋氏家族耀祖光宗的责任，只要他重新站到祖坟前，就是叫乡亲们振奋的消息。谁也没有想到，此次荣归故里成了父亲生命的句号，返城的途中，他不慎跌了一跤，伤虽不重但引发其他病症，两个月之后竟弃世而去。

　　那时正置阴冷的冬季，在刚刚失去父亲的孩子眼中，周围的一切都笼罩着愁云惨雾。清理父亲的遗物时，我冲着一只灰色旅行袋发呆，上边残留着一片黑黑黄黄的泥斑水渍，记录着父母回乡之路的艰难。绵绵阴雨中的村庄，泥泞不堪的道路，路上走着步履踉跄的双亲，老家就这样将一幅晦暗的画面印在我的脑海。同时印下的还有一个多年来不能释怀的疑问，那个偏僻山村究竟有什么在吸引他们？

某次聚会遇到一位家乡人，说起他曾经看过我的散文《乡愁》，对我关于故乡的记述只有长沙而与涟源无缘颇为不满。我回答他说：大概因为我从来没回过老家。他又说：你为什么不回去看看呢？我嘴上不说，心里明白，那是一个我不愿接近的伤心之地。

事情往往就这么赶巧，没过多久，我收到娄底市政府邀请中国作家前去采风的帖子，路线为湘中五市县：娄底—双峰—冷水江—涟源—新化，我的老家就在其中。笔会的组织者对我说：你到现在都没回过老家，是不是有些说过不去。我便也觉得说不过去，还隐隐生出了些微歉意。于是，距离父亲最后一次还乡三十六年之后，我怀着那个疑问，也怀着不知是对谁的歉意返回了故乡。

回到山塘蒋家冲，是一个下午。从涟源市区驱车前去，不过一个半小时的路程。我从车窗里看着迅速向后移去的景物，感觉到脉搏正在渐渐加快，等到我的脚步踩着鞭炮炸响的节奏，走进我家的祖屋时，胸口怦怦跳动的心脏却忽然像要停顿了一样安静下来。我分明在满眼沧桑景物中看到父母双亲的尊容，他们好像在对我说，你终于回到了这里，来了就好。当我坐在远房亲戚们围拢的桌子旁，听他们回忆着父母在这儿度过的时光，急切而又热情的话语，让我一下子就明白了，族人是如何将父亲视为他们的光荣，而父亲又为何对这片屋场有那样眷恋。

在中国文化的传统中，故乡和母亲有着同样的含义，母亲孕育了你的血肉躯体，故乡孕育了你的文化魂灵。一个人的口音、神情，举手投足的方式，接人待物的行为，对饮食和穿着的偏爱，对色声气息的感觉，全都在童年被故乡训练和塑造。就算你在弱冠之期走了出去，天远地远一别经年，纵使你看起来已经融入了异乡的群体，还是离不开故乡无处不在的气场。特别是当你被人冤枉遭遇迫害，精疲力竭心灰意冷之际，最先想的人只可能是母亲，最先忆起的事只可能属于故乡。当你的肉身一天天老迈，母亲的怀抱已成遥远的追忆，故乡必定跟你日渐亲近，像一句宿命的箴言越来越响亮地召唤你，直到你回归生命的起点。我在一片浓重的乡音里，懂得了父亲为何选择了返乡作为自己最后的旅程。正好比一个离家已久的孩子，终归要回到母亲身边一样。至此，心中的块垒已然冰消雪化。

对游子而言，故乡永远是宽宥而慈祥的。那些天徜徉在湘中的山山水水，它的丰饶美丽一再将往日冷色的记忆刷新遮蔽。无论娄底长街灯火的璀璨光焰、紫鹊寨梯田的清新葱翠，还是梅山龙宫琳琅的幻景，在我眼里都格外热烈和明快，即使是令人略感沧桑的锡矿山矿区，也在其厚重历史的衬托下，显出一种遒劲的力量。我曾经疏远的故乡，一次次让我惊叹不已令我刮目相看的故乡，不知不觉已经用不矜之大美征服了我。

匆匆几日一闪而过，老家又在飞机的机翼下重新回到了记忆中，但我相信这短暂的一晤，在我生命里注入的乡情，已足够我用来解读故乡。

妈妈留给我一只猫

我想，要是没有这只老猫，我是不会动心写这本书的。从某种意义上说，这只猫是一把钥匙，替我打开了动物世界的大门。等我漫不经心地走进去之后，却发现自己再也不得其门而出。一只猫把我引入了沼泽般的迷途，这只猫是母亲留给我的。等到 2006 年平安夜的钟声敲响，她已经离去整整十年了，她的猫还活着。

这只风烛残年的猫。

现在让我告诉你们，这只猫的故事。

1996 年的平安夜，我的母亲去世了。在那个处处闪烁着圣诞树彩灯，回响着祝福歌声的夜里，我亲手把母亲推进了殡仪馆的冷藏柜。直到这一刻，我才真正意识到，母亲不可能跟我一块走入下一个年程了。可是我还得走。

家于是也在这个空旷的新年里变得空荡荡。我和母亲一同喂养了八九年的老白猫，在母亲紧闭的卧室门前转来转去，喵喵叫着。它不明白，那个每天坐在轮椅上，受着病痛的折磨，还总是强撑着逗它玩，关心它吃喝拉撒的慈祥老人，为什么不管它了。

我把咪咪抱过来，一百遍对它说：那屋里没有人了，她走了，不在了。白猫睁大眼睛看着我，目光里充满着疑惑，然后固执地挣脱我的怀抱，再一次回到那扇紧闭的门前去，趴在那儿一动不动。

在那间空置的房间里，母亲的床还像她猝然离去的那夜一样，摆着蓬松的枕头，铺着软和的毛毯。一种 43 年来与我息息相通的熟悉气味，虽然还缱绻地氤氲其上，终归日淡一日飘散而去，我明白，这是母亲用无言的方式告诉我，她的灵魂已渐行渐远。于是，热带海岛上的每一个黄昏，无论狂虐的暴雨还是绚丽的夕照，一次次在我空洞的心头唤起的，都是同样的感想：大自然的季节周而复始，生命的季节不能挽回，母亲不在了不在了不在了，永不会再回来。

黄昏最是让我不堪。

忘了有多少次从外边喧嚣中，回到那个因为母亲生病瘫痪一度变得杂乱拥挤，如今复又宽敞整洁的家，一头扑倒在床上，眼睁睁看着窗外的天空，一点点由明黄转为橙红，又渐渐成了一抹黛青色，疲惫的身心随着光线的暗淡，变得更加无助无望也无念无为。感觉关闭了，所有的事物都变得迢遥缥缈不真不切，唯一的心愿是就此潜伏到梦里，朦胧之间，如以往一样听凭母亲轻轻掩上房门，在客厅的沙发上看着静音的电视节目，然后我喊一声：妈，你打开声音不要紧。母亲哎一声说：我知道。客厅里仍然静悄悄的，我则安心安意睡了。

妈——你打开——我毫无信心地叫，然后等待回答。没有回答，当然没有。晚风里的椰子树，披散着零乱的长发，一次次扑到窗前探看，把我的心抽得蜷缩起来。

喵——喵——在这样的时刻，咪咪细小的声音总会不失时机地响在近旁。那声有如我的心情，凄苍而绝望，不同的是其中更包含了某种关切，怯生生的，它似乎不知道现在的表达是不是时候。一丝浅浅的温情荡漾在心里，我知道它已经在床头静候多时了。果然可以看到一团绰约的白色静伏在夕阳最后一缕余光里，中间镶嵌着两颗淡绿色的眼珠子，直勾勾的目光跟那个声音一样，里边充满着怯生生的关切。我没有勇气与之对视，要知道它的眼睛里盛着多少陈年旧事，当这只白猫降生在我们家里的时候，母亲还是个多么健朗的老人！

泪水夺眶而出，有时无声无息，有时号啕大作。无论哪种结果，总会有渐渐大起来的猫叫相伴，直到我自觉失态，对那个小小的白色影子说：咪咪走，咱们吃饭去。开了灯，再看那对绿莹莹的猫眼时，竟然也是泪汪汪的湿着。一只猫会哭，是母亲死后我才知道的。当我们手忙脚乱办完了丧事，发现跟母亲一块儿生活了七年的白猫，已经在她的卧室门前趴了好几天，眼睛被凄凉的泪水浸泡，看了让人再次心碎。它会哭，应该哭。五年前，母亲把白猫胖子和它的哥哥斑马从故乡长沙带到这个陌生的海岛。我们夫妇刚刚在这儿安营扎寨，一切还在不可预测的变化中，是他们的到来，给了这个家安定的氛围。我们把这一黑一白两只硕大的猫咪从纸盒里放出来的时候，故居的气息扑面而来，它们把一个完整的家搬到了我们面前！那种心情，真是。

转眼间五年过去，斑马失踪，母亲故亡，一家五口只剩下三个，在异乡异地。

　　我确确实实知道了，一只猫是会哭的。只要你会哭，当然应该哭。你是一个有记忆有感情有善心的精灵。谢谢你和我一块思念我的母亲，虽然她是人的母亲，而你只是一只猫。

　　我习惯了这样的黄昏，与一只猫相伴度过的无言的黄昏。只要丈夫不回来吃晚饭，我就拥有了这样近乎隐私的时刻。我可以忘乎所以地躺在母亲的气息里，肆无忌惮地流着泪想念她。有一个朋友告诉我，你跟那个死去的人一同相处了多少年，你就将用多少个月来想念她。自我出生，到母亲离去，除了短期的差旅我几乎从来没有离开过她。如此说来，我还有四十三个月的时间不离母亲左右，这是我的苦难也是我的幸运。

　　当思念之苦如大海一般淹没我令我窒息，白猫咪咪总用它细小的怯生生的叫声唤醒我，作为母亲留下的唯一活物，它完全像接受了母亲的派遣肩负着某种神秘的使命而来。于是，一个人与一只猫对视的瞬间，相依为命的感觉油然而生。由此，我想到母亲在世的年月，当我们出差或有事不能回家吃饭，它是否也曾这样陪伴着母亲，度过一个个孤独的黄昏呢。答案是肯定的。

　　那一天，多年以后我还清楚地记得。天色已经完全黑了，黑到屋里所有东西都丧失了轮廓，完成了想念母亲的功课，像等待下课铃声的学童一般，我躺着，等待着猫的消息。可是那准时准刻必然响起的声音，没有如我期待那样传来。定睛一看，床前也不见小小的白色影子，一种不祥的感觉把我从床上弹起来。开亮了所有的灯，我从母亲房间的墙角找到了浑身瘫软神情涣散的白猫，再看它的食盆水碗，全都原封不动。我跑过去，抚摸它的身子叫它。抬一抬重似千斤的眼，一改往日对我的殷切，咪咪仅仅哑着嗓子叫了一声，把头埋进双腿之间，像要补充些什么似的，复又抬起眼皮叫了两声，才安心再次把脸埋下去。我听懂了，它告诉我：我病了。又补充说：原谅我不能陪着你。

　　我慌了神，一只皮实的大猫何以一天之间就病出了下世的光景。细一想，因为杂志社这几天开笔会，我已经有好几天不曾跟它亲近，早出晚归的，并没留意过它的变化。

　　兽医院的电话响爆了也没人接。为了让它挺过这一夜，我和丈夫一个掰嘴一个抓腿，把消炎的解表的助消化的药，也把清水牛奶米汤，一次次胡乱灌到咪咪嘴里，不管它顺从还是反抗。总之，当我们的手上胳膊上添了好几条血印的时候，白猫也哈喇子嘀嗒满地，近乎奄奄一息。它乜斜着眼睛看着我，目光里有一种引颈向刎的坦然，好像在说要杀要剐随你去了，我相信你不至于要害我吧。它的态度深深刺激了我也鼓励了我，我摸摸它干燥得像一块糊疙疤样的鼻子，对它说：我一定要救活你。后来每当我看到有人杀害自家养的动物，而那猫或者狗完全不加戒备自投罗网的报道，一点儿都不怀疑，我有过类似的经历。不管它们的家人把它们弄得难受到什么地步，它们都不会认为你要谋害它。

第二天一早，我们去了小动物医院。有个年过半百的大夫睡眼惺忪地接了诊。他打着哈欠差不多把整根体温表都塞进了白猫的肛门里，一分钟以后就拔出来说：体温表都到头了，可能有四十三度啦。打吊针吧？我说：能治好吗？他说：不一定，那就要看它的命啦！只能打，不打又能怎么样。我点点头。大夫拿出注射器，往里边吸着药水说：一针180元。我分明看到瓶子上标的字是先锋霉素，惊异道：这种药有这么贵？大夫说：给宠物看病，还问什么价？我看看被戴上了嘴嚼子，四只脚也被纱布条捆在小床上的白猫，心里的感觉前所未有的怪异：它是一个宠物，一个讨人宠被人宠的物件。这是我从来没有想过的。它一直生活在我们中间，跟我们一样吃饭睡觉，除了操一口喵喵的猫话，让人们不甚了了。它在我们脚边跑来跑去，听到家人吵架会惊恐地看看你看看他，只差不能开口劝架，闯了祸会夹起尾巴紧贴地面匍匐躲闪落荒而逃，它也曾为亲友的聚会而兴奋不已，也曾为家人的故亡伤心落泪。我从来没有考虑过它的身份，也不认为它是别的什么东西。说句笑话，要是需要上户口，政治面目一栏里，给它填上"群众"两字大约不应该错到哪儿去。可是，现在有一个掌握着它的生命的人告诉我，它是一只宠物，给它的医疗待遇是用药不得问价。换言之，此物非我族类。

一小瓶药水顺利滴注完毕，大夫抓起猫胳膊用小剪子剪去长毛，一针见血的功夫，让我多少感到一点安慰。接下去的时光，对这只名叫胖子的白猫来说，简直性命攸关。等到黄昏的光照再一次映入我家的窗口，它已经完全瘫了下去。我把它扶起来，一松手，它就像烂泥一摊萎靡倒地。它仍然费力地睁开眼睛，定定地看着我，比起昨天晚上，目光里已经没有了把一切交给我的坦然，倒是有了哀哀求生的意图。此时此刻，对我而言，这一双垂死的猫眼，与垂死的人眼一般无二。我又一次想起了母亲。

中午临去出差，丈夫嘱咐我说：猫要是好转了打电话告诉我。我觉得他其实是想说，猫要是死了打电话告诉他，他是忌讳，不肯说出口。我给他打了电话，只说了一句，咪咪没戏了，就挂了话筒。他没有再打回来，想必也觉得说什么都多余吧。

暮色越来越重了，白猫的呼吸越来越急促，而它的一双眼睛里，哀求救援的目光愈发因强烈而明亮。看着听着，我觉得自己已经承受不了。一个背信弃义的可耻念头像毒草般在我心里蓬勃地生长起来：我得逃跑。

我在失去母亲的第一个夏天，曾经背叛了一只与我相依为伴的白猫，在它生命垂危的黄昏逃了出去。所幸是它并没有如我想象的那样就此死去，当我在深夜忐忑不安地回到家中时，它还在喘着气，并且竭尽全力喵的叫了一声迎接我。

第二天，奇迹出现了。我相信这个奇迹完全出自一个朋友的指导。他让我在太阳出来之前，把病危的猫咪抱到青草地上接收大地的气息。我照办了。看到只有一息尚存的白猫一经接触草地，就像张皮似的紧紧巴在上边，呼吸随之深沉有力，我就知道它得救了。这是它对我的宽宥，在死生边缘给我留下一个赎罪的机会。

我开始写这本书的时候，母亲留下的这只白猫快满 18 岁了。它垂垂老矣，每天除了吃喝拉撒很少活动，可是只要我在家，它仍然寸步不离跟着我。这些年，我和 L 为了它的缘故，多次放弃一起旅行的机会，假如没有合适的人来照看它，我们就只能各行其是。在不少的场合，我们成了朋友们的笑料：不过是一只猫而已，为了一只猫何至于如此。可是当他们知道了它的来历，它的行为，它的现状，又无形中对我们有了几分理解和尊重。

好几年不见的朋友会问道：你们家的猫怎么样了？我们总是喜忧参半地回答：还活着，18 岁了。他们笑：18 岁了？该上高中了。

在朋友善意的笑声里，我的心总是往下一沉，按猫的寿命，它似乎已经超过了极限。但我从来不认为这样的忧虑是一种病态，在特定的环境下，一只猫的生与死具备着出人意料的情感力量。在母亲去世之后的日子里，一只猫深刻地影响了我的生活。对这点我深信不疑。

着意要写一本动物的书，虽然是一时冲动的结果，但肯定跟我在 1997 年夏天的这段经历有关。

浪漫的鬼魂

我相信每一个懂得生活的人都会找到一种声音与你的生命同在。那个声音可能是蝉嘶或者鸟鸣，可能是高山流水或者空谷回声，可能是雨打残荷或是雪落荒郊，可能是深巷里苍凉的叫卖，可能是夜窗外孤寂的足音。我不能一一列举，但我知道它们一定如同形状各异的钥匙，可以开启我们各自尘封盈尺蛛网密布的记忆之门，让往事幽深的温泉沿着岁月的九曲长渠涓涓渗淌而出，如霭如烟如诉如泣如血如髓。当我们找到了它，就找回了童年之欢青春之梦，找回了故乡之恋故人之情，找到了自己，找到了生命里一切最值得珍爱的时光。于是我们说，我们懂得了生活。

现在我想告诉你，在一个风的夜里，我找到了那个属于我的声音。

那夜我在灯下读王鼎钧先生的散文《脚印》，读到了一个有关鬼魂的浪漫传说：人死了，他的鬼魂要把生前留下的脚印一个一个都捡起来。为此鬼魂要把生平走过的路再走一遍。车中船中，桥上路上。纵然桥已坍，船已沉，路已翻修铺上柏油，河岸已变成水坝，一旦鬼魂重到，他的脚印自会一个一个浮上来。

这时候，风来了。海的风，带着我曾经陌生的气息，从我不知该如何标志方向的远方吹过来，在窗前椰子树宽大飘逸的树叶上走过，留下阵阵绵长的回应，一如旅人疲惫的叹息。这是个辛劳的鬼魂，我毫不犹豫地想。它也许来自北极光照耀的寒冷地带，穿越过中原密实的青纱帐和江南水泊桅帆织出的网，从都市的霓虹灯影里夺路而来，走过了太多的路，捡回了太多的脚印，也负载了太多的眷恋和愁思。在天涯海角的椰树梢上，它踟蹰不前了，生前的路或许已经到了尽头，末日之旅也到了尽头。这是一个富有的鬼魂，它的路也长，脚印也多，所以眷恋多多愁也多多。我又想，它将要离去了，去喝孟婆的茶，用这满筐满篓的脚印作茶钱，买来忘却的轻松。

风更大了，椰子树的回应更加绵长更像叹息。

在我中年的一个夜里，我读《脚印》，伴着这样的风声。

于是有风的声响，从我童年的时光里吹来。那是一种细碎的轻响，当夏天的晚风吹临古都北京林荫道上的杨树，满树心形的叶子一齐晃动起来。我们在树下听大孩子胡诌鬼的故事，又怕又兴奋地挤成一堆。我在风的声响里想象着鬼魂们穿着宽大的黑袍到处溜达，袍子边蹭着树叶子，弄出这一阵声响。在童年夏夜的风里，我与鬼魂在幻想中首次相遇，接受有关前生来世最初的启蒙。杨树的叶子响得欢实，鬼魂在我们的童年也好像无忧无虑。那时候，讲鬼的听鬼的谁也不知道，有朝一日你们自己的鬼魂还要回到这杨树下边，从黄叶底下拾回各自的脚印。

你们是一些都市里长大的孩子，你们过于贪恋父母的怀抱，过于习惯静态的舒适，过于依赖生你长你的环境。你们只能在想象中体验颠沛流离的经历，而你们的脚步却一年年被束缚在稔熟的道路上，重复同一种频率和节奏。你们害怕变化，害怕风吹草动，害怕失去已经拥有的一切，害怕置身前景莫测的曲径。你们尚可读万卷书却无法行万里路，当你们有一两次心血来潮，想到外边的世界去走一走的时候，总是被亲切的舆论规劝阻止，进而被恶意的舆论指责为轻举妄动异想天开，所以你们总是走不开行不动。当你们在烂熟于心的街市上往返，从不曾想到日后替你们拾捡脚印的鬼魂，路线怎么重复工作多么单调。

或许应该抱憾，你们这样迟才知道了自己身后还负有如此令人激动的使命，否则你们肯定会将每一次脚步都迈出得更加审慎更具美感更有深意。王鼎钧先生可以对他的爱人宣告：在你家门外窗外后院的墙外，你的灯影所及你家梧桐的阴影所及，我的脚印一层铺上一层，春夏秋冬千层万层，一旦全部涌出，恐怕高过你家的房顶。可是你们，你们不能。你们对身后令人激动的使命知之太晚，晚到只能袖手看王先生的鬼魂独自收拾他的浪漫。你们的脚印夹杂在众人的鞋印中，匆匆，浅浅，当你们果真要将来路再走上一遍的时候，甚至已经无法辨认它们。你们说是春街席地的风沙已经将它们吹去漫天飘散，如同吹散你们的的笑声，你们甚至从不曾在冬夜守候于某个灯窗之下，望着那团灯影瑟瑟发抖地抱紧双肩，用一趟趟徘徊将路基垫高。你们生不如王先生活得率真和细腻，死后的鬼魂也就不必捡拾那千层万层脚印。载不动，许多愁。

我在有风的夜里读王先生的《脚印》，听到一个鬼魂在椰树叶梢上叹息。我想这肯定是一个浪漫的鬼魂，它的肉身曾经在尘世上忙碌不休，以至累它到如此疲惫的程度。我在鬼魂的叹息里轻而易举找回了童年少年青年，找到了属于我的声音。那是一阵风的响动，它从京都童年的杨树吹来，吹过湘楚少年的泡桐与青年的银杏，吹过蜿蜒千里的南迁之路，停在我窗外中年的椰树上。它看着读《脚印》的我，对我说，多留下一些脚印吧，别怕累着将来为你拾脚印的鬼魂。

　　我在读《脚印》的时候找到了我的那个声音，它是吹动千树万树绿叶与枯叶的风。

1995 年 1 月

午后的雷暴

——海口 1993

五六月份是海南岛最炎热的日子。从电视气象节目的卫星云图上，可以看见西北部的冷风带源源不断地把降雨云团驱赶到华东华南江淮地区。大陆来的迁客凭经验判断得出，那边正是梅雨季节。雨季夜里淅淅沥沥的漏声与清晨菜农们送菜板车的车轴声，只能回荡在海岛的梦境里，每天早晨睁眼一望，哟，仍然是明晃晃的太阳光一片。

海岛太阳的旺季与江南的雨季几乎等长，它所体现的灼躁与梅雨季节的郁闷同样给人以无可磨灭的印象，而海口这座热闹得不舍昼夜的城市偏在最热的日子里时时停水停电，市长在电视讲话中告慰市民们：停水停电的原因是城市高速度发展，基础设施一时跟不上去。这样令人欢欣鼓舞的原因一经说出，身为本市市民似乎都不好意思再抱怨什么——发展快还不好吗？于是出现了这样的奇观，按全天候中央空调供冷设计的封闭式玻璃幕墙高楼里，衣冠楚楚的白领员工热得中了暑，还一丝不苟按照公司规定打着领带。城市发展一点儿没被停水停电吓得停住手脚，每天都有高楼大厦的奠基仪式如期举行，五星级酒店一座接一座宣告开工，有关与无关的人士都认为水和电到时候政府自然会有办法安排。汽车摩托车的长龙在新拓展的马路上等候十字路口绿灯放行，乘客们于漫长的等待中赞叹车窗外脚手架的密集与壮观。一辆奔驰 500 被刚买到执照就驾车上路的主人开到了电线杆子上，引得的士车司机哈哈一笑：嘿，心疼。

城市的版图像在一张绵纸上浸染了墨水似的迅速而又随意地扩展，城边两年前的不毛之地如今已几易其手变得寸土寸金。被征去土地的农民欢天喜地揣着钱，到另一块待垦的处女地上去修建村祠街庙，他们相信不久的将来可以再一次享受征收土地的优惠。年长者从来就生活在都市文明之外，他们毫不眼红故土上正在出现的物质繁荣。假如小辈的想要从此脱胎换骨，征收土地的附加条件正好为他们提供了改变身份的契机。整个城市渐渐成为一个庞大的建筑工地，几年前扛着破铁锹站在街口等待工头来挑的民工行列业已销声匿迹。他们的集合地点不知不觉中转移到了邮电局的汇款窗口，几百上千乃至几千元的纸钞，从贴身的衣袋里湿漉漉地掏出来，散发着熏人的汗臭邮寄到四面八方去。挤在他们中间取钱寄钱的城市人，奋斗挣扎之后只得给他们让道，站在一旁发现赚了钱的农民在汇款方式上已经领先——大部分使用电汇。于是有更多的老乡被汇票吸引到了海南岛。尽管他们一上码头就有可能被收容被遣送，但终归有一些百折不挠的坚定分子，经过周折努力加入了邮局汇款的行列。

有身份有钱有技术有学历的移民，愈来愈多地定居在昔日只供热带风光的猎奇者们歇脚的边城。商住小区东一片西一片落地而起应运而生。小区的居民真正是来自五湖四海，除非住在楼上的把你家当作自家叫错了门，或者住在隔壁的钥匙锁在屋里想从你家窗台爬过去，你的门才会被邻居敲响。不过等这次交道过后再一次偶然碰面，还是你不认识他他也不认识你。你腰缠万贯你家徒蓬荜，你身为何人手操何业，是合法夫妇还是露水姻缘，除了你自己关心之外，关心的仍然只有你自己。哪天夜里你要是失眠肯定不会寂寞，有对面楼上如昼的灯光与麻将桌上洗牌和牌的喧嚣耐心体贴伴你到天明。

有人被来访者询问道：海口的最大特点是什么？这位先生想都没想就回答说，什么时候都有人睡觉，什么时候都有人吃饭。知情人一听就知道该先生深谙海口生活之道。假如一个需要打卡考勤的上班族必须按规定时间到岗，他很有可能在当窗洗漱之际看见邻人晕乎乎从的士上下来，对司机说，零钱别找了。等到夜半更深他去晾台上伸个懒腰打算回屋就寝，也不难看见三五男女大呼小叫去吃午夜排档。星期日起个大早携家带小去喝早茶，可能要惊讶档次高低不等的酒店茶楼全都人满为患。下午酒店的生意稍稍清淡，能掐会算的餐厅经理又推出午茶节目，防止收银台小姐乱打瞌睡。这也极大地方便了顾客，有的人把下午茶跟欧洲人称为 dinner 的晚餐连在一起，窝都没挪就完成了两个项目。晚餐是餐饮业最亢奋的时刻，礼仪小姐穿上分衩齐腰的无袖旗袍，凭一双善识英雄的慧眼打量每位光临的客人，将其分门别类妥帖地安排在西式包厢、中式雅座或者有盗版百老汇舞蹈佐餐的大堂里，大抵不会出错。最受经理赏识的领班小姐，看门本事应该是对顾客点菜循循善诱，不动声色就让你点了一百八十元一份的燕窝或鱼翅羹，买单的时候人人傻眼，原来是上桌者童叟无欺人手一份。要是你没有公款请客或者钱包不鼓，最好到大排档去尽地主之谊，川湘菜馆满街都是，原料以家畜为主不含海鲜，自然价格适中。外地客常在晚上九点左右被主人邀去娱乐，客人看一下表担心主人弄错时间，忍不住要问：现在？是不是太晚？主人并不解释，只说入乡随俗吧，就率先走出巷口。客人上了大街才知道海口人纷纷出动的时间刚到，的士比什么时辰都难叫，而且一上车司机就申明：不打表，坐不坐由你。乘客马上说要坐要坐，不过你收费也别太高。司机说放心啦，高不到哪里去，顶多多收你一两块钱。到地方一盘算果真不出一两块，外地客被这一刀砍得挺舒服，说我们内地，一上车先告诉你三十五十，到下车没准再叫你翻上一番。午夜回程，路上仍然灯影重重人影幢幢，客人忍不住又问主人，海口人什么时间睡觉？主人答曰：因人而异。正是一言以蔽之。

热带水果蔬菜之乡的美称，已经让这个岛屿盛名难副。由于保鲜技术的提高，运输手段与渠道的多元化，给水果贩子提供了诸多便利，隆冬十月的北方也可以吃上此地出产的西瓜。于是能运走的统统运走了，运不走的身价百倍地留在本岛的水果摊上。一个北京来的朋友打探过香蕉的价格，便后悔上飞机时应该带一挂过来在旅途上慢慢消受。你想在自由市场买两毛钱葱或五毛钱香菜，得到的回答一般总是这么点儿不卖。但假如你买的东西是五块一毛，卖菜的妇女只会收你五块，你想把几张五分二分的小钞票凑给她，她可能说我不收零钱。

银行的柜台前边永远挤着汗流浃背的人们，按理说银行保安可以松一口气，不必担心歹徒趁营业间顾客稀少之际持枪抢劫。官方公布的消息证实这些人绝不是为了抢购物资前来挤兑，银行发言人欣喜地告诉记者，本行一月份存款额已超过全年计划的145％。取款窗口的栏杆上不曾挂着"钞票当面点清，离柜恕不负责"的字牌，取款人都很信任现代化的点钞机，只需把一扎一捆的大数点清就可以放心走人。谁要是趴在前边一五一十地点钱，后边的人势必发出焦急的口哨声轰他快走开。如此事故在所难免，某天上午一个手提大哥大的男人与储蓄员小姐发生了激烈争吵，争执的焦点是他到底往柜台里递入了多少扎百元大钞——双方的差额是五万元之巨。由于各执一端相持不下，营业主任只好宣布暂停营业银库立即盘存。

炒外汇的妇女一年四季三五成群坐在繁华地段的路沿上，皮肤晒得如亚马逊河流域的土人般油亮棕黑，很像一群活动的雕像。有人从她们手里换上几十港币到免税商店去买一听饼干，也有人换取整万美元存入银行领取利息。大宗的客户常把她们直接带到银行的外汇柜台，看着她们将尚未开封的整扎绿色钞票递进去接受检查，等拿到存单之后才将鼓鼓囊囊的书包一倾而尽，由她们回笼去做下一桩买卖。

与炒汇的妇女相依相伴的是推销彩票的姑娘。每当一种新的品种上市，街上就情不自禁地洋溢起节日的气氛。自从一个高中二年级女学生，四块钱买两张"东亚运动会"一举中了头彩，"四块钱＝海马牌轿车"的广告词就成为口头禅让推销员们说得更加胆壮气粗大言不惭。有个貌似流浪汉的中年男子中了七万五千元的大彩，逢人便问：你们说我拿这些钱去买股票还是炒期货？也许他的军师们个个都是彩票发烧友，群策群力的最终选择是继续买彩票撞大运，直到把最后一块钱都还给彩票发行人。

以外汇券为结算单位付人民币便要加价的咖啡厅里，生意并不冷清，客人们整个下午泡在空调吹出的冷气里喝着洋酒和咖啡，也不纯粹只为扮演假洋鬼子而来。许多颇为惊人的协议常在觥筹交错之间悄悄诞生，合同书在摆着红玫瑰的小圆桌上被盖下成交的印章，图章从随身携带的号码箱中取出就用，免去了复杂的中间环节。在这些场合，年轻——不一定貌美但一定年轻——的公关小姐有着举足轻重的作用：合作顺利时，她们是搞笑的甜点心；气氛紧张时，她们又是去火降温的凉茶。如果业务需要，有时她们还会为公司作一些特殊贡献，事后并不声张。她们是时装精品屋里受欢迎的常客，也是美容美发师的衣食父母。在公务之外想请人吃饭的时候，她们一般会打个电话出去，然后就地静候应邀而来的某位先生与他素不相识的客人共同用餐并且负责买单。

市中心的公园是个有纪念意义的地方。五年前建省之初十万人才下海南的壮剧，以它做了中心舞台。那些日子这里通宵达旦亮着烛光和手电筒，胸怀壮志的年轻人揣着户口粮食工资关系拎着本人的档案袋在此汇集，一个个高谈阔论慷慨激昂。后来它终于像弹尽粮绝的无名高地那样的沉寂了，曾经在椰子树下卖过水饺大饼和野鸡小报，弹过吉他朗诵过诗歌，恋爱过又失恋的天涯沦落客，如今去了哪里，自然无人知晓，只留下广告墙作为昨日辉煌的记忆碑铭。日子一天天过去，墙上招聘与求聘的招贴如外婆的布鞋底子一层层糊得邦硬，漠然面对跟前新的旧的天真的老练的面孔，看他们眼里闪现出希望或沮丧。有多少人把这儿当作了前途的起点，从这里走向光荣走向平庸走向堕落甚至死亡，没人知道。有一天，一辆新款皇冠缓缓地滑过广告墙，墨色的挡风玻璃后边有个唱红了的歌女对她的情人说：我就是在这儿看见你的酒吧聘请歌手的广告之后才去找你的。这样的故事多了，广告墙一天天站立在那里，无形中就有了宿命的意味。

　　这个城市里每天最令人感动的图画，是由小学生和他们的长辈组成的求学队伍。这支队伍一天四次准时出现在街头，骄阳曝晒和大雨冲洗都不能磨灭了它的痕迹。孩子背着书包、水壶，戴着草帽打着伞，由爷爷奶奶爸爸妈妈骑着自行车三轮车摩托车或者步行送去学校又接回家来，以致常常是放学的时间没到，小学校门口已经塞满了人。以为海口人过于溺爱孩子的人们，将被小学校长的陈述改变看法：重点学校每个班级的学生都在九十人上下，路远的孩子家远到离学校五六公里。这点路程在农村也许正好供孩子们锻炼体力，可在闹市里横七竖八的马路跑着五颜六色的汽车，就是最倡导孩子自立的家长，也会认为让他们在这种场合运动不太适宜。有一种说法告白市民，这不能怨城市的规划者没有远见卓识，各小区的规划图里明白准确地标记了学校、医院以及公用设施的位置，但花重金买来地皮的房产商最终把每一寸土地都用在能够升值的公寓、别墅、写字楼下边，让政府的规划形同虚设。于是渐渐繁华起来的大街两旁，学校凤毛麟角般珍稀，每位班主任手下，弟子随之向军队连一级建制扩充，无意中为来日的桃李满天下作着长远铺垫。

　　跟学校分布状况颇为匹配的是公共文化设施的匮乏。港台与大陆有头有脸的腕儿们被重金引诱而来，却只能登临露天球场简陋的草台献艺。有位时装模特小姐在闪耀的灯光里走着走着就突然矮了几寸，原来是一只鞋的高跟被陷进台面的细缝里，只好将另一只鞋也踢掉勉强走完下半程。大众娱乐的主要场所是卡拉 OK 歌舞厅，但它们的收费似乎绝不大众化，西式日式俄式 KTV 包厢一夜的消费相当于普通职员一年工资的总和。有人刚想说海口人只唱歌跳舞打麻将，新华书店经理立马出面据理否定。因为根据精确统计，海口市书店顾客人均购书金额是其他同等城市顾客的几倍，豪华本精装本成套的珍藏本购买者之踊跃尤其令人始料所不及。这个谜被揭开是在不久以后，有位心细的观察者指出：连连竣工的新公寓里，光用绢花贝雕壁挂唐三彩以及人头马 XO 洋酒瓶去跟高档家具真皮沙发个人酒吧配套，似乎不够档次，不管读不读书，书房一间书柜几个——当然还要配之以书案与书——已成时尚必不可少。

一个社会的构成不可能没有文人和学者，新兴的商业化的海南岛也不例外。博士、硕士结伴而来，把各大公司的知识结构改造搞得跟从前美苏之间的军备竞赛一般如火如荼。新闻记者的价值在激烈的竞争中得到充分体现，新闻发布会作为扩大公司影响的体面手段，被总裁们使用得轻车熟路，消息见报的速度与位置跟红包厚度成正比的道理浅显易懂不言自明。记者与广告设计师在仍然以笔墨为生的人群中率先富起来，一个靠广告创意致富的年轻人眨眨眼就买下一台价值二万五千元的狮龙牌音响。北方的同行们认为他们终于明白了，这些人不畏离乡背井之苦南来的目的必定是淘金无疑，并把它当作真知灼见散布到舆论的每个角落，于是所有在此地落户的文化人都遇到了同一种诘问，你到海南岛来究竟动机何在？这句话不再是一句普通的问话，已经具有了试金石似的象征性含意。答案几乎是现成的，你只有回答为赚钱而来，才会被认为心地磊落表里如一，反之任何一种答案都将被视为遮遮掩掩的虚伪之举无人认同。几位教授副教授身份的学人想换家大学研究哲学，仅在院方举办的沙龙式欢迎会上，他们学术意味太浓的发言便被先期到达的同仁有口无心地奚落。声称已经在特区重新找到了位置的某博士进而直言以告：哲学词汇令人感到陌生甚至已听它不懂。最后，被欢迎的一位无限悲愤地慨叹：假如我说要来当妓女，倒可能被人们理解，但我一说来做学问，就只能被误解并遭到非议。沙龙式欢迎会不欢而散，话不投机的双方谁也不曾说服了谁，只好一笑了之。在人的想象力超前发育的时代，乌龟与兔子赛跑的古老故事早生出若干新版本，结局也是多种多样：乌龟赢——兔子赢——乌龟与兔子并列冠军——兔子跟乌龟跑岔了道无以论输赢……任何一种设想都可能是真理并且都可能被实践证明。

在六月炎热日子里时时停水停电的城市里，人们比往日更加烦躁不安与心事重重——当然不只是因为天气和水电，还因为物价上扬股票看跌房地产降温以及各种欲望的膨胀。我在这座海岛城市最炎热的日子里，一个两个月足不出户地写着小说，让曾经被热带阳光晒黑的皮肤逐渐恢复本来颜色。据说写小说这种行当在此地早已被有志有为之士所抛弃，变成了地地道道的冷门，只有失意者才肯问津。但有时候事情总不像人们所认为的那么简单，人的头脑让某位伟人挥手之间就统一起来的时代已经一去不复返，至少我认为在一片热浪里遁入冷门，单从字面上看就很有令人心怡的魅力，更何况我还可以用墨水在纸上制造冰天雪地，制造冻冰的小河边刚出炉的炒板栗，以及黄昏的火炉上开水壶蒸腾出的雾气。于是炎天暑地里有了一袭臆想中的荫凉，我在荫凉里心身自由地徘徊行止，回首尘封的来路，遥望朦胧的前景，居然清风徐来皓月当空。

在心如止水的清静里，仍能使我怦然念动的，唯有1988—1989年的"乌托邦故事"：几个自以为志同道合的青年，带着最简单的行李和创办文化实业的心思，也带着不尽相同的初衷，头也不回地投奔了当时还相当荒僻的海岛。他们商定要在新开垦的特区建立一个品格全新的团体，在人欲浊流之中拓出理想主义的绿洲。他们中的始作俑者也许从一开始就明白这是"知其不可为而为之"的举动，因为建立新型的体制与人际关系，其意义远远超过任何一种经营实体，其操作难度也要比后者不知大多少。但他们仍然被那束可望而不可即的神圣之光引诱着，走上了多少代殉道者们用身体铺垫出的曲折小路。时至今日，人们都只知道他们曾经创办出一份颇为著名的杂志，并把杂志社经营得名也昭昭利也盈盈，并不晓得他们为那个最终夭折的体制所进行的挣扎——就算他们的目标注定难以实现，但他们毕竟为之自觉或不自觉地努力过。有许多事情目的本身并不重要，全部意义只在于过程，在于过程的美好，美好的过程足以证明事物终极的美丽。他们中间的一些人，将永远为那个夭折了的美丽理想自豪，而不会为它生命的短暂惭愧。故事的结局既在意料之外也在情理之中：突如其来的红火光景，使这群人在异乡艰苦的生存环境得到了迅速改观，而同样猝临的停刊境遇，也给他们带来了信念、人格、意志、素质与道义的严峻考验，世纪末的微型乌托邦终于解体，这群人分别开始了真正由自己选择的生活，去做真心自愿要做的事——或者增强了对环境的适应能力，或者与环境拉开了距离——总之，割席分道使他们不再需要互相迁就强求一致，因而也就各自活得更加自如更像本来的自己。1988年的壮举，在他们各人心中留下成像不同的记忆，也由他们各人口中流传出无法统一的纪实，但他们大概谁也不会否认这段人生的辉煌，不能忘却那些集青春智慧激情理想与坎坷风险于一路的日日夜夜。这种经历之于每一个人，一生也许只能有一次。

这段经历无疑使所有亲历过的人都产生了自豪感与自信心，相信文化人并不见得非要由大锅饭来喂养，或者靠阔佬们施舍才能活下去活得好。不过这种自信的获得最终通向了两极，有的人更激发了赚大钱的欲望和热情，有的人反而把赚钱看成雕虫小技不屑为此奋斗终生。所有这一切都给我留下了斑驳陆离的记忆，这些记忆使我丰满也使我沉重。我希望得到繁忙焦虑之后的安宁，希望在安宁中整理纷杂零乱的履历，我认为一个只生活不思考的人，多活几辈子也等于没活过。于是我成了一个逍遥的旅人，环境对于我只是一种底色一种风景，我可以免费观看人世间熙熙攘攘的正剧喜剧闹剧悲剧，任意拍照速写描摹记录，这是生活给予我的最惠待遇，也是文学给我的恩典。

诚然，接受任何恩惠都是有条件的，文学的恩惠起码的一条是它不能与日日豪饮夜夜笙歌的喧闹共存，不能与股票的涨落期货的亏盈同时考虑。你可能为一部根本不会引起注意的中篇小说熬得衣带渐宽，稿酬却买不了时装屋里一套中档套裙。你只能把远道而来的老朋友带去吃川味排档，然后坐中巴回家每位票价一元。你穿着自制的连衣裙到市场去买小菜，少不了向摊贩们讨价还价。做着这一切你不会心虚，因为有充盈的思考与变幻的风景陪伴，你的每一天都不曾空白不会虚无不用担心日无所思夜无所梦。你预知到老年将有一本用蝇头小楷写成的日记供你咀嚼回味，那便是生命赠予你全权所有永不散失的财富。当你预知了这一点，在五颜六色的人群里穿行时，你尽可以蹬一双过时的布鞋，抬着头扬着脸潇洒地走。

六月海岛酷热的夏季里，午后的雷暴常常来得不可思议。刚才还是万里无云，转眼的工夫已经风雨大作。每当此时雨幕便遮断了炙人的暑气，给昏沉沉的生物一个喘息的空隙。雷声从天空的裂缝里毫无节制地倾泻下来，似乎想要震慑人的狂躁。于是你就想到了大自然万载不变的道理，在于它永远为活物的生存及时变更着它的节奏。你会为雷暴的到来而感动，你会庆幸有它与炎热的日子同在，尽管你知道它将瞬息而逝。雨过天晴的街头，仍将充满物欲的繁忙，但雷暴毕竟到来过，给过世界一个清醒冷静的时刻。

最令人遐思无限的时刻，是雷暴过后的黄昏，太阳已经下山余光尚不曾尽敛之际。我常在这样的时辰里，去附近的小公园五公祠散步。黛青的天空里，乌云仍旧低垂着，把天穹点缀得很是凝重。与乌云上下呼应的是椰子树风姿绰约的剪影，那些硕大飘逸的枝叶，在雨后的风里优雅地摆动，抖落叶面所剩不多的积水。这个景色常让我想起一部著名的越战影片——一位于战火中迷失了本性的美军上校，在热带雨林落草为寇的故事。影片大量的精致镜头里，给我以最深印象的，不是影星马龙·白兰度的光头，也不是血腥的暴力场面，而是黄昏时分，椰林上空飘浮的镶了金边的乌云，以及乌云下边永远弥漫着的瘴气。我在椰树下边走着走着，影片与现实的环境就会不论彼此地融合，让我分不清究竟是我走入了电影，还是电影拍摄了我所置身的雨林。

原来环境是这么容易让人迷失自己。

原来看风景的人本身也是一种风景。

1993 年 6 月

无语之旅

　　九黄机场修建在断壁危崖之上，像极了一艘巨大的航空母舰。波音 757 从那儿起飞，机身刚刚脱离跑道，就一头扎进苍茫云海，剪除了逐渐爬升的整个过程，人间天上连在一起仿佛没有界限。回望九寨沟，顷刻之间已被一派迷蒙的烟雾吞没，心中竟有些不舍。前方注定又是都市年复一年的喧嚣，九寨沟的安谧就像一条清凉凉的鳗鱼，在这个夏天擦着我们芜杂纷繁的心境游过去，遗落串串红尘之外的波澜，搅动起来的却是身不由己的无奈。

　　翻开本次旅行日记，始终是一杳空白。从一踏上九寨沟的土地，我就产生了一种直觉，有关它的记载不可以信笔写来。虽然文字从来是我们游历名山大川最忠实的侣伴，我们的行程也遍布着前人文字的印痕：经巫峡云雨，便感念两岸猿声一叶轻舟的超然；登烽火楼台，则凭吊金戈铁马挑灯看剑的豪迈；岳阳楼栏杆拍遍，激赏居庙堂之高忧民处江湖之远忧君的襟怀；赤壁滩大浪淘尽，慨叹公瑾当年小乔初嫁羽扇纶巾千古风流的神采。以往的旅途，唐诗宋词游记碑铭长联短赋总是与我们随行，经过文思点染的众多命名，以及应景而生的无数传说，总把我们出发的行囊和归来的心窍塞满。它们诠释着风景，甚至暗暗设计和控制着风景。

　　可是九寨沟不同，这个地方神奇恰在于它以独有的方式和自在的情态，消解了文字，远离了文化，颠覆了各种人为的定向联想，把我们流放到无语的境地。这一片山水，从五千多年中国文学史跳了出来，非汉非唐非明非清，似乎是一个文字和章句从未抵达过的原初和终极，更是一个没有时间的永恒，一个没有空间的幻境，我们不得不抖落心中所有的定见和习语，用一颗纯净清洁的心去亲近它，从点点滴滴的气息、质感、色彩和声音里体验它，从而也明白了，此时此刻的任何言说纯属多余。我相信九寨沟也许更乐于接纳一个能嗅到松鼠行踪的鼻子和十个能摸出色彩的指头，却拒绝写作者的构想——尤其是我们这些从小被各种游记训练过观感的写作者业已格式化的构想。甚至可以更大胆些怀疑，用"九寨"命名这片亦真亦幻的山水太过直白也逊于声色，是不是更应该用一片红叶的飘零或者一股山泉的滴落来定位它的标识？

九寨沟的水，几乎是无法描写的。

瀑布，滩头，溪流和海子，构成了九寨沟最具魅力的所在。千变万化的水在奔流的时候任情任性地发出各自的声响，一旦抵达海子的领域，就不约而同地静下声来，好像一些上课迟到的孩子，打打闹闹撞进了教室里，被谁嘘了一声，再也不吭声了。而海子呢，无论深不见底还是浅可涉足，全都处子般安详静默，只有风撩拨它们的时候，才露出几点闪烁的波光，宛如欲言又止。海子的清纯造就了世间少见的美丽，正好比素面朝天的少女对自家的美貌从不经意，又倾倒了天下所有的看客，一派有大美而不矜的本色。人们在海子周边徘徊，不知不觉就把身心沉浸在它的碧蓝蔚蓝湛蓝深蓝里，忘了自己是谁。对海子的凝望和怀想，会让忧郁的人变得开朗，焦躁的人变得安宁，狭隘的人变得宽厚，骄矜的人变得谦和，造作的人变得朴实，同时让浮浅的人变得深沉，而让深刻了半辈子的人变得如稚子一样天真。

九寨沟的树，似乎也无法描写。

横躺在海子里的那些树，更是九寨沟的奇观妙景，让所有的人一见到它们就要惊异万分，这些特立独行的树如何在某个遥远的秋日，放弃了与土地的前盟，一头扎进海子的怀抱？满沟满垅的原始森林和次生林，阔叶林针叶林灌木林和高海拔草甸子组成的植物链，都在遵循季节和阳光的节奏，按部就班地生长，唯有它们，倒了向海子，变成沉在水底的一棵棵秘密。水流过去，风吹过去，大地春华秋实的更迭，海子雨季肥了旱季瘦了，都成了从它们眼前走过的风景。经年累月，树在水里褪下了树皮和树叶的衣冠，通体长出绵软的青苔，吸纳了微生物死亡的腐败，孵化了小裸鲤新生的游弋，让海子里的水更清冽也更生动。每当海子在晴朗或微雨的天空下眨着神奇的眼睛，它们也会像漂亮的睫毛一样，随着水浪的波纹震颤。这样的树是不死的，它们已经在人们永远无从知晓也无法传递的历史中得到了永生。

九寨沟的历史，是不知其来也不知其往的自然循环，人的足迹和炊烟不过是其中的偶然，与动物的生死和植物的荣枯一样，是自然的一部分，并不需要特别的意义或情怀。正因为如此，人类在这里不是中心，不可能自大，也不可能自恋。生活在九寨的藏民世世代代信奉的苯波教，与其说充满着人文理性，不如说更依重自然象征。他们崇拜自然界的日月星辰山河湖泊土石草木乃至飞禽走兽，并不把君临天下的帝王或能征善战的英雄放在心上，他们向山神树神水神祈求福祉，并不寄望于祖先的荫庇。屋前的经幡和河边的转经是他们特殊的信仰方式，人的意愿托付给风托付给水，还原成为自然的声音传达给上苍。经幡的五色里，蓝代表蓝天，白代表白云，红代表火焰，黄代表土地，绿代表森林，人类缺席了，或者说隐退到了微弱渺小的位置。大概是出于同一道理，他们年年月月念颂的"唵、嘛、呢、叭、咪、吽"六字真经，是人与神灵的对话，从来不会有真正意义上的诠释，若是谁非要给予狭义的探究，多少会显得有些迂阔。人们对自然的解读，人们对自然之神的膜拜和祈祷，如果不是一声声无字的歌唱，循环反复以致无穷，倒会让人奇怪了。在这里，语义同样在缺席，或者说同样隐退到了微弱渺小的位置。

毋庸置疑，在这样的信仰之下，九寨沟远离了文化的深刻，也远离了文化的贪婪，避免了文明的开发，也避免了文明的破坏。生活在这样一个童话里，男人们不会上山去砍树，女人们不会去海子里洗涤脏物，孩子们不会把鸟巢里的幼雀掏来玩弄，人与山水万物相依相伴共生共荣的真理，他们几乎无师自通，甚至是来自一种本能的敬畏和珍惜。只要山青水绿鸟飞鱼翔，他们就满足就安心，就能把日子一代代过得自在而充实。他们从来不需用文字来表达这些，不需用文字来赞美这些，甚至不需要生态主义者们吵吵嚷嚷的痛苦宣泄或者业绩炫耀，因为山与水本就是他们的身体，阳光和云雨本就是他们的心情，一切再自然不过。也许，一棵小草的枯萎，一只蝼蚁的仓皇，都能在他们的神经末梢引起一丝感应，使他们在暗夜里睁开睡眼，向满天星斗遍地月光凝神片刻。

人常说黄山归来不看山，桂林归来不看水，我想说的是：九寨沟归来不写字。即便在这里絮叨几许，也不过是文字囚笼之中一颗无奈心灵的远望，是对一次无语之旅的文字祭悼。九寨沟已离我远去，在我的记忆中其实已不可重现。当现代生活的喧哗越来越蛮横地遮蔽这个世界的时候，九寨沟是一片可以想象不可以记叙的天地。纵使我们远离了它，它自然天成的深邃平静，仍然丰富也阔大着我们的胸襟，溶解着尘世间任何小来小去的恩和怨、成和败、贵与贱、荣和辱，从而使一切思忖计较都羞于出口。在这个意义上，九寨沟教会了我们沉默。

如是我见

——尚未终结的南印度之旅

　　得知我收到去印度喀拉拉邦开会的邀请信，周围人们露出的表情多是惊诧和羡慕，这种反应早几年只可能出现在身边的某人应邀访问欧美之际，可是现今去那些地方对中国人来说似乎有点司空见惯，顶多"哦"一声了事。去印度，去印度那可要另当别论。

　　印度在中国人眼中代表着神秘的远方。在东晋僧人法显的《佛国记》以及唐僧玄奘的《大唐西域记》中，天竺国的繁荣富强就不同凡响，随着小说《西游记》的广泛传扬，那一方生长着"黄金为根、白银为身、琉璃为枝、水晶为梢、琥珀为叶、美玉为华、玛瑙为果"的宝树，且众生"无有众苦，但受诸乐"的西天极乐净土景象，曾激起邻国人民的热烈向往与无穷幻想。即使是信息传媒发展到了连卧室澡堂也断无隐私可言的今天，印度仍旧在我们的视野中保持着它的神秘和幽远。比方说，不管透视装、迷你裙如何风靡东西方的女装业，印度女子总以不变应万变地裹着她们妙曼多彩的纱丽；无论世界各国多么一致地把摩天大楼造成骄人的标致性建筑，把高速公路修得像蜘蛛网一样密布四方，印度的城市街头依然有小动物奔跑在汽车之侧，乡村的土路上照旧有老牛破车散播木制车轴的尖声锐响。我们从画册里从电影里从文章和游记里了解这个国家，把眉深目重头布高盘的骑象人和发辫粗黑盼顾生情的歌舞女，作为最有象征意义的形象牢记，当然还有随着耍蛇人的笛声站立起舞的眼镜蛇。于是当我们看到有报道说，印度软件的生产，已经遥遥领先于某些发达国家名列世界前茅，航天技术运用与核武器研制，也已经对全球政治军事力量对比有了举足轻重影响的时候，总是怀疑自己是不是看走了眼。这是印度吗？这些东西跟印度有关系吗？

　　我对印度的想象定位，后来被同行的朋友们指为"典型的东方主义思维"，使我更觉得有必要说明，我对这个古老国家除去友善的好奇心并无半点轻慢之意。既然它以自己特有的文明抵御住了时尚文明灭绝一切文化差异的垄断，难道没有理由希望它像最后一只活着的恐龙一样生存下去？

可惜的是，印度海关对它邻邦人民的爱惜之意并不怎么领情。

我们飞抵印度最南方的邦首府特里斯特凡，在海关入境凡持中华人民共和国护照者都被反复盘查，而持菲律宾、香港护照的同行早就顺利过关在里边伸长脖子等候，跟在斯里兰卡首都科伦坡过境所受到的微笑接待相比，真有天壤之别。在漫长的等待时间里我得知，前不久，印度政府正式宣布中国是它在亚洲的头号对手，这个国家认为他们的国家应该取中国而代之成为亚洲老大。官方出版的旅游地图上赫然印着："欢迎来到世界上最大民主国家"的客套话，跟我们眼前的境遇似乎并不太协调。好在这只是一个小小插曲。

好不容易验明正身，可以取行李了，却被传送带上源源不断的包裹惊呆。跟我们同机从科伦坡飞来的本地人，每人携带至少十件一人高的买买提帆布袋或大号纸箱皮箱，你扛我背大呼小叫，把我们的行李淹没在中间，半天找不到，找到了又拿不着。经过后来的访问才明白，在印度，因为人口激增劳动力过剩，向国外特别是中东地区输送劳工，就成为各邦经济发展的重要渠道，喀拉拉邦的经济产值有百分之三十出自劳工的外汇。于是邦首府的这个并不太大的机场，行李提取处的吞吐量大到如此程度。从这里进入印度的，不光是先进的日用品、电器和其他消费品，还有西方的观念文化和意识形态。我们就是在这样一种人声鼎沸的背景下，走近喀拉拉邦民众科学运动。

民众科学运动是 20 世纪 50 年代在印度各地特别是农村地区兴起的，致力于破除迷信、推广现代科学意识的运动，时至今日在一些地方发展成为实践社会主义与环境保护的堡垒。我们此行的东道主喀拉拉民众科学运动（以下简称 KSSP），是其中历史最长、最活跃的运动之一，拥有超过五万的成员，全邦三千万人口中百分之五十左右的人知晓他们。虽说与左派政党有较为密切的关系，但基本上是一个独立于任何党派之外的民间组织。1974 年，KSSP 亮出"科学为了社会革命"的口号，旨在让科学成为受压迫者的武器，来反抗剥削他们的少数富人阶级，它的策略则是在基层让民众学会自我管理，学习技术，发挥潜力与自信，进而要求民主的政治参与。1996 年 KSSP 在几个社区实行"民众自管计划"，邦印共（马列派）领袖将该计划写入竞选纲领，结果在当年的选举中胜出，也使 KSSP 从民间运动一举变为由邦政府在全邦推行的运动。

我们此行要考察的正是这样一个不同于任何国家任何发展模式的"喀拉拉模式"，对广大的第三世界，它标志着被称为另类的另一种可能性。顺便说一句，参加考察的主要是中国内地、香港、菲律宾和印度本国的社会学经济学以及文化研究学者，我在这行人里论职业也是一另类。

出了机场，热带的阳光在北半球一月份的冬季里，仍然铺陈得有些挥霍，阳光充足的天空里伸展着椰子树宽大的叶片，这一切跟我所居住的海南岛几乎完全一样。KSSP 核心成员 MP 先生，就是在这样令人熟悉的阳光和树影下走过来迎接我们，跟他握手的时候，我恍惚觉得是在海南某乡镇遇见一位年迈的乡长或村支书。他黝黑的肤色、洗旧的衬衫、沾满了尘土的塑料凉鞋，还有脸上略存腼腆的微笑，无论哪个方面都跟中国南方农村长者一般无二。这位长相和身材都不像典型印巴人的老者，是这个运动最受尊敬的核心人物。当他用印度口音很重的英语谈起他对世界对社会对人类的看法时，你能很容易地捕捉到这个人智慧坚忍的气质。他的经历和思想在我看来，都极富张力。

在种姓等级至今森严的印度，他很幸运地出身于最高种姓的家庭，也曾很幸运地留学苏联成为一名核能专家。可是他自愿放弃了上等人的生活，放弃了核能研究所令人羡慕的职业，专事农村贫苦社区的民众运动，成年累月奔走于乡镇之间，成为农夫农妇们最尊重的朋友。

他是印度共产党的老党员，却对自己的党有着毫不留情的质疑与批评，甚至成为游离于党组织之外的一分子。他认为共产党在寻找富裕的生活，而这种生活的象征却是美国。当年他在苏联留学，觉得那里就是人间天堂，而苏联人包括共产党人认为美国才是天堂。不只是苏联，几乎所有的共产党国家都把"致富光荣"作为号召人民的口号，将"各取所需"作为社会主义最终极的目标。然而"需"为何指，可能是真正的人性需求，也可能是无限增长的物质贪欲，共产党应该启迪人们区别需要与贪欲的智慧。这涉及怎么理解人类进步。是用人人开汽车、家家有冰箱这样的物质标准来度量，还是从健康文明、丰富的精神生活与人对社会活动广泛的参与，这些跟人本身有关的角度去看待。他甚至说，消费主义跟社会公正和平等并不相容，共产党与真正的共产主义者可能也不是一回事。他希望自己成为一个真正的共产主义者。

作为核能科学家，他对科学也有着自己的怀疑。当他留学苏联开始学习原子物理时，认为这是一个前卫的学科，而十年以后，却认识到对于整个人类而言，它是危险的。因此他辞去了核能研究所的工作，成为 KSSP 的专职社会活动家。他说，现在，面对高科技带动的全球化弊病，印度政府包括印度共产党都没有任何对策。左派和右派都认为没有不借着剥削而成就的发展。他们总是回避谈发展的界限在哪里，回避谈人类开采自然资源的程度是否应有所限制。他们总认为科学技术可以解决现存的所有问题，不管是全球温室效应、自然资源短缺，还是臭氧层空洞，即使今天解决不了，明天也可以解决。这其实是一种拜物教态度——科学拜物教。

如此说来，MP 先生是一个多重的叛逆者。作为最高级种姓的一员他背叛了自己的阶级，作为共产党员他背叛了自己的政党，作为科学家他背叛了自己的事业。在一系列背叛中他选择并皈依了 KSSP——这个既非宗教也非政党，甚至算不上严格意义上的组织的"运动"，一干就是三十多年。对于 KSSP，MP 这样表述：

——它是自主的，邦政府不能领导它；而它左右政府决策的程度由弱到强，四年前已经达到相当程度。

——它和政府的合作，很多时候是由 KSSP 向基层村民组织推荐项目，经民众选择后由政府注资建设和实施。

——它不是先锋党也不打算夺取政权，故而可以有效扼制内部官僚化的发展。

——它不掌握传媒，而是利用"人传媒"，一个个观点通过口口相传的方式得以传播。

——它的成员大都是志愿者，它靠激发人们的内心冲动来投入，而且出入自由。

——它与民众的关系，不是先锋党与民众间带领与被带领的关系，而是由民众参与共同决策共同施行的关系。

不能不说 KSSP 是印度本土的政治体制特产。它虚虚实实，聚聚散散，非党非教却无所不在。从引导民众的价值观到进行全民识字教育，从推广高效能无烟柴火灶和节水厕所，到组织民众参与资源开发与发展规划，与民众身家有关的事务都是它的工作，无所不包。

对我们这些外来客而言，这个运动的运作和效力真是匪夷所思。印度人曾经创造过很多历史奇迹，远的不说，单是甘地凭着他的非暴力不合作主张号召起千千万万的民众，用苦行与素食的和平大行走和引颈受刎的坦然，竟逼迫英国人交出手中的政权这一件事，已足够使各种各样的暴力革命逊色几分。

我们只能说，以甘地为代表，印度人对世界从来有自己的看法和做法。KSSP是不是正在又一次向世界展示着他们在这方面独特的才能呢？作为这个运动的代表人物，MP在经历了一系列的选择与背叛之后，是不是真的找到了自己的归宿和目标，找到了他反复强调的那种"物质低消耗，生活高质量"的人生境界呢？

六十五岁的MP先生在我们前头走着，步履似乎显得不那么自如和矫健。他的助手告诉我们，他年前刚刚做过心脏大手术，不顾医生的强烈反对非要来接待和安排我们的活动，而且为了节省经费，他不肯坐飞机而是坐了四十八个小时的火车从北方的新德里赶过来。可是到了吃饭时间，他坚持要领我们去本地最好的饭店吃饭，这些星级酒店，也许恰恰是他和他的同仁们时刻警告民众须得小心防范的那类——承载着西方生活方式和消费主义价值观，潜移默化侵蚀着印度的不良所在。当然，MP这样做的初衷，跟我们在国内司空见惯的应酬和排场完全不同，他说，怕外来客不适应印度的饮食卫生情况，客人吃坏了肚子可就不得了。

这无异于向我们昭告，这个人是一个务实的理想主义者。

特里斯特凡的街景给我留下的印象，与MP先生本人和由他表述的KSSP一样，是特异的纷繁的。没有人行道没有斑马线和世界通用的交通标记分割出快慢车道的马路上尘土飞扬，身缠五彩纱丽的女子和上着西式衬衫下着印式围裙的男子如过江之鲫往来穿梭，让街道似乎永远没有上下班高峰或清静时段的区分。电影院门前不管白天黑夜总是围着一堆堆热心的观众，售票窗口还动不动就排起了令人难以置信的长队。沿街的每一处空墙几乎都被电影海报占领着，技法不算高明但色彩分外浓重的画面，每一幅都是印度俊男靓妹的天下，绝没有好莱坞英雄美女的一席之地。新的海报贴上，旧的随手撕下就地抛弃，因而可以说没有哪条道路哪堵墙底下未曾堆起纸屑的小丘，当风来了的时候，纸片就如五月的柳絮般充斥在浮灰扬尘中，扶摇直上晴空。你一看到这阵势，就理解了何以在全球电影业迅速凋敝，好莱坞大片打遍天下无敌手的今天，在香港电影界大腕明星最终不得不向它的高额片酬折腰，放下功夫、搞笑片的盾牌与之携手以后，印度电影仍然用年产两三千部的产量，用三段舞两段歌加忠贞爱情的模式，拍摄着只供本国观众追捧的民族电影，牢牢占领票房，一次次重叙东方不败的神话。全国有一万四千家电影院等待着它们，按市价十至十五卢比（相当于人民币两元左右）一张电影票，穷人也承受得了，印度电影业何忧之有。如我等匆匆的过客，即使粗心到了极点，也不可能忽略这个国家的人们对自己的电影和电影海报罕见的热爱之情。

与国产电影一样令人们热爱的，还有他们国产的汽车。不管是邦政府的官员、民间的富人还是出租汽车司机，全都开着或新或旧的印产小轿车，车身设计一律停留在 20 世纪 50 年代轿车拱顶尖尾的造型上，颜色亦统一为乳白色，似乎喻示着它们品质的纯正。至于充当公共交通工具的大客车，就更体现出印度式的洒脱，时时满载的车体宽大笨重，除了驾驶台正前方之外，没有一块窗玻璃，讲究些的或许挂上点布帘子，不讲究的就任那些窗口毫无阻碍地穿过风透进雨。与开放的车窗相呼应，这些客车的门总是大敞着，乘客们随心所欲同时训练有素地上上下下，不管车子到没到站，也一点不在乎车速的快慢。

一切都是喧嚣的运动的。我们下榻的柴仁旅馆紧挨着长途汽车站，高音喇叭不舍昼夜将印地语男声浑浊的嘈杂送进屋里，朗朗上口滔滔不绝，让你很难相信他只是在预告车次或者进行其他关于汽车运行方面的安排，而很像是在演讲、布道或者号召听众作出性命攸关的抉择。我从黑暗里向传来声音的地方望去，当然，除了一片通明的灯光看不见任何其他事物，但那个持久而自信的声音在那儿一直响着，无异于一种强烈的暗示，让你想象并且相信，在那方灯光下有无数虔诚的听众在倾听。我也在倾听，在倾听中渐渐坠入睡眠，不知道那个富有征服力的声音止于何时。

曙光初临之际，我被另一种奇异的声响唤醒。睁眼一看，临窗的树上竟然闪动着成群乌鸦的黑色翅膀，它们欢快无比地大声聒噪，互相问候也问候着被它们吵醒的人们。乌鸦在印度被视为吉祥鸟，入乡随俗，这预示着我们今天的旅途愉快顺利。

我们出发到乡村去。车行良久，看不到预想中的田野、山峦和传统意义上的村庄。公路两旁扑面入眼的，是沿街而建的各种式样各种规模各种质量的民居。一望可知，贫富相邻贵贱掺杂，富丽考究的别墅跟潦倒破败的棚户之间，只用敞开式栅栏隔开，没有明显的区划也没有森严的防盗网和高墙。这样反差甚大和谐相处的居住群体，相信在任何其他国家都难以找到。由于贫富悬殊造成的社会紧张，贫困所导致的暴力犯罪，是当今世界上包括印度在内的每一个国家政府都很头痛的问题，而在贫富杂居的喀拉拉邦，犯罪率几乎是全国最低。

是 KSSP 深入人心地传播了他们的幸福观——人所需要的物质只要能维持肉体的健康就足够了——使得这里的贫民阶层能以超然的态度对待近旁富有的邻居并与之和平共处吗？KSSP 的陪同告诉我们，城乡不分贫富杂居实乃本邦一大特色，这里有过很彻底的土地改革，土地可以自由买卖，但政府对每个家庭拥有的土地数量有较为严格的限制，所以这儿没有地主。在印度其他邦，赤贫人口平均为百分之十，最高的达到百分之十八，而在喀拉拉赤贫率只有百分之一左右，大多是外邦来的移民。凡到过印度的人，无不对德里、孟买等地的乞丐蜂拥的景象记忆深刻，而此地乞丐绝少，也没有贫民窟。这在整个国家尚处于贫困境地的印度来说，不能不算作一个奇迹。喀邦的另一个奇迹，是全民受教育的程度几乎跟西方发达国家没有什么区别，百分之九十五的孩子可以完成免费七年制教育，妇女（含农村妇女）识字率也超过百分之九十。在非常偏远的地方，每个村都可找到四至五个经过正规科班训练的医生，乡村小学教员由博士来担任也算不得什么稀罕事情。

然而这些听起来好得不能再好的奇迹，同时也包藏着令人沉重的隐忧。因为平均受教育程度高，劳动力价格水涨船高，导致本邦失业率居全国前列，就算有工作的人，每月平均开工时间也只十五到十八天。这让我回想起邦首府特里斯特凡，每天都有一些年轻力壮的男子汉袖手站立在大街两侧，无所事事地茫然观望着已经被他们看得熟视无睹的街市。不用说，这是一些失业者。与此相关的是，尽管许多妇女有机会接受高等教育，少而又少的就业机会，仍把她们圈定在厨房和卧室，尽管邦的现行法律规定人民代表中必须有百分之三十女性，在每五年进行一次的乡级领导人选举中，也规定了必须有百分三十的乡长由女性当选，但性别歧视的问题远远没有解决。妇女没有财产拥有权和继承权，社会地位其实不高。

在我们重点考察的一个乡镇，乡长是一位漂亮得可与画报上的印度形象大使媲美的中年妇女。女乡长坐在乡公所铺了花台布的办公桌后边，身着艳色纱丽，乌发如云，眉心按印度妇女通常打扮印着一枚鲜红额饰，沉甸甸的金链子和金手镯，更是张扬了她的雍容。在她身边一左一右站立着两位守护神般的男性助手，虽然他们的站姿明显地表达了作为下级的谦恭，可是一旦交谈起来，语言的速度和篇幅又都在不经意中透出越俎代庖的痕迹。第二天正式开会的时候，女乡长也只是仪式性地出席了几分钟，而后匆匆离去。她的助手解释说，乡长不会说英语不便交流，且有其他要务要处理，所以不能久留。既然乡长退了席，助手自然是主角，包打包唱也顺理成章。乡政府的其他几位女性干部没有随乡长退席，据介绍，她们分别代表国大党、共产党或共产党（马列派）等等。但是，她们没一个人出来发言，发言的还是那些号称会说英语的男性。

在后来的访问中，我们参观了乡村的基层妇女经济互助小组，看到她们为维持家庭付出劳动并取得有效的收入，也看到她们比男人更准时也更积极地出席村民大会，知道她们在 KSSP 倡导下，为抵制外国货的入侵发誓只用本地产的椰子油，而决不买马来西亚进口棕榈油。可惜她们的所有作为，都是由男性干部向我们转述的，我们听不到她们自己的声音。英迪拉·甘地或许是一个历史的特例，可遇而不可求？

农村调查结束之后，我们被安排去旅游区做短暂的休整。那是一座刚刚兴建还在试营业阶段的五星级度假村，据说是打了一个大折之后，房间的价格仍然可与北京的四星级酒店相提并论。结果大家只好发扬团队精神，除有特殊情况者外，分成男女生宿舍入住了事。

应该说，整个度假村的设计想法很不错。每一幢木制别墅上层为独立客房，下层为敞开式休闲去处，木梁上吊着舒适的吊床，一派浪漫风情。客房里从家具到用具，还有洗手间的洁具都跟我们在其他国家看到的全无差异，品质且属上乘。唯一不同的是，房子整栋为木质建构，高大宽敞通风良好，造型也兼顾了印度特色，属于东西合璧一类。同样以原木搭建的餐厅安排在水上，四周都是大扇玻璃窗，餐桌僵硬的白色桌布上摆着做工考究的餐具和刀叉，红艳艳的玫瑰在花瓶里含苞欲放。天色已晚，一行人旅途劳顿饥肠辘辘，大家往餐桌前一坐都觉得差不多到了天堂。

可是坐下没一会儿，问题就来了。先是不知从什么地方刮来一股温热的微风，夹带着草叶腐败或者阴沟堵塞一类令人不快的气味。接着蚊子开始攻击餐桌下边每一条有血有肉的腿，也许因为这里还不常有住客的缘故，蚊子特别凶猛也特别密集，弄得大伙儿都忙着涂抹避蚊水或抓耳挠腮，全然顾不得餐桌上的斯文。可想而知，在那个豪华而漫长的夜晚，谁也省略不了与蚊子搏斗的环节，幸好同行里有细心人预先掏腰包请服务员连夜买来灭蚊器，才让大伙得以睡上个囫囵觉。

大早上起来，推开沉重的百叶木门，大家全都被眼前的美景惊呆了。露台临近一片开阔的湖水，晨雾袅袅的湖面上有一对对不知名的白色大鸟在追逐起落，几只印度味十足的藤制大游船停泊在湖边，用它们优美的剪影剪开晨曦和雾幔，若隐若现若即若离，仿佛来自传说中的天竺圣境。我们在被夜露浸润得湿漉漉的凉台上，久久伫立，体会着一种物我两忘的超然。要是我们在这个美妙惊人的时分从这儿直接上船，不再去度假村里面进行那次多此一举的散步，我敢说，此情此景将伴随我们每个人回到北京、海口、香港、马尼拉和别的地方，变成一种美好记忆被珍藏，蚊虫之类何足挂齿。

可惜我们去了。看见了漂亮的别墅周围树木被砍去后裸露出的砂石，乱七八糟堆放的垃圾和几处人工制造的仿古祭祀台阁，还有一条水色暗绿水质黏稠的小河沟。路刚刚修通，可是路灯已经东倒西歪，公用的长椅落满灰尘，且被损坏了不少。这让人很容易联想起中国南方被前几年的经济泡沫吹出来的各种旅游场所，设施尽可能好，环境等而下之，管理更是低一个等级。这一点在最后结账的时候得到了进一步验证。一车人等着领队结账启程，左等不来右等不来，足足两个钟头才把十来人的团队两天的食宿算清。

汽车开出这座具备了发展中国家新兴旅游产业一切优点与缺点的度假村，很快又进入到与它崇尚和张扬着的享乐主义氛围不大协调的百姓生活区域。汗流浃背一看就觉得他辛苦万分的男人，席地而坐替小孙子赶着饭碗中苍蝇的老太太，在发臭的河沟里洗完了衣服洗完了菜，又顺手打起一罐水用头顶回家去作炊作饮的妇女，无论你怎么设想，他们都跟近旁的五星度假村毫无关系。

刚到的那天晚上，曾有一位客人跟我们共进晚餐。那是一位年轻貌美的荷兰女学者，为了她治理水源的环保课题，只身一人来这异邦的穷乡僻壤已经半年之久。据她说，印度每年死于胃肠道传染病的人口不在少数，而且还有增长趋势，治理水源应当是这个国家极为重要的安邦之策。KSSP 对治理水源的事情十分重视，我们所到的这个区域，已经在治水方面有了可喜的成果。然而，作为一家新建的五星级度假村，对这个问题满不在乎，它的营业能旺起来吗？旺起来之后它排出的废水会不会给周围村庄漏屋添雨呢？据说乡政府也在这座度假村持有股份，当需要他们在经营成本和环境保护之间作出选择的时候，政府的天平朝哪个方向倾斜将成为很实际的问题。

返程半途中，我们被一支游行队伍堵在了路上。一辆辆被印度特有的车篷装饰得色彩斑斓的卡车，满载手持横幅标语和印度共产党党旗的印共农村党员，把公路塞得水泄不通。

他们个个兴高采烈，被热带阳光晒黑的面孔一律播撒着富有感染力的笑容，看上去像是在庆祝某个盛大的节日。打听了一下才知道，原来这一次示威游行，主题是抗议印度中央政府推行全球化经济政策。从我们车前经过的时候，游行的人们向我们挥舞小旗帜，对着照相机镜头做出"V"字形这一表示胜利的全球化手势。热烈场面引得我们队伍里年轻时没少参加游行的人们按捺不住，跳下车去混迹其中，重新体味一把当年热烈欢呼毛主席最高最新指示发表时的气氛，也顺便缅怀一下自己的青春年华。跟西方和平示威短小、零落、推着孩子牵着狗的队伍不同，东方式的游行永远是声势浩大人多势众的，只不过比起当年中国人游行的严肃和紧张，印度人的游行显得更轻松更具游戏性。

在印度，各种各样的游行几乎是人们日常生活的一部分。回到邦首府的当天晚上，我们又遇见了另一支游行队伍，一问，知道是邦首府电力系统的印共（马列派）党员在庆祝他们的组织成立若干周年。给游行队伍开道的是一只大象，身上披红挂彩，还载着一位举红色大伞指挥队伍的男子。我被同伴们火急火燎地从商店叫出来，他们说：快看大象快看大象，你不是一直想看大象吗。由于人口激增森林锐减，印度有着饲养大象传统的农村已经少有大象的踪迹，人们解释说，大象要吃太多的植物，没有那么多饲料来供给它们。我应着喊声飞快跑出店门，看见了游行队伍前头的大象，也是此行我见到的唯一一只大象。

虽然没有机会问一问 MP 先生，反对中央政府推行全球化经济政策的游行跟 KSSP 有没有关系，KSSP 及 MP 先生对经济全球化的高度戒备和严厉批评态度，也是清楚不过的。除了跨国资本对民族国家经济上的占领和文化上的同化，它从意识形态方面所带来的对资源和物质的追求与贪欲，是 MP 们最担心的。以喀拉拉的劳工为例，他们中间有不少人曾经是 KSSP 的追随者，而这个阶层也是 KSSP 可以依靠的基础人群。可是等他们作为印度输出的劳务人员到中东或者其他国家干了几年，用血汗换回了电器甚至房子，也带回了消费主义文化和资本主义道德逻辑，例如优胜劣汰弱肉强食的竞争意识，这些跟 KSSP 所倡导的精神背道而驰的东西，就直接影响了他们对 KSSP 的认同度。更要紧的是，这一切正在越来越多地影响着青年一代。

换言之，KSSP 思想主张的传播力度跟受众的贫困程度有着密切关系，甚至可以说，它的成功需要以大多数人的贫困作为基础。随着大众生活哪怕是极为缓慢的提高，随着 MP 等能够以精神需求抵抗物质诱惑的老一辈坚定分子的老去，它的前景如何实在难料。MP 说过，KSSP 的运作是靠着民众的激情投入来进行的，如何维持青年一代的激情是他们遇到的一个大难题，毕竟青年 MP 们经历过的激情时代，已经在全世界范围内成为永不回来的过去，面对全球化一浪高过一浪的热潮，KSSP 良策何在？在采访中，印共中央委员 SV 曾经坦言：我们最终是不能以立法的形式对民族工业加以保护的，例如一块国产肥皂要卖十卢比，而进口的只卖五卢比，抛开质量的比较不谈，你怎么可能让民众买贵的不买便宜的？如前文提到过的，KSSP 曾发动家庭妇女宣誓，为了抵御跨国公司的入侵决不买马来西亚进口棕榈油而只用本地出产的椰子油。这种办法能够一而再地使用，再而三地通行吗？

在南印度十多天的旅行中，让我最怀念的是一段几十公里的内河行程。我们租用的船从甲地到乙地一共航行了五六个小时。从午后经黄昏而入夜，河道由开阔而狭窄，日落月升，景移物换，大自然赐机会予我们，心旷神怡地体会"落霞与孤鹜齐飞，秋水共长天一色"的美景。我们在船顶上谈笑、拍照、唱歌，一张张老成的脸绽放出毫无城府的天真容颜。应该诚实地说，那时候，我完全忘记了全球化、失业、污染、妇女地位、人口爆炸、大象绝迹等等令人烦心的问题，只顾贪婪地把沿途景色啪啪装进照相机。

天完全黑下来之后，我们的船驶入了一段甚为狭窄的河道，河面上密密麻麻疯长着富营养化河水滋养出来的肥大水浮莲。船在这样水域行驶，仿佛一架木橇滑行在厚厚的草地上。发动机突突响着，费力地带动船尾的螺旋桨，有好几次，螺旋桨终于被河里的水草绊住，船夫习以为常地停了发动机，跑到船尾用一把刀割去水中的羁绊，再重新开足马力前进。可前方仍然是漫无边际的水浮莲，在它们的包围下，船只好一再停下来，一再割去羁绊，一再重新起航，最终将我们送到了明灯照耀下的目的地。

这一幕，让我猛然联想起前行中的 KSSP。

当世界范围内各种各样的主义之路，均被资本的泥石流堵塞，消费文化的富营养水域滋养的拜金拜物浮游生物，也窒息了激情时代的理想，两面夹击之下，他们的处境势必更加艰苦卓绝。当然，MP 们会率领 KSSP 的从众做出顽强抵抗，如同船夫一次次割去羁绊继续他们的航程，朝着灯光绰约的目的地驶去。这种另辟蹊径的航行，无疑是与众不同并带有深厚印度思维特征的，目标直指低消费的发展与幸福。也许山重水复也许彼岸遥遥，但在如 MP 这样已经把终身托付给精神理想的人们眼中，目标的达到并不是第一重要的，最重要的是创造与求索的过程。对于今天这个世界，对于我们，KSSP 的意义正在于他们开创了一条前所未有的航道，并在这复杂航道上坚持不懈地航行。

屈指算来，这次绝非寻常的南印度之旅已经过去了十个月之久，它带给我的思索时而清晰时而纷乱。当初我曾抱着诸多对古典印度的神秘想象走进了它最南方的邦域，不期然又带着诸多理之还乱的观感陷入另一种印度现代神话之中。作为一个写手，我自知没有能力将它交织着历史和现实的传奇在纸面上穷尽，只希图让这次尚未终结的旅行珍藏在我并不出色的文字中。这也许已经足够了。

2002 年 11 月

岁月之约

想到岁月的时候，就有一片苍茫降落，如同下午四五点钟在大山里走路，太阳突然间被山林吞没，叫你顷刻走入暮色。当岁月的苍茫笼罩你的思维，也就笼罩了天地人寰。岁月很大。

岁月之大是一个无限。

大爆炸诞生了宇宙，碎片旋转膨胀，成为飘移的星系。所有的星系都在飞速分离，继续膨胀，继续冷却，直到在黑洞里坍缩，在大挤压的奇点结束宇宙。敬爱的科学家为我们描绘的宇宙图形，是我们根本无法设想的景象。但是我们可以在晴朗无月的夜晚，仰望灿烂的星空，想象金星、火星、木星、土星、天王星、海王星、冥王星，以及银河系外银河系里亿万颗不知名的星星，正在岁月中远离我们而去。星空之下，我们学会了一个量词叫光年。

当我们用光年丈量岁月，自己就小成了一粒尘埃。

岁月很小。记不得是晴天还是雨天的早晨，你在梳理头发的时候发现鬓角有一丝卷曲的银白。好多年前你就听人说过，鬓角的白发才是真正的白发。

在这个早晨，下雨或者晴朗的早晨，你伸手摘下鬓角新生的银白，分明看见了岁月，它长不盈寸径只分毫。可你蓦然忆起的，是当年在校办农场采摘下一片新茶时的心情。

你们在农场里度过了整个寒冷的冬季，每天挑着大担猪粪去给茶树上肥。茶树撑着布满尘土与蛛网的老叶子，在湘北凛冽的风中一天天无动于衷地看你劳作。你不止一次对着满山如仿真盆栽般毫无生气的老茶树发愣，难道它们还有长出新芽的一天？然而就在你的心情渐渐变得与老茶树一样无动于衷的时候，一夜春雨就将整垅整山的新茶叶催将出来。第二天你们出工的时候，欣喜的惊叫正像夜来新绿落满茶树的枝杈。你在也如新茶似淳清洁净的心境里开始采摘新茶，断不曾想到这每一片嫩芽都是岁月。

在这个早晨，你看见白发季节向你透露了它即将来临的消息，心中难免长出一丝恓惶。年少的女孩久已盼望的新茶，一经季节来临就采不尽摘不完，从春到夏。那么这鬓角的白色呢，采得尽摘得完吗？还是在采摘新茶的年纪，你就用工整的笔迹抄录过著名的诗句：君不见，高堂明镜悲白发，朝如青丝暮成雪。你无法解释如何在幼小的年龄就偏爱这样悲凉的句子，却能够在重新吟诵之际暗中释然：伟丈夫李白尚可对镜悲歌白发，况一个曾为春茶的新叶发出惊喜呼声的女儿？

似乎就在同一个早晨，你接到来自千里之外的电话，得知年近八旬的母亲生病的消息。如同当年母亲循着你的哭声而来，你即日起飞，应着母亲的召唤奔向她的病床。果然母亲见到你时，显出一种兀然而至的踏实，一种找到了依靠的安宁。那个表情，让你重温的另一番情景，是小时候母亲深夜未归，你在屋前台阶上小声抽泣等待她，一俟路灯下出现她的身影，你便不顾一切扑上前去。你找到了依靠，就像现在你年迈的母亲在她生病的当儿找到了你。

你的母亲对你说，她愿意跟你一块儿回到你的居住地去。这其实是你调迁外地的几年间一再向她提出，也一再被她否决的建议。你在一秒钟之内，找到了隐身在母亲的皱纹与苍发中，忍不住露出狞笑的岁月。它终于让一个从来好强与独立的老人丧失了自立的信心。岁月如愿以偿，它不能不笑。你被这狰狞的岁月授予了责任，你带着责任和母亲踏上归程。在飞机上你为母亲系好安全带，当气流带来震荡之际，你按捺住自己内心的不安对母亲说，一切正常不要紧。

不要紧不要紧，在三十多年前一个落雨的晚上，你和母亲坐着黄包车在汉口的街道上，她这样对你说。因为火车晚点，你们错过了接站的父亲，而你们说出的地址又让一个个黄包车夫摇头。所以你们长久地在雨里在街上寻找，你一边往母亲怀里钻一边嚷着要回北京。母亲抱紧你说不要紧，找到爸爸就好了。你以你四岁的判断力相信了母亲，在她温暖的臂弯中迷迷瞪瞪睡过去。等你醒来的时候，你看见了父亲长着胡须的脸，从此你学会了信赖母亲。她从没有失信于你，当你和你的哥哥姐姐们生病，当你的家被抄了一个底朝天，当父亲突然去世你曾经殷实的家乍贫如洗，你都把目光投向母亲，都能在母亲朴实而坚定的眼睛里找到希望。如此你们一同走过了四十多年，直走到你肩负起某种责任对母亲说不要紧不要紧。你这么说着，也就体验到了过往那些有雨和无雨的夜晚，母亲对你一次次说出不要紧这个词组，她肩头无形但又重如磐石的责任。

现在轮到你了。你以并不太有力量的臂膀支撑着母亲病弱的身体，一寸寸向前蹒跚，拿小勺舀起稠稠的米粥喂进她牙齿稀疏的嘴，用洗发液在她枯白的发梢揉起泡沫，把温热的水流浇在她身上，看水在她弯曲的脊背淌出片片渍迹。你和母亲在泡沫和水流里错位，你成为往昔的母亲，母亲成为往昔的你。岁月默默无语地改变了你们，没有人不臣服于它柔软的暴力，你们也不能例外。

岁月改变了我们。在一个平平常常的时辰，我们明白过来。

可是我们仿佛并不欢迎改变，我们都希望孩子们永不长大自己永远年轻。我们开始愈来愈喜欢回忆。在独坐灯下的夜晚，我们百玩不厌的游戏，是把记忆的万年历一遍又一遍翻得哗哗直响。在记忆里我们年轻快活，又能吃又能睡健康如奔跑的羚羊。我们又爱哭又爱笑为真爱之吻激动不已，我们想说什么就说什么从来不知道畏怯。幻想是我们须臾不离的伙伴，共同的幻想足以让我们轻易把一个萍水相逢的人引为刎颈之交，激情地慨叹相见恨晚。凭着幻想的鼓动，我们一次次向辉煌的目标冲刺，于是我们自信我们莽撞，不甘过柴米油盐的世俗生活，只管把崇敬的目光投向人类最卓越的楷模，用他们的背影标记生命的上限。

可是我们仍然被改变了。

我们变了，步履不再如往日轻盈，常常肩酸背痛，稍稍过劳就累得不行。我们在琳琅满目的市场上流连，甚至想不出有哪样食品能真正引起食欲，有哪件东西真正叫人爱不释手。我们像看破红尘的隐士，无大喜无大怒，有的只是一连串深深浅浅的忧思。我们丧失了好奇心也就丧失了惊喜，声称一切全在我们意料之内也在情理之中。我们为曾经在恋爱中表现的痴情汗颜，认为那些事迹的发掘有损于我们端庄的成熟，以至于守口如瓶直到对自己都讳莫如深的程度。我们变得老于世故，深谙交际技巧，不再欣赏心直口快古道热肠。我们害怕陷阱害怕无赖，在并不危急的时刻也可能闪烁其词敷衍塞责，大事化小小事化了。我们在不知不觉间疏远了幻想，年轻时代的种种设计多半已经褪色，成为永无机会施工也无收藏价值的旧图纸被我们随手抛弃。我们一步步用回忆取代了幻想。作为回忆的富有者，不同的回忆阻碍着我们，使我们再难跟什么人一拍即合心心相印。我们交结新朋友的愿望越来越清淡，一味审慎地回避陌生人哪怕是诚恳相邀的目光。可是在对新朋友愈加挑剔的另一面，是对老朋友日甚一日的宽宥，因为我们懂得通过经年累月的甄别，留存下来的朋友恰如从童年时代精心保存下来的旧邮票一样珍贵，撕一张就少一张，永无机会再版。我们用反反复复的筛选虐待青春期的偶像，眼看它们一个个坍塌，或者定格在可望而不可即的梦里。就这样，我们在岁月的引诱下，一天天走进了记忆的牢笼。

我们的确是变了，变成了不折不扣的中年人，而每个人真正进入中年的标记，似乎并不在于年龄，而在于他（她）是否已经用回忆取代了幻想。

世界在我们的记忆中四分五裂。对同样一件事情，人们几乎从来不会有共同的确定不变的记忆。最近有一个机会，我看到几本死囚留下的日记。它们多半起于死刑宣判之后，止于死刑执行之前。那些笔记本斑斑驳驳写满蝇头小字，字迹或者工整或者零乱，内容却出人预料的一致，除了恐惧和悔恨，千篇一律是对母亲父亲手足和爱人的怀恋，对无忧无虑的童年少年时光的追忆。生活在这些杀人不见血甚至狠毒凶残的人临终的目光里，迸发出惊人的美丽。你完全找不到罪孽，找不到阴暗，找不到他们向恶的进程，即使涉及犯罪经过，也都是三言两语淡写轻描，带着一失足成千古恨的偶然性。好像他们走在铺满阳光的路上，突然间掉进了一个黑洞，猝不及防就从乖孩子变成了流氓强盗，所有循序渐进的堕落过程都被遗忘被省略了。

我并不怀疑这些日记里包含着真实的成分。但我们可以完全相信这些日记吗？我们是否应该有足够的警惕，把它们的一部分乃至大部分，划入文过饰非的伪言？如果这些用斑驳小字写成的日记，出自另一些人之手——出自因为小小口角就被打断双腿的老汉，出自被强奸被毁容被葬送了终生幸福的姑娘，出自委曲求全付出了巨额赎金却只领回了儿子残缺不全尸体的父亲——它所记录的将会是怎样一番情景？受害者们，如果他们有一双眼睛可以跟随这些罪犯的一生，他们会如何回忆这些罪犯的面孔？会怎样看待他们的欢笑和悲泣，凶残和恐惧？

请原谅我这么无情地揭露了记忆的虚妄性，实际上这种揭露在我也是一种很痛苦的事情。我相信每一个人或多或少都有被自己记忆欺骗的盲点，而且我们是那样热爱这些盲点，那样煞费苦心甚至竭尽全力地维持着这种欺骗。我们就像一些自己变戏法给自己看的艺人，一边遮掩着一边对自己说：嘘，看破者请勿说破。我们一天天一年年反复玩着这些自欺欺人的把戏，渐渐发现岁月是障眼法最好的道具。岂止如此。当我们发现了记忆所拥有的特殊功效时，我们是何等高兴，经历中一切不光彩不体面不愉快的事件，都可以被记忆一件件淡去，好比用褪色灵涂去了一行行错字。接着我们开始在这些空白的地方，按照自己的意愿填写一些莫须有的内容。如同一个潜入档案室非法涂改自己档案的人那样心虚，这些被加工过的片断一度让我们自己也觉得陌生。然后岁月帮助了我们，年深日久我们将这些伪造的段落一遍遍重复，渐渐说得滚瓜溜圆烂熟于心，我们居然忘却了事实本来的面目，将被篡改过的经历命名为历史。

不光是犯罪者，我们每一个活着的人都无法逃脱对记忆的审视和制作。而且只要稍稍用心就不难发现，当我们在记忆中审视自己的时候，记忆总是给予我们一个修正过的成像。

1976年秋天，哀乐未尽之时，一场历时十年的劫难终于落幕。随着举国上下对这场劫难给予的公开的否定和谴责，我们中间的大部分人一点也不费事就跟着潮流学会了批判文革，批判极"左"，批判造反派和红卫兵，批判对十年劫难负有重大责任的某些历史人物……这当然没有错，问题在于，在一场几乎人人都亮着伤疤抹着鼻涕，人人都充满着正义感并且都能说出几句深刻格言的批判中，很少有人把审视的目光投向自己，很少有人在指责他人之余，也来谈谈自己，谈谈自己在受伤害的前后，做过什么，说过什么。为了表白自己保全自己甚至为了用投靠换取发达，作为儿子，你是否曾经声明与落难的父亲脱离关系？作为妻子，你是否曾经把刚从批斗现场归来的丈夫拒之门外？作为弟子，你是否用揭发材料报答过你的恩师？作为低头不见抬头见的同事和邻居，你是否也违心或自愿地参与过伤害其他无辜的举报与声讨？时过境迁，人们日渐积累了一万条可以自我原谅的理由。比如说用政治上的无知，用被逼迫的无奈，用处境的险恶，或者用求得一间住房或一个饭碗的人之常理和常情，来原谅自己对恶行的参与和沉默。然而不幸的是，讳莫如深和假话连篇永远不是也不可能成为自我原谅的理想借口。一个人若是失去了诚实，那就不仅仅失去了忏悔的勇气，也失去了原谅自己的前提。

随着时间的流逝，我们终于培育出了一种又一种回忆，它们常常令我们自己感动，让我们自己随时随地地委屈或者义愤。我们当中的一些人，一旦遭遇到纷争，为了抢占政治上的优势，最方便的手段就是揭发对方的"红卫兵"一类出身问题，完全忘记了自己也白纸黑字地写过举报信或者效忠性的"阶级斗争"文学，在当年的日子里一点也不缺少凶狠和专横，甚至比红卫兵还风光得多；一旦准备向现实利益伸出长长的手臂，最现成的方法就是倾诉和渲染自己在"文革"中的血泪史，摆出一副人人欠了他三百吊的姿态，完全忘记了自己当时也曾以投靠或者怯懦，换来过相对得势，相对安逸，相对左右逢源进退自如的好光景……而这些当年复杂格局中的细微差别，错和更错之间的差别，惨和更惨之间的差别，耻辱和更耻辱之间的差别，只为当事人寸心所知，后人和外人是很难了解清楚的——比方说那些对中国故事一听就可以听傻的外国记者。那么，谁不愿意把这十年搅成一潭浑水，然后一拍胸脯让自己冒充受难最深重的耶稣呢？

如果在十年之后，谁都只会指责别人，谁都只会在历史责任面前把肩膀闪开去，那么除去那几个渐渐抽象成符号的恶棍之外，关于十亿人的沉重历史就成了没有肇事者的事故，没有角色的戏剧，没有音符的旋律，最终是精神上的虚无。

如果事情只能如此，苦难和流血，终将失去任何重量。

如果事情只能如此，我们在指责日本政客否认二战时期侵华罪行的谎言时，在指责德国新纳粹拒绝承认奥斯维辛集中营真实性的劣迹时，在指责法英美等西方强国从不在他们的历史教材里提起"火烧圆明园"一类的殖民历史的虚伪时（虽然这些二战的胜利者和人道主义者们对日本和德国某些势力的自我粉饰同样不满），会不会感到底气不足——我们凭借什么指责他人谋杀了历史？

于是有了一种说法，没有历史只有对历史的表述。

我曾经十分赞同这一句话。

照这个说法，不仅只是个体的人，每个民族，每个国家，乃至整个人类，都在用叙述构造着历史。历史的书写可以为胜者炫耀战绩，可以为弱者推卸责任，可以为过失者文过饰非，它简直成了人类忠实的攻守同盟者，成了用盲点来纺织辉煌的魔术大师。但是当我站在南京大屠杀的如山白骨面前，我好像突然懂得了：对某一种历史表述的选择，本身就是历史，是人们内心中无可回避也永远不可更改不可折算不可通约的历史。

对于个体的人来说，这种历史只属于个人，只属于你现在的瞬间。如果你有勇气面对这个自己的瞬间，你就没有任何"历史的表述"可供逃遁和隐匿。

我想起了两年前，一部反映当年云南边疆知青生活的小说出版之后，引起了一场不大不小的争论。其中有一种值得注意的反应是，小说对知青生活过多的苦难描写和怨恨倾诉，反而引起了一些当年在那里生活过的老知青强烈不满。他们说我们并非每天都在水深火热之中生活，伴随我们的也不只是度日如年的单调，劳其筋骨饿其体肤的痛苦，以及瘟疫和死亡，我们有友谊有爱情有歌声和欢笑，还有壮怀激烈的豪情和收获的喜悦。

关于这部小说的讨论似乎并没有结果，但它提醒了人们：时间并不仅仅只是把过往的一切统统淡化，相反它还在把这其中的某些部分悄悄强化着，而且由于记忆者的心智各异，它强化与淡化的部位也大相径庭。同样是来自艰难困苦的记忆，于自强之人，被强化的可能是战胜艰苦之后的快感；于自怜之人，被强化的则可能是不堪回首的伤感。同样的道理，一段存积在记忆中的怨恨，可能使狭隘之人一心寻机报复，欲将对手置于死地；可能使宽厚之人更多地自我警策，自我完善，把他人恶的挑衅当成自己向善的动力。一段存积在记忆中的爱情，可能使人在最初的欲望燃烧后只留下枯索无味的漠然，也可能使人将难以忘情的美升华为更平常更深沉也更绵绵不尽以至与生命等长的关切，演化为大象无形的默契和大音稀声的呼唤与应答。

我们又想起了那个著名的寓言：两个人都喝去了半杯水。一个说，我已经喝去了半杯；另一个说，我还有半杯没有喝。在这里，这则旧寓言有了另外一种引申义：人们因着不同的心智回顾往事——哪怕是片刻之前的半杯水，也会呈现出不同的意义。

那么，我们可以解释这次关于知青小说的争论了。争论当年的生活到底怎么样似乎已经没有意义，而探讨一下当事人产生不同记忆的现实成因，这些不同的记忆会对知青们将来的岁月产生何等影响，倒是意味深长。事实上，同属于在那一场空前规模的移民运动中，在油灯下度过了诸多无望夜晚的人们，对知青生活不可能有等质和等量的记忆。一些人已经在红土地和黄土地上把青春与噩梦一同埋葬，只身出逃，心甘情愿淹没在都市的茫茫人海和汽车喇叭与摇滚乐交织的噪音里；而另一些人则在继续他们的人生长旅时，把那远方的村落当成脊梁骨后而多出的几分承托与依靠，当成抵御末世浮躁症的精神营垒。他们之间长长裂缝的起点，与其说在于事实，不如说在于对待事实的态度；与其说在于过去，不如说在于他们更重要的现在和未来。

我们选择了各自"历史的表述"，却构成了自己眼下非此即彼的历史选择。我们必须承担自己的选择，遭遇选择所带来的一切后果——在这一点上，任何人以及任何人今后的任何表述都帮不上忙。

很久以来，有一个问题一直在困惑我：我们为什么对"历史的表述"那样关心？终于，在某次孤独的旅程中，一个答案在我心里豁然明亮：这种强求历史统一的焦虑，盖出于我们对公共评价的过分注重，对他人以及后人评价的过分注重。其实，我们不是为他人以及后人的评价而活着，也没有必要为这些评价而活着。

每一个人都只有一次生命，是自己历史的终审者。

我可以毫不含糊地说，我曾经是一个好孩子。翻开从小学一年级起的学生手册，翻开一扎扎发黄变脆的优秀少年奖状——我童年的历史一字不差地记载着：这是一个好孩子。可是当这样一个有着优良记录的孩子天天经过南食店和冰棒车，她会不会产生吃的欲望，会不会趁母亲不在的时候，从她的手袋里抽出一两张毛票呢？我不敢说这是所有成年人都曾经有过的经历，但恐怕实在很少有人能在扪心自审之后说自己从无此种劣迹。至少我在少年时期，就不止一次像这样背着母亲，从抽屉里拿出虽然不多但足够跟最好的伙伴们去冷饮店挥霍的钱，买来解馋的食物，买来大方的名声和友谊。在学校，我是一个佩戴两条杠的中队长，一个在教师和同学眼里品学兼优的好学生，他们只知道我曾经捡过一个内容丰富的钱包交给派出所的优秀事迹，不知道我还有过与坏孩子一般无二的悖行。但是有一天，当我和关系最密切的伙伴吵翻之后，她第一个反应就是跑到我家对我的父母揭露我，而她正是众多与我共享窃果受惠最多的一个。父亲在送走了这个告密者之后，打了我一个耳光。

应该说这件事叫我刻骨铭心，也许正是它，才让我把自己渐渐变成一个知道羞耻懂得自尊，不轻易为嗟来之食不义之财所动的人。但我知道我一直在努力遗忘它，假如不是我的职业要求我有更多更深刻的内省，我很可能在毫无意识的情况下已经成功地将它忘却了。在更多的时候，我漫不经心回首童年，我的影子仍然天真活泼，在明亮的太阳里跳跃，没有疵点没有残缺，还是一个成绩优秀的好学生，一个听话的没有任何过失记录的好女孩。我的同学我的老师这样评价我，有关我的历史这样记载我。但这并没有用，当我用羞愧的目光注视自己的童年时，评价和记载都不会是止痛止血的万应创可贴，过失的痂痕长在那里，不止一次地被我自己的目光刮出血来。

我带着这样的记忆与历史长大了，长成一个懂得对自己的现实行为负责的成年人。可是，我们能够说，这个世界上再没有什么比当年母亲的手袋对我们更有诱惑力的东西吗？几年前，我曾经又一次遭遇了这种诱惑。那时候，作为一个团体的负责人，我们几个面对着数额不小的一笔钱，讨论它的去处。瓜分进自己的口袋，实在不是不可以，甚至还有点顺理成章；捐献给社会福利事业，反倒会引起猜测，甚至还会给某些人留下混淆视听的口实，提供整人的材料——因为在商潮汹涌金钱耀眼的特区，如果不是为了任务的摊派，不是为了猎取名声，不是为了与什么人或什么部门进行曲线的利益交换，捐出一笔款子而且不记名，的确让局外人听来跟天方夜谭一样难以置信难于理解。我附议赞成捐献。果然，这次多数票确定的捐款得以实行之后，各种曲解甚至是攻击四起。在那有意的无意的善意的恶意的人言中，我是一个什么样的角色呢？也许是一个匆匆销洗黑钱的同谋之党，也许是一个追求虚名的轻薄之徒，也许是一个工于心计老谋深算的功利之人，也许是一个为讨好什么人不惜损失银钱的阿谀之辈。我不知道。我知道的不过是我遵循了做人的起码原则——信守诺言。既然我们在这个团体里一贯倡导的是廉洁奉公光明磊落，又怎么可以在团体解散之后暗度陈仓欺世盗名，在高风亮节的牌坊下中饱私囊？

事情已经过去了好几年。出于思考的必要，我不得不提起这件曾经引得众说纷纭的往事，同时并不想借此改变任何人关于此事的历史表述。我知道，即使在我的一些亲密的朋友眼中，我的表述也完全可能是一种让人半信半疑的闪烁之辞，他们未必曾经相信过我的陈述，甚至将来也未必相信。但这又有什么关系？纵然千万种可畏的历史表述，积累成了公论的重重高山，也丝毫不会妨碍我在回首当年的时候，获得一种无愧我心的自信和宁静。

我们在岁月中行走，今天是一座恒久的界碑，分割过去与未来。

　　在今天的身后，我们栽种下端正或者歪斜的脚印，已经沿来路长成一带茂密的森林。林中挂满枯荣兴衰世事，挂满悲欢离合情怀，挂满我们自己高贵或者卑琐的肖像，把过去充盈成伸手可触的实体。在今天的前方，我们预定而未知的道路正在悄悄延伸，通往只能凭着冥想达到的疆土。我们听说过那里有升也不升落也不落的日头，有孟婆店门庭若市的茶楼。也许诀别我们而去的亲人，正在迢远的去路上蹒跚不前，等待与后继者最后团聚的机会。未来在云遮雾障的传说中时隐时现，给我们以无尽的虚构与幻想，又在虚构与幻想中空灵成无。

　　所以我们说，岁月是充沛的实体又是空灵的虚无，这意味着我们的生命既是实在的又是虚幻的，我们只能在今天，在此时感受它依附于它。当它从我们身边走过，我们不能重新找回；同样，当它悬挂在我们前方，我们也不能预支。

　　分分秒秒，岁月与我们同在，恰似透明的空气亲切地包围着我们。我们毫不吝惜地挥洒着时光，不过凭着取之不尽用之不竭的错觉。太阳每天恪尽职守，东升西落，把它永恒的光照布满人寰土地。季节跟太阳一样守时守信，伺候着花开花谢草长草衰雨来风去霜降雪飘，从来不爽约。山峦千载耸立，江河万古流淌，我们习惯了这一切。

　　夜来了，我们拖着疲惫的躯体躺倒，自然而然想到了明天，同时并不期待明天有奇迹发生。岁月一气呵成，没有停顿，没有间隙，只有当新年钟声又一次迢遥而悠长地响起，心中才像陡然失落了什么，惆怅备至。可这钟声只不过是一个顿号，连喘息的工夫都没有，最后一天须臾间就变成了第一天。我们互祝新年好运之际，岁月重新贬值，变得让我们无动于衷。新年伊始，我们又成了时间的富有者。岁月是一个莫比乌斯圈，微观则有始，宏观则无终；人类正如同这个圈中的蚂蚁，一代一代接力，也永远爬不到它的背面。

　　年逾八旬的母亲将她瘫痪的身子陷在沙发里，以异常清晰的声音，又向我讲述起六十多年前的某个下午。在那个永远明亮的午后，有一个用红色头绳扎着两条乌黑发辫的十六岁女孩，站在黄瓜秧架碧绿的叶子后边，惊喜地窥视着她未来的夫君。那天下午，大舅带着你爸爸来了，他很高很清瘦，穿着一件灰布长袍子，这是乡下邻里少见的打扮。他看见在黄瓜架子后边躲躲藏藏的我，很注意地瞧了我一眼，我知道我被他看中了。三天之后，我嫁给了他，又过了五天，也许是六天，我跟他去了南京。这一去，就是一辈子。母亲说着，费力地用她有些僵直的手指，将六十多年的朝云暮雨抿进了耄耋之人枯疏的发际。一恍惚，我就按照母亲的指点，走进了那个已经古老的下午，走进了那一架碧绿的黄瓜秧中间。那儿有与生命同在的岁月，也有永远只属于生命本身的回望。

1996 年 7 月

随

笔

一个人的时候

在你出生的那一刻，你被判处为独立。你沐浴着母亲的喊叫与血，懵懵懂懂接受了判决。那时候你浑然不知，这意味着你将一个人穿越漫长的时光与生命之旅，直到墓碑标记的终程。一位先哲这样描述人的出生：没有人请我们来，也没有人准我们来，我们每个人都是被扔到这个世界上来的。在四十年前那个早晨或者深夜，你带着独立的胎记被扔到这个世界上来了。从此有了一个你。

要是你有超人的记忆，或许还会记得，你离开母体后第一声啼哭，携带着多少本能的悲愤和无奈。本来你已经习惯了在母亲身体里生活的岁月，柔韧的子宫湿润温暖富庶，黑暗里永远有母亲的心跳和呼吸环绕。你以为母亲是你永久的连体伴侣，你是持有子宫绿卡的永久居民。当你终于让无情而有力的宫缩排挤出来，被抛弃在这个空旷干燥光亮刺眼并且完全陌生的世界上，孤苦无助的恐惧也随之降临。你的眷恋与哀怨化作啼血的号啕，换来的只是母亲幸福疲惫的微笑。母亲在那一刻疏远了你，你从此不再是她血脉相通的一部分。

襁褓里的日子悠长而无聊。自从前来祝贺你出生的人群散去之后，你就不大能将众人吸引在你身边了。你常常是一个人躺着，看太阳的光影每天从摇篮上方的天空里静静地走过。你听见杂沓的脚步声在你周围近近远远地响，焦躁而忙碌。你想让脚步在身边停留，你想表示我不愿一个人待着，但你不会说话，你只好哭。这样你发现了哭是一种武器，你一哭，准有某个大人来抱你，看你到底是饿了渴了发烧了还是弄了一身的屎尿。于是只要你身边没人，你就要发出哭的声响，并且日以继夜地把哭声的锋芒磨得越来越锐利。那些人们开始是莫名其妙，接着便有些厌烦，他们拍着你小小的屁股说，从来没见过这么爱哭的孩子。你的老保姆拿你无可奈何，动用了一种古老的办法，用黄表纸写了许多相同的招贴贴到每一根电线杆上，让夏夜的路灯下聚起一小群一小群好奇的黑脑袋，他们念着纸上歪歪扭扭的字：天皇皇，地皇皇，我家有个夜哭郎，过路君子望一望，一觉睡到大天光……你一点没有被这些古怪的纸符管住，你逃避孤独的招数就是哭，只有哭，大哭，你不能放弃。渐渐地谁也不太在乎你的哭声，你哭得声喑力竭撕心裂肺才能得到一小会儿抚慰。你黔驴技穷心烦气躁，蹬开被子把肚脐眼儿暴露在秋天的冷风里。为此你付出了极大的代价，感冒转成肺炎，差点儿要了你的小命。等你从高烧的昏迷中苏醒，睁开眼睛一看立刻扬扬得意，你周围坐着站着一大堆人，全都用关切的目光注视你。你简直情愿自己从此把肺炎永远得下去，用高烧把他们全拴在病床旁边。你的阴谋当然不会得逞，医生很快治好了你的病，你愁眉苦脸地被欢天喜地的大人抱回家中。就这样你在哭声中慢慢长大了一些，长大一些之后你便不太满足于用哭声与别人交流。有一天你决心开始学人们说话，憋足了劲大着嗓门叫了声：妈妈！

这一声喊的效果让你始料不及，那个被你称作妈妈的女人应声扑到你跟前手忙脚乱抱住你说，乖孩子，再叫一声，再叫一声。你被她夺眶而出的眼泪鼓励得心花怒放，既然叫了第一声再叫也就没有什么为难，你叫了第二声又叫第三声，声声都获得亲吻的奖励。这件事真的叫你欣喜若狂，从这天起你全部的精力都转向学习说话。你发现说话的声音比哭声更能调动那些人，为此你叫了妈妈又叫爸爸，叫了姐姐又叫哥哥，忙得不亦乐乎。就这样，你一句一句学会了说话，你以为学会了说话就等于永远逃离了孤独。

设想这些往事的时候，是三十多年后一个中秋之夜。你站在南国异乡的海滩上，潮汐正在皎洁的月光下悄悄地上涨。远处有同行者醉心于美味烧烤的喧哗，还有一群少男少女用烛火在沙地上划出的营阵。你看见你自己的短短的影子，在月下的波浪里轻轻游动，忽然就有些惊诧它跟随了你三十多年，怎么一直不言不语，而且在不言不语之中一直忠实地陪伴你，让你备感亲近。它是你的附属物，可是一点儿不像你。

这三十多年，你基本上是一个健谈的人，你岂止是学会了说话，而且被造就得伶牙俐齿，每当你热情或激愤之际，语言的瀑布就从你嘴唇的闸门里喷涌而出，毫不怯场地飞流直下。你有时候会认为自己最终选择了文学，也许是并不满足于仅仅用言语沟通。然而，过于看重沟通恰恰成了你的弱点，人家不理解你的时候，你总是借助语言和文字强求理解，在你以为自己代表了正义的时候，总是企图多数人的声援。可是在一次足以使你改变人生态度的重大分歧中，你真正体会了语言的无力与苍白。你说很多话，换取一些模棱两可不关痛痒的表态，真好比在用一只纸糊的道具镐头，刨一座封冻成坚冰的山，并企图把掩盖在是非垃圾下边的一小颗真理寻找出来。你终于知道言语在这种场合的功效只能用负数来表示，倾诉者在倾诉之后只能是更加孤独。不光如此，你还得知，深埋的真理已经镀上了铜臭，寻它何用？无可奈何之中，愚者选择的可能是再接再厉地游说，而智者一定会选择沉默。你想当一个智者。你决定沉默。

三十多年后的一个中秋之夜，你在月色茫茫的海边，面对自己沉默的影子，把为真理辩白与表明心迹的功能从语言的说明书上一笔勾销。你感到了一阵轻松。从你喊出了第一声"妈妈"，到你彻底怀疑语言的万用灵通，这三十多年你对语言的理解其实是从原地开始又回到了原地。建议你还是从刚刚结识语言的三十年前说起，那样可以让貌似复杂的问题变得简单一些。

学会了说话你的欣喜并没有持续太久，你发现人们对你说话的兴趣仅限于茶余饭后，只要他们需要去做那些所谓重要的正经事，就没人会因为你的呼唤留下陪伴你哪怕一小会儿。抱住爸爸的腿拽着妈妈的衣襟或姐姐哥哥的书包带，你重复得最多的一句话就是：我也要去我也要去我也要去。你成了一个不受欢迎的"跟屁虫"，被他们哄完了骂完了，许以棒棒糖和冰棍儿之后，仍然困守在令你憋闷的家中，跟不会说话不会动的玩偶相伴。这样的时日多了，你就真的成为玩偶的一分子，你在玩偶中间跟这个说完话又跟那个谈心。你的千言万语都跟公主狗熊小红帽和狼外婆说了，它们只是默默地瞧着你，听你倾诉一声不吭。

到这儿为止，你其实已经用幼稚的游戏完成了对语言的全部试验。你完全不知道。

于是某个静悄悄的下午，在一间只有你的自言自语和马蹄表的嗒嗒响声回荡的屋子里，你萌生了你对群体皈依的向往，你以为缓释孤独的仙丹可以靠群体的八卦炉炼制出来。

浅尝过孤单的滋味以后，你去小学里做了一个依恋群体的孩子。你每天上学很早放学很迟，热衷于每一项集体事务，小心翼翼地对待班里的孩子王。你说的孩子王，指的是那种天生具备蛊惑人心的力量，能够在同龄人中间运筹帷幄的男孩和女孩，他或她身材不一定特殊高大，成绩一般都不太好，但他们在班上一呼百应，任谁都要让他们三分。因为要是有一天他或她指着某个孩子说：别理他（她），谁也不准理他（她），这个孩子就成了异己分子被排斥在所有的课余活动之外，连课堂上答错一句话也会引来哄堂大笑。从一开始你满心羡慕的就是这些孩子王，羡慕他们支配他人控制他人的能力，你并不知道比起他们来你的基因里正缺少着一种与生俱来的霸气，尽管你成绩优异。你只是凭本能向往着群体，凭本能知道对于缺乏霸气的你来说，进入群体的方法是投靠孩子王。你天生是个怕孤单的孩子，你非得成为群体里紧密的一分子才活得踏实。于是还在小学三年级，你就有了软弱与妥协的经历，这种人之初的奴性显现，让你在成年以后仍要汗颜。为了讨好王孩你在考试的时候给他们递过纸条，你把一根几丈长的彩色橡皮筋贡献出去，强忍住眼泪说：没关系跳断了也不用你赔。既然不用赔，它当然就断了，断成了好多截，你因此得以参加经他们指定才能参加的活动——旷课，到野外去捞蝌蚪。你又紧张又兴奋地走在曾经把你摒弃在外的队伍中间，迎着旷野里和煦的风，穿过桃花梨花绽开的云霞。那时候你觉得成群结伙的感觉真好，它叫你享受了强大与荣耀，并且不再孤单。正是在一片强大的叫嚣中，你看到黑玻璃珠一般无辜的小蝌蚪，被你们这个团伙穷凶极恶地打捞，装进大瓶子小碗或者遗漏在干涸的泥地上，成为死刑或死缓囚犯。你的心情忽然坏下来，悄悄地退出了那个行列。你不是王孩，无力阻止任何人。你一个人在仲春的田野上独自彳亍，想起美丽的橡皮筋，想着劫难的小蝌蚪，失望和暮色一道笼罩了你。你像丢失了心脏似的感受了空洞，其实你丢失的是你尚说不出名儿的个性与尊严。天黑下来你迷了路，像在婴孩时期的摇篮里一样，你发出悲凉的号啕，惊飞了枝头的宿鸟，也暗淡了远处的灯。

那个暑假你几乎形只影单，你常常把一条满是接头的旧皮筋拴在小树上，跳一会儿升高一点儿，或者跟邻居家刚会走路的小女孩一起过家家。有一天，一个班上最不显眼的女孩来找你借书看，你竟然感动得不知所云。你已经让王孩指着鼻子号召过：不准跟她玩。你对女孩说：你来找我他们就不会理你。你没想到这个小小的孩子一点儿都不畏惧，她说那怕什么不理就不理。你一下子就对这个女孩肃然起敬，觉得她比王孩还要强大，不过那时候你怎么也说不出她究竟强在那里。

其实跟你最初的语言实验一样，你用一些小蝌蚪就探查到了群体的秘密。可惜你不是先知，甚至没有任何值得夸耀的天赋，这些具有暗示性的经验几乎没给你留下印象。不光你，所有不在先知行列的人们都如此，你们永远把强大的感觉建筑在别人的沙滩上。你们开始寄希望于父母，父母不能陪伴你人生全程；下一个轮到了友谊，友谊不是旱涝保收的高产田随时可能长出野草；你们又相信了爱情，海誓山盟不一定能让爱人心心相印；然后你们动用了婚姻，一纸契约未必把家庭包裹得坚不可摧；你们最后说，还是靠孩子，孩子是自己的骨血，他（她）可以搀扶你走过容颜衰老的岁月，用亲情驱散你弥留时的阴影，结果孩子长硬了翅膀飞去外面的世界，留给你们一个空空的鸟巢。

你不是先知，你一次再次面对独立，感受到的却是孤独或者孤立。你是一个凡夫俗子，在你眼中独立与孤独同样含义。直到三十多年后的中秋之夜，你一个人站在异乡的海滩上，看见自己忠实而沉默的影子在水中游弋，听到从海的深处不断涌来的涛声里，一个混浑不清的声音正在重复宣读你初刻为人的判决辞：判处你独立。然后那个你淡忘了姓名的女孩，从海的中央，从皓月照亮的大海与天空的衔接处，走进你的视野，甩着两条黄黄的小辫子说，不理就不理。

你终于在南国的月光下与强大会晤，它是浩瀚的海和小小的女孩。

几近四十年之后，你才被它们鼓励带着沉默的影子去服从人之初的判决，结束你历尽艰辛而且毫无意义的逃亡。你对自己说，你本来就是独立的。

现在只有你一个人。时间是早上八点。你家向东的窗户里，正有一束束并不耀眼的太阳光在百叶窗的缝隙里探头探脑。当一阵小风掀动那些白色的叶片时，阳光就挤进来，点点滴滴掉在桌面上，那上边有你翻开的一本书。你应该读过这本书，书页上蓝墨水留下的标记向你证实你的确读过它。你选择了一处被你用笔画过的段落重新读起来：查拉斯图拉又继续奔跑，但他没有找到任何人，永远只找到了自己，享受并留住了自己的孤寂，世界不恰在现在变得美满了么？一个古怪的德国老头在上世纪写下的书，此刻给你的感觉完全像报馆今天早晨刚刚印出的报纸那么新鲜，白纸上的黑色铅字晃动着，犹如春季绿草地上闪亮的露珠，映照你惊喜的双眸。你看见在你的内心深处，有另一双眼睛轻轻地睁开了，一眨一眨正欢快地舔吮露珠。它们一点点浸润进去，你的视神经受到了滋润，发育得活泼而敏感了，在书页上蹦蹦跳跳，好比一个农家女孩在雨后的林子里采集蘑菇俯拾皆是。其实你应该明白，这些不朽的蘑菇已经在思想的树林里生长得有几分苍老了，等你来采，你却一次次随着热闹的人流从它们旁边走过去，一无所获徒手而归。直到今天你一个人溜溜达达路过，才发现了它们原来这么多长得这么肥硕。

一个人的时候，你可能突发奇想，你能用采来的菌种培育起自己哪怕是一朵小小的鲜菇吗？你前所未有地自信起来，以至你用一把梳子梳理蓬乱的头发时，止不住要嘲弄镜子中那个熟悉的面影说，你的妄想多可笑呀！梳好了头发之后，你又改变了想法，有什么可笑呀？后来你坐下来，面对着一堵白墙，墙上有建筑工人在匆忙之中留下的凸凹不平的印记。你想到了一篇著名的小说《墙上的斑点》，你知道有的事情不过是从墙上的一个斑点开始的。于是一切都变得严肃起来，白墙，钢笔和纸。果然没有什么好笑。

你的感觉和思想坦然地出发了，开向另一个时空里的另一些存在。有时候，你会面对密密麻麻挤到你跟前的往事与幻影大喜过望；有时候，脑子里又成了散场后的戏院空无一人一物。可是你很幸运，时至今日无论熙熙攘攘还是空空荡荡，你都不会焦躁。

你经历过文学大跃进的岁月，你被功名和虚荣的锣鼓催促着，投身了揭竿闹文学的行列。你激动而紧张，注视着视线所及每一位同行者的步伐，强迫自己跟上。你迷信众人拾柴火焰高的俗套，把文学沙龙看得至高无上，你们每天煞有介事地互相传阅新作品，或者将尚在构想的小说讨论来讨论去。你们一见面就相互通报又写了多少字，又发表文章在哪一家刊物的第几条。你们发誓要好好写，然后与先出名的那批人一决高低。如此你们也就很重视评论了，评论家成了你们的衣食父母，好像你们写作完全是为了写给他们看。只要说几句你们的好话，哪怕是胡说乱侃你们也兴高采烈，有一篇总比没有强。你们像一批刚入伍的新兵，每打出一发子弹就眼睁睁盼着报靶，一心等待有人喝彩。为了不让前来组稿的编辑空着手回去，你们玩儿命赶稿，有时候难免强打精神凑凑合合。你们互相撰写印象记，把通信和对话录都拿到报刊上去发表，你们日以继夜地辛勤工作，唯恐读者忘记了自己。于是你们戴上了作家的帽子，其实很像一群竞技的狗熊。那些日子是多么热闹，你的家常常门庭若市，坐着各地来的编辑与本地的文学朋友。你久久地醉心这种繁忙的生活，又一遍遍温习着成群结伙的好心情，同时形成了对文学的错觉。

直到你一个人面壁而坐，你才隐约看到了文学的真容。它对你说它从来不靠运动来制造，它从来只跟一个真诚的作者本人相关。你对它说你懂，但懂得并不彻底。它问你是否一心想栽一棵大树荫盖后人。你说不，我只不过想种一棵我独有的小树，甚至一朵属于我的蘑菇，点缀自己苍白的生命。它说那就去你的园地里耕耘吧，废话打住。你更加坦然了，你觉得文学这个职业跟你天然的生存形式简直血脉相通。所以你不再焦躁，功利不再能蛊惑你，你只写你自己想写的字，谁能够真心喜爱它们，你就是为谁而写。当往事和幻想纷至沓来之际，你像一条吐丝的茧赶紧把它们吐出来。你很可能做一些无用功，吐出一团乱丝织不成锦缎，但假如吐丝的过程使你快乐，这就够了。

　　你不可以说所有一个人的时候都是你的节日。正相反，这样的时候往往笼罩着忧虑的薄雾，死亡的身影时隐时现飘浮在雾里，给你一种人生苦短的警告。所幸的是你已经直面过自己的出生了，这样你就有了正视死亡的可能。跟你独立的出生一样，你的死也需要你独立完成，你的生命是"被给予"的，也会随时随地"被剥夺"，属于你自己的，只有在"被给予"和"被剥夺"之间短短的空隙。沉思过死亡以后，会怎么样呢？所有的人都会为之忧虑，但忧虑的方式是多种多样的，你认为它的最高形式应该是创造，你应该选择创造。

　　要是你从此只为创造自己活着，那你就错了，作为自然人社会人你永远割不断与世界千丝万缕的瓜葛。不同的是，当你终于清楚你原本注定是独立的，你会活得更加自信，同时获得一种对他人的宽容。你不再对你的同类与同行者包括父母手足朋友爱人有任何不切实际的苛求。你明白了他们是你独立生命之外的另一些独立的生命，因而他们为你所做的一切，都被你视为额外的馈赠让你感动。你会少一些时间计算你的善行收到多少善报，多一些时间来考虑如何滴水之恩涌泉相报。因此你不可能对他们漠不关心，你会喜他们之喜，忧他们之忧，为他们受到的侵害表示你应有的义愤。你再也不会报怨他们的来信少并且字迹潦草，不会指责他们打电话匆匆忙忙两语三言，在他们偶尔违约的时候，你会设想他们可能遇到了麻烦情非得已。就算他们无意间伤害了你，你也会在他们道歉时发出会心的微笑。你和他们本来互为独立，无论是谁，他们并不天生对你承担义务。你理解了这一点，就不再认为有谁欠了你什么，你肯定更加看重默契而不指望把任何想法强加于任何人，也肯定较少失望与失意，更容易顺其自然。你追求的是独立，不是卓尔不群，因此你应该还是一个孝顺的女儿，亲切的妻子，真挚的友人，以及大庭广众之中行为规范言语正常不疯疯癫癫也不故作深沉的寻常女人。当你如此体会着与其他生命广义的关联，也就懂得了独立与孤独不是同义词，也不是全等

随　笔

三角形。

　　此刻是春夏之交的某个晚上，你一个人。你这样写道。尽管在你居住的这个热带岛屿四季一点儿不分明，你还是固执地用季节的更替来标记时间，你认为这样写更有诗意。下雨了，这是一个例外，岛上夜雨甚少，短暂的阵雨通常下在午后。你不觉有几分欣喜，你一直认为雨和夜合在一起，会给人一种出神入化的活力。在这样的夜晚，你常常觉得自己思维敏捷嗅觉发达联想丰富，你现实的感官视听可以穿越时空把种种遥远的声音、气息、色彩、画面调动到你跟前。在这个雨夜，你正准备重新感受一下自己的时候，远处的建筑工地上，传来一阵轰响，你判断那是一车圆木被卸下了卡车。声响之间，湘西猛峒河的河道就在你眼前展开了，河两边郁郁葱葱的峭壁之上，一根根新伐的大树被不知什么人推下来，笔直地插进河水里，仿佛从天而降，然后又像一支从海底基地发射的火箭，被水的力量反弹到半空，沉重的树身溅起巨大的波浪，终于停留不住顺水漂流而去。你在游船上目睹了这种壮观，为之倾倒并且经年不忘。

　　在这个微风湿润的雨夜，由一声卸木头的轰响引来的故乡河水，冲刷着你安适的心境，又一次唤起了你对大自然由来已久的向往。你是一个在都市里长熟的生命，高楼大厦的夹缝与烟囱汽车的废气构成了你的生存空间，你的生命从一降生，就在等待着与野生的自然物嫁接的机会，可是你一次次错过了它。你意识到了这一点，你知道自己在与大自然的交往中先天月份不足后天营养不良，尽管你殷勤地访问过三峡，奋勇攀上天都峰又在大风中越过鲫鱼背，你在呼伦贝尔大草原上骑马，也在洞庭湖里划船。你与你的同行者在这些地方指点江山，然后回到各自的书桌前激扬文字。可是走过的地方越多，越被自然界的博大精深震撼，你越觉得自己的这支笔绵软无力。有一天，你终于找到了症结所在，那就是你从来没有真正独立地完成与自然界的亲和过程，这是一个你无法否认的缺陷。

　　你又处心积虑设计你只身徒步的孤旅了，这对你来说是一种最高的奢望。旅程也许开始在某个平常的下午，你刚睡完了午觉，脸上还挂着枕席的印记。你喝了一杯白开水，穿上最家常的衣裳和一双凉鞋，拿上一些零钱就上路了。完全不似以往出发那般计划周密兴师动众，甚至你根本不知道自己要去哪里，目的地是戈壁是沙漠是草原是山巅还是大海，你心中只有一个充满诱惑的设想，就是寻找大自然绿荫如盖的拥抱。现在你要做的事情只是走，走出城市的茫茫人海灯红酒绿，走出高楼的阴影走到阳光照耀的山间小路上。你预感到有一天你正行走的旅途中，脚下会突然裂开一个豁口，你掉了下去，融入大自然的诗眼，由此体验到物我一体天人感应的境界。那时候的你，前不见古人后不见来者，仍然只有自已沉默而忠实的影子跟随。但你比什么时候都清醒地知道，你终于不但独立了而且完整了。

你变成了那个从大海中央被皓月照亮的波浪里走出来的黄发辫小女孩，虽然你已经淡忘了她的姓名。

我所知道的《天涯》

2003：结束时还忆起始

2002 年第 6 期《天涯》出版之后，杂志社新旧人手顺利交接，新任社长、主编分别是邢孔建和李少君，并由王雁翎任副主编，我自 1995 年开始历时近八年的主编（后来还兼任了社长）生涯正式结束，作为海南省作协主席，我跟他们约定新的游戏规则是：不告不理，有问必答。将最后一期文稿签字付印的那天下午，我坐在天色已晚人声消匿的办公室里，回想这又长又短的时日，忽然生出些感慨来。八年时间，对一本杂志来说可能不长，对一个人来说实在不短。然而不论是长是短，它们已如川之逝水流淌而去，只留下四十二本杂志、十卷精选本和我将要写下的文字作为我心里永久的回声。

1995 年春季某天，海南省作家协会新任主席韩少功找我谈话，希望我能接替上任《天涯》主编叶蔚林先生退休的空缺来办这份杂志，这对我来说真是一个沉重的时刻。

我从 1976 年开始在湖南人民出版社当编辑，前前后后已经办过好几本杂志。可以说深知其中甘苦，尤其在当今刊物数量膨胀，竞争激烈，许多纯文学杂志朝不保夕的情形下，接手这样一本地处边远省且毫无知名度的刊物，何尝不是一捧烫手的栗子？从另一方面说，本人的人生进取原则，向来是宁为凤尾不为鸡头，在此之前不久发表的一篇文学自传中，我还非常潇洒地写道，我这一辈子担任的最高职务是少先队中队长，而且肯定要在这方面不改初衷。可是当时我面临的情况，是要为一捧烫手的栗子改写人生。

不能否认，每个人都是有弱点的。我的一个显而易见的弱点，是不会对朋友说不。我曾经开玩笑说：幸好我的朋友中间没有不法之徒，要不然我将是最容易成为窝藏或窝赃犯的人选，这时要把这一捧烫手栗子塞给我的上司，恰是朋友韩少功，他对我说：你不觉得纳税人的钱浪费了太可惜吗？这句话击中了我的另一个弱点，那就是我对社会还残存了一份令某些现代人不屑的责任心和义务感。《天涯》那时每年享受工资在外的十五万元财政补贴，每期却只印五百份，寄赠交换之后就放在仓库里，等着年底一次性处理，看着也的确让人觉得不太对劲。于是，考虑了几天之后，我答应"友情出演"，但条件是韩少功本人必须担任杂志社社长，我感觉以他在文坛上的影响力和号召力，他当不当社长对杂志的兴衰至关重要。后来的事情，证明我的直觉是完全正确的。

我们花了不少时间来讨论杂志的改版问题，决定要改就改得彻底一些。韩少功首先提出要从文体上突破"纯文学"的框架，把《天涯》办成一本真正意义上的"杂"志，或者说"杂文学"刊物。他说，中国的文化传统从来是文、史、哲不分家，《史记》是历史也是文学，《孟子》是文学也是哲学。《天涯》如果能在恢复中国独有的大文化传统方面做点工作，应该是会很有意义的。这种设想的提出，跟韩少功本人的学养状况有密切关系。早在两年前，他就一直在考虑小说如何才能突破固有的叙事方式，找到一种新的跨文体写作样式，并正在努力将这种思考渗入到他的写作中去。与《天涯》改版同时进行的，是他对长篇小说《马桥词典》的创造性构想，这部著名小说，凝结了他对西方的言语哲学、中国明清笔记文学以及他自己多年的写作实践等等多层次的积累和探究成果，后来一度被称之为"马桥事件"的构陷与反构陷诉讼弄得毁也至极誉也至极。《天涯》改版的定位，跟这部小说的构思其实是两位一体一脉相通的。

现在回想起来，这种文体定位，很像开始写作某部作品时对语感的寻找。凡是有些写作经验的人都会体会到，寻找语感对一部作品的创作是多么重要，它与你想要表达的精神内涵有着血和肉一样的关联，找准了，作品还没下笔，已经成功了一半。我庆幸《天涯》在它的孕育期已经具备了后来使它在刊山报海之中脱颖而出的条件，就是它独特的文体气质，是这种气质决定了它的品位。也许跟所有其他杂志的设计不同，《天涯》的改版是以文体为酵母，启发了其他如题材、栏目、议题等等别的一直被认为是更重要更主要的方面，而不是相反。这一点，我也是在办了几年《天涯》之后才体味出来的。

在当今文化产业特别是传媒业越来越商业化的背景下，杂志的主办者最容易犯的一个错误就是盲目取悦读者，为经济利益出卖精神品格，对这点我们深以为鉴。假如在诸多相互类似得像多胞胎一样的消闲时尚杂志中，再增加一份有你不多无你不少的《天涯》，实在是没有多少意思。那么未来的《天涯》准确说是我们理想与设想中的《天涯》，应该是一份什么样的杂志呢？

首先它应该具有前锋性。它的前锋性并不像某些人理解的那样，体现为声色犬马玩世不恭，恰恰相反，它将在很多中国文化人公开嘲弄文学的理想和崇高的时候，堂皇地重申文学的理想，呼唤文人的道义感、同情心和批判精神。同时，它应该是在审美形式上锐意创新且又充盈着真情实感的。现实主义的小说曾经达到过巅峰状态，现代主义小说为了超越这个巅峰业已使出百般招法了走过了九曲十八弯的路程。在当代中国，小说技法的更新层出不穷，任何一种新的技法都不再会引起惊诧与非难。这当然为小说家提供了更为广阔的舞台，也当然对小说家提出了更高的要求。你徒工有技法不行，还得有丰厚的内涵。反之，你的真情实感最好用新锐的技法来表达，才更来神更带劲儿更吸引人。这样的小说曾一直在我的写作实践中引诱着我，我一直在为写出这样的小说而努力，却总不能如愿以偿，于是就更期待在我主编的杂志里，能有幸发表这样的好小说，当然也包括好的散文和诗歌。

文学以外的作家，也是《天涯》将要关注的视域。这样表述说不定会引起误解，以为我们又要把某某作家家中失窃，某某作家在某天饭后吃了一个某版苹果，某某作家不弃糟糠或另有新欢这些无聊的花边消息塞给读者。不是这样。这些东西为我们所不齿。我们希望展示的，是作家真实的思想，是他们用直白的语言、非技术化的方式向人们传递的真知灼见。他们的话题，将涉及社会、文化与人生重大热点与难点，诸如政治、经济、教育、法律、环境、时尚、历史、家庭、种族、女权、性爱、疾病、死亡等等。也许是随笔杂文，也许是专访对话、也许是圆桌会议纪要，体裁可以多样，但精神面容应该是真诚的、善良的，对现实充满关切之意同时也充满忧患之情。需要说明的是，我们还要把"作家"的概念扩而广之，凡是以文言志的写作者都应该称之为作家，这就是后来《天涯》的作者队伍中为什么会有不少社会科学研究者的原因。这无疑有力地扩展了稿件的资源和作者阵容。

理论和批评往往是费力不讨好的环节。云山雾罩的艰涩深奥和赤膊上阵的破口大骂，"捧杀"与"棒杀"，人云亦云或霸气十足，都可能破坏理论批评的威信。我们的刊物能不能追求一种亲切生动的文风，建立一种宽容民主的氛围呢？我们能不能联络上更多优秀的学者，找到更多优秀的影评、乐评、画评撰稿人呢？所幸当我们正在讨论这个问题的时候，一些理论高手已经欣然表示了给予大力支持的好意，这自然极大地增添了我的信心。

剩下的问题里，最要紧的是读者的参与。读者中每时每刻都在产生着文学。假如有一些非作家的人们愿意将自己收藏在箱中柜底的日记、书信、揭发信、检讨书、回忆录贡献给读者，也贡献给作家，我们求之不得。这些文字，应该保持着朴素与天真的原貌，没有任何包装和造作的痕迹，真正以其亲历性和独特性震撼我们。流行在市井的当代民谣、新成语俚语，别致新鲜的广告语，以及其他任何形式的民间语言生机勃勃的智慧与原创力的文字，我们刊物都将虚位而待。

就这样，《天涯》的轮廓一天天在想象中清晰起来。

1995年6月，我应河北和四川两家出版社之邀，到北京、天津、石家庄等城市参加"红罂粟"与"红辣椒"两套丛书的促销活动，签名出售我的小说集《桑烟为谁升起》、散文集《一个人的时候》，挎包里背着一沓《天涯》改版方案。这是一次很好的组稿机会，当时活跃在文坛上的女作家，除了王安忆和蒋韵之外，差不多都到齐了，她们中间有不少人跟我有着挺好的私交，我可以用带点横蛮的口气对她们说：我不管，反正你们都得给《天涯》写稿。

说实在话，这份花了我们很多心血才策划出来的组稿信，并没有引起我的组稿对象们足够的重视，尤其是我的几个老朋友，她们更关注的倒是我当主编这一行为本身。准确地说，这种关注绝对不是赞赏或者羡慕，而是不解甚至是同情。这跟我前些年的经历有很大关系。

虽然从20世纪80年代中期我就有一搭无一搭地写些小说散文，但我一直是一个低产的写手。1988年举家迁居海南岛，我们夫妇跟朋友们一道创办了后来很有名气的杂志《海南纪实》，但实不相瞒，因为生存的需要，它已经跟文学没有多少关系，基本上是一本新闻刊物，当它还在运作的时候，谈文学看文学在我们这几个办刊的人来说，已经是一种奢侈，更遑论写。由于众所周知的原因，《海南纪实》创刊不到一年就停刊了。停刊之后的几年里，我几乎足不出岛，并很快地习惯了称琼州以北的地域为"大陆"。往日的文友们稀疏了往来，只和为数不多的几个保持着电话联络。我记得那时候我在电话里常常要回答的一个问题是：你在干什么？

我曾经让这个问题问得很尴尬，我觉得它的含义除了"怎么不见你的人"这一层之外，当然还有"怎么不见你的文"那一层。可是在《海南纪实》停刊后的日子里，我所做的也是可能做的事情仅仅是"思考"。每日面对书扉上的黑字或者白墙上的斑点，思人间事家乡事，诸事纷繁，无头无绪，也无答无解，直到陷入于虚无之中。窗外鞭炮之声不绝于耳，为新公司开业，为新酒店迎宾，或者为炒爆了一把龙头股，为买到了一块黄金地，总之遍地都是热热闹闹也是我意欲远离的盛事。随着我和一些朋友为之付出了太多的心血与热情的乌托邦解体，我对轰轰烈烈有了一种莫名的戒备心理，在那段时间，我除了思绪万千一无所有，除了调动思绪一无所能。然"思考"二字肯定不是人们所期待的答案。在一个行为至上的时代，在一个尤其以行为效果论成败的地方，思考只不过是无所事事的别名。有句名言说，人类一思考，上帝就发笑，但事实上，面对一个力图思考什么问题的人，发笑的并不是上帝，而是他或她轻视思考的那部分同类。我肯定是受到了这种笑声的干扰，所以每当遇到这类提问的时候，只能底气不足地回答说，我什么也没干。其实我知道那是暂时的。

暂时是一个宽泛而模糊的概念，可能是一瞬间，也可能是一个漫长的阶段。我差不多用两三年的时光才度过了它。我重新开始写一些东西，把我的所思所忆记录在纸上。应该说在 1994 年底 1995 年初，当小说集、散文集《桑烟为谁升起》《左手》《乡愁》和《一个人的时候》相续付梓的时候，我的文学热身运动已经有了效果，我愈来愈感觉到一个人能以吾手写吾心的快乐，而且愈来愈沉迷其中。也正是在这个时候，我成了《天涯》的主编。因此，在 1995 年夏天的聚会中，我的这一举动反复被相熟的女作家们质疑，同时大伙儿都认为，如今办刊物除了费力不讨好，几乎没有别的结果，而且肯定要把我刚刚恢复的写作再次中断。我已经忘了我是怎么回应了这些善意的规劝，继续把《天涯》的约稿信郑重其事地交给她们每一个人。在《天涯》启动之后，方方、张欣、蒋韵、迟子建、张洁、徐坤、王安忆、范小青、林白、铁凝、王小妮、翟永明、陈染、徐晓斌、张抗抗、毕淑敏等等，先后给《天涯》寄来稿子，社长韩少功戏曰，《天涯》该不会成了女作家专刊吧。

男作家对《天涯》改版的反应好像更务实也少一些人情味儿，他们更关心的是杂志办成什么样。当我结束签名售书活动回到北京以后，见到了史铁生、何志云、张承志和李陀。

上次跟张承志见面是 1989 年底，那时他刚刚脱了军装，成了一个真正的职业作家。可我见到他的时候，他正在家里大画油画，让他颇为自得的是一幅《海骚》，画面上有一匹白马挺孤独地站在巨浪翻滚的海边，引颈长啸。他说从此他再也不想写什么东西了，如果卖画可以让他维持生活。尽管他的话说得非常认真和诚恳，声音里还含着一种愤懑，我还是没有把它当真，恕我直言，尽管我对油画一点都不在行，仍然看得出他的画按照作家玩票的水准衡量算得上乘，但跟他的文学作品比，显然不在同一个档次。于是，我相信他总有一天还得重操旧业。以后，张承志似乎行踪不定，一会儿在日本，一会儿在西海固，这回一打电话，得知他正在北京，还觉得有点意外。

果然，张承志并没有以一个画家的超脱来对待《天涯》的组稿，相反倒对我们筹划中的这本刊物抱有很高的期待。他说现时文坛最让人觉得没劲儿的是编辑和作家之间那种互相关切同忧同喜的关系已经不复存在。20 世纪 80 年代，编辑们常为得到一篇好稿子，高兴得手之舞之，足之蹈之，不惜下笔数千言给作者写信谈感想，可如今，收到稿子写信告知"可发"已是不易，否则，等到出书以后才漫不经心给你寄两本样刊，让你知道稿子发了，连个字条也没有。这席话给我印象挺深，后来也常常以此为例要求《天涯》的编辑们善待作者，跟作者们保持一种同心同德的关系。试想如张承志这样以独行侠的形象著称文坛，并以《荒芜英雄路》题名自己的散文集而言志的作家，尚且对编辑与作者的合作有这样细致的感慨，更何况其他人。社长韩少功把这方面的要求具体为"售后服务"，他说，《天涯》不可能像时尚杂志那么钱大气粗地以超高稿酬吸引作者（同时他也说，以追求高稿酬为目标的作者肯定也不会是我们最中意的作者），跟作者的关系只能靠共识和周到的服务来维护，比如说缩短审稿时间，及时反馈意见，积极推介评论和转载等等。时至今日，《天涯》跟它的主要作者都保持着较为密切的关系，跟这些做法不无关系。

跟张承志的谈话要点在《天涯》的采稿标准到底怎么定，他用很有个性的语言表达说：门槛一定要高，不能让乌龟王八都进来。我说：当编辑的人当然巴不得自己的杂志上全是一流作家一流作品，只看我有没有这个本事。我请他举几个够门槛的例子，他笑着点了几个人，我掐指一算，照这个名单除非这些人写的所有文章都只供《天涯》发表，不然杂志肯定要拖期或者开天窗。我也笑着说：那《天涯》就等着你来撑台啦。采稿标准制定，是每个编辑部都会碰到的问题，高度跟广度怎么才能搭配得恰到好处，是一个称职的主编最需要费思量的事情。太严了，势必曲高和寡，太松了，稿件积压过量，常会因为备用期太长招来作者抱怨，发稿时反而不能按需求从事，造成被动。可是在谈话的时候，我还是一个手里只有一沓子约稿信一篇稿子也没有的"空手道"主编，话说出口来自然响不到哪里去，谁知道有多少人愿意为一个白手起家的杂志拾柴烧火呢。张承志这么一说，倒是有点自投罗网的意思，于是我揪住不放，请他在创刊号上来一篇。

何志云是在我们办《海南纪实》的时候就合作过的老朋友，是作家也是资深编辑。我约他一起去史铁生家，铁生处是我每次进京肯定要去的地方。

史铁生看了约稿信之后，对"作家立场"这个栏目标题很不满意。他说，立场这个词在他看来很有点扎眼，好像要督促人们表态站队似的，容易引起一些不愉快的联想。在我印象中铁生是个温和的人，即使对什么事儿有不同的看法，说起话来也很婉转，可是这一次，他对这个栏目的反感表达得十分清楚和确切，让我感到有点意外。我们设计这个栏目的本意，是想倡导一种直白犀利的文风，便于作者对现实生活中的一些热点和难点问题表明自己的观点，表明观点自然会牵涉到立场，所以有了这个栏目。我对他说：按我的理解，所谓立场就是立足点，假如一个圆有三百六十度，它可以分成三百六十个点成为三百六十个立场，也可以分成三千六百个甚至更多，要站队也不一定只站两队或几队，可以每人自己站一个队。记得当时这些话并没能说服史铁生，后来我们不管三七二十一，在创刊号上就把他的一篇《足球内外》给编在这个栏目里了，不知他收到样刊之后是不是曾经有点别扭，倒也没有听到他的"抗议"。不过后来的几年里，中国知识界发生了很大的分化，特别是在所谓"自由派"与"新左派"论争中，《天涯》的"作家立场"栏目，确实成了两派辩论的一个场所，在某种程度上应了史铁生的"站队"说。

平心而论，我们从来没有要把《天涯》办成同仁杂志的念头，即使是从功利的角度出发，也不能有这种想法。一本只发出同一种声音的杂志，不会是一本视野开阔、胸襟磊落，富有弹性和张力，吸引更多的读者来阅读的好杂志，这是肯定的。再者，从主办者的主观体验来说，人类文明永远是在不断地否定与被否定的过程中得以发展的，没有争论也就没有相对真理的产生，这些认识已经成为共识。同时，这也牵涉到办刊者的人生态度，一个自信的求实的人，是不会盲目排斥对手的，社长韩少功在他发表于《天涯》的文章

《完美的假定》中写道"我景仰优雅的敌手，厌恶庸俗的同道"，就是这种态度的形象化表达。《天涯》从一开始就希望每期都有各种不同观点的文章——最好是针对同一个问题的不同看法，在杂志上发表，但无论是哪一种观点，都得够水准，都得讲道理，而不是相互的人身攻击和谩骂。

可是，我们的这种设计在杂志刚出版不久就受到了挫折。

记得在1996年第二期上，我们刊登了社科院文学所的张宽先生所著《文化新殖民的可能》一文，立即遭到徐友渔先生的指责。徐先生在电话里用非常惊讶的口气说：看来你们的杂志具有反西方倾向！为了证明他的看法很有说服力，他说：我跟朱学勤交换了意见，他也是这么认为。我对他的惊讶也感到非常惊讶，首先惊讶的是反西方在他看来是如此不妥，其次是一篇旨在介绍后殖民理论的文章，怎么就决定了一个杂志的大倾向？但当时与学界的交道才刚开头，跟学者们也不是很相熟，我没有对杂志的所谓倾向作任何解释，只是笼统地说：你们有不同意见，欢迎写文章回应。后来我又打电话给朱学勤先生，想仔细听听他的反应，但他没有像徐先生那样直言以告，倒是反复追问我从哪里知道了他的态度，听口气他仿佛并不愿意将这个意见公布似的。这件事让我觉得，想把一个刊物办成各种观点兼容并蓄的场所并不是主办者单方面的意图就能促成的，中国知识分子向来习惯于以观点论亲疏，而给哪个刊物写稿也要以关系远近来决定。

在以后的几年里，作为《天涯》的主编，我时常会遇到一些有关立场的诘问。最集中的一次，1998年5月，在北京风入松书店的座谈会上。北京大学哲学系的陈嘉映先生带我去，好心要让我认识更多学者，到了那儿一看，其实在座的大都与我有过联系，或者书信，或者电话，也有的以前就认识，其中有些人在《天涯》发过稿，有些人被《天涯》退过稿。当时《天涯》在北京读书界已颇有些影响，这一点大家都不否认。不过，在交谈中我才得知，《天涯》已被指定为"新左派"的阵地，这是我始料未及的。以那时刊物登过的文章看，作者名单实在是分不出厚此薄彼的，直到2000年6月，"新左"和"自由"两派在"长江读书奖"的问题上，爆发空前激烈的论战时，女作家方方问我："自由派"到底是哪些人，我数了几个大名鼎鼎的代表人物，方方还奇怪地说：有没有搞错，这不都是《天涯》的作者吗？虽然事实如此，《天涯》在某些圈子里还是被判定为"新左大本营"，跟北京的《读书》一视同仁。我想可能是因为发表在本刊的几篇非常有影响的文章，给了有立场情结的人们以这种印象，如汪晖的《当代中国的思想状况与现代性问题》、张承志的《墨浓时惊无语》、韩少功的《完美的假定》等等，但这些人显然忽视了另一些文章——如朱学勤的《平静的坏心情》、秦晖的《我的第三条道路》、任剑涛的《解读新左派》等——也发表于《天涯》的事实。还有些人习惯于指责他人有立场，好像除了他们自己要特别立场鲜明外，别人都应该浑浑噩噩糊里糊涂才好。实事求是地说，任何一个编辑都不可能没有自己的立场，但你不能以自己的立场作为取稿的唯一标准，任何一个刊物也不可能没自己的倾向，但这种倾向不应该成为排斥不同观点的唯一依据，所谓"有倾向不唯倾向，有立场不唯立场"。稿件取舍的主要标准，永远在来稿本身的水准，有见解、高水平、实实在在讨论问题的文章，不论被粘上了什么"主义"的标签，我们都会虚位以待。进而言之，我们的杂志并不期望自己所采用的文章只形成两种非此即彼、互为对立的立场，而是希望看问题角度越多越好，甚至于我中有你你中有我相互包容。

　　关于《天涯》的立场问题，是一个在不少场合都必须给予发问者以明确回答的老问题，但那是在几年后才有的事情。在1995年夏天，我把杂志的第一封约稿信交给史铁生的时候，对他质疑"立场"的说法，并没有足够的认识，现在看来他的想法是很有预见性的。

　　李陀一直是文坛上公认的忙人，可是这次我见到他的时候，大约是他20世纪80年代末出国之后第一次回来，正闲着，是一个真正的社会闲（贤）达。听说我和韩少功又在张罗一本杂志，他的反应差不多到了兴高彩烈的程度。出国之前李陀任《北京文学》的副主编，对办刊物有过一些想法却没有机会实现。我早听说，这几年他的日子过得并不太顺，也遭受了不少坎坷，但在谈话之间，我感觉不到他有什么大的变化，听不出他有明显的压抑和抱怨，反而充满了对文学与文化事业的关切。我突然想到，假如让李陀担任《天涯》特约编审，将是一个不错的人选，因为办这样一个刊物，太以自己的遭际论事的人，太没热情太消沉的人，都是不合适的。于是分手的时候，我把我的想法告诉了李陀，他也欣然应邀。这是我接手主编以后，第一次单独而且是即兴决定的一件大事，但我觉得对此韩少功也肯定不会有异议。回到海口后，我把这事向韩少功汇报，他果然非常赞成。

　　杂志的另一个特邀编审是身居福州的评论家南帆。他是一个在当今文坛上很少能见到的朴实、诚恳，学问做得踏踏实实却不乏自己的见解，同时又从来不事张扬很具平常心的人。1995年底，韩少功到上海去开会，与南帆同住一室，几个晚上的谈话，让他对这个以前并不太熟识的同仁产生了极大的好感，随后便也产生了邀请他担任特约编审的想法。韩少功对我说，他感觉南帆不光读书读得很扎实、头脑清楚、悟性不错，是一个很有实力的作者，更重要的是他的为人与为文的心状非常健康，与文坛上那些到处拉帮结派，以评论作人际交易谋取虚荣实利的人相比，是《天涯》的一位难得的同道。

1995年底，第一期《天涯》如期付梓。这一期的作者后来被报刊评论称之为超豪华阵容。这么说似乎并不过分，以下是当期作者名单：方方、史铁生、叶兆言、叶舒宪、孙瑜、昆德拉、张承志、李皖、华孚、苏童、何志云、陈思和、杭之、钟鸣、南帆、格非、韩东、韩少功、蒋子龙、薛忆沩、戴锦华。不用说，这当然是我们苦心经营的结果。一份读者很陌生的杂志，需要他们熟悉的名单来吸引其目光，而且需要特别集中才会有轰动效应。根据这一思路，我们在头三期用了很大的精力去组稿，先后又有王小妮、王晓明、尹吉男、北村、李锐、冯骥才、吴亮、刘索拉、邵燕祥、陈村、何立伟、汪晖、张炜、张欣、周国平等著名作家和学者在《天涯》上露面，这果然引起了读者的兴趣：这本名不见经传的杂志，怎么会每期集中这么多名家？杂志出了几期之后，《新民晚报》、《羊城晚报》《中华读书报》《工商时报》《中国青年报》《深圳商报》以及各地报纸的读书版，都有文章评介《天涯》，山东的一份报纸还用了整版的篇幅来讨论"天涯模式"。我们的计划得到了初步实现。

在《天涯》的初创阶段还有一件最值得庆幸的事，是著名平面设计师韩家英的加盟。

改版后不久，韩家英在朋友处看到我们的杂志，立刻被它扎实丰富的内容所吸引，同时也以平面设计专家的眼光看到，这本杂志的装帧设计还很不成阵式，于是产生了替我们做设计的想法。大约是1996年八九月份，在海口一家很小的东北饭馆里，我和韩少功见到了这位后来被事实证明对我们来说非常重要的合作者。此时，年仅而立的韩家英在国内平面设计界已经有很高知名度，在深圳开设有以他自己的名字命名的平面设计中心，是康佳彩电、怡宝矿泉水、新大洲摩托车等几家大企业的常年CI设计师。但他并没有一般年轻的成功人士那种恃才自傲的狂劲，相反倒很谨慎谦和。谈话间，韩家英出示了一些他的平面设计作品，并特别推荐了他为嘉士伯啤酒屋设计的一本宣传图册。这是一本用牛皮纸印制的小书，封面是一支爵士乐队演奏的黑白照片，牛皮纸的暗黄与黑白照片的灰调子形成了一种特别典雅的气质。这个册子一拿出来，马上吸引了我和韩少功以及替我们引见韩家英的作家单正平，几乎是在同一时刻，大家一致找到兴奋点，就是它——牛皮纸。

1997 年第一期，韩家英替我们设计的新封面面世了。一时间引起了一阵小小的冲击波，新的封面使我们的杂志在各销售点一大片花花绿绿的书刊中，清水出芙蓉一般脱颖而出，这使很多读者先被它的封面吸引，进而发现了它，从此成为它忠实的追捧者。《天涯》的封面设计，也给韩家英带来了很好的声誉，他因此在几个国际平面设计展上备受关注，包括后来他给《天涯》设计的成套海报、T 恤和手袋在内，都在不同的场合获奖。

1997 年，《天涯》还在头年的 120 页基础上增加了 40 页码，成了后来的 160 页（2001 年又改为 192 页）。至此，它从里到外的风格渐趋统一，无论是读者还是作者的队伍都相对固定了。应该说，它的改版到此告一段落。但是，一本有活力的杂志，需要在保持稳定的前提下，不断微调，社长韩少功认为。在以后的几年里，他又为杂志作了几项很有益的调整，那是后话，这里所写到的事情仅仅与它的改版有关。

《天涯》改版到现在马上就快八年了。八年里，我们所经历的人和事，细写起来大约够得上一本书了。在这篇文章中由于篇幅的限制只能挂一漏万，或许其中有些事非得等具备了一定条件的时候才能付诸文字，而另一些事将永远成为与文字无关的记忆。

2015：杂事琐记

转眼《天涯》改版已经 20 周年，《天涯》杂志社在海南博鳌开了一个小型纪念会。会议正式开始之前，放映了几段前些年媒体报道《天涯》的视频，还配了非常怀旧的音乐。不知怎么回事，当屏幕上刚一出现当年的我们，我们的办公室，我们的杂志，我们的海报，泪水哗的就冲出了我的眼眶，心跳也随之加快。在此之前，我对参加这次会议并未事先做什么准备，就欣然接受了主办方要求我第一个发言的安排，或许因为我觉得凡是有关《天涯》的往事，点点滴滴都珍藏在自己心头，并且那么丰富和厚重，信口开河都不会无趣，更不会平庸。而且回忆《天涯》，对我而言通常是件令人愉快的事，没有什么障碍，也不曾有什么难度。没承想，这回还真就出了偏差。

一开腔，我就哽咽了，停了好一阵才勉强发出了声音。当时我很尴尬，心里直对自己说，瞧你这点出息！一把年纪了，还这么毫无节制地当众动情……实话说，本人的个性原本不属于婉约抒情派，写出的文字也少有万水千山总是情的篇章，当下遇到的这一幕，着实让我有点手足无措。这时候，我听到了掌声。

掌声代表着一种期待，也是一种理解，而期待和理解正是我们在改版之初求之若渴的东西。在这穿越了二十年时光的掌声里，我真恨不能把过往经历的点滴方寸都一一再现，娓娓道来。众所周知，《天涯》的成功改版得益于明确的定位和成功的策划，得益于众多名家的力挺和新锐的加盟，得益于广大读者的青睐和粉丝的追捧，可当这一切将来未到之前，有多少怀疑、蔑视、窘困，甚至是屈辱，横亘在前方等待我们，尚不可知。然而我们对即将到来的挑战，已经做好了准备，社长韩少功为杂志撰写的改版方案中，这样的宣示可以证明这一点：“《天涯》不是一本纪实新闻性杂志，更不是时下形形色色的消闲娱乐读物。《天涯》以道义感、人民性、创造力定位，承担精神解放和文化建设的使命，无意谋求畅销，拒绝与低俗为伍。”这样的话语，即使在二十年后，当我双鬓已经斑白，已经远离了所有以工作的名义聚集的人群，还能让我的心闻之而激荡。更不用说在当年，以一个边缘的甚至是弱小的团体，向着泥石流般汹涌而来精神消费主义大潮，发出抵抗的宣言，那种勇敢和豪迈，那种为人所不为的个性，是如何激励了我，吸引了我。我想，也许这才是我做出放弃自己的写作，去接手这个前途未卜的主编职务的内在原因吧。

不消闲，不娱乐，不求畅销，不追新闻，拒绝低俗……在当时许多老牌名牌正统杂志，都在艳俗的滚滚红尘之中，为了生存改弦更张被迫易帜的时候，《天涯》如此高调地逆袭潮流，到底凭的是什么底气？显赫知名度，丰厚财政拨款，巨额企业赞助，红头文件保障的发行量，诸如此类被视为办刊法宝的背景一概没有，凭借的只是抵抗知识界读书界集体堕落的勇气，一种被某些聪明的同行们所不屑的使命感和担当精神。以《天涯》所处的边缘境地，以它拿不上台面的“出身”，这种宣告似乎有点蚂蚁打哈欠的意思。没人理解，也没人期待你们能玩出什么花活儿来。

果然，我带着那份尚未实施的改版设想去谈发行，马上就栽了。我通过朋友约见邮局发行部门的头儿，碰了一张不冷不热的脸。人家说，《天涯》我们原先也接触过，完全是一份地摊儿杂志，档次低得很。我被对方说得直脸红，前任主编曾为解决《天涯》的生存问题想过一些办法，其中也包括卖书号，没想到墙内开花墙外"香"，正式出版的刊物默默无闻，卖出去的几期却产生了这么大的"名声"。这让我意识到，杂志现在的处境还不仅止是从零开始，而是从负数开始。自从 20 世纪 80 年代中期文学爆炸期过去之后，当年许多发行量达到上百万份的刊物，都逐渐下跌到了十万份以下。从百万份降下来和从零升上去，同样有一个漫长的过程，《天涯》肯定要经受长时间的低发行量考验。

改版后的前三期，因为它令人耳目一新的气质，因为它惹眼的豪华作者阵容，《天涯》倒也在媒体上赚取了少许喝彩之声。这一切并不表示《天涯》已经被市场接受了。1996 年年底的时候，虽然《天涯》在邮局的订户，在第一年极小的基数之上，上升了一倍多，但在零售方面却受到了很大挫折。邮局零售公司一下子给我们退回了一堆过期刊物，结算的钱几乎为零。尤其让我们不快的是，退回的杂志中，有不少是整捆整捆连封都没拆的，另一些经过长途运送雨打水浸已经成了废纸，邮局方面对我们说：你们为什么不把刊物办成《海南纪实》的样子呢？像这样办下去，读者不会感兴趣的。面对这种行家里手的指点，我们只能付之一笑，读者不可能成捆购买杂志，我们也不可能在仓库里了解到到底有多少读者真正接触到了《天涯》。原本指望通过零售把刊物送到全国的报亭里去，因此发往零售的份额比订户还要多，而在零售方面邮局与我们协议为代销形式，剩多少都得杂志社兜着走，我们也没什么可抱怨的。想到要把这些凝结了全体同仁辛勤劳动和期望的刊物都当废品卖掉，无论如何也让人不能接受。情急之下，我们想到了开辟书店零售渠道，并把 1996 年的一部分退刊订成精装合订本。没想到这两项应急措施，后来竟成了《天涯》的正常业务，导致了我们跟全国几十家精品书店的长期合作，精装合订本也成为每年必须制作的常备产品。二十年之后，与《天涯》合作过的书店因为各种原因生生灭灭，数起来不下百十家了，而如今再想买一本创刊之初的合订本，哪怕是高价已然一书难求。

发行是杂志的生命线，发行上不去，别的什么也谈不上。可是以《天涯》的定位，它只能通过分散式小批量发行的办法，来扩大影响。作为双月刊，它一年只发行六期，每个书店一年下来，卖得再好也就三五百本，到了结算的时候，除去退刊，能收到的款子少而又少，回款就成了大问题。记得那时候，我不管到哪儿去出差，总是带着《天涯》的样刊和账单，为的是找合适的书店设立零售点，或者跟正在合作的书店结账。1997年，我到新疆的喀什参加笔会，居然跟那里的一家书店谈了个每期零售20本的合同，数量小归小，一想到从此连中国西部最遥远的边城，都能有人看到我们的杂志了，心里还挺有成就感呢。当然，数量小到了这个等级，结算的时候只能靠店家的自觉，收不回来权当给杂志做广告。对大城市里的大书店，结算的要求就不一样了。有家著名的席殊书屋，号称当时中国最大民营连锁书店，杂志卖得尚可，总爱欠款不结。有次我到北京开会，愣是拿着《天涯》账单，找到书店的老板娘软磨硬泡，非得让她给我当场结算。我说：谢谢你们支持《天涯》的发行，但我们办杂志，总得有本钱，本钱投出去，肯定要回收，书店要是都不结账，我们拿什么支付稿费、印刷费，拿什么来继续办刊物？老板娘呢，也跟我大吐苦水，说他们的书店摊子大，难管理，卖的书多是曲高和寡的品种，常常赔本赚吆喝。我说：这么说咱们还真有共通性，你的本儿比我大，还能赔上一阵子。《天涯》本儿小，却能帮你赚个响吆喝，读书界都知道席殊有眼光，口碑可以帮你吸引顾客，可要是说你们欠着多期书款，主编上门都拿不到钱，传出去你们面子上可不好看呐。老板娘见我一副有备而来、不达目的不罢休的样子，只得改了主意，一边吩咐手下带我去饭堂吃午餐，一边打开账本开始算账。等我回到她的办公室，一摞钞票已经数好在那儿了，其实不过区区七千多块。像这样的交道，我跟风入松、万圣、三联等同样著名的书店也有过不少次。又要拿到钱，又还指望人家继续帮你卖，说起话来真好比捧着沾了灰的豆腐，轻不得重不得，好费思忖。

为了减少杂志社的心理压力，韩少功曾以作协主席而不是社长的身份表示支持说，海南作协将倾尽财力帮助杂志渡过困难期，他认为在作家协会的工作中，办一份好杂志是最有意义的项目，其他的工作都应该为这个实体服务，否则作协几乎没有存在的意义。应该说，这种宽松的政策在其他兄弟刊物大约是很难争取到的，他们或多或少要跟主管单位为经费的事情讨价还价，盈利的为上交，亏损的为开销。事实上，在《天涯》改版之后的若干年里，海南作协压缩了一切可能压缩的经费，转移支付给杂志，才保证了它在令人难以想象的经济困境中得以生存。

海南省作家协会是全国作协系统中体量最小的一个，1988年建省初期奉行的"小政府、大社会"行政方针，使它的编制受到最大的挤压。主席是实职，每天须坐班，不设专业作家，没有文学院，凡是能写作的机关成员，都是业余作者。它的经费当然也非常紧张，韩少功身为主席，就算把《天涯》杂志当作头等大事来抓，也不能把扶持本地文学人才的任务弃之不顾。于是他想出许多办法，让作协的经费能一鸭两吃，例如：杂志开笔会的时候，请重点作者们集中开讲座，既满足了刊物的组稿需求，又让本地作者能接触到来自全国乃至世界的著名作家和学者，拓宽了大家的视野，同时提高了学养；作家协会的会计，也是杂志社的会计，作家协会的打字员，同时要担负杂志的稿件录入，甚至于排版；杂志社有客人来了，主席大人也成了滴滴快车的司机，并且一次次站到机场出港处充当迎宾先生……

对这一切，我看在眼里，心中明白既然杂志开源的成果需得假以时日，节流的任务已是刻不容缓。于是采取了一些如今听起来似乎过分苛刻，当时做起来却顺理成章的措施。例如：编辑部的三次校样，都用自来稿中的废稿背面打印；外边寄来刊物和稿件的大牛皮纸信封，一律拆开来用作邮购寄书的内衬；样书带来的纤维绳，尽可能接起来再用；凡属于近距离面交的文稿书刊，只用旧信封不用新信封……记得杂志社曾印过一批带LOGO的信纸，编辑们常顺手写个电话号码或记个什么事就一撕一张，想到每张纸的工本费差不多五毛钱，我一再提醒他们这种纸仅限于给作者写信或联系公务，有次还为一个编辑屡禁屡用发了脾气。为了节省成本，我们把杂志安排在长沙印刷，这样不光印工低廉，向内地寄运也较为快捷便宜，每期只要将上千册样书运回岛上就行了。那时候火车只通到湛江，要过海，最后的几百公里得另外走汽运，又贵又慢。我听说作协一个理事的丈夫在邮政局当头儿，就找她疏通，想请邮车顺便捎带。那理事办通了交道回来问我，一期能省多少钱。我说四百多块呐。她听了眼睛瞪得牛大，这么点钱，还不够我们公司的头儿喝一次茶呢。

《天涯》的名气逐渐大起来以后，接待任务也越来越重，客人中还有不少名家大腕，并且是远道而来。新小说派的代表作家罗伯·格里耶（法），《白银资本》的作者贡德·弗兰克（美），《新左翼》杂志主编佩里·安德森（英），社会学家德里克（美），斯克莱尔（英），特本（瑞典），以及国内大部分著名作家、学者，都曾到《天涯》来做客。以杂志社的财力要维持起码的礼貌和体面，都成了难题。于是我们玩起了小花招，小型会议多半在办公室开，一来省去了外租会议室的开支，二来顺势让来宾们共进盒饭午餐，也不会太别扭。当然，必要的迎来送往还是需要上饭馆的，如何点菜就成了很有讲究的事情。既要省钱又得面子上过得去，我不得不在菜单上费心思。有一次，韩社长叫我在编辑业务学习时间，专门给他们讲讲如何点菜，大家听了倒也觉得很受启发。

我对他们说，点菜的要诀之一，是看人下菜单：北方人来了，虾要点大虾，因为他们并不知道基围虾虽小但好吃，以为你怠慢他，虾贵了点鱼的时候就找找平，用三十元的红鲅代替八九十元的石斑，因为只要是游水的活海鱼，他们都会觉得满意，对品种不会在意。反之，南方人特别是广东、香港、福建、台湾的吃货，虾可以点小基围，鱼的品质就得稍稍高一些。西方人来了，是海鲜就行，品种在其次，但是量要以一当二才够饱，不然你肯定得中途加菜。要诀之二，是注意菜品的头尾，中间的大陆货少点。所谓头就是招牌菜，我们的标准跟酒楼不同，动辄几百元一斤的澳洲象八蚌、北欧三文鱼，肯定不能问津，须得找些窍门。比如小鲍鱼，价格不高但听起来不俗，用大个西红柿做盅，一盅里边放两粒，人手一盅，又便宜又漂亮，客人也觉得够档次。有它撑台，配上鱼和虾，再蒸一盘便宜的贝类，整个餐桌已经有了半壁江山。所谓尾就是豆腐蔬菜类，又新鲜口味又多，点上两三个，吃来很舒服。所谓大陆货，就是鸡鸭鹅，猪爪羊排牛脊骨一类，有鸡就不再点鸭，有羊就不再点牛，不然人家吃了半天好像全一样。菜品定下来了，菜式也得注意，形要有整有零，色要有深有浅。比如鱼可以上明炉的，高高的一架，下边点着明晃晃的火，赏心悦目。猪牛羊可以点石锅，东西不见得多，但是锅大有看相。冷盘热菜得有丝有块，青菜可以白灼可以冰镇，别什么都碎碎地切一盘，端上来都不知是啥玩意……诸如此类，反正就是一句话，省钱不失礼。

记得20世纪80年代中国新时期文学大爆炸的时光，一本文学杂志只要办得好点，发行量随便就能上五十万，再好点一百万大关可破。各省的著名作家们挂着主编的衔，只要出面开开笔会，碰碰酒杯，给老友新朋写个信，带个话儿，也就齐活了。那时候，他们哪里想得到，文学风暴呼啦啦就刮过去了，不过十几年的功夫，杂志主编的工作跟当年已不可同日而语。不光得组稿编稿，还得管排版搞发行，并且像个管家婆一样管住每分钱每张纸每个信封。有一次，深圳某报朱姓记者来采访我，顺便推荐自己的一篇长文给《天涯》（或者两个目的主次正好相反），篇幅不能满足要求，就在报道里编排我。大意是他到达编辑部的时候，看见一个中年妇女，正拎着糨糊桶在那儿刷糨糊寄样书，当他知道此人就是杂志主编，心里别提有多失望了，真情愿主编是旁边那个长裙飘逸长发披肩的年轻女士。我看见这篇文章一笑了之，心想谁要是以为在《天涯》做主编，只要潇潇洒洒地跟大咖们聊聊天，风风光光地接受读者的敬意，就大错特错了。《天涯》的口碑是用心血和汗水，用长年累月的辛苦一砖一石打造出来的。作为主编，非得兢兢业业，事无巨细都得给予关注不可。风尘仆仆，忙忙碌碌，甚或神神道道，都可能是一种常态。而且我相信一个人无论你的相貌何如，年龄几许，能用自己的劳动实现认定的理想，就是你一生最生动最美丽的时光。

当然，这些边边角角的活儿，实是主编不得已而为的副业。主编的主业不光在于团得住好作者，抢得到好稿件，更在于稿子到了手，能看得准采用，看不上枪毙，不能拖泥带水。采用了有是否需要修改的问题，大则删文，小则修词，得跟作者沟通默契，不然可能合作了却不愉快，甚至产生隔阂。枪毙稿子看起来简单，好像写封措辞客气的退件信就一了百了了。如果是个好主编，不能毙一篇稿子就得罪一个作者，要做到"买卖不成交情在"，对看准了的作者，须得让人家感受到，不是稿子不行，只是不适合本刊而已，这篇不用了还期待着下回再赐稿呢。只要你的态度真诚，言之有理，杂志又确实办得好，大部分作者都会理解你，尊重你的意见，退稿退出真交情也并非毫无可能。

刚开始的时候，编辑们都很怵退稿一事，尤其怕给自己的熟人"报丧"。有个编辑干脆跟我要求说，他怕枪毙了稿子让作者不服，只好对他们说稿子初审还是通过了，最后被枪毙在我的终审环节。当时我只是觉得这个要求有些可笑，也没多想就答应了。不想韩社长得知此事之后，不轻不重地把我批评了一下，他说退稿是编辑正常的职责，你这样无原则宽容这种无理要求，实际上有碍于他们的成长，纵容一种不正之风。我听了觉得言之有理，马上在编辑部收回成命，并告诉他们，从某种意义上说编辑的威信是在退稿的过程中建立的，其实每个作者对自己稿件的好坏多少心中有数，你去夸奖不达标的稿件，然后说可惜被主编给毙了，说不定作者反倒认为，还是主编有眼力。

然而这并不是说，每次枪毙稿件在我这个做主编的人就没有任何压力。记得有一回，时任海南省委宣传部部长叫秘长给我送来一篇散文，希望在《天涯》发表。我看了以后，觉得放在哪个栏目都不合适，明摆着就是要退稿。在退稿之前，我也很费琢磨，宣传部是我们的顶头上司，万一因为退了一篇稿，引得部长同志不悦，以后在审读杂志时找碴穿玻璃小鞋什么的，岂不得不偿失？可要是开了这个先例，省里的其他官员也要求照此办理，《天涯》的纯粹性又如何保证？思前想后，我打算冷处理，瞅准机会再跟他本人面陈道理，可能比生硬的退稿信效果要好。后来在一次小范围会见的时候，我果然有了这样的机会，闲谈中我有意说起《天涯》退稿的一些趣事，他听了说：你的原则性很强嘛。有了这样的评价，他自己的稿被退了，也就没什么好说的了。而且后来在好多公开场合，这位被退过稿的部长，还总是帮《天涯》说好话呢。

某现代派女作家跟我是老朋友，在国内外文坛名声了得。有次寄了个小中篇给我，希望尽快安排发表。的确在当时她的小说一直被文学杂志抢着发，她给谁就算是高看谁一眼。可读过之后，我决定要给她退稿，理由是小说虽说发挥稳定，保持了她的一贯风格和水平，但并不太适合在《天涯》发表，因为每期刊物前边是作家立场，后边是理论与批评，两个栏目都需要用心阅读，故而我希望借中间的文学部分来调整一下节奏，增强些可读性，再发表这么长一篇文风沉郁的小说，会让读者觉得费力。不出所料，她接到这封信后很是生气，不止一次跟别人控诉我说：没想到蒋子丹现在已经堕落到了只发通俗小说的地步。

《天涯》的编辑大都是文学作者出身，常常各有好稿出手，而杂志社的取稿原则是，编辑们的作品与外来稿在质量上一视同仁，但在同类备用稿过多的时候，外来稿优先发表。那回有位新调入的编辑中篇小说被取用，而他正是当期的责编。在编辑稿件时，我跟韩少功都曾过目他的小说，并将其中的一些片断做了处理。那编辑很心疼自己被删节的部分，居然在校对的过程中偷偷恢复了原貌。我听到相关的反映之后，先对他进行了严肃批评，警告说要是这次删节之后，再行私自恢复，我就要撤换稿件。当时刊物四校业已完成，交付工厂的时间迫近，对方以为我不过说说而已，未必真要撤稿，仍然没有改正。这让我觉得不管不行了。作为刚刚调来的主力编辑，假若第一次当班就坏了规矩，先对自己的稿子网开一面，下次就有可能发展到发关系稿，发人情稿，影响刊物健康的风气。虽说他那篇小说写得的确不错，我还坚决地撤了下来，并告知他请将这篇小说另投他处，《天涯》再也不可能采用。我想当时他一定很意外，也非常不爽。但是在几年后他调离杂志社的时候，却对我说：子丹，当时你那么做是对的。这回该轮到我意外了，心里着实还有几分感动。

要与作者保持良好的关系，最重要的是从内心尊重对方，不管是对相熟的名家，还是陌生的新人，都一样。《天涯》地处偏远，编辑与作者的交流主要靠通信和电话完成，回信的节奏，意见的虚实，说话的口气，甚至书写的格式，都可以传递截然不同的感觉和信息。有次，一个远在青海的老教师，将她在解放初期与女同学的一组通信，投给《天涯》的"民间语文"栏目，编辑审稿后决定采用，并且写信通知了对方。没想到这个好消息的告知，反而引来了一封投诉信，信里还附上编辑信件的复印件。那封信字迹潦草，格式也不对，抬头直呼其名，没有任何问候语。老教师直言道，我真不能相信这样一封信，竟然出自《天涯》编辑之手。社长韩少功收到信后，立即专门为此召开了会议，严肃批评当事人，同时责成编辑部对此类现象全面检讨。韩说：虽说这个作者投稿只有一次，而且很可能从此以后不会再有其他的后续稿件，我们也要像对待重点作者一样，充分地尊重人家。这样的信寄出去，是写信人的耻辱，也是杂志社的耻辱，这说明我们的员工教养不够，与杂志社的品格不相符。

会后，我以主编的名义给作者写了道歉信，又要求当事的编辑郑重承诺，在没有练出工整的字迹之前，一律用电脑写信打印签字的方法跟作者联系。

韩少功就此向编辑部提出了许多增进与作者关系的工作要求。比如缩短初审稿件的回复时间，减少备用稿件的留存量，在重要的稿件发表之后，尽可能推荐给各选刊和报纸转载选摘，对有潜力的新人，给予超常规的版面，并组织有威望的名家同时进行推荐。他把这些事务比喻为产品售后服务，顶级品牌都有最优质的售后服务，没有优质的售后服务绝不可能成为顶级品牌。经过这件事，我更加深切地认识到，其实在很多作者眼中，编辑对他们的诚意和尊敬，并不仅仅限于你是否采用了他的稿件，或者是否在目录中排名靠前，以及你对文章评价是否足够之高，而是在你做出的这一系列动作时，有充分的合理性。合理了，恰当了，怎么做人家都服气，就算退了稿，人家也会再来，反之，稿子发了头条，稿费也挺高，效果不一定好。

一本好的杂志，不光有自己最基础的读者群，还得有相对固定的作者群，这两个群落都需要精心培养和呵护。比起那些财大气粗的刊物，《天涯》的财力肯定相当薄弱。用拼稿费的办法去吸引作者，肯定不是我们的强项，而且我们认为单纯以稿酬高低决定投稿取舍的作者，肯定也不能成为我们最重要的作者。《天涯》的强项首先是它的眼界和包容性，努力使它呈现出对人类社会最尖端问题的关切，并且让这种关切以最有穿透力、最生动活泼的语言来表达。仅这一点就会使真正有精神追求的作者产生兴趣。从这点而言，《天涯》很幸运，那时候国内的学者远不像现在这么风光，拿着那么多课题费到处开会，被媒体记者追得团团转。当时他们一般都很寂寞，对作家们的知名度很好奇也很羡慕。但正是这种寂寞给了他们厚积薄发的可能性，"作家立场"和"理论与批评"这样的栏目，使他们英雄终有用武之地。学者们的加盟，给《天涯》添上了一道文学之外的思想风景，而且"质优价廉"。

......

　　二十年转眼过去，倘若不是杂志社组织了这样一个纪念会，我又被安排在会上发言，这些琐细的陈年旧事似乎已被岁月的尘埃遮蔽。那天，在人数不多的会场上，我就那么跟着感觉和记忆，几无逻辑地讲述零零碎碎的故事和细节。我所经历过的选择，以及这些听上去有点傻气的作为，对于在座的青年人来说，是不是有意义，或者说有意思，并不在我的考虑之列。作为过来人，我觉得只要尽可能真实地还原了过往，也就完成了自己的使命，可以释然了。让我惊喜的是，会议结束之后，我听到的称赞之多令人始料未及，特别是一些青年作家和学者，对我们经历的艰苦和努力，表现出的惊讶、敬佩和感动，狠狠地温暖了我的心。至少让我觉得，纵然物是人非，我们所有的经历和付出，仍然以它们自有的方式存在着，默默地生长在人心深处最柔软的地方。

这本书似曾相识

多年前曾听过一件康德轶事，这位大哲学家晚年最重要的工作，是每天认真研读自己早年的著作。记得当时在座连我在内全是三十出头的青年，大伙儿闻之最直接的反应是哈哈大笑。其笑声虽然并无恶意，想来多少也含了些自恃年少的得意，以及对老迈之人的怜悯吧。

没想到匆匆二十年之后，甚至那一片不假思索的笑声犹在耳边，我自己却也无意间学习康德好榜样，干了一回自写自读的勾当。作家出版社要编辑一套"文学新星丛书"出版回顾的书，约请二十年来入选"新星"的作者，每人写一篇相关的文章，于是从书柜的顶里边翻出《昨天已经古老》，开始重读。一读之下，居然读出些许意想不到的感受来。

那些出于自己笔下的篇章，已然陌生如此。特别是最早的几篇，读着开章只模模糊糊记得一个结局，人物行为和故事细节全不在记忆之中，文辞句法看着眼生，还有些当时很时髦现在早就弃之不用的标点格式，诸如此类，怎么看也不过是似曾相识。恍惚间我从作者置换为编辑，很有了些看他人如何操作的好奇，实话说，这太叫我震惊，也太让我沮丧了。

当初我们为康德的研读哈哈大笑之际，正是《昨天已经古老》结集出版前后。作为湖南文艺出版社《芙蓉》杂志的编辑，我能背下所有相识作者的地址门牌以及电话号码，对文坛热读的作品，也是全部情节乃至经典段落都能毫不费力地复述。我的记忆力之好，在作者和同事们之中很有口碑，亦给我的工作带来了便利。有个跟我同坐一间办公室的编辑，最爱听我复述小说，据她说无论长篇中篇，只要我看过，肯定能讲得有头有尾且重点突出，同时保留了最精彩的原文，比自己看还有意思。曾几何时，这些事迹都成了明日黄花当年之勇，看过的书或者只记得主要观点，或者只记得个别篇章，要完整而又不颠不倒地复述，几乎做不到了，只能自我解嘲为得意忘言。照理说近期记忆减退，远期记忆清晰，到了我们这个年纪也是人之常态，何必大惊小怪。可是这一次的阅读对我的打击，恰在于远期记忆也变得模糊起来，并且是对自己一个字一个字写下来的作品失忆，这就好比一个当妈的见了亲生孩子的老照片不认得，这还不够令人震惊和沮丧吗？

震惊和沮丧之后，我开始寻思，这些让我感到陌生的作品，在过去的二十年里，是否被我回顾过理会过？答案是否定的。要不是这回需要为出版社做这篇命题作文，我恐怕再也想不起要回顾和理会它们。为什么？我得想一想。

《昨天已经古老》是我的第一部小说集，从处女作《猴爷爷》到成名作《黑颜色》，都收入其中，时间跨度大约有五六年之久。整本集子可以分成截然不同的两部分，前半部为传统的现实主义小说，后半部有很明显的黑色幽默和荒诞色彩。之所以在同一本集子中，小说的写法大不相同，跟那个时期我对文学的认识有着剧烈的变化不无关系。

这五六年正好处在 20 世纪 80 年代初中期，也就是人们常说的中国文学大跃进时期，而我所在的湖南省又是当时揭竿闹文学的队伍格外壮大的所在，文学沙龙遍地开花。所谓沙龙，当然不会是那种西方贵族式文艺沙龙，各路高人雅士济济一堂，有美貌的女主人、华丽的客厅、名牌香槟酒相伴，还有贫困潦倒的钢琴师演奏作陪衬，只不过是青年人自由集合的文学小团体而已。用今天的眼光看，这些人的物质生活也许刚达到脱贫标准，可这并不妨碍每个人都怀着挥斥方道的激情，心比天高。沙龙的成员们每天必做的功课，不是打麻将洗脚泡桑拿打口水仗，而是相互推荐新近读过的好作品，或者将自己尚在构思的小说拿来讨论，附带通报又写了多少字，又发表了一篇小说在哪一家刊物上了第几条。人人都把文学成就看得至高无上，发誓要写出又好又新颖的作品，与那些以现实主义见长的前辈作家一决高下。如此，技法创新变得格外重要。时值西方现代主义文化思潮随着国门大开汹涌而至，五花八门各种流派的文学作品都能在中国找到拥趸，这就给急切地想在写实主义以外寻求创作新途径的青年人，提供了巨大精神动力和技法临摹的多种可能性。

我正是在这样的背景下被邀请参加了一个小沙龙，这个沙龙已有的四个成员，何立伟、徐晓鹤、王平和残雪，虽然当时还没有成就什么气候，后来却都在文坛上各有表现。那天他们中间的两位到访我家，郑重邀请我参加他们的沙龙活动，在我还来不及表态的情况下，立刻以龙友身份对我进行小说创作辅导。他们对我说，不应该再写那种"穿粉红色风衣的东西"，不应该再看老托（托尔斯泰）、老狄（狄更斯）、老莫（莫泊桑），而应该把书柜最好的几层都摆上马尔克斯、加缪、萨特和卡夫卡。直到今天，我还得不讳孤陋寡闻之谦承认，这两个人简直就是世界现代文学大师联合派来的信使，让我第一次听到了来自正统现实主义文学之外的另一种声音。后来我一口气读了不少现代主义经典文学译本，其中最让我心仪的作家，先是海勒，再是加缪，还有一个不太见经传的法国作家埃梅，他们作品里的幽默和荒诞，被不拘不束地精妙表达，真让人在反复阅读中把栏杆拍遍。

我在1985年写出的《黑颜色》《没颜色》《蓝颜色》以及《那天下雨了》等等篇章，大约跟这段时间颇为称心的阅读有关，是阅读产生的兴奋感催生了这一系列带有幽默荒诞色彩的作品。是它们让我一度跻身于"先锋小说家"行列，《黑颜色》作为我的成名作，还给我赚得了不少评论家的褒奖和读者的赞扬。二十年之后重读它们，我觉得这些小说并没有印象中那么好。虽说写得聪明，也犀利地表达了我对现代社会人与人之间的关系的怀疑和思考，但它们的弱点显而易见，那就是过于注重技巧，过于注重细节的荒诞，在语言方面施行地毯式俏皮话轰炸，巧有余而拙不够。以我现在的认识，真正的荒诞小说，应该是所有的细节都真实可信（至少是貌似真实可信），没有一句话是让人费解的，没有一个词是用来胳肢读者以获取笑声的，却在骨子里横着一个荒诞的内核，这个内核中还包裹着某种险恶的真实。不过当时的我已经有点飘飘然，听到有人说你写的东西越来越叫人看不懂的时候，我并没有把这当成一种警告，相反还添了些许居高临下的沾沾自喜。那年头读书界也正盛行以高深莫测为尊的风气，读不懂自有读不懂的妙处，不懂也得装懂。于是，《昨天已经古老》刚一出版，我对里边收入的《出国演出队名单》《话说老温其人》一类，曾经带给我鼓励和掌声，也带给我最初的创作自信的作品，已经有点不屑一顾了，因为它们写的人物，如同自家的邻居一样寻常，它们描述的事情，生活中每天都可能发生，没有任何高妙之处。但凡有人提起它们，还会产生羞愧难当的感觉，好比女大十八变的淑女，被人拿了穿着开裆裤的照片来相认。

弗洛伊德对人的"有选择遗忘"现象很有研究。他的案例里有个人要寄出一封他根本不想寄的信，第一次寄出忘了贴邮票，第二次寄出写错了地址，第三次寄出不知又出了什么岔子，结果左寄右寄那封信始终寄不出去。这等于从反面说明了人的记忆其实是靠不住的。当往事一层层叠加，记忆一次次被覆盖，我们记得最牢的，极有可能是那些自以为有价值、自以为光鲜荣耀的部分，其他自以为平庸以为失误以为耻辱的部分，则有可能被淡化被修正甚至被遗忘。自己写出来的作品，白纸黑字在那儿撂着，想改是没辙了，想忘还是有办法的。翻书的时候，你哗哗地就把它们翻过去了，再编什么自选集的时候，你根本不给它们再露头的机会。眼下这种信息爆炸的时代，无论什么都在快速更新的时代，想记住什么难上加难，想忘记什么不只是太容易，简直是不可避免。既然你自己不想保留这些东西，记忆会乖乖地把它们从你的脑子里抹去。

就这样，我像读着别人的作品似的，读着被自己淡忘得已然陌生的篇章。读着读着，这部分早期作品给我的感觉，恰恰又不如想象中那么糟了。那些平常到每天都可能发生的故事，让我觉得有些滋味了，那些平常得如我家邻居的人物，不知不觉感动了我。这些看去稚气未脱技巧平平，没有玩出什么花架子，也谈不上哪流哪派的小说，比起被贴了"先锋派"的标签，被自己重视也被评论家认可的部分，反而多了某种在当年不那么被在意的力量和感动。当大伙儿全心全意争当文学先锋的时候，技巧能力是衡量作家境界的重要标准，这种质朴和实在的东西很容易被忽视。

有一句堪称经典的话被广为传颂：高妙的艺术就是带着镣铐舞蹈。那时大伙儿对此达成的共识，似乎是将技巧当作"镣铐"，不同镣铐标志着不同类别的舞蹈，为了标新立异，镣铐好像变得比舞蹈本身更重要了。经历了二十年的编辑与写作实践，重新体味这句话，我好像有了不同的心得：所谓舞蹈，就是精神与想象的飞扬，所谓镣铐，就是真切体验的制约。作为文学作品特别是小说，技巧当然是不可或缺的。20 世纪 80 年代西方现代主义文学在中国文学界的普及，对当时一大批有志于此的年轻作者，进行了多种多样的技巧训练，大大开阔了作家的眼界，促进了文学形式的多元化，也提升了小说的艺术含量。但无论如何技巧只是文学构成元素的一部分，并不是小说的唯一，更不是文学的全部。它的功能应该有助于作品构建文学的真实，使文学的真实较之生活的真实更全面更概括更深入，而不是它本身自恋的炫技。我们在技巧上孜孜不倦求新求异的当儿，永远不要忽略生活中真切感动自己的那些平凡的面容和并非传奇的故事。

这个发现，让我在沮丧之余，得到了一丝欣慰。因为它不光使我修正了某种文学观念，还将在今后的创作实践中给我警示。为此，我得感谢新星丛书回顾的策划者，给了我认真重读早期习作的契机，同时也是重新梳理创作思想与实践的契机。这个过程从沮丧开始，以欣慰结束，对我来说也算得上一次前所未有的阅读经验。

当悲的水流经慈的河

——《世界上所有的夜晚》及其他

个人伤痛的入口

　　说到迟子建，2002 年 5 月的那次车祸是绕不过去的，她的丈夫在车祸中罹难。他们之间仅仅四年的婚姻，以一种叫她难以承受的方式，在大兴安岭的春天里戛然而止。可是这个男人在迟子建的生命中的影响，似乎从这一天才真正开始。

　　当时我正在海南岛，夏日里每天必下的阵雨没有如期而至，但方方从电话里传来消息，让明亮的热带阳光在我眼前顿时黯然。我们以朋友的身份，隔着山隔着海沉默，心里明白这对小迟子意味着什么。这桩迟来而短暂的婚姻，带给她的幸福与安宁，曾经在我们的见证之中与意料之外，我们担心，毫无征兆倏然降临的灾难，会毁了她的家，还有她本人。

　　跟迟子建熟悉起来，是在 1997 年某个笔会上。她给我留下的印象是性格明朗热烈而且刚强，虽年轻貌美却没有小女子的忸怩做派，高兴时会爆发出豪气十足的大笑，不高兴了很可能吼几嗓子或者痛哭一场，而且出入文坛多年以后，还没学会在男士们跟前突然改用气声说话。我曾经想，这女孩，才情如她，性情如她，怎样的一个男人才能让她心甘情愿与之偕老。然而不过一年之后，迟子建突然结婚了。婚姻中的小迟子神采飞扬文思泉涌，每个毛孔都冒着沉静与安详的气泡。这多少使我对她的夫君产生了一点好奇心，不知道他以何种魅力，彻底俘获了小迟子并非寻常的芳心。可是，从开始到结束，朋友们中间极少有人见过迟子建的丈夫，我也仅只在一张照片上，看到了那个逝去的人留在雪地上的剪影：迟子建面对镜头调皮地笑着，北国冬天黄昏的阳光，将拍与被拍的两个人的轮廓印在白雪上。小迟子在这张照片下边无限惆怅地写道：故乡的冬天，雪地上的影子还是两个人。

故乡对于迟子建而言，可谓恩重如山。作为一个人，故乡给了她生命，给了她灵性，给了她姣好的皮囊和敏感善良的心，就连生命里的另一半，也是在寻觅了多年之后，等到她三十有四的年龄，终由故乡赐予。作为一个作家，故乡的山野生活，给了她许多好感觉和好细节，使她一写起大自然的种种就下笔有神，在大多都市长成的女作家里独树一帜。在迟子建的小说里，天上地下日月星辰山川河流飞禽走兽人，不分彼此互相转换着身份和形体，太阳长出温软的小手小脚；野花中疾驰的马蹄跑成了四只好闻的香水瓶；林子里的微风吹过，水分子像鱼苗一样晃动着柔软的身体游动；江水把自己胸脯上的肉一块块切下，甩向沙滩化为了石子；天空长着眼皮和睫毛，耷拉下来，大地就黑了；人们活着或者死去，后代们绿油油成长起来……忽发奇想的意象比比皆是，并无雕琢堆砌的痕迹，在阅读中甚至可以感到其笔墨行进的速度之快，几乎到了不假思索的程度。更多看起来被轻易放过的句子，构成了那些意象的底色，让它们如草甸子上的野花，被青草衬托着自由自在开放。

可能出于偏好，我引用了过多的好句子。实际上我很清楚，它们决不仅是文学课堂里或平庸评论中的修辞手法，而是一个人从童年开始建立的生活态度与生命观念。一个作家倘若有幸从上苍那里领取了这样一双融入自然的眼睛，她（他）的世界将一定是阔大的丰富的，从宏观的角度和抽象的意义上说，也是永远不会孤寂的。故乡给了迟子建这样的眼睛。

大约二十年前，迟子建发表了中篇小说《北极村童话》。这颗新星闪现于当时已然花繁叶茂的文学之树，仍以它清冽自然的光芒，吸引了读者的目光。这篇小说对于迟子建，其意义不仅让她在文坛崭露了头角，更像一只音准，校准了她全部前期作品的基调。春天的温馨曾经是迟子建小说始于《北极村童话》的基调，秋天的肃杀和冬天的严酷总被推成远景。她几乎很少把人物逼入绝境，政治、历史、生态、社会、家庭、人生，以及任何原因引起的对立，常在读者预见将要尖锐起来的时刻，被一个意外的分岔软化，诚如生离死别一波三折，需要大煽其情的看点，反而波澜不惊，三言两语带过。于是她的小说留给人们的印象，总如同幅幅风景，在鸡犬相闻的人间烟火中，氤氲着恒定的温婉浪漫气息。有人认为迟子建作品的唯美主义温情立场，削弱了对社会现实的批判力度，作家苏童的观点或可从另外的层面做出注解："她在创造中以一种超常的执着关注着人性温暖或者说湿润的那一部分，从各个不同的方向和角度进入，多重声部，反复吟唱一个主题，这个主题因而显得强大，直到成为一种叙述的信仰。"（《关于迟子建》）我们大约不应该要求每个作家都必须写出百科全书，如果他们各尽所能写出达标的社会分类辞典，仍不失为文学和读者的幸事。

2002年的车祸，对迟子建的写作所产生的影响不知不觉显现着。丈夫之死如同春天里的沙尘暴，为迟子建带来一段天昏地暗的日子，也带来将与生命等长的伤痛记忆。最初的日子里，她常会不由自主拨打丈夫的手机，祈盼亲切熟悉的声音，再次从听筒里传出。奇迹没有发生，电话里一遍遍传出的，总是电脑冷冰冰的提示音："对不起，你拨打的用户已关机。"然而她欲罢不能，直到有一天听筒传出的声音，变成"你拨叫的号码是空号"。彻底绝望之后，她恢复了长篇小说《越过云层的晴朗》的写作。丈夫出事前，这部小说刚写了第一章，迟子建曾经把其中的片断轻声读给他听过。小说写的是一条大黄狗坎坷的生命历程，以一条狗善良纯洁的目光观照世道人心。迟子建在这本书的后记里坦言，这部长篇冥冥之中完全是为丈夫写的悼词，她丈夫姓黄，属狗，她常以"大黄狗"作为他的昵称。当最后写到大黄狗死于人为的祸害时，她突然产生了宿命的伤感：假如最初小说不设计成这样的结局，是否能把丈夫留在人间？

迟子建流着泪，用六个月时间写完了这部长篇，中间还插着写了短篇《一匹马两个人》，一部与车祸有着隐晦关联的小说。一对相濡以沫的老年夫妻，由老马拉车去远离村落的麦田看守庄稼，半路上老妻从马车上跌落而死。饱经痛苦思念的折磨后，老头也随之死去，剩下忠诚的老马，守护着主人生前播种还来不及收获的麦田。小说通篇地老天荒的凄凉，读来让人潸然泪下。我怎么读都觉得这里边包含着迟子建的一种愿望，假如能与丈夫白头偕老，哪怕仍然有灾祸袭来，哀伤或许会浅淡些吧。这等于从另一个角度，传达了她对哀伤的不堪。

接下去，她又写了中篇小说《踏着月光的行板》，叙述一对两地分居的清贫夫妻，相思中不约而同前去探望对方，却相互扑空失之交臂，只能电话约定在返程的路上，通过相向而行的车窗相望。丈夫生前，迟子建曾多次陪他去大庆探看公公，果绿色的短途列车上那些衣着破烂的民工，曾经引起她的关注和同情。可是，当她真正地下笔写他们的时候，同情不知不觉中变成了羡慕。迟子建描述过写作的心境：男女主人公在慢车交错之时，终归得以隔窗相望，而自己却连再看丈夫一眼的可能都没有了。"我们婚姻生活中曾有的温暖又忧伤地回到了我身上，所以那对民工夫妻的感情，很大程度上倾注了我对爱人的怀恋。"

从迟子建寡居后的第一部小说开始，其创作上的变化相当明显，一种鲜见于她的沧桑感，像深秋山涧的冷雾弥漫开来，笼罩了从前童话牧歌的天地。单就小说的品相而论，它们当属上乘，《一匹马两个人》更可与她前期代表作品《雾月牛栏》相媲美。但是在《世界上所有的夜晚》之前，这些近作明显带有仅限于个人伤痛记忆的痕迹，作者在一潭深不见底的悲情里挣扎，不得其路而出，这正意味着某种潜在危险的临近。

个人的伤痛记忆对一个作家是财富也是陷阱。它可能是一把钥匙，能替你打开伤怀之锁，释放出大善大美的悲心，赠予你悲天悯人的目光。在更多的情境下，它却是自哀自怜的诱饵，让你误入自恋的沼泽，成为一个看似万变其实不变的文学"祥林嫂"。当然你还可以连篇累牍地写，此起彼伏地发表、转载、改编和出版，甚至得奖，但这也许恰恰是你的精神将要停止生长的信号。人们总爱说，天欲降大任于斯人必先苦其心智，可是别忘了有多少人先于大任之降已经被心智之苦湮灭。如果那样，人们只能惋惜地说，一场灾难，破碎了一个大作家成长的可能性。所幸迟子建靠着她的悟性远离了陷阱，在危险真正到来之前，将自渡之船撑出了哀思之海，《世界上所有的夜晚》的白纸黑字可以做证。

人间慈悲的出口

现在，我们可以开始阅读迟子建这一篇新作了。

迟子建在小说里出发的时候，已经勇敢地从幕后走到前台，头一回以寡妇的原形领衔主演真人秀。需要说明的是，真人秀只是一个借用的词，我的本意也并不是一个作家非把小说写得像自传才好。但是我以为，在非常的心理创伤中，迟子建敢于把自己的心扉敞开，对她具有特别的意义。敞开是她将要放下的先声，而放下才可能从自哀自怜中超脱出来。翻开小说，一种与温馨的北极村童话里决然不同的，粗粝，黯淡，艰苦，残酷，完全可以称得上绝望的生活，扑面而来。在意外受阻的旅途中，来自大城市的寡妇，一头扎进了小镇乌塘那个哀伤的汪洋大海。大海的力量能把一切人们眼中的庞然大物变轻变小，个人的伤痛哪怕大得像一头蓝鲸或者一艘航母，一旦驶进了芸芸众生的哀伤海域，将还原它的分量，让一切形式的自恋相形见微。

在当下的文坛，自恋差不多成了作家中的传染病。以各种面貌出现的自恋，在作品中多角度折射出不同的精神病容。有的自恋于个人的爱，个人的恨，絮絮叨叨无外乎私人生活的小伤小痛、小情小感，穿的什么牌子衬衫，吃的几星酒店的大餐，恨不得把皮肤上每个小痦子的生长，都用分镜头脚本记录端详。上下左右的小恩小怨、小奸小坏，丝丝扣扣入眼入心，揣度琢磨放大解剖，再借题发挥以泄私愤。有的自恋于怀旧情结，受过的苦，立过的功，都是傲视众生的资本，不天天写月月写年年写，苦就白吃了，功就白立了，纪念碑就不够雄伟光辉。还有人在追诉受难经历的作品里，也不忘炫耀贵族生活的优越，反而把政治斗争的严峻与残酷，冲淡到读者无法理会的程度。苦难本来是作家的财富，然而没有阔达的胸怀，吃再多的苦也只是一己之苦，不能成为写出大作品的动力。另一种自恋走得更远，甚至跟个人经验和情感也没有多大关系了，有的只是对写作技巧的迷恋，信手拈来左右逢源，不动心不动肺，写什么都顺理，怎么写都成章，技术化的制作之下怎一个写字了得。

迟子建的新作，从克服自恋的意义上说，是一个有益的启示。这部小说的可圈可点之处，在于对大众苦难的关注，更在其努力超脱个人伤痛，将自己融入人间万象的情怀。迟子建从小生长于社会底层，多年来她的笔墨也一直在为她所熟悉的人们泼洒，故而她不会把文化人对底层居高临下的怜悯硬塞给他们，而是凭直觉寻找着他们，并与之结成天然的同盟。

肮脏的小镇子乌塘矿难连续不断，迎面走来的每个女人都可能是寡妇。她们在丈夫活着的时候，天天为随时可能降临的灾难提心吊胆，丈夫死了，老人孩子一担两头。街头巷尾活动着的每一袭廉价俗艳的衣裳里，都裹着一颗伤痕累累的心。尤其那个蒋百嫂，丈夫下井不归，生不见人死不见尸，剩下她，白天在酒馆买醉，晚上向男人卖笑，因此成为镇子上有名的疯女子。其实这个借酒撒疯的女人，守着一个惊天的秘密，她死于矿难的丈夫，竟被迫冷藏在家中的雪柜里，矿主瞒报矿难人数的勾当，让他死无葬身之地！苦难深重的女人，已经够让人怜惜了，矿区的男人还有更叫你揪心的遭遇：早晨下井不知晚上还回不回，回不来一了百了；回来了也并不见得开心，要是赶上老婆正好是个"嫁死"的女人（先上好节育环、买好保险单再嫁给矿工，专等着丈夫井下遇难，领了银子走人的女人），活着回来，看见的也是冷锅冷灶冷言冷脸，连晚饭还不知在哪儿。

石破天惊的真实故事，藏在迟子建的采访笔记本里已经七八年。当年她以作家的身份去矿区深入生活，满怀同情记录了这些人和事。应该说，这是一些有着极大拓展空间、最便于作家生发细节的素材，稍事发挥就是社会底层生活最真实的写照。它们的残酷和血腥程度，对人性黑暗面的揭示力度，都可以用五颗星作为标记，只需有条有理写来，就已经具备了煽情效果。这些素材在《世界上所有的夜晚》中运用，超出了一般写实与再现，作者对个人伤痛的超越，使透心的血脉得与人物融会贯通，形成一种共同的担当。女主人公在震惊之余，庆幸残酷的命运对自己仍然网开一面：至少还有机会在火化炉前吻别丈夫，再给他造一座可供凭吊的坟墓。与此同时，庆幸并没有矮化为常见的心理平衡，特殊的感恩心情所催生的，是对更加不幸的人们更深的关切，同情升华为大的悲悯，她本人也得救于其中。

我大约没有听错，死亡是《世界上所有的夜晚》的主旋律，它在小说里一遍遍奏响，密集到令人不能喘息的程度。死亡发生在昨天，发生在今天，自然还将发生在明天，它随随便便说来就来，带走了它需要的人，留下另一些人继续艰难地活着。但在这里，死亡并不能斩断往生者与现世生命之间千丝万缕的联系，他们只是失去了有形的躯壳，可亲可近的魂灵还真实地活着，通过才下眉头又上心头的思念，通过柴米油盐的照料，通过有曲无词的民歌，通过承受着藏尸的异化与众人误解的妻子，通过一只气息奄奄仍在等待主人归来的义犬，活着。

《世界上所有的夜晚》唤醒了我们对魔幻现实小说的回忆。曾在20世纪80年代的中国风靡一时，以后又悄悄然偃旗息鼓的魔幻现实文学，其重要标志之一，是人与鬼神同生共处，一起面对人生疾苦与社会现实。跟传统的志怪志异小说不同，这类小说不是将现实中的人引向鬼神的疆域，而是让魂灵生活在尘世人间。迟子建的小说，同样营造了一种适合鬼神出没的氛围，煤尘漫天的乌塘镇总下着黑雨，地名不是回阳巷、月树街，就是青泥街、落霞巷，众多打黑伞的人像一大群乌鸦在行走；画匠陈绍纯"文革"中被勒令吃下撕成碎纸片的民歌，旋律在他心底生长，歌词不知飘落何方，只要他唱起无词的民歌，家中花猫跟着流泪，小孙子不肯吃奶；人们对矿难的解释，是因为活人下到地底下采煤掘到了阎王爷的房子，引得他从死生簿上提前勾掉那些年轻矿工的名字……亦真亦幻的画面、声音、意识，将碧落黄泉人间连为一体，给了作者将悲悯由生者扩展至死者的更大空间，为再一次提升境界做好了准备。

应该说，《世界上所有的夜晚》所描述的底层生活，其深度和广度、尖锐和残酷，都超出了迟子建以往的作品，但贯穿始终的温婉基调并不肯彻底淡出。她笔下的魂灵对人间的亲人满怀温存的牵念，使小说明显有别于荒诞、变形、诡谲、奇幻的手法为特征的拉美魔幻现实文学作品。西方文化以宗教为本，从希腊神话到拉美神话的叙事传统，人界之外还有神界的深厚资源和广阔空间，魔幻的力量诱人至深，今天风靡天下的《哈利波特》和《星球大战》，更把这一传统在高科技的参与下发扬光大。中国文学中六月飞雪，梁祝化蝶，白发三千丈，倒拔垂杨柳等等，是介乎浪漫与魔幻之间的想象夸张，即便偶有神幻的点缀，也用之极慎。撇开佛家道家的传统不谈，中国儒家主流强于人本视角而弱于神本视角。受此影响，中国的文学中也有广义的"神"，但这样的神，多在神格的人，不在人格的神；多在此岸，不在彼岸；多在人间世情，不在天堂地狱。迟子建小说的魔幻成分，有可能得益于儒家传统文化的滋养，始终着力于人文的亲切和生活常理的真切，与她一贯的美学追求暗中相契。

离开乌塘镇之后，女主人公继续她原定的旅行，去到了那个以红泥泉水引人入胜的风景区。风景区灿烂灯影中的红男绿女，跟乌塘镇飘飞的黑雨下为了生存挣扎的人们，完全是天上地下两重天里的生灵。女主人公离开了欢颜笑语的人群，跟一对靠卖火山石为生的父子交上了朋友。七月十五鬼节将临，小说也已进入尾声，女主人公与小男孩云领相约，去一个叫作清流的小溪放河灯。云领的母亲生前是个理发师，被顾客的宠物小狗咬伤，患狂犬病死去，父亲在度假村替客人放焰火，为了挣到客人许诺的两百块钱，将一个大礼花托在手上点燃，自己的一条手臂，跟绚丽的焰火一起飞上了天空。看着云领经磨历劫的小小身影，想着乌塘镇不幸的人们，女主人公突然觉得自己所经历的生活变故，轻得就像月亮旁丝丝缕缕的浮云。

实际上，这是迟子建第一次用"轻"来形容自己的不幸。她的一颗曾让伤痛塞得满当当沉甸甸的心，在大自然的怀抱里，被一股充盈的活水荡漾起来，沉郁的笔尖又重现了丰富的浪漫意象。女主人公拿出珍藏的剃须刀盒，将亡夫留在里边的胡须，倒入莲花形的河灯。河灯在清流里远去，载着代表夫君血肉之身的细小粉末，载着她所有被遗弃的委屈和哀痛，一直流向夜空中无边无际的银河。银河，是亘古万年奔流于天上人间的最慈悲的河，象征着广阔的宇宙、高洁的品质和亮丽的光芒，这个意象一出，当局者和旁观者都豁然开朗，一种更大的慈悲和想望跃然纸上。迟子建在浪漫的旋律中翩跹若仙欲罢不能，再一次调动了她出色的想象力，将整篇小说定格在对未来充满希望的意象里：一只精灵般的蓝蝴蝶飞出了剃须刀的空盒，落在她右手的无名指上。

《世界上所有的夜晚》是一部文学成分比较复杂的小说，写实、浪漫、轻度魔幻的技法相互渗透相互交织。但作者似乎并未在表现手法上刻意经营，精神意志的内在需求成为一只无形的手，支配着作者用不同的手法表现不同的空间。对于文学作品的内容和形式关系，大家最熟悉的一种比喻是酒与瓶子，但作家韩少功在最近的一个访谈录中，把它们的关系比作光和灯。我觉得这个比喻更加贴切，有经验的作家们大都有过这样的体会，在好的创作状态下，往往内容就是形式，形式就是内容。由此或可推测，迟子建在这篇小说的写作过程中，找到了这种状态，使技法的转换和情感的辐射浑然一体不可分离。作者的感情世界，随着兴奋点的跃动，自然而然变大：就空间而言，从一个人到一群人，从人和动物到第四空间的鬼魂，最终扩展到自然万物与银河宇宙；就时间而言，从现在到过去，再从过去到未来。表现手法随情感起伏自然而然转换，并不需要人为的设计。这是一种多好的状态！

合上书页的时候，海南岛夏天里常见的太阳雨渐渐止息了，从窗户望出去，天空和海面被一片澄明的银灰照亮，一艘大船正航行在天与海的交界处。我想，也许最好的文学不在人间，也不在天上，恰在那艘大船航行的地方。

2005 年 7 月

萨帕塔的关键词

——读《蒙面骑士》

明星

看见墨西哥萨帕塔民族解放军副司令（司令空缺）马科斯的照片，自然联想起另一个人物切·格瓦拉。切的英俊面孔和挺拔身躯，在他死后的四十年间，以一个偶像所能得到的最高待遇被顶礼膜拜，有时候甚至超出了他的精神所在。切的脸和身体成为了符号，作为现代革命明星的形象定格在历史中，这是不可更改也不能重复的。副司令马科斯要成为切·格瓦拉之后的另一个世界革命明星，需要超人的智慧和勇气。

然而他不能放弃做一个明星。后现代时期是明星的天下，一切民众的狂热都离不开明星效应，从世界杯、好莱坞、股票交易到萨帕塔都是如此。副司令马科斯显然深谙此道，他的一段文字说明了这一点：我听说他们已经找到了另一个马科斯，那么这个新的副司令是否英俊？因为最近他们派给我几个实在丑陋的家伙，害得我的女性笔友深感幻灭。并在署名之后自我调侃地描绘：副司令以骷髅卖弄风情的姿势重整他的滑雪帽。

黑色滑雪帽是副司令马科斯的面庞，墨西哥萨帕塔民族解放军的无面之面庞，与一双南美洲成熟男子的眼睛，一只时而点燃时而熄灭的烟斗，成为固定的搭配，开启着每一个关注者的想象。切·格瓦拉的英俊有目共睹，副司令的英俊存在于从众的幻想里，更加无与伦比。十数年来，副司令面对敌手的威逼、盟友的恳求、拥趸的欢呼，从来没有揭开过他的滑雪帽，以放弃他本人作为明星出场的所有机会为代价，造就了切之后最具个人魅力的"非我"明星。

较之切·格瓦拉，副司令更自觉地运用了身体的甚至是性感身体的魅力，较之传统意义上的革命领袖，副司令似乎在努力昭彰他反领袖的做派。没有高屋建瓴的深刻，没有正襟危坐的宏论，也没有痛心疾首的呼告，在他那些云山雾罩神乎其神的文稿里，这一切变成了由安托尼奥老人讲述的寓言，与小甲虫杜里托的戏说，以及王顾左右而言其他的海马故事。他发表《我们的语词是我们的武器》这样惊人的宣言，在实践中对文学和语言的借重，也是既往的革命史中绝无仅有的。

根据有关副司令经历的传奇记载，这原本并不是他成竹在胸的刻意包装，而是碰壁后无奈中的顺势而为。当他放弃了城市的安适生活来到山区的原住民中间，也曾经模仿着传统革命领袖，传播马克思主义放之四海而皆准的道理：全世界工人必须联合起来，而回应他的是一片黯然的眼睛和沉默的嘴。是他的悟性在这个时候拯救了他，他选择了做一个独一无二的"非我"明星，通过他的声音，萨帕塔民族解放军的意愿在言说。他用尽可能文学化的语言完成他的训示，不排斥诗情不忌讳亵渎，有意无意使自己成了包括性幻想在内的各种幻想的虚拟载体。不期然，这看似削弱了他个人影响力的做法，反而使他声名远扬。

副司令的身体由此符号化了，以一个浪漫英雄的扮相，扮演着后现代版的蒙面大侠佐罗。符号化是不朽的前提，哪怕在很久以后某一天，马科斯的真身肉体回归了大地，他的滑雪帽和烟斗，以及帽子下时隐时现的黑眼睛，将一直存留在萨帕塔甚至是世界革命的史册，跟四十年来的切·格瓦拉一样，至少有希望跟切一样。

文化

能否粗略地说，文化就是记忆，属于公众的集体记忆？一个外来者以自己的方式进入另一个历史悠久的文化，都将遭遇抵抗。当初来乍到的马科斯，对原住民说全世界工人必须联合起来的时候，他所面对的黯然和沉默就是文化的抵抗。即使他真心诚意想帮助他们，得到的回应还是沉默，只能是沉默。一个尚处于原始生活边缘的族群，显然无法对自己记忆中的空白做出反应。资产阶级、无产者和工人，跟他们并无瓜葛。他们牢记的是自己赖以生存的土地，他们自得其乐的生活方式，他们烂熟于心的语言，他们无师自通的绘画和歌舞。这一切组成他们民族记忆的东西，给了他们属于自己的不可替代的身份识别标志，也是他们的族群得以延续的依据和保持尊严的理由。马科斯的尴尬在于他闯入了记忆的空白。挽回这种颓势的办法，只有融进他想介入的文化，用他们熟悉的方式和语言发出他们想要发出的声音。他这样做了，所以成功了，于是他领导的革命，按照玛雅人的路径，进入了神话和魔幻，成了现在这样前无古人的模样。

记忆会随着时间推移衰退，文化则会随着记忆的衰退而衰退。对一个古老的族群来说，遗忘就是被征服，副司令们要做的事情就是发出声音，为了不被遗忘，换言之为了不被征服。他们深知自己的文化只能植根于土地，它有着土地的颜色，而跨国公司闪烁着金钱颜色的市场，是它豪华的坟墓。他们的土地被强占，记忆被宣布为非法，北美自由贸易协定那一纸对原住民无异于处决令的条款，将把他们的文化从土地上连根拔起晒干，焚烧殆尽。他们同时深知，在洪水猛兽般势不可当的全球化狂涛里，封闭起来只能自取灭亡，与全球化周旋的方略恰恰不是将世界挡在外面，而是敞开，敞开，再敞开，否则他们的斗争只会下降为族裔争端事件，被外界轻轻放过。

真正让人难以置信的是，他们竟然把历史久远的土地和文化，与完全属于后现代的工具和手段紧密结合在一起：生产黑 T 恤（印有红色五星）、白 T 恤（印有黑色 EZLN 字样）、马科斯式的滑雪帽、玛雅式的娃娃等标志性产品，制作特色独具的各种海报明信片（把他们传说中的女性总司令拉莫娜画成蒙娜丽莎）。而分布于全球的数十个国家的四五万个网站，把这些带着强烈萨帕塔原住民文化印迹的信息，经营成了范围广泛的时尚。所以当他们发出邀请，就有全世界的社运人士不远万里前来相会，包括从诺贝尔奖得主到贫民窟里的浪仔等形形色色的人。

通道被打开，记忆加入了新的元素，古老的文化通过现代技术和工业产品得以张扬。许多访问者曾经在会议现场看到普通的萨帕斯解放军战士即兴作画，那些色彩和构图都很奇异的巨幅画卷，在他们手下几乎一挥而就，别致地表达着他们对世间万物独特而稳定的认识，自成一派。面对外来人夸张的惊叹，这些天才画家们的解释显得轻描淡写，我们并没有改变什么创作什么，只是再现了我们眼中本来的世界。

这是古老文化赐予他们的超常特质吗？如果回答是肯定的，下一个问题接踵而至：他们的文化特质会不会因为新元素的加入而模糊？这有可能是每个传统文化的捍卫者都会遇到的两难选择：封闭意味着枯竭，敞开意味着改变。萨帕塔能两全吗？

副司令马科斯说，在时间的土壤里，我们涂鸦着叫作历史的东西。这是他们自信的回答，但是否加分要等时间来评判。

形式

形式是后现代行为的不可或缺的组成部分，后现代的革命不能例外，萨帕塔需要创造属于自己的形式。

副司令马科斯宣布，他们的武器是互联网、摄像机、语词、思想和希望。为了适用这样的武器，他们必须重视行头和道具：戴上蒙面的垒球帽或滑雪帽，背上木制的仿真枪或者子弹从不上膛的猎枪。他们必定醉心于文字游戏：把自己的理想描述为一个剥夺了睡眠的梦，唯一的、警醒的与无眠之时的梦；对晴朗的天空说，今天下的是昨天的雨；领袖的教诲给处理成谜语而不是断言；理想的宣言和战争的呼喊被改编为诗行、传奇和重复的爵士乐段；而对待他们的劲敌全球化后殖民主义，副司令使用的是古灵精怪让人摸不着头脑的嘲讽：灰色可能获胜。句号。急需彩虹。

萨帕塔人决心把他们的起义，做成任何人都可以加入的起义，一场拥有一个拒绝和许多种不同追求的运动。One no and many yeses，他们这样表述——文字游戏再次发挥着神奇的功效，让所有粗通英语的人一见难忘。他们设计了诉求的不确定性，也就同时设计了参与者的不确定性。副司令在他的滑雪帽后面说，我们就是你。是旧金山的同性恋者，南非的黑人，欧洲的亚洲人，圣伊西德罗的墨西哥移民，西班牙的无政府主义者，以色列的巴勒斯坦人，圣克利斯托博街上的玛雅原住民，德国的犹太人，波兰的吉普赛人，魁北克的摩和克人，波斯尼亚的和平主义者，夜晚10点地铁上的单身女人，无地农民，贫民窟里的帮派小子，失业工人，不快乐的学生，当然了，还是墨西哥东南群山中的萨帕塔人。在这里，不确定性代表着最大的包容性，全世界的弱势群体和个体都可以囊括其中。马科斯代表萨帕塔写信致全世界人民，要让远在天边的同盟者知道，我们的今天是你们的明天，或者是你们的昨天。他们并不想特立独行。为了最大程度争取声援，他们甚至从不忌讳矮化自己。萨帕塔运动的宣言写道：我们并不存在。在那里，我们的生命贱于机器或牲畜，我们就像路上的石砾、路边的野草。我们曾无语，我们曾无容颜。这在局外人看来，多少有点像后现代风格的小剧场话剧，舞台和观众席连成一片，分不清演员和观众，故事发生在所有人中间。形式和内容由此浑然一体，他们的创造力和想象力已经远远超出了我们的预期。

后现代的表现形式五花八门，形式的不断更新维持着这个时代存在。当然应该承认，副司令们创造了一种与这个时代相适应的另类革命，但他们同时也面临着严峻的后续考验，那便是为了保持从众的兴致，他们必须无休止地在形式上推陈出新。萨帕塔人出色的想象力和创造力能支撑他们走多远？一旦他们的灵魂人物副司令马科斯老去，他充满浪漫、幽默与自嘲自讽的思维再续乏力，他们会因为自恋止步于曾经使之应者如云的形式吗？假定这个以喜新厌旧为荣的时代，一直鼓励着大众，从物质消费到精神欲求，都匆匆追赶着时髦的刺激不放，失却了新颖形式的萨帕塔，会沦落于拥趸一哄而散，偶像人老珠黄，山林一片寂静的遗忘吗？

遗忘就是被征服。兴许不是被敌人，而是被大众。

革命秀

什么是革命？至少在我的印象里，有一个人给出的答案历久弥新："革命不是请客吃饭，不是做文章，不是绘画绣花，不能那样雅致，那样从容不迫、文质彬彬，那样温良恭俭让。革命是暴动，是一个阶级推翻另一个阶级的暴烈行动。"这个人是毛泽东。他大约八十年前在《湖南农民运动考察报告》中如是说。

萨帕塔的革命反其道而行之。他们把成千上万来自全世界的客人邀请到丛林营地，"监督我们，校正我们的战斗"。他们在客人面前满身披挂，戴着扮演暴徒的蒙面头套，扛着不发（或者不能发）一弹的道具枪，在自己绘制的布景下，排着长长的队伍亮相，如果条件许可他们甚至愿意把抗议的集会开成盛大的音乐会。副司令马科斯热衷演讲和接受采访，通过互联网发表文学化的时评政见，嬉笑怒骂妙语连珠，还忘不了适度卖弄风情，选择某年情人节向他的女性迷恋者公布了坏消息，他已经结婚，并深爱妻子，而她的名字叫海。浪漫故事、奇异图画、游戏文字、诡辩智慧、作秀姿态，这一切在萨帕塔人的革命历程中此起彼伏轮番上演，唯独没有暴烈行动。玛雅印第安原住民 500 年斗争历史的鲜血警示他们，先辈们尚未远去的英魂守护他们，告诉他们，罪受够了受够了，血也流够了流够了。

　　萨帕塔民族解放军起义之初，与墨西哥政府军的暴力冲突曾经一触即发。政府军出动了上万兵力，调动重型火炮，用三周时间长驱直入，相信能够像碾死一只虫子般地剿灭萨帕塔的丛林起义。势单力薄的萨帕塔民族解放军，只要与之正面冲突，必将以惨重伤亡告终。副司令马科斯审时度势，自知无法凭借一己之力打赢一场真刀真枪的战争，于是选择了退守丛林，成功地把阵亡人数降到了十人以下。即使在退守丛林之后，他也没有让斗争形式停留于前人惯用的游击"跳蚤战"，而是将其创造性地演变为令对手极为头痛的网络"蜂群战"。这两者的区别何在，知者不详，但至少在望文生义的水平上揣度，蜂群的数量不会低于跳蚤，而它们的移动不受距离和空间的制约，比跳蚤更难对付。寄希望用后现代文化的武器不战而屈人之兵，或许是遵从和平主义的萨帕塔得以生存的要诀，也是每当政府军开始大规模军事行动之时，萨帕塔的"红色警报"总是在动员撤退隐蔽的理由。

　　自从人类催生出了革命，暴力和流血就是它形影不离的伴侣，起义者和镇压者都把消灭对方的有形生命作为要务，有着一个阶级推翻另一个阶级的具体目标。然而在非暴力的萨帕塔对面，这样的具体目标几乎是不存在的，荷枪实弹的政府军只不过在为虎作伥，真正张开血盆大口要将所有原住民囫囵吞下的，是那只千变万化的全球化怪兽。它无处不在无处在，时而具体，时而抽象，时而狰狞可怖，时而风情万种，隐身于每一个它以为合适的地方：跨国公司修建在资源产出国的标准化厂房，分不出国籍和种族的摩天大厦和高速公路，发达国家倾倒在公共海域的废料垃圾，国际强权操纵的各种经济议定书，以伸张正义的名义入侵他国的坦克装甲车。抑或在狂饮可口可乐的红唇上，好莱坞大片英雄美女的缠绵里，人世间情感枯竭慈悲凋谢的淡漠中，也有它的幽灵在徘徊。它法力无边生命无形，所以刀枪不入死可复生。

　　萨帕塔要与这样一个强大的敌人交手，弱小已成事实，壮大声势就变得更加重要。所以他们的革命，言说高于暴力，作秀胜于流血。这情形有点像祭司捉鬼，高声大气，载歌载舞，以调动起信众的觉悟为己任，鬼是否捉得到还在其次。萨帕塔的革命秀，对抗的是全球化的入侵，颠覆的是传统意义的革命。面对包括国际著名球星、歌星、影星在内的各色人物，自愿充当萨帕塔的人盾，迫使政府军撤兵的奇迹，我们的惊诧有了解释，他们的起义既是革命也是秀，秀场永远和明星有着天然联系。

对于大众来说，由明星率领的革命秀显然更具吸引力，作为明星的领袖马科斯，则非常清楚时刻可能发生的流血，并且早就表明了决心：如果说生死一线间，那么，自起义的那个黎明起，我便踏在那条线上。每一天、每一刻都可能是生命的终了。一旦鲜血成了随时可能竖立起来的背景，这场革命秀的舞台就变得沉重和庄严。马科斯怀着流血牺牲的决心，策划和领导着不流血的起义，让所有注视着他的目光立时充满敬意。巡天遥看纵横古今，能背负现实的伤痛和民族的苦难，将一场秀作得如此感天动地可圈可点的主角能有几人。

转来转去，仿佛又回到了原地，流血跟在革命的后面不肯轻易退场，只不过这一次它也是蒙面或隐身的。

悖论

萨帕塔充满了悖论，正是层出不穷的悖论赋予了副司令马科斯智慧的光环和迷人的力量。想到世界上有那么多操着不同语言的人，钻进他精心编制的一个个悖论的怪圈，兴味盎然并且流连忘返，这个蒙面人会在他的滑雪帽后边狡黠地微笑吗？

马科斯本人就是一个悖论。他是一个用暴力的造型包装出来的和平主义者，有人非常准确地将他演绎为切·格瓦拉＋甘地的组合，也有人说他是红皮白芯萝卜。他用蒙面为自己创造了一个炫目的神话形象，他具有领袖的自恋，但他拒绝在神坛上入座，自称副司令以表示对领袖的警惕，并发誓一旦民众的意愿达成，他将脱下面具立刻消失在人群里。总之，他不是可以用一两个固定词组来简单界定的人。

由这样一个人领导的革命，像他本人一样无法用常理解读。他们因武装而获得倾听，因隐藏而获得注视，因匿名而获得命名，以武装的形式发动起义却并不图谋夺取政权，坚决捍卫视为生命的土地但并不想拼上性命，重视族裔历史传承并不惧怕外来文化因子植入，把尊严看得至高无上同时尽一切努力争取外援，凭借横行天下的国际化高科技工具，阻击全球经济一体化的入侵。诸如此类的悖论，给萨帕塔的革命涂上富有哲学意味的喜剧色彩。从这点上看，负责侦察马科斯真实身份的政府官员，指认这位超人就是前大学哲学教授拉法埃尔·塞巴斯蒂安·纪廉，大约不全是空穴来风。

　　2001年初，副司令马科斯与他的24位原住民起义军首脑，蒙面徒手走出游击区丛林，开始了行程万里的和平大行走，最后抵达由政府军重兵把守的首都墨西哥城。马科斯在索卡洛中央广场，发表了著名的演讲《土地之色的人民》，把他以往诗化、诡谲、神秘、睿智的文风，发挥到了极致。瞧这些句子：我们在这里，我们是镜。不是现实，只是映象。不是光，只是闪烁。不是路径，只是足迹。不是向导，只是若干通向明天的路径之一。

　　世界主流传媒认为，这次行动可媲美于马丁·路德·金的进军华盛顿，而马科斯的演讲直追马丁·路德·金的《我有一个梦想》。非常凑巧的是，两次演讲现场的听众都是25万人，两个演讲稿都被翻译成多种文字在全世界广为流传。

　　金用充满诗意的激情道出了那个时代美国黑人的吁求：停止种族歧视，争取人人生而平等，人人拥有自由，进而把这种吁求演绎为一个梦境：奴隶的儿子与奴隶主的儿子们坐在一张桌子旁共叙友情，黑人儿童与白人儿童携手并肩亲如手足。毫无疑问，这个梦境的延伸指向着政权，黑人和白人平起平坐的所在是议会、法庭、政府和军队。2003年，在美国人纪念《我有一个梦想》发表40周年的集会上，金的儿子马丁·路德·金第三说：我知道我父亲的作用远远超过了一个梦。

　　马科斯的演讲诗意依旧，自由平等民主公正仍是关键的诉求，但马丁·路德·金式的激情已经让位于马科斯式的理性，诉求的伸延不是国家权力而是相反——让国家权力离他们远着点，萨帕斯的原住民只要掌控自己安身立命的土地，保证自己的语言和文化得以传承。他们不再天真地梦想跟对手或者他们的儿子亲如手足了，比起马丁·路德·金来，马科斯显得更加务实和绝望。这并不难理解，他们所面对的，一个是怎么说也已经风雨飘摇的种族主义泥泽，而另一个是方兴未艾浊浪滔天的资本全球化汪洋。

　　跟毛泽东"枪杆子里面出政权"的名言同途殊归，马科斯明确地说：我们是军人，我们准备去杀或者被杀，这样的人不该执掌权力。是的，你手里拿着枪，便几乎难以去除专权与暴力，也几乎不可能实践高纯度的民主。萨帕塔最大的悖论就此浮出了水面：他们不拥护也无意参与任何国家政权，那么他们孜孜以求的民主、自由和公正的自治空间，能在一个各行其是的符号学嘉年华里建立并且巩固吗？他们的革命，是否避开了战场上的牺牲、污浊、武断之后，又趋近了舞台上的虚幻、涣散、软弱？从这个角度看待马科斯，这个身处后革命时代的英雄偶像，在比马丁·路德·金更加深刻的同时，是不是也多了另一种天真？

以我平凡的想象力判断，这个难题，不仅仅将困扰副司令马科斯，也将困扰我们所有仰视他的人。

2006 年 7 月 31 日写于海口

你看你看鹿的眼睛

那天，我们一行人离开挪威中部的峡湾小镇金沙维克，返回首都奥斯陆。一路上，高山火车在栈道般的轨道上缓缓地开行，出没于隧道和山谷之间，把村庄、森林和牧场联结成一条变幻无穷的风光带，让我们大饱眼福。由于同车厢的日本旅行团没赶上发车时间，他们预定的座位全都空着，更给我们提供了观景的便利，大伙儿个个大呼小叫，一会儿跑到车厢左侧，一会儿跑到车厢右侧，想把沿途的美妙风光，统统装进照相机、摄像机。

在夏天的挪威旅行，给人印象最深的正是这个国家的森林。绵绵不绝的松树和冷杉林，寂静而安详地生长在峡谷中，合抱的大树随处可见，让来自中国的旅人，很容易联想起"封山育林"这样毫无浪漫色彩的词来。只不过以其森林之广，树木之大，你完全能够猜测到，这样的林子恐怕不是在人的意志下生长起来的，说不定当欧洲人的足迹还未曾踏上斯堪的纳维亚半岛之前，它们已经站立在那儿了。到了世界几乎每个角落都被人侵扰的今天，它们还能安然无恙地生长着，其国人对它们的保护定然令人称道。

我们常常相信，一个国家的生态环境，从某种意义上反映着这个国家的主流生态观，以及对大自然是否具有切实的保护措施。北欧各国的生态环境和人们的生活态度，也一直是被人们口口相传赞赏有加。置身于挪威的海岸和森林，到处是正在享受夏天长假的挪威人，他们多半拖家带口，开车到某个自然风景优美的野地，在帐篷里安营扎寨，举炊造饭，绝不像我们的同胞把大部分度假时间，消磨在餐桌或者麻将台上。这样的情形让我们一行人赞不绝口：瞧瞧人家！有多热爱大自然。在挪威的旅途中，我们还时常可以看到，公路边以鹿头图案为标识的警示牌。当地人告诉我们，这些路段常有野生驯鹿出没，警示牌旨在提醒司机们注意车速，以保证它们横穿马路的安全。

然而，面对着挪威令人羡慕的高峡林海，面对沉醉在大自然中的挪威人，面对温馨的鹿头警示牌，我总是一次次想到他们的捕鲸船，正在不顾国际社会的强烈谴责，巡游在公海远洋，近似疯狂地宰杀鲸鱼。蓝鲸、长须鲸、小须鲸、抹香鲸、座头鲸……无论现存数量多少，种类是否濒危，都逃不过他们的射叉和射网。在奥斯陆国家博物馆每天流水播放的电视短片中，我们看见装备先进的捕鲸船，拖着被射中的海洋巨兽，一路飞驰染红海水，再把像小山一样的身体吊上甲板，大卸八块之后迅速冷冻，会马上联想起展厅里那些炫耀着维京人——也就是古代海盗尚武传统的展品。若不是维京人的强悍和执着鼓舞着他们，为何20世纪60年代参与捕鲸的国家，只剩下日本和挪威还在坚守这份血腥产业之际，日本人都不得不打出科研捕鲸的幌子来蒙混过关了，挪威人还敢公开嘲笑阻止商业捕鲸是痴人说梦？以至于带动近邻冰岛，也在禁止捕鲸多年之后重操旧业。除此之外，对世界动物保护团体曾发起的大规模反猎杀海豹运动，挪威人的态度也强硬得出格，不光与加拿大共担着屠杀白毛小海豹的恶名，还在美国和多数欧洲国家纷纷禁止进口海豹皮之后，和丹麦搭伙照样进口，并且尤甚一筹。

是什么原因让挪威人的保护和杀戮反差如此强烈？因为斯堪的纳维亚是圣诞老人的故乡，每年圣诞全世界人都在热切期盼驯鹿拉着雪橇，带着圣诞老人和他的礼物现身，松树和驯鹿代表着他们最美好的记忆和想象？抑或因为远在他方的鲸鱼和海豹与他们的情感无涉，厚此薄彼不可避免？我不能断定，挪威人的表现是否体现了感情至上主义，但感情至上的直接后果会导致理性盲区的产生，却不会有什么歧义。就好比有些人只关心身边的宠物，不关心野生动物，有些人对自家的猫狗爱若己出，对流浪猫狗不屑一顾。前两年，北京的一个女中学生，为了邻家爷爷开玩笑，怂恿他的小狗冲着自己的爱犬大叫，竟然纠集几个男同学，闯进邻居家将小狗的脑袋砍得稀烂，为自家的狗出一口窝囊气。

回想初读《动物解放》的时候，我非常不理解彼得·辛格作为动物解放的代言人，为何要声明他并不爱动物。按他的说法，反对虐待动物的依据不是情感，而是基本的道德原则，是出自于理性而非感性。动物保护人士常被人们形容为多愁善感的"动物宠爱者"，这种形容使得动物的待遇问题，难以成为严肃的政治与道德议题，仅靠诉诸同情与善心，也不能说服大多数人放弃物种歧视，如果有人认为关怀这些事情的人必定是"动物宠爱者"，则正表示他没有把对人的道德标准用在动物身上。并且辛格一再重申，他所希望的是人类把动物视为独立的有情生命看待，而不是把它们当工具或手段。他写作《动物解放》这本书的目的，也是为了读者认知人类对其他物种的态度是一种偏见，不是为了让他们对可爱的动物做多愁善感的同情。

辛格的理论显然继承了柏拉图的理性主义传统。柏拉图的伦理学从人的灵魂中区分出三种能力，即理性的能力、意志的能力和激情的能力，其中理性的能力是占据主流地位的能力，好比一驾有翅膀的车，理性作为御者，驾着意志和激情这两匹马。也许是基于这种认识，辛格认为动物解放这一目标的实现，要靠理性来完成。诚然，历史上包括族群解放在内的一切人类进步之车，都似乎在激情燃烧的发动之后，有赖于理性来辨明方向。但我同时相信，激情与同情在其中有着不可忽视的作用。

19世纪中叶，美国小妇人斯陀夫人的一部小说《汤姆叔叔的小屋》，"引发了一场战争"，左右了美国历史甚至于人类文明的方向。一些非议这本书的人说，书里边描写的细节完全是对美国南方奴隶生活的杜撰，不过是黑皮肤奴隶吃喝拉撒日常生活的流水账，完全不具备理性认识价值。

的确，人们在这本书里看到的，几乎全是对当时黑奴生活的悲惨场景和细节的描写，即使在全书最后的总结性的篇章，作者所作出的呼吁也旨在动之以情："我诚挚地请你们为那些可怜的母亲施予一些怜悯吧。她们也深爱着自己的孩子，可是却被法律制度剥夺了爱护、教导自己骨肉的权利。所有的母亲们，想想你们的孩子病痛时的痛苦吧，想想他们面对死亡时的眼睛，想想他们去世时绝望的哭声吧，这一切使你们心肠欲碎，却无力挽留他们的生命。当你们站在空荡荡的婴儿室中，看到他生前的用具和酣睡过的摇篮时，那种切骨的痛楚将终生浸透在你们的心魂中。我恳请你们——伟大的母亲，给那些可怜的母亲一些怜悯吧。万恶的奴隶制导演了一幕幕惨剧，难道你们能够容忍这样的罪恶，并且维护它的存在与蔓延吗？"偏偏是这种近乎絮叨近乎哭诉的吁求，用真切的感情唤取了许多自由人对黑奴的同情，如同给废奴运动的思想火种浇上助燃的油料，为最终烧毁罪孽深重的奴隶制牢笼助了一臂之力。

难道不可以说，同情本身就是一种力量吗？

我不能接受辛格对人们多愁善感的警告，还因为我接触到的许多为救助动物，不惜牺牲毕生精力的人士，几乎无一不对动物个体生命抱有深切同情。我认为，一个真能如辛格所愿，将动物视为独立的有情生命的人，不可能为了议题的严肃性，为了避免论敌用"动物宠爱者"的可疑形象玷污动物解放运动，去把这些生灵的血肉抽空，制作成政治与道德问题的模型或者标本。恰恰是他本人的著作《动物解放》在读者中激起的对动物的同情心，强烈到足以把一切理智的考量都推到次要地位。不少读过这本书的人们，在了解了动物受虐的残酷真相之后，才开始以深切的同情去关怀动物，进而反省人类。这使得我有理由相信，强烈的同情心是动物解放运动最持久最可能的动力，也将是它上升为严肃政治与道德议题的经验基础。我非常怀疑道德理念和他者关怀的生长完全不需要感性土壤的推论。

20世纪中期动物权利运动倡导者汤姆·睿根教授是个反战人士。有一天，他在家中举行了一次"北卡反战者"聚会，反对美国出兵越南，他的妻子特地烤了一只猪腿来款待与会者。不久，他读到了圣雄甘地的自传，觉得书中的许多话几乎就是冲着自己来的，甚至看到这位杰出的和平主义者正用挖苦的口气问他：教授，你怎么可以把反战人士们聚在你家，吃另一种战争——人类对动物不宣而战的战争——的牺牲者？恰在此时，他家的一条陪伴了他们十三年之久的狗死了，全家人在情感上表现出的极大悲伤，使他对动物权利的思考前先未有地深入，悄悄下决心做一个素食者。

几年后，汤姆·睿根到英国剑桥大学参加一次动物保护学术会议，主题是人类与动物间的伦理问题。然而他惊讶地发现，会议的餐桌上，早餐摆着火腿、熏鱼和肉肠，晚餐更是花样翻新地供应着鹿肉、烤小羊腿以及一流名厨烹制的小牛肉。汤姆·睿根联合几个与会者，要求会议改变食谱，他们说：如果我们打算整日谈论我们对动物的义务，那我们宁愿不吃肉类。结果他们的要求被视为异端，会议组织者也就是声称最关心动物的人们，把这些素食者的餐桌移到了餐厅的角落里。从剑桥回来后，汤姆·睿根发现自己的立场变得更坚定了，他和妻子不再去动物园和马戏团，不再使用动物试验检测的化妆品，家中所有的渔具也放进储藏室。经验使他明了，一个人要相信动物不应被变成食物或者制成衣物，并不需要信仰作为哲学概念的动物权利，只要有使你脱胎换骨的经历就足够了。

或许真的是这样的经历，把汤姆·睿根造就成了激进的动物权利倡导者。他在专著《打开牢笼》里，甚至对动物福利主义提出了挑战，认为人类要做的事情，不是要把囚禁动物的笼子扩大，而是要把笼子彻底打开，指出"人道对待"和"负责地照顾"一类含糊其辞的说法，很有可能成为躲藏在修辞后面的虐待动物者所做的虚饰。

　　且不评论汤姆·睿根的说法是否超出了当下人们接受的底线，但他的自我反省和付诸行动的自律，至少使他的著作具有真诚的力量。同时，我觉得作为一个强调经历和感情的哲学家，他提出的有关动物生命的观念，更能让我们普通人接受。他认为动物都是独一无二的生命，都各有其历史和生平，有家族，有故事，很容易让人想象这些貂或者熊，大象或者海豚，猪和鸡，猫和狗，都有妈妈爸爸，有兄弟姐妹，有朋友伙伴，也经历着童年、青年、成年的生命循环。

　　汤姆·睿根的观念跟他的盟友彼得·辛格所提倡的理性至上，显然有很大的不同。而在挪威购买鹿皮的体会，使我对辛格理论的怀疑有增无减。

　　在柏根火车站等车，天下起了小雨，迷蒙的山谷里荡起了夏天不可想象的寒意，一下子把我们送入了深秋。虽然雨中的山色更叫人迷恋，但衣裳单薄的旅人们还是纷纷躲进了车站的商店。就是在那个商店里，我看见一大沓柔软温和，让人恨不得一头扎进去的驯鹿皮，正以便宜到只合六百元人民币一张的价值出售。我当即决定买上一张，并且动手一张张翻看起来。

　　鹿皮是整张的，上边的毛有的硬而粗，有的软而细，就算我这个外行，也能大致猜出它们活着的时候，有的可能是成年的父亲，有的可能是幼年的女儿。这个念头一闪而过，像有什么尖锐的东西，在我心里某个温润的角落刺了一下，让我显出贪婪欲望的手指迟疑了。我抬起头，发现鹿皮垛上方的墙上，挂着一只鹿头标本，长着美丽大犄角的公鹿，正睁着忧伤的眼睛看着我。这一眼正中我内心被刺激的地方，促使我彻底停下手来，并转身离开了曾经强烈引诱我的货架。我觉得这牵涉到自己追求表里如一的努力，虽然我知道这种自觉是非常有限的。

　　在此后的旅程中，驯鹿忧伤的眼睛一直凝视着我，跟随我回到与挪威相距万里之遥的中国。后来我通过资讯得知，驯鹿的生存正面临比横穿马路严重得多的危险。早在2003年底，《新科学家》杂志就曾刊登过一份关于挪威野生驯鹿的考察报告，指出由于受到人类活动的侵扰，野生驯鹿的种群出现了大幅度锐减的情况。在过去五十年里，驯鹿在挪威南部的主要栖息地，已经缩小了一半，驯鹿总数也从六万头下降至三万头。人们在这些地区建造了为数不少的水坝和房屋，将驯鹿群的栖息领地分割成二十四个独立的区域，每个区域中的驯鹿群都被局限在方圆数公里的狭小范围，而且野生驯鹿生存依赖的地衣植物也在逐渐消失。专家警告说，这种人与鹿争夺地盘的结果，将导致驯鹿种群的进一步衰减和退化，预计到2020年，挪威这个世界主要驯鹿活动区内，最多只能容纳一万五千头驯鹿了。

我在一次聚会中说起了买鹿皮的事情，人人都说那么便宜，不买真可惜。我举出这条资料的数据来应对，但听到的回答是：你买不买对那些数字都不会有什么影响。我说：买与不买对我自己的心情和思考会有影响。

南非作家库切认为：怀有同情的想象是没有界限的，但绝大多数人在有关动物的问题上，并不发挥这样的想象力，以使我们在这方面无所用心为所欲为。他还指出：哲学滞后于我们的同情心，具有同情心的想象力，更多的是诗歌和小说的而非哲学的需求。假如文学能将我们的同情心延伸到动物身上，那么哲学也许会跟着做到。

我不知道，究竟有多少人能够赞成库切如此高估文学的功能，但文学的思维和语言，能够在一些纠缠不清的问题上，用鲜活的形象冲破概念的樊篱，是几乎不容置疑的。达·芬奇曾经用这样的意象来阐述他的素食观：动物们奉上自己的孩子来满足人的口腹之欲，人将口腹变成了动物的坟墓。假使我们发挥想象力，将这个意象进一步具体化，那么满桌的鸡鸭鱼肉，顷刻之间将化为动物尸体的碎块，让我们难于下咽甚至作呕。依我看，这大概要比当堂宣读一篇人如何在伦理上给动物以道德地位的论文，效果强烈得多。试想当时要是没有那个美丽的鹿头标本，没有公鹿忧伤的眼睛对我的注视，我肯定会买下那张鹿皮。它之所以被我放弃，是想象力唤醒的同情心在起作用。据我所知，有过我这种体验的人并不在少数。

时下文学被人们一遍遍宣布已经寿终正寝，很多作家也对文学被大众抛弃后的冷落怨声载道，库切的说法应该值得文学业内人士感到兴奋。倘若我们能够保有富于同情心的想象力，文学无论是对人类，还是对动物，对植物，对微生物，以及地球生物圈里的一切被我们认知或未曾认知的存生，都将是福音。而对我们自己的好处，那就更不用说了。

一只美利奴绵羊孤身躲进深山，直到六年之后被发现，重新回到人的世界。对于这只羊为何逃走，人们一致认为是为了躲避羊毛剪子。新西兰电视台的报道这样说：

美利奴羊向来以厚实而细致的卷毛闻名于世，贡献出一身长毛是它们的义务。但今年九岁的史莱克想法不同,早在三岁那年,它为了保住自己那身漂亮的羊毛,躲入了深山,在密林中悠闲地生活了六年。(人们为它举行了一场隆重的剪羊毛秀。)史莱克在"理发"过程中表现温顺,没有挣扎。当它身上二十七公斤的羊毛终于剪完后,一只雪白而苗条的全新史莱克出现在人们面前。

在这条报道中,史莱克差不多被当成了一个人,从躲入深山的自恋心理,到密林生活的悠闲状况,以及接受"理发"的温顺态度和剪去羊毛后的苗条身体,都被文学语言刻画得很人性。可是,当我们接受了这个形象,对这只"动物白毛女"会怎么看呢?一只羊为了保住美丽的长毛逃避了自己的义务,跑到深山里去休闲,值得我们同情吗?这种站在人类中心立场的文学渲染,效果只会适得其反。

羊是被人驯养的群居动物,一只羊脱离了群体,在深山里苟活了六年,本身就有点不可思议,因为它要面临猛兽的袭击,要度过新西兰冬季的严寒,离开了主人的饲养,它还可能遭受到饥饿的威胁,它的日子如何"悠闲"得了?再说,把剪羊毛的过程,形容为"理发",听起来很有趣,可实际上剪羊毛的过程,远不如人们理发那样是一件惬意的事。剪毛的绵羊总是被狠狠摔倒在地,剃刀割破皮肉是经常的事,假如剪毛工人粗心大意,伤及它们的乳头、阴茎以及韧带,也是有可能的,还有的羊因为工人的动作过猛,挫伤其内脏而死亡。羊被剃了毛后,赤裸裸被放回草地,又可能被阳光或者寒冷伤害。这一切都跟报道中的浪漫描写相去甚远。

文学要对动物展开富有同情心的想象,还得摒弃我们习以为常的人类立场,对动物的处境感同身受。不难判断,作为一只传奇的羊,史莱克肯定是不堪忍受剪毛的痛苦,才选择了逃亡之路,并且在深山侥幸度过了种种危难存活下来。倘若电视台的报道从这个角度切入,大概会更具感染力,因为只有以真实生活作为依据的想象,才能强有力地调动我们的同情心。

假如有一天,我能够像汤姆·睿根那样,做一个全方位言行一致的素食人,一个理性与感情高度统一的言论者,挪威驯鹿的眼睛定当功不可没。而且我相信,前方的文学之路纵使崎岖蜿蜒,需要用毕生精力去攀缘,途中有那样的忧郁目光跟随,心就有了无言的旅伴,我将不会孤单。

在冰岛想念蔬菜

《华严经·序品》曰：六道，众生生死所趋。六道指地狱、饿鬼、畜生、阿修罗、人和天，前三道为恶道，飞禽走兽皆为第三道之畜生，无思无识任人宰杀；后三道为善道，第五道的人，是为人类，向善可上升为神，向恶可堕落为畜生或者饿鬼，以至坠入地狱。佛教认为一切生命都因为业报在六道中轮回，畜生有可能是你上世的父母兄弟，而你自己下世也可能变为畜生。在六道轮回的层面上，人和畜生是平等的，没有差异可言，故不忍食之。

佛祖释迦牟尼出家之后，与弟子数人皆以乞讨为生，讨到什么吃什么，讨不到就不吃，一切以平常心论，可见在初始时期，佛教并非以素食为戒。究竟从何朝何代起，因为什么样的契机，使素斋成为大部分佛教信徒的戒律，从来众说纷纭，但有一点可以肯定，藏传佛教又称喇嘛教的教规中，食肉并不在被禁之列。于是就引发了一些争论乃至公案。相传，民国初年一位西藏上师云游至汉地传教，走到一座著名的寺院前，希望会见庙里的大和尚。不承想经过通报，得到的回答是大和尚拒绝见面，因为他不能跟吃肉杀生的人在一起谈佛论道。

有人说，藏传佛教中，吃肉是密宗的最高行为之一，除非证悟很高的瑜伽上师，才能一边吃肉一边成就正果。并且人们推崇其为圣者的权巧示现，不敢讥讽或者效仿，一般信众概莫能及。另有人说，喇嘛教流行的地域，大部分在藏蒙族人聚居的地方，气候多半高寒，长期素食无法抵御寒风大雪。两种解释，一种玄机深深如云在天，另一种常理平平如水在地，作为在家的外道人，对这样的公案自然无法深究。

想起这些事情，是因为年前的冰岛之旅，途中我的肠胃口舌都多了些不寻常的感受，故而对素食与信仰之间的关系也多了些认识。

你要是有兴趣看一看欧洲地图，会对冰岛这个国家多一些关注。它远远离开欧洲大陆，擦着北极圈的边缘，从大西洋里冒出来，看上去有些孤零零的。这个国家全境有四分之三的地方是高原台地，其中还有八分之一被冰川覆盖。公元 8 世纪那些最早移居此地的爱尔兰修道士，是如何发现了它，又是为了什么样的原因在这儿落了户，多少会引起人们的好奇心来。

飞机在冰岛首都雷克亚未克降落，你会以为自己落到了月球上。举眼望去，一大片火山土层像被巨型的铧犁耕耘过，饱满的火山岩层层相叠，上边覆盖着灰白色的苔藓。与灰色苔藓相伴的，是一种类似薰衣草的紫色野花，除此之外，再无别的植物。据说，这些苔藓会随着日照的情况改变颜色，下雨的时候就全绿了。

我们的汽车在灰紫调子的大地上往前走，可以看见远处近处不断有白色的烟气袅袅升起，不用问，这当然是冰岛著称于世的地热温泉了。地处欧洲最北端的冰岛是世界上拥有温泉最多的国家，丰富的地热给这个寒冷的国家补充了大量热能，全国有百分之八十以上的人口，享受着用地热取暖、照明的便利，热水从地下直接通到居民家中，能达到九十摄氏度的温度。城市的道路即使在严冬季节都不会结冰，也是地热帮的忙。雷克亚未克在冰岛语中，意为"冒烟的海湾"，首都的地名仍然脱不出与地热的关系。不由得要感叹，把最多的热能集中在最寒冷的国家，大自然之造化何等慈悲周到。

天气不算太好，云在很低的地方缓缓地飘荡，像是一群群肥大的羊。走着走着，我们看见了茂盛的草原，真正的羊出现了。它们零零落落散放在牧草之中，并不成群结伙，一只只胖得如同吹足了气的白色圆球，还在那儿不停地吃草吃草。间或有几匹高头大马，很绅士地站在一边观看它们这些贪吃的伙伴，并不为鲜嫩的牧草所动。冰岛的马，在世界各地的赛马场上都有一席之地，当然也因此成为冰岛人的自豪，在词汇量并不大的冰岛语中，光是用来形容马的就有一千多个，可见他们对马的偏爱到了何等程度。

冰岛全国人口不到三十万，平均每平方公里只有三个人。眼下，每平方公里还摊不上三只羊两匹马，没人看没人守，说不定它们整个夏天都可以流连在这丰盛草原的大餐厅里，那副被上帝看顾得很舒服的样子，的确很可爱。我无缘无故想起新疆大戈壁的羊和云南茶马古道的马，羊在只见石头不见草的荒滩上寻寻觅觅，啃着那些还没有露出地面的草根，马超负荷载重，在陡峭无比的栈道上战战兢兢行走，一不留神就有可能掉下深渊。印象中的羊和马留给我的那种艰苦卓绝的感觉，若干年后回忆起来，还沉甸甸地坠在心底。于是就多了些虚无的念头，同种同宗的生命，因了降生的地界不同，就有了不同的生存过程，而降生之处由谁来指定或者选择，则是天地间不为人知的秘密。

渐渐地，清静的公路两旁逐渐有了人烟，花草精致的院子，色彩鲜艳的屋顶和门墙，雷克亚未克市区出现在我们的视野里。所有的房子都很漂亮，挂着考究纱幔的窗户，每一扇都装饰着艳丽的鲜花，而每一条街都整洁得无可挑剔。根据联合国最新资料排名，冰岛人均国内生产总值将近三万美元，排在世界第四位，但他们的首都没有任何浮华的痕迹，仍然安详如远离尘嚣的净土。这个在世界地理课程中很容易让背书的孩子忽略掉的城市，宁静与富足并存的市井，很有几分脱俗的氛围。让远道而来的客人，一下子就对它有了特殊的好感。

已经到了晚上九点左右，太阳还端坐天庭，没有一点打道回府的意思。冰岛夏季里的天空，几乎从来不黑，夜里两三点钟短暂的黄昏景象，就是太阳打盹休息的时光。你看着那不夜的街景，还有深更半夜在街上散步的冰岛人，心里不会有任何惊奇。因为等到秋冬季节来临，这儿的一切都将陷入黑暗，即使路上和家里的灯光从不熄灭，风狂雪暴暗无天日的三个月，等于将人陷诸囹圄，如不是有这不夜夏天的补偿，那也太说不过去了。

历史上北欧人以发明新技术与器具见长，很可能与高纬度地带每年的冬季的寒冷和极夜有关。很长的时间人们足不出户，在房子里琢磨各种各样工具和技术，同时也琢磨把自己的居所装饰得特别美观和温馨。把屋顶和门墙的颜色涂得鲜亮无比，想必也是为了在漫漫长夜中，增进对视觉的冲击力。恶劣的自然环境时刻在提醒他们，你要活得好，活得有信心，光靠思想不行，得有行动能力，还得有可以提升你能力的办法，这或许正是北欧少思想家、多发明家的地理原因。

严寒和极夜，对我这样长年生活在热带海岛的人而言，有特别广泛的空间供我驰骋想象。不用问，到了那样的季节，在牧场上晃荡了整整一个夏天的羊，肥得已经走不动了。等待它们的，极有可能是锋利的刀尖。那么，曾经跟它们一块长大的马呢？该是被心疼它们的主人早早关进了马厩吧。按我们认定的概念而言，驯养动物的天堂是天然牧场，风吹草低见牛羊，是我们为动物设计的理想境界。然而，等到严寒和极夜携手而至，再彪悍再有耐力的良马，也会向往温暖的马厩，否则等不到下一季马赛开赛，它们就该被冻成各种形状的雕塑了。

地理和气候对人类文明的影响，实在是不可小观。以建筑而言，北欧多雪，房子的屋顶多半建得又高又陡，显然因为平顶房一旦被大雪覆盖，会承受更大的压力，容易造成坍塌。可笑在我所居住的海南岛，有的房地产商为了玩概念，照搬北欧式的尖顶别墅，等到一场台风过后，所有的屋顶都被刮得千疮百孔。再看当地传统的老建筑，沿街都带有供行人遮阳避雨的骑楼，其风格的形成与热带岛屿气候的关系一目了然。

就书写工具而言，中国人最早多用竹简丝帛，欧洲人多用羊皮，肯定与中国地域多植桑竹盛产丝茧，而欧洲地方长于畜牧有关。桑竹草木繁茂，促成中医通常以植物入药，而发轫于高海拔地区的藏医，处方中大部分为矿物，也是同理。所以，假如一位嗓音婉转的昆曲正旦说他只吃素斋，我们大约不以为怪，但帕瓦罗蒂那样的美声要是不吃肉，是不是还有气力支撑他如同大型共鸣箱的身体，就很难说了。一方水土一方人才，就是这个道理。

据我观察，在冰岛待了几天，同行十几口人的胃口已经得到了改造。西餐自助，大家多半会盛来大盘的果蔬沙拉，中餐围桌，人人建议多点萝卜白菜。你要是以为在这儿推广素食观念，一定可以收到事半功倍的效果，那可就大错特错了。就算有人愿意在这儿当个苦行僧式的素食者，让人望而却步的很可能不仅是抵御严寒的生存极限考验，而是账单上居高不下的数字。冰岛可用于农业耕地的面积，不过全国总面积的百分之一，其中大部分还是饲料草场，粮食、蔬菜和水果基本依靠进口。要是搞个食谱方面的问卷调查，不用统计都能得出结论，普通老百姓的家常饮食，定然以鱼、肉、奶、蛋为主，吃素菜只是点缀而已。这标准要是放在咱中国，小康社会早就建成了。可就是因为换了个地界，植物类的食品价格就贵上了天，即使在夏天，中餐馆的一盘黄芽白，也折合人民币一百八十元，用这些钱刚好买一条银鳕鱼。后来，我们一行人吃出了经验，逢上中餐馆，都要上一盆热汤面，里边的蔬菜叶子分量不少，省钱。

爱因斯坦曾经说：对人类健康最有益，也最能增加生命在地球上存续下去之可能性的，便是发展素食的饮食结构。这样一句从宏观的角度看，本来几乎已经接近真理的经典格言，假如拿到冰岛的餐桌上来宣读，完全可以成为恶搞的题材。在这里素食的饮食结构是一种不切实际的奢望，并且完全有可能对人类身体健康有害无益，减少生命在这个岛上存续下去之可能性。假如爱因斯坦再把他的话加上个括弧，里边写上"不出产植物的地区除外"，那就不是几近真理，而完全就是真理了。

可不可以大胆些说，真理也会因地理而改变？对于教徒来说，信仰即真理，教规即是接近真理的途径和手段，然而在藏地，如果佛教众生不吃肉食，将要冻馁而死，宗教如何得以传承？

正史记载，中国佛教素食之戒起源于南北朝时期。当时寺院势力畸形扩张，僧尼人数居高不下，已经给百姓生活与国家社稷造成了严重危害。梁武帝萧衍因此颁布《断酒肉文》，令天下所有僧尼不得食肉，以限制不劳而获的刁民借寺院荫庇而苟且。按这个说法，汉地佛教素食开风气于朝廷禁令。

野史中关于素食的起因还有多种多样。有一个故事说，某寺庙断粮三日，小和尚饥饿难挨向佛叩首求助，心中默念，如果佛是灵验的，就请赐给我们食物吧！此时，正有一行大雁从寺庙上空飞过，小和尚念头一闪，其中一只如被箭射中一般，啪的一声落地而死。此事一经传开，和尚们认为这是佛对弟子妄念的劝解，从此不敢有食肉之想，对佛的敬畏使然。

假设一个修炼得法的佛教徒，到了冰岛这样的国度，需要在严寒和极夜中生存下去，他会服从于禁令的信条，还是会却步于对佛的敬畏？我想，他最有可能的作为是，为了佛法得以传扬，吃肉。

地理决定人的习俗，人的心态，人的观念，人的行为，甚至人的基因，原本只是一个常识，只不过到了一个新鲜特别的环境里，其合理性就更加凸显出来。从这点上看，冰岛让我不虚此行。

双向的沉重

2005 年 10 月 8 日清晨，年轻的民间动物保护人士王培从北京某幢楼第24 层跃身而下，结束了自己仅仅 33 岁的生命。我在网页上看到了她，一个素面朝天笑容清纯的女孩，阳光的眼睛里看不见一丝厌世的阴云。可是她选择了死。

王培的遗体没有经过非正常死亡必须的司法鉴定，因为她的亲朋好友对其死因没有异议，她生前的表现让他们相信，她是由于无法忍受人对动物的残害而自杀的。这个为世俗之人无法理解的动机，是致她于死的原因，也是她留给这个世界最后的谈资和笑料。当事后有人找到她居住的小区，向人们打听她的时候，得到了这样的回答，噢，你问那个为猫狗牛羊寻死跳楼的呀……

事情是不是显得有些残酷？

王培曾经是一个外资公司的白领，有着令大多数青年人羡慕的工作和收入，可是 5 年前她突然辞去了这份美差，为的是全心参与民间动物保护工作，直到死前不久，就任世界农场动物福利协会中方首席代表。这期间，她跟同道的朋友一起做了大量动物生存环境调查。这使得她不得不亲临现场，目睹温柔敦厚的牛被脏水灌注撑破了胃，睁着迷惑的眼睛轰然倒地；目睹活泼可爱的貉被剥皮的刀尖浅浅划破肚皮，活生生被人脱衣服一般剥去它华丽的皮毛；目睹蜷缩在囚笼里的黑熊肩负沉重的铁马甲，仍然被无情地抽取化脓渗血的胆汁……一次次严重的心理创伤，使王培常常面色苍白浑身颤抖，并且在事后情绪低落彻夜不眠。她还得拿起笔，仔细回忆并且描述那些令人发指的细节，以便让更多的人明了真情。

我一直在假设生命的最后一个夜晚，王培想了些什么。

也许她在心里千万次地问，动物保护出路何在？

她曾经和所有动物保护实践者一样，对国家早日正式出台动物保护法律法规翘首以盼。由于国际贸易、公共卫生安全和环境保护的形势所迫，动物生存环境的问题被提上政府的议事日程。政府重视加国家立法，激动人心的前景已经若隐若现之际，现实的情形总把她重新拖入沮丧，如果立法的动机只出于人类或国家功利的考虑，关怀的力度和深度到底会有多大？如果人的熏心利欲不能扼制，一个动物保护法就能让积重难返的动物问题迎刃而解？动物保护名声大好的西方各国，不也在斗牛、猎狐、棒杀小海豹、捕杀海龟和鲸鱼吗？《婚姻法》出台了几十年之后，包办婚姻、买卖婚姻、重婚和骗婚还在真实地发生着，法律用于人尚且如此，况乎用于动物？那个千呼万唤不出来的动物保护法，会不会只是聊胜于无的官样文章？

　　也许她回忆起一些负面的消息报道，给她原本无望的心境雪上添霜？

　　复旦大学的某研究生，以救助小猫为名，从动保人士手中骗取三十多只猫仔，作为自己发泄病态情绪的对象，一只只残害致死。而他的家人跟媒体对话的时候，还一再强调这个孩子学业如何出类拔萃，待人如何彬彬有礼，希望众人不要为几只小猫过于苛求他，给他造成不必要的伤害。

　　某省电视台以科普教育作幌子，将三只小猫从四层楼的高度抛向地面，为的是要证实一下子猫在空中的应急能力，看看它们是不是真如俗话所说有九条命。而110的警察被人呼叫到现场之后，一边埋怨打电话的人大惊小怪，一边嘱咐扔猫的人找个僻静点的地方拍去。

　　中国饲养着用于抽取胆汁的活熊大约七千多只，亚洲动物保护基金尽了极大的努力解救出来的亚洲黑熊才一百多只。有关人员总是解释说，熊胆入药是中国医学的一个传统，原来是杀了熊取胆，一只胆就要消灭一头熊，而活熊取胆还能让熊活着，也是保护动物种群的一种方法。王培在调查中一定看见过，有的熊很小的时候就从野外被抓来放在笼子里，二十年以后熊长很大了，饲养它的人都没想过要给它换个大点的笼子，等后来被解救出来时，熊的身体完全佝偻，笼子限制了它的生长，它的脊梁是弯的。

　　这样叫人难以置信的事件，一次次将她处身充满谎言的世界，而以科学和仁慈的面目出现的谎言，还有那么多保护者和支持者，使她在无能为力之余几乎不能再信赖什么。

　　也许她想起了美国生物学家蕾切尔·卡逊的遭遇？

　　卡逊在1962年出版的那本惊世骇俗的专著《寂静的春天》。书中对被授予诺贝尔奖的重大发明农药滴滴涕提出了挑战，揭露化工界财团只顾商业利益大规模喷洒剧毒农药，导致鸟类鱼类大量死亡，毒性通过食物进入人体，诱发癌症和胎儿畸形的事实，令工业文明的负面影响第一次受到正面抨击。当事实使人们不得不承认这种现状之后，卡逊似乎冲出了大财团大资本组织的围攻，她的观点已然被美国公众和社会普遍认同，《寂静的春天》几乎成为第二本《汤姆叔叔的小屋》。人们称，她的声音惊醒的不仅是一个美国，甚至是整个世界。然而，当她在两年后因病去世，友人去参加她的葬礼时，却看见了最具讽刺意味的一幕，教堂周围每棵树上，都挂着一个醒目的警示牌：由于要给树木喷洒杀虫剂，上午 7 ：00 至下午 4 ：00 此处不准停车。

这就是一个生态保护主义者的结局。这是多么深刻的嘲弄和讽刺呀。

在强大的社会习俗和行为惯性面前，个人的作为是这样微不足道。这样的前车之鉴足以把王培引向貌似宗教的神秘主义，世界上所有生命过程严酷的无意义性，可能占领她全部的思想。

老子在两千多年前就道出过一个残酷的事实：天地不仁，以万物为刍狗。刍狗，古代人曾用草编成的狗代替真狗作为祭祀的牺牲。此话意指万物之生命在天地间自生自灭，好比用过的草狗毫无价值。既然大自然的铁律就是让一切生命各自承受各自的痛苦，除了顺其自然的麻木不仁，还有什么可讨论可思想可争取可期许的？一旦逃进了这样的心灵庇护所，她将陷入连悲观都不能的更大的悲观之中，生命成了一个完全神秘和令人痛苦的谜，这个谜可能诱使人以绝诀的一跃摆脱这一切。

可是对于她这样有着精神追求的人而言，精神生命将超脱自然生命而存活，生命不会以肉体的死亡为终结，而会以不同形式反复轮回。只要她不打算放弃她的理想，她就没有解脱，也永远无法解脱。

也许王培最大的悲哀，就是自己生为人类。我相信她在面对动物悲惨境遇的同时，还将接触到许多同样处在悲惨境遇里的人。比如说，以给猪牛注水的劳作换来微薄薪水的失地农民；因为饲养规模小条件差而交出自养黑熊，从此失去生活保障的小业主；在寒风中剐着貉皮以供生产贵妇们的皮袄所用，自己身上却衣衫褴褛的村姑……当对动物的保护和对人的剥夺需要同时进行的时候，她该怎么办？又能够怎么办？

对于我来说，王培是一个陌生人，或者说当我认识她的时候，她已经离开了这个世界。

我之所以格外关注她，是因为我的近两三年的经历，让我对她的绝望有一种特殊的理解，所以对她的最后一夜有着感同身受的想象。王培的绝望，在某种意义上说，也是我的绝望。

三年前因为一个非常偶然的关系，我接触到了一些动物保护人士，以致我常常被朋友们取笑说，已经进入动物界了。学会与动物和谐相处，是人类越来越需要重视的一个问题，也是自然生态保护中最复杂的一个问题。

早在1999年，《天涯》杂志开过一次"文学与生态"主题笔会，全国许多著名作家和学者都应邀参加了。会后形成的"南山会议纪要"：《我们为什么要谈论生态》，曾在国内外引起过很大很好的反响。做完这件事情以后大家都很有成就感，但我今天要很坦白地说，那时候我虽然是《天涯》的主编，也认真参与了笔会的组织工作，但对生态问题其实挺蒙的，我真的动心动肺地去关注了生态吗？根本谈不上。

所谓"进入动物界"的原因，是一个非常偶然的关系，使我在北京认识了一位收养流浪动物的女士，名叫张吕萍。我被她感动，并由此着意要写一本关于动物的书。张吕萍从自己养狗养猫开始，到接受别人遗弃的狗和猫，先后救助的流浪狗和猫一千多只，她的救助中心至今同时收容着六百多只。狗和猫跟别的东西不一样，不是藏书藏古董，顶多再多弄几个书架博古架摆着，这些活物每天要吃、要喝、要拉、要撒，要看病、要清洁，这是非常大的考验。从十几年前起，张吕萍把她的家产都投入到动物救助上，五十岁出头了，至今还是独身。她放弃了普通人所有的正常生活，这么多年来没有看过电视，更不要说打牌、看演出、探亲访友、游山玩水。但她做出了这一切之后，反而常常会遇到责问，你有这么多闲钱救助动物，干吗不去救助失学儿童？

面对不断的追问，张吕萍只能以沉默作答，但内心的委屈与日俱增。张吕萍曾对我说：现在的中国有多少人赚了钱就去吃喝嫖赌，可人人对此见怪不惊。好像要是我也把经商赚的钱，都花在自己身上，怎么挥霍也天经地义，要是花在小动物身上，就是病态了，就是伪善了，甚至十恶不赦了。说破了天我也想不通。不光是张吕萍，几乎所有从事动物救助的人，都会遭遇这样的责难：战争和恐怖袭击不止，艾滋病和饥荒漫延，眼看着人类自身有多少让大家头痛的问题无法解决，你们还有闲心有闲钱去管动物。

该救动物还是该救人？对于善良的人来说，是个看似庄严深刻的假问题。

对于不关心也不愿意关心动物的人，却是一个欲盖弥彰的借口。

先解决人类的问题，再解决动物问题，实际上是永远不去关心动物，永远把动物问题置之度外的最好托词。持这种说道的人最擅长的事情，是喊出响亮的口号蛊惑人心，然后去挑剔别人的善行。他们总是用连白痴都能回答的问题来难为人们：在一幢着火的房子里，有一只狗和一个孩子，我们应该先救谁？他们没有起码的耐心去发现人类心灵已经发生和正在发生着的可怕的变化，他不会承认这些可怕的变化最终所导致的绝症，就是对自己之外一切生命的漠然和残忍，当然也不会承认动物的问题其实是人类自身问题的一部分。

用极端的例子来发问，实际上毫无意义。现成的答案被一遍又一遍重复之后，对人们所遇到的问题没有任何帮助。康德说，把善行分出等级进行比较毫无意义，应该将所有的善联合起来去对付恶。假如你真是一个心怀善良的人，会以最大的善意去理解他人的善行，而不会横挑鼻子竖挑眼。

不能否认，现代社会人与人之间的相互关系的冷漠、疏远甚至紧张对抗，导致了人类的情感面临前所未有的空虚和无可寄托的巨大危机，使不少的人将情感转移至动物。爱动物胜过爱同类，或者说只爱动物不爱同类，甚至连自己的亲人也不爱，成了一种时髦的社会病，并且是一种难于辨别的疑难杂症。

我们看到孩子为小猫小狗的伤病通宵达旦守候，而对卧床不起的爷爷奶奶，却不闻不问或者非常厌烦；也看到女人终日与狗为伴，说起狗来神采飞扬柔情万种，说到丈夫和孩子反倒兴味索然一语带过。我们听说出租车司机不慎撞伤了马路上的小狗，迫于狗主人的威胁殴打，在大庭广众之下向小狗下跪；我们也听说，西方某些动物保护恐怖主义者，向政府机构邮寄炸弹包裹，在动物实验室和动物制品工厂安装炸弹，用伤害无辜人命的方法来保护动物……较之既不爱动物，也不爱任何同类，只爱自己的人，这些人头上关怀动物的光环，将隐藏的自私装点得悲天悯人，混淆着众人的视听。只爱动物不爱人类的作为，实际上是通过爱动物来爱自己，只爱自己不爱他人。

中国古代大儒王阳明说："大人者，以天地万物为一体也……"天地万物一体之仁，是一种人间关怀，更是一种自然关怀，体现着人与自然界和谐，也肯定了人类道德情感的真实。大人之爱，完全可能达到"弥漫周遭，无处不是"的境界。有良知的人们并不需要刻意号称站到什么立场上去做什么，他其实就在其中。因为爱同类所以也爱动物，因为爱动物所以更爱同类，我们不需要非此即彼的选择。生为人类，我们逃避不了道德与良心的选择。但这种选择永远在善与恶之间，而不在善与善之间。

当我真正开始关注动物问题，发现它远远不仅是狗和猫被抛弃的问题，写作一步一步把我拖入深不可测的泥沼。动物与人的关系，原来是一个如此敏感并充满挑战的话题，它所涉及的现实社会、道德伦理以及历史、科学、宗教、心理、行为、情感、常识等方方面面，从广度上说浩如烟海，从密度上说盘根错节，从深度上说直抵世道人心，这是我事先没有预料到的。而且更要命的是，当我们抱着深深的同情去关注动物时，我们的潜意识中的人类中心主义，现实生活中的消费主义意识形态，特别是我们身体里与生俱来的生理局限，都会成为障碍和干扰，使我们思绪纷繁，瞻前顾后，顾此失彼。这常常会使我们陷入双重的绝望：一边要面对人类对动物愈演愈烈的利用、剥夺、虐待和残杀，另一边要面对自身根深蒂固甚至是无法超越的物种、基因以及精神的局限性。

在这个地球上，跟我们一样有呼吸、有情感、有血有肉、有历史、有记忆、有家庭甚至有社会组织的生命比比皆是，但我们仍然坚定不移地认为，人类就是中心。当人类的利益和动物的利益发生冲突，哪怕是莫须有的冲突时，动物首当其冲理所当然要被牺牲掉，其中有很多牺牲完全是无谓的。

今年夏天，云南某县因为有三个人死于狂犬病，在一周内把当地五万五千多条狗宰杀掉，副县长出来说：因为我们无法判断哪条是狂犬哪条不是，所以干脆杀个干净，尽到我们以人为本的责任。如今，只要遇上跟动物保护有关的问题，"以人为本"就是一张战无不胜的大王牌，也是人类中心主义者最好用的辩护词，这种说法一经甩出，很容易得到理解和认同。其实，已经有学者注意并且指出，"以人为本"的概念原本只适用于人类社会范畴，即在处理人类事务时一切考量应以人为本，把这个概念的适用范围无限制地放大到整个自然界，就成了不折不扣的人类中心主义。在人类中心主义者眼里，动物能是什么？是人类可以随意支配的物质，而决非与人同生共处的自然生命体。所以当禽流感、疯牛病、SARS、狂犬病等人畜共患疾病流行，全世界不管东方西方，发达与不发达国家，都像条件反射一样，大规模剿灭动物，宁肯错杀成千上万也在所不惜。

包括中国的现有的《野生动物保护法》在内，许多国家的《动物保护法》

里动物都是一个可再生资源，是一个生生不息，为人类取之不尽、用之不竭的资源，无论是伴侣动物、农业动物、工作动物、娱乐动物、实验动物。我们每天吃着、喝着、用着、玩着它们，一直在剥削和利用它们。假如我们知道了它们生存处境的真相，心中的惊骇和痛苦将是非常巨大的，人类中心主义的观点势必是要遭到质疑的。

举个例子，我们每天吃鸡蛋是很寻常的事，可是我在现代化封闭式的养鸡场看到，母鸡们终身生活在一张16K纸那么大的地方，以至于鸡老了以后要撤换下来时，工作人员发现有些鸡的爪子已经长在铁丝上，它一辈子就是蹲在那儿下蛋、吃食，吃食、下蛋，直到生命的终结。这在人类虐待动物的记录中，还不是顶级残酷和骇人听闻的。许许多多花样翻新的对动物的暴行，说出来都令人发指。

我在四川成都看见过不少饭馆挂着的"生抠鹅肠"的菜牌，经过了解得知，这道菜的做法，是将三只活鹅的肠子，从它们的肛门拉出来，洗干净放上作料爆炒。鹅的肠子已经被端上了餐桌它还在地上挣扎，最后伴着食客们的饕餮之声慢慢死去。在国人解决了温饱问题之后，大家开始讲求食不厌精，对待动物的残忍程度也随之与日俱增。假如我们对着满桌丰富的菜肴傻乐，善良的人有可能因为无知，不知道动物生活在什么样的境遇里。

一般来说，我们看到这样的事会有很强烈的反应，但是在这种反应之后，你的观念和行为能不能跟你的思考一致呢？我们是人，有着人的无穷的局限性。见其生不忍见其死，闻其声不忍食其肉，常常是我们仁慈之心最好的表白。可是实际上，所谓"君子远庖厨"的伪善，并不能对动物的生存环境的改观提供哪怕一点点实质性的帮助，充其量只是"君子"们的心理保健操，吃着不见血的美食，而把道德的承担推卸给了庖厨小人，这真是两全其美的事。

动物福利主义者提出来说，人要吃动物这是生物链决定的，人必须吃一部分动物，动物被宰杀是没办法避免的，所以我们只能让动物活着的时候过得好一点，死的时候宰杀得更迅速一点。比如说把鸡的笼子扩大一点，或者是说喂养牛这样的大牲畜时，让它有卧下去、站起来、转身搔痒，以及不受惊恐和疾痛侵扰的自由，是为"五大自由"。但动物权利主义者则说，我们要做的不是要把笼子扩大，而是要把笼子打开，我们根本就不能吃动物，严格素食才是真正解决动物问题的起点。由此可见关于动物，你只要提出一个问题，你做一件事情，就有无数的问题跟在后头，而且这些问题中间就不断有悖论产生。所以当我们认真关注起动物的处境来，心情就会变得很坏很沉重。

在很多时候，我会惭愧自己不能成为一个素食者，一段时间不吃肉，就会想吃肉，或者情不自禁地吃了肉。虽然在写这本书的过程中，我自然而然地减少了食肉的量，但仍然不能彻底克制食肉的欲望。抑制自己欲望，是我们时时需要做的功课，但它们的难易程度的确有所不同。前不久我在挪威看到那儿有驯鹿的皮卖，一整张非常漂亮的鹿皮，只合人民币六百块钱，所有同去的人都说这个太便宜了。正当我犹豫买还是不买的时候，看到了墙上挂着的一只鹿头标本，长着美丽犄角的公鹿，正用忧伤的眼睛看着我。我马上决定不买，并觉得这牵涉到自己追求表里如一的努力。但是我知道，这种自觉是很有限的，比如说，不光吃东西的事情我到现在没过关，还背着真皮的包穿着真皮的鞋，试想要是当时没有那个鹿头标本的刺激，我会不会也买下了一张鹿皮？这样的经历使我经常自我折磨，吃完穿完之后，会觉得"我还是不行"，会有很深重的失败感。一个人的生活方式会影响你的思考，一个人的思考会影响你的生活方式。这种人的局限，使我在思考的挣扎中，只能自我安慰，食肉的时候我有反省我有痛苦总比浑然不觉好吧？也可能这种反省和痛苦会促使我做得更好？这是对自己绝望中的一点点希望。

与素食者对话的时候，食肉的人最得意一个问题是，植物也有是生命的，甚至是有知觉的，你们应该怎么办？虽然在大部分情况下这是一种刁难，但也从某一个层面上道出人类的难题。有时候我会忽发奇想，迄今为止我们人类借助高科技的力量创造过那么多奇迹，是否经过不懈努力之后，高科技可以彻底解决人类杀生的问题？可以生产出色香味、质地、营养，与人们赖以生存的动物、植物完全相同的仿生食品呢？

我们一直认为科学技术是推进历史进步的动力，是人类区别于动物的一个根本依据，是我们人的优越感所在，因此也成了人类中心主义者自大的本钱。可是眼下科学技术的方向同样是一个值得忧虑的问题。高科技的发展似乎正朝着人类在自然界的无限扩张，更大份额地占有自然界的资源，而不是着力维护生物圈平衡的方向而努力。人类不断提高的物质欲望要求科技有更大的发展，科技的发展在满足人类的需求之后，又进一步催生了人类更高的物质欲望，形成了永无止境的恶性循环。在这一浪高过一浪的循环中，人们完全弄不明白，对于我们的基本生存或者说生活而言，什么是必要的需求，什么是多余的奢求。我们在超市，看到各种各样牌子的洗发水、琳琅满目的沐浴露，不断地花样翻新，可是要知道几乎所有新的品牌，特别是世界大品牌，都需要用动物来检验它的毒性，比如用兔子的眼睛来试洗发水对人的刺激程度，因为兔子没有泪腺，便于观察它的眼睛溃烂的过程，看看多大的量在多长时间内能把兔子的眼球腐蚀掉。有的兔子在试验用的枷锁中痛苦挣扎时，甚至弄断了自己的脊梁。想想，在人的正常生活中，洗发水、沐浴露是不是有一两个品牌就够了？这样永不疲倦的品牌创新，只不过是企业实现商业利益最大化的需要，而绝非人的需求。然而，这一切着眼于商业利益所产生的动物虐待，从来都是打着以人为本，为保证人在使用中不受伤害而进行的。这样的弥天大谎充斥在我们的周围，不为我们所觉察。

现在外太空技术这么热，大家都热衷于将来到太空中去生活，美国的科学家已经设想搞一个十万公里的钢索"太空电梯"，可以在地球和月球上穿梭往来。我们总是说任何的进步都是起源于幻想，没有幻想就不可能有进步，看上去这个设想的想象力的确够得上奇特。

但我觉得这里面实际上带有很强的心理暗示：这个地球快不行了。为什么现在人类对外太空的星球有没有水、有没有空气、有没有适合生命存在的环境那么感兴趣？或许冥冥之中有一个声音告诉我们，这个地球快要完蛋了，是一种逃生的欲望促使大家向往外太空。从表面上看，太空技术代表一个国家的实力，或者说开发太空可以使捷足先登的国家获取地球短缺的稀有资源，这都是皮毛的东西，而在最深的甚至带有一些神秘主义色彩的层次，肯定有什么东西在暗示我们说这个地球快不行了。

现在，更多的人开始关注自然生态了。自然生态这个词带给我们的联想，曾经是赏心悦目轻松明媚的，但是事实上，眼下我们一涉及自然和生态的问题，就会有止不住的绝望涌上心头。当我经过两三年的访问、调查、阅读、思考，很艰难地写作这本以动物为主题的书时，发现积郁在内心的压抑，已经一天天堆砌成令人窒息的大山，耸立在我无望的梦境之上。不妨坦言，在过去的那些日子里我所做的事情，与其说是写作，不如说是将大量有损于身心健康的信息垃圾吞咽进去，然后添加思想的催化剂将其消化，再尽我之所能转化成文字。这样的经历对于写作者，或许可以算得上一次精神冒险，因为太多的忧虑和无奈集合起来，稍稍大意就会把你拖入精神的深渊。我的真切体会是，当我们真心关注生态，就等于踏上了一条绝望的路，这不是一个可以让我们游山玩水或者跟动物亲密接触的愉悦过程，而是一个痛切反思人类和忏悔自己的过程。如果真的关心大自然关心生态关心人类的前景，面对当下的现状，我们的心里必将是沉重的。

2006 年 11 月

影子一样的蛊婆

有关蛊（音 gǔ）婆的记载，跟赶尸的传奇一样，是凤凰历史与传说中最神秘的篇章。本地人对蛊婆的现实存在坚信不疑，民间一直有"无蛊不成寨"的说法。在凤凰的访问中我花费了许多时间来寻找她们，但她们就像暗淡月光下朦胧的影子一样时隐时现，有时候，你甚至以为她就在你的近旁，只要再坚持一小会儿就可以见到其真容了，她却又一次遁入迷雾般的暗夜里逃得无影无踪。

多年以前，我儿时的一个同伴猝死于湘西苗寨，死时刚满十六岁。本来，按照那时候知青下乡政策规定，她完全可以留城待业，可是她被高年级同学鼓动着，私下里改大了自己的年龄提前下乡插队去了。临走她兴高采烈来我家告别，对我说了好多有关湘西苗寨令人惊诧的风俗轶事，最后，她把嘴巴对准我的耳朵，用地下党接头时所用的那样机警神情巡视过四周之后，才慎之又慎地小声说："听说那儿还有蛊婆呢！你知道蛊婆是什么人吗？就是把毒虫制成毒药藏在指甲里，碰见不顺眼的人就放蛊让他生病翘辫子那种老巫婆。"（我清楚地记得她用了"翘辫子"这个词来代替"死亡"。）

"什么叫放蛊？"我问，同时感到身体在九月凉爽宜人的风里一阵哆嗦。

"就是趁你不注意的时候，把藏在指甲里的毒药弹在你的茶杯里，你喝了以后就莫名其妙生病了，过不了多久就没命了。"她很在行似的说。

"那你们还到那儿去，多危险呀？！"我说，身上的每一根毫毛都惊悚地站立起来。

"危险什么，我们这么多人还斗不过一个老巫婆？不光用不着怕，我们还要主动出击进行侦察，非把隐藏在贫下中农中间的蛊婆揪出来示众不可。"她斗志昂扬地说，好像她下乡不是为了接受贫下中农再教育，而是专门去替贫下中农消灾除害的。

我被她的斗志所感染，突然觉得她跟电影里的地下侦察员一样勇敢和令人敬佩。要是我当时不只是个小学毕业生，而是跟她一样有了十五岁年龄和一米六二的个头，说不定也会一时冲动把年龄改大了跟她一块儿走。

"那你可得小心点。"我很替她担心。

"没事儿，只要我不喝老太婆的茶，她就拿我没办法。所有老太婆的茶我都不喝不就完了。"她故作老练地拍拍我的头，走了。

记得那一天我眼巴巴地站在大门口的马路上，看着我的朋友踏着满地枯黄的落叶走远，一直走进秋天的黄昏深处，心里乱糟糟说不清是惜别还是羡慕。

我第一次听说了"蛊婆"这个词，知道了"放蛊"这件事。

一年以后，我得知了这个朋友的死讯。消息很不准确，有人说她是上厕所的时候被毒蛇咬死的，有人说她是中了蛊，在一个毫无预兆的深夜大叫一声，旋即气绝。

我为她的死感到特别难受。我深信她是中了蛊，而且毫无根据地认为她一定是吃了蛊婆给的什么好吃的东西了。肯定是这样，她来跟我告别的那天，光说不喝老太婆给的茶来的，并没说不吃老太婆给的东西呀。当时，到湘西插队的知青因为吃不饱肚子，在老乡家偷鸡摸狗被打死打伤并酿成恶性斗殴事件的传闻，在长沙的街头巷尾流传甚广。我推测她肯定是饿得受不了，吃了要命的东西。她怎么就没想到，既然蛊婆能把蛊下在茶里，也同样可以下在食物里。况且知青们本来不讨老乡喜欢，她们一伙人还肩负着揪出蛊婆的任务，万一走漏了风声，蛊婆还不会先下手为强？她那样天真地认为只要人多必定势众，只要人多势众就什么都不怕了。她不知道死亡从来是不管人多不多势众不众的，当它真要降临的时候，每一个生命都必须单独面对。

从那个时候起，蛊和蛊婆作为一种可怕的事物在我的认识中变得真切和现实起来，好多年里这类资料只要过手，我必会细看，只要过目，就肯定不忘。当我着手写这本关于湘西凤凰的书时，蛊婆首先成为提纲的一部分。我下决心要通过各种关系去寻访她们，哪怕是雾里看花也得跟她照上一面。

据有关资料，放蛊是一种古老的黑巫术，两千多年以前的《春秋左氏传》中就有关于蛊的记载。宋人郑樵所著《通志六书》里甚至记录了制造蛊毒的方法，大意是说，将各种毒虫集中在同一器皿之中，任其互相袭击与吞食，最后存活下来的就是蛊，即毒虫之王。历朝历代官府都针对制造蛊毒行为有非常严厉的刑律，故放蛊巫术完全处于秘密状态，历代志书史记，关于蛊毒的记录数量虽然不少，总是寥寥数语，并且语焉不详，这就使蛊婆与蛊毒变得更加诡秘。

《乾州厅志》记："苗妇能巫蛊杀人，名曰放草鬼。遇有仇怨嫌隙者放之，放于外则蛊蛇食五体，放于内则食五脏。被放之人，或痛楚难堪，或形神萧索，或风鸣于皮皋，或气胀于胸膛，皆致人于死之术也。"

传说放蛊的手法有三到四种，以手法的不同可鉴别法术的高低：伸一指放，戟二指放，骈三指四指放，后果各不相同。一二指所放的蛊，中蛊人较容易治愈，三指所放就较难治了，倘若是三指四指所放，几乎属于不治之症，中者必死无疑。

中了蛊的人在将死前一个月左右，能见到蛊婆的生魂掩着面前来送物，行话谓之"催乐"。此后如果病家不能得到有效治疗，一个月内病人定会死去。治疗中蛊的病人，轻者郎中草药或还可以奏效，重者非放蛊者本人来解才有生路可求。

对于蛊婆旧时有多种方法识别真假。按《永绥厅志·卷六》的记录，真蛊婆目如朱砂，肚腹臂背均有红绿青黄条纹，没有就是假的；真蛊婆家中没有任何蛛网蚁穴，而该妇人每天要放置一盆水在堂屋中间，趁无人之际将其所放蛊虫吐入盆中食水，否则就是假的；真蛊婆能在山里作法，或放竹篙在云为龙舞，或放斗篷在天作鸟飞，不能则是假的。所有的真蛊婆被杀之后，剖开其腹部必定有蛊虫在里面，若没有就是假的。清嘉庆之前，苗人捉到蛊婆格杀勿论，后来不知何故，不敢再杀而是卖于民间，放蛊之术得以流传。

一般说来，蛊术只在女子中相传，如某蛊妇有女三人，其中必有一女习蛊。也有传给寨中其他女子的，如有女子去蛊婆家中学习女红，被蛊婆相中，就可能暗中施法，突然在某一天毫不经意地对该女子说："你得了！"该女子回家之后必出现病症，要想治疗此病，非得求助于蛊婆，蛊婆便以学习蛊术为交换条件，不学则病不得愈。因为一切在暗中进行，传授的仪式与咒语，外人无从得其详。

每个蛊婆都设有自己的蛊坛，藏在山涧、溪流或家中的隐蔽处，蛊婆需要非常谨慎地保护它，因为蛊坛一旦被外人发现，蛊婆自己命将不保。传说曾有蛊婆设坛在家，某天趁无人时用热水给神偶沐浴，不料被自己的小儿子看见。第二天，蛊婆上山砍柴时，孩子不知利害仿效母亲给神偶洗澡，结果因水温过高将附有蛊妇之魂的神偶烫死。再说那蛊婆在山中劳作，猛然间感到心促气短力不能支，心下明白定是蛊坛出了问题，不敢有半点延误，赶快回家沐浴更衣，收拾停当静卧床上，不过一个时辰已经气绝。

相传蛊妇放蛊中一人，可自保无病三年，中一牛，可保一年，中一树，可保三个月，如不放蛊，蛊婆自己就要生病，连续三年不将蛊放出去，蛊虫不得食就会伤害蓄蛊人。动物之中唯有狗不能放蛊，蛊婆怕狗也不吃狗肉。

史料中关于蛊婆的最近记载是民国十七年（公元1928年）凤凰县发生的一桩蛊毒案：有一苗人，两个儿子相继夭折，怀疑是同寨蛊妇作祟，便告到官府要求抄搜其家。结果在蛊婆床下抄出瓦罐，内有蛇、龟、蛤蟆等物，并有纸剪的人形。官府认为证据确实，即将蛊妇枪毙。

蛊婆就这样被记载被传说造就得神秘莫测，同时大大地拓展了人们对湘西的联想空间，也激发了人们的猎奇心理。六十多年前，沈从文先生写过一本题名为《湘西》的小册子，对家乡的风土人情作了全方位的介绍。在那本书的题记和引言里，沈先生很委婉地讥讽了外地人对湘西的误见与误传。那时候人们对湘西的印象，第一是苗夷化外之境，第二是土匪出没之地，第三是妇人多会放蛊，第四是男子特爱杀人，第五是路极坏地极险人极蛮，要去旅行差不多是探险，第六要是眼福好，或许能有机会见到一群死尸被赶尸人赶在路上行走，有车驶近时，还知道避让，就跟活人一样。诸如此类，大都是让沈先生这个湘西人听了觉得有些哭笑不得的传闻，他写作这本小书的初衷，大约是要还给世人一个湘西地方的本来面目吧。

看过沈先生的文章，我推测也许一般湘西人也会对有着猎奇之嫌的提问反感吧，所以每当涉及巫术蛊婆一类的采访时，我的态度就会变得十分谨慎，生怕一不小心惹恼了人家。没想到情形似乎跟我的设想大相径庭，在凤凰，与我谈起放蛊事情的人，无论男女老少态度都很坦然，绝无半点暧昧或回避的意思。有的人说起来，更是绘声绘色，从他们的叙述中我终于看到了深藏在历史迷雾中的蛊婆悲戚的面影，并且最终知道了她们的身份往往是被人们用口碑来确定的，而这种口碑的基础往往植根于某个倒霉的邻居毫无证据的臆想。

我们可以根据人们的叙述走进某个蛊婆所在的山寨，我在本节的开头已经告诉大家，本地有句老话叫"无蛊不成寨"，因此寻找这样的山寨并不是多么困难的事情，也不需要鼓足勇气或者十分刻意。

正是春天，湘西大地被明黄色的油菜花和新出芽的绿树叶装点得赏心悦目，远山近水都因为春的来临变得清新，就像在这个季节里脱去臃肿的冬装满怀了爱情憧憬的少女灵秀而靓丽。那些藏在山窝的苗寨安安静静躺在春天的怀抱里，被细雨和晨雾洗染，如女孩们刚刚洗浴过的面颊一样干净妩媚。当你走近的时候，心情忽然有了某种微妙的变化，因为你已经听到寨子里正有阵阵古怪的声响随风飘来，那是你迄今为止从不曾听到过的一种声响。你预感到那儿一定发现了什么不寻常的事情，忐忑不安地走进了寨子，那些石阶铺就的路与石头砌成的房子跟你去过的其他寨子完全没有什么不同，不同的是你的感觉。你发现家家户户院门紧闭，村头巷尾空无一人，而那一扇扇紧闭的院门后边，刀斧在木板上狠斫的声音伴着诅咒什么人的恶言恶语，鼓荡出一种萧杀之气。尽管你完全听不懂苗语，可已经让这气氛弄得不寒而栗。再往深处走你听到了锣鼓响器，顺着乐声寻过去，你看到有一家人家院门洞开，穿红袍戴花冠的苗巫（本地称为老司）正在作法驱邪。堂屋中间有一个竹编簸箕，里边放着米粑、谷酒、刀头、清水、铜钱、纸钱，另有米一升插香三支，并伴以画了眼、鼻、口的鸡蛋五个。老司右手执笤左手执刀，对簸箕而坐，念咒请神同时卜笤，卜毕将雄鸡一只用线穿鼻孔，绕屋场而走，然后到野外三岔路口烧纸送神。咒语巫乐与街坊四邻斫得天响的刀斧之声相应和，把整个寨子弄得鬼气森森，不由得你要疑心鬼神就在附近的什么地方躲藏。你一步不落地跟着你的苗族向导，从他那里你得知，这家有人久病不愈，疑是中了蛊婆的蛊，于是全寨子家家用菜刀斫砧板咒骂蛊婆不得好死，一方面帮病家赶鬼，一方面预防蛊婆危害自家人口。苗人相信跟蛊婆只能相仇不能相好，越是与她相仇越安全，她的蛊就放不着你，与她相好反而容易受害。所以咒骂蛊婆的时候，都争着把自家的砧板斫得更响，把骂声处理得更恶毒，以表明对蛊婆的深仇大恨。

"他们咒的到底是谁呢？"你终于忍不住要发问了。

"这说不准，但她肯定在寨子里住。"向导回话的时候似乎有点迟疑，答案也很难使你满意。一个被整个寨子共讨共诛的人，难道是个影子不成？

看懂了你的表情，向导又补充说："骂她的人心里明白，被骂的人心里也明白。"

"你能带我去看看她吗？"你问。

"不能，我不知道她是谁。"向导拒绝得非常干脆。

"那就问问寨子里的人，我只要远远看一眼就行，绝不跟她说话。"

"他们不会告诉你。"

向导是对的，没有人会干这件事情，替你指出自己寨子里的蛊婆。

但费尽周折之后，你终于弄明白了，原来这个千人咒万人斫的蛊婆是由人们用臆断推选的。这就是说，她很有可能是被冤枉被误指的。

事情的过程并不复杂。比如有个妇女去邻家放了个鞋样描了个花边图案，恰巧第二天那家的小儿子发起烧来，于是孩子的母亲忆起昨天那个妇女到家里来的时候，给小儿子一块新蒸的米糕。母亲疑心是那妇女放了蛊，将心思告诉了她的妯娌，然后妯娌们分头回去告诫自己的孩子，那个人是个草鬼婆（蛊婆另名），她的家你们从此不要去，她的东西送给你可不能吃。孩子们听信了母亲的话，把这些话传给跟自己一块玩的其他小孩子。孩子们回家告诉了自己的母亲，母亲们在一块做针线活的工夫又把这消息传给了更多的人。一开始可能那妇人并不自知，如果发烧的孩子两天以后好了起来，她也可能在还不自知的情况下已经被他人赦免，一切如旧如常，这个妇女算是躲过一劫。然而假如那孩子病情日渐沉重甚至不治而亡，该妇人今后的命运将非常悲惨。

她的家门可罗雀，以前天天见面天天凑在一起做女红描花样一起嬉戏打闹唱山歌的女伴们，再也不会登门造访，在路上远远地看见她，胆小的像见了鬼似的夺路而走，胆大的顶多尴尬地笑一笑就擦肩而过。溪边井旁洗衣裳的妇女本来正在说笑，一看见她来了，都不约而同变了脸色，把洗好没洗好的衣裳一盆装了匆匆离去。小孩子再也不敢爬到她家的桃树上来偷果子吃了，要是你主动摘下来送给他们吃，他们会拼命把口水咽进肚里，做个鬼脸一哄而散。她去赶墟的时候形只影单，时常有人在她身后指指戳戳，她在山里砍柴在地里除草，再也没人帮她捆绑帮她上肩，她只能远远看着成群结伙的乡邻谈笑风生，肩负起小山般的薪柴伃伃独行。只要寨子里有人生病，她的屋前屋后刀斧铮铮骂声四起，声声直逼她的耳廓更穿透她的心房。

她回想起自己嫁到夫家的这些年，她一直守着妇道凭着良心为人做事，然而以往邻里和睦夫妻恩爱的日子，全都因为一块米糕和一个孩子的夭折而改变。女儿大了要出嫁了，相中的小伙子却被家长们逼着离她而去，丈夫因此成天阴沉了一张脸，再也不会替她掸掸肩上的灰尘擦擦脸上的汗珠或泪水。她想过要对人们申诉自己的冤情，告诉他们那孩子的病跟她没有任何必然的联系。可是没人愿意听她的话，甚至她完全没有机会说出这些话，她知道这是一件永远说不清道不明的事情，不管她跟谁提起这件事，他们都会说：你怎么知道人们斫着砧板骂的就是你呢？难道你真的做了什么亏心事吗？

一堵看不见摸不着的墙隔离了她和所有的人，她就像生活在一个透明的华盖之下，不曾翻身已经碰头。日子长了她也死了心，放弃了任何讨还清名的企图。她越来越怕见到人，就像人们越来越怕见到她。她在年复一年指桑骂槐的声浪中老去，夜复一夜的哭泣让她熬红了眼睛而且见风就流泪，她已经多年没有唱过歌，把一副又甜又美的嗓子嘶哑了，她不再需要为丈夫当户理妆，于是不光衰老了容颜也褴褛了衣裙，成了全寨子最邋遢最丑陋的老女人。她就这样背着草鬼婆的名声走完了一生最后的路，她死后人们掘地三尺，并没有发现传说中的蛊坛和任何神偶纸人，可寨里的人仍然松下一口气说：这下我家的伢崽可以平安长大了。

然而，没有多久另一个不幸的女人被指认为新的蛊婆，因为大家并没有忘记"无蛊不成寨"的说法，这是祖辈们留下来的成规。这个女人的结局也必将是穷苦而寂寞的。

在不可知的运程中

清末民初，小小的凤凰城内庙祠数量奇多，光佛家寺庙就有风神庙、火神庙、龙王庙、马王庙、水府庙、灵官殿、观音堂、阎王殿、三官阁、女娲宫、城隍庙、伏波宫、芒神庙、太平寺、奇峰寺、飞山庙、王公祠、翟公祠、石莲阁、三侯庙、准提庵、文庙、武庙、武侯寺、先农坛等五十多处，南门外的岩脑坡一带，寺院建筑鳞次栉比，基本上成为寺庙区。此外还有陈家祠堂、田家祠堂、杨家祠堂等大族宗祠，各地同乡会馆，如江西人的万寿宫、四川人的川主官、邵阳人的禹王宫、福建人的天后宫，以及各种行会会所，如缝纫业的轩辕寺、木匠业的鲁班庙、铁匠业的老君庙、医药业的神农寺等，也都兼有宗教场所的职能。而且不仅只佛教，伊斯兰教、天主教、基督教也相继派人来此地传教，修建清真寺、天主教堂和福音堂。

佛家寺庙定期举行庙会，知名度较高的有南华山、青龙山、奇峰山的香会和观音会、盂兰会，每次会期一到三天不等。县境内外的佛门信徒平时在家吃斋念佛，庙会会期相约而来，成群结队到寺庙中拜佛、讨卦、求签、许愿，都是自生自灭的民间活动。道教则带有半官半民色彩，不建道观，只在道士家中设坛行教，并由道台任命道纪司，执掌印绶，管理全县道坛，对坛门不好的，可以封坛，道士不守清规的，可以驱逐出境。地方上久旱无雨需打醮求雨，遇到虫灾要设坛驱虫，春季清明节上坟祭扫墓茔，秋季中元节念咒烧包，冬季冬至节燃天蜡酬答天地，还有平时百姓人家婚丧寿庆法事，也由道士包揽。

仅仅半平方公里的土地，居住着如此众多的仙神鬼怪，还有比各路神圣为数更众的僧尼道士神甫阿訇，纵使人们刻意想划分天上人间的界限，也不大容易。凤凰城里的居民，跨出门槛就碰到了土地公公和婆婆，烧几张纸问个好是免不了的，遇上心事边走边想，一不留神已经来到观音娘娘跟前，也就忍不住要将不向人言的烦恼跟她老人家念叨念叨。久而久之，人神共处的生活氛围已不知不觉地形成。特别是湘西地方民众受傩巫文化影响，有着明显的泛神崇拜倾向，无论何方神圣哪样鬼魅，只要遇上就烧香磕头捐银子，一律不排斥一律不得罪，使鬼神们的生存环境也很宽松，大伙儿一块共生共荣。

庙宇格外繁盛的原因，按正统阶级分析论的解释，当然是统治者实行所谓"攻城为下、攻心为上、以夷制夷"的绥靖苗疆政策，欲借神权维护社会秩序，以清嘉庆年间的凤凰厅同知傅鼐任期，提倡"以神道设教，补政令之不及"，光他一任就主持修建寺院十八处为证。另一种解释则完全忽略阶级与政治，认为一个社会是否太平盛世，看其庙会的声势和寺庙的香火是否鼎盛就可见一斑，神事的繁荣体现了历史上凤凰社会生活的繁荣。我以为更重要的原因，是黎民百姓生活不安命运莫测同时希望渺茫所致。在当地风俗中，有不少宗教仪式都跟军旅征战有关。如每年农历七月七民间"祭鬼节"，要扎制成千上万大大小小的河灯到河上去燃放，就是为了抚慰战死沙场的将士，为他们的亡灵引渡，照亮归家的路，以免其成为飘零的孤魂野鬼。河灯中的关王灯、岳王灯、韩王灯、霸王灯等大型河灯，以古代英雄故事为蓝本扎制成一组组的人物造型，是为了标榜战死者如古代圣贤一样名标青史的功绩；小型灯如荷花、桃花、梅花、芙蓉花灯，柳树、杨树、松树、茶树、桐籽树灯，猪、羊、马、牛、鸡、鸭、鱼灯，则是为祭献给死者，使之在冥界有富裕的生活。

凤凰社会生活的主体一度是竿军士卒，他们一朝入伍，就被绑在了杀戮的战车上，杀人或者说被人所杀在他们看来都是顺理成章的事。但杀了人总要避晦或者忏悔吧，为了免于被他人所杀又要祈求神鬼保佑，再说要是大难不死，保佑升官发财也是心之所愿。既然一切都交给了鬼神，人的命运也就只能听从鬼神来安排了。一场战斗下来，是生是死全是命中注定。这样的宿命哲学杂糅在竿军将士的意识中，反而增添了他们奋勇当先的胆量，使得他们的牺牲更惨烈，那份担当也愈显出愚忠的痕迹。

妇女们不同。丈夫儿子出外当兵，脑袋提在手上过日子，家中的白发亲娘和孤妻弱子，心中最大的隐忧就是征人的安危。音讯杳茫的日子，烧香磕头祈求征人平安；听到胜利的消息，烧香磕头答谢菩萨的恩情；令人心碎的噩耗传来，还是烧香磕头，为亡灵的来生超度……战事越壮大，亲人越险恶，女人们心中越焦虑，对菩萨的寄望也越深厚，庙里的香火就越旺盛。而在那终日缭绕的青白色烟雾中，伏身于神坛下的女人喃呢自语的誓愿里，定然少不了对战争的诅咒。在她们的功德经中，建功立业事小，征人平安事大，跟急功近利的男人们比，女人们对竿军祖辈用血泪赚下的那份残忍的光荣并不看重，她们所看重的是生命，是属于无论亲人与敌人的鲜活生命。在求神拜佛这种形式机械单纯的活动中，凤凰妇女的情怀却具有微妙复杂的层次，她们所扮演的悲天悯人的角色，是最悲惨也是最光彩照人的。

国家的命运既不可知，湘西的命运凤凰的命运自然不可知。男人的命运已不可知，女人的命运更加不可知。女人们热烈专诚的宗教情绪，在某种意义上，提升着这座小城日常生活的质量和品质。

丈夫羁留军旅，妻子们成了家庭的顶梁柱。白天更忙碌了，箪食壶浆洗淘捻纺喂猪打狗安老抚幼，哪样少得了她？夜晚也更漫长了，哼着歌谣把孩子送入梦乡，自己的梦却流连在千万重关山以外姗姗来迟。孤枕寒衾难耐时分，挑亮一盏油灯刺绣缝纫，是她们寄托相思的唯一办法。凤凰妇女的女红出色，是有传统也有口碑的，那些靓丽的绣花鞋、虎头帽、围裙抱肚里，缝进了多少泪水和悲情，只有她们自己知道。手里打扮着孩子，心里惦记着丈夫，巴不得他夜夜梦回家园，自家小小的庭院是否美丽整洁，又成了她的心思。于是天明即起洒扫庭除，再去墙根篱下种几棵蔷薇几棵木香几棵狗脚梅几棵迎春藤，借花草的色彩和芬芳召唤远方的征人，让他们想着家恋着家，舍不得把血肉之躯永远遗弃在他乡。凤凰人家素有种花养草的习惯，溯其源起似乎跟闲情逸致关系不大，反倒是妇女们对严酷生活的一种特殊的回应。在今天的凤凰，当我们看到街边的小摊子上漂亮的绣品，或者妇女怀中抱着背上背着穿得花团锦簇的孩子，还有家家墙头瓦上颇有雅趣的花枝藤蔓，谁会把它们的来历跟凄惨的过去相联系呢？

在动荡的岁月里，一代代凤凰女子承受的寂寞比任何一个地方都要集中，并不能被她们向善向美的作为所淡化。丈夫出征甚至为征战捐躯，使社会和宗族对她们的贞操有更高的要求，封建礼法和宗族家长决不会因为她们的含辛茹苦，就以宽宥对待她们偶尔乱了方寸的过失，相反还会更加苛刻和严厉。

或许就有某些特别敏感的女孩子，目睹母亲的种种不幸与辛苦，对尘世间的男婚女嫁起了疑心。她们像一棵清新的绿葱样蹿长起来，头上的黄毛小辫子粗壮成了乌黑的大辫子拖在了胸前，会在某个春天的夜里，回味起以往的一幕幕情景。还是她们需要搭着板凳或踮起脚尖才能看得到暮色中的江水时，就习惯了和母亲一起盼着爹爹的船从沱江的下游撑上来。爹爹的船回来的日子，就是女孩子的节日，米桶里有了米，灯盏里有了油，厨房里有了炖肉的香味，弟弟的脏乎乎的小嘴巴里有了嚼得嘎嘣响的糖块儿，她的辫梢上有了一小截红色的头绳。可是后来，爹的船征去运军火，一去杳如黄鹤，他的骨头已经烂在了外乡不知什么地方的土里，姆妈于是一夜之间从精明强干的小妇人变成了披头散发的糟婆子，一天天在河边洗着男人留在家中的破衣烂衫，直到成了一团乱纱。彻骨的寒冷与绝望穿透了薄薄的棉被，传遍女孩周身。

正是从这个夜晚开始，女孩儿变成了另外一个人。她的面色灿若桃花，眼睛亮如星辰，声音如丝竹般悦耳，身体里发出一种馨人的清香。她每天不停地抹桌擦椅洒扫厅堂，把一个原本破败的家收拾得纤尘不染。她开始日复一日的凭栏眺望，进入了一个不食人间烟火的境界。闲下来她就到江边去呆坐，望着下游河道上一条条如黑鲫鱼从地平线上跳出来，而后箭一样驶近的木船。她永不可能再像小时候见到爹的船那样欢呼雀跃了，这些船上再也没有她盼望中的亲人，她的心已同无风时的江水那样的平静了。河上的船工们看见了吊脚楼上这个美丽非常的女孩，并因这个女孩而振奋不已。他们大声打着号子，互相用篙和桨击水相逗，再不然索性一个猛子扎下去，几十秒才探出头来，看女孩子会不会为自己担心或惊慌。所有的伎俩都用过之后，他们终于大失所望，美丽的女孩依然凭栏远望安静如昔，自言自语不知和谁说着私房话。于是老人说，这个苦命的女子落洞了。

按照当地的说法，这个女孩子已经把自己许给了神，她整天生活在幸福的幻想里。她的心上人是不食人间烟火却救人于水火的神，因此她不再为世俗的任何男子动心，只需小心地保护好自己的美丽娴静，等着她的神选好了吉祥的日子来迎娶她。这就注定了她的一生将不再有姆妈经历过的一切生儿育女盼夫心切又妒怨煎熬的烦恼，也不会有世俗的男子想到要用自己的婚姻去解救这个被神的幻象所诱惑的女孩。固然当那个日子到来的时候，幸福中的女孩含笑而逝，但她始终不渝地保持了自己的姣好容颜，直到今天的传说与记载中。

沈从文先生在他的书中写道：湘西女性在三种阶段的年龄中，产生蛊婆、女巫和落洞女子——穷而年老的，易成为蛊婆，三十岁左右的，易成为巫，十六岁到二十二三岁，美丽爱好性情内向而婚姻不遂的，易落洞致死——三种女性的歇斯底里，就形成了湘西的神秘之一部分。这神秘背后隐藏了动人的悲剧，同时也隐藏了动人的诗。

湘西女性是这一切神秘而动人的悲剧与诗的作者。

遐想死亡

忘了什么时候才意识到我是一个人，或许是从想到了死亡那天起吧。

——题记

诀别设计

我是人。有一天你知道。

你来到世界上已经快四十年了。有时你觉得四十年很长，有时又觉得四十年很短，有时候想再活上四十年，有时候认为前四十年也活得挺没劲。你不知道自己从哪儿来，但很愿意知道自己将要上哪儿去。

你在一支以年龄顺序编队的队伍里等待搭乘死亡马车，听见死神的足音一遍遍从前后左右响过去，一个个熟悉的身影悄然消失。由远及近，由前辈渐至同辈，愈来愈靠近，这才知道死亡的降临常常没有规律甚至随心所欲。你不由自主地开始设计自己的死亡了。

许多时候，我常常缱绻于死亡的想象。想象中的死并不可怕，相反是一片拂之不去的暖色。临终的场景被固执地反复设计，充满了明快的诱惑。

应该是一个初秋的下午，太阳偏西但尚未低沉的时刻。我的病床靠着临风的窗，窗外有精致的花圃还有一排飒飒作响于风中的秋树。那排树树干粗壮挺直，微黄的树叶被斜阳照射得通体透明地萧萧飘落，树叶反映的暖色光辉给我青白的脸涂抹了生动的活力。病床的靠背摇得很高，枕头蓬松干燥，我陷在一床雪白的柔软里，嗅着敞开的南窗飘入的来自大地的气息，开始了我的诀别。

我的身边应该环绕了为我所爱也定然爱我的人们，我从他们的眼里读到了止忍不住的痛惜。我感到某种深刻的满足：我之死将使我爱也爱我的人们哀痛。我与他们执手相看，没有眼泪，只有无言无声的眷恋。我想要振动我的声带说：我去了，想着我的好处，原谅我的过错。但我已没有了发声的气力，于是，他们用健康人暖和的手掌摩挲我因垂死而僵冷的手指，表示完全明白了我的心意。

你没有遗产，甚至没有后代，有的只是为数不多的几本作品集，一些手稿、日记和信件。你对后事的安排，仅仅是指定一套家常衣服穿走，并将另一些心爱物品包括小小皮毛玩具，赠送亲友并他们的孩子留作纪念。你不会为此感到尴尬。那一刻，成为人一生最真实的瞬间。你和同类之间不需要再有丝毫遮掩丝毫造作丝毫逞强好胜之心。以往许多貌似荣耀的光景，都被这十足成色的真实逼得褪色。

这个发现带来的激动，使我更虚弱了。我只能用眼睛示意亲人，梳好我的头发，洗干净我的脸，把我的身体扶得再端正些，让我的手在胸前保持优雅的姿态。既然活着不能尽如人意地美丽，就让我死得端庄文静些吧。人们满足了我的愿望。我更累了，眼皮沉重地往下滑去，我使尽浑身力气再次将它们抬起，把夕阳最后的光线中飘零的秋叶关在眼眶里，让生命的色彩定格在成熟的金黄。我在金黄里飘然远走，随后听到亲友在迢遥的那方沉默，许久，才明白我将永去不归了，大放悲声。

这是一个理智的白日梦境。每当你手头稍稍空闲，睁着眼睛发一会儿呆，它就会活灵活现地重演。你为这个充满人情味儿的诀别感动，一次又一次修改和补充它的构图、颜色、声音和感觉，生离死别在这里完全不意味痛苦，反而伴随着某种特殊的快意。可是，渐渐地当它越来越完整越来越逼真的时候，你终于开始觉出了恐惧。

那一段不短的日子里，我的思绪一不留神就会走入秋天里的死亡图画，在里边如鱼得水地遨游，以至于每一篇小说构思，主人公都跟死亡相关。我彻底恐惧起来，疑心这是一种不祥之兆，害怕有什么祸事就在不远的前边等着我。我不止一次动了记录它的念头，最终还是被忌讳阻止了行动。我企图努力逃脱梦境的追逐，甚至不得不放弃那些小说的写作。这无疑是个令人费解的现象：一方面制造出温馨的死亡场景引诱自己，另一方面又强烈地抵抗这种想象。我沉湎于恐怖的智力游戏，以不可理喻的心态。

你一直想弄明白这究竟是因为什么，但始终没有答案。

期待鬼魂

儿时夏天的夜晚，我们坐在杨树底下听大孩子胡诌鬼的故事。如果不是幻觉就准是巧合，常在讲到鬼来了的当口，风就不失时机地加大了，把杨树叶子吹得哗啦啦直响。于是讲故事听故事的，全都又怕又兴奋地挤成一堆，等风刮过了再接着胡诌。我刚能听懂鬼的故事，便想象着鬼魂们都穿着宽大飘逸的黑袍，在夜色掩护下随处溜达，听到树下边有人说他们，也就忍不住俯身落下。袍子边蹭着树叶子，弄得哗啦啦好一片乱响。许多年以后，杨树底下听来的鬼故事早已记不清楚了，但只要在夜晚听见树梢临风作响的声音，我还会有种与鬼魂同在的警觉。

你伴着鬼魂的传说长大。鬼魂在中国的传统文化中，多半都是厉鬼一类。生时含冤死不瞑目的人们，捐弃了肉身之后才会变成鬼，所谓"阴魂不散"。阴魂所以不甘散去，目的是为了复仇，也总是冤有头债有主。你在少年时代看过许多鬼魂故事全是这个套路，渐渐觉得鬼魂并不怎么可怕——它们又不加害无辜。看过《聊斋》之后，已经对美丽的女鬼们颇怀好感，为有幸遇上她们又不能与之相守白头的书生嗟呼称憾。等到一部《红楼梦》读完，更加深信木石前盟，前世来生都实实在在。但真心期待鬼魂的出现，完全消除了对鬼魂的隔膜，是眼看着父亲实践了死亡之后。

父亲死时，我正是十八九岁，处在幻想与青春勃发的年龄。父亲的呼吸在我们眼不错珠的注视下，忽然间就停止了，让我惊异死亡的过程原来这么短这么轻易。风也不动，云也不涌，太阳依旧冉冉升起，一个生命的止息，一个肉体的消亡，不会对世界产生任何哪怕是微乎其微的影响。也许正因为一切都没改变，才让我在长时间里处于某种幻觉之中：父亲出远门了。像我幼年多次经历过的那样，说不定哪天他就会风尘仆仆地敲响后门的玻璃，然后走进屋用胡楂子扎痛我的脸。当然他始终没有回来，幻觉逐渐破灭，取而代之的是一种愿望——会见他的灵魂。

后来的确有过几个夜晚，我从睡眠中惊醒，听见父亲每天坐的那张藤椅发出咯吱咯吱的声响，好像有人在上边辗转。我拼命睁大眼睛，想看个究竟。灯是不可以开的，假如真是父亲的亡灵归来，他会被吓跑。夜太黑，什么也看不见。奇怪的是我大睁着眼睛努力要求自己千万别入睡，还是很快就睡着了。第二天，藤椅被我细细查看，什么痕迹也没留下。椅垫上没有体温没有皱褶没有黄表纸书写的召谕。直到有一夜，我又听见响动，听见父亲的茶杯发出轻轻的爆裂声。早晨起来，我看到好多天不曾盛水的杯子，果然从上到下裂开一条细细的口子，顿时泪流满面，我确信父亲的亡魂回来过了，为告知我们留下裂缝为证。我后悔没将杯子里注满茶水，说不定他口渴了才去用杯子。我换了只非常漂亮的新杯子，盛满水等着他，可惜他再也没出现过。

近二十年中，我一直渴望梦见父亲，但父亲从来不托梦给我。倒是他的一个学生告诉我，他梦见过我父亲，形容很清苦的样子。我记住了这件事，在当年七月七日鬼节那天，烧了一包纸钱。母亲说上边得写上父亲的姓名，不然他会收不到的。我照办了。我真心希望人亡有灵，而亡魂又有固定的去处，那样，我总有一天还能再见到父亲。

我不情愿自己的叙述被当成一种幻觉记录。事实上有关鬼魂的历史早就是人类文化的一部分。英国一位叫艾伦·C·詹金斯的学者，在他写的一本小书里，记载了世界各国最著名的鬼魂故事，其中包括 1901 年某日，两位游览凡尔赛宫的小姐，在"小川廊"邂逅被处死的路易十六王后玛丽的奇迹。这个故事当年被披露报端，曾引起舆论轰动。时至 20 世纪 80 年代，由美国前总统夫人南希·里根撰写的回忆录里，又白纸黑字记录了白宫闹鬼的经过：林肯的幽灵多次现身，白宫工作人员大多数相信这是事实，并说艾森豪威尔和丘吉尔都曾与之在此相遇。你对这些文字信大于疑，尽管你所受到的唯物主义教育一直抨击这类说法。你认为最讲究根据的唯物主义，恰恰是在毫无根据的前提下，断定了鬼魂不是一种存在一种物质。当你看到一本厚厚的《心灵学——现代西方超心理学》时感到很庆幸，终于有专家把灵魂当作一种存在来研究了。也许再过若干年，正是科学证明了鬼魂的存在，相信鬼魂反倒成了唯物论者的行为。你这么认为。

我的好朋友徐是个孝女，她在母亲去世之后跑遍北京城寻找墓地。当她从最后选定的墓地回来，当晚无名高热顿起，历时几个月不退，最好的医生最好的药品均告回天无术。命在旦夕的日子里，她心里一直很平静。"我并不觉得死有多可怕，想到我母亲一个人会很寂寞，我早些去陪她也挺好。"等她无缘无故又好转了之后，她说。可见相信灵魂之说或换言之希望灵魂不灭者大有人在。死亡的一部分诱惑力来自鬼魂，来自去另一个世界与亲人团聚的念头。想到自己最亲近的人在等着你，那个世界即便再陌生也不会有多可怕了。

著名的富兰克林先生在一封唁信中写道:"我们的亲人和我们自己早就受到邀请,去赴一次永远不散的欢乐的宴席。他的席位先准备好了,所以他比我们先走一步……既然我们不久就要随他而去,并且知道到哪里去找他,那我们又为何要为此伤心呢?"这无疑是一番非常迷人的忠告。

天下没有不散的宴席,天上有。可古往今来,地球上已经存在过的八百亿人,都毫无例外地走向了死亡。那天上的宴会厅不会被撑破吗?你担心。

墓地幽思

你其实有一种嗜好,那就是参观墓地。虽然你总在有意无意地忽视它,逃避满足与发展它的机会,终归不能否认它的存在,也不能否认它是一种怪癖。墓地能给人出其不意的想象力,你这样将自己的怪癖合理化。

小学四年级,我随学校的队伍去长沙岳麓山春游,在山里迷了路,蹲在一座荒冢旁发呆,不知怎么被墓碑吸引住了。"青山有幸埋忠骨,黄土无情化国殇",碑上那幅我当时尚不知所云的对联,至今还一字不差地记得。墓碑给我的最初印象是深刻的,已经被风吹雨打得模糊斑驳的字迹,无非记录了墓主人的姓名、生卒年代及立碑人身份等,竟引得一个十岁的小孩子作出一番想象,将墓主人的音容体态穿着举止演绎得相当完整。草长莺飞春雨断魂的时节,天色近晚的空山野墓,给我留下的记忆似乎不可灭磨。以后的年月,我虽然参观过昭名于世的十三陵、中山陵和其他什么陵,那种与故人相通,幽思无限的感觉始终未能重现。

20世纪80年代初期,我常乘火车出差。列车穿越辽阔的华北大平原时,常可以看到路旁一片一片的土坟。坟堆高而尖,顶端压上一块砖。旧坟被草茎长成了深绿色,新坟还袒露着褐色的湿润。偶尔有一两杆纸幡摇曳在暮霭晨曦里,一马平川的无人之境连接青空,营造出孤深幽远的氛围,很容易撩发从它们身边一掠而过的旅人种种联想。那也许是一个个家族的长栖之地,长长幼幼男男女女经历无数分分合合恩恩怨怨,最终聚居地下永远相依相伴。我胡思乱想。那些土坟通常不用砖垒也没有墓碑,年深日久有的就矮了平了,我无端就认为,那个家族大约破败了吧,不然后代们怎么就无力照看长眠的祖先了呢?于是,又多出些奇怪的忧虑。

你觉得比起平原上的荒坟野冢，被辟作旅游景点的著名陵寝反倒显得缺少灵性。导游用电喇叭大声朗诵碑文，游客对墓葬的宏伟或精巧咋舌不禁。一片鸦噪之中，陵园既熙熙攘攘如同闹市，又兼作历史教学的教具昭彰五千年文明，很有些滑稽意味。类似"高宗法天隆运至诚先觉体元立极敷文奋武孝慈神圣纯皇之陵"（乾隆墓碑），这等谥号成串生僻古怪的碑铭，极尽阿谀奉承歌功颂德之能事，一股公事公办恪尽职守的劲头，断不能唤起半点思古之幽情。

你对坟墓与碑文的感觉，大约很具中国色彩。中国众生对死亡从来充满畏怯与哀戚之心，中国的墓志铭，也从来肃穆庄严，容不得一丝不恭不敬。"千教万教教人求真，千学万学学做真人——爱满天下"（陶行知墓），"春夏秋冬辛劳采得山中药，东西南北勤恳为医世上人"（李时珍墓），"巾帼英雄"（赵一曼墓），几乎如出一个范本。稍有个性的，也无外韩信墓前的对联："生死一知己，存亡两妇人"。上联指萧何力保韩信从政，又识破韩信谋反诱而捕之；下联指韩信投军之前被洗衣女人施饭养命，被捕之后为吕后所杀，存亡两度由妇人左右。中国的墓葬所表现的文化，规矩方圆秩序井然，诙谐幽默绝无用武之地。

相比之下，西方人的墓志铭，抒情式、政论式、格言式、小品式、广告式甚至数学公式无所不有，而且不乏出奇制胜之句。例如："重返宁静"（美国明星盖博墓），"π=3.14159265358979323846264338327950288"（法国数学家卢道尔夫墓），"恕我站不起来了！"（作家海明威墓），"我们唯一引为恐惧的，只是恐惧本身"（罗斯福夫人墓）。更有一些墓志铭，调侃挪揄到了极点：美国绘画大师沙金墓碑文是"这儿躺着约翰·辛格·沙金，嘴巴有点毛病"，明星玛丽莲·梦露的墓碑上则刻着她生前引为自豪的胸腰臀三围：38：25：42。苏格兰的一块墓碑，主人不甚出名，墓碑很出名，上书："这里长眠的是亥米西·麦克泰维弗。其悲痛的妻子正继承他的兴旺事业——蔬菜水果商店。商店在第十一号高速公路，每日营业到晚上八点。"地道是一则广告。人们读这些墓志铭觉得很开心，开心就忘了死亡的可怖。

十几年前，在一场心理危机中，我常怀了一种远离同类的愿望。有一次在北京，偕姐姐全家去新建的八宝山游乐园。满眼长蛇阵似蜿蜒的游人队列，满耳为了争先发出的抗议责骂乃至诅咒的声音，心中很是烦闷。我对姐姐说想到附近八宝山公墓去坐坐，那儿肯定清静。当时姐姐那么诧异地盯住我，大概认为这种念头完全是病态心理表现。对此我很难分辩。我只是觉得，跟心浮气躁锱铢必较的活人们相比，那些死人们无欲无求平平静静显得更好相处。

如今，你仍然保持着参观墓地的兴趣，欣赏建筑阅读碑文之外，又增加了议论风水的话题。不同的是已经很少参与什么情感了，有时候也很自然地考虑起自己的墓志铭来。这是一种进步吗？你问。

死亡体验

生开始，死也就开始了。从一颗受精卵生成的那一刻起，生命就经历不息不已的局部死亡。头发脱了即是一根头发之死，牙齿掉了就是一颗牙齿之亡，血管里白细胞为维护肌体的运作生生灭灭。人在死亡的包围中长大，成长同时也是死亡。这个道理，我似乎从小就无师自通地明白，所以早早就开始害怕自己长大，害怕父母衰老。

我记得死亡对我的困扰差不多是跟记忆同时开始的。我不知道从哪里得来有关死亡的常识，认为一旦死去将会干净彻底地失去一切，周围只剩下比任何夜晚都更加幽深的黑暗。也许这仅仅来源于我的一次经验：五六岁时第一次接触到的死亡事件——邻家奶奶寿终正寝。我在过道里亲眼看见，人们用白被单把老奶奶裹住，装进黑表红里的亮漆大棺材里去，棺材盖用半尺长的大钉子钉紧。我一下子就理解了老奶奶死了，便是从此再也不会伸胳膊伸腿，不需要吃喝穿戴，静悄悄躺在黑暗的木匣子里。丧失一切和永久的黑暗，都叫生性过敏的孩子难于接受。从此死亡的阴影开始跟踪我，尤其当着获得了盼望已久的礼物、作文比赛得了第一、担任了学校朗诵会的司仪、跟哥哥姐姐郊游或受到父母特殊抚爱等最有幸福感的时刻，简而言之即是感受到现实生活无限美好的时刻，我都会自然联想到死亡，想到因为死亡我将失去礼物，失去引人注目的机会，失去父母手足的关怀，于是乐极生悲，兀然泪下。

我曾经郑重地央求母亲，请她帮助我永远不长大，并且让母亲保证自己永远不死。那时，我认为母亲是最愿意也最能够满足我所有要求的人。可是在这件事情上，母亲让我失望了。她对我说，她没有办法让我永不长大而她自己永远不死，因为世界上所有的人谁都无法不长大不死。这回答令我万分沮丧。

你无可奈何地长大了，无可奈何地看着母亲衰老。幸好你已渐渐开始识字，懂得阅读童话和神话故事，可以在长生不老的神仙身上寄托虚无缥缈的希望了。回想起来，童话神话故事给予人的最初魅力就是它超越生命抗拒死亡的想象。可是后来你读到了一些完全不属于童话类别的书，记载着真实的死亡事件，但却同样展示了人类死后的光明前景，很叫人入迷。

死亡究竟是怎么一回事，照理说没法求证。它不是生命中的事情，众生不能活着体验死亡。可是古希腊超人苏格拉底凭着他的先知先觉告诉众生："死有两种境界，或是灵魂与肉体俱灭，死者对于任何事物都无知觉，死就如同平时沉睡无梦的睡眠，或者如世俗者说，死亡就是灵魂从一处移居另一处，如是，人可以到另一个世界去会见以往所有死去的人，那也是一种莫大的幸福。"这位先贤描述的两种死亡境界都毫无痛苦可言。他的学生柏拉图，对死亡更具有想象力。柏拉图认为死亡是生者的非实体部分（灵魂）与有形部分（肉体）的分离，认为"肉体是灵魂的牢笼，死亡像是灵魂逃离或摆脱那座牢笼"。死亡的含义恰恰是一种醒悟和回忆，诞生才是睡眠和忘记。灵魂在进入肉体过程中，是从一个完美的认识状态转入另一个意识甚为浅薄的状态，只有在死亡时脱离了肉体的灵魂，才能比先前更加清晰地进行思维和推理，认识事物的真正本质。

这两位先知先觉者出入甚大的话得以流传至今，肯定是受到了后人的信任，或者说后人无法判断他们谁对谁错只得一并信任。二十多个世纪以后，有人用实例调查的办法论证他们的古训了。1975 年，美国医学与哲学博士 A·穆迪出版了他的著作《濒死体验》，根据他对一百五十名临床上被论断为死亡又得救生还的人所做的实例调查，证明人死亡时对环境仍具有清晰的意识。概括起来，这些人大同小异的体验是：

一个人要死了，肉体的痛苦达到极点时，他听见医生宣布他已经死亡。接着他又听到一种令人不安的噪音，同时感到自己迅速沿着一条又长又暗的通道移动。然后，他突然发现自己脱离了自身的躯体，仍处于直觉的自然环境中，好像成了一个旁观者，隔着一段距离在观察自己的躯壳。一会儿，他的心绪平静下来，别的景象开始出现了。他看见那些已经死去的亲友的灵魂——一个光的存在物在他面前出现。他沉浸于强烈的喜悦、爱恋和平静的情绪中，同自己有形的躯体再次结合在一起。他活过来之后想把这一切告诉别人，但却很难表达出来。首先，他在人类语言中找不到合适的词语来描述这些非尘世间的奇特经历。其次，他发现别人都嘲笑自己，只好不再提起这些体验。然而这一切极大地影响了他以后的生活，尤其是对死亡与生命的看法。

这些濒死体验者都不认可苏格拉底所说的第一种境界，即以"睡眠"和"忘却"作为模式的死亡。他们几乎一致将死亡看作从一种状态向另一种状态的过渡，或者是进入了一种更高的意识或存在的境界。一位濒死时见过死去亲人的妇女把死亡看作"回家"。有个男人把它比作令人愉快的事，"好比小学毕业进中学，中学毕业进大学"。"生命就像监禁，只是身在其中，我们不知监禁之苦。死亡是一种解脱——好比从狱中脱逃。这是我能想到的最好的一种比喻。""这次（死亡）体验之后，精神生活成了我兴趣的焦点，躯体退居到第二位，我对是否拥有一个躯体似乎不大在乎了。""我不怕死的原因是，我已知道当离开这个世界时自己将去何方，因为我已去过那里。"这些死过一次的人说。

我很惊异的是这些人的陈述与柏拉图的预言如此相似，但又不甘心把这些话指认成先贤预言的演绎。不幸的是一些思想家毫不留情地指出，文明时代里任何人的意识都不可能是纯粹的本能态势，而是受过文化熏染的再造态势了——世间已无"自然人"。荣格认为无穷无尽的重复已经把经验刻进了我们的精神构造中，"集体无意识"的"原型"存在于个人之中，却不属于个人的日常经验，它们是一些从"集体无意识"的深处涌现出来的伟大而强有力的象征，能够在某种程度上使个人走出时间而进入无时间性。那么，这些生还的人们濒死的感受中是否预先添加了先人的经验，由带有文化印迹的潜意识激活了现场的景象，生成了被统一经验支配的梦，又将梦幻错当作实感，就很难判断了。但我宁愿相信他们，相信他们真切体验过死亡。

谁都终归难免一死，无论怎样造化怎样禁忌，倘若真如这些从死亡国度归来的旅行者所说，死不过只是另一种生的开始。体验过死亡又生还的人，无疑很幸运。不过不管如何不幸运，每个人也至少有一次机会去验证他们的叙述，谁也别担心自己错过。

自杀崇拜

你很佩服那些勇于亲手结束自己生命的同类，他们不像自己这般贪生怕死。他们中有的甚至已经获得了声名获得了财富获得了地位以及其他，远比苟且着的众生活得更好。但他们自杀了，最后一次用昂贵代价换取了从根本上支配自己的自由。叔本华说:"如果生的恐惧战胜死的恐惧,那么他就会勇敢地结束自己的生命……自杀时肉体的痛苦在有强烈精神苦恼的人们眼中,简直微不足道。"你又按这句话补充说,你佩服的是那些为了摆脱精神苦闷,使之归于自然状态的平静,不惜捐弃肉体的人们。你不是任何一种宗教的信徒,所以觉得诸如印度佛教徒把自杀作为履行教义的形式,自焚殉夫,投身佛像出巡的车轮或捐躯喂养寺院圣池中鳄鱼等种种行为,目的是为了从佛手中领取通往极乐世界的入场券,多少显出些愚昧盲从的意味,同追求精神宁静的自戮相去甚远,不应归于此列。你也还没堕落到拜金拜物如命的地步,所以觉得为财而死自然不在话下。古代希腊罗马人把自杀看得高于一切乃至神灵,认为神并不是万能的,因为神即使想自杀也办不到。但人类能自杀,这是人类在诸多不快中由自然赐予的最大恩典。如是说你有了一份身为人不为神的自得。

我揣测,世界上最有知名度的自杀事件莫过于安娜之死。随着托尔斯泰不朽著作的流传,她的死真正成为了穿越时间的永恒。当我还是一个孩子的时候,已经为安娜抛洒过碎心的眼泪。在托翁笔下,这个美丽妇人的理智和疯狂都被表现到了极致,故而迸发出惊人的光彩。安娜用生命作为一场爱情试验的试剂,来检验渥伦茨基的忠诚——只要他为她的死感到痛苦,就证实了她依然被爱人所爱;只要爱被证明依然存在,被不被她感知无关紧要——爱情是一种纯精神的产物,它可以在肉体死亡之后继续存在。这完全是女人的思维方式,以无可挽回的代价换取一个无法感知的结果,这不是一种疯狂的理智又是什么。我认为安娜其实对赢得爱情有十足的把握,否则她的死还有何意义?爱情作为一种具象的精神,在女人尤其像安娜这样视之无价的女人眼中,是远远高于躯体哪怕是美丽躯体的。假如现有的肉体妨碍她尽善尽美拥有她所钟情的人,她就不惜捐弃它。男人可以为破产为罢官为事业的失败而死,但女人似乎较难为这些身外之事所动,最有力量导致她们自杀的,只有爱情。卡夫卡说:"谁若弃世,他就开始察觉人的真正本质是什么了,这种本质无非是被人爱。"在爱情中,男人总对女人说,你属于我,女人却总对男人说,我属于你。把这两句话延伸,应该是,你属于我——我爱你,我属于你——被你爱。跟卡夫卡的话联结,就得出了女人为什么更容易殉情的答案。女人在爱情中的位置,使她们更容易察觉人的真正本质,并被这种觉醒致死。

你将自杀的事情琢磨了很久，大言不惭地宣布了一句类似格言的话：同男人相比，女人更接近死亡；而与普通人相比，更接近死亡的是艺术家。为了求证此话，你收集了许多艺术家自杀的事迹，可以毫不费力地开出一长串成功跻身于自杀者行列的艺术家名单，那些名字个个都如雷贯耳，很具说服力。有些艺术家将死亡看作艺术本身的一部分，日本画家古贺春江甚至说，再没有比死更高超的艺术了，并且他最终用自杀提前创造了这高超的艺术。他的朋友证实说，古贺生前展出的一些晚期作品，阴气逼人，令观赏者望而生畏，可见他已经预感到了死亡。在这种死亡艺术实践中，更加突出的是美国自白派诗人。他们的诗歌大都与绝望、错乱、死亡和信仰危机有关，诗人本人的结局又大都与自杀有关。他们中的一位代表，女诗人西尔维亚·普拉斯三十六岁自杀于诗名大噪的时节，并留下不朽的名句："死是门艺术，我要使之分外精彩。"疯子卡夫卡的一句话，正可以为这些艺术家的离奇行为做出诠释："精神只有不再作为支撑物的时候，它才会自由。"对于那些精神超级敏锐并以此优越于世人的艺术家来说，精神日复一日支撑着肉体的皮囊，被"五根"（眼、耳、鼻、舌、身）所导致的"五尘"（色、声、香、味、触）所累，犹困桎梏，要自由只有摒弃肉体。不过，"不自由，毋宁死"这句用于人权解放的豪言壮语，在此处全然派不得用场。因为这里所说的争取精神自由，不是肉体与镣铐之间有形的对抗，而是肉体与精神之间无形的分裂，是人自身的神形对立。其对立不是外力施加的，完全是自作自受的。另一自杀身死的作家芥川龙之介在遗书中写道："我深深感到我们人类'为生活而生活的可悲性'。若能够自己心甘情愿地进入长眠，即使可能不幸，但却肯定是平和的。我为什么能够毅然自杀呢……也许你会笑我，既热爱自然的美又想要自杀，这样自相矛盾。但是所谓自然的美，是在我临终的眼里映现出来的。"遗书写下之后，芥川整整思考了两年才下决心自杀。可见神形对立的自作自受之困扰，总是先点点滴滴泄露在艺术家的作品中，直到它强大到使艺术家再也不能承受，才会被一次性释放掉，导致自杀。"优秀的艺术家在他的作品里预告死，这是常有的事。"（川端康成语）

　　我愿意相信渴望用"临终的眼"，看看世界看看自然看看同类本来面目的知识人（尤其是过敏的艺术人）不在少数，只是其中大部分人的渴望只是生活中某一瞬间的闪念，很快就被肉身的快乐或痛苦转移了注意力而已。但这种转移并不能成为寿终正寝的保证。诺贝尔文学奖得主川端康成曾宣称："我讨厌自杀的原因之一，就在于为死而死这点上。"结果几近四十年之后，他仍然以自杀方式结果了生命。这说明人对生命的看法也会随年龄的增长而改变。画家梵高在他生命终点前的那个六月里，清楚地感到生命的最好部分已经死去了，仿佛以往从他手下诞生的每一幅图画，都带走了他的小部分生命。于是在七月，他竭尽全力画了《麦田上的乌鸦》后，用左轮手枪射击自己的腹部，怀着"无法把告别画出来"的遗憾死去。川端声明讨厌自杀的时候还是壮年，正陶醉于自己生命力与创造力的旺盛。四十年后当他动手终止生命时，是否也感到了梵高式的悲哀呢？在以艺术创造为生存方式的艺术家看来，既然衰弱的肉体已经不再是艺术创造的能源，相反成为精神生产的累赘，也就没有存活的必要了。这些人几乎就是为艺术才诞生人世的，与大多数人不同。大多数人并不选择这条路，随着肉体的衰竭他们对艺术的钟爱也渐渐削弱，精神不会逼迫他们作这样极端的选择。这中间还混杂着不少票友，他们只把艺术作为攫取名利的工具，成就了功名便吃一辈子功名，成就不了功名就趁早走其他路子出人头地，艺术本身并不重要，创造力的衰退自然不会引起什么痛苦。这个世界什么事情都可以玩票，都可以被票友们玩得声势浩大，唯死亡无票可玩。这便也是自杀者的队伍始终寥落寡合壮大不起来的原因吧。

不妨大胆假设，所有智力健全的人潜意识里都存在被求生本能抑制住的自杀动机，当某种刺激触动了这部分意识，自杀的念头就会像闪电照亮夜空那样照亮朦胧的心海。一些人待这死光闪过之后，又重新归于平静，另一些人则当机立断，完成了他们的壮举，做了成功的自杀者。"一鼓作气，再而衰，三而竭"的理论同样适用于自杀，一举不果被救生还的人大都没有勇气再次起事。

我认识一位因情感危机自杀未遂的女人，她在吞入上百片安眠药之后，反而精神紧张亢奋长时间不能入睡，肠胃又被药物刺激得疼痛难忍，最后终于抵挡不住死亡逼近的恐惧，主动求救。事后她说，当时应该先吃两片安眠药，等昏昏欲睡的工夫再把其他药片吞进去，那就肯定会成功也不会痛苦了。听她这么说，我真担心她再次用身体试验她的发明，但事实上她一直活下来，活得比以往更正常了。我问过她求救的时候是不是不想死了，她有点难为情地承认的确有些后悔，因为想到孩子还小。谁能保证那些成功的自杀者们死前就没后悔过呢，说不定只是他们采取的方法效应更迅速或无人及时救助，事情才变得无可逆转。托尔斯泰在描写安娜投身于车轮之下时写道："同一瞬

随　笔
619

间，一想到她在做什么，她吓得毛骨悚然。'我在哪里？我在做什么？为什么呀？'她想站起身来，把身子移开，但是一个巨大无情的东西撞在她的头上，从她背上辗过去了。"设想安娜此次自杀不遂，再见到渥伦茨基，备受安抚之后，她还会再自杀吗？大概不会。瞬时性，一次性，应该可以被认作自杀的特征。

也有例外。我少年时的一个伙伴，发现男朋友有与旧日女友再续前盟的可能性后，遂动自杀之想。第一次服药，第二次触电，第三次用刀片割开股静脉，三次都被及时救活了。尤其是第三次，她躺在床上割开血管时，正巧她母亲临时从办公室回家找东西，她怕母亲发现，忙用枕头压住创口，但因血流得太多，从床边洇出来，没能遮掩过去。她的男朋友也许受了感动也许迫于压力，终于同她结合。现在他们住在北京，生了一个女孩，听说过得还不错。本来像这样不倦不怠的自杀坚决分子，去心已定，是非成事不可的，这位伙伴的经历，倒称得上奇迹。用佛教的话说，是她与男朋友前世的姻缘已定，缘不尽则斩而不断。

少年时代这女孩子任何方面都不曾让我佩服，唯自杀意志之坚定叫我刮目相看。我想假如再见到她，该不敢如先前那般随便对待她了。能这样执着这样果断处理自己性命的人，其决断力该是非凡的，绝非等闲之辈。她应该可以做出不寻常的事情。倘若没有，只是没遇上机会。

你对死亡的一切事务都感兴趣，对近代开始时髦起来的一种死法——安乐死也不例外。安乐死好像自杀的一个分支。

某书记载：1987年11月，西德某电视台向观众播放了一部实况纪录片，因车祸导致全身瘫痪的年轻姑娘英格丽·弗立克，在成千上万电视观众注视下将一杯致命的氰化钾毒液吸吮而尽，造成轰动一时的公开自杀事件。帮助她自杀的"慕尼黑死亡权利协会"强调这种行为应该称之为"安乐死"，与一般的自杀不同，属于"自己选择，他人协助，自己执行"的范畴。

安乐死源于希腊文"euthanasia"一词，原意是"快乐地死亡"或"庄严的死亡"，指从容死亡的任何方法，包括调节生活，培养对死亡的超然态度等，很类似中国佛教的"涅槃"。到了17世纪以后，安乐死的含义已经转变为专指用人工措施加速病人死亡，在多种英文词典中被解释为"无痛处死患不治之症而又非常痛苦者以及非常衰老者"。似乎可以认为自杀与安乐死的区别在于，自杀是在可死可不死的情况下决定生与死，安乐死是在求生不能时选择死亡过程痛苦或是安宁。

随着年龄增长，我越来越觉得安乐死的高明，在于它是维护人们最后尊严的一种保证。1988年新年除夕，我去探望一位垂死的作家，看到那个昔日以雄壮威风自诩的男人被晚期癌症折磨得斯文扫地，当即动了建议他要求安乐死的念头。虽说话没出口心里已经默念了——阿弥陀佛，罪过罪过，仍然相信死成定局，牺牲尊严已换不到健全生命的时候，当机立断才是明智之举。

人之将死

"想到有一天会要死掉，世界上还有那么多好看的电影没看过，我就不是滋味儿。"我很久以前听一位同事说这句话的时候，笑得差点儿要背过气去。近些时候，看见瞿秋白先生在他的著名绝笔《多余的话》里写着类似的话，可一点也笑不起来，反而生了敬意。瞿先生写道："这世界对于我仍然是非常美丽的。那么好的花朵、果子，那么清秀的山和水，那么雄伟的工厂和烟囱，月亮的光似乎也比以前更光明了……中国的豆腐也是很好吃的东西，世界第一。永别了。"我有点困惑。留恋电影与留恋花果烟囱甚至于豆腐难道有什么不同吗？仔细想过，也就知道，可笑与可敬的差别不在留恋什么，而在留恋于何时——在于秋白将死而同事未将死。于是惊奇，将死之一刻，具有点石成金的力量。

"人之将死，其言也善。"这句老辈子流传下来的箴言，人们已经听得耳熟了，却不知如何非得等到将死之际，人类才能够其心善其言也善。碰巧有一天翻到了卡夫卡的一句怪话"善在某种意义上是绝望的表现"，觉得这位半疯子真是一言道出了善的奥妙。众生之万恶——一切仇恨倾轧陷害虚妄欺骗背叛奸诈嫉妒损人利己弱肉强食趋炎附势……盖出于欲望，并且欲望或大或小或强或弱始终伴随生命存在，大欲便大恶，小欲亦不能免恶，只要活着，活得好与不好均达不到尽善之境，除非万欲俱谢也就是绝望的时刻，善才会最充分地显现。就凡夫俗子而言，万欲俱谢非等身之将死不可，这便圆了将死乃善的说法。将死之善才是无欲之善，真善。

你开始回顾自己为人的经历。自从告别了混沌的童稚，也就开始人生舞台的出演，不知是被迫还是甘愿，自觉还是不自觉，你进入预定的角色，渐渐适应了戴面具的生活。也有过认识面具的虚假讨厌它企图揭去它的时候，但恰恰刚一露出真脸就备感受攻击的威胁。如此你成了面具的瘾君子，面具再使你苦恼，你也不敢脱离它的庇护，只好等待演出的终场到来，等待谢幕的一刻。众生之将死，不管有没有观众喝彩，终于可以将面具撕去，暴露也许白璧微瑕也许龌龊不堪的真实面目。可是无论是美是丑，总算彻底真实了，同时也彻底善良了。你自以为是地想。

我这一辈子业余爱好很少，下棋打牌看电影电视听音乐旅行钓鱼游泳样样可有可无，认为不可或缺的唯有亲情，所以想象自己将死大约留恋的不是电影花朵烟囱豆腐而是同类——爱自己也为自己所爱的同类。没想到有一天，一位据说颇通《易经》的青年给我算了一卦，断言我老年吃穿不愁但众叛亲离孤苦伶仃。这个结局在我看来是个下下等级。依我现时的想法没吃没穿好过无亲无友，这一卦的掐算恰恰是有吃有穿无亲无友。我受到惊吓之后，又开始拥护唯物主义了，唯物者的好处就是可以不信厄运不受干扰。好比我一贯奉行孝敬父母善待手足忠于朋友同情弱者的信条，做了四十年还打算继续做下去，如何临了反倒孤家寡人了呢？

正想不通，老邻居丁外婆死了。丁外婆是个面善体宽的老妇，成天笑口常开，为子孙肯下火海上刀山的主儿。听见老人久病不治，就担心她怎么割舍得下视若心肝的后代。去医院探视了一次，叫我大长了见识。丁外婆虽然神志清楚，却面对后人的痛哭痛唤冷若冰霜。我极尽察言观色之能事，也看不出这位心善如佛的老妇还有一丝牵挂留恋。听说她在病中脾性锐改暴躁无常，尽脱往日和善之色，与床前的儿女龃龉不断，似乎成心要把这一世的骨血亲情彻底剪断。

你被丁家外婆点化了迷津：众生的感情好比牛奶，时间好比水分，经年累月，感情终归要变作奸商的伪劣品，君子一个个被造就出来，个个交情如水。时间的掺入，恰恰让人类受益匪浅。否则真到了垂死之际，还牵牵挂挂思思念念无限，谁能受得了？你的弱点是远虑太多，比起忧近不虑远的同类，你就成了远虑近忧集于一身活得沉重的家伙。你自知这样很不好，该超脱一些才是。

高士之将死大约是非超脱不可的，岂止于超脱，还能自卜生死预知时度。弘一法师之将死，被后人指为奇观，就是一例。

1942年10月31日，弘一至交夏丏尊收到法师挂号信，上书："丏尊居士：朽人已于九月初四日迁化，现在附上偈言一道，附录于后。君子之交，其淡如水；执象而求，咫尺千里。问余何适，廓尔忘言；华枝春满，天心月圆。"夏先生忙打电报去泉州开元寺问讯，证实弘一果然于九月初四晚上圆寂。死前多天他就开始交代所有需要料理的事情，而后侧卧床头，静待时辰。弘一最后的书法作品，是临终前三天写的条幅"悲欣交集"，还就此提醒弟子妙莲，他临终时可能眼中流泪，但那并不是留恋世间，挂念亲人，而是一种悲欣交集的情境所感。果然妙莲为法师临终助念时，见他眼角沁出泪光。

像这等可以准确预见自己的死时死态之人，定是非凡之人无疑。关于"悲欣交集"四字，法师的友人以为"欣"字该作"一辈子好好地活了，如今又好好地死了，因此欢喜满足，了无遗憾"来解。至于"悲"字，被解释成一种念佛见佛亦悲亦喜的心境，不见佛的人便不知道念佛也会起悲心。他的偈言中"华枝春满，天心月圆"一句终不得解，成为一代高僧智慧的铭言。我私以为非凡者必然生之不凡死且不凡，否则只有对折。对尘世，瞿秋白将死，牵肠挂肚眷恋，丁外婆将死，恩尽义绝冷漠，都有定式定论，脱不出凡人之念凡人之举。而李叔同将死，悲欣半参，况悲的什么欣的什么，还需后人去猜去度，难有断言。无可断言者，常高出可断者一筹。

恭候死亡

你不想否认自己怕死，对朋友调侃之"第一怕死，第二怕晒"的戏言诚心笑纳。某天，即将乘飞机出门旅行，临行打扫卫生清理器具购买食品喂饱猫咪，事事俱到还比往日精心。最后打算给先生泡一壶茶的时候，你突然犯了忌讳：把事情做得这么利落，该不会是出了门就不准备回来吧？于是坚决放弃了泡茶的计划，窃以为留一点未尽之事等回来再做比较吉利。你一路坐飞机汽车火车轮船，天空地下水上走了一趟，果然平安无事。说与同伙听，都笑。此事该算得你怕死的典故之一，但你并不以此为耻，大伙彼此彼此。

众生对死亡本能的恐惧不容置疑，无论诸如"死亡是通向更加美好生活的途径"，"肉体死后灵魂不灭"等各种死亡学说如何天花乱坠地蛊惑人心，人类最深层的意识仍认为"我"的生命只有一次，即便灵魂不灭，它脱离了"我"的皮囊之后还能还原为"我"吗？说到底本质的忧患还是人死不能复生。众生能理智地拔去致痛的牙，截掉受伤的手或脚，甚至摘除各种作病的内脏，促成任何带来痛苦的局部之死亡，就是不情愿捐弃躯壳的整体，就算这副躯壳已经不可逆转地成了累赘，仍然甘心受拖累。"我"是谁，是灵魂，还是躯壳？众生习惯"眼见为实"的俗律，既然躯壳可见灵魂不可见，那就只相信"我"是躯壳。于是事情变得有点滑稽，一次性消费的躯壳倒比永生不灭的灵魂更可宝贵。灵魂不死的信念，只能从逻辑上阻止人类对死亡的恐惧，而在现实中完全不是那么回事。

我怀着极大的同情观看过一场"癌症明星晚会"，演员小到五岁，大到七十岁，均患癌症一到二十年不等，晚会的主题是超越死亡。看这些患者轻歌曼舞谈笑风生，觉得死亡好像真奈何不得他们了。但必须承认这只是一种感觉。一个癌症病人生活在健康人中间，要比生活在癌病人中间孤独得多，来自健康人的怜悯关切只会加重他心中的自哀自怜，癌病人的集中则可能产生一种胜过良药的情绪——心理平衡。身边多一个癌病人就少了一份入另册的感觉，可以肯定要是全人类集体患癌症，集体削减寿命若干岁，癌症决不如现在可怕。人类有个怪癖就是遇上好事希望独享，独享才显出优越；遇上祸事希望同当，同当才算得公平。

1976年唐山大地震之后，人们见了面常问一句话：你家几口？问的是家里死了几个人。回答说三口四口五口不等，互相看一眼叹口气而已。死了家人的不见得呼天抢地，也不再有吊客以安慰死者家属为己任。寻常丧事，哭丧者所想，除了眷念故人的心思，难免存一分人皆平安独我有难的不平。地震之后，有丧是意中无丧才意外，真把悲痛分均了承受。其实命只有一条，单个与结伴赴死都是一死，并没有什么区别，区别只在感觉。老辈人常念叨的："人到白头悲，我到白头喜，多少少年亡，不到白头死。"仍是一种心理平衡术的写照，就是极富豪情的绝命诗"人生自古谁无死，留取丹心照汗青"，也同样流露了以人人都有一死来自慰的情绪。

固有一死，规定了人类不能从生理上物质上超越死亡，只有从心理上精神上寻找超脱途径。庄子说"视生如梦，视死如归"，指的就是一条超脱恐惧的光明大道。如梦如归也就是无生无死，真正的高人之见。按照我的理解，"视生如梦"是"视死如归"的前提，果真视生如梦了，死亡便是梦醒时分。梦里的名分还担得久么？或褒或贬或毁或誉，梦醒即逝。梦里的是非还辨得明么？胜也罢败也罢曲也罢直也罢，梦醒即了。梦里的钱物还认得真么？多点少点大点小点，梦醒全都带它不走。梦里的人情还靠得住么？亲怎样疏怎样淡怎样浓怎样，梦醒终归孤独。是梦总是要醒的，梦者当不必惋惜梦中的虚幻。至于"视死如归",早被革命英烈故事使用成为"不怕死"的同义词了。"归"字基于中国古代生死轮回说的原义——从哪里来回哪里去,已在渐渐丧失。一个做过斯大林中文翻译的俄国人在回忆录中说,毛泽东当年与斯大林谈判用了视死如归一词,叫他在翻译时十分作难。从字面理解个个字稔熟,就是翻不出它的含义,只好求教于毛泽东。他认为这个词含义高深,西方人大约都无法理解。可是我在一本译诗集译序里,意外发现19世纪末美国女诗人艾米莉·狄金森的遗书,竟是用两个词构成的短句:called back(译为归),与庄子殊途同归。吃惊之余也就相信,凡超人高见,不在乎东方西方,终归相去不远。有个朋友在临死前写过一幅斗方,曰:笼鸟归山,池鱼入海。将视死如归之义引申为两幅感人至深的图画,这位朋友的境界也立刻变得不俗。相反戏剧大师莎士比亚有句关于死亡的格言倒很为逊色,他说:"人们可以通过两种途径来超越死亡,一是留下子孙,二是留下著作。"按他的意思,似乎子孙能延续生命之物质,著作能延续生命之精神,于是生命便超越了死亡。殊不知子孙与著作一旦产出,早已成了身外之物,与生命本身还有何相关?这位大师剧作固然不俗,格言却俗了。

死亡的话题是一个奇怪的话题,它如此令人忌讳,又如此经久不衰。在诸多论及死亡的文字中,我原先最喜欢狄金森的一首诗:"在这人世间/最庄严的事情/是死亡后的清晨/屋里忙乱一阵/打扫干净心房/收拾起爱情/我们将不再使用/直到永恒。"现在又添了作家史铁生的一句话:"死是一件无须乎着急去做的事,是一件无论怎样耽搁也不会错过了的事,一个必然会降临的节日。"跟许许多多死亡豪言壮语相比,这首诗这句话显得格外宁静和高贵。

我先生有个正攻读法学博士的表弟告诉我,刚到美国的时候,他曾在纽约一家餐馆送过外卖,那是所有打工行当中,最低等最辛苦也最危险的活儿。某天他接到订单,以最快速度骑车穿过汽车夹缝将食品送到客户家,汗流浃背气喘吁吁之际看到墙上的一幅宣传画。画面是一个银河系,一只红色箭头指着无数小白点中的某个小白点,标记说:这就是我们生活的地球。表弟说那一刻他的精神差不多要崩溃了,地球在宇宙中尚且细如微尘,何况一个国家一个城市一个在城市密密麻麻的人群中艰难生存的自己。这件事给我印象很深。

我们来到世界上,获得了一个渺小的生命,做一些无论怎么自认为重要但仍然渺小的事情，然后走向渺小的死亡。我们常常忘了自身的渺小，让生命之生之死如泰山般沉重地压迫我们的梦境。

你是人。一个渺小的人。有一天你终于知道。

你终将是要死去的。你渺小，却不意味着你不需要庄严。你活着，以渺小的生命庄严地活着，然后死去，用渺小的生命完成庄严的死亡。我看见你用一天天忙碌的日子，延伸着生命的道路，一直通向未来的深处——在那里消失为无。在你临终前最后向我回望的时候，我将给你亲切的微笑，感激你终生对我的承载、守护和创造。就像告别一个即将退役的士兵，我的微笑是你光华璀璨的一枚勋章，在你消失之后，仍然永留人间。

1993 年 2 月

附录

蒋子丹主要作品出版年表

1987 →《昨天已经古老》（小说集），作家出版社。

1993 →《最后的艳遇》（小说集），广东教育出版社。

　　　《乡愁》（散文集），海南出版社。

1995 →《桑烟为谁升起》（小说集），河北教育出版社。

　　　《一个人的时候》（散文集），四川人民出版社。

1996 →《贞操游戏》（小说集），云南人民出版社。

　　　《左手》（小说集），长江文艺出版社。

　　　《回忆冬天》（散文集），云南人民出版社。

1998 →《蒋子丹小说精选》（小说集），四川人民出版社。

　　　《长大不容易》（长篇小说），湖北少儿出版社。

　　　《岁月之约》（散文集），上海书店出版社。

2000 →《当夏季再次来临》（散文集），明天出版社。

2001 →《左手》（法文版）（小说集），巴黎中国之蓝出版社。

2002 →《红蜻蜓》（英文版）（小说集），加拿大多伦多大学出版社。

2003 →《桑烟为谁升起》（法文版）（小说集），巴黎中国之蓝出版社。

　　　《边城凤凰》（长篇随笔），河北教育出版社。

2007 →《当悲的水流经慈的河》（散文集），深圳报业集团出版社。

　　　《动物档案》（长篇随笔），三联书店。

　　　《一只蚂蚁领着我走》（长篇随笔），三联书店。

2010 →《囚界无边》（长篇小说），人民文学出版社。